İNCE ME

Yaşar Kemal 1923'te Osmaniye'nin Hemite (bugün Gökçedam) köyünde doğdu. Komşu Burhanlı köyünde başladığı ilköğrenimini Kadirli'de tamamladı. Adana'da ortaokula devam ederken bir yandan da çırçır fabrikalarında çalıştı. Ortaokulu son sınıf öğrencisiyken terk ettikten sonra ırgat kâtipliği, ırgatbaşılık, öğretmen vekilliği, kütüphane memurluğu, traktör sürücülüğü, çeltik tarlalarında kontrolörlük yaptı. 1940'lı yılların başlarında Pertev Naili Boratav, Abidin Dino ve Arif Dino gibi sol eğilimli sanatçı ve yazarlarla ilişki kurdu, 17 yaşındayken siyasi nedenlerle ilk tutukluluk deneyimini yaşadı. 1943'te bir folklor derlemesi olan ilk kitabı *Ağıtlar'*ı yayımladı. Askerliğini yaptıktan sonra 1946'da gittiği İstanbul'da Fransızlara ait Havagazı Şirketi'nde gaz kontrol memuru olarak çalıştı. 1948'de Kadirli'ye döndü, bir süre yine çeltik tarlalarında kontrolörlük, daha sonra arzuhalcilik yaptı. 1950'de komünizm propagandası yaptığı iddiasıyla tutuklandı, Kozan cezaevinde yattı. 1951'de salıverildikten sonra İstanbul'a gitti, 1951 – 63 arasında *Cumhuriyet* gazetesinde fıkra ve röportaj yazarı olarak çalıştı. Bu arada 1952'de ilk öykü kitabı *Sarı Sıcak'*ı, 1955'te kendisine büyük bir ün kazandıran ilk romanı *İnce Memed'*i yayımladı. 1962'de girdiği Türkiye İşçi Partisi'nde genel yönetim kurulu üyeliği, merkez yürütme kurulu üyeliği görevlerinde bulundu. Yazıları ve siyasi etkinlikleri dolayısıyla birçok kez kovuşturmaya uğradı, 1967'de haftalık siyasi dergi *Ant'*ın kurucuları arasında yer aldı. 1973'te Türkiye Yazarlar Sendikası'nın kuruluşuna katıldı ve 1974 – 75 arasında ilk genel başkanlığını üstlendi. 1988'de kurulan PEN Yazarlar Derneği'nin ilk başkanı oldu. 1995'te *Der Spiegel'*de yayımlanan bir yazısı nedeniyle İstanbul Devlet Güvenlik Mahkemesi'nde yargılandı, aklandı. Aynı yıl *Index on Censorship'*te yayımlanan "Türkiye'nin Üstündeki Karabulut" başlıklı yazısı dolayısıyla 1 yıl 8 ay hapis cezasına mahkûm edildi, cezası ertelendi.

Şaşırtıcı imgelemi, insan ruhunun derinliklerine nüfuz eden kavrayışı, anlatımının şiirselliğiyle yalnızca Türk romanının değil dünya edebiyatının da önde gelen isimlerinden biri olan Yaşar Kemal 1973'ten bu yana Nobel Edebiyat Ödülü adayıdır. Yapıtları kırka yakın dile çevrilen Yaşar Kemal, Türkiye'de aldığı çok sayıda ödülün yanı sıra yurtdışında aralarında Uluslararası Cino del Duca Ödülü (1982), Légion d'Honneur nişanı Commandeur payesi (1984), Fransız Kültür Bakanlığı Commandeur des Arts et des Lettres Nişanı (1993), Premi Internacional Catalunya (1996), Alman Kitapçılar Birliği Frankfurt Kitap Fuarı Barış Ödülü'nün (1997) de bulunduğu 19 ödüle değer görüldü.

YAŞAR KEMAL

İNCE MEMED 1

ROMAN

İSTANBUL

Yapı Kredi Yayınları - 1952
Edebiyat - 547

İnce Memed 1 / Yaşar Kemal

Kitap editörü: Tamer Erdoğan
Düzelti: Korkut Tankuter

Kapak tasarımı: Yeşim Balaban

Baskı: Pasifik Ofset
Çobançeşme Mah. Kalender Sok. No: 5 Yenibosna / İstanbul

1. baskı: 1955, Çağlayan Yayınevi
1955-2003, Çağlayan Yayınevi, Cem Yayınevi, Remzi Kitabevi,
Ant Yayınları, Ararat Yayınları, Toros Yayınları, Adam Yayınları
YKY'de 1. baskı: İstanbul, Ocak 2004
15. baskı: İstanbul, Ocak 2008
ISBN 978-975-08-0714-6
Takım ISBN 978-975-08-0698-0

Yapı Kredi Kültür Sanat Yayıncılık Ticaret ve Sanayi A.Ş.
Yapı Kredi Kültür Merkezi
İstiklal Caddesi No: 161 Beyoğlu 34433 İstanbul
Telefon: (0 212) 252 47 00 (pbx) Faks: (0 212) 293 07 23
http://www.yapikrediyayinlari.com
e-posta: ykykultur@ykykultur.com.tr
İnternet satış adresi: http://alisveris.yapikredi.com.tr
http://www.yapikredi.com.tr

Duvarın dibinde resmim aldılar
Ak kağıt üstünde tanıyın beni

1

Toros dağlarının etekleri ta Akdenizden başlar. Kıyıları döven ak köpüklerden sonra doruklara doğru yavaş yavaş yükselir. Akdenizin üstünde daima, top top ak bulutlar salınır. Kıyılar dümdüz, cilalanmış gibi düz killi topraklardır. Killi toprak et gibidir. Bu kıyılar saatlarca içe kadar deniz kokar, tuz kokar. Tuz keskindir. Düz, killi, sürülmüş topraklardan sonra Çukurovanın bükleri başlar. Örülmüşçesine sık çalılar, kamışlar, böğürtlenler, yaban asmaları, sazlarla kaplı, koyu yeşil, ucu bucağı belirsiz alanlardır bunlar. Karanlık bir ormandan daha yabani, daha karanlık!

Biraz daha içeri, bir taraftan Anavarzaya, bir taraftan Osmaniyeyi geçip İslahiyeye gidilecek olursa geniş bataklıklara varılır. Bataklıklar yaz aylarında fıkır fıkır kaynar. Kirli, pistir. Kokudan yanına yaklaşılmaz. Çürümüş saz, çürümüş ot, ağaç, kamış, çürümüş toprak kokar. Kışınsa duru, pırıl pırıl, taşkın bir sudur. Yazın otlardan, sazlardan suyun yüzü gözükmez. Kışınsa çarşaf gibi açılır. Bataklıklar geçildikten sonra, tekrar sürülmüş tarlalara gelinir. Toprak yağlı, ışıl ışıldır. Bire kırk, bire elli vermeye hazırlanmıştır. Sıcacık, yumuşaktır.

Üstleri ağır kokulu mersin ağaçlarıyla kaplı tepeler geçildikten sonradır ki, kayalar birdenbire başlar. İnsan birden ürker. Kayalarla birlikte çam ağaçları da başlar. Çamların birer billur pırıltısındaki sakızları buralarda toprağa sızar. İlk çamlar geçildikten sonra, gene düzlüklere varılır. Bu düzlükler boz topraktır. Verimsiz, kıraç... Buralardan Torosun karlı dorukları yanındaymış, elini uzatsan tutacakmışsın gibi gözükür.

Dikenlidüzü bu düzlüklerden biridir. Dikenlidüzüne beş kadar köy yerleşmiştir. Bu beş köyün beşinin de insanları topraksızdır. Cümle toprak Abdi Ağanındır. Dikenlidüzü, dünyanın dışında, kendine göre apayrı kanunları, töresi olan bir dünyadır. Dikenlidüzünün insanları, köylerinden gayrı bir yeri bilmezler hemen hemen. Düzlükten dışarı çıktıkları pek az olur. Dikenlidüzünün köylerinden, insanlarından, insanlarının ne türlü yaşadıklarından da kimsenin haberi yoktur. Tahsildar bile iki üç yılda bir kere uğrar. O da köylülerle hiç görüşmez, ilgilenmez. Abdi Ağayı görür gider.

Değirmenoluk köyü Dikenlidüzündeki köylerin en büyüğüdür. Abdi Ağa da bu köyde oturur. Köy, düzlüğün gündoğusuna düşer. Kayalığın dibindedir. Kayalar mordur. Üstlerini sütbeyaz, yeşile çalan, gümüşi, türlü renkte lekeler örtmüştür.

Üst başta yaşlı, yaşlılıktan dalları toprağa eğilmiş, dalları kıvrılmış bir çınar ağacı bütün haşmetiyle yıllardır orada durup durur. Çınar ağacına yüz metre yaklaşırsın, elli metre yaklaşırsın ortalıkta çıt yoktur. Her bir yan derin bir sessizlik içindedir. Sessizlik korkutur insanı. Yirmi beş metre yaklaşırsın gene öyle... On metrede aynı sessizlik. Ağacın yanına gelip de kayadan yanına dönüncedir ki iş değişir, birdenbire bir gürültü patlar. Şaşırıverir insan... İlkin kulakları sağır edecek derecede çoktur. Sonra iner, yavaşlar.

Gürültünün geldiği yer, Değirmenoluk suyunun gözüdür. Göz değildir ya, bura halkı oraya suyun gözüdür der. Öyle bilir. Bir kayanın dibinden köpükler saçarak kaynar. İçine bir ağaç parçası atılırsa bir gün, iki gün, hatta bir hafta suyun üstünde oynadığı görülür. Döndürür. Bazıları iddia ederler ki, kaynayan su, üstünde taşı bile oynatır, batırmaz. Halbuki suyun gözü burası değildir. Ta uzaklardan, çamlar arasından yarpuz, kekik kokularını yüklenerek Akçadağdan gelir. Burada da bu kayanın altından girer, köpürerek, kaynayarak bir delice homurtuyla öbür ucundan çıkar.

Buradan Akçadağa kadar öyle kayalık, öyle sarptır ki Toros, bir ev yerinden daha büyük toprak parçası görülemez. Ulu çamlar, gürgenler kayaların arasından göğe doğru ağmıştır. Bu kayalıklarda hemen hemen hiçbir hayvan yoktur. Yalnız, o da çok seyrek, akşam vakitleri keskin bir kayanın sivrisinde boynuzlarını, büyük çangallı boynuzlarını sırtına yatırmış bir geyik, bacaklarını gerip, sonsuzluğa bakarcasına durur.

2

Çakırdikeni en pis, en kıraç toprakta biter. Bir toprak ki bembeyaz, peynir gibidir. Ot bitmez, ağaç bitmez, eşek inciri bile bitmez, işte orada çakırdikeni keyifle serile serpile biter, büyür, gelişir.

En iyi toprakta bir tek çakırdikenine rastgelinmez. Bunun sebebi, bir kere iyi toprak boş kalmaz, her zaman sürülür ekilir. Bir de, öyle geliyor ki, çakırdikeni iyi toprağı sevmez.

Ne iyi, ne kötü boş bırakılmış orta halli toprakta da biter çakırdikeni. Çakırdikenini söker, yerini ekerler. Toros eteklerinin doruklara yakın düzlükleri bu minval üzeredir.

En uzun çakırdikeninin yüksekliği bir metre kadar olur. Bir sürü de dalları vardır. Dallar dikensi çiçeklerle donanır. Bu çiçekler beş perli, yıldız gibi, uçları sert, sivri iğnelerin ortasındadır. Her çakırdikeninde bunlardan yüzlerce bulunur.

Çakırdikeni bittiği yerde bir iki, üç dört tane bitmez. Öyle üst üste, öyle sık biter ki arasından yılan geçemez. İğne atsan çakırdikeninden yere düşmez.

Baharda zayıf, açık yeşildir. Hafif bir yel esse, toprağa değecekmiş gibi yatar. Yaz ortalarında, dikende, önce mavi damarlar peyda olur. Sonra yavaş yavaş dikenin dalları, gövdesi mavileşir. Açıkça bir mavidir bu... Sonra mavi gittikçe koyulaşır. Bu en güzel bir mavidir. Bir tarla, uçsuz bucaksız bir ova tüm maviye keser. Gün batarken eğer bir yel eserse mavi dalgalanır, hışırdar, aynen deniz gibi. Gün batarken sular nasıl kızarır, çakırdikeni tarlası da öyle kızarır.

Güze doğru dikenler kurur. Mavilik beyaza döner. Çatırtılar gelir çakırdikeninden.

Düğme büyüklüğünde sütbeyaz sümüklüböcekler vardır hani. Bunlardan yüzlercesi, binlercesi dikenlerin gövdelerine sıvanır. Diken gövdeleri boncuk boncuk sütbeyaz olur.

Değirmenoluk köyü çakırdikenlik... Tarla yok, bağ, bahçe yok. Safi çakırdikenlik.

Çakırdikenliğin içinden koşan çocuk soluk soluğaydı. Çoktan beridir ki durmamacasına koşuyordu. Birden durdu. Bacaklarına baktı. Dikenlerin yırttığı yerden kan sızıyordu. Ayakta duracak hali yoktu. Korkuyordu. Ha yetişti, ha yetişecekti. Korkuyla arkasına baktı. Görünürlerde kimsecikler yoktu. Ferahladı. Sağa saptı. Bir zaman koştu. Sonra yoruldu. Yorulunca çakırdikenlerinin içine yattı. Sol yanında bir karınca köresi gördü. Karıncalar iri iri. Körenin ağzında cıvıl cıvıl kaynaşıyorlar. Bir zaman her şeyi unutup karıncalara daldı. Ve birden aklına gelince sıçradı. Sağa saptı. Biraz sonra da dikenlikten çıktı. Dikenliğin kıyısına dizleri üstü çöktü. Baktı ki dikenliğin üstünden başı gözüküyor, kıçı üstü oturdu bu sefer de. Bacakları kanıyordu. Kan sızan yerlere toprak ekelemeye başladı. Toprak yaralara düşünce yaktı.

Kayalıklar azıcık ötedeydi. Kayalıklara doğru var gücünü harcayarak yeniden koşmaya başladı. En yüksek kayanın altındaki çınar ağacına vardı. Ağacın dibi bir kuyu gibi derinlemesineydi. Sapsarı, altın renkli, kırmızı damarlı yapraklar ağacın dibini doldurmuş, gövdeyi yarı beline kadar örtmüştü. Kuru yapraklar hışır hışır ediyordu. Gitti, kendisini yaprakların üstüne attı. Çınarın çıplak dallarından birisinin en ucunda bir kuş duruyordu, çıtırtıyı duyunca uçtu gitti. Yorgundu. Bitmişti. Burada, bu yaprakların üstünde gecelemeyi geçirdi aklından. Yumuşacık. Oturduğu yerden kalkamayabilir de. Sonra, "Olmaz," dedi kendi kendine. "Adamı kurt kuş yer." Ağacın üstünde kalmış yapraklardan birkaçı dolana dolana geldi öteki yaprakların üstüne düştü. Sonra boyuna birer ikişer düşmeye başladı.

Kendi kendine konuşuyordu. Sesli sesli konuşuyordu. Sanki, yanında birisi var da ona söylüyor:

"Giderim," diyordu. "Giderim bulurum o köyü. Kimse bilmez oraya gittiğimi. Gider bulurum. Giderim işte. Çoban olurum işte. Çift sürerim işte. Anam beni arasın işte. Arasın aradığı kadar. Keçi sakallı göremez yüzümü. Göremez işte. Ya köyü bulamazsam? Bulamam! Aç kalır ölürüm. Ölürüm işte."

Ilık bir güz güneşi vardı. Kayaları, çınarı, yaprakları yalıyordu. Toprak taze, apaydınlıktı. Bir iki güz çiçeği toprağı yarmış, ha çıktı, ha çıkacak. Çirişler acı kokuyor, ıslak ıslak da parlıyordu. Dağlar, çiriş kokar güzün.

Bir saat mı, iki saat mı ne kadar kaldı orada, belli değil. Ama, gün yıkıldı gitti dağların ardına. Neden sonradır ki çocuk, söylenmeyi bırakıp, kendini toparladı. Birden aklına düştü ki, arkasından geliyorlar. Deliye döndü. Güneşe bir göz atmayı da unutmadı. Güneş başını almış gidiyordu. Şimdi nereye gitmeliydi? Hangi yöne? Bilmiyordu. Kayaların arasından incecik bir keçi yolu geçiyordu, ona girdi koşmaya başladı. Kaya demiyor, çalı, taş demiyor koşuyordu. Yornuğunu iyi almıştı. Duruyor, bir an arkasına bakıyor, sonra gene koşmaya başlıyordu.

Ayakları biribirine dolanıyordu. Bu minval üzere koşarken, çürümüş bir ağacın üstünde küçücük bir kertenkele ilişti gözüne. Nedense buna sevindi. Kertenkele onu görünce ağacın altına kaçtı...

Bir sallandı, sonra durdu. Başı dönüyordu. Gözleri karardı. Etrafındaki dünya topaca dönmüştü. Nasıl da fırlanıyordu! Eli ayağı da titriyordu. Arkasına baktıktan sonra gene koşmaya başladı. Bir ara önünden bir keklik zurbası parladı. Kekliklerin kalkışından irkildi. En küçük bir çıtırtı duysa hep irkiliyordu zaten. Yüreği, bu sebepten, hep deli gibi çarpıyordu. Umutsuzcasına arkasına gene baktı. Kan tere batmıştı. Dizlerinin bağı çözüldü. Yere oturuverdi. Düştüğü yer ufacık taşlı bir yamaçtı. Ekşi ekşi bir hoş ter kokuyordu. Burnuna tatlı bir çiçek kokusu geldi. Gözlerini zorla açabildi. Başını ağır ağır, korka korka kaldırdı aşağılara baktı. Gün battı batacaktı. Gölgeler öylesine uzamış. Aşağıda hayal meyal bir toprak dam gördü. Sevinçten yüreği ağzına geldi. Evin bacasından duman da çıkıyordu. Duman, ağır ağır, salına salına çıkıyordu. Duman, bir kara duman değildi. Dumanın rengi hafif mora çalıyordu. Arkasında ayak sesine benzer bir patırtı duydu. Başını hızla çevirdi. Sol yanında orman kapkara kesilmiş bir sağnak gibi gökten yere iniyordu. Orman üstüne üstüne geliyordu. Gene konuşmaya başladı. Ama bağıra bağıra konuşuyordu. Hem ormandan kaçarcasına, aksi yöne yürüyor, hem olanca gücüyle:

"Giderim derim ki onlara... Giderim derim ki... Size derim... Size çoban olmaya geldim. Çift de sürerim... Ekin de biçerim. Derim ki benim adım Mıstık derim, Kara Mıstık... Anam yok, babam yok... Abdi Ağam da yok derim. Sizin davarınızı güderim... Sizin çiftinizi sürerim. Sizin çocuğunuz da olurum. Olurum işte. Benim adım İnce Memed değil. Kara Mıstık derler bana. Anam ağlasın. Olurum işte. Gavur Abdi Ağa da arasın beni. Çocukları olurum işte."

Sonra bağıra bağıra ağlamaya başladı. Karanlık orman akıyordu. Ağladıkça ağlıyordu. Ağlamaktan, yalnız, avazı çıktığı kadar ağlamaktan müthiş bir tat duyuyordu.

Yamaçtan aşağı inerken ağlaması kirp diye kesildi. Akan burnunu sağ kolunun yenine sildi. Yen, yamyaş oldu.

Evin avlusuna geldiğinde karanlık kavuşmuştu. Ötelerde birçok ev karartısı daha gördü. Bir an durdu. Düşündü. Bu köy, o köy mü ola? Kapının önünde uzun sakalı sallanan bir adam semerle uğraşıyordu. Başını kaldırınca sakallı, avlunun ortasında, dikilmiş kalmış bir karartı gördü. Karartı kendisine doğru bir iki adım attı durdu. Adam aldırmadı. İşine daldı. Ortalık iyice kararınca adamın gözleri görmez olup, uğraşmayı bıraktı. Ayağa kalktı. Soluna dönünce deminki karartıyı olduğu yerde öylece dikilmiş durup durur gördü:

"Hişt! Hişt!" dedi. "Hiştişt! Ne işin var burada?"

Karartı:

"Ben," dedi, "çoban olurum sana dayı. Ben çift de sürerim. Her bir iş yaparım size dayı."

Sakallı adam karartıyı kolundan tuttu içeri çekti:

"Gel hele sen içeri, sonra konuşuruz hepsini..."

İnceden bir poyraz esiyordu. Memed, tir tir titriyordu. Öyle bir titriyordu ki uçacak gibi.

Yaşlı adam içerdeki kadına:

"Ocağa odun at!" dedi. "Çocuk titriyor."

Kadın:

"Kim bu?" diye hayretle sordu.

Yaşlı adam:

"Bir Tanrı misafiri," diye cevap verdi.

Kadın:

"Misafirin hiç de böylesini görmedimdi," diye bıyık altından gülümsedi.

Yaşlı adam:

"Gör işte!" dedi.

Çocuk, ocağın soluna, duvara iyice yapıştı, büzüldü. Çocuğun kocaman bir başı vardı. Düz, güneşten solup, kırmızı olmuş kara saçları alnına, yüzüne dümdüz, dikine düşüyordu. Yüzü ufacıktı. Kupkuru bir yüzdü. Gözleri kocaman kahverengiydi. Teni güneşten yanmıştı. On birinde gösteriyordu. Dize kadar da şalvarını çalı yemişti. Bacakları bu sebepten çıplaktı. Ayakları da yalındı. Bacaklarında kan kuruyup kalmıştı. Ateşin çok iyi yanmasına rağmen titremesi durmuyordu.

Kadın:

"Yavru," dedi, "sen açsın. Dur, sana çorba koyayım da iç!"

Çocuk:

"İçerim," dedi.

Kadın:

"Isınırsın," dedi.

Çocuk:

"Titremem durur," dedi.

Kadın, ocakta ateşin yanı başında duran kocaman bir bakır tencereden kalaylı bir sahana döğme çorbası doldurmaya başladı. Çocuğun gözleri tenceredeki buğulanan çorbaya dikildi.

Kadın çorbayı getirip önüne yerleştirdi. Eline bir tahta kaşık verdi:

"Çabuk çabuk iç!" dedi.

Çocuk:

"Çabuk içerim."

Adam:

"O kadar da çabuk içme ağzın yanar sonra," dedi.

Çocuk:

"Yanmaz."

Çocuk gülümsedi. Yaşlı adam da gülümsedi. Kadın onların neye gülümsediklerine bir anlam veremedi.

Adam:

"Çorbayı içince, titremesi durdu aslanın."

Çocuk:

"Durdu," dedi, "durdu."

Kadın da gülümsedi.

Ocak, çamurla tertemiz sıvanmıştı. Evin damı topraktı. Tavanı çalıyla döşeliydi. Döşeme yılların isinden kapkara kesilmiş parlıyordu. Evi ikiye ayırmışlardı. Öteki bölme ahırdı. Bölmenin kapısından sıcak, ıslak bir hava geliyordu. Nefes karışığı... Bu taze sığır boku, saman, taze dal kokuyordu.

Derken bölmeden yaşlı adamın oğlu, gelini, kızı da geldi.

Çocuk onlara bir hoş, pel pel baktı.

Yaşlı adam, oğluna:

"Misafirimize hoş geldin desene," dedi.

Oğul gayet ciddi:

"Hoş geldin kardaş," dedi, "ne var, ne yok?"

Çocuk:

"Hoş bulduk," diye aynı ciddiyetle cevap verdi. "İyilik sağlık."

Kız da, gelin de, "hoş geldin," dediler.

O arada, ocaktaki kütük yanmış, tüm yalıma kesmişti.

Çocuk, ellerini koynuna sokmuş büzülmüştü. Yaşlı adam geldi çocuğun yanına oturdu. Ocağın gür yalımları arkalarına tuhaf gölgeler düşürüyordu. Bu gölgelere bakarak adam, çocuğun kafasından ne geçiyor, anlayabilirdi. Yaşlı adam da uzun zaman bir yerde durmayan, yalımlara göre yer değiştiren gölgelere gözünü dikti. Gözlerini gölgelerden ayırdığında gülümsüyordu. Yaşlı adamın yüzü uzun, inceydi. Sakalları sütbeyaz, değirmiydi. Alnını güneş yakmıştı. Bakır rengindeydi. Yüzüne ocağın yalımları da vurunca, alnı, yanakları, boynu kırmızı bakır gibi parlıyordu.

Birden aklına gelmiş gibi yaşlı adam doğruldu.

"Bre misafir," dedi, "senin adın ne? Adını bağışlamadın."

"Bana," dedi, "İnce Memed derler..."

Arkasından, pişman olmuş gibi altdudağını ısırdı. Utangaç

utangaç başını önüne eğdi. Yolda, "Benim adım Kara Mıstıktır, derim" dediği aklından çıkıp gitmişti. "Olsun," dedi kendi kendine, "Mıstık da neymiş yani kendi adım dururken. Saklayınca ne var yani adımı. Kim görecek beni bu köyde."

Yaşlı adam, geline:

"Sofrayı serin de yemek yiyelim," dedi. "Haydiyin."

Sofra geldi ortaya serildi. Bütün aile ve İnce Memed sofranın etrafına halka oldular. Yemekte kimse ağzını açmadı. Sessizlik içinde yemek yendikten sonra, ocağa bir kucak odun daha atıldı. Ocağın tam orta yerine de yaşlı adam bir kütük getirdi yerleştirdi. Yandaki yalımlar kütüğü sardılar. Bu, ihtiyarın en büyük zevkiydi. Bunu böyle yapmasa edemezdi. Etraftaki yalımlar yaşlı adamın kütüğünü sarıverdiler. İşte buna bayılırdı. Kadın, adamın kulağına eğildi. Yavaş yavaş:

"Süleyman," dedi, "çocuğun yatağını nereye sereyim?"

Süleyman, her zamanki tatlı gülüşüyle gene güldü:

"Koca beygirin yemliğinin içine... Nereye olacak? Biz nerde yatıyorsak... Sevgili misafirim kim bilir nereden, Süleyman demiş de gelmiş?"

Süleyman Memede döndü. Memed, sıcaktan gevşemiş, uyuklar gibi bir hal almıştı.

"Bre misafirim, uykun mu var?"

Memed bir silkindi:

"Yok," dedi, "hiç uykum gelmiyor."

İyice gözlerinin içine bakıp:

"Bre İnce Memed," dedi Süleyman, "hiç söylemedin. Nereden gelip, nereye gidiyorsun?"

İnce Memed, duman kaçan gözünü ovuşturarak:

"Değirmenoluktan geliyor, o köye gidiyorum," dedi.

Süleyman:

"Değirmenoluğu biliriz ya, o köy neredeymiş acep?" diye merakla sorar bir tavır takındı.

Memed, hiç bozmadan:

"Dursunun köyü," dedi.

Süleyman ısrar etti:

"Hangi Dursunun?"

Memed:

"Abdi Ağa var ya..." dedi durdu. Gözleri bir noktaya dikildi.

Süleyman:

"Eeee?" dedi.

"Hani bizim ağamız. Dursun onun tutması işte. Çift sürer. Abdi Ağanın çiftini sürer. O Dursun işte."

Gözleri parladı. Azıcık duraladı:

"Geçende bir doğan yavrusu tuttu ki!... O Dursun işte! Bildin mi onu sen, şimdi emmi?"

Süleyman:

"Bildim bildim," dedi. "Eee sonra?"

"İşte onun köyüne gidiyorum. Dursun bana dedi ki... Bizim köyde, dedi, çocukları dövmezler. Çocukları çifte salmazlar. Bizim köyün tarlalarında, dedi, çakırdikeni bitmez. Ben, oraya gidiyorum işte."

Süleyman:

"Peki o köyün adı neymiş? Söylemedi mi Dursun sana hiç?"

Memed sustu. Düşündü. Başparmağını uzun zaman ağzına sokup, uzun zaman düşündü. Sonra birden:

"Yok," dedi. "Köyün adını söylemedi Dursun."

Süleyman:

"Acayip," dedi.

Memed:

"Yaa acayip," diye tekrarladı. "Biz Dursunlan beraber çift sürerdik. Otururdu bir taşın başına. Aaah derdi bizim köyü bir görsen! Taşı toprağı altındandır derdi. Denizi var, çamı da var, derdi. İnsan denizin üstüne biner her bir yere gidermiş. Dursun oradan kaçmış. Bana dedi ki, hiç kimseye söyleme benim oradan kaçtığımı. Ben de anama bile söylemedim."

Süleymanın kulağına eğilip:

"Sen de kimseye deme. Olur mu emmi?" dedi.

Süleyman:

"Korkma korkma," dedi, "hiç kimseye söylemem."

Sonra gelin kalktı gitti. Biraz sonra sırtında dolu bir çuvalla geri döndü. Çuvalı orta yere indirdi. Çuvalın ağzını açınca dışarı pamuk kozaları döküldü. Kozalar temizlenmiş, bembeyazdı. Her biri bir top beyaz bulut gibiydi. Birden evin içini keskin bir koza kokusu aldı.

"De bakalım İnce Memed, çek bakalım pamuğu," diye sevinçle söylendi Süleyman. "Göster kendini."

İnce Memed önüne bir kucak pamuk alarak:

"Ne var sanki, pamuk çekmek de iş mi?"

Alışkın elleri makina gibi işlemeye başladı.

Oğul:

"İnce Memed," dedi, "şimdi sen o köyü nasıl bulacaksın?"

İnce Memed bu sorudan hiç memnun olmadığını gösterir gibi bir hal takındı. İçini çekti:

"Ararım," dedi. "O köyün yanında deniz varmış. Ararım."

Oğul:

"Bre İnce Memed," dedi, "deniz buraya tam on beş günlük yol çeker."

İnce Memed:

"Ararım," dedi. "Ölürüm de dönmem Değirmenoluğa. Bir daha hiç dönmem. Dönmem işte."

Süleyman aldı:

"Bre İnce Memed," dedi, "senin başında bir hal var. Söylesene bana onu. Ne diye düştün yollara böyle?"

İnce Memedin elleri durdu:

"Süleyman emmi," dedi, "dur da sana hepiciğini söyleyim. Benim babam," dedi, "ölmüş. Biricik anam var. Başka hiç kimsemiz yok. Ben Abdi Ağanın çiftini sürerim."

Buraya gelince gözleri doldu. Boğazı gıcıklanmaya başladı. Kendisini tuttu. Bıraksa boşanıverecekti.

"İki yıldır sürerim çifti. Çakırdikeni beni yer. Dalar... Çakırdikeni adamın bacağını köpek gibi kapar. İşte o tarlada çift sürerim. Abdi Ağa beni her gün döve döve öldürür. Dün sabahleyin gene dövdü beni. Her bir yanım döküldü. Ben de kaçtım oradan. O köye gideceğim. Beni orada bulamaz Abdi Ağa. O köyde bir adamın çiftini sürerim. Çobanı olurum. İsterse oğlu da olurum."

Oğlu da olurum derken Süleymanın gözlerinin içine iyice baktı.

Memed dolmuştu. Bir kelime daha söylese boşanacaktı. Onun için Süleyman, Abdi Ağa lafını değiştirtti:

"Bana bak İnce Memed, madem böyle. Sen benim evde kalsana."

İnce Memedin yüzü ışıladı. Bir sevinç dalgası onu tepeden tırnağa ürpertti.

Oğul:

"Deniz çok uzak İnce Memed. O köy de kolay kolay bulunmaz."

Pamuk çekildi bitti. Ortalığı pamuktan düşen böcekler sarmış, telaşlı telaşlı oraya buraya gidiyorlardı. Kara, küçücük pamuk böcekleri... Ocağın bir başına da küçük bir yatak serdiler. Memedin gözlerinden sıcak bir uyku akıyordu. Yatağa hasretle, ürpertiyle baktı. Süleyman Memedin durumunu çoktan sezmişti.

"Gir!" diye yatağı işaret etti.

Memed hiçbir şey söylemeden büzülerek yatağa sokuldu. Dizlerini göğsüne çekti. Her tarafı havanda dövülmüş gibi ağrıyordu.

Memed, kendi kendine, içinden: "Oğlu olurum. Olurum işte. Anam arasın. Abdi Ağa arasın. Arasınlar işte. Kıyamete dek arasınlar. Dönmem işte," diyordu.

Gün doğmadan iki saat önce, her gün çifte gittiği vakitte sıçrayarak uyandı. Yataktan çıktı, dışarıya gitti. Uykulu uykulu dışarıda işedikten sonra, kendine geldi. Dünkü geceyi, ak sakallı Süleymanı hatırladı. "Süleymanın evi," dedi içinden. "O köye gidip de ne yapacağım? Süleyman Emmimin oğlu olurum. Burada kalırım. Dönmem işte."

Dışarının ayazından üşüdü. Geldi yatağına girdi. Dizlerini gene göğsüne dayadı. Yatak ısındı. Bugün, gün doğuncaya kadar uyuyacağını biliyordu. Derken kendinden geçti.

Sabah ayazının üstüne gün doğdu. Ana, ocaktan çorbayı indirdi. Çorba sıcak, tatlı tatlı ocağın kıyısında tüttü. Oğul, çoktan çifte gitmişti. Süleyman da semerin başına oturmuş, akşamki bıraktığı yerden yapmaya başlamıştı.

Kadın:

"Süleyman," diye çağırdı, "çorba soğuyor. Gel de iç!"

Süleyman:

"Misafir kalktı mı?"

Kadın:

"Sabi çocuk," dedi. "Fıkara çok yorulmuş dün herhalde. Sayıklayıp duruyor."

Süleyman:

"Uyandırma fıkarayı. Dün hep kaçmış. Yüzünden belliydi."

Kadın:

"Neden kaçmış ola?" diye sorunca...

Süleyman:

"Çok, çok sıkıştırmışlar," diye cevap verdi.

Kadın:

"Yazık," dedi. "Ne de güzel çocuk. Dinsizler ne istersiniz parmak kadar çocuktan?"

Süleyman:

"Canı istediği kadar kalsın evde."

Bu sırada Memed gerinerek uyandı. Gözlerini iyice iki eliyle ovduktan sonra ocaklıktan tarafa bakındı. Ağzı açık tenceredeki çorba usuldan usuldan buğulanıyordu. Başını dışarıya çevirdi. Kapıdan içeri bıçakla kesilmiş gibi bir güneş şeridi uzanıyordu. Hemen yerinden sıçradı.

Süleyman Memedin telaşını görünce:

"Korkma, yavrum," dedi. "Zararı yok. Uyu."

Memed döndü, ocaklıktaki bakır ibriği aldı dışarı çıktı. Yüzünü bol suyla yıkadıktan sonra Süleymanın başına dikildi, onun semer onarmasını seyre başladı.

Kadın:

"Gelin de çorbanızı için. Çorba soğudu," diye tekrar çağırdı.

Süleyman semerin başından üstünü çırparak kalktı. Memede bir göz kırptı gülümseyerek:

"Yürü çorbamızı içelim."

Çorba, sütlü bulgur çorbasıydı. Süt kokusu bulgur kokusuna karışınca, bir hoş koku meydana getiriyordu. Tahta kaşıklarla çorbayı içtiler. Çorba Memedin çok hoşuna gitti. "Oğlu olacağım işte," dedi.

Süleyman yapıp bitirdiği semerin içine kuru ot basıyordu. Ot, yaşlı, uzun parmaklarının arasından kayıyordu.

Güz güneşi bütün parlaklığıyla dünyayı doldurmuştu. Kurumuş ottan ince, altın bir toz çıkıyordu Süleyman karıştırdıkça. Toz güneşin altında parça parça yayılarak dört bir yana uçuşuyordu.

Süleyman:

"Çok mu sıkıştırdı seni Abdi Ağa?" diye sordu.

Memed böyle bir soruyu beklemiyordu. Kendini toparladı:

"Beni," dedi, "döve döve öldürürdü. Hem çift sürdürürdü çakırdikenlikte yalınayak. O da ayazda. Hem öldürürdü. Birinde beni bir dövdü, bir dövdü... Bir ay yataktan kalkamadım. Herkesi döver ya, beni çok döver. Anam diyor ki, Sarı Hocanın muskası olmasaymış, ben ölürmüşüm..."

Süleyman:

"Demek burada kalacaksın gayrı?"

Memed:

"Ne işim var," dedi, "o köyde? Buradan, on beş gün ötedeymiş. Denizi varmış, bana ne! Çakırdikeni yokmuş, burada da yok. Ben burada kalırım. Beni burada kimse bulamaz öyle değil mi? Değirmenoluk köyü çok ötelerde kaldı öyle mi? Kimse bulamaz değil mi?"

Süleyman:

"Ula," dedi, "deli deyyus, ahacık Değirmenoluk köyü şu dağın arkacığında. Geldiğin yolu bilmiyor musun?"

Memed, hayretler içinde donup kaldı. Gözleri kocaman kocaman açıldı. Sonra terledi. Teri oluk oluk akıyordu. Bütün umutları suya düşmüştü. Bir şeyler söyleyecek oldu, yutkundu. Havada kartallar dönüyordu. Gözleri onlara takıldı. Süleymana biraz daha sokuldu:

"Ben," dedi, "o köye gitsem de o adamın oğlu olsam. Beni burada bulursa Abdi Ağa öldürür."

Süleyman:

"Git o köye de, git o adamın oğlu ol," diye serzenişte bulundu.

Memed:

"Ben senin oğlun olsam ne iyi olurdu," diye yaltaklandı. "Ne iyi olurdu ama..."

Süleyman:

23

"Aması ne?..." diye sordu.

Memed:

"Beni bulursa... Allah var demez... Kıyık kıyık kıyar beni."

Süleyman:

"Ne gelir elden?" diye başını tezgahtan kaldırdı. Memedin yüzüne baktı. Memedin yüzü buruşmuş, yaprak gibi olmuştu. Koca gözleri sönmüş. Tüm ışığını yitirmiş gibi.

Memed, Süleymanın kendisine baktığını fark edince biraz daha yanına sokuldu elinden tuttu:

"Nolursun?" diye gözlerinin içine bütün arzusunu toplayıp baktı. Öteki:

"Korkma," dedi.

Memed, acı acı, bir sevinç, bir korkuyla karmakarışık güldü.

Sonra Süleyman işini bitirdi ayağa kalktı. Memede dedi ki:

"Bre İnce Memed, benim işim var şu karşıki evde. Oraya gitmeliyim. Sen, ne istersen onu yap. Gez köyün içini."

Memed ondan ayrılıp köyün içine daldı. Bu, yirmi, yirmi beş evlik bir köydü. Evleri ham toprakla yapılmıştı. Biçimsiz, üst üste, gelişigüzel konmuş taşlarla yapılmıştı. Ham toprak... Yükseklikleri yerden bir metre...

Köyü bir uçtan bir uca dolaştı. Çocuklar bir gübreliğin üstünde köküç oynuyorlardı. Kadınlar gördü. Evlerinin günden yanına, duldaya oturmuşlar çıkrık eğiriyorlardı. Bir tek de köpek gördü. Kuyruğunu iki patancının arasına kıstırmış, korka korka bir duvarın dibinden yürüyordu. Bu köyün her bir tarafını gübre almış. Akşama kadar köyü ev ev dolaştı. Hiç kimse ona, nereden gelip, nereye gidiyorsun demedi. Kendi köyleri olsa, bir yabancı görseler, bütün çocuklar başına toplanırlardı. Bu köy, bir başka köy... İşte, bu, zoruna gitti.

Eve gelince Süleymanı karşısında buldu.

Süleyman:

"Bre İnce Memed," dedi, "hiç uğramadın eve. Ne var, ne yok?"

"İyilik," dedi.

Bundan sonra Memed, köyün içini birkaç gün daha gezdi. Birkaç çocukla arkadaş oldu. Köküç oynadı. Üstüne köküç oynayan çıkmadı. Ama Memed, bu hüneriyle övünmedi. Başka bir çocuk olsaydı Memedin yerinde, övünmesinden geçilmezdi. O, çocuk işi der gibi, omuz silkti. Bu sebeptendir ki, Memedin onları yenişi, çocukların zoruna gitmedi. Sonra, Torosların güz yağmurları başladı. Güz yaprakları nasıl düşer, Toros yağmurları da öyle kocaman taneli düşer.

Gök gürlüyordu. Köyün üst başındaki dağdan, düzlüğe doğru taşlar yuvarlanıyordu. Dağ ormanlıktı. İri ağaçları vardı. Orman, üst üste. Sıktı.

Memed, bir gün Süleymana geldi dedi ki:

"Süleyman Emmi, böyle dur dur ne olacak? Benim canım sıkılıyor. Boşuna da ekmek yiyorum."

Süleyman:

"Dur hele. Acelen ne? Sana da iş bulunur bre İnce Memed."

Birkaç gün yağmur ara verdi. Islak taşların, kayaların, ağaçların, toprağın üstünde güneş parlıyordu. Ortalık usuldan da buğulanıyordu. Bir de köyün içinden buğuyla birlikte gübre kokusu geliyordu. Bazı bazı da güneşi bulutlar örtüyordu. Gümüşi bulutlar...

İnce Memed, evin kapısındaki bir taşın üstüne oturmuş, Süleymanın kendisi için ham gönden diktiği çarığı ayaklarına giyiyordu. Çarık ıslaktı. Çarığın üstünde mor tüyler de vardı. Tüylerden bunun bir tosun derisi olduğu anlaşılıyordu.

Çarıktan dolayı sevinçten uçuyordu İnce Memed.

Süleyman geldi İnce Memedin başucuna dikildi. Çarığı bağlayışını seyrediyordu. Memedin elleri, çarık bağlamaya alışkın eller... Öyle gösteriyor. Kaytanları taktı taktı, getirdi arkadan düğümledi.

Süleyman:

"Bre İnce Memed," dedi, "sen çarık bağlamakta ustaymışsın."

İnce Memed başını kaldırıp gülümsedi:

"Ben çarık bile dikerim Süleyman Emmi," dedi. "Ama sen iyi dikmişsin bunu."

İnce Memed, ayağa kalktı. Şöyle bir iki kere kuvvetlice bastı. On, on beş adım yürüdü. Geri geldi. Biraz daha yürüyerek çarıklarına baktı. Hayrandı. Geldi Süleymanın karşısına durdu:

"Ayağıma iyi oturdu," dedi.

Yola düştüler. Yolda, İnce Memedin gözleri hep çarıklarda. Bazı çabuk çabuk yürüyor, bazı duruyor inceden inceye tetkik ediyordu. Bazı bazı da eğilip çarığın tüylerini okşuyor.

Süleyman, Memedin bu sevincine ortak oluyor. Memnun oluyor.

"Sanırsam hoşuna gitti Memed?"

Memed:

"İyi oturdu ayağıma. Severim böyle çarıkları," diye cevap verdi.

Süleyman:

"Bak," dedi, "İnce Memed, o köye gideydin, sana böyle çarığı kimse dikemezdi."

Memed:

"O köyde ayakkabı giymezler mi?" diye yarı saf, yarı itçesine sordu.

Süleyman, itlik mi, değil mi kavrayamadı:

"Giyerler ya, çarık giymezler."

Memed:

"Anladım," dedi.

Yürüye yürüye köyün dışına çıktılar. Memed, birden ferahladı. Tarlalar, ta öteki dağın dibine kadar uzanıyordu. Bu tarlalarda da iş yoktu. Çakırdikeni yoktu ama, gene de iş yoktu. Bu tarlalar, taşlı tarlalar...

Memed, bir ara durdu sordu:

"Böyle nereye gidiyoruz Süleyman Emmi?"

Süleyman:

"Gezmeye çıktık," dedi.

Memed üstelemedi. Yürüdüler.

Memedin yeni çarıklarına çamur sıvandı, Memed, içinden, çarıklara bulaşan çamura küfretti.

Köy, uzaklarda kaldı. Köyden, bir iki dumandan başka hiçbir şey gözükmüyordu.

Süleyman:

"Beni dinle İnce Memed," dedi. "İşte buralarda otlatırsın

26

keçileri. Ta şu ötelere de gidebilirsin. Yalnız şu kınalı tepenin ardına geçme. O taraf sizin köy, seni alır götürürler."

"Gitmem," dedi. "İyi ki söyledin."

Süleyman:

"Haydi dönelim," dedi.

Döndüler. Gökteki bulutlar bembeyazdı. Harman yerleri koyu yeşil birer daire halinde taşlı tarlalara serpilmişti. Uzun otlara yapışmış tek tük sümüklüböcek görülüyordu.

Süleyman:

"Bre İnce Memed," dedi, "çok mu sıkıştırdı keçi sakallı Abdi seni?"

Memed durdu. Süleyman da durdu. Memed, yeni çarıklarına bir göz daha attı.

Süleyman:

"Şuraya oturalım."

Memed:

"Oturalım," dedi. Sonra da başladı anlatmaya:

"Bak sana deyim Süleyman Emmi, babam öleli var ya, elimizde nemiz var, nemiz yoksa hepiciğini almış Abdi Ağa. Anam bir laf söylese döve döve öldürür. Beni de tutar kolumdan yere çakar. Beni birinde iki gün ağaca bağladı. Bıraktı gitti yazının ortasında. Yaa, orada, ağaca iki gün sarılı kaldım da anam geldi açtı. Anam olmasaydı beni kurtlar parçalardı orada."

Süleyman içini çekti:

"Demek böyle senin işler İnce Memed?" dedi kalktı. Arkasından Memed de kalktı.

Süleyman:

"Dediğim gibi eyle İnce Memed. O kınalı tepenin arkasına geçme. Birisi görür, haber verir keçi sakallı Abdiye, seni alır götürürler."

Memed:

"Tövbeler olsun," dedi.

Ertesi sabah, Memed çok erken uyandı, yataktan kalktı. Hemen dışarıya fırladı. Şafağın yeri usul usul ağarıyordu. Süleymanın yatağına gitti. Horultuyla uyuyordu. Dürterek Süleymanı uyandırdı.

Süleyman uykulu uykulu:

"Ne o? Sen misin İnce Memed?" diye sordu yavaştan.

Memed:

"Benim," dedi iftiharla. Sonra da ekledi:

"Vakit geç. Ben keçileri süreceğim."

Süleyman hemen kalktı. Gözleriyle karısını araştırdı. Karı çoktandır kalkmış inek sağıyordu dışarda. Karısına seslendi:

"Çabuk İnce Memedin azığını hazırlayın."

Kadın sütlü ellerini büyük bir tencerede yıkarken:

"Kalsın," dedi, "gerisini de akşam sağarım."

Azığı, el değer etek değmez, hazırlayıverdi. Ocakta kaynamakta olan çorbadan da çorba koydu Memedin önüne. Memed, çorbayı bir anda sümürdü. Gözle kaş arası azığı beline bağladı, keçileri önüne kattı. Başından yağlanmış, eski şapkasını çıkardı keçilerin üstüne doğru fırlattı:

"Alloooş bre," dedi. "Yaşasın."

Arkasından Süleyman:

"Uğurlu kademli olsun," diye bağırdı.

Memed, keçilerle birlikte gözden kayboluncaya kadar döndü döndü ona baktı.

Süleyman, sonra kendi kendine:

"Vay," dedi, "vay! Çocukluk..."

Karısı yanına geldi:

"Gene dertlendin," dedi. "Derdin ne?"

Süleyman içini çekerek:

"Bak şu çocuğa neler etmiş keçi sakallı Abdi! Yürek parçalanır haline çocuğun. Babasını tanırdım. Mazlum, kendi halinde bir adamdı. Bak şu çocuğun haline! Canından usanmış da kendisini dağlara, kurdun kuşun arasına atıvermiş!.. Bak hele!"

Karısı:

"Bre Süleyman," dedi, "sen de her şeyi kendine dert edersin. Gel içeri de iç çorbanı."

3

Akşam oldu, çiftçilerin hepsi çiftten döndü. İnce Memed gelmedi. Gün battı. İnce Memed gelmedi. Karanlık kavuştu, gene İnce Memed gelmedi.

Yandaki komşu evden, Zeynep Kadın, Memedin anasına seslendi:

"Döne! Döne! Daha Memed gelmedi mi?"

Döne inler gibi:

"Gelmedi bacım. Gelmedi daha Memedim. Ben, ne yapayım şimdi?"

Zeynep belki on seferdir Döneye söylüyordu. Gene tekrar etti:

"Git," dedi, "soruver Abdi Ağaya. Belki onlara gelmiştir. Git de soruver bacım. Şu senin de başına gelenler!.. Vay fıkara Döne!"

Döne:

"Bu benim başıma gelenler!.. Benim başıma gelenler!.. Memedim köye gelseydi, hiç durmadan bir yerlerde, doğru eve gelirdi. Abdi Ağanın evinde bir lokma durmaz o. Gene de varayım gideyim. Belki..."

Gökyüzünde ay yoktu. Bulutlu olduğu için yıldızlar da gözükmüyordu. Bir karanlık vardı!.. Silme karanlık. Döne, Abdi Ağanın evine doğru yola düştü. El yordamıyla yürüyordu. Bir el kadar pencereden azıcık ışık sızıyordu. Işığa vardı. Işığın yanında yüreği gürp gürp ederek durdu. Bir iki yutkundu. Eli ayağı titriyordu. Dişini sıktı. Neden sonradır ki, boğazından bir ses çıkabildi. Ses, ölü bir ses...

"Abdi Ağam! Abdi Ağam! Tabanlarının altını öptüğüm Abdi Ağam! Memedim daha gelmedi. Sizin evde mi ola? Sormaya geldim."

İçerden kalın, gür bir ses duyuldu:

"Kim o? Ne istiyorsun bu gece vakti Hatun?.."

Döne tekrarladı:

"Kurban olduğum Abdi Ağam! Memedim gelmedi eve. Sizde mi ola? Onu sormaya geldim."

İçerdeki gür ses:

"Allah belanı versin. Sen misin Döne?"

Döne:

"Benim Ağam," dedi.

Ses:

"Gel içeri. Ne istiyorsun bakalım?"

Döne, ezile büzüle içeri girdi. Abdi Ağa, ocağın başına, bir sedirin üstüne bağdaş kurmuş oturuyordu. Başındaki kadife kasketinin siperi sol kulağının üstünde. Yolda belde, kasabada hep böyledir. Bununla sofuluğunu göstermek ister. Üstüne ipekle işlenmiş, nakışlı bir mintan giymişti. Büyük taneli kehribar tesbihini şakırdatıyordu.

Uzun, keskin yüzlü, küçücük, yeşil mavi karışığı, bir hoş gözlü, pembe yanaklıydı Abdi Ağa.

"Gene ne istiyorsun? Söyle bakalım," diye tekrarladı.

Döne, ellerini önüne kavuşturmuş, öne doğru biraz eğilmiş, sol elini de sağ elinin içine almış, boyuna sıkıp duruyordu.

"Ağam," dedi, "Memedim daha gelmedi çiftten. Sizde mi ola, deyi geldim."

Abdi Ağa:

"Hah," dedi, ayağa kalktı. "Daha gelmedi ha? Vay it oğlu it vay! Daha gelmedi ha! Ya öküzlerim?.."

Kapıya hızla, geceliğini savurarak geldi. Dışarı bağırdı:

"Dursun, Osman, Ali nerdesiniz?"

Üç ses, üç yerden:

"Buradayız Ağa," dedi.

Abdi Ağa:

"Çabuk gelin buraya," dedi.

Üç kişi karanlıkta koşa koşa geldiler. Bunlardan biri, kırk

yaşlarında gösteren Dursundu. Dursun çok iri yarıydı. Ötekilerse on beşer yaşlarında iki çocuktu.

Ağa:

"Hemen tarlaya gidin, arayın o it oğlu iti. Öküzleri mutlaka bulmalısınız. Bulmadan dönmeyin. Anladınız mı?"

Dursun:

"Biz de onu konuşuyorduk. Noldu acep Memede? Daha gelmedi, diyorduk. Gider ararız," diye söylendi.

Birden Döne hıçkırmaya başladı.

Abdi Ağa tiksintiyle:

"Kes," dedi. "Kes! Ne yapacağız bakalım, bu senin it oğlu itiyin elinden? Eğer öküzlere bir şey olmuşsa, onda kemik komaz kırarım. Kemiklerini tüm un ederim."

Dursun, Ali, Osman karanlığa atıldılar. Döne de arkalarına düştü.

Dursun, Döneye:

"Bacım," dedi, "sen gelme. Biz, bulursak buluruz. Belki sabanın bir tarafını kırmıştır. Belki boyunduruğu kırmıştır. Korkusundan gelemiyordur belki. Sen gelme. Biz bulur getiririz. Dön, bacım Döne!"

Döne:

"Kurbanlarınız olayım, yavrumu bulmadan gelmeyin. Dursun emmisi, yavrum sana emanet. Yavrumu bulmadan gelme. Yavrum sana emanet. Yavrumu bulmadan gelme! Yavrum seni çok severdi Dursun emmisi!"

Kadın, geri evine döndü.

Üç kişi karanlığa karıştı. Gecede, uzaklaşan ayaklarının sesi duyuluyordu. Alışkın ayaklar, gidecekleri yolu biliyorlardı. Önce ufacık taşlı bir tarlaya düştüler. Sonra, keskin bir kayalığı aştılar. Kayalığın arkasına dinlenmek için oturdular. Üçü de yan yana... Sokulmuşlar. Biribirlerinin üstüne abanmışlar. Böyle uzun zaman sustular. Belalı bir karanlık vardı. Böceklerin ötüşünden başkaca da çıt yoktu. Önce Dursun konuştu. Kimseye değil, geceye söylüyordu.

"Noldu bu çocuğa acep? Nereye gitti?"

Osman:

"Kim bilir ki..."

Ali:

"Memed bana ne diyordu, haberiniz var mı? Ben diyordu, o köye gideceğim. Öldürseler durmam, diyordu."

Dursun:

"Kaçmasın Memed. Bir delilik yapmasın?"

Ali:

"Kaçtıysa iyi etti," diye dişlerinin arasından ıslık gibi bir laf bıraktı.

Osman:

"Çok iyi etti."

Ali:

"Bizimkisi ölümden beter."

Osman:

"Çukurovaya bir atabilsek kendimizi."

Dursun:

"Çukurova yakın," dedi. "Yüreğir toprağı var. Bizim köy," diye devam etti. "Çok çalışırsın ama, kendi kendiyin ağasısın. Ne karışanın olur, ne görüşenin. Tarlalara bir bakarsın bulut çökmüş sanırsın kara toprağa. Öyle pamuk olur işte. Toplarsın. Okkası on kuruştan. Bir yazda Abdi Ağanın verdiğini, yani yılda verdiğinin beş mislini alırsın. Bir şehir var, Adana şehiri. Safi sırçadan, tiril tiril yanar gece gündüz. Aynen güneş gibi. Onun içinde gezersin. Evlerin araları, onlar sokak derler adına, cam gibidir. Balı dök yala. Trenler gelir gider. Denizin üstünde bir köy kadar vapurlar yüzer. Dünyanın öteki ucuna gider. O da güneş gibi yanar. Işığa boğulmuştur. Bir bakarsın bir daha gözünü alamazsın. Para dersen sel gibi Çukurovada. Yeter ki sen çalış."

Osman birdenbire ortaya bir sual attı:

"Dünya ne kadar büyük ola?"

Dursun:

"Çook," dedi.

Ayağa kalktıklarında Dursun köyünü anlatıyordu hala.

Kayalıktan sonra da, bir çakırdikenliğe düştüler. Çakırdikeni bacaklarına sarılıyor, bacaklarını dişliyordu.

Osman:

"Memedin çift sürdüğü tarla buralarda olacak," diye ötelerden seslendi.

Dursun:

"Buraları ben bilmem. Siz bilirsiniz," diye cevaplandırdı.

Alinin:

"İşte burası," diyen sesi sağ yandan duyuldu.

Dursun:

"Burası mı?" diye inanmaz inanmaz sordu.

Ali:

"Tabii burası. Havayı koklasana, sürülmüş toprak kokusu geliyor."

Dursun durdu. Derin derin havayı içine çekti:

"Öyle," dedi.

Öndeki Osman seslendi:

"Ayağım sürülmüş toprağa batıyor."

Ali:

"Benim de..."

Dursun:

"Bekleyin beni. Ben de geleyim."

Durdular. Dursun arkalarından yetişti.

"Şimdi çift sürdüğü yeri bulmaya çalışalım," dedi Dursun. "Ne dersiniz?"

Osman:

"O kolay," dedi. "Buluruz."

Ali:

"Üşüdüm yahu," dedi.

Dursun:

"Şunu bulalım da sonra," diye yatıştırdı onu.

Osman bağırdı bu sırada:

"Çektiği evlekler öyle duruyor. Bugün çift sürmemiş."

Ali de gidip ayağıyla yordamladı. Sürülmüş tarlanın kıyısını birkaç kere de dolaştı.

"Bugün çift sürmemiş Memed, evlekler öyle duruyor."

Dursun:

"Başına bir iş gelmesin?" diye acımış bir sesle sordu. Sesinde biraz da hayret vardı.

Osman:

"Ona hiçbir şey olmaz. Şeytanın kardeşidir o. Hiçbir şey olmaz ona."

Ali:

"Dursun Emmi, sen bilmez misin onu? Ona bir şey olur mu?" diye berkitti.

Dursun:

"Allah vere de öyle olaydı. Memed çok iyi çocuk. Öksüz."

Sürülmüş tarlanın ortasında durdular. Osman, çalı çırpı topladı. Aliyle Dursun konuşurlarken o ateşi yaktı. Ateşin başına geçtiler oturdular. Türlü ihtimaller üstünde durdular. Bayılabilirdi. Kuduz kurt gelir kapabilirdi onu. Bir hırsız gelir elinden öküzleri alırdı. Daha ne kadar ihtimal varsa, üzerinde teker teker durdular. Ama, üstünde ısrarla durdukları bir tek ihtimal yoktu. Hepsi de olabilirdi. Bir teki de olmayabilirdi.

Dursunun yüzüne ateşin yalımı vuruyordu. Kırmızı bakırın rengine çalıyordu yüzü. Yüzünde belli belirsiz, mutlu bir gülümseme vardı.

Ateş yandı geçti. Ocakta, kedi gözü gibi birkaç köz ışıldadı kaldı. Canları sıkılıyordu. Ali bir türkü söyledi. Dertli bir türküydü bu. Geceye yayıldı:

Kapıya oturmuş kurar araba
Bugün efkarlıyım gönlüm haraba
Kitaplar getir de yeminler edem
Senden gayrisine demem merhaba.

Üşüdüler. Osman çalı çırpı topladı, ateşi yeniledi. Dursunla Ali de kalktılar çalı toplamaya gittiler. Büyük bir yığın çalı yığdılar ateşin yanına.

Osman:

"Eeee ne yapalım şimdi?" dedi.

Dursun:

"Biz şimdi boş dönersek köye, Abdi Ağa kıyameti koparır. İyisi mi burada yatalım. Sabahleyin arar buluruz."

Ali:

"O Memed hiç bulunmaz gayri. O köye gitti o, neredeyse o köy. Dilinden düşürmüyordu."

Dursun güldü:

Ateşi devam ettirmek için Ali nöbetçi oldu, ötekiler kıvrıl-

34

dılar. Ali gözlerini ateşe dikmiş kalmıştı. Bir ara başını kaldırdı. Gözlerini ateşten aldı. Karanlıklara daldı. Kendi kendine "Gitti," dedi. "Gitsin. İyi yaptı. O sırçadan şehire gitti. Ilık Yüreğir toprağına gitti. Gitsin. İyi yaptı. Varsın gitsin."

Osman uyanınca nöbeti ona devretti. Bir keseğe başını koyarken:

"Oraya gitti değil mi Osman? Memed, oraya gitti. Dursunun söylediği yere."

Osman:

"Oraya..." dedi.

Şafağın yeri ışırken üçü de uyandı. Tan yerinde hafif bir kızıllık vardı. Bulutların kenarı sırmalanmıştı. Az sonra kırmızı kenarlı bulutlar beyazlaşmaya başladı. Sonra bir yel esti. Birazıcık soğuk ama, çok tatlı. Seher yeliydi. Az sonra ortalığı seçebildiler. Sürülmüş toprağın ötesinde, çakırdikeni günün doğduğu yere kadar uzanıyordu.

Üçü birden ağır ağır tarlanın ortasından ayağa kalktılar. Sabah ışığı içinde kaldılar. Koyuca gölgeleri günbatıya doğru uzanmıştı. Üçü de kollarını açarak gerindi. Sonra üçü de yere çömelip işedi.

Gerine gerine Memedin çift sürdüğü tarlayı dolaştılar.

Osman:

"Bakın ize," dedi, "öküzler sabanla gitmişler. Arkalarında sabanla... Haydi izleyelim."

İzleye izleye yürüdüler. Bir yerde uzun uzun durdular, konuştular. Burada bir çift öküz yatmıştı. Kocaman izleri bozulmamış, daha kalıp gibi duruyordu. Hem de boyundurukla, arkalarında sabanla yatmışlardı.

Doğan gün, ortalığı ısıtmaya başladı. Çakırdikenlikten çıktılar, akarsuya geldiler. Ali, birden bir çığlık attı. İkisi birden Aliden yana döndüler. Dönünce, boyunlarında boyunduruk, arkalarında saban, tam koşum halinde öküzleri gördüler. Öküzün biri mor, biri kırmızıydı. İki öküzün de kaburgası kaburgasına geçmişti.

Osmanın yüzü sapsarı kesildi:

"Bir hal var bu çocuğun başında. Memed kaçsaydı, öküzleri böyle koşum halinde koyup gitmezdi. Bir hal var başında."

Ali:

"Hiçbir hal yok başında. Öküzleri kurnazlığından öyle bıraktı gitti. O köye gitti o."

Osman kızdı:

"O köy, o köy... Siz de... Neymiş o köy? Deli misin sen?"

Dursun gülümsedi:

"Kavga etmeyin yahu," dedi.

Öküzleri önlerine kattılar.

Köye girdikleri zaman gün kuşluktu. Karşıdaki dağdan bile yavaş yavaş sis kalkıyordu.

Dönenin başına ne kadar çoluk çocuk, kadın, genç, yaşlı varsa toplanmıştı. Yanaşmaların önünde koşulu öküzleri görünce ayağa kalktılar hep birden. Hiç kimse konuşmuyordu. Gözleri öküzlere dikilmişti.

Döne bir çığlık attı, öküzlere doğru koştu:

"Yavrumu nettin Dursun emmisi? Yavrum seni çok severdi."

Dursun:

"İşte, öküzleri böyle koşulu bulduk derede."

Kadın dövünüyordu:

"Memedim yavrum... Gün görmemiş öksüzüm..."

Dursun:

"Bacı," dedi, "ona hiçbir şey olmamıştır. Ben ararım onu. Arar bulurum."

Döne laf dinlemiyordu. Hem ağlıyor, hem de:

"Gün görmemiş öksüzüm," diyordu boyuna.

Sonra Döne çırpına çırpına tozların ortasına düştü. Orada kesik kesik inlemeye başladı. Yüzü, gözü, saçları apak toza belenmişti. Sonraları yüzü, göz yaşından çamura kesti.

Kalabalık öyle donmuş, bir öküzlere, bir Döneye bakıyordu. Kalabalıktan, iki kadın usulca ayrıldı. Geldiler, toprakta belenmekte olan kadını kollarından tuttular kaldırdılar. Döne, yarı baygındı. Başı, ölü başı gibi sağ omuzuna düşmüştü. Koluna girdiler evine götürdüler.

Döne gittikten sonra kalabalık bir karıştı, canlandı.

İlkin, kocakarı Cennet konuştu. Ona, at yüzlü Cennet derlerdi. Uzun yüzü, kırışık kırışıktı. Boyu çok uzundu. İnce parmakları dal gibiydi.

"Fıkara Döne," dedi, "noldola oğluna?"

Elif atıldı. Köyde şom ağızlılığı ile ün salmıştı. Kısa boyluydu.

"Ölmese gelirdi Memed," dedi.

Sonra bu söz boydan boya kalabalığı dolaştı:

"Ölmese gelirdi."

"Ölmese gelirdi."

"Ölmese gelirdi."

Elif tekrar söz aldı:

"Belki babasının düşmanları öldürmüştür."

Cennet Karı:

"Babasının düşmanları yoktu. İbrahim karıncayı incitmemişti," diye cevap verdi.

Beyaz başörtüler, alacalı bulacalı yazmalar, mor fesler, bakır paralı alınlar kalabalığı dalgalandı:

"İbrahim karıncayı incitmemişti."

"İbrahim karıncayı..."

"Karıncayı incitmemişti."

Sonra ortalık karıştı. Her ağızdan bir ses çıkmaya başladı.

"Vay Memed!"

"Vay öksüz!"

"Gözün kör olsun gavur dinli."

Sonra bir teklif dalgalandı kalabalığın üstünde. Kimin söylediği bellisiz.

"Döne kartal dönen yerlere gitsin baksın."

"Leş üstünde kartal döner."

"Nerede kartal dönüyor orada..."

"Orada..."

Bütün kalabalık bir anda bunu söyleyen kadına döndü. Bir an sessizlik oldu. Kalabalık, bir an gene dondu. Tekrar canlandı.

"Suyun gözüne düşmüştür."

"Gözüne düşmüştür."

"Gözüne..."

Kalabalık yönünü doğuya döndü. Önce ayakları çıplak çocuklar yürüdüler. Onların ardından ayağı çıplak kadınlar... Önce çakırdikenliğe çocuklar düştü. Ardından kadınlar... Çocukların bacakları ala kan içinde kaldı. Çocuklar, gene koştular. Kadınlarsa, bu önlerine çıkan çakırdikenine beddua ettiler:

"Kökü geçesice..."

Çakırdikenliği çıktıktan sonra, onun arkasından da kayalar göründü. Yorulmuş, ayakları kanamış çocuklar geride kaldılar, kadınlar öne düştüler.

Çınara ulaştıklarında yorulmuşlardı. Ulu çınar fışıldıyordu. Birden su gürültüsünü duyunca durakladılar. Bir zaman soluk aldıktan sonra, hep birden suya koşmaya başladılar. Gelen suyun gözüne gözünü dikip baktı. Gelen baktı. Kadınlar, yan yana, üst üste halka oldular. Su, büyük kayanın dibinden köpük saçarak kaynıyordu. Kayanın sol yanında büyücek bir havuz oluyordu su. Kaynayan suyun üstüne üç dört yaprak düşmüştü. Akıp gitmiyor, dolanıp duruyorlardı köpükler arasında.

Hiç çıt çıkarmadan uzun zaman baktılar.

Cennet Karı:

"Çocuk buraya düşseydi, şimdiye kadar suyun yüzüne bir kere olsun çıkardı," dedi.

Kalabalık, gene karıştı. Başlar dalgalandı:

"Bir kere olsun çıkardı."

"Çıkardı..."

Kalabalık yorgun, bitkin, umutsuz, neşesiz, sallana sallana geri döndü. Bunda çocuklar arkada kalmışlar, oynaya oynaya geliyorlardı. Kalabalık, toplu halde de yürümüyordu. Her biri bir yerde, başı eğik gidiyorlardı.

Döne, bu günden sonra, ağlaya ağlaya yataklara düştü. Ateşler içinde yandı. Köyün genç kızları da ona yardım ettiler. Döne birkaç gün sonra yataktan kalktı. Gözleri kan çanağına dönmüştü. Alnına da beyaz bir bez bağlamıştı.

Bir gün köyün içini meraklı bir haber dolaştı: "Döne yemiyor, içmiyor, suyun gözünün başına oturmuş gözünü kırpmadan suya bakıyor, çıkacak mı diye oğlunun ölüsünü bekliyor."

Haber doğruydu. Döne her sabah, gün doğmadan kalkıyor, suyun başına gidiyor, gözlerini sudan ayırmadan ha bire bakıyordu. Bu, böyle on gün kadar sürdü. Sonra, Döne bitkin geldi evine kapandı. Şimdi de başka bir şey taktı aklına. Gene her sabah çok erkenden kalkıyor, damın başına çıkıyor, uzak göklere gözünü dikiyor, gökleri araştırıyor. Nerede sönen bir kartal kümesi varsa yaya yapıldak oraya koşuyordu. Bir iğne, bir ipliğe dönmüştü. Bazan kartallar çok uzaklarda, mesela Yağmurtepenin üstünde dönüyorlardı. Orası bir günlük yol çeker. Döne, oraya da gidiyordu.

Bir gece Dönenin kapısı dövüldü. Bir ses:

"Döne bacı aç! Ben Dursunum," dedi.

Döne umutla, korkuyla kapıyı açtı.

"Gel Dursun kardaş! Memedim seni çok severdi," dedi.

Dursun, Dönenin serdiği döşeğe ağır, temkinli oturduktan sonra:

"Bana bak bacı," dedi. "Benim yüreğim öyle hükmediyor ki oğlun ölmedi. Bana öyle geliyor ki başını aldı gitti bir yere. Ben, onu bulurum."

Döne, Dursunun yanına çöküverdi:

"De," dedi. "Dursun kardaş. Bir bildiğin mi var?"

Dursun:

"Bildiğim yok ya bacı, yüreğim öyle hükmediyor."

Döne:

"Dillerine kurban olayım kardaş senin," diye yalvardı.

Dursun:

"Ben onu ararım. Arar bulurum. Sana şu kadarlığını söyleyim ki oğlun ölmedi. Memed ölmedi."

Döne onu uğurlarken:

"Bir umudum sende kaldı kardaş. Ah oğlumun bir sağlık haberini alsam... Dünyada hiç başka bir şey istemem. Sen bilirsin Dursun Ağam. Dillerine kurban olduğum. Sen bilirsin," dedi.

4

Yaz geldi çattı. Ekinler biçiliyor. Sıcaklar veryansın ediyor. Çukurovanın sıcağına sarı sıcak derler. Toros eteklerinin sıcağına da ak sıcak diyorlar. Ak sıcaklar çöktü.

İnce Memed geldi geleli çoban değil, İnce Memed, evin oğlu. Süleyman, İnce Memedi canı gibi seviyor. Gel gelelim, cin gibi, neşeden taşan oğlana son günlerde bir hal oldu. Ağzını bıçaklar açmıyor. Bir efkardır kaptırmış kendisini. Eskiden türkü söylerdi durmadan. Yanık söylerdi. Türküler de yok gayrı.

Keçilerini en iyi otlağa, en iyi yapraklı ormana götürürdü. Eskiden bir keçi, durup azıcık otlamasın, azıcık durgun görünsün, Memed derhal fark eder, ona bir çare bulur, iyileştirirdi. Şimdi keçileri salıveriyor otlağa, oturuyor bir ağacın, bir kayanın gölgesine, çenesini değneğine dayıyor, dalıp gidiyor. Arada sırada da dayanamayıp kendi kendine konuşuyor.

"Anacığım... Vay anacığım! Ekinlerini kim biçer ola şimdi? Gavur Abdi Ağa! Anacığım! Ekinlerimiz kuruyup dökülecek. Ekinleri kim biçiyor şimdi anacığım? Ben olmayınca anacığım?"

Duruyor, göğe, gökteki bulutlara, toprağa, kızarmaya yüz tutmuş ekinlere bakıyor.

"Leyleğin gözündeki tarla kurumuştur şimdi. Kim biçer ola? Anacığım!.. Yalnız nasıl biçersin tek başına?"

Geceleri de uyku girmez oldu gözüne. Yatakta ha bire dönüyor. Aklı fikri Leyleğin gözündeki tarlada. "Leyleğin gözündeki tarla çabuk gevrer geçer. Bir tane bile alınmaz. Bir tane bile. Geç kalınırsa."

Sabah oluyor, yataktan kalkıyor. Her bir yanı kırık. Ölgün ölgün... Keçilerini önüne katıyor. Keçiler dağılıyor. Her biri bir tarafa gidiyor. Umurunda değil. Baktığı yok. Süleymanın ak, güleç yüzü geliyor gözlerinin önüne. Süleymanın sevgi dolu gözleri... Kendi kendinden utanıyor. Canlanıyor. Keçilerini toplayıp, otlağa iyi bir yere götürüyor... Bu uzun sürmüyor. Efkar basıyor. Toprağa gene çöküyor. Toprak cayır cayır yanıyor. Ama o durmuyor. "Leyleğin gözü," diyor. "Anacığım," diyor. Bir de bakıyor ki, akşam olmuş, gün batmış... Dağılmış keçilerini topluyor... Ötede, batan güneşten kalan son ışıklarla tepesi ışıyan Kınalıtepeye doğru sürüyor keçilerini. Keçilerini Kınalıtepenin eteğinde bırakarak, kendisi başına çıkıyor. Ötelerde bir düzlük gözüküyor. Akşam sisleri çökmüş düzlüğün üstüne. Usul usul kalkıyor. Bu görünen düzlük, çakırdikenli düzlük. Kınalıtepenin arkasında Değirmenoluğu göremiyor. Ortaya bir sırt gerilmiş. Aynen gerilmiş perde gibi. Bir boz toprak yığını. Otları yanacakmış, hemen tutuşacakmış gibi. Öyle kurumuş işte. Hatırlayıp, kendi kendine kızıyor. Süleyman ne demişti? "Kınalıtepenin ardına geçme!" demişti. Kınalıtepenin arkasında in cin yok. Buna daha beter kızıyor. Koşa koşa tepenin başından eteğe iniyor. Dağılan keçileri geç vakitlere kadar ancak toparlayabiliyor. Köye çok geç dönüyor. Süleyman ona, geç kalmasının sebebini sorduğu zaman da:

"İyi bir otlak buldum da keçileri ayıramadım," diye yalan söylüyor.

Bir gün gene çok erken yatağından kalktı. Keçilerin ağılına girdi. Sıcak, boğucu bir geceydi. Keçi ağılı sası sası kokuyordu. Keçileri ağıldan çıkardı, önüne kattı. Bazı bazı, daha şafak atmadan, şafaktan çok önce göğün doğusunda bir tarafı kınalanıverir. Az sonra da oradaki bulutların kenarları sırmalanır. Sonra da şafak atar. Memed, gündoğusuna baktı. Bugün öylesi bir gündü.

Sonra Memedin içi aydınlanıverdi. Yüreği hafifledi. Birden, kendisini kuş gibi hafif, rahat buldu. Bu arada seherin yelleri de esmeye başladı. Ufacık dalgalar halinde yel, yüzünü yalayıp geçiyordu.

Yüreği küt küt atarak keçilerin yönünü Kınalıtepeye doğru

çevirdi. Memed arkada, keçiler önde bir toz bulutu bırakarak koşuyorlardı. Tam tepenin dibine gelince, Memed, keçilerin yönünü çevirdi. Telaşlı bir hali vardı. Keçiler dağılıp oraya buraya gittiler. Memed toprağa oturdu, değneğini çenesine dayadı. Uzun uzun düşündü. Bir ara hışımla kalktı, keçileri tepeye doğru toplayıp sürmek istedi. Sonra vazgeçti. Oturdu gene düşünceye daldı. Bir zaman başı ellerinde kaldı. Keçinin biri boynunu, ellerini yaladı. Aldırmadı. Keçi kendiliğinden bıraktı gitti. O kadar bol ışık doldurmuştu ki ortalığı, dağlar taşlar, ağaçlar, otlar eriyiverip ışığa kesecek sanırdı insan.

Ellerini yüzünden çekti. Gözlerini açınca, gözlerine ışık doldu. Kamaştırdı. Bir zaman ışığa bakamadı. Gözleri alışınca yorgun, isteksiz kalktı. Keçileri aynı ağırlıkla topladı. Tepeye sürdü. Bir anda keçiler tepenin arkasına geçtiler. Memed, yönünü güneye döndü. Ellerini gözlerine siper etti. Uzaklara baktı. Gözüne ulu çınarın dalları ilişti gibi geldi. Yüreği hop etti. Tepenin arkasının kuzey yanı ovaydı. Değirmenoluk köyünün tarlalarıyla, yani çakırdikenli ovayla bu ova arasına keskin boz topraklı sırt giriyordu. Keçileri bu sefer sırtın dibine doğru sürdü. Önünden iki küçük kuş uçtu. Gökte de bir tek, bir kuş gördü. Başkaca, ovada siniler sinek yoktu. Ortalık ıpıssızdı. Ta uzaklarda, topraktan bir ak bulut kalkıyordu. Birden gözüne, aşağıda, sırtın dibinde küçücük bir tarla çarptı. Tarlanın ortasında kara bir leke eğilip eğilip kalkıyordu. Bu sefer de keçileri aynı isteksiz hal, aynı yorgunluk, ağırlıkla oraya çevirdi. Ekinin yanına gelince, ekin biçeni tanıdı. Bu, yaşlı Pancar Hösüktü. Pancar Hösük ekinden başını kaldırıp da keçilere, Memede bakmadı. Ha bire orak sallıyordu. Memed de keçileri boş bıraktı. Keçiler ekinin kıyısına geldiler. Hösük, gene farkında olmadı. Sonra keçilerin hepsi her yerden ekine daldı. Bir hışırtı, bir patırtıdır koptu ekinin içinde. Keçileri ekinin içinde görünce Pancar Hösük ifrit oldu. Elindeki orağı hışımla keçilere fırlattı. Orağın arkasından var gücüyle küfrede ede kendi de keçilere doğru atıldı. Memed, olduğu yerde durmuş, Pancar Hösüğü seyrediyordu. Pancar Hösük binbir güçlükle, oflayıp puflayarak keçileri ekinin içinden toplayıp çıkarırken, durup öylecene kendisine bakan çocuğu gördü. Onun keçilerin çobanı olduğunu anladı. İşte buna müthiş kızdı. Tepesinin tası attı. Keçileri bir tarafa bıraktı. Orağı attığı yerden aldı. Küfrederek çocuğa doğru geldi. Ağzından köpükler saçılıyordu:

"Ulan, anasını atın tepelediği köpoğlu köpek... Keçiler ekini geçirdiler. Sen durmuş seyredersin burada. Bir varayım da senin yanına... Senin babayın... Orospu analı... Anasının..."

Çocuk yerinden kıpırdamıyordu. Halbuki ihtiyar, çocuğun kaçacağını, kendisinin de onun arkasından yetişemeyeceğini tasarlıyor, yerden, ona atmak için taşlar topluyordu eline. Yaklaştı, çocuk ha kaçtı, ha kaçacak... Çocuk kaçmadı. Hösük, o hızla kolundan tuttu. Orağın sırtını kafasına indirecekken, eli kalakaldı. Çocuğun kolu elinden düşüverdi:

"Memmeed!.. Yavrum sen misin?" dedi. "Herkes seni ölmüş biliyor."

Soluğu kesilecekmiş gibi soluyordu. Toprağa çöküverdi. Kızarmış boynundan, yüzünden oluk oluk ter akıyordu. Bu sırada tekmil keçiler gene ekine doldu.

Pancar Hösük:

"Git de," dedi, "şu keçileri çıkar gel."

Ancak bundan sonradır ki, bir heykel gibi donmuş kalmış Memed kımıldadı. Koşa koşa ekine gitti. Ekine giren keçileri çıkardı uzaklara sürdü. Geldi Pancar Hösüğün yanına oturdu.

Hösük:

"Memedim," dedi, "ulan seni araya araya bir hal oldular. Suya düşmüş sandılar. Anan senin derdinden ölüyordu az daha," dedi, "hiç yüreğin acımadı mı anana?"

Memed, belini kamburlaştırmış, değneğini çenesine dayamıştı. Susuyordu.

Hösük sordu:

"Bu keçiler kimin?"

Memed, istifini bile bozmadı.

Hösük:

"Sana diyorum, Memed!" dedi, "bu keçiler kimin?"

Memed, ağzından dökülürcesine:

"Kesme köyünden Süleymanın."

Hösük:

"İyi adam Süleyman," dedi. Sonra da ekledi: "Bre deli, gi-

43

deceksin gitmeye, anana haber versene. Usandın Abdi namussuzunun elinden. Anana haber ver, ondan sonra nereye kaçarsan kaç!"

Abdi lafını duyunca Memed, Hösüğün ellerine sarıldı:

"Nolursun Hösük Emmi," dedi, "benim Süleyman Emmiye çoban olduğumu kimseye söyleme. Nolursun yani. Abdi Ağa duyarsa beni alır götürür. Beni döve döve öldürür."

"Sana hiç kimse bir şey yapamaz," dedi. "Deli! Adam anasına haber vermez mi? Fıkara senin derdinden ölüyordu az daha..."

Hösük, sonra birdenbire lafı yarıda bıraktı. Kalktı, Memede bakmadan ekine gitti. Biçmeye başladı. Çabuk biçiyordu. Orağın hışırtısı Memede kadar geliyordu.

Hösük başını bir defa bile kaldırmadan biçiyordu. Bazı bazı beli ağrıyınca doğruluyor, ellerini beline dayıyor, uzaklara bakıyor, gene biçmeye koyuluyordu. Memedi çoktan unutmuştu. Memed de ekinin kıyısında durmuş, kımıldamadan, dimdik dikilmiş, ona bakıyordu.

Gün yıkıldı gitti. Gölgeler, upuzun uzadı.

Memed, güneşe şöyle bir göz attı. Gün kızarıyordu. Ovadaki otlar yarı pırıltılı, yarı gölgeli. Otlar ipil ipil ediyor.

Memedin ayakları Hösüğe doğru sürüklendi. O aynı hızla biçmeye hala devam ediyordu. Karşısında durdu. Yüreği küt küt atıyordu. Hösük, Memedin çıkardığı hışırtıyı duyunca doğruldu. Terden kapkara görünüyordu bu akşam vaktinde. Göz göze geldiler. Hösük yorgun, Memedin ta gözlerinin içine baktı. Canevine baktı. Memed, gözlerini indirdi. Gözleri yerde Hösüğe doğru bir iki adım attı. Ellerini tuttu:

"Allahını, Peygamberini seversen Hösük Emmi," dedi, "anama, kimseye söyleme, beni gördüğünü."

Eli, atarcasına bıraktı, arkasına bakmadan koştu.

Gün batmıştı ki, Kınalıtepeye geldi. Ter içindeydi. Nedense, bir an seviniyor, arkasından yüreği kararıveriyordu. Bir seviniyor, arkasından... Çarpışma. Kınalının tepesine çıktı. Sırtın dibindeki küçük tarlanın oraya gözünü dikti. Tarlanın ortasında küçücük bir kıpırtı fark ediliyordu.

Hösük, köye girdiğinde, önüne gelene, ehemmiyetli bir sır

biliyor da söylemiyormuşcasına gülüyordu. Önlerinde duruyor, gülüyordu. Hösüğün bu haline kimse bir anlam veremedi. O doğruca Dönenin evine gitti. Döne kapısında, Pancar Hösüğü kendisine bakarak ha bire gülümser görünce, buna ne anlam vereceğini bilemedi. Pancar çok seyrek gülen bir adam olduğu gibi, ne Dönenin evine, ne de kimsenin evine gitmezdi. Tarladan evine, evinden tarlaya. Başka birisi olsaydı bu harekette göze batacak bir şey yoktu yoksa. İşi olmadığı zaman da evinin önüne bir hasır serer, üstüne oturur, hiç kimseyle konuşmadan kendi kendine tahtalar oyar, güzel nakışlı kaşıklar, kirmenler, çam bardaklar, tespihler yapardı. Şimdi Dönenin evinin önünde durmuş, ha bire gülüyordu. Gözlerini Döneden ayırmadan gülüyor, ama konuşmuyordu gene. Döne de bu durum karşısında ne diyeceğini bilemiyordu. Bir zaman şaşkın, Hösüğün etrafında dolandıktan sonra:

"Hoş geldin Hösük Ağam, buyur otur," diyebildi.

Hösük duymamış gibi yaptı, gülmeye devam etti.

Döne üsteledi:

"Hösük Ağam buyur otursana..."

Hösüğün gülmesi kesildi. Ağır ağır:

"Döne! Döne!" dedi, durdu.

Döne kulak kesildi.

"Döne, müjdemi isterim."

Döne gülümsedi. Arkasından da telaşlandı. Titreyerek:

"Müjden başım üstüne Hösük Ağam," dedi.

Hösük:

"Oğlunu gördüm bugün Döne," dedi.

Döne hiçbir şey söylemedi. Öyle oldu ki kessen bir damla kanı çıkmayacaktı. Kurumuştu.

"Oğlun, bugün yanıma geldi. Büyümüş, etlenmiş..."

Döne:

"Dillerine kurban olurum Hösük Ağam," diye inledi.

"Müjden başım gözüm üstüne."

Döne, durup durup:

"Sahi mi söylüyorsun Hösük Ağam, sahi mi?" diyordu.

"Müjden baş üstüne. Dillerine, senin güzel dillerine kurban olayım Hösük Ağam."

Sonra Hösük oturdu. Olup biteni bir bir Döneye anlattı. Döne yerinde duramıyor, evin bir ucundan bir ucuna gidip geliyordu.

Azıcık bir zamanda Pancar Hösüğün getirdiği haber bütün köye yayıldı. Kadınlar, erkekler, yaşlılar, çocuklar, köyde kim varsa, Dönenin evinin önüne yığılıştılar. Ay ışığı, köyün toprak damlarının, Dönenin evi önünde kımıldanan insan kalabalığının üstüne dökülüyordu.

Kalabalıktan gürültü, patırtı, şamata geliyordu. Birden gürültü kesiliverdi. Ortalıkta ses soluk kalmadı. Cümle başlar da güneye doğru çevrildi. Bir atlı geliyordu öteden. Atının koşumlarının madeni kısımları ay ışığında parlıyordu. Atlı yaklaştı. Sonra kalabalığı yardı, geldi ortada durdu.

"Döne! Döne!" diye bağırdı.

Kalabalıktan, zayıf bir kadın sesi cevap verdi:

"Buyur Abdi Ağam."

"Duyduğum doğru mu Döne?"

Döne geldi, atın başının hizasında durdu.

"Pancar Hösük görmüş. Geldi bana söyledi."

Abdi Ağa:

"Nerede o Pancar?" diye gürledi. "Gelsin yanıma."

Kalabalık karıştı:

"Yok. Hösük yok," dediler.

"Hösük hiç kalabalığa girer mi?"

"Kıyamet kopsa evinden çıkmaz."

Ağa emir verdi:

"Gidin getirin Hösüğü."

Hösük gelinceye kadar, kalabalıktan gene hiç ses çıkmadı. Ortalık derin bir sessizliğe gömüldü.

Az sonra beyaz don, beyaz gömlek içinde Hösük getirildi. Kollarını sıkı sıkıya tutmuş iki kişi arasında çırpınıyordu:

"Ne istiyorsunuz benden bu gece vakti? Derdiniz ne? Allah sizin belanızı versin deyyuslar!"

Abdi Ağa:

"Seni ben istedim Hösük," dedi.

Hösük indirdi. Yumuşadı:

"Ulan namussuzlar, neden Ağa çağırıyor demediniz?"

Ağaya döndü:

"Kusura kalma Ağam," dedi.

Abdi Ağa sordu:

"Hösük sen Dönenin oğlunu görmüşsün öyle mi?"

Hösük:

"Söyledim Döneye."

Ağa:

"Bana da söyle," dedi.

Hösük anlatmaya başlayınca, kalabalık etrafına sıkıştı. Halka oldu. Hösük, Memedi nasıl gördü. Orağı kafasına nasıl vuracaktı. Hepsini teker teker, hiçbir şey unutmadan anlattı. Abdi Ağa kızdı, küplere bindi:

"Vay Süleyman vay!" dedi. "Demek Süleyman benim kapıdaki adamları alır çoban edersin! Kırdığın ceviz kırkı geçti Süleyman! Demek Kesme köylü Süleyman ha?"

Hösük:

"O," dedi.

Abdi Ağa, Döneye seslendi:

"Ben onu yarın gider getiririm."

Atını sürdü gitti. Kalabalık arkasından homurdandı.

Abdi Ağa doludizgin giden atının başını Süleymanın kapısının önünde çekti:

"Süleyman! Süleyman!"

Süleyman içerdeydi. Dışarı çıktı. Abdi Ağayı görünce yüzü kül gibi oldu. Abdi Ağa, atın üstünden Süleymana eğildi:

"Süleyman," dedi, "sen hiç utanmadın mı? Benim kapıdan adam almaya utanmadın mı? Sen hiç haya etmedin mi? Abdinin kapısından adam alınır mı? Şimdiye kadar bu olmuş iş mi? Sen bilmez misin bunu? Yazık sana Süleyman. Şu ak sakalına da bakmadan..."

Süleyman:

"İn hele attan Ağa! İn attan da buyur içeri. Sana her şeyi bir bir söyleyim, Ağa," dedi.

Abdi Ağa:

"Senin evine inmem," dedi. "Oğlan nerede? Yerini söyle!"

Süleyman:

"Zahmet olur sana Ağa. Ben hemen alır şimdicik getiririm."

Abdi Ağa:

"Zahmeti mahmeti yok," dedi. "Göster bana yerini çocuğun."

Süleyman boynunu büktü:

"Peki Ağa, haydi gidelim," dedi, atın önüne düştü.

Keçilerin yanına gelinceye kadar, ne o konuştu, ne de o. Geldiklerinde, Memed, bir taşın dibine oturmuş düşünüyordu. Onları görünce ayağa kalktı yanlarına vardı. Abdi Ağaya hiç hayret etmedi. Süleymanla göz göze geldiler. Bakıştılar... Süleyman, ne gelir elden der gibi boynunu büktü.

Abdi Ağa atını Memede doğru bir iki adım sürdü:

"Düş önüme," dedi.

Memed hiçbir şey demeden atın önüne düştü yürüdü. Boynunu omuzlarının içine çekmişti.

Memed önde Abdi arkada öğleye doğru köye girdiler. Yolda ne Abdi Ağa bir şey sordu, ne de Memed bir şey söyledi. Yalnız, Memed, her an, atı üstüne sürüverecek, ezecek diye korkuyordu. Huyunu bilirdi.

Dönenin kapısına geldiler, durdular.

Abdi Ağa, içeriye seslendi:

"Döne! Döne! Al itini."

Döne dışarıya çıkarken o, atın başını çevirdi. Döne, bir çığlık atarak oğluna sarıldı. Bu arada köylüler de haberlenmişlerdi. Yavaş yavaş kalabalık birikiyordu. Kalabalık halka olmuş, Memed ortada. Önüne gelen soruyor:

"Neredeydin Memed?"

"Bu ne hal Memed?"

"Haa Memed?"

Memed, başını yere dikmiş ağzını açmıyor. Kalabalık gittikçe çoğalıyordu.

5

Memed, harmanın bileziğinde kalan son sapları da attı. Harman yapılırken yağmur yağmış, sapları biribirine yapışmıştı. Saplardan kapkara, kömür tozu gibi bir toz çıkıyordu. Sabahtan beri, durmadan sap atan Memed, tanınmayacak hale gelmişti. Kapkara. Yalnız dişleri ışıldıyordu. Sapı attı bitirdi. Sap öyle kabarmıştı ki, ortadaki öbeği örtmüştü.

Bileziğin yerinde, ıslanmış soluk bir yeşil halka kaldı.

Yorgun, Memed, gitti güneşin alnına ağzı yukarı uzandı. Firezlerin arasından, karınca şeritleri geçip ta uzaklara gidiyorlardı. Elleriyle gözlerini kapatıp bir zaman ağzı yukarı soludu kaldı.

Günlerden beri çalışıyordu. Önce ekin biçmişti tek başına. Leyleğin gözündeki ekinin içi bir de devedikeniyle dopdoluydu. Sonra harman yapmak için anasıyla birlikte şelek çekti. Günlerden beri de döğen sürüyor. Bu yüzden, bir deri bir kemik kalmış... Yüzü buruş buruş. Derisi sarkıyor gibi... Kapkara kesilmiş... Gözleri de iyice çukura kaçmış, avurtları geçmiş...

At, biraz ötesinde kütürtüyle yayılıyordu. Yıkılacak gibi zapzayıf... Kaburgaları dışarı fırlamış... Yaşlı bir hayvan. Belki on beş. Gözlerine sinekler çokuşuyordu. Sırtının tam ortasında, hiç iyi olmayan bir yağarı vardı. İrinlenmişti. İrin kan karışığı. Bir de ekin tozu yapışmıştı. Kocaman kara sinekler, bir kalkıp bir iniyorlardı.

Gün kuşluk oldu. Memed, bir yanına döndü. Oluk oluk terlemişti. Elini yüzüne sürdü. Kapkara bir avuç ter aldı attı.

Güneşin parıl parıl ettiği firezler, ova, gözü açtırmayacak kadar kamaştırıyordu. Ölürcesine yorgundu. Yattığı yerden, firezlerin aralığından bir iki kere hayvana baktı.

Hayvanın yanında dört beş leylek dolanıyordu. Leyleklere daldı. Eliyle de karıncaların yolunu kesti. Karıncalar ellerinin üstünden geçtiler.

Canını dişine taktı. Önce, uzandığı yerden kalktı oturdu. Başını sağ dizinin üstüne koydu daldı bu sefer de. Kendine azıcık geldi sonra. Ellerini toprağa bastırarak usul usul kalktı. Yüzünde, boynunda karıncaların dolaştığını hissetti. Aldı, toprağa attı onları. At toza batmış bir böğürtlen çalısı yanında durmuş, ön ayaklarından birini yalıyordu. Vardı, atı tuttu çekti.

Devedikeni mavi, kocaman çiçeğini açmıştı. Ufacık bir yel parladı onu eğdi.

Getirdi, atı bin güçlükle döğene koştu. At, kabarmış sapları yaramıyordu. Memed, döğenden indi, atla beraber sapların üstünden yürümeye çalıştı. At, ikide bir tökezliyordu. Memed, hayvana müthiş acıdı. Ne yapacağını bilemiyordu. At, terlemiş, kapkara kesilmişti. Öylesine soluyordu ki, göğsü, kaburgaları hep birlikte inip inip kalkıyordu. Bütün döşü, sırtı, sağrısı köpüğe batmış. Memed de tere battı. Terler her bir yerlerinden sızıyor. Terler gözlerine doluyor. Yakıyor. Nefesini de küflenmiş ekinin ıslak kokusu kesiyor. Bir zaman saplara bata çıka harmanı dönünce saplar yattı. Artık biraz daha kolay dönülüyor. Döğenin altında saplar çatır çatır ediyor.

Öğleye doğru saplar iyicene ezildi. Saplar ışılıyor. Karası gitti sapların. Şimdi döğenin arkasından ince, altın sarısı bir toz usuldan, Memedin genzini yakarak savruluyor. Toz kokuyor. Yanık yanık bir şeyler kokuyor.

Ta uzakta bir adam, öbek yapıyordu. Onun ötesinde de bir iki kişinin döğen sürdüğü görülüyordu. Koskoca ovada başkaca can eseri yoktu.

Firezler uzun uzun... Orak makinası, ekini dipten biçer. Firez, toprakta, bir karış ya kalır, ya kalmaz. Elle biçildiğinde yalnız başaklar alınır. Toprakta uzun saplar kalır. Firezlerin ötesi çakırdikeni.

Memedin dili damağı kurudu. Sıcakta, at da başını ayakla-

50

rının dibine indirmiş, ölgün ölgün yürüyor. Memed, döğenin üstünde düşünüyor. Hiçbir tarafa baktığı yok. Leylekler ta harmanın yanına kadar sokulmuşlar. Memed, uyumuş kalmış gibi. At bazı bazı başını saplara daldırıyor geveliyor. İsteksiz. Saplar ağzından dökülüyor. Memedin hiçbir şeye aldırdığı yok. Güneş başına vurmuş. Bir keresinde ayağa kalktı. Köyden yana uzun uzun baktı. Görünürde kimsecikler yoktu. Dişlerini sıktı.

"Şu anam da..." dedi.

Anası ona azık, su getirecekti. Yutkundu. Ağzında bir damla tükrük kalmamıştı. Usulca gene döğenin üstüne yumuldu. At durdu. Başını da sapa soktu. Memed, oralı bile değil. Neden sonradır ki işi fark etti dizgini çekti:

"Deh! Yavrum deeh!" dedi.

Sinekler çokuşmuş. At, kuyruğunu yavaş yavaş kaldırmadan sallıyor. Sinekler aldırmıyorlar.

Kızgınlıkla yeniden ayağa kalkan Memed, yönünü köye döndürdü. Devedikeninin arkasından bir baş gözüküyordu. Az sonra gelenin anası olduğunu gördü. Kızgınlığı o anda sevince çevrildi.

Yaklaşan ana, kan ter içinde kalmış, azık tutan eli yere değecekmiş gibi uzamıştı.

"Nasıl ettin yavru?" dedi. "Kolayladın mı?"

Memed:

"Sapın hepsini attım bitirdim," dedi.

Ana:

"Kalın olmadı mı?" diye sordu.

Memed:

"Oldu ama, yumuşar," diye cevap verdi.

Ananın elinden testiyi kaptığı gibi başına dikti. Uzun uzun, kana kana içti. Testiden akan sularla göğsü, çenesi, göğsünden aşağı bacakları sırılsıklam oldu.

Ana:

"İn yavru," dedi. "İn de ben sürüyüm azıcık. Ekmeğini ye!"

Atın dizginini anasının eline verdi, böğürtlen çalısının gölgesine gitti. Çıkını açtı. Soğan vardı. Tuz da vardı. Ayran torbasına küçücük küçücük, mucuk dedikleri sinekler çokuşmuştu. Bir tasa da ayran doldurdu.

Yemeğini bitirdikten sonra çalının gölgesine yattı. Yalnız belden aşağısı günde kalıyordu. Uyudu.

Uyandığı zaman gün ikindi olmuştu. Gözlerini ovarak kalktı, harmana koştu:

"Ana," dedi, "yoruldun değil mi? Çok yoruldun."

Ana:

"Gel bin yavrum," diye mahzun, boynunu büktü.

İki gün sonra harman savruldu. Üçüncü gün kasar sürüldü. Dördüncü gün de çeç edildi. Kırmızı buğday taneleri harmanın ortasında parlıyordu. O gün, buğdayı çuvallara doldurup eve taşıyamadılar. Çeç, harmanın ortasında olduğu gibi kaldı. Sebebi de Abdi Ağanın gelip hakkını almamasıydı. O gece Memedle anası sineklere yene yene çeçi beklediler. O gün kuşluk oldu Abdi Ağa gelmedi. Öğle oldu gene bir haber yok. İkindiye doğruydu ki, arkasında semerli beygirlere binmiş üç yanaşmayla çıkageldi. Yüzü karanlık, korkunçtu. Döne, bu yüzü görünce korktu. Yıllardan beri çok iyi tanırdı onu. Dönenin kara bir deri gibi kırışık yüzü, biraz daha kırıştı.

Abdi Ağa, Döneyi işaretle yanına çağırdı. Yanaşmalara da şu emri veri:

"Dörtte üçü bize, birisi de Döneye."

Döne Ağanın üzengisine sarıldı:

"Etme Ağam! Acımızdan ölürük bu kış. Etme. Eyleme. Tabanlarını öpeyim Ağam!"

Ağa:

"Hiç sızlanma Döne!" dedi. "Hakkını veriyorum."

"Benim hakkım üçte birdir," dedi Döne sızlanarak.

Ağa, attan Döneye doğru eğildi. Gözlerinin içine bakarak sordu:

"Çifti kim sürdü Döne?"

Döne:

"Ben sürdüm Ağam."

"Bizim yanaşmalar sana yardım ettiler mi?"

"Ettiler Ağam!"

"Döne?"

"Buyur Ağam!"

"Bir daha oğluna tembih et de gidip Süleymanlara çoban olmasın."

Döne sapsarı kesildi. Ağa, atını sürdü gitti.

Arkasından yalnız:

"Kulun kurbanın olayım etme, Ağam!" diyebildi.

Yanaşmalar ölçmeye başladılar. Üç tane Ağaya, bir tane Döneye koyuyorlardı. Ağanın yığını büyüdü gitti. Döneninki küçücük.

Döne, yığınlara bakıp bakıp beddua ediyor.

"Yeme inşallah keçi sakallı. Doktor parası, cerrah parası et! Yılancıklar çıksın da yeme."

Yanaşmalar, üç beygire Ağanın hissesini yüklediler. Hiçbirisi ağzını açıp bir şey söylemedi Döneye. Toprak gibi, taş gibi donmuş kalmıştı her biri.

Memed, geldi anasının yanına oturdu. Tozlu harmanın ortasında küçücük bir buğday ceçi. Az önce ne kadar da büyüktü. Bir buğday ceçine, bir anasına bakıyordu. Suçlu suçlu somurtuyordu.

Ana:

"Süleymandan getirdiğinde seni ne diye dövmediğini anladım şimdi. Anladım. Rızkımızı kesmek için. Gavur dinli."

Memed, kendini tutamadı. Hıçkırmaya başladı:

"Benim yüzümden..." dedi.

Ana, oğlunu bütün gücüyle kucağına çekti, bağrında sıktı.

"Ne yapalım?" dedi. "Ne gelir elden?"

Memed:

"Ya bu kış?.." dedi.

Anası:

"Bu kış?.." dedi.

Sonra, ana da ağlamaya başladı:

"Aaah baban olaydı," dedi. "Aaah baban..."

53

6

Bir tek inekleri vardı. İnekleri bu yıl buzağılamıştı. Buzağı erkekti. Eğer İnce Memedin bir dönüm toprağı bile olsaydı, gelecek yıl inekten bir erkek buzağıyı daha dört gözle, yatakta yatamayacak kadar büyük bir istekle beklerdi. Gelecek yıl doğacak erkek buzağıyı hayal meyal görür gibi olur. Sonra iki buzağı birden büyür. Büyük bir çayırın ortasında çangal boynuzlu bir çift tosun... Tosunlar boyunduruğa kolay kolay alışmazlar... Uğraşmak gerek. En sonunda kuzu gibi olurlar. Tarla, çakırdikeni mi? Olsun. Çakırdikeni bir yıl biter, iki yıl biter. Üçüncü yıl köküne kibrit suyu. Yeter ki tarla senin olsun.

Yeni doğan buzağıların tüyleri, mora çalan bir kırmızıdır. Sonraları değişir. Sarı, kırmızı, mor olur.

Kulak tüyleri kadife gibi yumuşaktır. İnsan, avucunu iyice açar, orta yerini kulağa sürterse, soğuk, yumuşak bir ürperti, bir tatlılık duyar.

Bütün fıkara köy evlerinde buzağıların yeri, ocaklığın yakınına, yatak serilen yerin bitişiğine yapılır. Buzağıların altına çiçekli bahar otları serilir. Ev bahar çiçeği, ot, buzağı pisliği ve buzağı kokar. Buzağı kokusu, süt kokusu gibi bir şeydir.

Güz gelince buzağı büyür, o zaman öteki sığırların yanına yollanır.

Ana, bütün baharı buzağısından habersiz, onunla ilgilenmeden geçirdi. Oğlunun derdi olmasaydı, buzağı evin içinde bir top bahar gibi dolaşır, evin sevinci olurdu.

Memedlerin evi bir gözdür. Bir göz toprak dam... Duvarı,

ancak bir metre yüksekliktedir. Bütün köyün damları güz yağmurlarına dayanmaz akardı. Köyde bir Memedlerin damına kareyleyemezdi güz yağmurları. Baba ölmeden az önce, gitmiş Sarıçağşaktan toprak getirmiş, evin üstünü onunla döşemişti. Sarıçağşağın toprağı bir başka topraktır. Bizim bildiğimiz, kara, kumlu, kıraç topraklardan değildir. Bu toprak, parça parça billur gibi donmuştur. Sarısı, kırmızısı, moru, mavisi, yeşili, türlü türlüsü vardır. Bu, renk renk toprak billurları biribirine karışmıştır. Bu sebepten, Memedlerin evlerinin damı güneşte çeşit çeşit rengiyle yalp yalp yanar.

Yazın ana oğul canlarını dişlerine taktılar çalıştılar ama, ne çare!... Güzün dertli, belalı evlerine döndüler. Bir buzağıları bulunduğunu o zaman fark ettiler. Unutup gitmişlerdi. Buzağı dana olmuştu.

Ana, ocağa büyücek bir kütük atmıştı. Dışarda kara bulutlar güneyden kuzeye akıyorlardı. Biraz sonra evin içini bir şimşek aydınlattı. Ocakta, yalımlar biribirini yiyordu. Bu sırada Memed içeri girdi. Elleri kıpkırmızı kesilmişti. Ocağın başına çömeldi. Arkasına dönünce, yatmış geviş getiren ineği gördü. İnek rahattı. Önünde saman vardı. Yemiyordu. Evin öteki ucu da samanla doluydu.

Kalktı ineğin yanına gitti. İneğin başucunda duran danayı kulağından tuttu. Dana, buna huylandı. Başını elinden kurtardı, ineğin öteki yanına kaçtı. Oğlan gülümsedi.

Ana:

"Sen yoğiken Alıçlı derede doğurdu bunu Fındık. Gece yarısı araya araya bir çalının içinde buldum. Anası başına durmuş yalıyordu. Beni bir zaman yanına yaklaştırmadı. Sonra önlüğüme sardım eve getirdim."

Memed:

"Kocaman oldu," dedi.

Ana:

"Yaa!" dedi.

Sonra, konuşmayı kesiverdiler. Biribirlerinin yüzüne bakamadılar. İkisinin de başı önüne düşmüş, gözleri ocağın közlerine dikilmişti.

Ana:

"Vermezsek olmaz. Un daha şimdiden kalmadı," dedi.

Memed, cevap vermedi.

Ana, devam etti:

"Abdi Ağa da kızgın bize. Ölü fiyatına alır elimizden. Gene yazı bulamayız."

Memed susuyordu.

Ana:

"Başka çaremiz yok yavrum!" dedi. "Şu senin kaçman yok mu? Büktü belimizi."

Başını yavaş yavaş kaldırdı anasına baktı. Gözleri dolu doluydu:

"Beni," dedi, "bahane ediyor. Ben olmasam başka bir bahane bulurdu."

Ana:

"Bulurdu yavrum," dedi. "O gavur zaten babayın da düşmanıydı."

Bu anda, ikisi de ineğe doğru döndüler. Kırmızı, dolgun, alnı nokta benli bir inekti bu.

Kış geldi çattı. Kar diz boyu. Öğleüstünün karlı, bulutlu karanlığı var. Ana, is tutmuş kapkara bakır tencereyi ocağa vurmuş. Epeydir beri su, kaynayıp duruyor.

Bu sırada içeriye Cennet girdi.

Döne:

"Gel otur," dedi. "Cennet Hatun, gel otur."

Cennet, bir ah çekti:

"Oturuyum mu ki bacım? Oturuyum mu ki," diye bir köşeye ilişti. "Sabahtan beri ev ev dolanıp duruyorum. Ne yaptığımı, nereye gittiğimi bilmiyorum. Duydum ki sende de kalmamış buğday. Arpayı da tüketmişsin. Biz de tüketeli bir hafta oldu. Çuvalların dibi görüneli çok oldu. Bu yıl bizim ekin olmadı bacım. Sizinkisi gibi olsaydı... Bizim herif her yeri her evi gezdi. Ödünç istedi. Kimsede yok ki versin."

Cennet Karı ocakta kaynayan suyu gördü.

"Ne vuracaksın ocağa?" diye sordu. Cennet Karının sorusunda bir maksat vardı.

Dönenin dudaklarının yanından beyaz, ölü bir gülümseme geçti:

"Su vurdum işte!" dedi.

Cennet Karı:

"Hiçbir şey kalmadı mı?" diye hayretle sordu.

Döne:

"Olanımız ocakta," dedi.

Cennet Karı:

"Ya nedeceksin?" diye acıyarak sordu.

Döne:

"Bilmem," dedi.

Cennet:

"Gidip Mustuludan bir daha istesen?"

Döne:

"İsterim ya," dedi. "Onda da kalmamış..."

Tipi, yukardan beri, alabildiğine savuruyor. Tipi, göz açtırmıyor günlerdir. Ev aralarında köpekler bile yok. Köy, bir dağ başı gibi ıpıssız. Herkes, kapısını bacasını örtmüş içeri çekilmiş. İneği olanın evinde samanı da var. Kimsenin kimseyle bir ilişiği yok.

Döne de gitmedik ev, başvurmadık kapı komadı. Belki bir hafta. Belki de on gün: "Ölürüm de Abdi Ağaya yalvarmam," dedi. "Ölürüm de..."

Her yıl böyle olurdu. Köyün yarıdan çoğu aç kalır dökülürdü kapısına Abdi Ağanın.

Döne edemedi. Bir başına olsa neyse ne! Oğlan var. Günlerden beridir ki oğlanın ağzını bıçaklar açmıyor. Yüzünde, dudaklarında bir damla kan eseri kalmamış. Dudakları incelmiş, aynen kağıt gibi. Bütün yüz, bütün beden durgun. Ölü gibi. Bir yere oturdu muydu, akşama kadar oradan kalkmıyor. Başını iki eli arasına alıyor, dalıp gidiyor. Bütün canı, hayatiyeti, kini, sevgisi, korkusu, gücü kocaman gözlerine toplanmış. Gözlerinde arada bir, iğne ucu gibi bir pırıltı yanar söner. Keskin, batan bir pırıltıdır bu! Bu pırıltıdan korkulur. Korkunçtur. Parçalamaya, atılmaya hazırlanmış kaplanın gözlerinde de aynı pırıltı yanar söner mutlak. Bu nereden gelir? Belki yaratılıştadır. En doğrusu, çekilen işkencede, dertte, beladadır. Memedin gözlerine bu pırıltı, son bir yıl içinde gelip yerleşmiştir. Ondan önce Memedin çocuk gözleri bir hayranlık, bir sevinç içinde parlardı.

57

Gökte kara bulutlar yuvarlanıp duruyordu. Abdi Ağanın kapısında üşümekten iki büklüm olmuş, yırtık, el dokuması giyimli bir kalabalık, biribirlerine sokulmuş titriyordu. Bir tek kişi vardı kalabalığın dışında: Döne. Onlar, Abdi Ağayı bekliyorlardı. İçerden, Abdi Ağa çıkacak da onlara bir şey söyleyecek. Derken Abdi Ağa, elinde doksan dokuzluk tespihi, başında devetüyünden örülmüş takkesi, sivri sakalıyla göründü:

"Gene aç mı kaldınız?" diye söylendi.

Kalabalıktan hiç ses çıkmadı.

Kalabalığın arkasında tek başına duran Döneyi gören Abdi Ağa:

"Döne! Döne!" diye bağırdı. "Sen doğru evine git! Sana bir tek tane bile vermem. Evine git! Döne!" dedi. "Şimdiye kadar benim köyümden, benim kapımdan adam kaçıp da başka köye, başka adama çoban olmadı, yanaşma olmadı. Bunu senin bir karış oğlun icat etti. Sen doğru evine..."

Kalabalığa döndü:

"Siz arkamdan yürüyün!"

Geniş şalvarının cebinden bir tutam anahtar çıkardı, eline aldı. Ceketinin cebinden de bir defter çıkardı.

Neden sonra kendini toplayabilen Döne arkasından:

"Ağam o, bir kımık çocuktur," diyebildi. "Bizi aç koma."

Ağa durdu. Döneye döndü. Arkasındaki kalabalık da durdu, döndü.

"Çocuk, çocukluğunu bilir," dedi Ağa. "Şimdiye dek, ben kendimi bildim bileli, kimse Değirmenoluk köyünden kaçıp da başka köyde çobanlık, yanaşmalık etmedi. Etmez de... Sen doğru evine Döne!"

Abdi Ağa, ambarın kapısını açınca, sıcak, tozlu bir buğday kokusu fırladı dışarı.

Kapıda durdu:

"Bana bakın," dedi. "O Döneye bir tek tane bile vermeyeceksiniz. Acından ölecek. Şimdiye kadar Değirmenoluk köyünde acından ölen olmadı. O ölecek. Ya da satacağı bir şeyi varsa, satacak. Verirseniz, verdiğinizi duyarsam, hepinizin evine gelir verdiklerimi alırım. Demedi demeyin."

Kalabalık:

"Bize yetmez ki..." diye cevap verdi.

"Bize yetmez ki..."

"Yetmez ki..."

"Döneye..."

En arkadan cırlak bir kadın sesi:

"Kaçmayaydı Dönenin oğlu da... Bize ne! Varsın acından ölsün."

Her biri sırtında çavdar, buğday, arpa karışığı zahireyle evine döndü. Değirmen köyün öte ucunda, ulu çınarın az aşağısındaydı. İkinci gün değirmenin önü çuvallarla doldu. Değirmen çoktandır bağlıydı. Kulaksız İsmaile gün doğdu.

Akşamüstü her evden, bir sıcak ekmek kokusu geliyordu.

Durmuş Ali, tam altmışında. Köyün en iri adamı. Yaşlı bir çınar kadar sağlam. Büyük yüzü, küçücük gözleri var. Ömrü boyunca ayağına ayakkabı giymemiştir. Ayağının altında kara, kırış kırış yırtılmış kalın bir tabaka ayakkabı yerini tutar. Ayakları kocamandır. Bu ayaklara göre, hiçbir ayakkabı bulunmaz. Bütün numaraların, hatta çarık büyüklüğünün bile dışındadır. Ama isteseydi çarık giyebilirdi. Bu, ona sorulduğunda, hiçbir şey söylemez, sadece küfreder.

Kadının biri hamur yuğuruyor, biri ekmeği açıyor, biri de sacda pişiriyordu. Pişiren kadının sağına kırmızı, kalın sac bazlamaları yığılmıştı.

Ali, bir iki tanesini iştahla yedi. Sonra gözleri sulandı. Karısına döndü:

"Avrat," dedi, "hiç boğazımdan aşmıyor doğru dürüst."

Kadın:

"Neden ola Ali?" diye hayretle sordu.

Ali:

"Şu bizim İbrahimin çocukları... Abdi gavurunun yaptığı hiç aklımdan çıkmıyor," dedi. "Döneyi kovdu. Dün bir tek tane bile vermedi."

Kadın:

"Yazık," dedi. "İbrahim olaydı..."

Ali:

"Abdi bize de tembih etti ki..."

Kadın:

"Duydum," dedi.

Ali:

"Şu koskocaman köyün ortasında, göz göre göre iki kişi aç mı kalacak?"

Ali, kızdı köpürdü. Avazı çıktığı kadar bağırıyordu. Bağırtı ta köyün öteki ucundan işitiliyordu.

"Kalk bakalım avrat," dedi, "şu ekmekten iyi bir çıkın yap! Bir torbaya bir ölçek de un koy! İbrahimin çocuklarına götüreceğim."

Kadın eteklerinin ununu çırparak ekmek tahtasının başından kalktı.

Ali, elinde torba ve çıkın, hızla, gürleyen dallı bir ağaç gibi kapıdan çıktı. Dönenin kapısına geldiğinde yatışmıştı.

"Döne! Döne!" diye bağırdı. "Aç kapıyı."

Döneyle oğlu ateşi geçmiş ocağın başına büzülmüşler, birer taş parçası gibi hareketsiz duruyorlardı.

Ali, birkaç kere daha:

"Döne! Döne!" diye bağırdı.

Neden sonradır ki, Döne sesi tanıdı, toparlanıp kalkabildi.

Vardı kapıyı isteksiz isteksiz açtı:

"Buyur Ali Ağam," dedi.

Ali:

"Kız," dedi "ne bekletiyorsun sabahtan beri dışarda?"

Döne:

"Gel içeri Ağam," dedi.

Ali, kapıdan eğilerek içeri girdi.

"Bu ateş niye yanmıyor?" diye sordu.

Memedin gözlerine, o, iğne ucu gibi ışık çakılıp kalmıştı. Alinin iyi, güleç babacan yüzünü görünce ışık kayboluverdi.

Ali, çıkını gösterdi:

"Allah kerim," dedi.

Döne:

"Öyledir zaar," dedi.

Ali:

"Üşüdüm Döne!" dedi. "Bak çocuk da büzülmüş. Yaksana şu ateşi..."

Döne, boş boş ocağa baktı:

"Sönmüş mü?" dedi. "Hiç farkında olmamışım."

Ocağa odun attı, tutuşturdu Döne:

"Bu gavur Abdiyi..."

Abdi lafını duyunca, Memedin gözlerine o ışık gene geldi, oturdu.

Ali:

"Vuranın," dedi, "eli nurlanır. Doğru Cennete gider. Babası bunun gibi değildi. Köylüyü de düşünürdü."

Aliden sonra, birkaç köylü daha yiyecek getirdi Döneye. Bunu, Abdinin tüyü bile duymadı. Ama, bu köylülerin getirdiği ancak on beş gün yetti. Ana oğul iki gün aç kaldılar. Üçüncü günün sabahı Döne hiçbir şey söylemeden, ineği yattığı yerden kaldırdı. Boğazına bir ip bağlayarak dışarı çıkardı.

İnek dışarı çıkınca Memed:

"Ana!.." dedi.

Döne:

"Yavrum," dedi.

Döne ineği çekerek, geldi Abdi Ağanın evinin önünde durdu. Dana, ineğin memelerinin arasına başını sokmuş emiştiriyordu.

Döne, evin önünde bir zaman dikildi kaldı. Döneyi, dışarda Dursun görüp ağasına haber verdi. Haber üstüne Ağa dışarı çıktı. Döne başını yerden kaldıramıyordu. Sivri, ince çenesi titriyor, çocuk dudakları büzüşerek titriyordu. Bütün bedenini de hafif bir titreme almıştı.

Abdi Ağa, ineğin sırtına elini vurarak:

"Satmaya mı getirdin Döne?" diye sordu.

Başını yerden kaldırmadan:

"Heyye Ağam," dedi.

Abdi Ağa, Dursuna emir verdi:

"Şu ineği al Döne bacının elinden de, götür bizim ahıra!"

Elini cebine soktu anahtar tutamını çıkardı.

"Çuval getirdin mi kızım Döne?" diye sordu. Sesi yumuşak, şefkatliydi.

Döne:

"Heyye," dedi.

61

7

Meşe biten toprakta, hemen hemen hiç başka ağaç gözükmez. Dağ taş, dere tepe sırf meşedir. Meşeler, kalın, kısa gövdelidir. Dalları güdüktür. En uzun dalın uzunluğu bir metreyi geçmez. Koyu yeşil yapraklar üst üstedir. Toprakta, sağlam, toprağa bütün güçleriyle yapışmış dururlar. Hiçbir güç onları oradan ayıramayacakmış gibi gelir.

Meşe toprağı kıraç, bembeyaz, kireç gibi bir topraktır. Üstünde meşeden başka bitki yaşatmamaya ant içmiş gibidir.

Kadirliyle Cığcık arası küçük küçük, yaygın tepelerdir. Bu tepelerin toprakları killi, kapkara, yağlı, verimlidir. Buralar, eski Çukurova bataklıklarının son ucudur. Batısına Akçasaz bataklığı düştüğü gibi, doğusuna da Torosların çamlığı düşer. Tepelerin her bir yerleri tepeden tırnağa ekilir. İşte bu tarlaların içinde meşeler vardır. Her biri uzun, servi gibi meşelerdir. Dallarından taze bir yeşillik fışkırır. Gövdeleri, öteki kısa meşelerin gövdeleri gibi nasırlı değildir. Kavak gövdesi yumuşaklığında gözükürler. Dümdüz. Ekinlerin arasında meşe gibi değil de herhangi bir ağaçmış gibi dururlar.

Çakırdikenlik yeşil, çakırdikenlik mor, çakırdikenlik sütbeyaz dalgalanır. Şafağın yerine kırağı düşmüştür. Buza kesmiştir taş toprak. Çakırdikenliğin ortasında bacakları parçalana parçalana çift sürdü. Yandı, kavruldu. Topraktan dişiyle tırnağıyla söküp çıkardığının dörtte üçünü Abdi Ağa aldı elinden. Öteki köylülerden üçte iki alırdı. O yıldan sonra garaz başlamıştı. İnadından dönmedi. Fırsat buldukça da dövdü, hakaret etti.

Toprağına göre yetişir, büyür, gelişir.

Kıraç toprakta büyüdü.

Binbir bela... Boy atamadı. Omuzları, bacakları gelişmedi. Kolları, bacakları kuru birer ağaç gibiydi. Kupkuru. Avurdu avurduna geçmişti. Yüzü esmerdi. Gün yanığı esmeri... Ona şöyle alıcı gözle bakınca o meşeler mutlak akla gelirdi. Kısa, küt... Toprağa meşe gibi sağlam yapışmış. Her bir yanı sert, keskin. Yalnız bir yerinde, bir yerciğinde bir tazelik kalmış. Dudakları çocuk dudakları gibi pembe pembe... Çocuk dudakları gibi incecik kıvrılıyorlar. Dudakların kenarında her zaman, bir gülümseme durur gibi... Acılığına, sertliğine yakışır.

İnce Memed, bu sabah sevinçten taşmakta. Dışarı, güneşe çıkıyor. Güneşte dolaşıyor. İçeri giriyor. Kaçakçılardan alınmış, yeni ceketinin cebinde bir mendil sokulu. Mendili türlü şekillere koyuyor. Uğraşıyor. Bazı bir yaprak gibi açıp, bazı dürüyor. Kasketi de yeni. Kasketi başına geçiriyor. Altından alnına, kara, uzun perçemlerini çıkarıyor. Sonra geri koyuyor. Bir de böyle bakıyor aynaya. Beğenmiyor. Kara perçemlerini tekrar çıkarıp döküyor alnına. Öyle bırakıyor. Şalvarı da yeni. Şalvarı iki yıl önce almıştır ya, giymemiştir. İlk olarak giyiyor.

Çoraplar giydi, çoraplar çıkardı. Bu kadar çok çorap! Çorabı çoktu. Anası iyi çorap dokurdu. Bir de... nakışın en güzelini anası vururdu. En son giydiği çorabı da beğenmedi. Çıkardı bir köşeye koydu. Anasını yan gözle süzerek sandığa gitti, açtı. Sandığın içi yaban elması kokuyordu. Köşedeki nakışlı çoraba gözü ilişince titremeye başladı. Eğildi aldı. Yaban elmasının kokusu dört yanı sarmıştı. Eli çoraba değince titremesi arttı. Yüreğinden ılık bir şeyler geçti. Bir hoş oldu. Bir sıcaklık, bir yumuşaklık... Sandığın loşluğunda çorabın renkleri koyu... Çekti ışığa götürdü. Renkler ışıkta açıldı. Parladı.

Bir türkü duyulur... Gecede başka türlü, gündüzde başka türlüdür. Çocuk söylerse başka tatta, kadın söylerse... Genç söylerse başka türlü olur, yaşlı söylerse... Dağda söylenirse başka, ovada, ormanda, denizde başka türlüdür. Hep ayrı ayrı tattadır. Sabahleyin başka, öğle, ikindin, akşamlayın başkadır.

Bu nakışlı çorap bir türkü gibidir. Bir türkü sıcaklığında örülmüştür. Sarısı, kırmızısı, yeşili, mavisi, turuncusu, türlü rengi karışıp uyuşmuş, bir sıcaklık, bir yumuşaklık meydana getirmiştir. Aşk gibi, şefkat gibi bir şey olmuştur.

Bu çorap aşktır. Öyle bir gelenekten gelir. Memedin eli dokununca titremesi, ışığa çıkınca irkilmesi boşuna değildir. Böyle çorapların üstünde hep iki kuş nakışı bulunur. Gagalarını dayamış öpüşür gibi iki kuş... Sonra, iki ağaç vardır, gövdeleri küçücük. Tek, kocaman çiçekli... İki ağaç yan yana dururlar. Çiçekleri öpüşecek gibi burun burunadır. Sonra, bu iki nakış arasından sütbeyaz bir su akar. Kırmızı kayalar vardır kıyıcığında. Bir renkler, yalımlar cümbüşüdür almış başını gidiyor.

Çorapları giydi. Çarığını da üstüne çekti. Çorap, dize kadardı. Dize kadar bir yığın kuş, çiçek öpüşüyor, bir sürü ak su akıyordu.

İçinden, şöyle bir Hatçeye de görünsem geçti. Hatçelerin evine doğru yürüdü. Hatçe, kapının eşikliğindeydi. Memedi görünce kocaman ışıltılı gözleri gülümsedi. Yaptığı çorabı da ayağında görünce sevindi.

Memed, oradan köyün içine doğru yürüdü.

Evlerine geri döndüğü zaman, gün epeyce yükselmişti. Bir taşın üstüne oturdu. Arkadaşını beklemeye başladı. Az sonra arkadaşı damın arkasından çıkıp geldi.

Ana:

"Çocuklar," dedi, "çok eğlenmeyin. Abdi Ağa şehire gittiğinizi duymasın. Haliniz perişan olur sonra."

Memed:

"Duymaz," dedi.

Arkadaşı, Kel Alinin oğlu Mustafaydı. O da bu yıl on sekizine basmıştı. İkisi bir olup kafa kafaya vermişler, kasabanın nasıl bir yer olacağı üstüne tartışmışlar, en sonunda dayanamamış, gitmeye karar vermişlerdi. Oraya içlerinden bir şey çekiyordu onları. Dursunun masal gibi anlattığı Çukurova çekiyordu onları. Kararı bundan tam iki yıl önce vermişlerdi. O gün bu gündür bir türlü gerçekleştirememişlerdi. Bir kere Mustafa babasından, Memed anasından korkuyordu. İkisi birden Abdi Ağadan korkuyorlardı.

Bundan üç gün öncedir ki, ikisi bir olup, meseleyi Memedin anasına açtılar.

Ana:

"Nasıl olur?" dedi. "Siz nasıl gidersiniz kasabaya bu yaşta? Olur mu? Sonra Abdi Ağa ne der? Bir duyarsa Abdi Ağa, vallaha bu köyden bizi iyice kovar."

Memed, anasına yalvardı.

Ana:

"Olmaz," dedi.

Olmaz, dedi ama, yüreğine de dert oldu.

Sonunda:

"Kovarsa kovsun Abdi Ağa," dedi. "Biz de..."

Mustafanın babasına söylemediler. Ona, geyik avına gideceklerini, birkaç gün dağda kalacaklarını söylediler. Oldum olası, hep geyik avına giderlerdi. Memedin üstüne bir avcı daha yoktu köyde. Pireyi vururdu. Öyle de atıcıydı. Kel Ali, onları böyle süslü püslü giyinmiş, ayaklarında "muhabbet" çoraplarıyla görseydi imkanı yok ava gittiklerine inanmazdı. Mustafa, ava gitmek için aldığı tüfeği Memedlere bıraktı.

O gece sabaha kadar hayaller kurdular. Bir dakika olsun gözlerini yummadılar. Hep konuştular.

Daha şafağın yeri ışımadan, ortalık alacakaranlıkken yola çıktılar.

Koşarcasına gidiyorlardı.

Aşağıdan ince bir yel esiyordu. Soğucak.

Günün ucu azıcık görününceye kadar ne konuştular, ne de azıcık durup soluk aldılar.

Sonra Memed yeşil toprağın orada durup derin derin soluk aldı:

"Bundan ötede Sarıboğa varmış... Önce oraya uğrayacağız. Sonra Değirmenler, onun arkasından da Dikili köyü, Dikilinin arkasından da kasaba..."

Mustafa:

"Arkasından da kasaba..." diye söylendi.

Yürüdüler. Gene koşarcasına gidiyorlardı. Bir ara durup biribirlerine gülümsüyorlar, sonra gene hızlanıyorlardı.

Bir hızda Süleymanlıdaki tahta, yanık köprüyü, yeraltı yolunu, kan mezarını geçtiler. Torunlara geldiklerinde öğle olmuştu. Hava ılıktı. Nar ağaçları kırmızı çiçeklerini açmışlardı.

Toprakta bir ıslaklık vardı. Toprağa oturdular. Nereden çıktıysa, nar ağacının arkasından, göğsünü bağrını açmış uzun boylu, yorgun, terlemiş bir ihtiyar çıktı. Göğsünün uzun kılları da ağarmıştı. Ağarmış kıllar kıvırcık kıvırcıktı. Sütbeyaz sakalı da kıvırcıktı. Sırtındaki heybesini indirdi:

"Selamünaleyküm delikanlılar," dedi.

İhtiyarın gür, tokmak gibi vuran bir sesi vardı.

Oturur oturmaz, heybesinden bir çıkın çıkardı açtı, çıkında yufka, ince, beyaz ekmekler vardı. Bir de kocaman kırmızı bir soğan... Soğanın yanında da çökelek vardı.

Yemeye başlayan ihtiyar:

"Buyurun delikanlılar," diye onları çağırdı.

Memed:

"Ziyade olsun."

Mustafa:

"Ziyade olsun."

İhtiyar:

"Gelin canım," diye üsteledi.

Memed:

"Ziyade olsun."

Mustafa:

"Ziyade olsun."

İhtiyar ha bire ısrar ediyordu.

Memed:

"Biz kasabada yiyeceğiz," diye kesti attı.

Mustafa:

"Biz kasabada yiyeceğiz."

İhtiyar:

"Öyleyse o başka," diye gülümsedi. "Anladım. Şehir ekmeği... Ama, daha şehire bir hayli yolunuz var."

Memed:

"Orada yiyeceğiz."

Mustafa:

"Orada yiyeceğiz."

Yanlarındaki su çağlayarak, köpüklenerek kayaların arkasından, üstünden, yanından, yönünden hızla akıyordu.

İhtiyar, ağzı dolu dolu:

"Bu suyu bırakmayacaksınız. Sizi doğru oraya götürür."

Memed:

"Sen bizimle gelmeyecek misin?"

İhtiyar:

"Aaah yavrum," dedi, "ben de kasabaya gidiyorum ya, size nasıl ayak uydururum?"

Memed sustu.

İhtiyar, yemeğini bitirdi. Çıkını iyicene, sıkı sıkıya bağladıktan sonra gitti, suyun kıyısına yatıp doya doya içti. Elinin tersiyle ağzını, bıyıklarını silerek geldi oturdu. Kocaman tabakasını çıkardı, açtı. Cıgarasını sarı defter kağıdına parmak kalınlığında sardı. Çakmağı çakmaya başladı. Neden sonradır ki kav aldı, ortaya hoş bir koku salıverdi. Cıgarayı yaktıktan, belini de nar ağacına bir iyice dayadıktan sonradır ki:

"Bre delikanlılar, siz nereden olursunuz?" diye sordu.

Memed:

"Değirmenoluktan."

Mustafa:

"Değirmenoluktan."

İhtiyar:

"Keçi sakallı, gavur dinli Abdinin köyünden öyle mi? Duyduk ki gavur Abdi de ağa olmuş. Duyduk ki köylüleri kul gibi çalıştırır, hepsini aç kormuş. Kış gelince acından ölürmüş millet. Diyorlar ki Abdinin izni olmayınca kimse evlenemez, kimse köyden dışarı bile çıkamazmış. Diyorlar ki Abdi köylerde, sopayla döve döve adam öldürürmüş. Beş köyün hükümeti, padişahı Abdi imiş. Astığı astık, kestiği kestik... Vay bre keçi sakallı Abdi! Abdi ağa olmuş ha!"

İhtiyarı bir gülmedir aldı. Boyuna hem gülüyor, hem de:

"Vay bre Abdi!" diye hayret ediyordu. "Vay bre Abdi! Vay bre keçi sakallı Abdi!"

Gülmeyi bıraktı:

"Doğru mu?" diye sordu. Kaşları çatılmıştı.

Çocuklar bakıştılar. O iğne ucu gibi pırıltı geldi Memedin gözbebeklerine yerleşti.

İhtiyar çocukların cevap vermediklerini, bozulduklarını görünce:

"Bre delikanlılar," dedi "o keçi sakallı it var ya, o köylüye zulmeden deyyus, o yiğit kesilen, avradını... Abdi var ya, bir tavşan kadar korkaktır. O, bir karı gibidir bre! Geçti yavrularım. Geçti. Onun böyle bir namussuz olacağını bilseydim canını cehenneme gönderirdim. Kaç para eder, geçti. Demek, keçi sakallı Abdi ha?"

Gene gülmeye başladı:

"Demek Abdi padişahlık davasında? Kul etmiş beş köyü ha? Tüüüüüüüh! Vay anasını!.. Ulan Abdi senin böyle bir namussuz çıkacağını bileydim... Bir bileydim Abdi!"

Memedle Mustafa biribirlerine sokulmuşlar, ihtiyara inanmaz bir tavır takınmışlardı. Mustafa gülümsüyor gibiydi. Bu, ihtiyarın gözünden kaçmadı:

"Demek siz Abdinin köylüsüsünüz? Abdinin ayaklarıma kapandığı günler geçti."

Bu laflar üstüne Mustafa belli edercesine ihtiyara alaylı bir gülümsedi. Memed, bunu görünce Mustafayı dürttü. Belli etmesin diye. İhtiyar bunu da gördü.

"Siz," dedi, "Koca Ahmet adını duydunuz mu hiç?"

Memed:

"Duyduk," dedi.

İhtiyar sertçe Mustafaya sordu.:

"Sana diyorum, sen duydun mu?"

Mustafa yılışarak:

"Tabii duyduk," dedi. "Onun adını duymayan var mı?"

"Sıyrıngaçtan giderken, iki eşkıya önüne çıkmışlar, soymuşlar Abdiyi. Karısını da elinden almışlar. Bunu bana haber verdiler. Abdi de geldi ayaklarıma kapandı. Gittim karısını aldım getirdim. Teslim ettim kendisine. Böyle zulmedeceğini bilseydim fakir fıkaraya!.."

Koca Ahmet bu dağlarda bir destandı. Analar, ağlayan çocuklarını, Koca Ahmet geliyor diye avuturlardı. Koca Ahmet bir dehşet olduğu kadar bir sevgiydi de. Koca Ahmet bu iki duyguyu yıllar yılı bu dağlarda yan yana götürebilmişti. Bunun ikisini bir arada götüremezse bir eşkıya, dağlarda bir yıldan fazla yaşayamaz. Eşkıyayı korkuyla sevgi yaşatır. Yalnız sevgi tek başına zayıftır. Yalnız korkuysa kindir.

On altı koca yılda Koca Ahmedin burnu kanamadı. Koca Ahmet, on altı yıl süren eşkıyalığında yalnız bir tek kişi öldürmüştü. O da kendisi askerde iken anasına işkence ederek ırzına geçen adamı... Köye geldiğinde bunu duymuş, adamı vurup dağa çıkmıştı. Adam Hüseyin Ağa idi.

Yol kesmezdi. Onun dolaştığı yerlerde başka hiçbir eşkıya da yol kesemezdi.

Çukurovanın en zengin adamını seçer, bir çetesiyle ona bir mektup yollardı. Şu kadar para isterim diye. Mektubu alan zengin adam, hemencecik istenilen parayı gönderirdi. Kimden ne kadar para istemişse eşkıyalığı süresince, santimi santimine almıştı. Öteki eşkıyalar giderler, zenginlere işkence ederler, öldürürler, çoğu gene beş para alamazdı. Elleri boş, Çukurovadan, arkalarında bir bölük candarma geri dönerlerdi.

Koca Ahmet aldığı parayı har vurup harman savurmazdı. Zaten nereye harcasın? Dağ başı... Gezdiği bölgenin hastalarına ilaç, öküzsüzüne öküz, fıkarasına unluk alırdı.

Affa uğrayıp da köyüne inince, yakın uzak köylerden onu görmek için köylüler, günlerce Koca Ahmedin köyüne taşındılar.

Koca Ahmet aftan sonra evine çekildi. Kendisini çiftine çubuğuna verdi. Karıncayı bile incitmedi. Yalnız, bir haksızlık görüp fazlaca kızdığında:

"Aaah! eski günler," diyordu. Sonra da bundan utanmışçasına susuyordu. Kızgınlığı geçince de gülüyordu böyle söylediğine...

Koca Ahmedin kendisi köyünde unutulmuş gitmişti. Böyle bir adam yaşıyor mu yaşamıyor mu kimse farkında bile değildi. Köylüleri ona alışmışlardı. Bu ak sakallı ihtiyar, yıllar yılı Torosları tutmuş Koca Ahmet değildi. Koca Ahmet yaşıyor mu yaşamıyor mu kimsenin umurunda bile değildi.

Dağda bir eşkıya ünlendi miydi, "Koca Ahmet gibi," diyorlardı. Bir eşkıya kadına bakmadı, yol kesmedi miydi, "Koca Ahmet gibi..." diyorlardı. Adam öldürmüyor, halka zulmetmiyorsa, "Koca Ahmet..." Cümle iyiliklerde, "Koca Ahmet gibi..."

Mustafaya döndü sordu:

"Nasıl bir adammış Koca Ahmet? Duydun mu?"

Mustafa:

"Babam der ki, Koca Ahmet gibi yiğit eşkıya, namuslu, fıkara babası eşkıya gelmedi bu memlekete."

İhtiyar:

"Boyu, bosu, yüzü nasılmış, hiç söylemediler mi?"

Mustafa:

"Babam der ki, uzun boylu, karayağız, koca bıyıklı dağ gibi bir adammış Koca Ahmet. Babam konuşmuş onunla. Alnının ortasında büyük, kara bir beni varmış. Gözlerinden ışık saçarmış. Meteliği vururmuş. Yaaaa... meteliği vururmuş. Babam onunla konuşmuş bile."

İhtiyar alaylı bir sesle sordu:

"Gavur Abdinin avradını eşkıyalardan alıp da, ona geri veren kim?"

Mustafa:

"Kim olacak, sensin. Ben aldım verdim demedin mi?"

İhtiyar hayıflı hayıflı başını salladı.

"Ben değilim ben," dedi. "Ben..."

Memed, adamın yüzüne dikkatlice baktı. İki kaşın orta yerinde, ak kılların arasında büyücek, yeşil bir ben gördü. Ben yeşil, kara değil... Bundan sonra da gözlerini adamın yüzünden ayıramadı.

Mustafa sırnaştı:

"Hani sen alıp verdiydin?"

Adam:

"Yok, yok," dedi, "ben alıp vermedim. O öldü."

Bunu böyle söyledikten sonra da boylu boyunca arka üstü toprağa uzandı. Heybesini de başına yastık yaptı.

Mustafa Memedi dürttü. Yavaşça:

"Haydi kalk gidelim."

Memed, cevap vermeden kalktı. Gözleri hala ihtiyarın yüzündeydi. Onlar ayağa kalkınca ihtiyar da gözlerini açtı.

"Demek, gidiyorsunuz ha?" diyerek sordu.

Memed, hayranlıkla:

"Sağlıcakla kal!"

Mustafa:

"Sağlıcakla kal!"

İhtiyar:

"Güle güle," dedi, başını heybesinden kaldırdı, onlara baktı. Onlar yürüdükten sonra başını geri indirdi. Gözlerini kapadı. Su çağıldıyordu.

Deveboynunun çamlığına gelinceye kadar konuşmadılar. Memedin yüzü zehir gibiydi. Acıydı. Bir zaman içinde bir sevinç çağlıyor, sonra kararıveriyordu. Kara yağmur bulutu çökmüş gibi.

Yan gözle birkaç kere Mustafaya baktı. Mustafa şaşkınlık içindeydi. Yokuşu çıkınca, Memed, yorgun yorgun bir taşın üstüne çöktü. Birden gülümsedi.

Mustafa bunu fırsat bildi:

"Ne güldün desene?"

Memed, boyuna gülümsüyordu.

Mustafa:

"Desene?"

Memed ciddileşti:

"Allah bilir ya bu adam Koca Ahmedin ta kendisiydi. Bana öyle geldi."

Mustafa:

"Laf."

Memed kızdı:

"Ne lafı? Herif tamı tamına Koca Ahmet."

Mustafa:

"De git sen de," dedi. "Bu adam hepimiz gibi adam. Dedem gibi üstelik de. Bunun Koca Ahmede benzer yeri var mı?"

Memed:

"Alnındaki beni gördün mü? Tam orta yerinde alnının."

Mustafa:

"Görmedim."

"Alnının orta yerinde yeşil büyük bir ben vardı."

"Görmedim."

"Gözleri çıra gibi yanıyordu."

"Yok."

"Gözleri sırça gibi yanıyordu."

"Görmedim."

71

"Bana öyle geliyor ki bu adamdan başkası Koca Ahmet olamaz."

Mustafa:

"Teh!" dedi, "böyle adamlar Koca Ahmet olacak olsaydı, dünya Koca Ahmetlerle dolardı. Bu adam aynen senin benim gibi..."

Memed:

"Gözleri çıra gibi yanıyordu. Yüzünde bir hoşluk vardı. Bir cana yakınlık... Keşki baban görseydi bu adamı..."

Böyle konuşa konuşa yamaçtan aşağı inerlerken, birden önlerine bir düzlük çıkıverdi. Düzlükte büyük bir kavaklık vardı. Kavaklığın ortasından bir su akıyor, kıvrılarak. Ova boyunca. Su, güneşte şavkıyor. Bu kadar uzun, böyle kıvrıla kıvrıla, ak ışıklar saçarak düz bir ovada giden suyu ilk olarak görüyorlardı.

Memed:

"Yaklaştık."

Mustafa:

"Neden belli?"

"Sular Çukurovada kıvrılır gider. Bence, bu su Savrun suyudur. Kavaklar da Kadirlinin Değirmen kavaklığıdır. Durmuş Ali Emmi böyle anlatırdı. Tamam mı?"

Mustafa Memedin kızdığını sandı. Sert konuşmuştu da ondan. Kolay kolay kızmazdı. Bir kere de kızarsa... beterin beteri olurdu. Bu sebepten gönlünü almak istedi.

"Tamam," dedi. "Bura Çukurova işte. Durmuş Ali Emmimin anlattığı iyi kalmış aklında."

Şabaplıya geldiler. Şabaplının altından geçen su arkı patlamış, alttaki yolu su basmıştı. Ayaklarını çıkarıp girmek zorunda kaldılar.

Şabaplının aşağısında, yani şimdiki Bolat Mustafanın evinin oralarda bir kırmızı toprakla bir beyaz toprak yan yanadır. O arayı da cilpirti çalıları almıştır.

Cilpirtiliği geçince kasabanın ilk evleri göründü. Bir kısmı saz evlerdi bunların. Saz evlerin alt başında büyük kiremitli bir yapı görünüyordu. Sonra, onların ötesinde, parlayan çinkoları, beyaz badanalı evleri, kırmızı kiremitleriyle bir oyuncak şehir gibi kasaba uzanıyordu. Memedle Mustafanın gözleri kasabada. Hayretle açılmış gözleri... Ne kadar da beyaz. Ne kadar da çok ev! Gözlerini bir türlü kasabadan alamıyorlar.

Boklu dereyi geçtikten sonra kasabaya girmiş oldular. Gün ışıkları camları parlatıyordu. Binlerce cam pırıltısı... Sırça saraylar... Dursunun dediği... Peri padişahlarının şehiri... Sarayları.

Kasabaya girerken sağları solları mezarlıktı. Mezar taşları yan yatmışlardı. Kararmış mezar taşlarının kuzeye gelen yanları yosun bağlamıştı. Mezarlığın orta yerinde de yaşlı, dalları çıplak denecek kadar yapraksız, bir tarafı da tamamen kurumuş ulu bir dut ağacı vardı. Bu kadar kocaman bir mezarlığı da ilk olarak görüyorlardı.

Çarşıya kadar mezarlığı düşünerek yürüdüler. Mezarlıktan, içlerine bir korku, bir ürperti düşmüştü. İlk dükkana varınca mezarlığı unuttular. İlk dükkan küçücük, üstü çinkoyla örtülü bir dükkandı. Dükkancı bir uzun masanın üstüne renk renk şekerleme dolu kavanozlar sıralamıştı. Kavanozlu masanın önünde gaz tenekeleri, şeker, tuz, incir, üzüm sandıkları duruyordu.

Bir zaman yan yana durup, bu dükkanı seyrettiler. Dükkan, Abdi Ağanın dükkanına hiç benzemiyordu.

Dura seyrede çarşının ortasına geldiklerinde, gün tepenin ardına iniyordu. Bir kumaş dükkanının önünde durmuşlardı. Türlü göz alıcı basmalar, yazmalar, şalvarlık kumaşlar, bir ipe dizilmiş kasketler, ipek krepler... Krepler sıra sıra, bir uçtan bir uca dükkanın içine asılmış. İçerde kocaman göbekli, kısa boylu bir adam uyuklayıp duruyor.

Büyücek çay taşlarından örülmüş bir kaldırımın üstünde duruyorlardı. Kaldırım yer yer sökülmüştü. Memedin içinden, "toprağı bile örmüşler," geçti. Çarşının sağ yanına sıralanmış ihtiyar, kambur dut ağaçları vardı. Bunlar orman gibi biribirlerine geçmişlerdi. Altlarında nalbantlar otururdu. Burunlarına alışmadıkları bir koku geliyordu. Acı, sabun kokusu... Tuz, yeni kumaş, küf, zahire kokusu...

Memed, Mustafayı elinden tuttu, bir dut ağacının altına çekti. Dutta serçeler kaynaşıyorlardı. Bir de vıcırdaşıyorlardı ki, bütün çarşı sesleriyle doluyordu.

"Akşam oluyor Mustafa, neyliyek?"

Mustafa, birden toparlandı. Ayıktı.

"Neyliyek?" diye Memedin gözlerinin içine boş boş baktı. Düş içinde dolaşır bir hali vardı.

"Köylüler kasabaya geldiklerinde handa yatarlarmış. Durmuş Ali Emmi öyle söylerdi. Hana gidelim."

"Gidelim. Han hepsinden iyi."

"Han nerede ama? Hanı bir bulsak."

Mustafa:

"Yaa bulsak," dedi.

Kepenkler şangırtıyla kapanıyordu. Bu kadar gürültü onları afallattı. Düşleri bir anda bozuluverdi. Serseme döndüler. Buradan da el ele tutuşup yürüdüler. Yanlarından göğüsleri köstekli iki şişman adam geçti. Cesaret edip de hanı soramadılar. Sonra bir dükkanın önünde duraladılar. Gün batmış. Ortalık karanlıkla aydınlık arası. Çocuklar gibi el ele tutuşmuşlardı. Dükkancı onları müşteri sandı:

"Buyurun ağalar. Ne istiyorsunuz?" diye iltifatlı laflar etti.

Kendilerine "ağalar" denince utandılar. Dükkanı bırakıp oradan ayrıldılar. Halbuki hanı soracaklardı.

Dükkanların hemen hepsi kapandı. Oradan oraya dolaşıp duruyorlardı. Bir saat kadar soracak kimse bulamadan, bir münasip adam bulamadan dolaşıp durdular. Öyle olur olmaz adamları gözleri tutmadı. Durup kötü kötü düşünürlerken Memed birden sevindi. Önlerinden, dağ kolu insanlarının el dokuması, şayak bir ceket giymiş biri, hızla yürüyordu. Memed, her şeyi unutup onun arkasından koştu:

"Kardaş! Kardaş!" diye seslendi. "Dur hele!"

Adam durdu, hayretle onun telaşına baktı. Bu bakış Memede bir hoş geldi. Beklemiyordu.

"Söyle!" diye sertçe çıkıştı adam.

Memed:

"Biz garibiz," dedi.

Adam:

"Eee... Ne istiyorsunuz?"

Memed ezildi büzüldü:

"Han nerede? Onu soracaktım işte," dedi.

Adam geri döndü:

"Gelin arkamdan," dedi, bir sokağa saptı.

Adam hızlı hızlı yürüyordu. Memed adamın yürüyüşüne dikkat etti. Bu, sarp yerlerin insanının yürüyüşüydü. Sarp yerlerin insanları adım atarken ayaklarını havaya fazla kaldırırlar. Dizleri hizasına kadar. Sonra ihtiyatlı, korka korka indirirler. Buna alışmışlardır. Halbuki, ova insanları tam aksinedir. Ayaklarını yerde sürürcesine giderler.

Han, büyük kapılı, kapısının tahtalarını kurt yemiş, çürütmüş, hantal, çürük bir yapıydı.

Adam:

"İşte han burası," deyip yoluna aynı hızla, aynı dağ yürüyüşüyle inip çıka devam etti.

Memed:

"Gidip hancıyı bulmalı."

Mustafa:

"Bulmalı."

İçeri girdiler. Hanın içi atlar, eşekler, katırlar, arabalarla doluydu. İçerde at, eşek gübresi diz boyuydu. Gübre ıslak ıslak, insanın genzini yakarcasına kokuyordu. Bu keskin kokudan içleri bulandı. Ortada, bir direğe büyücek bir fener asılıydı. Fener camının çok yeri isten kararmıştı.

Memed, Mustafaya:

"Fenere bak!" dedi.

Mustafa:

"Kocaman."

Ortadan kısa boylu, küçücük, içe çökmüş çeneli bir adam, telaşla oraya buraya gidip geliyordu. Bir köşede de sırtlarındaki arabalardan Maraşlı oldukları anlaşılan on beş kişi kadar görünen bir topluluk, yüksek sesle tartışıyorlardı. Bir tanesi kızmış, ha bire küfrediyordu. Ağasına, paşasına, dünyasına, feleğine, anasına, avradına veryansın ediyordu.

Adam, duruyor duruyor, küfre tekrar kaldığı yerden başlıyordu.

Bir tanesi:

"Ya bu bezleri satamazsak," diye başlıyor. Küfürbaz da...

"Bezin de anasını avradını," diye bitiriyordu.

Ağızlarından ne çıkarsa çıksın:

"Onun da anasını avradını," diyor yapıştırıyordu.

"Onun da soyunu sopunu, sülalesini..."

Farkında olmadan topluluğa yanaştılar. Tartışanlar bunların hiç farkında olmadılar. En uçta bir ihtiyar oturmuş, kalabalıkla hiç ilgilenmiyordu. Tatlı, çocuksu bir yüzü vardı. Arada bir de, ne düşünüp ne kuruyorsa, kendi kendine gülüyordu.

Memed, ona hiç çekinmeden yanaştı:

"Emmi," dedi, "hancı nerede ola?"

İhtiyar:

"Napacaksın o deyyusu?" diye sordu. "Suya düşmüş o fıkara," dedi sonra da.

Mustafa:

"Yazık," dedi "fıkaraya."

Memed, bunun üstüne Mustafayı dürttü. O, ihtiyarın şaka ettiğini anlamıştı.

İhtiyar:

"Tam da tepesi üstü düşmüş," diye güldü.

Mustafa gene anlamadı.

"Tüüh! Yazık fıkaraya," dedi.

İhtiyar:

"Yaa... Çok yazık," dedi.

Memed:

"Ona bakma emmi," dedi, "biz hana bu gece yatmak için geldik. Nerede şu adam?"

Mustafa afalladı bunun üstüne.

İhtiyar, ortada dolaşıp duran hancıya duyuracak kadar:

"Hancı dedikleri pezevenk işte," dedi. "Gidin o pezevenge söyleyin derdinizi."

Hancı duydu, gülümsedi:

"Bana bakın," dedi, "eğer pezevenk arıyorsanız, esas büyük pezevenk yanınızdaki ak sakallı... Pezevenklik yolunda ağartmış sakalı, değirmende değil..."

İhtiyar:

"Bak," dedi, "baş pezevenk, bu delikanlılar yer istiyorlar."

Bu arada, Memed hancıya doğru gitti.

Hancı:

"Bu ak sakallı pezevengin yattığı odada yatacaksınız. O, sizi oraya götürür."

İhtiyar:

"Vay pezevenk vay!" dedi. "Gelin delikanlılar. Yerinizi göstereyim."

Toz kaplamış sallanan bir merdivenden korka korka çıktılar. Merdiven, dökülecekmiş gibi çatırdıyordu. Toz, toprak içinde yüzen bir odaya girdiler. Odaya, yan yana bir sürü yatak serilmişti.

İhtiyar:

"Siz daha ilk olarak şehire geliyorsunuz. Öyle değil mi?"

Memed:

"İlk," diye cevap verdi. "İlk."

Mustafa:

"İlk."

İhtiyar:

"Nasıl olur?" dedi. "Her biriniz yirmi yaşını geçkin görünüyorsunuz. Nasıl oldu da hiç kasabaya inmediniz?"

Memed, utanarak:

"İnemedik," dedi.

İhtiyar:

"Hangi köydensiniz?"

Memed:

"Değirmenoluktan..."

İhtiyar:

"Dağ köyü orası öyle mi?"

Memed:

"Dağ!"

"Siz daha yemek yemediniz," deyince müthiş bir açlık duydular.

İhtiyar:

"Benim adım Hasan Onbaşı..."

Memed:

"Benimki Memed. Bu da Mustafa..."

Teneke kutuları paslanmış, üzümünün, pekmezinin, helvasının üstünde kara bulut gibi bir sürü sinek dönen bir bakkal dükkanına girdiler.

Hasan Onbaşı bakkala:

"Şu aslanlar ne istiyorlarsa ver. Bana da helva ekmek ver."

Memed:

"Bize de helva ekmek versin," dedi.

İpil ipil eden gaz lambasının ışığında helvalarını iştahla yediler.

Handaki odaya geldiklerinde, kendi yataklarından başka bütün yatakları dolmuş buldular. Soyunmadan yatağa girdiler. Odayı kalın bir sigara dumanı doldurmuştu. Sigara dumanı kat kattı. Sigara dumanlarının arkasında kirli, tahta kurusu ölüleriyle benek benek olmuş duvarda bir gaz lambası hayal meyal gözüküyordu. Yataktakilerin hepsi her yerden gürültüyle konuşuyorlardı.

Hasan Onbaşı, yatağa yerleşmeye çalışan delikanlılara:

"Demek ilk defa handa yatıyorsunuz?"

Memed:

"Heyye," dedi.

Sonra devam etti:

"Adam bu dumandan, bu kokudan boğulacak gibi."

Memedle Mustafanın yatakta kıpırdanmaları durdu.

Hasan Onbaşı:

"Nasıl, kasabayı beğendiniz mi?"

Memed:

"Çok büyük," dedi. "Kocaman evleri var. Saray gibi..."

Hasan Onbaşı güldü:

"Ya Maraşı görseniz siz!" dedi. "Bir bedesteni var, renk renk ışık. Her şey yüzüne güler. Lal olur kalırsın karşısında. Bir yanda kutnu kumaşçılar, bir yanda saraçlar, bir yanda bakırcılar... Ne demezsin. Bir cennettir Maraş! Maraş bunun gibi yüz tane gelir!"

Memed düşündü, düşündü:

"Abooov!" dedi.

Hasan Onbaşı:

"Yaa," dedi. "Ya, işte böyle. Bir de İstanbulu görseniz..."

Memed içindekini artık tutamayacakmış gibi gerindi. Yüzü karardı, kırıştı. Birden söyleyince de ferahladı:

"Bu kasabanın ağası kim?"

78

Hasan Onbaşı önce anlamadı:

"Ne dedin?" diye tekrar ettirdi.

Memed:

"Bu kasabanın ağası kim, diyorum," dedi.

Hasan Onbaşı:

"Yavrum," dedi, "ne ağası? Bu kasabanın ağası olur mu? Burada ağa yok. Herkes kendisinin ağası. Burada 'ağa' diye zenginlere derler. Ağa çok..."

Memedin kafası almadı:

"Buranın bir tek ağası kim?" diye tekrarladı. "Adı ne? Bu dükkanların, bu tarlaların sahibi kim?"

Hasan Onbaşı işi çaktı:

"Sizin köyün ağası kim?" diye Memede sordu.

Memed:

"Abdi Ağa."

Onbaşı:

"Sizin köyün tarlaları hep Abdi Ağanın mı?"

Memed:

"Ya kimin olacak?"

Onbaşı:

"Sizin köyün dükkanı?"

"Ağanın..."

Onbaşı:

"Sığırları, keçileri, koyunları, öküzleri?"

"Çoğu onun..."

Hasan Onbaşı sakalını kaşıyıp düşündü.

Sonra:

"Bana bak oğlum Memed," dedi. "Burada, senin öyle bildiğin ağalar yok. Bu kasabadaki tarlalar, az çok herkesindir. Tarlasızı da var tabii. Bu dükkanların her birinin bir sahibi var. Tabii ağaların tarlaları çok. Fıkaraların az. Çok fıkaranın da hiç yok."

Memed:

"Sahi mi?" diye hayret çığlığı kopardı.

Onbaşı:

"Yalan mı ya?" dedi. "Tabii sahi..."

İhtiyar, uzun uzun topraksızları anlattı. Sonra Maraşa geç-

79

ti, Maraşı anlattı. Maraştaki pirinç tarlaları, pirinç işçileri. Maraşın bağları, Maraşın toprağı... Hocaoğlu adında bir ağa anlattı. Bir dünya kadar toprağı, küp küp altını olduğunu söyledi. Memed ağzını açmıyordu. Hasan Onbaşı Kafkasyada esir kalmıştı. Oraları anlattı. Galiçyayı da anlattı. Şamı, Beyrutu, Adanayı, Mersini, Konyayı, Konyada Mevlana derler bir ulu yatar, onun türbesini anlattı. Sonra birden anlatmayı bıraktı, yorganı başına çekti. Odanın içindeki gürültü de durmuştu. Köşede birisi sazın üstüne yumulmuş, çalıyordu. Usuldan da, duyulur duyulmaz, kalın bir sesle türkü söylüyordu. Adamın uzun yüzü gaz lambası ışığı altında türlü türlü şekle giriyor, bir uzuyor, bir kısalıyor, bir genişliyordu. Memed, hiçbir şey düşünmeden uzun zaman onu dinledi. Saz çalan sazını başucundaki çiviye taktıktan sonra, yorganı başına çekti.

Memede olan olmuştu. Gözüne uyku girmiyordu. Düşüncelere kaptırmıştı kendini. Düşünceler kafasına akın ediyordu. Düşünüyordu artık. Dünya kafasında büyümüştü. Dünyanın genişliğini düşünüyordu. Değirmenoluk köyü bir nokta gibi kalmıştı gözünde. O kocaman Abdi Ağa, karınca gibi kalmıştı gözünde. Belki de ilk olarak doğru dürüst düşünüyordu. Aşk ile şevk ile düşünüyordu. Kin duyuyordu artık. Kendi gözünde kendisi büyümüştü. Kendini de insan saymaya başladı. Yatakta bir taraftan bir tarafa dönerken söylendi. "Abdi Ağa da insan, biz de..."

Sabahleyin erkenden Mustafa onu dürttü. Duymadı. Uykudaydı. Belki de uykuda gibi dalgındı. Mustafa, yorganı onun üstünden çekti. Üstünde yorgan olmadan uyuyamazdı. Uyandı. Yahut da doğruldu. Gözleri şiş şişti. Yüzü sararmış, sapsarı kesilmişti. Ama yüzünde bir memnunluk vardı. Gözlerinde düşünmenin mutluluğu okunuyordu.

Hancının parasını verdiler, çıktılar.

Memed:

"Hasan Onbaşı nerede? Ona bir sağlıcakla kal desek," dedi.

Mustafa:

"Desek."

Kapıda kısa boylu hancıya sordular.

Hancı:

"O pezevenk mi?" diye sordu. "O pezevenk geceden kalktı, yükünü yükleyip köylere satmaya götürdü. On gün sonra ancak gelir. Boşverin o pezevengi."

Memed:

"Keşki görebilseydik onu," diye iç çekti.

Mustafa:

"Keşki..."

Çarşının ortasına geldiler, şaşkın şaşkın durdular. Öylece dikilmiş dört yanı seyrediyorlardı. Güneş alabildiğine çökmüştü. Çarşının kalabalığı onlara görülmedik bir kalabalık göründü. Memed, kendi kendine "Karınca gibi kaynaşıyorlar," dedi. Şerbetçiler sarı pirinç güğümlerini yüklenmişler, ellerindeki sarı pirinç taslarını şakırdatarak bağırıyorlardı:

"Şerbet! Şerbet! Bal şerbeti! Meyan kökü! Beyen kökü! Bir içen pişman, bir içmeyen!"

Sarı pirinç güğümlere gün vurup şavkıtıyordu.

Gözü sarı pirinç güğümde kalan Memed, güğümü yakından görebilmek için:

"Şerbetçi, bana bir şerbet ver!" dedi. "Arkadaşıma da ver!"

Şerbetçi öne doğru eğilerek, tası doldururken, o, parlayan pirincin üzerinde korkarak elini dolaştırdı. Şerbetçi ikisine de birer tas şerbet doldurdu uzattı. Şerbet soğuk, buz gibi köpükleniyordu. Her ikisi de şerbeti ancak yarısına kadar içebildiler. Hoşlarına gitmedi.

Bir köşe başında, yüksekçe bir kütüğün üstüne oturmuş biri nal dövüyordu. Nal şakırtısına türküler döktürüyordu. Bu kasabanın meşhur Kör Hacısıydı. Memed, güğüme, dövülen nallara hayran kaldı.

Burnuna hoş bir koku geldi sonra. Bu, kebap kokusuydu. Arkalarına dönünce, bir yıkık dükkanın içinden yağlı dumanların çıktığını gördüler. Dumandan keskin bir et kokusu, yağ kokusu fışkırıyordu. Koku başlarını döndürdü. Kebapçıdan içeri, kendiliğinden giriverdiler.

Kebapçı çırağı "Buyurun buyurun," diye iltifatlar etti. Bu daha çok şaşırttı onları. Oturdular, kebap beklediler. Dünkü çarşı, dünkü kasaba, dünkü dünya, bugün Memedin gözünde bambaşkaydı. Bugün ayaklarındaki, yüreğindeki bağ çözül-

müştü. Kendisini hür, geniş hissediyordu, uçacak gibi hafifle-
mişti.

Kebabı utana utana yediler. Sanki dükkandaki insanların
hepsi durmuş, onlara bakıyordu. Kebapçı dükkanından çıktık-
ları zaman serseme dönmüşlerdi.

Çarşıyı bir uçtan bir uca iki üç sefer kat ettiler.

Memed Mustafaya döndü:

"Buranın ağası yoğumuş," dedi.

Mustafa:

"Sahiden."

Memed:

"Ağasız köy!"

Krepler asılı bir dükkana girdiler. Memed, bir ipek krep
seçti. Sarı ipektendi. İpeği avucunda sıktı, sonra da açtı. Krep
avucundan yere kaydı. Has ipek! Aldılar, dışarı çıktılar.

Mustafa Memede göz kırptı:

"Hatçeye değil mi?"

Memed:

"İyi bildin Mustafa. Akıllı oğlansın!" diye alay etti.

Dün akşamki helva yedikleri dükkandan helva aldılar.
Sonra fırından da sıcak ekmek aldılar. Ekmeğin üstünden sıcak
sıcak buğu çıkıyordu. Helvayla ekmeği bir mendile koydular,
bağladılar.

Pazaryerindeki beyaz taşın üstüne oturmuşlar, manavlar-
daki öbek öbek sarı portakallara gözlerini dikmişlerdi. Kalktı-
lar, birer tane portakal aldılar, soydular.

Köye doğru yola düştüklerinde vakit öğleye geliyordu. Di-
kine inen güneş, gölgelerini tam ayaklarının üstüne düşürüyor-
du. Küçücük, kara birer daire gölgeleri.

Kasabanın dışına çıktıklarından itibaren kasaba gözden
kayboluncaya kadar, dönüp dönüp baktılar. Kasabanın üstün-
de ak bulutlar dönüyordu. Evlerin bacalarından süzülen gümü-
şi dumanlar, havada asılıp kalmışlardı. Kırmızı kiremitler dur-
gun mavinin üstüne yapışmıştı.

Gece yarıyı geçerken köye girdiler. Şafağın yerindeki par-
lak, kocaman yıldız doğmuş, etrafa kıvılcım kıvılcım ışık saçı-
yordu.

Mustafa Memedlerin evi önünde ondan ayrıldı. Çok yorgundu. Kasabaya gittiğine de gideceğine de pişman olmuştu. Halbuki Memed onun tam aksi, sevinç içinde. Memed de kapılarına doğru yürüdü. Yürüdü ya, ayakları geri geri gidiyordu. Evin duvarına sırtını dayadı, durdu. Girse mi girmese mi? Girmemeye karar verdi. Döndü, çitlerin karanlığına sine sine yürüyordu. Bir evin önünde soluk soluğa durdu. Evin önünde dalları şemsiye gibi açılmış bir dut ağacı vardı. Durduğu yer dut ağacının altıydı. Sonra, soldaki çitin karanlığına gitti yere yattı. Yorgunluğu yavaş yavaş çıktı.

Bacakları çok uzun, ince yapılı, rengi yeşile çalan, duman gibi, hani duman arkasından görünen ağaç yeşili var ya, onun gibi, boynu, gagası gövdesinden ayrı dedirtecek kadar uzun bir kuş vardır. Hep su kıyılarında bulunur. Adına Değirmenoluk köylüleri divlik kuşu derler. Sesinden kinayedir. Bu kuş, bir tuhaf, ıslık gibi öter. Uzun ıslığının sonu kesik kesik biter. Başlar biter, başlar biter. Bütün ötüşün tadı, örülüşü bu kesik kesik sondadır. Memed bu ötüşü tıpkı tıpkısına taklit ederdi. Birkaç kere yattığı yerden divlik kuşu gibi öttü. Gözü kapıdaydı. Kapının da ne açıldığı vardı, ne açılacağı... Sinirlendi. Üst üste birkaç kere daha öttü. Neden sonradır ki, kapı usulcana açıldı. Memedin yüreği göğsüne sığmayacakmış gibi atıyordu. Kapıdan çıkan karartı sessiz sessiz, yavaştan ona kadar geldi, yanına uzandı. Çitin dibine doğru iyicene kaydılar.

Memed elini uzattı, usulcana:

"Hatçe," dedi.

Hatçe:

"Can," dedi. "Yolunu, yolunu çok gözledim. Gözlerim yollarda kaldı."

Sıcaklıkları biribirlerine geçiyordu. Nefesleri bir yalım rüzgarı gibi. Biribirlerine biraz daha sokuldular. Başı dönüyordu.

Buz gibi, yumuşacık ipekli, bir su gibi, karanlıkta Memedin elinden Hatçenin ellerine aktı.

Bir zaman öylecene sarılmış kaldılar. Konuşmadılar. Tir tir titriyorlardı. Bacakları geriliyordu. Taze çimen kokusu... Başı dönüyordu.

"Sen olmasan ben ölürüm. Yaşamam. İki gün gittin de... Dünya başıma dar geldi."

Memed:

"Ben de duramadım."

Hatçe:

"Kasaba?"

Memed:

"Dur," dedi. "Sana söyleyeceğim var. İşler başka... Bir Hasan Onbaşı tanıdım. Bir Hasan Onbaşı ki, İstanbulu bile görmüş... Bir Hasan Onbaşı ki... Hasan Onbaşı Maraşlı... Maraşın içinden olurmuş. Bana her bir şeyi söyledi... Bir Hasan Onbaşı ki, bana dedi ki al nişanlını gel Çukurovaya... Hasan Onbaşı dedi ki, Çukurovanın ağası yok. Öyle dedi. Hasan Onbaşı bana tarla bulacak, öküz bulacak, ev bulacak... Hasan Onbaşı var Çukurovada. Nişanlını kaçır gel dedi."

Hatçe:

"Hasan Onbaşı..."

Memed:

"Bir iyi adam ki canıyın içine koy. Bize her bir şeyi yapacak... Kaçarsak."

Hatçe:

"Kaçarsak..."

Memed:

"Hasan Onbaşı... Bir sakalı var, uzun. Sütbeyaz. O Çukurovada varken, bize yok, yok gayri. Yaa, Hasan Onbaşı... Ulan delikanlı, dedi, al nişanlını, kaçır gel. Peki dedim ben de, on gün sonra alır gelirim."

Hatçe:

"On gün sonra..."

"Babadan da eyi... Bir ak sakalı var, akarsu gibi, parıl parıl."

Hatçe:

"Hemen gitsek," dedi.

Memed:

"On gün sonra..."

Hatçe:

"Korkuyorum."

84

Memed:

"Hasan Onbaşı Çukurovada varken. Amma benim derdim anam. Anama zulmeder Abdi."

"O da gelir. Mademki Hasan Onbaşı var."

Memed:

"Yalvarırım. Söylerim. Onbaşı var derim. Belki gelir."

Hatçe:

"Ben korkuyorum. Abdiden korkuyorum. Yeğeni hep bizde. Anamla hep fiskos... Bir gün önce..."

"On gün. On birinci deyince... Sen, ben, anam... Bir gece... Yollara... Ver elini Çukurova... Hasan Onbaşı biz geldik deriz. Şaşar kalır. Bir de sevinir ki..."

"Sevinir. Ben korkuyorum."

Uzun uzun sustular. Soluklarından başka ses yoktu. Gece böcekleri ötüşüyorlardı.

"Ben korkuyorum."

Memed:

"Onbaşı çok sevinir..."

"Anamdan korkuyorum."

Memedin başı dönüyor. Sarı çağıltı... Ha bire dönüyor. Alabildiğine akan, dönen, şimşeklenen sarı güneş çağıltısı...

"On gün deyince, on birinci gün... Yallah..."

Hatçe Osmanın kızıdır. Osman yumuşak, kimseyle ilgilenmeyen, kendi halinde bir adamdır. Hatçenin anasıysa Allahın bir belasıdır. Köyde ne kadar kavga, ne kadar gürültü varsa içindedir. Uzun boylu, güçlüdür. Evin bütün işini o görür. Çifti bile o sürer.

Memedle Hatçenin çocuklukları birlikte geçmişti. Erkek çocuklar içinde, en güzel evciği Memed yapardı. Onu, en güzel de Hatçe süslerdi. Beraber oynadıkları çocukları oyunlarına bırakır, kendileri başka bir yere gider oyunlar icat ederlerdi. Türlü türlü...

On beşine değince Hatçe, Memedin anasından çorap örmesini öğrenmek için, her gün Memedlerin evine gelirdi. Memedin anası ona en güzel örnekleri verir, en güzel nakışları öğretirdi.

İkide birde de saçlarını okşayarak:

85

"Sen benim gelinim olursun inşallah, sürmelim," derdi.

Hatçenin anasına, herkese, Hatçeden konuşurken "gelinim," derdi.

Bunun üstüne, on altı yaşlarında olan oldu. Memed yorgundu. Çift sürmeden geliyordu. Hatçe de dağdan, mantar toplamadan. Belki bir aydır biribirlerini görmüyorlardı. Biribirlerine Alacagedikte rastlayınca, ikisini de bir sevinç, bir gülme aldı. Bir taşın üstüne oturdular. Karanlık basıyordu. Hatçe kalkmak istedi. Memed, elinden tuttu geri oturttu:

"Dur hele!" dedi.

Tir tir titriyordu. Her bir yanı ateşe kesmişti. Bedeninde çımgışmalar oluyordu:

"Sen benim nişanlım değil misin?" dedi.

Hatçenin ellerini ellerinin içine aldı:

"Sen benim..." dedi.

Hatçe gülmeye başladı.

Memed:

"De kız," dedi, "sen benim nişanlım değil misin?"

Hatçe Memedden çekiniyordu. Memed tutmuş göndermiyordu. Bir ter basmıştı ki...

"Kız," diyordu. "Sen..."

En sonunda öpmeyi akıl etti.

Hatçe kıpkırmızı kesilerek Memedi hızla itti. Kaçtı. Memed arkasından yetişti tuttu. Kız durgunlaşmış, kuzu gibi olmuştu. Memedin de eski heyecanı azıcık geçmişti.

"Bu gece yarısı gelirim," dedi. "Büyük dutun gölgesine sığınırım. Divlik kuşu gibi öterim... Herkes divlik kuşu ötüyor sanır."

Sonra da birkaç kere divlik kuşu gibi öttü:

"İşte böyle," dedi.

Hatçeyi bir gülme aldı:

"Divlik kuşu gibi... Kimse fark etmez."

Memed:

"Biz biribirimizin nişanlısı değil miyiz? Kimse fark etmesin."

Hatçenin birden rengi attı:

"Ya bizi gördülerse," dedi, kaçtı.

İşte bundan sonradır ki, gün geçtikçe sevdaları büyüdü, kara sevda oldu. Sevdaları dillere destan oldu.

Her gece ne yapar yapar buluşurlardı. Buluşmazlarsa ne onun gözüne uyku girerdi, ne onun... Hatçenin anası tarafından yakalandıkları da oldu. Hatçeye işkence yaptı anası. Çaresiz. Geceleri elini ayağını bağladı. Kapıya kilit üstüne kilit vurdu. Çaresiz. Hatçe her engele bir çare buldu. Hatçe Memede muhabbet çorapları dokuyor, mendilleri işliyordu. Üstüne türküler çıkarmıştı. Aşkını, hasretini, kıskançlığını renk renk nakışlara, ses ses türkülere dökmüştü. Bu türküler hala Toroslarda söylenir. Çorapları gören ürperirdi. Türküleri duyan, söyleyen hala ürperir, içinden bir şey başlar yeşil yeşil, taze yeşermeye...

Memed, evlerine ne zaman, nasıl geldiğinin farkına varmadı. Şafağın yerindeki, o kıvılcımlanan yıldız, ışığını yitirmiş, ağarmıştı. Şafağın yeri de usuldan ağarıyordu.

"Ana! Ana!" diye kapıdan çağırdı.

Ana uyumuyor, oğlunu düşünüyordu.

"Yavrum!" dedi kalktı. Kapıyı açtı, boynuna sarıldı.

"Demek gece yürüdünüz?"

Memed:

"Yürüdük."

İçeri girer girmez, Memed kendisini yatağın üstüne attı. Müthiş uykusu geliyordu. Kafasında sarı bir pırıltı şavkıyordu. Şavkıyan pırıltılar dönüyorlardı.

Belki umuttur. Belki de bir özlemdir. Özlem sıcacıktır. Özlem bir dost, bir sevgilidir. Sarıverir insanı sıcaklığı. Memedin kafasında, gönlünde ta iliklerine işlemiş, sarı pirinç pırıltıları vardı. Pırıltıların ötesinde kırmızı kiremitleri maviliğe yapışmış kasaba...

Sarı pirinç pırıltıları, koyu, mor, savrulan kebap dumanlarına karıştı. Kör Hacının nal şıkırtısı... Kaldırımı beyaz, sıykal, yani cilalı çay taşlarından yapmışlar. Beyaz beyaz parlıyor.

Ana oğlunun başucuna oturmuş soruyor:

"Kasaba nasıldı yavrum?"

"Hı?" diyor, başı düşüyor.

Kör Hacının nal döverken, nasıl türkü söylettiğini düşünüyor. Naldan düşüncesi kırmızı kiremitli evlere geçiyor. Yarı uykulu, yarı uyanık gülümsüyor. Düşünüyor ki, yarın öbür gün kaçacaklar. Hasan Onbaşı köylerden on gün sonra dönecek. Üzülüyor bu işe. Sonra dönüyor üzüntüsünden. On güne kadar ancak düzenlerler işlerini. Hasan Onbaşının çocuksu, şakacı güleç yüzü... Ak sakalları. Ak sakalları yüzünde takma gibi duruyor. Hasan Onbaşı bir yer bulur. Bir de çift, yani iş bulur. Nedense Hasan Onbaşıya çok güveniyor. "Bütün dünyayı karış karış gezmiş, biliyor," diyor içinden. Kasabanın ağası da yok. Hatçe, anası, üçü üç yerden çalışırlar. Çalıştıkları kendilerinin olur. Hasan Onbaşı bu işi yapar mı yapar. Düşünüyor ki, nereden duymuştur, onu bilmiyor. Çukurova toprağı verimlidir. Düşünüyor, yüreği daralacak şekilde seviniyor. Çukurova toprağında çakırdikeni bitmez. Kendi Çukurovaya yerleşince, ev bark sahibi olunca, bir gün köye gelecek, Çukurova böyle böyle diyecek... Bütün bir köy arkasında inecekler Çukurovaya. Abdi, tek başına kalacak köyde. Ne ekin ekmesini bilir, ne biçmesini... Acından ölecek.

Ana tekrar ediyor:

"Kasaba nasıldı oğlum?" diyor.

O, anasına cevap verdiğini sanıyor, düşünüyor. Beyaz bir fötür şapkalı görmüştü manavların önünde. Tertemiz... Pantolonlu bir adam... Adam, portakal alıyordu. Parmaklarına dikkat etmişti. Uzun, beyaz parmakları çabuk çabuk para sayıyordu. Paralar parmaklarının arasından akıyordu. Gümüş parıltısı...

Ana:

"Yavrum," dedi, "uyuyor musun?"

Uyuyor muydu? Pirinç pırıltısı yeniden kafasını allak bullak etti. Çukurova güneşinin altında, güneş çarpınca fışkıran milyonlarca pırıltı.

Uyandığı zaman gün kuşluktu. Anası, başında oturmuş ona bakıyordu. Birden, nedense anasından utandı. Yorganı başına çekti. Çocukluğunda sevinçli olduğu zamanlar hep böyle yapardı. Anası gülerek, yorganı başından çekti:

"De kalk koca delikanlı. Gün kuşluk oldu. Kalk da kasabayı anlat."

Gözlerini kirpiştire kirpiştire açtı. Dışarda, göz kamaştırıcı

88

bir güneş vardı. Güneşe şöyle bir göz attı. Birden kamaşan gözlerini içeri çevirdi. Güneş her şeyini altüst etmişti.

Yataktan çok yorgun bitkin kalktı. Bütün yorgunluğuna, içindeki bütün karanlığa karşın, yüreğine bir yerlerden bir ışık, bir aydınlık sızıyordu. Yüreğindeki kasveti dağıtan şeyin kendi de farkında değildi. Bu sevinç, bu sıcak ışıktan ileri geliyordu. Bu ışık nedendi?

Anasının dizinin dibine oturdu. Kasabayı bir bir anlattı. Kadın, birkaç kere kocasından, birkaç kere de başkalarından dinlemişti kasabayı, ama bu kadar güzel kimse söylememişti. Sarı şavka gelince coşmuştu Memed... Su gibi akıyordu ağzından sözler...

Memed ateş içinde kasabayı anlattı bitirdi. Fakat anasına söyleyeceğine gelince yutkundu kaldı. Anası, onun bu halini bilirdi. Bu sefer de meseleyi çaktı. Oğlunun saçlarını okşadı. Gözlerinin içine baktı. Oğlu bir şey, ama önemli bir şey söyleyecekti ama, söyleyemiyordu. Oğlan, anasının gözlerinden gözlerini kaçırdı. Ana içinden, "Tamam," dedi. "Bir şey var. Mutlak bir şey var." Memede baktı. Memed, hareket edecek, kıpırdayacak halde değildi sanki. "Söyleyemeyecek," dedi, "kolay kolay."

Dayanamadı:

"Çıkarsana şu diliyin altındakini Memedim!"

Memed bunu duyunca irkildi. Yüzü kül oldu.

Ana:

"De çıkar," diye tekrar etti.

Memed başını yere dikti:

"Ben," dedi, "bu gece Hatçeyle konuştum. Kaçmaya karar verdik."

Ana:

"Sen aklını mı yitirdin Memed?"

Memed:

"Düşündük ki, sen köyde kalırsan, Abdi Ağa, sana zulmeder. Sen de bizimle gel Çukurovaya. Kasabada yerleşiriz."

Ana aynı şiddetle:

"Sen delirdin mi?" dedi. "Ben yurdumu yuvamı, evimi barkımı bırakır nereye giderim? Hem sen elin kızını alır nereye götürürsün?"

Memed:

"Öyleyse ne yapalım? Sen bir akıl ver."

Ana:

"Ben sana yüz kere söyledim. Vazgeç bu Hatçeden. Yüz kere, bin kere söyledim. Vazgeç! Onu Abdi Ağanın yiğenine nişanlıyorlarmış. Olmaz. Böyle kafalardan vazgeç!"

Memed:

"Vazgeçemem. Abdi Ağa olmazsa, kim olursa olsun. Vazgeçemem. Abdi Ağa herkesin gönlünün ağası mı? Alır kaçarım. Benim bir tek korkum var, o da sana zulmederler. Benim korktuğum bu! Yoksa... evelallah..."

Ana:

"Evimi barkımı yurdumu yuvamı bırakıp da hiçbir yerlere gidemem. Sen, al git Hatçeyi. Gene de sana derim ki oğlum sen yalnızsın. Bundan iyilik çıkmaz. Karşında beş köyün kocaman ağası var. Kızı onun yiğeni istiyor. Bunun sonu iyi çıkmaz. Vazgeç bu işten. Kız mı yok sana!"

Memed kızdı. Anasına karşı pek az kızmıştı:

"Kız yok," dedi. "Dünyada Hatçeden gayrı kız yok."

Memed bir daha ağzını açmadı.

İki gün sonra duyuldu ki, Abdi Ağanın öteki köydeki yiğeni Hatçe için dünür göndermiş. Dünürleri arasında Abdi Ağa da var. Çığırıp bağırmasına, çağırmasına bakmadan, kızı ilk gelişte Abdi Ağanın yiğenine veriyorlar. Abdi Ağanın yiğeni bulunmaz kısmet. Kızı kendi gönlüne bıraksan, ya çingeneye varır, ya davulcuya. Hatçeyse ağlar ağlar avunur.

İki gün sonra da nişan takıldı. Abdi Ağa da gelinine bir beşi biryerde taktı.

Nişandan sonra köyün içine bir dedikodudur yayıldı. Kadınlar konuşuyor, çocuklar konuşuyor, yaşlılar, gençler, erkekler konuşuyordu:

"Memed, kaçırır onu. Yedirmez Hatçeyi Abdi Ağanın kel yiğenine."

"Korkar Memed."

"Hiç de korkmaz."

"Memedin gözünde kimse korkuyu göremez."

"Göremez."

"Memed bu!"

"Memed olsun. Memed kaç para eder. Abdi onu parça parça ettirir de leşini itlere attırır."

"Bir kere kızmasın... Attırır mı attırır."

"Memed kızı alır da gider."

"Nereye gider?"

"Nereye gider? O gidecek yeri bilir."

"Nereye gitse, yılanın deliğine bile girse, Abdi Ağa onu bulur çıkarır."

"Abdi Ağanın eli kolu uzun. Hükümet var arkasında..."

"Hükümet de var, Kaymakam da, Müdür de var. Karakol Onbaşısı da var."

"Her gün Müdür iner evine."

"Vallahi yüreğim parçalanıyor şu Memede."

"Geldi yabanın köylüsü de elinden aldı."

"Dün gördüm Memedi..."

"Vay fıkara!"

"Evlerinin arkasında gördüm. Yüzü sapsarı. Zehir sarısına kesmiş. Yeşil sarı."

"Ben de gözlerinden korktum. Bir hoş ışıklı gözleri var."

"Fıkara, nişan yapıldı yapılalı evden çıkmıyormuş..."

"Karanlık bir köşede..."

"Akşamadek... Düşünürmüş..."

"Kara sevda... Zor!"

"Kara sevda deli eder insanı."

"Memed yarı deli zaten..."

"Kızı her gece bağlarmış anası. Elini ayağını kendirle bağlarmış."

"Kilit üstüne kilit!"

"Dönenin de hali kötü."

"O da oğlundan korkuyor."

"Abdi Ağa da duymuş meseleyi..."

"Vay fıkara Memed!"

"Duymuş da gülmüş..."

"Kızın iki gözü iki çeşme..."

"Vay fıkara Memed!"

"Abdi Ağanın kel yiğeni, gelmiş fiyaka satıyor. Dolanıyor köyün içinde."

"Boynuzlu..."

"Geyik boynuzları..."

"Geyik..."

"Zulüm."

"Vay fıkara Memed!"

"Zulüm."

"Kahrından ölmezse Memed..."

"Asıl kız ölecek kahrından..."

"Ayıran kör olsun..."

"Yavaş yavaş söylen."

"Onmasın inşallah..."

"Sürüm sürüm sürünsün."

"Kurt işlesin tenine inşallah."

"Yılancıklar çıkarsın da yılın yılın yatsın."

"Yavaş yavaş..."

"Gözlerinde çakırdikeni bitesi."

"Beş köy kendinin, şu dağlar da kendinin."

"Dünya parayla alınır. Yürek alınmaz."

"Vay fıkara Memed!"

"Görsün Abdi. Görsün ne işler getirecek Memed onun başına. Siz hele durun."

"Öldürse..."

"Öldürse eli nurlanır."

"Memed daha çocuk."

"Vay fıkara Memed!"

"Çocuk ama..."

"Yılda kaç tane dağ keçisi vurur Memed?"

"Say!"

"İğnenin deliğinden kurşun geçirir."

"Abdinin gözlerinin bebeğinden inşallah."

"Yavaş söyle yavaş!"

"Bir silah geçse eline Memedin, koymaz Abdiye."

"Koca Ahmet dağda olaydı bu sıralar..."

"Gelirdi köye, bozardı nişanı, verirdi kızı Memede."

"Bir silah geçirse eline..."

"Memed hakkından gelir onun."

"Keşkiii!"

"Köylü o günleri görse... Kırk gün kırk gece şenlik eder."

"Kara sevdalıları ayıran iflah olmaz."

"Olmaz inşallah."

"Memedden bulmazsa, Allahtan bulur."

"Bulur inşallah."

"Yavaş yavaş!"

"Neredesin Koca Ahmet. Kendini göstereceğin gün bugündür."

"Koca Ahmet Dağıstanda çift sürüyormuş. Avrattan korkak olmuş."

"Memed kasabaya gitmiş."

"Yer yapıyor kendine."

"Şu kel yiğenine bir şey olsa..."

"Bir yıldırım düşse tepesine."

"Durup dururken canı çıkıverse."

"Çıkıverse..."

"Memed alsa kızı. Alsa götürse..."

"Memed alsa kızı..."

"Alsa götürse kızı..."

"Ben Hatçeyi bilirim. Öldürür kendisini."

"O ölürse Memed de yaşamaz."

"Vay fıkara Memed!"

"Vay fıkara Döne! Kocasız kaldı genç yaşında. Oğulsuz kalmasın."

"Oğulsuz kalmasın."

Bir köy insanı tekmil konuşuyordu. İçlerine dert olmuştu Memedin işi. Ama ellerinden bir gelir yoktu. Bu konuşmalar Abdi Ağanın kulağına dakikası dakikasına gidiyordu. Köyde "çıt" dese, o duyardı. Olup biteni, köylünün neler konuştuğunu bir bir biliyordu.

Adamını gönderdi. Memedi evine çağırdı bir gece. Memed, süklüm püklüm gelip karşısına el pençe dikildiğinde, bas bas bağırarak:

"Ula namussuz nankör! Köpek gibi kapımda büyüdün. Adam oldun. Ulan namus düşmanı! Duydum ki yiğenimin nişanlısına göz dikmişsin..."

Memed taş kesilmiş kıpırdamıyordu. Yüzü duvar gibi

93

bembeyaz olmuştu. En ufak bir hareket yoktu. Yalnız, o iğne ucu kadar küçücük pırıltı gelip gözbebeklerine oturmuştu.

Abdi Ağa:

"Bana bak Memed!" dedi. "Bu köyde yaşamak, ekmek yemek istiyorsan benim dediğimden ayrılma. Sen çocuksun. Sen bilmezsin. Sen beni bilmezsin. Ben adamın ocağına incir dikerim. Duydun mu ekmeksiz, nankör? Ben adamın ocağına incir dikerim."

Geldi Memedin kolundan sertçe tuttu:

"Bana Abdi derler," dedi. "Ben adamın ocağına incir dikerim."

Memed susuyordu. O sustukça öteki kızıyor, bağırıyordu.

"Ulan ekmeksiz oğlu ekmeksiz..." diyordu. "Kimse benim yiğenimin nişanlısına göz dikemez. Ben adamı parça parça eder de leşini köpeklere atarım. Bana bak! O kapıdan bir daha geçmeyeceksin. Anladın mı? Geçmeyeceksin. Anladın mı?"

Memedi birkaç kere sert sert sarstı. Taştan ses çıkıyordu da ondan ses çıkmıyordu. İşte bu sessizlik kudurtuyordu Abdi Ağayı. Birden kendini kaybedip Memedi tekmelemeye başladı. Memed onu öldürmemek için kendini zor tutuyordu. Dişi dişini yiyordu. Avurt etleri dişlerinin arasındaydı. Isırıyor, yiyordu avurt etlerini hırsından. Ağzı kan içinde kalmıştı. Kafasında sapsarı bir ışık şavkıdı.

"Defol buradan! Sizlere iyilik yapmak, sizleri büyütüp adam etmek haram zaten. Besle kargayı gözünü oysun. Defol, itin oğlu."

Dışarı yarı baygın, yarı sersem çıktığında, yere kocaman bir tükrük attı. Tükrük bir avuç kandı.

8

Evler, ağaçlar, kayalar, yıldızlar, ay, toprak ne varsa dünyada, hepsi karanlığın içinde kaybolmuşlar, erimişlerdi. Usuldan usuldan karanlığın üstüne yağmur çiseliyordu. Yağmurla birlikte, hafif de bir yel esiyordu. Yel, soğuk bir yeldi. Arada bir, durup durup köpekler karanlığa havlıyorlardı. Sonra, yalnız bir horoz uzun uzun öttü. Vaktinden önce öten bu horozu sahibi sabahleyin erkenden mutlak kesecektir.

Uzaktan, dağın ötesindeki yoldan bir çıngırak sesi geliyordu. Bir ara çıngırak sesi kesiliyor, sonra tekrar başlıyordu. Bu, gelen yolcuların yorgunluğuna alamettir.

Memed, hayli zamandır, kocaman dalları şemsiye gibi açılmış dutun yanındaki çitin altına sinmiş bekliyordu. Memed düşünüyordu ki... Hayır, bu durumda Memed, hiçbir şey düşünemez. Memed, yalnız üşüyordu. Memed, bir şeyler duyuyordu düşünmeden. Karanlığa yağmur çiseliyordu usuldan. Karanlık bastığından beridir ki Memed, bu yağmuru yiyordu. İçine geçmişti. Bazı bazı bir titreme alıyor, sonra geçiyordu. Çitin ötesinde bir patırtı duydu, kulak kabarttı. Bu, çitten atlayan bir kediydi. Öyle sandı. Anası düştü aklına bir ara. Etini kesmişler gibi bir yerleri ağrıdı. Yüreğinde bir zehir acılığı duydu. Bir sızlama. İşkence edeceklerdi anasına... Çok uzakta bir şimşek çaktı. Karanlıkta erimiş dutun gövdesini, dallarını yaldızladı. Memedin de içinin karanlığından bir ışık yolu geçti. Uzun bir ışık yolu.

Bu anda bütün köy, atıyla, eşeğiyle, sığırı, keçisi, koyunu,

95

böcekleri, tavukları, kedileri, köpekleriyle uyuyordu. Düşmanlıkların, kinlerin, sevgilerin, korkuların, kaygıların, yiğitliklerin üstünü kalın bir uyku örtmüştü. Düşler çarpışıyordu. Düşler yaşıyordu şu anda.

Görüş sahası ne kadar dar olursa olsun, insan muhayyilesi geniştir. Değirmenoluk köyünden başka hiçbir yere çıkmamış bir insanın bile geniş bir hayal dünyası mevcuttur. Yıldızların ötelerine kadar uzanabilir. Hiçbir yer bulamazsa Kafdağının arkasına kadar gider. O da olmazsa, düşlerinde yaşadığı yer başkalaşır. Cennetleşir. Şimdi, şu anda düşler veryansın ediyordur uykuların altında. Şu fıkara, şu kahırlı Değirmenoluk köyünde, değişmiş dünyalar yaşanıyordur.

Memed de düş görüyordu. Hem korkuyor, hem düş görüyordu. Kafasında birden, bir şimşek çaktı. Çukurovanın bol güneşi kafasında parçalandı, büyüdü, genişledi, aydınlandı. İçindeki ışık seli durunca Memed endişelendi. Korktu. "Ya gelmezse," diye düşündü. "Ya gelmezse ne yaparım?" Kafasından türlü ihtimaller geçti. "Gelmezse, ben bilirim yapacağımı," dedi. Eli tabancasının kabzasına gitti. Tabancası aklına gelince bütün korkuları siliniyor, çaresizliğini unutuveriyordu.

Tabancasını düşünüyordu ki çok hafif bir ayak sesi duydu. Az önce düşündüklerinden utandı. Gelip başında duran Hatçeydi. Gündüz olsaydı da Hatçe, Memedin yüzüne baksaydı. Önce yüzünün sapsarı kesildiğini, sonra yavaş yavaş kızardığını görür şaşardı. Başka şeylere, belki korkuya yorardı bunu.

"Çok beklettim," diye özür diledi. "Anam bir türlü uyumuyordu."

El ele tutuşup korka, sine uzaklaştılar. Toprağa öyle usturuplu basıyorlardı ki, en küçük bir çıtırtı bile çıkartmıyorlardı. Toprağa basmıyorlardı sanki.

Köyü çıkıncaya kadar, nefes bile almadılar dersek, doğrudur. Köyü çıktıktan sonradır ki, korkuları biraz azaldı, kendilerini azıcık serbest hissettiler.

Hatçenin bohçasını Memed taşıyordu. Hatçe bohçasını, Memed yoruldu diye istedi, öteki vermedi.

Tam sırasıymış gibi, çiselemekte olan yağmur delicesine bastırdı. Yanlarında, arkalarında, önlerinde şimşekler çakıyordu. Kayalığı geçtikten sonra bir ormana düştüler. Çakan şimşeklerden arada bir orman ışıyor, ortalık gündüz gibi oluyordu. Ağaç gövdelerinden oluk oluk suların aktığı görülüyordu ışıkta. Hatçe hıçkırarak ağlamaya başladı.

Memed kızdı:

"Tam da ağlayacak sırayı buldun," dedi.

Ortalık ışıyıncaya kadar, ormanda bir minval üzere yürüdüler. Nerede olduklarının farkında değildiler. Yağmursa, hala yağıyordu.

Hatçe, her adımda yağmura:

"Allahın kahrı gazabına uğra!" diye beddua ediyordu.

Ortalık iyiden iyiye ışıyınca, bir kaya kovuğu buldular sığındılar. Ayakta durmuşlar, ikisi iki yerden tir tir titriyorlardı. Elbiseleri vücutlarına yapışmıştı. Hatçenin saçlarının ucundan hala yağmur altında yürüyormuş gibi sular sızıyordu.

Memed, dişleri biribirini döverek:

"Kav ıslanmamışsa, bir ateş yakar ısınırız, kurunuruz," dedi.

Hatçe kıvançla gülümsedi.

Memed:

"Gülme," dedi. "Öyle bir yağmur yedik ki, değil deri kesenin içine, derimizin altına bile geçti."

Bel kayışına bağlı keseyi elleri titreyerek açmaya uğraşıyordu. Bütün umut, kurtuluş buradaydı. Gözleri kesenin içine dikilmişti. Sonra göz göze geldiler gülümsediler. Kesenin içine su işlememişti.

Memed:

"Bu keseyi kim yapmıştır biliyor musun?"

Hatçe:

"Yok," dedi.

"O, evine kaçtığım Süleyman Emmi var ya, o yaptı. O zamandan beri onun yadigarını saklarım."

Telaşlı telaşlı etrafına bakındı.

"Hiçbir kuru şey yok ki ellerimi kurulayım. Elim değince kav ıslanacak."

Hatçe:

"Aman tutma kavı yaş ellerinle," dedi.

Memed:

"Bak nasıl kurularım!" diye övündü.

Kovuğun arka tarafına doğru gitti. Oraya yağmur işlememişti. Toprak, kupkuru tozlanıyordu. Ellerini toprağa soktu, toza beledi. Tozlu ellerini havaya kaldırıp, Hatçeye:

"Oldu mu?" dedi.

Hatçe gülümsedi.

Memed:

"Git Hatçe," dedi. "Git de çalı çırpı topla!"

Hatçe kovuktan dışarı, yağmura fırladı. Biraz sonra, kocaman bir kucak çalıyla geri döndü. Çalılar ıslaktı ya aslında kurumuşlardı. İnce ince kırdılar, kovuğun orta yerine yığdılar. Memed, kavı çaktı. Çaktı ama, kav yansa bile, tutuşturmaz ki çalıyı. Çalının tutuşması için küçücük de olsa yalım gerek. Ne yapsalar?

Memed:

"Dur sen burada," dedi. "Ben gideyim çıra bulayım."

Az sonra elinde yağlı bir çırayla döndü. Kocaman, iki ağızlı hançerini çıkardı, çırayı yardı. Kav çırayı da ateşlemez. Ona da yalım gerek. Küçücük bir yalım olsa çıra alışıverir. Bir kibrit olsaydı şimdi... her şey kolaydı ama... kibrit de almıştı Memed. Ama kibrit ıslanmış, çorba gibi olmuştu.

Memed:

"Hatçe," dedi, "azıcık kuru bez bulamaz mıyız?"

Hatçenin dişleri şakırdıyordu.

"Bohçayı bir açayım bakayım. Belki ortasına su geçmemiştir."

Dışarda, yağmur veriştiriyordu. Aynen gök delinmiş gibi.

Hatçe bohçayı açtı. Aradı taradı. Entarilerinin içinde sıkışıp kalmış bir mendil buldu. Bu, Memedin ona ilk hediyesiydi. Kırmızı benekli bir mendildi. Kadınlar köyde böyle mendilleri başlarına bağlarlardı.

"Bu var kuru," diye Memede gösterdi.

Memed mendili tanıdı.

"O mu var?" dedi. Bir hoş olmuştu mendili görünce.

Hatçe:

"O," dedi.

98

Memed, birazıcık kızgın:

"Burada donup öleceğimi bilsem, onu gene yakmam."

Hatçe:

"Belki entarilerde kuru bir parça bulunur."

Memed:

"Getir hele," dedi.

Hatçe, bohçayı getirdi.

Memed, karıştırdı karıştırdı bohçayı:

"Ohhooo," dedi, "bunlarda bir kuru parça değil, yüz parça bile bulunur."

Hatçe:

"Bulunur," dedi. "Hepsini yak da çıplak gezelim."

Memed:

"Bu gidişle öyle olacak."

Kuruca bir entarinin iç astarını söktü. Çakmağı çaktı. Kavı, bez parçasının içine koydu. Üflemeye başladı. Üfledi babam üfledi. Yorulunca bezi Hatçeye verdi. Bu sırada tam yanlarına bir yıldırım düştü. Yer hafiften sarsıldı. Ağaçlar çatırdadı. Hatçe, elindekini yere düşürdü. Memed, eğildi yerden aldı. Avurdunu şişirerek yeniden üflemeye başladı. Avurdu acımıştı. Bezin üstünü küçücük bir alev yalayınca sevindi. Hemen öbür elindeki çırayı tuttu. Çıra cızırdayarak ateş aldı. Birkaç tane çırayı birleştirdi. Ortadaki çalı yığınına soktu, etrafını besledi. Yağmur gittikçe şiddetleniyordu. Gökyüzü bir kara dumandı. Boyuna da şimşek çakıyor, yıldırım düşüyordu. Şimşekler bir an için de olsa, dünyayı yaldızlıyorlardı. Her şimşekten sonra, Memedin içi, bir sarı pirinç pırıltısına boğuluyordu.

Ateş büyüdü. Memed, boyuna üstüne odunlar yığıyordu. Odunların suları çekilince ateş alıyorlardı. Kocaman kocaman yalımlar parlayıp oynaşıyorlardı. Üzerlerindekini çıkardılar, oradaki bir dalın üstüne serdiler. Dalı da ateşin yanına çektiler. Hatçe utanıyordu. Bu sebepten bir türlü iç gömleğini, donunu çıkaramıyordu.

Memed:

"Çıkar onları," dedi. "Çıkar da titremen geçsin."

Hatçe yalvarırcasına baktı:

"Bunlar da üstümde kurusun," dedi.

Memed:

"Üstünde kurumaz," diye kızgınlıkla söylendi. "Üstünde kuruyuncaya kadar, sen soğuktan ölürsün."

Hatçe, Memedin kızdığını anlayınca, gömleğini çıkarmaya başladı. Omuzları yuvarlak, esmerdi. Gömleğini çıkarır çıkarmaz çalıya attı, memelerini avuçlarına aldı kapadı. Omuzları titriyordu. Boynu, bir kuğu boynu gibi uzun, hoştu. Küçücük birer saç parçası kulaklarının arkasına doğru kıvrılıyordu. Örgülü kara saçları, arkasına dökülmüş, kuluncunu baştan başa örtmüştü. Memeleri ellerinden, parmaklarının arasından taşıyordu. Sarı, ayva tüylerin yerleri soğuktan kabarcıklanmıştı. Isınınca kabarcıklar kayboldu. Ten dümdüz oldu. Pembeleşti hafiften.

Memed, gözlerini Hatçeye dikmişti. İçinde, dayanılmaz bir arzu duydu.

"Hatçe!"

Hatçe, bu sesten, bu biçimde söylenişten ürperdi. Ses, her şeyi söylüyordu. Anladı.

"Memed," dedi, "şimdi köyde kıyamet kopuyordur. Şimdi bizi fellik fellik arıyorlardır. Bulurlarsa diye korkuyorum."

Memedin içinde de aynı korku vardı. Belli etmedi:

"Nasıl bulacaklar bu ormanın içinde bizi? Sen de!.."

Hatçe:

"Bilmem," dedi. "Bilmem ama, ben korkuyorum."

Uzun zaman sustular. Yağmur da azıcık yavaşladı gibi. Ateş gittikçe büyüdü. Yandaki kayalar bile ısındı. Taban toprağı da kurudu. Hatçe kuruyan gömleğini giydikten sonra donunu çıkardı. Memed, onun taze, dolgun bacaklarını gördü. Çoktan beri, içindeki arzu, dayanılmaz bir hale gelmişti.

Tekrar, aynı şekilde:

"Hatçe!" dedi.

Hatçe:

"Korkuyorum Memed," dedi.

Memed, yanına doğru yanaştı, sıkı sıkıya, acıtacak kadar bileğini tuttu. Hatçe öteye öteye gitti. Memed, Hatçeyi bütün gücüyle sardı. Öptü. Hatçe kendini birden bırakıverdi. Memed, onu kayanın dibine doğru sürükledi. Hatçenin kalın dudakları aralık kalmış, gözleri kapanmıştı. Hatçenin eli ayağı tutmuyordu. Usuldan usuldan, "Korkuyorum etme Memed," diyordu.

Büyük ateşin yalımları üzerlerine doğru uzanıyordu. Yalımlar, kayaları yalıyordu.

Neden sonradır ki kendilerine gelebildiler. Memed, Hatçeyi elinden tuttu. Yattığı yerden kaldırmak istedi. Hatçe azıcık doğruldu. Sonra, arkası üstü gene yattı. Korkusu tamamen gitmişti. İçinde bir eziklik, vücudunda yorgunluk kalmıştı. Sonra, kendi kendine kalktı. Bacakları, sırtı, kalçası toprağa belenmişti.

Hatçe, kadın olmuştu.

9

Ana, şafaktan önce kalktı. Hatçenin yatağına baktı. Yatağın içi doluydu. Hiç şüphelenmedi. Sabah olup da Hatçe her zamanki vaktinde yataktan kalkmayınca yüreğine tıp etti. Korkusu doğruydu. Yorganı açınca yıldırımla vurulmuşa döndü. Hatçe, bir yastığı yorganın altına uzunlamasına koymuş, onun yerine yastık yatıyordu yorganın altında. Bu, Hatçenin geceden kaçtığını gösteriyordu. Bu yastık oyununu da çabuk haberlenmesinler diye yapmıştı.

Yorgan kadının elinde kalakalmıştı. Ancak, kocası kendisine seslenincedir ki kendine geldi. Yorganı elinden bıraktı.

Toros köylerinde töre yerine geçmiştir. Kızı kaçan, atı, öküzü, horozu çalınan evinin kapısına çıkar, bütün köye, çekemeyenlere, gözleri kaldırmayanlara basar küfürü. Saatlarca durur durur küfreder. Köylü hiçbir cevap vermez ona, aldırmaz, küfredenin bir zaman sonra hırsı iner, ondan sonradır ki, ciddi ciddi olayın üstüne konuşulur.

Kocasına:

"Kız gitmiş," dedi. "Şimdi nişliyelim?"

Koca aşikar bir sevinç çığlığı attı:

"Çok şükür Allahıma," dedi. "Çok şükür. Hiç gönlüm yoktu, Abdi Ağanın kel yiğenine vermeye kızı. Çaresizlik belimi büküyordu. Çok şükür..."

Kadın:

"Sus," dedi. "Sus! Bir duyan olmasın, Abdi Ağa, kızı biz kaçırttık sanır da derimizi yüzer."

Sonra ana, töre olduğu üzere, evin kapısına çıktı usul usul dövünmeye baktı. Dövünmek hiç de gelmiyordu içinden. Kimseye küfredemiyordu. Bağıramıyordu da. Sallanıyordu boyuna.

Yalancıktan:

"Vay benim başıma gelenler!.. Kızım! Kızım! Sürüm sürüm sürünesin inşallah. Namusumu iki paralık ettin kızım! Kahrol! Kızım! İki gözün önüne aksın kızım!"

Kocası, çok sert:

"Gel içeri," dedi. "İyi yaptı kız. Gönlünün istediği ile kaçtı ya. Nolursa olsun. Hiç sesini çıkarma avrat! Bağırma. Git, Abdi Ağaya söyle durumu. Kıza da beddua etme! Gel içeri."

Kadın, kocasının dediğini tuttu. Başına, kara bir yazma bağladı. Doğru, Abdi Ağaya gitti.

Abdi Ağa, kadını görünce:

"Oooo, nerelerdesin bacım? Hiç uğramaz oldun Ağayın evine. Otur şöyle yanımdan."

Kadın, oturdu ağlamaya başladı. Kadını böyle ağlar, başında kara yazma görünce, Abdi Ağanın da yüreğine tıp etti.

Telaşla:

"Ne var bacı?" diye sordu.

Kadın, başını yere eğmiş boyuna ağlıyordu. Cevap vermedi.

Abdi Ağa:

"Söyle!" diye bağırdı. "Allahın belası söyle!"

Durdu düşündü:

"Söyle gelinime bir şey mi oldu?"

Kadın:

"Ağam..." dedi.

Ağa:

"Söyle," dedi.

Kadın yeniden:

"Ağam! Ağam!" dedi sustu. Hıçkırıklar sözünü kesiyordu.

Ağa:

"Kadın," dedi, "Allah senin belanı versin. Çatlatma adamı."

Kadın, gözlerini kuruladı:

"Kaçmış," dedi. "Yatağına yastık yatırmış, ilk akşamdan kaçmış."

Abdi Ağa gürledi:

"Vay!" dedi, "Vay! Bu da mı gelecekti başıma? Abdinin gelini bir yanaşmayla kaçacaktı, öyle mi?"

Sonra, kadına döndü şiddetli bir tekme attı.

"Bu köyü tepeden tırnağa yakarım. Ateşe vurur yakarım."

Durdu, bir an düşündü. Kadının kolundan tuttu kulağına eğildi:

"Dönenin öksüzü mü kaçırmış?" diye sordu.

Kadın, gözyaşlarını yazmasıyla silerken, başıyla "evet" işareti yaptı.

Abdi Ağa yerinde duramıyordu. Adamlarını çağırdı. Bütün köylüleri çağırdı. Bu onun köydeki itibarı için büyük bir darbe olmuştu. Bunun altından kalkmalıydı.

"Görsün," diyordu. "Görsün o ekmeksiz, ipsiz. Ben, ona ne yapacağım görsün! Parça bölük ederim. Parça da bölük."

Meseleyi az zamanda bütün köy duydu. Bütün köy, düğün bayram yapıyordu. Karısı, genci, çocuğu, kızı hepbir ağızdan sevinç çığlıkları atıyorlardı. Ama, Abdi Ağadan gizli. Abdi Ağanın, onun adamlarının yanında köylü, onlardan daha üzgün görünüyordu. Fısıltıyla konuşuyorlardı.

Yağmur durmadan yağıyordu. Köylüler yağmurun altına dökülmüşler, biribirlerine sokulmuşlar konuşuyorlardı. Öbek öbek toplanmışlar. Yağmur altında evden eve gidip gelmeler, yağmur altında büzülerek, ağız ağıza konuşanlar... Suya batmış gibi sırılsıklam her biri...

Derken alay-ı vala ile öteki köyün insanları, başta nişanlı olmak üzere sökün ettiler. Her birinin elinde bir av tüfeği vardı. Nişanlı ateş saçıyordu. Avuru zavuru köyü tutmuştu. Yakarım da yıkarım... Doğru Memedlerin evine gitti. Döne, bu sırada, evinin içinde oturmuş, dünyadan habersizmiş gibi duruyordu. Nişanlı aynı hızla kapıda attan indi, içeri girdi. Kadını saçlarından yakaladı. Sürüye sürüye Abdi Ağanın kapısına kadar getirdi. Kadını Abdi Ağa da gördü. Kendini tutamadı. Geldi çizmelerinin ökçeleriyle çiğnemeye başladı. Dönenin ağzından çıt çıkmıyordu. Her bir yanı çamura batmıştı. Gözleri bile çamurdan görünmüyordu. Abdi Ağa, kadını bıraktıktan sonra, bu sefer de nişanlı çiğnemeye başladı. Bırakıyor, avluda bıyıklarını geveleyerek dolaşıyor, tekrar kadına gelip çiğnemeye başlıyordu. Kadının ağzından sızan kanlar, çamura karışıyor, aşağılara kadar, kırmızı bir şerit olaraktan uzayıp gidiyordu.

Abdi Ağa, tepeden tırnağa sinir kesilmişti. Konuşmadan avluda dolanıp duruyordu. Kimseyi de gördüğü yoktu. Yöredekiler dolanıp duran Abdi Ağaya dikmişler gözlerini, ne söyleyecek diye bakınıp duruyorlardı. Önemli bir karar vereceği zaman, sakalının bir parçasını şahadet parmağına dolar çekerdi. Şimdi de çek babam çek ediyordu. Gelip ortada durunca, ses soluk kesildi, herkes ona bakmaya başladı. Parmağına doladığı sakalını bıraktı, sıvazlamaya başladı:

"Beni dinleyin," dedi. "Şimdi onlar bu yakınlardadır. Ya kayalıkta, ya ormanlıktadır. Arayacağız. Yalnız bu kadar kalabalıkla olmaz. On kişi kadar. Bulunca öldürmeyecek, eğer ben yoksam orada, bana getireceksiniz. Onun hesabını ben göreceğim. Abdi Ağanın gelini nasıl kaçırılırmış, ona ben öğreteceğim."

Abdi Ağa, lafını bitirince, öteki köylü Rüstem atıldı. Kel kafalı, çiçek bozuğu yüzlü, koca burunlu biriydi:

"Ben söyleyim de, beni dinle ağam," dedi. "Dün akşamdan beri yağmur çiseliyordu değil mi?"

Birkaçı birden:

"Öyle," dedi.

Rüstem sordu:

"Çamurda iz kalır değil mi?"

"Kalır," dediler. "Kalmasa bile... İsterse kalmasın. Belki de kayalıklardan gitmişlerdir. İz izlemeliyiz. Yakındadırlar. Mutlaka bulacağız. İz..."

Abdi Ağa:

"Üç kişi de kasaba yoluna gitsin. Duydum ki, kasabaya kaçmış..."

Sonra döndü, Rüsteme sordu:

"Kim izleyecek izi?"

"Topal Ali var."

Birkaç ses:

"Topal Ali, eğer gönlü isterse, yağmur olmasın isterse, kuru toprağı, kayayı, kuşu bile izler," dedi.

Rüstem:

"Kuşu bile izler. Yeter ki kanadının bir yanı azıcık toprağa değsin. Uçan kuşu bile izler."

Abdi Ağa:

"Hemen getirin neredeyse, Topal Ali," diye emir verdi.

"Topal Ali burada," dediler.

Topal, bir ayağını ta arkadan sürüyerek, sektire sektire Ağanın karşısına geldi dikildi:

"Ağam," dedi, "korkma onun için. Hiç kalbine keder getirme. Eğer İnce Memed toprağa bastıysa, ben onu bulurum. Kuş olup uçmadıysa ben onu bulurum. Yüreğine hiç gam, keder getirme..."

Topal Alinin köylüleri de boyuna Aliyi, öteki köylülere, Ağaya övüp duruyorlar.

"Bu Topal Ali bizim köyde ne kadar hırsızlık olduysa bulduz."

"On beş yıldır bizim köyden iğne bile çalınmadı."

"Topal Alinin yüzünden..."

"Topal Aliynen geyik avına gitmeli..."

"Taşların, kayaların üstünde hiç iz görünür mü? Topal Ali kayalardan iz süre süre geyiğin otladığı yere kadar götürür."

"Topal Ali demişler buna Ağam!"

"Bu yanlarda sansar kalmadı."

"Topal Alinin yüzünden."

"İnce Memed çocuğu göğe çekilmişse de bulur."

Hiçbir kalabalığa girmeyen, köyün içine bile binde bir çıkan Hösük de gelmişti Ağanın evinin önüne. Hani Pancar Hösük var ya, işte o. Hösük Topal Aliyi eskiden beri tanırdı. Topal Aliyle, yıllardan beri bir tarlada, yan yana çift sürerlerdi. Topalın ne yaman bir izci olduğunu bilirdi. Zaten bu yanlarda bilmeyen yoktu. Abdi Ağa da duymuştu ününü Topalın. Köylülerin onu bu kadar övmeleri tanıtmak için değil, övünmek içindi.

Hösük baktı ki Topal, Memedin izini sürmeyi üstüne aldı. Topal, Memed neredeyse, hangi yolda beldeyse, mağarada kovuktaysa eliyle koymuş gibi bulacaktı. Nasıl etse de şöyle çaktırmadan Topalla bir konuşabilse. Topal onu kırmazdı. Bunca yıl birlikte tuz ekmek yemişlerdi. Topal hayran, köylülerin Ağaya kendisini övmelerini dinliyordu.

Onlar Topalı övdükçe, Topal da: "Evelallah sayende Ağam..." diye kabarıyordu.

Yiğit adam desinler, iyi adam desinler, Topal gibi adam yok şu köyler içinde desinler. Topal Alinin umurunda değildir. Oralı bile olmaz. Yalnız, "Topal gibi izci bulunmaz," dediler miydi kıvancına sınır olmazdı.

Topala işi düşenler, bir iki gün önce, Topalın kulağının duyacağı yerlerde, "Topal gibi izci var mı bu dünyada! Böyle izci!.. Adana toprağını bir bir gez bulunmaz. Analar bir tek izci doğurmuş, o da Topal Ali," diye konuşurlar, konuşmalarını Alinin duyduğunu anlayınca, ona başvururlardı. Bundan sonra Topal Aliden istedikleri neyse alırlardı. Böyle bir adamın işini Ali, ölür gene yapardı.

Topal, kalabalıktan ayrılıp izin başını bulmak üzere Hatçelerin evine giderken Hösük arkasından yetişti:

"Dur hele Ali," dedi. "Sana bir çift sözüm var."

Ali:

"Oooo Hösük kardaş!" diye boynuna sarıldı. "Hösük kardaş seni bir göresim geldi ki sorma gitsin. Bugünlerde ziyaretine gelecektim. Yaa Hösük kardaş. Ne var, ne yok Hösük kardaş? Hösük kardaş? Şu işi bitireyim de bu gece sende kalırım. Hösük kardaş. Buluyum şu oğlanı... Şimdicik bulurum. Ne var insan bulmada?.."

Hösük:

"Şöyle arkamdan gel! Kimse görmesin konuştuğumuzu. Ağa, benden şüphe eder."

Topal Ali merakla Hösüğün arkasına düştü. Demin azıcık durmuş olan yağmur iri tanelerle tekrar düşmeye başladı.

Ağanın evinin önünde Topal Aliye at hazırlıyorlardı. Atla iz sürülür mü? Topal Ali gözü kapalı bile sürer böyle izi.

Hösük, bir damın karartısına vardı sindi. Yanına gelen Aliye kırgın:

"Bre kardaşım, gel otur yanıma şöyle. Bre Ali, nasıl edip de teslim edicen fıkarayı Abdiye. Sen bunu nasıl yaparsın?" dedi. "Kıyma İnce Memede! Kıyma öksüze! Kıyma İbrahimin bir oğluna! İbrahim gibi iyi adam var mıydı? Seni de çok severdi. Mezarında kemikleri sızlar sonra. Bilirim. Hemen şimdi elinle koymuş gibi bulursun. Abdi ona çok kötülük eder. Kötülüğü sen etmiş olursun ona. Sana bir şey söyleyim mi Ali? Sen bunların yolunu şaşırt bugün. Memed, bugünü de geçirirse kurtulur. Çocukluğunda Memed, Kesme köyündeki Süleymanın evine kaçmıştı. Herkes öldü sandıydı onu. Altı ay mı, bir yıl mı sonra ne, ben gördüm de anasına ben haber verdim sağlığını. Yaa öyle olduydu o zaman. Herkes öldü biliyordu oğlanı. Başını sokar bir yere. Gel kardaş şaşırt bunları. Kim bilir fıkaracıklar şimdi bu yağmurda yaşta nereye sokuldular? Bu kıyamette neredeler acep şimdi? Titreşiyorlardır şimdi. Ha Ali! Bana bir şey söyle Ali. Vazgeç bu işten."

Hösük konuştukça Topal renkten renge giriyordu. Halbuki az önce iz sürecek, kocaman bir köyün önünde iz sürecek, kaçanları bulacak diye ne kadar seviniyordu. Hösük konuştukça, o ağzını açmıyor, toprağa bakıyordu.

O sustukça, Hösük acı acı söylüyordu:

"Ya kardaşım Ali, fıkaracıklar şimdi sokulmuşlardır biribirlerine, titriyorlardır bir ağacın altında. Üstlerinden, yağmur değil bu, bir ırmak akıyordur şimdi. Bir ırmak durmadan akıyor. Ali kardaş! Korkuyorlar şimdi fıkaracıklar. Adamın yüreği parçalanır hallerine! Şu yağmurun da ettiğine bak! Durmuyor etmiyor. Şunların haline acısa da dursa, dursa Ali kardaş! Bir kuş parlasa korkuyorlar... Bir sıçan kaçsa, bir kertenkele tırmansa ağaca... Yürekleri göğüslerine sığmıyor şimdi. Ha geldiler, ha gelecekler diye. Bunlar sevdalılar Ali! Karasevdalılara kötülük eden onmaz. Eli kurur. Kupkuru bir ağaç gibi suyu çekiliverir. Eli kurur. Şaşırt yollarını Ali. Kurtar karasevdalıları. Cennetten sana bir köşk hazırdır. Hemencecik hazırlarlar köşkü. De Ali! De bana söz ver!"

Hösük, Alinin gözlerinin içine, gözlerini dikti baktı. Bunu yapmazsan olmaz mı, der gibi baktı. Öteki ağzını açıp tek mi çift mi demedi. Hösük, Alinin elini tutup tekrar başladı:

"Bak sana deyim ki Ali! Bunlar daha çocukluktan sevişirler. Kız, Memedi bir gün görmese yemek yiyemez, gözlerine uyku girmez, hüngür hüngür ağlar. Onları Allah nişanlamış, haberin var mı Ali? Allah! Bu Memed, Kesme köyüne kaçtı da, hani ben haber verdiydim anasına, kız o gelinceye kadar hasta yattı. Deliye döndü. Bu böyle kardaşım Ali. Bu, böyle işte! Gerisini sen düşün Alim. Sonra, tuttular kızı, verdiler Abdinin kel yiğenine. Onlar da kaçtılar. Gerisini sen düşün. Bir kuş, bir çalıya sığınır. O çalı da, o kuşu saklar. Memed sana sığındı Ali. Sebep olma. Sen bu işi yaparsan Abdi sana dost olur ama, bir koca köy sana düşman kesilir. Abdi dost olsun da diyeceksin. Öyle değil Alim! İş öyle değil. Sen bilirsin Alim. Benim sana diyeceğim bu kadar."

Omuzları düşmüş, yorgun yüzü kederden değişmiş olarak Ali, Hösüğe hiçbir şey demeden ayağa kalktı. Hösük arkasından:

"Bir köy sana düşman kesilir," dedi.

Sonra, arkasından yetişip, kulağına:

"Karasevdalıları ayıranın onduğunu duydun mu hiç? Aralarına kara çalı olma sevdalıların. Yuva bozanın yuvası bozulur Ali! Bir köy bayram etti Ali, sevdalılar kavuştu diye. Çürük bir ağaca dönersin. Bir köy sana düşman kesilir. Bak, oğlanın anasını ne hale getirdiler çamurların içinde yatıyor daha! Belki de... Düşün Ali!"

Bu sırada, at hazırlanmıştı. Aliyi çağırdılar. Bir delikanlı hürmetlice atı tutmuş onu bekliyordu. Atın terkisinde de uzun tüylü, kara bir yamçı bağlıydı.

Yağmur siyim siyim yağıyordu.

Bütün köylü, çoluk çocuk dışarda. Bütün gözler Topalın üstünde. Topal, yüzlerce çift gözün ağırlığını, deliciliğini üstünde duyuyordu. Topal bacağına o ezeli ağrısı gene girdi. Ağrı dayanılır gibi değil. Ne zaman bir müşkül içinde kalmışsa o ağrı gelmiş, her zaman topal bacağına yapışmıştır. Dayanılır gibi değil.

Cümle köy, taşı toprağı, insanı, hayvanıyla Topala içinden beddualar ediyordu.

Hatçelerin evinin önündeki dut ağacının altında iki iz yan yanaydı. İzi sürdü. Önce Hatçelerin evini dört beş sefer dolandı. Köyün bütün çocukları arkasındaydı. Sonra gelişigüzel köyün içine daldı. Bir zaman köyün içinde dolandı durdu.

Hösüğün yanında, iki üç köylü duruyor:

"Topala ne söyledin?" diye soruyorlardı.

O övünerek:

"Söyledim söyleyeceğimi. Topal beni kırmaz sanırsam."

Köyün içinde başıboş dolandığını görünce sevindi. Topal, köyün içinde dolaşır da iz mi arardı? Başından aldı mıydı, sonuna kadar götürürdü izi. Çorap söküğü... Topalın böyle dolaşmasında hayırlı bir iş vardı.

Laf ağızdan ağıza dolaştı:

"Topalın böyle dolaşmasında hayırlı bir iş var."

"Kim söyledi?"

"Hösük söyledi."

"Kim?"

"Pancar."

Hösük:

"Topal, köyün içinde dolanıp duruyor. Allah bilir ya, yüreği acıdı sevdalılara. Onların yollarını şaşırtacak. De görüyüm seni Topal!"

Kel Ali:

"Ben o Topalı bilirim," diyordu. "Topal babasının izini bile sürer. Bulunca asacaklarını bile bile babasını, gene sürer izini. Yeter ki ona sürecek iz olsun. Dayanamaz. Topal, iyi adam, hoş adam, sevdalılara da yüreği parçalanıyor ya, iz sürmemek elinden gelmez. İz sürmeye gelince hiçbir şey geçemez önüne onun. Kendisini öldüreceklerini bilse bile, ötesinde ölümünü görecek bile olsa, bir iz ver önüne, sürer götürür."

Hösük:

"Peki Kel Ali," dedi, "belki on kere evi dolaştı. Çoktan beri de köyün içinde dolanıp duruyor, iz sürüyor, diyelim. Memed kızı aldı da kapı kapı dolaşmadı ya. Kız kaçıran adam, arkasına bile bakmaz. Topal Aliyse iz şaşıracak adam değil. Hele bu yağmurda... Ben ona dedim ki... Ali! dedim... Bir daha bakma yüzüme..."

Kel Ali bu lafları düşündü. Yüzünde bir umut, bir sevinç belli oldu:

"Allah vere de huyu değişmiş ola Topalın. Dönüp durduğuna bakılınca köyün içinde, huyu değişmiş... De, Topal Ali, göreyim seni!"

Topal Ali gitti geldi, gitti geldi. Kapıların önünde attan

110

inip, toprağı iyice araştırdı. Taşlara baktı. Bir iz bulabilmek için ne yapılmak gerekiyorsa, hepsini yapıyordu. Yalnız asıl izin bulunduğu yere bir türlü yaklaşamıyordu. Korkuyordu. Biliyordu ki izi bir daha görürse dayanamayacak alıp götürecekti. İz izler gibi yaparak köyün dışına çıktı. İçinden, dolduruvermek atı, başını alıp kaçmak geliyordu. Doludizgin!.. Ormanlığa gözünü dikti uzun uzun baktı. İzin yönü doğru ormanın içine gidiyordu. Sevişen iki insanı görür gibi oldu. Kafasında her şey altüst oldu.

Yağmur usul usul çiseliyordu.

Atının başını tekrar Hatçelerin evine doğru çevirdi. Geldi, Hatçelerin evinin önündeki dut ağacının yanındaki çitin üstünde durdu. Yerde upuzun bir çarık izi yatıyordu. Kendi kendine: "Çarık daha yeni dikilmiş," dedi. "Tüyleri uzun. Bu, olsa olsa kışın ölmüş bir tosun derisi olabilir." Gözünün önüne yeniden ormanda sevişenler geldi. Usul usul çiseleyen yağmurun altında. Her bir yerini bir merak ateşi sardı. Yakıyordu.

Dalmış gitmişken, köylülerden biri yaklaştı:

"Ne o Ali?" dedi. "Burada uyuyup kalacaksın. Abdi Ağa sabırsızlanıyor. Ne dolanıp duruyor köyün içinde, diyor. Diyor ki, bu kadar övdüğünüz Topal Alinin sürdüğü iz bu mu?"

Bunlar böyle konuşurlarken, Abdi Ağa doludizgin sürdüğü atının başını tam yanlarında çekti:

"Ne o?" dedi. "İzci başı ne o? Maşallah izci başı, sen ne iz sürermişsin! Sabahtan beri tapusunu çıkaracakmışsın gibi köyün içini dolandın durdun. Şimdi de bu çitin dibinde uyuyacaksın."

Topal Alinin gözleri karardı. Abdi Ağaya hızla atının başını çevirdi:

"Ağa," dedi, "sor köylülere bakalım, yeni çarık giymiş mi? Bu çarık kışın ölen bir tosunun derisi mi?"

Ağa, köylülere döndü:

"Doğru mu?" diye sordu.

Bir köylü:

"Doğru," dedi. "Kışın İsmailin tosunu öldüydü. Değirmenci İsmail var ya, işte onun, bir giyimlik de Memed aldıydı ondan."

Ağa, Topal Aliye:

"Doğruymuş... De göster hünerini Ali!" dedi.

Ali, boynunu içine çekti. Altındaki atı kırbaçladı. Abdi Ağayla yedi sekiz atlı da onun arkasından köyün dışına çıktılar. Kayalara gelince Ali atın başını çekti. Ötekiler de çektiler. İz kayalara gidiyordu. Ali, gerçekten şaşırdı bu işe. İzlerin yönü ormandaydı oysaki... Kayadaki izleri araştırdı.

"Kayadan gitmişler. İnin atlardan da kayadan sürelim izleri," dedi.

Atları birisine teslim ettiler. Alinin ardına takıldılar. Kayaların arasında azıcık bir toprak parçası gördüler. Toprak parçasında üç tane sarı çiçek açmıştı. Toprak parçası kapkara, ışıl ışıldı. Sarı çiçekler parlıyorlardı. Sarı çiçeğin birisi yan yatmıştı. Ali, onu arkadakilere gösterdi:

"Biliyor musunuz, bu neden yatmış da ötekiler dimdik duruyor? Dün akşam, yahut gece yarısı üstüne birisi basmış. Çarığın yan tarafı, bakın şuraya bir iz bırakmış."

Sonra Ali kayalıkta döndü dolaştı. Abdi Ağa, arkasını hiç bırakmıyordu. Sivri bir kayanın dibine gelince:

"İşte buradan dönmüşler," dedi.

Yeniden atların yanına geldiler.

Artık, ormana doğru izler apaşikardı. Ötekiler bile izleri gözleyebiliyorlardı. Ormanın kıyısına gelince Ali durdu. Yüzü sapsarı, kül gibi oldu, sonra da morardı. İzler ormanlıktaki kayalığa doğru yön değiştirmişti. Bu, bir kör yürüyüşüydü... İz bir zaman doğru gidiyor, gidiyor, dönüp başka yöne vuruyor, yeniden dönüyordu. Ali, izin böyle döne döne, böyle birkaç kere aynı yere geldiğini gördü, acıdı. İçinden: "Şu Abdiyi alıp, ormanın aşağısına götüreyim, kurtulsun fıkaracıklar," geçti.

Bir ağacın kökünün dibinde yeşil bir ot bitmişti. Ot, terütaze, köke doğru yaslanmıştı. Otun yarısı ezilmişti. Onun arkasında da bir ağaç kıymığı toprağa gömülmüştü.

Yağmur yeniden şiddetlenmeye başladı. Topal Ali terkideki yamçıyı sırtına aldı. Ötekiler susuyorlardı.

Abdi Ağa:

"Vakit geçiyor Ali," dedi. "Gene izi mi yitirdin?"

"Yok," dedi. "Yürüyün." Atı ormana sürdü.

Bu sefer izi, gerçekten yitirdi. Abdiye döndü:

"İzin ucunu kaçırdım," dedi.

Abdi Ağa:

"Senin hünerin bu muydu? Bu muydu Topal Ali?" diye söylendi.

Nişanlı en arkada. Elinde çıplak bir tabanca... Kabzayı sıkıyor.

Ali, Abdi Ağanın sözüne içerledi:

"Şimdi çıkarırım izi," dedi. "Bunlar yakınlarda olmalıdırlar. Burada fırtınaya tutulmuşlar. Çok dönmüşler buralarda. Onun için izi şaşırdım."

Epeyce aradıktan sonra izi gene doğrulttu. Orman üst üste, sıktı. Atlar gidemeyecek bir hal aldı. Atları bıraktılar, yollarına yaya devam ettiler.

Ali:

"İşte buradan bir dal kırmışlar," dedi.

Sonra heyecanlandı:

"Yaklaştık... Buradan da bir kucak çalı almışlar. Kuru çalı. İz, kayalığa doğru gidiyor."

Topal Aliyle Abdi Ağadan başka hepsi sırılsıklam olmuşlardı.

Abdi, nişanlıya döndü:

"Sen neden yamçını almadın?" diye sordu.

Öteki cevap verecek halde değildi. Elindeki tabancası düşecekmiş gibi titriyordu.

Topal Ali kayalığa doğru koşmaya başladı. Heyecandan tıkanıyordu. Arkasından ötekiler de koştular.

Ali:

"Buldum," dedi. "Şu koca kayalığın altındalar. Yavaş olun."

Abdi Ağa gerilerden bağırıyordu:

"Oradalar mı? Bir şey söylesene Ali!"

Aliden ses sada çıkmıyordu. Soluk soluğa Abdi de geldi. Alinin durduğu yerde durup bakmaya başladı. Geriye kalanlar da geldiler, sıralandılar.

Ali söze başladı:

"Burada," dedi, "ateş yakmışlar. Şu çalının üstünde, elbiselerini serip kurutmuşlar. Ateşi kibritle değil, kavla yakmışlar..."

Kovuğun arka tarafına, kuru topraklı yere gitti. Toprağa eğildi. Uzun zaman araştırdı. Toprakta, kızın geniş, sert kalçalarının izini seçebildi. Kalçaların biraz üstünde omuz küreklerinin yeri belli oluyordu.

"Gelin, gelin!" diye arkadakileri çağırdı. "Gelin de bakın."

Hepsi hep birden eğildiler, toprağa baktılar. Abdi Ağa ne var gibisine Topal Alinin yüzüne baktı.

Ali:

"Olacak olmuş," dedi.

Abdi Ağa, anladı ama gene sordu:

"Yani ne olmuş?" dedi.

Ali:

"Bak Ağa, şurası kızın kalçalarının yeri. Şurası da kürek kemiklerinin... Şurası da başının geldiği yer. Şu çizgilere bak. Buraya saçları yayılmıştır... Yani Ağam, atı alan..."

Abdi Ağanın yüzü değişti. Bir zaman öyle sustu kaldı. Sonra yavaş yavaş canlandı:

"Nereye gittiler onlar şimdi sana göre?"

Ali:

"Çok yakındalar. Şimdi buluruz."

Günse battı batacak.

Abdi Ağa:

"Karanlığa kalmayalım Ali."

Ali:

"Onlar buradan ayrılalı olsa olsa iki saat olmuştur. İki saatta bu ormanda ne kadar yol yürünür? Üstelik bunların karnı da aç! Isındıkları yerde hiç ekmek kırıntısı yok. Yiyecekleri olsa yerlerdi."

Nişanlı büzülmüş. Her bir yanından sular sızıyor. Dişleri de biribirini dövüyor.

"Bir ateş yakıp da ısınalım," dedi. "Üşümekten öldük."

Ötekiler de:

"Üşümekten öldük," dediler.

Abdi Ağa kızdı:

"Biz onları arayacağız. Siz kalın da ısının," dedi. "Avrat yürekli adamlar."

Aliyle birlikte ormana daldılar. Abdi Ağa, tabancasını çekti.

114

Nişanlı, Abdi Ağanın kızdığını görünce, ateş yakmaktan vazgeçerek arkasına düştü.

Yavaş yavaş karanlık basıyordu. Ali, tam izin üstündeydi. İz, öylesine belliydi ki, karanlıkta bile sürebilirdi. Artık kapandaydılar. Neredeyse ele geçeceklerdi. İzler, gittikçe tazeleşiyordu. Bir çalının ardında, bir çıtırtı duydular. Kulak kabarttılar. Karanlık yavaş yavaş basıyordu.

Abdi:

"Çalıyı çevirin," diye emir verdi.

Ali:

"Burdalar," dedi.

Birden bir kadın çığlığı duydular.

Abdi bağırdı:

"Memedi öldürmeyeceksiniz. Tutup bana getireceksiniz. Onu, ben elimle... Ona ne yapılacaksa, ben elimle yapacağım. Tüyüne dokunmayacaksınız Memedin."

Memed çalının arkasına sinmişti. Eli, tabancasının kabzasındaydı. Tabanca şalvarın sağ cebindeydi. Hiçbir şeyden, hiç kimseden korkmuyordu.

Hatçeye:

"Korkma!" dedi. "Seni onlara vermem."

Çalının içinden ayağa kalktı. Korka korka kendisine doğru ilerleyenlere:

"Teslim," dedi. "Teslim oldum."

Abdi:

"Durun," dedi. "Şu itin yanına ben varayım."

Ötekiler geri geri çekildiler. Abdiyle nişanlı öne düştü. Memed yalnız bir karartı olarak gözüküyordu.

Topal, biraz önce izi sürüp getirdiğinde bir sevinmişti ki... Şimdi bu durumu görünce müthiş bir kedere gömüldü. Her zaman böyle olurdu zaten. Oraya, bir kütüğün üstüne oturdu kaldı. Başını elleri arasına aldı. Kendi kendine söyleniyordu, "Ben, bu işi yapmayacağım. Bir daha yapmayacağım. Vay Memed!"

Abdi Ağa:

"Ulan nankör," dedi. "Ulan ekmeksiz. Bunu mu yapacaktın bana? Seni," dedi, "alıp götüreceğim köye... Gerisini sen düşün..."

Tam bu an, "çıt," diye bir tetiğin düşmesi duyuldu. Ama patlamadı. Abdi arkasını dönüp hışımlı:

"Ulan," dedi, "size demedim mi, ona hiçbir şey yapılmayacak..."

Memed hiç kımıldamıyordu. Heyecanlanmıyor, korkmuyordu. Taş gibi, öylecene durmuş bekliyordu. Bu sırada şalvarının sağ cebindeki eli biraz oynadı. Tabancayı yavaş yavaş tabaka çıkarır gibi heyecansız, dışarı çıkardı. Abdi Ağaya doğrulttu. Sanki hiçbir şey olmuyordu. Öyle dingindi. İki el ateş etti.

Abdi Ağa: "Yandım anam," diyerek yere düşerken, tabancayı nişanlıya çevirdi. Üç el de ona sıktı. O da "yandım," diyerek yere düştü.

Tabancasını cebine soktu. Aynı soğukkanlılıkla:

"Hatçe burada. Kılına dokunursanız, size yapacağımı bilirim."

Hatçeye de:

"Sen şimdilik eve dön. Ben seni sonra, gelir alırım. Başımızı alır, bilinmeyen bir yere gideriz. Sen doğru eve git. Bunlar sana dokunamazlar."

Memede ateş etmeye başladılar. Buna, Memed de şaşırdı. Oysaki Memed, oradan çoktan uzaklaşmıştı. Karanlığa sıkıyorlardı kurşunu.

Gece yarısına doğru ormandan çıktı.

Usul usul yağmur çiseliyordu daha.

10

Kapı usul usul vuruluyordu. Korka korka... Bir zaman duruyor, yeniden başlıyordu.

Kadın, kocasını uyandırdı:

"Kalk hele," dedi. "Kalk. Kapı vuruluyor."

Uykulu erkek birkaç kere kalkmaya davrandıktan sonra, başını yastığa geri koydu. Kapı, bu sefer biraz daha hızlı vuruldu.

Kadın yineledi:

"Kalk hele bre," dedi, "biri kapıyı dövüyor."

Erkek, homurdanarak kalktı. Sallana sallana kapıya vardı:

"Kim o?" diye seslendi.

Dışardaki:

"Benim," dedi. Sesi karıncalanıyordu. Boğazını temizledi.

"Sen kimsin?"

"Aç hele kapıyı. Tanırsın beni."

İçerdeki, kapıyı açtı:

"Gel içeri," dedi. "Öyleyse..."

İçeri, sendeleyerek girdi. Karanlıktı içerisi...

Adam, karısına:

"Karı, şu ışığı yakıver," dedi. "Misafir geldi."

Az sonra ışık yandı. Işığı yaktıktan sonra, kadın yanlarına geldi. Misafirin üstünden sular sızıyordu. Giyitleri bedenine yapışmıştı. Bu misafire hayretle baktılar. Su içinde misafir.

Kadın, nedense, misafirden gözünü bir türlü alamıyordu.

Durdu, baktı. Boyuna baktı. Gözlerine, saçlarına baktı, bulamadı:

"Bu misafiri gözüm ısırıyor ya," dedi sonunda... "Çıkaramıyorum."

Adam, gülümseyerek, her zaman gülümserdi:

"Benim de," dedi. "Benim de gözlerim artık almıyor ya, gene de gözüm ısırıyor misafiri. Kestiremiyorum."

Konuğun omuzuna elini bastırdı, baktı:

"Bilemeyeceğim. Tanıdığım bir surat ama, bilemeyeceğim."

Karısına:

"Karı," dedi, "öyle görüyorum ki misafir üşümüş. Islak. Bir ateş yakıver."

Misafire:

"De bakalım misafir sen kimsin? Gözüm ısırdı ya, bilemedim."

Misafir:

"Emmi," dedi, "ben İnce Memedim."

Süleyman, öteki gözden odun getirmekte olan karısına seslendi:

"Avrat," dedi, "bak hele gelen kimmiş! Bak hele!"

Kadın:

"Kimmiş?" diye heyecanla sordu.

"Bizim İnce Memed. Maşallah tosun gibi olmuş. Babayiğit. Ben de bugünlerde duruyor duruyor senin lafını ediyordum. Noldu bu çocuğa? diyordum. Demek yüreğime doğuyormuş."

Kadın:

"Yaaa yavrum," dedi, "bugünlerde hep Süleyman Emmin durup durup seni anıyordu."

Süleyman çok yaşlanmıştı. Kaşları uzamış, püskül püskül, apak olmuş, gözlerinin üstüne düşmüştü. Sakalı da çok uzundu. Bir pamuk yığını gibi. Bu hal, Süleymana heybet veriyordu.

Kadın, bir kat erkek çamaşırı getirdi Memedin önüne attı:

"Soyun da yavrum, bunları giy," dedi. "Sonra satlıcan olursun."

Memed, evin karanlık bir köşesine gitti, orada soyundu. Geldi, don gömlekle ocağın başına oturdu.

Süleyman:

"Eeee?" dedi.

Memed:

"Sizi çok göresim geliyordu ama, nidersin! Köycülük."

Süleyman, Memede takıldı:

"O köye daha gidemedin mi Memed?" dedi.

Memed, acı acı gülerek:

"Gidemedik," derken kafasının karanlığında bir top sarı ışık şavkıdı.

Süleyman:

"Sormak acep olmasın. Bu gece bu ne hal Memed?"

Memed:

"Anlatırım," dedi. "Derdime bir çare bulursun diye sana geldim. Dünyada senden başka tanıdığım kimse yok. Bana yardım edecek hiç kimsem yok senden başka."

Kadın:

"Üşümüşsün yavru," dedi. "Bir çorba koyayım da iç. Üşümüşsün."

Memed, sıcak çorba tasını eline alınca, yıllar önce aynı ocağın, aynı köşesinde gene böyle üşürken çorba içişini anımsadı. O zaman yalnızdı. O zaman korkuyordu. Her şeyden korkuyordu. Orman üstüne üstüne geliyordu. Korkuyordu. Şimdi cesur. Karar vermiş. Dünyası yırtılmış, geniş. Hür olmanın tadını tadıyor. Yaptığından hiç de pişman değil.

Kadın:

"Siz oturun konuşun. Ben gidip yatacağım."

Kadın gittikten sonra:

"De anlat bakalım Memedim," dedi, Süleyman.

Memed:

"Abdiyi de öldürdüm, yiğenini de," diye başlayınca, Süleyman:

"Ne zaman?" diye hayretle sordu.

Memed:

"Bugün karanlık kavuşurken."

Süleyman:

"Doğru musun Memed?" diye inanmaz inanmaz sordu. "Hiç adam öldürmüş hali yok sende."

Memed:

119

"Oldu bir kere. Ne yapalım, kader böyle imiş."

Olanı biteni inceden inceye Süleymana anlattı. Şafağın horozları ötüşüyorlardı. Bitirdikten sonra Süleyman:

"Ellerine sağlık yavrum," dedi. "İyi yapmışsın. Eee şimdi ne yapmak niyetindesin bakalım yavrum?"

Memed:

"Gidip hükümete teslim olmayacağım herhalde. Dağa çıkacağım."

Süleyman:

"Sen bugün yat hele, gerisini yarın düşünürüz."

Memed:

"Burada kıstırmasınlar beni?"

Süleyman:

"Kimsenin aklına gelmez. Adam vurup da gidip burnunun dibindeki köyde saklanacağın kimsenin aklına gelmez."

Memed:

"Öyle," dedi.

Süleyman:

"Onlar seni ararlarsa eğer, uzak köylerde, dağlarda ararlar..."

Duvara dizi dizi nakışlı çuvallar dayalıydı. Süleyman, Memedi çağırdı:

"Gel de Memed," dedi, "şu çuvalları beri alalım. Ne olur ne olmaz, gene biz tedbirimizi alalım. Çuvalların arkasına sana yatak yapacağım."

Bir zaman uğraşa terleye ikisi, çuvalları duvardan bir insan sığacak kadar ayırdılar. Arkasına Süleyman, bir yatak yaptıktan sonra:

"De, gir yat," dedi. "İstersen bir ay yat. Kimse şüphe etmez buradan. Şimdi üstüne bir de çul çektim miydi... Ha yat, de yat."

Memed, ona hiçbir şey söylemeden yatağa girdi.

Süleyman kapıyı iyice sürmeledikten sonra, yatağına geldi. Karısı uyumuştu. Uyandırdı:

"Bana bak," dedi, "Memedin yatağını çuvalların arkasına yaptım. Geline, oğlana, hiç kimseye Memedin bize geldiğini söylemeyeceksin."

Kadın:

"Olur," dedi, başı yastığa düştü.

Memed, yatakta bir zaman Hatçeyi düşündü. Abdinin kıvranıp düşmesini getirdi gözlerinin önüne. Abdi, hiç beklemiyordu bunu. Nişanlının bağırmasını, elleriyle toprağı yırtışını, dişlerini ağaçlara, toprağa kıvranarak geçirişini ve sonra birdenbire çözülüp yere, kanlar içinde serilişini... Bir adam görmüştü o sırada. Herkes, ona kurşun sıkarken, bu adam başını elleri arasına almış, bir kütüğün üstüne oturmuş, efkarlı efkarlı sallanıyordu. Büyük bir keder içinde kıvrandığı belli oluyordu. Buna bir türlü akıl erdiremedi. Kimdi bu?

Sonra her şeyi unuttu. Yeniden doğmuş gibi kafasının içi tertemizdi. Işıklıydı. Hiçbir şey olmamış gibi uyudu.

Çok neşeli uyandı. Olacak olmuştu. Dün geceyi düşünürken, o, iki iğne ucu gibi ışık geldi gözlerine yine çakıldı.

Süleyman:

"Bana bak!" dedi. "Ben sabahleyin kalktım köyü kolaçan ettim. Abdinin vurulma haberi gelmiş bile. Belki burayı da ararlar. Bu gece seninle dağa çıkıp eşkıyaları arayacağız."

Memedin, buna sevindiği yüzünden belliydi.

Süleyman:

"Deli Durdu bize akraba gelir. Benim çok iyiliğimi gördü. Seni korur. Onun yanında üç aydan fazla eğleşme. İtin biri. Onu çok yaşatmazlar dağda. Bir gün nasıl olsa vurulacak. Onun gibi bir eşkıyanın bir yıldan fazla dağda kaldığı görülmemiş ama, bunda bir şey var. Gene de benim bildiğime göre çok yaşamaz. Yerini yap, onun yanından ayrılmaya bak. Zaten, seninki bir iki aylık bir deneme, alışma. Ondan sonra kendine bir çete kurarsın. Bak! Sana tekrar söylüyorum o itlen dolaşma uzun boylu. Eşkıya değil soyguncu, hırsız... Sen olmasan yüzüne bakmazdım o itin. Bir taraftan da Deli Durdu iyi çocuk. Onu köylüleri bozdu. Köyüne misafir gitmiş bir gün, kendi köylüsü ona delice yedirip candarmaların tuzağına düşürmüşler. Zor bela kurtulmuş. İşte ondan sonra azdı. Her neyse... Bir iki ay idare et sen."

Memed:

"Deli Durdunun çetesi büyük mü?" diye sordu.

Süleyman:

"Ne kadar it varsa buralarda onun başında. İpten kazıktan kurtulmuşun hepsi onun başında. Bak, daha çok gençsin. Ama, pişeceksin. Uzun zaman dağda kalır mısın, kalmaz mısın onun orasını Allah bilir. Dediklerimi iyi dinle. İşine yarar sanırsam. Eşkıyalarla çok düştüm kalktım. Bilirim. Çoğunun akıbetini gördüm. Varır varmaz çeteye öyle hemen herkesle can ciğer olma. Onlar, hemencecik seninle arkadaş olmak isterler, sana karşı hoş, yumuşak görünürler, arkadaş görünürler, seninle çok ilgilenirler, derdi olan derdini açar sana, insanlar böyledir. Sen kendini hiçbir zaman açmayacaksın. Kapıp koyuvermeyeceksin. Tesirin o zaman iyi olur üzerlerinde. Ağırbaşlı davranacaksın. Eşkıyalıkta yanındakilere tesir şarttır. Ha ne diyordum, hemencecik hepsiyle tanışıp, ahbap olayım deme. Bir zayıf damarını keşfederlerse ömrünün sonuna kadar rahat edemezsin. Onların yanlarında on paralık onurun kalmaz. Gün geçtikçe hepsini iyice tanırsın. İnsanları sözleriyle değil, hareketleriyle ölç! Ondan sonra da arkadaş olabileceğin insanı seç. İpin ucunu bir verirsen ellerine yandığın günün resmidir. Hapisaneyle dağın biribirlerinden zerrece farkı yoktur. İki yerde de reisler var, geriye kalanlar reislerin kullarıdır. Hem de ne aşağılık kullar... Reisler insan gibi yaşarlar, ötekiler köpek gibi... Sen reis olacaksın. Ama ötekileri köle gibi kullanma. Senin yaşamayın sırrı bu olsun. Varır varmaz şimdi, Deli Durdu sana bir mavzer verir. Öteki silahları, sen gün geçtikçe temin edersin. Ben, şimdi gideyim de Deli Durdu nerelerde geziyor, onu öğreneyim."

Köylülerden biri Deli Durdunun yataklığını yapardı. Süleyman onun evine gitti. Ondan, Deli Durdunun yerini yurdunu öğrendi.

Durdu, karşıdaki Aksöğüt köyündendi. Süleyman onu çocukluğundan beri tanırdı. Babası, harbe gitmiş, bir daha da dönmemişti. Azıcık akraba oldukları için Süleyman ona, anasına yardım etmişti. Daha doğrusu açlıktan ölmemelerine sebep olmuştu. Çocukluğunda da ele avuca sığmaz it oğlu itin biriydi.

Beş yıldır da dağdaydı. Yakmadığı ev, yıkmadığı yuva kalmamıştı. Bu taraf köylüler, elinden zar ağlıyorlardı. Yollardan kimse geçemez olmuştu. Yakaladığını, nesi var, nesi yok, çırılçıplak soyuyor bırakıyordu. Her şeyini, ama her şeyini, donunu bile alıyordu. Dostluk, ahbaplık bilmezdi Deli Durdu. Kardeşini, anasını, babasını dinlemezdi. Doğrusu bu ya, Süleyman Memedi ona götürmeye korkuyordu. Aklına bir eserse, çocuğu vuruverirdi.

Süleyman Memede:

"O deli itin yerini öğrendim," dedi. "Duman tepesinde imiş. Biz, Duman tepesine çıkıp üç el ateş edeceğiz, Deli Durdunun adamları gelip bizi alacaklar. Ben bu deliye çok çok da güvenemiyorum ya... Neyse... Benim hatırımı çok sayar. Bu yanlarda başka çete olsa... Yok."

Gün battıktan sonra, Süleyman önde, Memed arkada yola çıktılar. Köyü çıkınca Süleyman arkasına döndü:

"Bre Memed," dedi, "sen şimdi eşkıya oluyorsun gayri, gelip de bizim evi basma e mi?"

"Önce sizin evi soyarım. Eşkıyalığın şanındandır. Ben, Deli Durdu çetesinden değil miyim?"

Süleyman, kahkahayla gülerek:

"Hele! Hele!" dedi.

Memed:

"Doğru söylemiyor muyum?" diye sordu.

Süleymanın yüzü değişti:

"Memedim," dedi, "kötü bir şey yapsaydın, başka herhangi bir adamı öldürseydin, seni götürür elimle hükümete teslim ederdim."

Memed:

"Ben de başka insana kıyamazdım zaten," dedi.

Süleyman, olduğu yerde zınk diye durdu. Memedin yakasından tuttu. Gözlerini gözlerine dikti:

"Bana bak! Oğlum İnce Memed," dedi. "Suçsuz adamı, az suçu olan adamı, parası için adam öldürürsen iki elim yakanda olsun."

Memed, dingin:

"Bundan sonra insan öldürmeyeceğim."

Süleyman, yakasını bırakmadan:

"Eğer bir Abdi Ağaya daha rastlarsan, onu da öldürmezsen

123

gene iki elim yakanda olsun. Yüz tane Abdi Ağa görürsen, yüzünü de öldür..."

Memed, gülerek:

"Söz," dedi. "Yüz tane bulursam, yüzünü de..."

Yağmur, sabahleyin kesilmişti. Ova çamurdu. Ama şimdi dağa tırmanıyorlardı. Bastıkları yer küçücük taşlıydı. Taşlar, ayaklarının altında kayıyordu. Hava çürük ağaç, acı çiçek, ot kokuyordu. Gökteki yıldızlar iri iri... Her birinin yöresini aydınlık bir halka çevirmiş... Bir kuş vardır oğlak gibi meler, işte arada bir de o meliyordu. Biraz daha yukarılara çıkınca bir yusufçuk kuşu öttü. "Yuusuuufçuuuuuuuuk!"

Dumantepenin sivrisinin altına gelince Süleyman:

"İnce Memed," dedi, "çıkar da tabancanı üç el ateş et!"

Soluk soluğa toprağa çöktü. Soluğu taşıyordu:

"Oooof!" dedi, "ooof kocalık... Vay gençlik vay!"

Memed, bu sırada havaya üç el boşalttı.

Ta uzaktan, kayalıkları yankılandıran bir el silah karşılık verdi.

Süleyman:

"Vay vay dizlerim," diye inleyerek kalktı. "Haydi yavrum oraya doğru yürüyelim."

Memed, Süleymanın koluna girdi.

Tam yanlarında, bir el daha ateş edilince durdular.

Süleyman:

"Ne o, it dölleri beni mi vuracaksınız?" diye bağırdı.

Genç bir ses gürledi:

"Kim o?"

Süleyman:

"Gel ulan, gel de beni Deliye götür."

Sağlarındaki kayanın arkasından bir adam çıktı:

"Siz miydiniz ateş eden?" diye sordu.

Süleyman, tok bir sesle:

"Bizdik," dedi. "Deli nerede? Deliyi göster bana."

Adamın sesi şaşkındı:

"Durdu Ağaya kim gelmiş diyelim?"

Süleyman:

"Kesme köyünden Süleyman Emmi de."

Adam, birden:

"Kusura kalma Süleyman Emmi, sesinden tanıyamadım."

Süleyman:

"Kocalık yavrum," dedi. "Sesi de değiştiriyor. Sen kimsin yavrum? Seni de tanıyamadım."

"Ben," dedi, "Karacaörenden Mustuğun oğlu Cabbarım. Hani size semer yaptırmaya gelirdik babamla. Bize hem semer yapar, hem türkü söylerdin."

Süleyman:

"Acayip," dedi. "Sen de mi eşkıya olduydun? Hiç duymadımdı."

"Oldu, bir kere," dedi. Durduya bağırdı:

"Kesme köyünden Süleyman Emmi imiş..."

Ses kayalara çarpa çarpa dağıldı.

Mağaraya benzer büyük bir kaya kovuğunun önünde bir ateş yanıyordu. Yedi sekiz kişi ateşin yöresine sıralanmış, tüfeklerini temizliyorlardı. Üstlerindeki kaya bir kavak gibi uzanıp gidiyordu. Yanan kocaman ateş kayanın üstüne türlü, korkunç biçimler çiziyordu. Memed kayayı, adamları, silahları, ateşi böyle çırılçıplak görünce içine bir garipseme çöktü.

Karanlıktaki ayak seslerini duyunca, ateş başındaki adamlardan biri ayağa kalktı. Uzun boyluydu. Gölgesi, upuzun biçimlerle oynaşan kayanın üstüne düşüp sallanmaya başladı. Adam, onlara doğru geldi.

Süleyman:

"Sanırım ki bu gelen bizim Deli," dedi.

Cabbar:

"Öyle," dedi. "Durdu Ağam..."

Durdu bağırdı. Sesi zil gibi ötüyordu:

"Hoş geldin Süleyman Emmi! Ne o bu gece vakti? Bize karışmaya mı geldin Süleyman Emmi?"

Süleymanın eline sarıldı öptü.

"Duydum ki ulan Deli," dedi, "duydum ki bu dağların padişahı olmuşsun. Astığın astık, kestiğin kestik..."

Durdu:

"Olduk Süleyman Emmi," dedi. "Vallahi şu aşağı yollardan insan geçirmiyorum. Bu yakınlardan adam geçmesini ya-

125

sak edeceğim. İnsan ayağı değmeyecek bundan sonra bu topraklara. Buradan Maraşa kadar da ne kadar yol varsa, haracını ben alacağım. Tanısın beni Aksöğüt köyü. Tanısın kimmiş Deli Durdu."

Süleyman:

"Gene deli deli söylenmeye başladın," dedi.

Durdu:

"Eğer daha çok canımı sıkarlarsa, o Aksöğüt köyünü yakar yıkarım, yerle bir eylerim. Yerine de eşek inciri dikerim."

Süleyman:

"Kes böyle lafları deli!" diye çıkıştı.

Durdu:

"Senin haberin yok öyleyse benden," diye söylendi. "Senin haberin yok!"

Süleyman:

"Var," dedi. "Var deli bok. Eşkıyalığı da beş paralık ettiniz."

Durdu:

"Birkaç yıl daha geçsin. Ben yükümü tutayım. Sen eşkıyalık nasıl yapılır görürsün."

"O zamana kadar ben ölürüm. Göremem senin eşkıyalığını. Şimdilik hırsızlığıyın ünü dünyayı tuttu."

Deli Durdu:

"Görürsün görürsün," dedi.

Süleyman kızdı:

"Böyle giderse, bu ağızlan gidersen seni vururlar deli!" dedi. "Ancak senin ölünü görürüm. Gençliğine yazık. Seni bilirsin ki çok severim deli!"

Durdu:

"Bilmem mi beni sevdiğini, bilmem mi sanıyorsun. Sor arkadaşlara, her gün söylerim, kemiğim Allahtansa, etim Süleyman Emmimindir," derim.

Arkadaşlarına döndü sordu:

"Öyle değil mi arkadaşlar?"

"Öyle," dediler.

Süleyman:

"Ben senin hiç yoktan eşkıya çıkmanı istemedim. Peki, söylesene sen niye dağa çıktın? Fiyaka için. Olmaz Durdu. Bu, delilik işte."

Durdu:

"Otur hele Süleyman Emmi," dedi, "otur da bir çay iç."

Süleyman, ellerini dizlerine dayayarak oturdu:

"Bu gençlik geçer mi ele," dedi, "it südükleri, siz dağlarda çürütün gençliği." Sonra, Durduya baktı gülümsedi: "Canıyın kıymetini de bilirsin deli," dedi, "bu peryavşanları da nereden buldun?"

Bütün ateşin yöresi, bir harman yeri büyüklüğünde fırdolayı peryavşanlarla çevrilmişti. Kalın döşekler gibi yumuşacık sermişlerdi peryavşanları. Geceye, tatlı bir peryavşan kokusu yayılıyordu. Otu gibi, kokusu da yumuşacık, bayıltıcıydı peryavşanın.

Durdu kabardı:

"Sayende buluruz Emmi," dedi. "Bu dağlar bizim."

Süleyman, bir kahkaha attı:

"Hay, deli hay!" dedi. "Demek peryavşan tarlasının da tapusunu çıkardın?"

Memed dikkat ediyordu. Eşkıyaların hepsi de kırmızı fes giymişti. Kırmızı fes dağlarda adetti. Kırmızı fes eşkıyalığın alametidir. Kasketli, şapkalı eşkıya görülmüş değildir. Olmaz. Fesi kim icat etti bu dağlarda belli değil. Kim kullandı şapka devriminden sonra, o da belli değil. Belki, şapka devrimi olduğunda dağda eşkıyalar vardı, onlar fesi çıkarmak gerekliğini duymadılar. Ondan sonra da her dağa çıkan fes giydi başına.

Süleyman oturunca, bütün eşkıyalar geldiler, "hoş geldin," dedikten sonra teker teker elini öptüler. Memede de tuhaf tuhaf bakıyorlardı. Memed, Süleymanın arkacığına oturmuş, başını omuzları arasına gömmüş, küçücük kalmıştı.

"Bu çocuğu sorarsanız, adı İnce Memed. Elinden bir katil çıkmış. Size getirdim," diye Memedi takdim etti. Memed bu sırada, başını yere dikmiş, biraz da küçülmüş gibiydi.

Durdu, bir çocuğa, bir Süleymana baktı. Hayretle sordu:

"Bizimle beraber mi gezecek?"

Süleyman:

"Eğer kabul ederseniz... Etmezseniz de tek başına gezecek."

127

Durdu:

"Süleyman Emmi!" dedi, "başımızın üstünde yeri var. Sen getirdikten sonra..."

Arka çantasından bir fes çıkardı, Memede attı. Dalgın gibi duran Memed, fesi havada kaptı.

"Al bakalım yiğidim giy şunu! Benim eski festir bu ya, başkası yok şimdi. Sonra iyisini buluruz."

Süleymana döndü, bıyık altından güldü:

"Çok da genç maşallah."

Süleyman, buna alındı:

"Çok genç ama, kırk yıllık Abdi Ağayı yedi. Eşek hırsızlığından dolayı çıkmıyor dağa."

Durdu:

"Abdi Ağayı mı?" diye dehşetle sordu. "Abdi Ağayı ha? Vay anasını!"

Süleyman:

"Ne belledin ya," dedi.

Durdu, Memede inanmaz, hayret dolu gözlerle bakarak:

"Tüfeğin yok herhalde kardaş," dedi. "Abdi Ağayı haklladığına iyi yapmışsın. Eline sağlık. Beş köyün kanını emiyormuş. Aynen sülük gibi..."

Sonra Cabbara döndü:

"Cabbar," dedi, "şu son baskından aldığımız tüfek vardı ya, onu gömdüğün yerden çıkar da getir. Bir iki fişeklik de getir. Mermi de getir."

Bir lokma, incecik çocuğun Abdi Ağayı vurduğuna bir türlü inanamıyordu. Bu sebepten de ona şüpheli bakıyordu.

Bunu sezen Süleyman:

"Yalnız Abdi Ağayı değil, yiğenini de beraber öldürdü. Anladın mı Durdu?"

Durdunun şaşkınlığı bir kat daha arttı:

"Demek yiğenini de beraber ha!"

Memed, bu sefer iyice büzülmüş, ocağın başında küçücük kalmıştı. Üşür gibi bir hali vardı.

Sıcak çayı, ince belli bardaklara doldurup Süleymanla Memede verdiler.

Süleyman, bir baba şefkatiyle Memedin üstüne eğildi:

"Eşkıyalık başlıyor İnce Memed, sıkı dur!"

Ateşe boyuna odun üstüne odun atıyorlardı. Ateş gittikçe büyüyordu. Sıcak çoğaldıkça peryavşanlar daha hoş, daha keskin kokuyordu. Ateşin ışığından gökteki yıldızlar küçücük küçücük, iğne ucu gibi görünüyorlardı.

Durdu: "Sen korkma Süleyman Emmi," dedi. "Ben varken onun kılına hile gelmez."

Süleyman, Durduyu tepeden tırnağa acıyarak süzdü:

"Sen," dedi, "Durdu, dosdoğru ölüme gidiyorsun."

Durdu:

"Neden Emmi?" diye güldü.

Süleyman:

"Eşkıya olan eşkıya dağın tepesine böyle ateş yakmaz. Düşmanın karıncaysa da hor bakma. Bu, açık açık ölüme gitmek demektir."

Durdu, Süleymanın bu lafına da kahkahayla güldü:

"Bre Emmi," dedi, "kim var bu dağın başında? Kim görür?"

"Bir gün görmez, iki gün görmez... Çekirge gibi..."

Durdu:

"Hiç görmez. Görse de Deli Durdunun üstüne candarma mı gelebilir? Vay Emmi vay! Sen daha bilmiyorsun Deli Durduyu. Deli Durdu, bu dağların kartalı gayri. Kim uğrayabilir Deli Durdunun semtine?"

Süleyman:

"Görüşürüz," dedi.

Durdu, lafı değiştirmek için Memede sordu:

"Abdi Ağaya kurşun sıkarken elin titremedi mi hiç?"

Memed:

"Yoooo," dedi. "Hiç titremedi."

Durdu:

"Neresine nişan aldın?"

Memed:

"Göğsüne... Tam yüreğinin olduğu yere..."

Bunu söyledikten sonra, tarif edilmez bir yalnızlık duydu içinden. Yöresindeki her şey silindi gitti. Bu Deli Durduyu hiç sevemedi. İçindeki gariplik bundan mı geliyordu ola? Karşıdaki ateş karardı. Silah temizleyenlerin yüzleri karanlığa karıştı gitti. Kayadaki gölgeler devleştiler, sonra da ortadan yok oldular. Esen yel, yalımları günbatıya doğru yatırıyordu. Birden Süleymana gözü takıldı. O, neşeliydi. Ak sakallı yüzü ateşin yalımında türlü türlü oluyor, değişip duruyordu. Memed düşündü ki, Süleyman kendisine çok güveniyor. Garipsemesi azıcık azaldı. Sonra da dayanılmaz bir uyku bastırdı onu. Olduğu yerde kıvrılakaldı.

Süleyman:

"Çocuklar," dedi. "Şuraya ben de kıvrılayım. Bizim oğlan uyudu."

Durdu:

"Emmi," dedi, "benim sağlam bir asker kaputum var, onu örtün üstüne."

Süleyman:

"Getir," dedi.

Kaputun bir köşesini Memedin üstüne örten Süleyman, onun yanına kıvrıldı.

Sonra, öteki eşkıyalar da yattılar. Bir tanesi nöbetçi kalmış, kayanın sivrisinde bekliyordu.

Memed taş gibi uyandı. Donmuş kalmıştı sanki. Daha gün doğmamıştı. Şimdilik doğacağı da yoktu. Alacakaranlıkta, ocağın kıyısına sıralanıp uyumuş, hala horlayan eşkıyaları gördü. Gözü nöbetçiyi aradı yörede, hiç kimseyi göremedi. Ortalıkta horultudan geçilmiyordu. İçleri rahat uyumayanlar horlar. Doğrudur. Memedin içine, birkaç günden beri ilk defa korku girdi. Şimdi, ikicik, iki tek kişi gelse, bu horul horul uyuyanların hepsini bir çırpıda vurur, bıyığını da bura bura giderdi. Tüfeğinin ağzına kurşun verdikten sonra, nöbete durdu.

İlkin Durdu, arkasından da ötekiler uyandılar. Süleyman da uyandı onlarla birlikte.

Durdu, gözlerini ovuşturarak:

"Nöbetçi," diye seslendi:

Memed:

"Buyur Ağam," diyerek kayadan indi. "Hiçbir şey yok. Kimseyi de görmedim," diye tekmil haberini verdi.

Durdu:

"Sen misin İnce Memed?" diye sordu. "Nöbetçi sen misin?"

"Benim."

Durdu:

"Daha şimdi geldin. Dur hele, daha vakit var nöbete. Dur hele..."

Memed:

"Uykum gelmiyordu da, gittim arkadaştan aldım nöbeti."

Durdu:

"Öyle olur," dedi. "İlkin adamın dağda, bir hafta uykusu gelmez. Yüreğine bir gariplik, bir çaresizlik çöker. Dünyada yalnız kalmış gibi olur."

Süleyman uykulu uykulu:

"Bak hele şu bizim deliye, bakındı hele, neler de biliyor!" diye alay etti.

Durdu:

"Bre Süleyman Emmi," dedi, "sen de bana hiçbir şeyi yakıştıramıyorsun. Nolacak bu benim halim?"

Ortalık yavaş yavaş aydınlanıyordu. Daha güneş görünmemişti. Ama, karşı dağın doruğuna gün vurmuştu. Doruk ışık içinde, dağın geriye kalan yerleriyse karanlıktı. Doruktan, gün yavaş yavaş aşağılara indi. Biraz sonra da karşıki sırtın arkasından güneş çıktı.

Süleyman, hiç cevap vermedi Durduya:

"Sağlıcakla kalın," dedi, Memedi alnından öpüp yürüdü.

Durdu:

"Süleyman Emmi, bir çayımızı iç de öyle git," diye arkasından koştu. "Bir çayımızı... Vallahi içmeden bir yere salmam seni."

Süleyman:

"Sağ ol yavrum. Ziyade olsun."

Ceketinin kolundan yakalamıştı:

"Bir çayımızı içmeden seni göndermem," diyordu. "Bin yılın bir başı dağıma gelesin de... Bir çay içmeden ha!.. Salar mıyım seni?"

Süleyman, kendi kendine:

"Bu deliden kurtuluş yok," dedi. "Döneyim bari," dedi. Boynunu büktü.

Durdu:

131

"Ateşi iyice yakın!" diye emir verdi.

Süleyman:

"Şimdi de dumanı görünür."

Durdu:

"Ne yapayım? Ateş yakmayayım da ne yapayım? Onu da sen göstersene bana."

Süleyman:

"Ben sana hiçbir şey öğretemem oğlum," dedi. "Bütün çarelerini kendin yaratacaksın."

Deli Durdu düşündü. Başını bir iki kere salladı, fesin altından kara kakülleri çıkmış, kıvrışarak alnına dökülmüştü.

Süleyman sözünü sürdürdü:

"Fakir fıkaraya zulmetmeyeceksin. Haksızlara, kötülere istediğini yap. Cesaretine hiç güvenmeyeceksin. Kafanı işleteceksin. Yoksa yaşayamazsın. Burası dağdır. Demir kafese benzer."

Çay çabuk pişti. İnce belli bardağın ilkini gene Süleymana verdiler. Çay buğulanıyordu sabah soğuğunda...

Süleyman ayrılırken:

"Memedin size yardımı dokunabilir. İlk günler hoşça görün Memedimi. İncitmeyin. Kendi haline bırakın. Birkaç günde alışır."

Ayrıldı. Elindeki değneğe çöke çöke inmeye başladı. Beli bükülmüştü ama, gene de çabuk çabuk, bir delikanlı gibi dağdan iniyordu.

Memedin gözleri yaşardı o giderken. İçinden, "kim bilir ne zaman görürüm bir daha onu," dedi. "Belki de hiç göremem." Gözleri dolu dolu oldu. "Dünyada," diyordu, kendi kendine, "şu dünyada ne iyi insanlar var."

Güneş iyice yekinmiş, ortalığı ısıtıyordu.

Durdu, bir taşın dibinde oturup kalmış İnce Memedi çağırdı:

"Gel bakalım İnce Memed, şu yeni tüfeğini bir tecrübe et! Sen, hiç böyle bir tüfekle ateş ettin mi?"

Memed:

"Birkaç kere."

Durdu:

"Bak şu kayada bir leke var..."

Memed:

"Var."

Durdu:

"İşte ona nişan alacaksın..."

Memed, tüfeğini omuzuna çekti. Nişan aldı. Beyaz lekeye ateş etti.

Durdu:

"Vuramadın İnce Memed!" dedi.

Memed:

"Nasıl oldu?" diye kızgınlıkla sordu. "Nasıl oldu da!.."

Durdu:

"Ne bileyim ben," diye omuzlarını silkti. "Vuramadın işte."

Memed, dudaklarını geviyordu. Bu sefer tüfeği iyice omuzuna yerleştirdi. Biraz daha nişan aldı. Tetiğe çöktü.

Durdu:

"İşte bu sefer tamam," dedi. "Ortasından."

Beyaz lekenin oradan hafif bir duman çıkıyordu.

Memed, şaşkın şaşkın:

"Peki öteki neden değmedi ya?" diye sordu.

Durdu:

"Peki," dedi, "İnce Memed, sen her attığını vurur musun?"

Memed:

"Bilmem," dedi, gülümsedi.

Durdunun uzun yüzü gerildi. Genç olmasına karşın, Durdunun yüzü kırışık içindeydi. Ağzı çok büyük, dudakları incecikti. Sağ yanağının üstünden saçlarının içine kadar, uzun bir yanık izi vardı. Çenesi sivriydi ama, çok güçlü görünüyordu. Daima gülerdi. Gülüşünde bir acılık vardı.

"İnce Memed, sende iş var yavrum."

İnce Memedin utangaç bir çocuk gibi yüzü kızardı. Önüne baktı.

Arka arkaya üç defa ıslık çalındı aşağıdan. Kulak kabartıp dinlediler.

Cabbar:

"Haberci geliyor Ağam," diye seslendi.

Az sonra da haberci soluk soluğa çıktı geldi. Daha soluğunu alamadan:

"Aşağıdan, Çanaklının düzünden Akyola doğru beş kadar

133

atlı gidiyor. Hepsinin de üstü başı düzgün... Paralı adamlara benziyorlar."

Durdu, hazırlanmakta olan adamlarına:

"Haydi çabuk hazırlanın, herkes bolca kurşun alsın," diye emir verdi. "Birkaç ocak daha söndürecek Deli Durdu."

Sonra Memede:

"Bak," dedi, "İnce Memed!"

Beyaz yere nişan aldı. Kaya duman içinde kaldı, açıldı. Övündü:

"Nasıl İnce Memed?"

"Tam ortasından."

Öteki:

"Yaa ortasından," diye gülümsedi.

Sonra ortaya bir göz kırptı:

"Bu ilk avındır İnce Memed. Sıkı dur."

Memed, buna cevap vermedi.

Durdu:

"Tamam mı arkadaşlar?"

Ötekiler:

"Tamam."

Sık meşeler arasından geçen yola indiklerinde gün öğle oluyordu. Yolun bir yanına elli adım elli adım arayla siperlendiler. Bir tanesi de çok ileriye gözcü durdu.

Az sonra yolun ortasında, önünde zayıf, bacakları bacaklarına dayanan boz bir eşek bulunan karmakarışık, gök kır sakallı, uzun bıyıkları bütün ağzını örtmüş, bıyıklarının ucu sigara dumanından sapsarı kesilmiş, sarılığı ta uzaktan belli olan gözlerinin yöresi kırış kırış, kocaman, ayakları toza belenmiş, yamalı şalvarı yalpa vurarak birisi göründü. Usuldan, oynar gibi yürüyerek, bir türkü söylüyordu. Kendi kendine oyunlar yapıyordu küçük küçük. Gülümseyerek türküyü dinlediler:

Çamdan sakız akıyor
Kız nişanlın bakıyor
Koynundaki memekler
Turunç olmuş kokuyor

134

Aman aman kara kız
Zülüfünü tara kız
Baban bekçi tutmaz mı
Koynundaki nara kız

Durdu:
"Teslim," diye bağırdı. "Yakarım."
Türkü kesiliverdi. Adam olduğu yerde kalakaldı.
"Teslimim baba," dedi. "Teslimim. Ne var yani?"
Deli Durdu, siperinden yola atladı:
"Soyun!"
Adam, şaştı kaldı:
"Neyi soyunayım Ağam?"
Durdu:
"Üstündekileri..."
Adam güldü:
"Şaka etme Allahaşkına. Benim elbiseleri ne yapacaksın? Bırak da beni gideyim. Çok yorgunum. Tabanlarımın sızıltısından yıkılacak gibiyim. Bırak beni güzel Ağam..."
Durdu:
"Sen soyun, soyun hele," diye kaşlarını çattı.
Adam, şüpheli şüpheli, yüreği ikircikli, şaka mı ediyor, yoksa ciddi mi diye Durdunun gözlerinin içine yaltaklanan bir köpek sevimliliğinde gülümseyerek bakıyordu.
Durdu, sertçe:
"Haydi haydi bekleme," diye çıkıştı.
Adam, hala inanmayarak gülümsüyordu. Durdu kaşlarını çatıp, adamın bacağına şiddetli bir tekme attı.
Adam, acıdan bağırdı.
Durdu:
"Çıkar diyorum sana. Çıkar!"
Adam, yalvarmaya başladı:
"Paşa Efendi, ben senin ayaklarını öperim. Ellerini de öperim. Benim hiç elbisem yoktur ki... Ben çırılçıplak kalırım. Anadan doğma..."
Şahadet parmağını ağzına soktu sonunda, çıkardı:
"Aha işte böyle çıplak, böyle rut... Yoktur başka Paşa Efen-

135

di. Senin ellerini öperim. Ayaklarını da... Alma benim elbiseleri... Sen çok büyük bir paşa efendisin. Ne yapacaksın benim partallarımı? Ellerini öperim, ayaklarını da..."

Durdu:

"Ulan it oğlu it, çıkar diyorum sana. Paşa Efendi! Paşa Efendi!"

Adam, durmadan yalvarıyordu. Sonra da ağlamaya başladı:

"Ben beş aylık gurbetten geliyorum. Çukurovadan. Çalışmadan geliyorum."

Durdu sözünü kesti:

"Demek paran da var?"

Adam, çocuk gibi burnunu çeke çeke ağlıyor:

"Beş aylık gurbette ölmüşüm... Çukurovanın sinekleri öldürmüştür beni..."

Durdu tekrar etti:

"Demek paran da var?"

Adam:

"Azıcık var," dedi. "Şu ihtiyar halimle çeltikte çalıştım. Çamurun içinde, öldüm Çukurovada. Şimdi evime gidiyorum. Etme bunu efendim. Çırılçıplak gönderme beni çoluk çocuğumun arasına..."

Durdu, daha çok kızdı:

"Daha iyi ya. Çıkar çıkar..."

Adam, kıvranıyordu. Durdu, hançerini çekti. Hançer pırıl pırıl etti güneşi görünce... Ucunu azıcık adama batırdı. Adam, havaya hopladı, bağırdı:

"Öldürme beni," dedi. "Çoluk çocuğumu göreyim. Çıkarayım elbiseleri. Senin olsun."

Siperliktekiler gülüyorlardı. Bu işe yalnız Memed içerlemişti. O yırtıcı kaplan ışığı gözlerine gelip çakılmıştı. Durdudan tiksindi.

Adam, telaşla, korkuyla elleri biribirine dolaşarak ceketini, şalvarını çıkarırken Durdu:

"Ha şöyle işte," diyordu. "Ha şöyle... Adamı ne üzersin bre adam?"

Adam elleri titreye titreye elbiselerini çıkarıp bir tarafa koydu.

Durdu:

"Donu da, gömleği de çıkar," diyerek bağırdı. Hançerin ucunu da bir daha batırdı.

Adam, hem titriyor, hem gömleğini çıkarıyordu:

"Peki Ağam, Paşam öldürme beni. Hepiciğini çıkarayım."

Gömleği de çıkardı, elbiselerinin üstüne koydu. Mintanı yoktu zaten.

Durduya, bu sefer yalvarırcasına, boynunu büktü baktı.

Durdu:

"Haydi haydi," dedi. "Bakma gözlerimin içine. Donu da çıkar."

Adam, donu da güç bela çıkarabildi. Titremekten elleri uçuyor gibiydi. Elleriyle önünü kapatarak koşa koşa eşeğine doğru gitti. Eşek, yolun kıyısında durmuş otluyordu. Sol eliyle yularından tuttu çekti. Bacakları çöp gibi ince, kıllıydı. Bacak adaleleri kemik gibi sert dışarı çıkmıştı. İçeri doğru çekik karnı kırış kırış, aynen bir pösteki gibi... Göğsünün kılları ağarmıştı. Kirliydi. Saman kiri. Kamburdu. Omuzları da düşmüştü. Bütün teni de pire, böcek yeniği ile doluydu. Kırmızı kırmızı. Büyük lekeler kaplamıştı her yerini. Hasır gibi. İşte Memed, önünden geçen yolcuyu böyle görüp bir kat daha acıdı.

Bu sırada yolun öteki ucuna diktikleri nöbetçi:

"Geliyorlar," diye onlara koşuyordu.

Durdu:

"Atlılar geliyor," dedi.

Siperdekiler, hala bir eliyle önünü kapatmış, yavaş yavaş gitmekte olan pörsümüş vücutlu ihtiyara gülüyorlardı. Adam beş on adım gidiyor, sonra dönüyor, hasretle, korkuyla elbiselerine bakıyordu. Gidiyor, gidiyor, durup bakıyordu. Durdu, ona seslendi:

"Gel," dedi. "Gel de al öteberini. Bizim avlar geliyor. Kurtardın yakayı..."

O, büzülmüş, bitmiş gibi görünen ihtiyar, kendinden beklenilmeyen bir çeviklikle koşa koşa geldi, bir paçavra yığını olan, kayış gibi kirlenmiş elbiselerini kucakladı. Koşa koşa geri döndü. Eşeğin önünde, ha bire koşuyordu.

Memedin yüzü kapkara kesilmişti. Elleri de titriyordu.

Elindeki tüfeğin içinde ne kadar kurşun varsa, bir tanesini araya vermeden hepsini Durdunun kafasına boşaltmak istiyordu. Yani boşaltmamak için kendini zor tutuyordu.

Durdu, bu sefer daha gür:

"Teslim," diye bağırdı.

Gelen beş atlının beşi de birden, atlarının başını çektiler.

"Bir adım daha atar, kıpırdarsanız yakarım. Alimallah yakarım."

Siperdekilere seslendi:

"Ben, onların yanına gidiyorum. Davranacak olurlarsa, hepiniz her yerden ateş edeceksiniz."

Sallana sallana, ortada hiçbir şey yokmuş gibi atlıların yanına vardı.

"İnin atlardan," dedi.

Ötekiler, hiç ses çıkarmadan atlardan indiler.

Atların takımları gümüş savatlıydı. Adamların hepsi de iyi giyinmişti. İki tanesininki şehirli giyimiydi. Beş atlıdan birisi on yedi yaşlarında gösteren bir çocuktu.

Durdu, siperdekilere yeniden seslendi:

"Üç kişi daha gelsin."

Tam bu sırada on yedi yaşlarında gösteren çocuk, yüksek sesle ağlamaya başladı:

"Beni öldürmeyin nolursunuz? Ne isterseniz alın. Beni öldürmeyin."

Durdu çocuğa:

"Aslanım," dedi, "çırılçıplak, anadan doğma olacak, ondan sonra gidebileceksin."

Çocuk, birden bir sevinç çığlığı attı:

"Öldürmeyeceksiniz ha?"

Elbiselerini çabuk çabuk soyarken:

"Demek öldürmeyeceksiniz?" diye minnetle soruyordu. Göz açıp kapayıncaya kadar, elbiselerini, gömleğini, iç gömleğini, donunu her şeyini çıkardı. Durduya getirdi:

"Al!" dedi.

Hiçbir şey söylemeden ötekiler de soyundular. Üzerlerinde, yalnız donları kaldı.

Durdu:

"Donları da çıkaracaksınız ağalar," dedi. "Esas don gerek bana!"

Adamlar, gene hiç ağızlarını açmadılar. Donlarını da çıkarıp önlerini elleriyle kapattılar, yola düştüler.

Atları, elbiseleri, neleri varsa her şeylerini aldılar. Dağa doğru yöneldiler.

Dağa çıkarlarken Durdu Memede:

"Talihin varmış İnce oğlan. Bugün kısmetimiz iyi gitti. Üzerlerinden de tam bin beş yüz lira çıktı. Atları, elbiseleri de cabası... Çocuğun elbiseleri sana iyi gelir. Daha yepyeni. Nasıl da bağırıyordu it oğlu it! Canı şekerden tatlı..."

Karanlıkkayasının dibine geldiklerinde, Durdu attan iner inmez, çocuğun elbiselerini Memede giydirdi. Baktı baktı da:

"Bre İnce Memed," dedi, "sana ne kadar da yakıştı, bu it oğlu itin elbisesi... Aynen mektepli gibi oldun..."

Memed, üzerindeki yabancı elbiseyle içinde bir küçülme, bir eziklik duydu. Boğulur gibiydi.

Nereye gideceğini, ne yapacağını bilemiyordu. Yoldan beri içinde tuttuğu, bir türlü sormaya cesaret edemediği soruyu, ortaya atıverdi bu anda:

"Her şeylerini alıyoruz almaya ya bunların. Peki, donlarını neden alıyoruz? Bunu anlamadım..."

Bunu söyleyince içinde bir hafiflik duydu. Bir an için olsa da üstündeki yabancı elbiseyi unuttu.

Durdu, Memedin bu sorusuna güldü:

"Şan olsun memlekete diye, alıyoruz donlarını," dedi. "Deli Durdudan başka eşkıya don almaz. Bilsinler ki bu soyulanları Deli Durdu soydu..."

11

Yağmur sonu sıcağı çökmüştü. Islak, yapış yapış bir sıcak...
Velinin ıslak elbisesi vücuduna yapışmış, kana, çamura belen-
miş ölüsünü Abdi Ağanın avlusunda bir çulun üstüne yatırmış-
lardı. Yeşil sinekler, ıslak ıslak parlayarak ölünün üstünde dola-
nıyorlardı. Bir gariplik, bir yalnızlık içindeydi ölü. Sapsarı ke-
silmiş elleri mahzun mahzun iki yanına sarkmıştı.

Abdi Ağa, kurşunun birini sol omuzundan yemişti. Kur-
şun omuzu deldikten sonra, dönüp kürekkemiğinin altında
kalmıştı. İkinci kurşun sol bacağından girmiş, kemiğe rastla-
madan çıkıp gitmişti. Abdi Ağanın yaraları, daha ormanday-
ken köyün cerrahı tarafından yakılanarak sarılmıştı. Bu se-
bepten Abdi Ağa kan da kaybetmemişti. İllaki kürekkemiği-
nin altındaki kurşun... Çok rahatsızlık veriyordu. Ciğerine iş-
liyordu.

Abdi Ağanın biri on dört, öteki on altı yaşında iki oğlu var-
dı. Oğulları, akrabaları, fedaileri, yanaşmaları başına toplan-
mışlar, onun ağzından bir çift laf çıkmasını bekliyorlardı. Oysa
hafif hafif boyuna inleyerek, of çekiyordu. Karıları, başucuna
oturmuşlar sessiz sessiz ağlaşıyorlardı.

Birden tuhaf tuhaf gözlerini açan Abdi Ağa:

"Yiğenim nasıl? Velim nasıl oldu?" diye sordu.

Kadınlar, birer hıçkırıkla cevap verdiler.

Abdi Ağa:

"Demek?" dedi.

Köylülerden biri:

"Başın sağ olsun," diye cevap verdi. "Sen sağ ol Abdi Ağamız."

Abdi Ağa, gözleri parlayarak:

"O melunu?" diye sordu.

Boyunlarını bükerek ince bir sesle:

"Kaçırdık," dediler.

Abdi Ağa gözlerini belerterek yeniden sordu:

"Ya kız dedikleri o orospu?"

"Aldık getirdik," dediler.

Abdi Ağa, gözlerini yumdu, başını yastığa koydu. İnlemeye başladı. Bir zaman sonra gözlerini açtı:

"Kızı dövmediniz ya?" diye sordu.

"Hiç incitmedik," dediler.

"İşte bunu çok iyi etmişsiniz. Bir fiske bile vurmadınız ya?"

"Bir fiske bile vurmadık," dediler.

"Çok iyi yaptınız."

Herkes bilirdi ki, köylülerden biri bir kabahat işlediğinde Abdi Ağa onu dövmezse çok büyük bir kötülük yapacaktır ona. O adam ömrünün sonuna kadar, işlediği suçun cezasını çekecektir. Eğer döverse unutulur giderdi suç. Abdi Ağaya karşı suç işlediklerini sanan köylüler gelir onun önüne otururlar, dayak yiyinceye kadar önünden kalkmazlardı.

Gene gözlerini yumdu. Yüzü sapsarı kesilmiş, uzamıştı. Bir zaman sonra tekrar gözlerini açtığında, yüzünden belli belirsiz bir sevinç dalgası geçti.

"Benimle birlikte ormana gelenlerin hepsi burada mı?" diye sordu.

"Topal Aliyle Rüstem yok," dediler.

"Gidin onları da hemen bulun," diyerek kesin emir verdi.

Biraz sonra avlu kadın çığlıklarıyla doldu. Velinin anası, babası, köylüleri gelmişti. Ana, oğlunun üstüne atılmış, kan çamur içindeki ölüyü öpüyordu. Babaysa bir elini şakağına dayamış, kanı çekilmişçesine duruyordu. Anayı güçbela oğlunun ölüsü üstünden kaldırıp götürdüler. Baba da o kanı çekilmiş haliyle, başı önünde ağır ağır kalktı. Uzun boylu, ince bir adamdı. Çok uzun bir yüzü, geniş bir alnı vardı. İşlemeli yakasız bir mintan giyiyordu. Şalvarı çizgili, pamuk kumaştandı.

Ayağına bir ham çarık geçirmişti. Çarığın, daha tüyleri dökülmemişti. Ayağa kalktıktan sonra şaşkın şaşkın, elleri yanlarına düşmüş kalakaldı... Yüzünde keder, tarifsiz bir acılık çöreklenmiş kalmıştı. Oğlunun ölüsüne bir türlü bakamıyordu. İçi götürmüyordu.

Biri, o öyle dikilmiş dururken, geldi koluna girdi. Abdi Ağanın yanına götürdü. Abdi Ağa onu görünce:

"Kader," diye başını salladı.

Adam, bir boşandı:

"Kader kader... Buna kader demezler Abdi Ağa!" dedi. "Bu kader değil. Bir kedinin, köpeğin, uçan kuşun, neyin üstüne bu kadar varırsan birincisinde korkar, ikincisinde... Üçüncüsünde canını dişine takar kaplan kesilir... Parçalar seni. İnsanların üstüne bu kadar varmamalı. Almış kaçmış... Allah belalarını versin. Ko gitsinler..." dedi. Sonra durgunlaştı. Eski, kanı çekilmiş halini gene aldı. Sanki odaya girdi gireli ne konuşmuş, ne kımıldamıştı. Taş gibi durup durmuştu olduğu yerde.

Abdi Ağa, dişlerini gıcırdatarak:

"Bilseydim bunu yapacağını... Bir bilseydim... Bir bak onların başına neler getireceğim. O melun da, o orospu da bin kere ölümü arayacaktır. Bin kere... Aratacağım... Bunu kor muyum onların yanına? Öyle mi sanıyorsun? Bir çam ağacına bağlayacağım onları, altından ateş vereceğim. Şimdi nasıl olsa yakalanır o."

Yanındakilere sordu:

"Takibine çıkıldı mı?"

"Akşamdan beri..."

"Karakola adam gönderildi mi?"

"Akşamdan gönderildi."

"Candarmalar daha gelmediler mi?"

"Akşama doğru ancak gelirler. Hükümete haber göndermişler, müstantiği bekliyorlar, doktoru da bekliyorlar herhalde..."

Abdi Ağa:

"Doktor olmayınca, olmaz," dedi. "Onlar gelmeden benimle ormanda bulunanların hepsi gelsin. Burada mutlak eksiksiz bulunmalılar..."

142

Bir yanaşma:

"Topal Aliyle Rüstem dışardalar," dedi.

Abdi Ağa:

"Demek hepsi tamam oldu?"

"Tamam," dediler.

Abdi Ağa:

"Öyleyse hepsi yanıma gelsin. Odada kimse kalmasın. Hiç kimse..."

Ölen çocuğun babası o donmuş haliyle kalktı, ağır ağır dışarı çıktı. Bir kere olsun Abdi Ağanın yüzüne bakmadı. Onun arkasından, odada başka kim varsa hepsi çıktı.

Onların yerine ormanda bulunanlar geldiler, oturdular. Abdi Ağanın karşısında da halka oldular. Meraktaydılar. İfadenizi şöyle verin, böyle verin diyeceğini biliyorlardı. Bir hükümet işi oldu muydu, onlar kendiliklerinden hiçbir şey söyleyemezlerdi. Ne söyleyeceklerse, Abdi Ağa onları karşısına alır ezberletirdi. Ondan sonra geçerler hükümet adamının karşısına bülbül gibi şakırlardı. Ezberledikleri bitip de başka soru karşısında kalırlarsa, "gerisini bilmiyorum," derlerdi. Ne sorarlarsa sorsunlar, "bilmiyorum"du karşılığı. Abdi Ağa, bu sefer teker teker hepsinin yüzüne baktı. Hepsinin de yüzü sapsarıydı. Bir zaman da gözlerini onların yüzünden alıp, önüne eğdi. Sessizce öyle kaldı. Başını kaldırdığında teker teker delici bakışlarını üzerlerinde dolaştırdı. Dudakları usuldan kıpırdadı. Zayıf bir sesle:

"Beni dinleyin kardeşler," dedi. "Önce elinizi vicdanınızın üstüne şöyle bir koyun... Koydunuz mu? Haaa işte ondan sonra bir düşünün... Sizlere soruyorum şimdi: Yal döktüğünüz kapınızdaki köpek, sizi dalar, çoluğunuzu çocuğunuzu öldürürse ne yaparsınız? Bunun cevabını isterim sizden... Eliniz vicdanınızın üstünde... Ondan şaşmayın..."

Bakışlarını her birinin üstünde uzun zaman durdurarak gene teker teker baktı.

"Bir cevap söyleyin. Ne yaparsınız siz olsanız?"

Bu sefer de şiddetli şiddetli gözlerini bir yıldırım hızıyla üzerlerinde gezdirdi.

"Siz olsanız ne yaparsınız, söyleyin."

Mırıltı halinde:

"Olacak olur," dediler.

Abdi Ağa gözlerini belerterek:

"Yani?"

"Senin dediğin Ağa," dediler, "Sen bilirsin."

Bunu duyunca Abdi Ağa, sanki mühim şeyler söylemişler gibi, onları tasdik edercesine:

"Hah, işte kardaşlar, benim itim benim çocuğumu daladı. Çocuğumu, beni parçaladı. Bir tanesi kaçtı gitti. Yakalanacaktır. Kuş olup uçsa, gene yakalanacaktır. Kurtuluş yok. Burda onun suç ortağı kaldı. Bütün kötülükler bu kızın yüzünden oldu zaten. Bütün suç da onun... Oğlanı da kız vurdu yani... Gözümüzle gördük ki Veliyi kız vurdu. İkisinin elinde de tabanca vardı. Hepiniz gördünüz. Önce melun beni hedef aldı ateşledi. Sonra da kız, oğlanı hedef aldı ateşledi."

Abdi Ağa, dışarı bağırdı:

"Çocuklar, biriniz buraya gelsin."

İçeriye büyük oğlu girdi.

"O silahı getir oğlum," dedi.

Oğlan odadaki, duvara oyulu bir dolaptan yepyeni bir tabanca çıkardı babasına verdi. Abdi Ağa elindeki tabancayı yanındakilere uzattı:

"Teker teker bakın," dedi. "Kızın elinden aldığınız bu tabanca mı? Veliyi vuran tabanca bu tabanca mı? İyi bakın..."

Tabanca elden ele dolandı, geri Abdi Ağaya geldi.

"Gördünüz değil mi?" dedi Abdi Ağa.

"Gördük," dediler.

"Bu tabanca kızın elindeki, Veliyi vuran tabancadır. Kız Veliye ateş etti. Veli yere düşünce, tabanca da kızın elinden toprağa düşüverdi. Yerden tabancayı Hacı aldı. Kızı da Hacı tuttu. Hepiniz gördünüz bunu. Öyle değil mi Hacı?"

Hacı, kısa boylu, çakır gözlü, kocaman burunlu, zamanından önce yaşlanmış, yırtık yamalı elbiseli, yüzü gözü kir pas içinde, bıçak görmemiş, karmakarışık saçlı sakallı, toza batmış çıkmış gibi bir adamdı.

"Öyle oldu canını sevdiğim Ağam. Tam öyle oldu işte. Tabanca yere düşünce... Yani yere düşünce canını sevdiğim Ağam, yerden ben aldım. Kız, arkasını dönmüş kaçıyordu. Yani oğlanın elini tutmuş... Oğlan dediğim o melun İnce Memed var ya, işte o. Onun elini tutmuş ikisi birden kaçıyorlardı. Vardım Hatçeye sarıldım. Göndermedim. Gözümün önünde Hatçe vurdu Veliyi." Başını salladı. Gözlerini yaşarmış gibi kuruladı. "Aaah Veli Ağam. Veli Ağam gibi var mıydı? Kötüler kıyar zaten babayiğide. Yiğidin yiğide kıydığını kim görmüş zaten. Aaah Veli Ağam, beş paralık bir avrat kurşunuyla giden Veli Ağam... Gözümün önünde vurdu kafirin kızı... Bir de nişan alıyordu köpoğlunun kızı... Bir de nişan... Kim bilir nerede öğrenmiş..."

Abdi Ağa:

"Duydunuz ya," dedi. "Hepiniz böyle gördünüz değil mi? Zekeriya sen? Sen de böyle mi gördün?"

"Aynen böyle gördüm," dedi Zekeriya.

"Topal Ali sen?"

Topal Ali, çoktandır patlamaya hazırlanmıştı:

"Ben," dedi, "ben hiçbir şey görmedim Ağa. Hiçbir şeycik. Bir iz sürdüm diye köylü yüzüme bakmıyor. Ne bu köylü, ne de bizim köylü. Ben geçerken çocuklar bile arkasını dönüyor. Avradım bile bana tiksinerek baktı. Konuşmadı benimle. Ben, hiç mi hiç bir şey görmedim Ağa. Bunu böyle bilesin. Memedin seni vurduğunu bile görmedim," dedi, ayağa kalktı kapıya doğru hışımla yürüdü. Bütün vücudu isyan kesmişti. Müşekkel bir isyan gibi yürüdü.

Abdi Ağa böyle bir hareketi, böyle bir isyanı hiç kimseden beklemezdi. Aptallaştı. Dudakları sarktı. Az kendine gelince sinirlendi. Sinirden başı sallanmaya başladı. Arkasından koşacakmış gibi ona doğru uzandı:

"Topal Ali! Topal Ali! O köyde durma gayrı. Köye varır varmaz evini yükle, nereye gidersen git! Bir gün daha kalırsan evde, adam gönderir, evini başına yıktırırım. Duydun mu Topal Ali?" diye bağırdı.

Sonra, kendi kendine:

"Namussuzlar, nankörler, ekmeksizler..."

Köpürdü:

"Hepiniz böyle gördünüz öyle mi?"

Hep bir ağızdan:

"Böyle gördük," dediler.

"Elinizi alın da vicdanınızın üstüne koyun köylülerim, kardaşlarım... Bir karış çocuk öldürmeye kalksın beni... Beş tane koca köyün ağasını... Sahibini... Bir kız için. Ben ölseydim sizin haliniz neye varırdı? Bir düşünün hele! Bir düşünün benim yokluğumu... Bir kız bana gelin olacakken, gitsin bir baldırı çıplakla kaçsın. Bu hangi kitapta yazar? Elinizi iyice vicdanınıza koyun... Vicdanın karışmadığı işte iş yoktur. Hayır gelmez. İlle de vicdan..."

Tomruk Musa:

"Ağamız için değil mi, koyduk da gittik," dedi.

Ağa takdirle:

"Var ol Musa," dedi.

Teke Kadir:

"Ağamız için değil mi?" dedi. "Hepimiz koyduk gittik."

Ağa:

"Hepiniz sağ olun," dedi. "Bu yıl sizlerden ancak mahsulün dörtte birini alacağım. Haydi," dedi, "hayvanları da size bağışladım. Elinizdeki hayvanlar sizin olacaktır. Haydi gidin ellerinizi vicdanınıza koyun, hükümete ne söyleyeceğinizi belleyin..."

Ağanın yanından neşeli, güleryüzle çıktılar. Mahsulün dörtte üçü! Hayvanlar da! Vay anasını be! Avlunun bir köşesine, elli metre kadar uzağına çömelmişler, söyleyeceklerini ezberliyorlar...

"Hacı efendim... İşte bu Hacı efendim, vardı tabancayı yerden aldı. Kız, oğlanın elinden tutmuş kaçıyorlardı. Kız, oğlanın elinden boşandı... Vardık yakaladık..."

Hacı sözünü kesti:

"Burası olmadı," dedi. "Diyeceksin ki, Hacı, yani ben, vardım, onlar el ele tutuşmuşlar kaçıyorlardı. Sarıldım Hatçeye... Ben sarılınca, yani Hacı sarılınca diyeceksin, oğlan, yani İnce Memed, kızı bıraktı kaçtı."

"Hacı vardı kıza sarıldı. Hacı kıza sarılınca, oğlan, yani İnce Memed, bıraktı kaçtı."

"Kız bir nişan alıyordu. Nereden de öğrenmiş köpoğlunun kızı? Nişan aldı Veliye, üç kurşun sıktı. Üçü de değdi! Vay köpoğlunun kızı. Üçü de!... Sonra Veli cansız yere düşünce, kızın da elinden tabanca yere düştü. Hacı vardı, işte bu Hacı tabancayı yerden aldı."

Hacı:

"Tamam," dedi. "İşte böyle oldu. Onlar gelinceye kadar, daha iyice ezber ederiz."

Öğlen sonuydu ki, önde iki süngülü candarma, arkasında doktorla savcı, candarma gedikli çavuşu gelip Abdi Ağanın evine indiler. Avludaki ölünün üstüne çiçekli bir yorgan atılmış, ölünün sapsarı kesilmiş kolu, yorganın dışına çıkmıştı.

Doktor, genç, mavi gözlü, kıza benzer bir adamdı. Attan ininçe, ölüye tiksintiyle baktı. Yorganı üstüne geri örttü.

"Gömebilirsiniz," dedi.

Asık suratlarla içeri gidip Abdi Ağanın yanına oturdular. Çok yorulmuşlardı. Üçü de Abdi Ağayı kasabadan tanıyordu. Candarma gediklisi Abdi Ağanın çok dostuydu. Bu olaydan duyduğu kederi, her fırsatta, durup durmaksızın ortaya atıyordu.

"Hiç üzülme sen Ağa," dedi. "Katili ben elimle koymuş gibi bulurum. Getiririm. Cezasını bulur. Onun için sen hiç üzülme... Takibine dört tane candarma gönderdim."

Çavuş beraberinde daktilo da getirmişti. Daktilo heybeden çıkarılıp, ekmek tahtası üzerine kondu. Bir de candarma gönderdiler. Hatçeyi getirttiler. Kızın ifadesini aldılar. Kız, ifadesinde olayı olup bittiği gibi anlattı. İfade zapta geçirildi. Onun arkasından olayda bulunmuş şahitlerin ifadeleri alındı. Önce Hacı ifade verdi. Olayı baştan sona kadar anlattıktan sonra:

"Memed, Abdi Ağaya ateş ederken, bir de baktım bu kız, yani bu Hatçe elinde bir tabanca nişan almış, bir de nişan almış ki... Veliye ateş ediyor. Veli, 'yandım anam' diyerek yere düşünce Hatçe de dondu kaldı. Tabanca da elinden düştü. Ben vardım tabancayı çamurun içinden aldım. Memed, kızı, yani bu Hatçeyi kolundan tutmuş kaçıyorlardı. Vardım üstlerine atıldım. İkisini de tuttum. Memed kaçtı. Ben kızı bırakmadım. Yaaa bırakmadım. Bırakmadım işte. Bırakır mıyım!"

Hatçe, Hacının bu ifadesine şaştı kaldı. Ne demek istiyordu Hacı, anlamadı.

Savcı:

"Veliyi senin vurduğunu söylüyor," dedi, "ne diyorsun Hatçe?"

Hatçe:

"Yook," dedi. "Ben nasıl vururmuşum kocaman adamı?"

Hiç de olay bu Hacının dediği gibi olmamıştı. Neden böyle söylüyorlardı acaba?

Sonra, Zekeriyanın ifadesi alındı. O da tıpkı Hacı gibi söyledi. Ne bir sözcük az, ne de bir sözcük fazla. Şahitlerin hepsi aynı ifadeyi verince Hatçe kendi aleyhinde bir şeyler sezinledi. Yüreğine korku düştü. Gözlerinden de yaşlar sızıyordu.

Savcı şahitlere tabancayı gösterdi:

"Bu tabanca mıydı Hatçenin elindeki?" diye sordu.

"Yaa işte bu tabancaydı," diye cevap verdiler.

O gece Abdi Ağanın evinde misafir kaldılar. Altlarına çifte döşekler serildi. Şereflerine kuzular kızartıldı. Toprak kızartması. Savcı dağ köylüklerine her gelişinde toprak kızartması yaptırırdı. Etin en lezzetli pişme biçimi, mutlak toprak kızartmasıdır.

Gece, Hatçeyi de yandaki odaya hapsettiler. O gece hiçbir şey düşünemeyen Hatçe, başını iki dizinin üstüne koyarak, sabahlara kadar sessiz sessiz ağladı. Sabah olunca, Hatçeyi hapsedildiği odadan çıkarıp iki candarmanın önüne kattılar. Hatçe mahpusaneye götürülüyordu. Hiç kendinde değildi. Ne olacağını, ne yapacaklarını bir türlü bilemiyordu. Yürürken ayakları biribirine dolanıyordu. Bu onun, köyünden uzaklara gitmek için ikinci çıkışıdır. Birincisinde yanında dayanağı, sevdiği vardı. O zaman nereye gideceğini, ne yapacağını biliyordu. O zaman sıcacık bir tarla, bir ev hayalinin peşinde koşuyorlardı. Şimdi ise yüreğinde bir korku, bir umutsuzluk var. Bu adamların kendisine ne yapacaklarını düşünüyor. Köyden ayrılırken anası bile gelmemişti kendisini uğurlamaya... Kız arkadaşları bile gelmemişti. Bu, gücüne gidiyordu işte. Bu öldürüyordu onu. Kendini dayanılmaz bir efkara kaptırmış gidiyor. Bazı bazı da hiçbir şey duymuyor, düşünmüyor, görmüyordu. Yalnız, arada bir, kendine gelince, iki yanındaki candarmalara bakıp ürperiyordu. Hatçe için ötesi karanlık. Her adımda biraz daha

148

karanlığa gömülüyordu. Gözlerinin önünde dev gibi bir hükümet... Candarmalar... Önde giden iki hükümet adamı...

Ertesi gün kasabaya geldiklerinde Hatçe bitmişti. Yorgundu. Sürünür gibiydi. Kasaba, içine bir hoşluk verdi. Yüreğine de azıcık emniyet geldi. Korkusu azaldı. Memedi anımsadı. Memed, durup durmaksızın bir sarı pırıltı anlatmıştı. Portakalları, sütbeyaz çakıl taşlarını, akan suyu, kebap kokusunu... Bir evin önünde leylek yuvası gibi, bir oda varmış cıncıktan. Hangi ev acaba? Bir evin camına gün vurmuş kızarmıştı. Kırmızı cıncık takmışlar pencereye... Birden burcu bulandı. Memed olduğu gibi geldi gözlerinin önüne dikildi. Neredeydi şimdi ola? Memedi yakalarlarsa öldürürlerdi. "Benim yüzümden fıkara," dedi.

Candarma dairesinin altındaki nezaretin tabanı çimentodur. Ayak bileklerine kadar suyla doludur. Neden suyla doludur, niçin böyle etmişlerdir, belli değil. Pis pis hela kokar üstelik de. Karanlıktır. Mazgal deliği gibi tek penceresi vardır. O da kapalıdır sıkı sıkıya... Hatçeyi oraya attılar işte. Bir gece orada kaldı. Tabii gene gözlerine uyku girmedi. Uyuyacak da bir yer yoktu ama, gönlü rahat olsaydı ayakta da uyurdu. Koskocaman, derya misali bir karanlık içinde erimiş gibiydi. Kapıyı açmalarını da dört gözle bekliyordu. Kapı açılınca kurtulacağını sanıyordu. Sabah olduğunu tahmin ediyordu. Hiçbir yerden, kapı aralığından bile ışık sızmıyordu ama, gene de sabah olduğunu tahmin ediyordu.

Birden kapı açıldı. Işık, kurşun gibi ağır, ona çarpıp sersemletti. Aradan epeyce zaman geçincedir ki, ancak yavaş yavaş kendine gelebildi. Bu sırada bir candarma onu kolundan tutmuş dışarı çekiyordu.

Dışarı, bir sürü insan birikmişti. Hatçe dışarı çıkınca, bütün başlar ona çevrildi. "İşte nişanlısını öldüren kız!" lafı da kulağına kadar geldi. Anladı ki bütün bu kalabalık kendisi için birikmiş. Kalabalığa bir kere olsun, başını yerden kaldırıp da bakmadı. Öylecene kalabalığın ortasından geçti gitti. İki yanındaki candarmalar şimdi ona korku değil, güç veriyorlardı.

Çok yaşlı bir yargıcın önüne çıkardılar. Yargıç, türlü deneylerden, belalardan geriye kalmış yaşlı, gerdanı sarkmış, pos bıyıklı birisiydi. Kızın kimliğini saptadıktan sonra sordu:

"Mustafa oğlu Veliyi vurduğun iddia ediliyor, doğru mu?"
Hatçe, saf saf:

"Veliyi ben öldürmedim vallaha," dedi. "Ben neyle adam öldürürüm? Ben, elime tabanca almaktan korkarım."

Yargıç, köylüleri, köyün kadınlarını çok iyi tanırdı. Yıllardır, binlercesini dinlemişti. Hatçenin suçsuz olduğunu hemen anladı. Anladı ama, onu tutuklamak zorunda da kaldı. Kanıtlar güçlüydü.

Kadınlar koğuşu hapisaneye sonradan eklenmiş bitişik bir odadadır. Badanaları dökülmüştür... Duvarlar, kan lekesi içindedir. Şimdiye dek duvarda yüzlerce, binlerce sivrisinek öldürülmüştür. Bu kan lekeleri onlardandır. Tavan, tahtalar, pencereler, mertekler çürümüş, çürümekte...

Ortalık nem kokuyordu. Sidik kokuyordu. Kapının arkasında bir teneke vardı. Gardiyan gelmiş ona göstererek, gece sıkışırsa kullanabileceğini söylemişti.

Hatçe, istemeye istemeye, gardiyanın getirdiği ekmekten bir parçacık kırdı ağzına attı. Çiğnedi çiğnedi yutamadı. Tükürdü.

Ertesi gün, daha ertesi gün de bir şey yiyemedi. İçinde bulunduğu dünya kötü bir işkence dünyasıydı. Bir türlü alışamıyordu. İçeri düştüğünün üçüncü günüydü ki anası çıkageldi. Anasının ağlamaktan gözleri kızarmıştı. Hapisane penceresinin önüne oturup:

"Kızım kızım, kınalı kızım! Neydi bu senin başına gelenler?" dedi. "Niçin vurdun elin oğlunu?"

Kız, ilk olaraktan isyanla, hınçla konuştu:

"Ben nasıl öldürürüm elin oğlunu? Ben, elime silah aldım mı hiç? Bilmiyor musun?" diye bağırdı.

Kadın, bu isyan karşısında yumuşadı. Kızının bu işi yapamayacağını hiç düşünmemişti.

"Ben ne bileyim kınalı kızım! Herkes, Veliyi vuran Hatçedir, diyor. Ben ne bileyim kınalı kızım? Gider arzuhalciye arzuhal yazdırırım. Benim kızım silahtan korkar derim. Yaaa... Abdi Ağa bana haber salmış, arzuhal ne yazdırıp uğraşmasın, demiş. Onun haberi olmadan, senin için bir arzuhal yazdıracağım kınalı kızım. Beni öldüreceğini de bilsem arzuhal yazdıracağım.

Yaa kınalı kızım. Senin hiç suçun yok. O gavur yapılı İnce Memed vurdu elin oğlunu. Senin üstüne atıyorlar. O gavur yapılı İnce Memed yok mu yıktı evimi... Senin için iyi bir arzuhal yazdıracağım kınalı kızım. Gidip ağlayacağım arzuhalciye. Ben gidiyorum kınalı kızım."

Köyden getirdiği yiyecek dolu çıkını pencereden uzattı.

"Ben arzuhalciye gidip her şeyi yazdırırım. Hükümet okursa onu, senin suçun olmadığını anlar... Hükümet de insan... Onun da merhameti var. Suçsuz yere ne diye seni yatırsın!"

Anasının gelmesi, onun biraz içini açtı. Hatçe ilk olaraktır ki, farkına vardı: Yeni yapılmış bir evin pırıl pırıl, kırmızı, temiz kiremitleri, onun arkasında caminin kubbesi, bir kalem gibi ince, dümdüz, sütbeyaz minaresi, beride duvarın dibinde kalın yapraklı bir de incir ağacı, ondan beride de koskocaman, tozlu bir avlu, avluda oraya buraya giden insanlar görülüyordu pencereden... Memed, her şeyi anlamış, kırmızı kiremidin güzelliğini, pırıltısını söylemişti.

Gardiyan geldi kapıyı açtı. Çok sinirli bir adamdı. Sertçe:

"Dışarıya çıkıp hava alabilirsin," dedi.

Öğle, akşam kapıyı birer kere açar, onu dışarı çıkarırdı. Şimdiye kadar dışarı da çıktığının farkında değildi. Dünyaya yeniden kavuşmanın sevincini duydu.

Hapisanenin büyük kapısıyla onun koğuşunun yan penceresi karşı karşıyaydı. Bir iki mahpus onu açılmış, dünyayla az çok ilgili görünce ona seslendiler:

"Bacı be! Aldırma bacı be! İnsan olanın başına her şey gelir. Haklamışsın herifi. Yaşşa bacı! Yaşasın kara sevda!"

Hatçe cevap vermedi. İçeri girdi. Memedi düşünmeye başladı...

Ana, arzuhalci sarhoş Deli Fahriye gitti. Deli Fahri, yıllar önce, zabıt katipliğinden rüşvetten dolayı kovulmuştu. Kovulduğu günden beri de arzuhalcilik ediyordu. Arzuhalcilikten, zabıt katipliğinden kazandığının iki üç misli kazanıyordu. "Avukattan daha dirayetlidir," diye de ünü yayılmıştı. Gece gündüz sarhoştu. Dilekçeleri sarhoş sarhoş yazardı.

Deli Fahri, başını daktilonun durduğu kirli masaya koymuş uyukluyordu. Dört bir yanını rakı kokusu sarmıştı. Ayak sesi duyunca başını kaldırdı. Bu biçim ayak sesleri, dilekçe yazdıracak insanların ayak sesleridir. Fahri, yılların verdiği alışkanlıkla, dilekçe yazdıracak kimseleri ayak seslerinden tanırdı. Masası bir kasap dükkanının saçağı altında olduğundan yanından her zaman bir sürü insan geçerdi. O, geçenlerin hiçbirisine başını kaldırıp bakmazdı. Dilekçe yazdıracak kimse, çok uzakta bile olsa, o başını hemen kaldırır gelenin gözlerinin içine bakarak:

"Anlat bakalım," derdi.

Anaya da:

"Anlat bakalım," dedi.

Kadın, kaldırımın üstüne oturdu, başını duvara dayadı:

"Kurban olduğum Fahri Efendi," diye başladı. "Başımıza geleni sorma."

Fahri Efendi, kurşunkalemini ağzına sokmuş emiyordu.

"Kurban olduğum Fahri Efendi. Benim bir tek kızım vardı. Bir tek kızcağızım, kurban olduğum Fahri Efendi... Yaa kınalı kızım Hatçe... Fahri Efendime deyim, aldılar kınalı kızımı soktular mahpusaneye. Benim kınalı kızım mahpusanede yatar."

Fahri efendi usul usul ağzından kalemi çekti:

"Şu senin kızın neden dolayı mahpusaneye düşmüş, sen onu anlat bana," dedi.

"Kurban olduğum Fahri Efendi, sana deyim de iyi dinle.. Kızımı Abdi Ağanın yiğeni Veliye nişanladık. Kınalı kızımı. Keklik gibi kınalı kızımı. O gavur yapılı, o İnce Memed var ya. Dönenin öksüz oğlu, kız onunla sevişirmiş, biz ne bilelim. Bir gece kaçıyorlar. İzci Topal Aliyi bilirsin değil mi? Onu bilmeyen yok, o gavur bunların izini sürüyor, bir kayanın kovuğunda sevişirlerken eliyle koymuş gibi buluyor. Oğlan da çekiyor tabancasını Abdi Ağayı da, Veliyi de vuruyor. Kaçıyor gidiyor ondan sonra... Ondan sonracığıma Fahri Efendi kardaşıma söyleyim, daha oğlanı yakalayamadılar. Oğlanın yerine de benim kınalı Hatçemi aldılar getirdiler. Keşifçiler mahpusaneye soktular benim gül kızımı. O gözü kör olası öksüz Memedin yüzünden. Güya Veliyi benim kızım öldürmüş... Köylünün hepsi öyle ıspatçılık etti. Bir tek Topal Ali ıspatçılık edemem demiş, onu da Abdi Ağa köyden sürdü... Ne bileyim Fahri Efendi kardaş, kızın Veliyi öldürdüğüne ben de inandım. Kocaman bir köy hep bir ağız olup da yalan söyleyecek değil ya, benim kızıma ne garazları var, dedim. O gavur Abdi yaptırmış onlara bunu... Abdinin dediğinden köylü çıkamaz. Vay benim akılsız başım... Tuttum da onlara inanıverdim. Ya Fahri Efendi kardaşım... Sonra, geldim kıza, kınalı kızıma sordum ki... İş başka... Kınalı kızım dedi ki, "Ben silah sıkmasını ne bilirim ana?" Ben de düşündüm ki kınalı kızım silah sıkmasını bilmez. Silahtan da korkar üstelik. Bizim evimize silah girmedi hiç. Babası silahı hiç sevmez kınalı kızımın... Hepsi yalan yere ıspatçılık ediyorlar kınalı kızımın üstüne... Garaz olmuşlar. Fahri Efendi Ağam böyle işte... Benim kınalı kızım tüfekten korkar... Tüfek görse ödü kopar... Hükümete bunu böylece yaz."

Fahri Efendi kağıdı aldı, eski, her bir yanı dökülmüş daktilosuna soktu. Gürültüyle yazmaya başladı. Hiç durmadan, tam beş sayfa yazdı:

"Bak kadınım," dedi, "okuyayım da iyi dinle. Bak gör nasıl donatmışım." Fahri Efendi, sigarasını dudağının bir o tarafına, bir bu tarafına atarak bir çırpıda dilekçeyi okudu bitirdi.

"Nasıl?" diye sordu.

Ana:

"Eline sağlık , çok iyi donattın," dedi.

Fahri:

"Kadınım," dedi, "başkasına olsa on beş liraya yazmazdım. Sen on lira ver. Arzuhali bir donattım ki taşa geçer billahi... Taşa geçer."

Ana, eli titreyerek, parayı üst üste düğüm attığı çıkınından çıkarırken:

"Eline sağlık," dedi. "İnşallah taşa bile geçer."

Fahri Efendi, kırmızı onluğu elinde evirir çevirirken dilekçeyi nereye götüreceğini, ne söyleyeceğini ona iyice anlattı. Kadın kalkıp giderken:

"Kusura kalma Fahri Efendi kardaş," dedi. "Gelecekte sana yumurta da getiririm, yağ da..."

Aldığı tarif üzere gitti, dilekçeyi vereceği yeri buldu. Karşısında kızını alıp getiren adamlardan birini görünce, önce korktu, sonra:

"Kurban olduğum Ağam," dedi, "benim kızımı ne diye aldın getirdin? Aldın getirdin de mahpuslara soktun? Benim kızım tüfek sıkmasını bilmez ki, adam öldürsün. Benim kızım tüfekten çok korkar... Çocukluğunda bir tüfek görse ağlaya ağlaya gelir benim yakama sarılır, saklanmaya çalışırdı. Sana bir arzuhal getirdim. Fahri Efendi bir iyice donattı. Oku da kızı koyver kardaş. Ayaklarının altını öperim. Benim kınalı kızımın hiç suçu yok. Göğnü düşmüş, o gavur yapılı İnce Memedlen kaçmış... Herkesin kızı kaçar. Koyver kızımı. Tabanlarını öpüyüm kardaş..."

Savcı sert:

"Çok ukalalık etme! Bırak arzuhalini de git!" dedi. "Mahkeme adil kararını verecektir."

Başını evraklara eğdi, tekrar yazmaya koyuldu.

Ana, mahpusaneye geldiğinde akşam oluyordu. Hatçe sabahtan beri onu dört gözle beklemişti.

"Bir arzuhal donattırdım ki Fahri Efendiye, taşa demire geçer. Onu bir okusun hükümet, seni hemen bırakır. Suçsuz olduğunu anlar bırakır. Arzuhale, senin silahtan korktuğunu yazdırdım. Hani çocukken silah görsen kaçardın da kucağıma saklanırdın. İşte onu da yazdırdım. Bir donattı Fahri Efendi, tam yirmi liralık donattı. Amma benden on lira aldı. Varsın alsın, kınalı kızım için değil mi, malım da gitsin, canım da... Bir okusun onu hükümet..."

Hatçe:

"Keşki öyle olsa," dedi. Sonra anasının gözlerinin içine bakarak, başını önüne eğdi:

"Anam," dedi, "güzel anam, bana Memedden bir haber getir, bir daha gelişinde. Ne diyorsun güzel anam? Bana bir haber getir."

Ana kızgın:

"Zıkkımın kökü diyorum," dedi.

Hatçe gözlerini yerden kaldırıp, yalvarırcasına baktı:

"Anam anam, sürmeli anam, bak delikte çürüyorum. Memed olmazsa ben ölürüm. Sen kızını öldürmek mi istiyorsun? Ondan bir haber..."

Ana:

"Zıkkım," dedi. "İnşallah onu parça parça ederler. Sana ölüm haberini getiririm inşallah..." deyince kız ağlamaya başladı.

Ana, bunun üstüne sustu. Uzun zaman kız ağladı, o bir şey söylemedi. Sonra:

"Günbatıyor kınalı kızım," dedi. "Ben gideyim gayri."

Hatçe:

"Ana..." dedi.

Kadın durdu. Gözlerine yaş dolmuştu:

"Peki," dedi, sesi karıncalanarak. "Senin gül hatırın için bir haber öğrenmeye çalışırım. Memedin anasını bir dövmüşler ki... Belki ölür fıkara. Fıkara Dönecik. Sağlıcakla kal kızım," dedi yürüdü. "Korkma, Fahri Efendi iyi donattı arzuhalini."

Verdiği dilekçeye çok güveniyordu.

12

Öyle bir karanlık vardı ki göz gözü görmüyordu. Orman uğulduyordu. Orman kapkara bir duvar gibi karanlığa gerilmişti. Ta uzakta, dağın doruğuna yakın yerde, ipil ipil bir ateş yanıyordu. Ağaçlara çarpa çarpa el yordamıyla yürüyorlardı. Ama çok gürültülü... Gece ıslak ıslak kokuyordu. Çam, gürgen, mantıvar, peryavşan, çobançırası, ter kokuyordu. Ekşi ter... Püren kokuyordu. Gökyüzünde de bir iki yıldız parlayıp sönüyordu.

Aylardan beri bir sürü ev basmışlar, yol kesmişler, candarmalarla çarpışmışlardı. Candarmalar öteki eşkıyaların arkalarını bırakmış, Deli Durdu çetesinin üstüne düşmüştü. Deli Durdu da candarmalarla alay ediyordu. Oynuyordu. Memed az zamanda kendini göstermiş, arkadaşlarına, Deli Durduya kendini sevdirmişti. Çeteye yardımı dokunuyordu.

Durdunun karanlıktan sesi geldi:

"Burada kalalım. Bittik. Öldük. İki günden beri durmadan kaç babam kaç, nolacak halimiz böyle! Burada!"

Sesi hınçlı, inatçıydı.

Memed yanına vardı:

"Yavaş. Usul konuş Ağam."

Durdu:

"Nolacak yani?" diye hışımla konuştu. Memed değil de başkası konuşsaydı bu biçimde, bu kadar içerlemezdi. Dün gelmiş de bugün eşkıyalık dersi veriyor.

"Düşmanın karıncaysa da..." dedi, Memed.

Durdu:

"Eeee sonra?"

Memed, Durdunun alayını fark etmemiş gibi davrandı.

"Yani demem odur ki... hor bakma."

Durdu dayanamadı, içindekini dışarıya vurdu:

"Ohhooo, bre İnce Memed, Süleyman Kahya seni bize arkadaş değil, erkanıharp göndermiş. Karışma böyle işlere!"

Cabbar, Memedin solunda yürüyordu. Hızlı hızlı soluk alıyordu:

"Memed doğru söylüyor Ağa," dedi. "Ormanda kalırsak kuşatırlar. Ardımızdalar. Ha bire takip ediyorlar. Keklik gibi avlarlar alimallah, bir çevirirlerse... Asım Çavuş böyle bir fırsat arıyor zaten, yavaş..."

Memed:

"Keklik gibi..."

Cabbar:

"Arkamızda az boz candarma yok. Candarmalara köylüleri, bize düşman eşkıyaları da kat Ağa... Onlarla başa çıkamayız."

Memed:

"Baş edemeyiz. Cephanemiz bile yok."

Durdu olduğu yerde dikildi kaldı:

"Buradan bir adım ileri atmak yok."

Sesi ormanda çın çın öttü:

"İki günden beri köpek gibi kaçıyoruz. Köpek!"

İçlerinde biri vardı: Recep Çavuş. Nerden geldiği, kaç yıldır eşkıyalık yaptığı hakkında doğru dürüst hiç kimse bir şey bilmiyordu. Geçmişini ona kimse de soramazdı. Buna, soranı öldürecek kadar kızardı. Soranla bir daha ne bir yerde bulunur, ne de karşılaştığı zaman konuşurdu. Kırk yıllık düşmanmış gibi. Elliyi geçkindi. Hakkında bilinen tek şey Koca Ahmet çetesinden oluşuyordu. Çete affa uğradığında herkes gitmiş hükümete teslim olmuş, o affı kabul etmemiş, bir iki yıl dağlarda tek başına gezmiş, iki yıl sonra, dağlarda yeniden eşkıyalar türeyince onlara karışmıştı. Girip çıkmadığı çete yoktu. Bütün çeteler onu tanır, sayar, severdi. Öyle, bir çeteye mal olup kalmazdı. Bugün canı istemiş, Deli Durdu çetesine gelmiş, yarın canı ister

Deli Durdunun can düşmanı Yozcu çetesine gider. Kimseye, kimse hakkında dedikodu etmez, bir tek laf söylemezdi. Öbür gün de Kürt Reşo çetesine... Her çetede yeri vardı. Ona niçin geldin, niçin gidiyorsun, diyen de olmazdı. Üstelik, kimin çetesine gelirse, o çete sevinirdi. Onu uğur saymışlardı.

Eşkıyalıkta da çok ustaydı. Bir kez çarpışmaya tutuşmaya görsün, eli makinalı tüfek gibi işlerdi.

Karanlıkta, tok, alışılmamış sesi duyuldu:

"Durdu, çocuklar doğru söylüyorlar. Ormandan çıkıp kayalıkları tutalım."

Durdu:

"Recep Çavuş, Recep Çavuş," diye bağırdı, "buradan ileriye bir adım bile atılmayacak."

Cabbar:

"Durdu Ağam," dedi, "hiçbir şey gelmezse ellerinden, bizi kuşatırlar, ormana da ateş verirler..."

Durdu:

"Bir adım bile..."

Cabbar:

"Etme Ağam!"

"Durdu:

"Atılmayacak."

Cabbar:

"Perişan olacağız."

Durdu:

"Ben çete başı mıyım?"

Cabbar:

"Heyye," dedi, "sen çete başısın."

Memed:

"Heyye."

Ötekiler de öyle söylediler.

Memed:

"Ağam," dedi, "bir şey deyim de darılma."

Durdu:

"De bakalım erkanıharp," diye güldü.

Memed:

"Hiç olmazsa, sık ağaçlıklı, taşlı çukurlu bir yere varalım."

158

Durdu:

"Bir tek adım atılmayacak."

Oraya, dikildiği yere oturuverdi. Ötekiler de oturdular. Uzun zaman hiçbirisinden ses çıkmadı. Bir ikisinin elindeki cıgaranın ışığı karanlıkta yıldız gibi parlıyordu. Kimseden çıt çıkmıyordu.

Cabbar ayağa kalktı. Gerindi. Yukarı doğru yollandı. Memed de arkasından gitti.

Cabbar bir ağacın dibine su dökmeye oturdu. Memed de yanına. Bir zaman sonra, Cabbar işini bitirdi ve kalktı. Memed de arkasından.

Arkalarını dönünce hafif bir ışık gördüler, şaştılar. Oldukları yerde kalakaldılar. Durdu, çam dallarını tutuşturmuştu. Ateşin ışığında gölge gibi sallanıyordu.

Memed:

"Düpedüz ölümünü arıyor bu adam."

Cabbar:

"Asım Çavuş neysem ne ya, arkamızdaki köylüler beterin beteri. Hepsi donsuz bıraktıklarımız."

Memed:

"Ben geldim geleli, en az beş yüz kişiyi donsuz bıraktık."

Cabbar:

"Soyduğumuz elbiseleri, bari köylerin fıkaralarına dağıtsaydık. Belki köylülerin elinden kurtulurduk. Kurtulamadığımızın sebebi var, iki gündür. Dışarda hiç yardımcımız yok. Hele köylüler, Aksöğütlüler, ellerine geçsek, bizi havada yerler. Zulüm... Durdu yapmadığını bırakmadı Aksöğütte. Zulüm. Akla hayale gelmez işkenceler, hakaretler..."

Memed:

"Bana bak kardaş," dedi, "insanların üstüne çok varmamalı. Öldürmeli, dövmeli, ama üstlerine çok varmamalı. Donsuz, çırılçıplak, köyüne, evine girmesi bir adama ölümden zor gelir. İşte bunu yapmamalı. İnsanlarla oynamamalı. Bir yerleri var, bir ince yerleri, işte oraya değmemeli. Ben Abdi Ağadan biliyorum. Yoksa... Korkmalı insanların bu tarafından. Aşağı görmemeli insanları..."

Dönerken ufacık bir suya düştüler. Dize kadar battılar. Su

159

yarpuz yarpuz koktu. Gece yarpuz koktu. Yıldızlar kıvılcımlandılar. Her bir yer yarpuza kesti. Küçük su, yıldızlar, uğultulu çam ağaçları, yarpuz yeşili kokusu...

"Keşki Deliyi kandırsak da buraya çeksek."

Cabbar:

"Öldürsen yarım adım attıramazsın. İnat."

Durdunun ateşi koskocaman olmuştu. Bir harman yeri kadar yer tüm yalıma kesmişti. Yalımlar göğe çıkıyordu. Kocaman kütükler çatırdayarak yanıyordu.

Durdu gülerek ateşin etrafında gidip geliyordu:

"Bakın hele şu ateşe. Bu ateşten geçilir mi? Nerde yakılır böyle ateş?"

Cabbar:

"Keşki yanmasaydı."

Durdu:

"Gürül gürül."

Cabbar:

"Keşki..."

Durdu:

"Kes gayrı Cabbar," diye çıkıştı.

Gece orada, ateşin yanında kaldılar. Korkudan hiçbirisini uyku tutmadı. Durdudan başka. Her birinin içinde uykuda bastırılıp, öldürülmek korkusu vardı. Böyle bir korku kimin içine girmişse onu iflah etmemiştir.

Güya üç kişiyi, Recep Çavuşu, Horaliyi, Memedi nöbete dikip, ötekiler uykuya yattılar. Bir zaman uyumaya çalıştılar. Yattıkları yerde döndüler durdular. Olmadı. Önce Cabbar kalktı. Ocağın başına bağdaş kurup oturdu. Onun arkasından ötekiler... Durdu rahat, mışıl mışıl uyuyordu. Ocağın başında, konuşmadan gözlerini ateşe dikip kaldılar.

Tan yerleri ışırken bir cayırtı başladı. Dört bir taraftan kurşun kum gibi kaynıyor. Akşamdan beri ha başladı, ha başlayacak diye bekleyip duruyorlardı. Şaşırmadılar. Ateşin başından kaçıp uzağa siperlendiler.

Memed, kulağının dibinden kurşunlar vınlayarak geçerken kendisini ancak bir ağaç köküne atabildi.

Gedikli Asım Çavuşun arka yanı açık kalmış, Memed de

tam oraya düşmüştü. Tüfeği doğrulttu. İçinden kusmak geldi. Sonra indirdi başka yana sıktı.

Kendi kendine güldü:

"Çavuş, Çavuş!" diye bağırdı. "İyi siperlenmemişsin. Yersin kurşunu."

Çavuş farkına vardı. Yanına yönüne kurşun yağıyor. Yeri yer değil. Tam bu sırada şapkasını kurşun alıp götürüyor.

"Ulan," diyor, "ulan bir düşersen elime."

Memed:

"Bana İnce Memed derler, Çavuş. Sen ancak ölümü geçirirsin eline. Çoluk çocuğun var. Çekil git Çavuş. Var git işine."

Çavuş:

"Çok yazık," diyor.

Kabzayı tutan elini bir kurşun sıyırıyor. Elinden kan sızıyor toprağa.

"Var git Çavuşum işine. Değme bize. Ölümün bizden olmasın. Çok düştün üstümüze."

Her bir tarafı kurşuna açık. Korkuyla geri çekiliyor. Düşünüyor ki şapkasını alıp götüren, elini sıyıran kurşunu sıkan adam kendisini çoktan vurabilirdi. Bu İnce Memed de kim? Deli Durdu onu böyle yakalamış olsaydı hali dumandı! İnce Memed! Böyle bir ad anımsamıyor. Çok Memed var. Ama İnce Memed?

"Ulan," diyor, "ulan, sana İnce Memedliği gösteririm." Tatlı.

Kurşun yağıyor. Şafağa kırmızı, yağlı kurşunlar yağıyor. Durdu açıklıkta dört dönüyor. Canını dişine takmış ha bire kurşun sallıyor. Sonra arada bir duruyor, Çavuşa küfrediyor.

"Çavuş, Çavuş! Deli Durduyu kaçtı sanma. Seni yüzbaşıyın yanına donsuz göndereceğim. İğne kadar yerini göster. Donsuz."

Çavuş, candarmalar, köylüler sarmışlar dört bir yanı. Tam kafes...

Kapana kısıldıklarını anlıyor Deli Durdu. Sürüne sürüne İnce Memedin yanına geliyor. Çetesi içinde en güvendiği adam Memeddir. Bulundukları yer kurşuna açık. Biraz yakına gelebilseler, çemberi daraltsalar, hepsini teker teker vurabilecekler.

Durdu, belki ömründe ilk defa azıcık telaşlanıyor. Kapan zorlu bir kapan. Ötekiler de korkuyorlar Durdudan. Daraltamıyorlar. Burada, bu ormanın açıklığında, Durdunun onlarla çarpışmayı kabul etmesine şaşıyorlar. Bunda bir kurnazlık, bir hile var mutlak, diyorlar.

İşte, bu yüzdendir ki bulundukları yerde kalıyorlar. Bir türlü akıl erdiremiyorlar Durdunun kaçıp kaçıp da çarpışmayı burada, açıklıkta kabul etmesine.

"İşler kötü," dedi Durdu. Ter içinde kalmıştı. Soluyordu. "Hiçbirimiz kurtulamayacağız."

Bu sırada biri:

"Yandım anam," diye bağırdı.

Durdu:

"Bu birincisi," dedi. "Recep Çavuş gitti."

Sonra:

"Hiçbirisinden korkmam bunların. İçlerinde Dörtyollu diyorlar, bir candarma var. Bir de bizim köyden Kara Mustan var. Onlar olmasın içlerinde, yarar çıkarım. Onlar, pireyi bile sektirmezler, vururlar."

Memed arkaya baktı:

"Benim tüfeğim kızdı," dedi. "Elimi yakmaya başladı. Ne yapmalıyım?"

Durdu:

"Çok kurşun yakmışsın Memed kardaş. Yoksa elindeki tüfek iyi tüfektir. Ateşi kes de biraz, tüfeği toprağa bele. Kızgını geçer. Sonra hiç sıkamazsın. Şişer kalır."

Memed:

"Tüh!" diye acındı. "Tüh!"

Durdu:

"Kardaş!" diye söylendi usuldan. "Çevrildik. Bana bakmayın. Benim çok tecrübem vardır. Nereden olsa yarar kurtulurum. Ölsem de vız gelir. Sizi düşünüyorum. Benim yüzümden... Deliliğim yüzünden... Sizler nasıl kurtulacaksınız? Kaygım o. Arkadaşlarını koymuş da kaçmış Deli Durdu derler."

Memed:

"Bence hiçbir çare yok," dedi. "Akşama kadar bekleyeceğiz."

162

Bu sırada Durdunun tam önüne iki kurşun saplandı. Toz çıkardı.

Memed:

"Çare yok," dedi. "Akşama kadar dayanmalıyız."

Durdu toprağa saplanan kurşunların yerini gösterip:

"Bu kurşun Kara Mustanındır. İkimizi de vurur şimdi. Bir yerimizi görmüş olacak."

Memed:

"Durdu Ağam, öldü mü ola Recep Çavuş? Bir yanına varsak..."

Durdu:

"Dur hele," dedi. "Herif haklayacak bizi. Dur hele!"

Bu sırada önlerinden büyük bir toz bulutu kalktı. Yanlarına yönlerine ne kadar kurşun düşmüştü onlar da farkında değillerdi.

Durdu:

"Demedim mi sana? Bu Kara Mustan namussuzunu bilirim."

Memed:

"Vay anasını!"

Durdu:

"Hemen yerimizi değiştirmezsek..."

Yuvarlana yuvarlana, büyücek bir ağacın arkasına vardılar.

"İçlerinde bu Kara Mustan olmasa..."

Memedin kafası hep Recep Çavuşla uğraşıyordu.

"Recep Çavuştan ses sada yok. Bir yanına varsak..."

Başlarına kurşun yağıyor. Kurşunlar ormanın dallarını kırıyor. Dalları buduyor.

Süründüler. Kurşun altında Recep Çavuşun yanına vardılar ki, Recep Çavuş sağ yanına yatmış, her bir tarafı kan içinde. Onları görünce acıdan dişlerini sıkarak gülümsedi. Başını zorla kaldırarak:

"Uşaklar," dedi, "başınızın çaresine bakın. En az yüz elli kişiler. Beni olduğum yerde bırakın. Kader böyle imiş..."

Yarasına baktılar. Çavuş kurşunu boynundan yemiş... Boynundan giren kurşun, kürekkemiğinin üst başından, kemiğe bir şey yapmadan çıkmış. Kurşun, çıktığı yeri liyme liyme etmiş.

"Size bir sözüm var," dedi Recep Çavuş. "Şu Cabbar var ya, onu gözden ırak etmeyin. Sağlam, babayiğit çocuk. Bir orduya baş gelir. O olmasa beni sarat gibi ederlerdi. Kendi üstüne çekti ateşi, benim vurulduğumu görünce. Öyle bir ateş açtı ki ondan sonra da onlara... Şaşırdılar."

Gömleğini yırtarak yarasını sardılar. Recep Çavuş uyuklar gibi:

"Yarın," dedi. "Yarın çemberlerini."

Memed:

"Mümkünü yok onun, Çavuş," dedi. "Yarmaya çalışırsak vuruluruz. Bizden, işte böyle korkuyorlar. Ya akşama kadar dayanacağız, ya da burada öleceğiz."

Recep Çavuş düşündü. Yüz etleri gerili. Bağırmamak için zor tutuyor kendisini.

"Bak, bunu doğru düşünüyorsun, Memedim. İçinizden bir tanesi bile kaçmaya kalkarsa hepiniz ölürsünüz. Toplayın arkadaşların hepsini, bir adım atmamaya, geriye bir adım atmamaya ant için. Anladım ki onlardan kaçmak ölmek demektir. Dayanın. Öyle sanıyorum ki üstünüze gelemezler. Gelecek olsalardı, çoktan gelirlerdi. Bir şeyden, bir tuzaktan korkuyorlar."

Memed:

"Haydi Durdu Ağam, şu işi yapalım."

Recep Çavuş:

"Zalanın oğlundan korkulur. Ödleğin birisidir. Ona göz kulak olun. Belki o kaçar..."

Durdu:

"Toplayalım arkadaşları. Horaliyle Cabbar ateşi sürdürsünler, oyalasınlar."

Arkasından da toplanma ıslığını çaldı. Arkadaşları, bu zamanda, kurşun kaynarken, bu toplanma ıslığına bir anlam veremediler.

Zalanın oğlu:

"Bu kıyamette nasıl toplantı yapılır?" diye yanındaki arkadaşa dert yandı. "Kurtuluş yok zaten. Recep Çavuş gitti."

Önce Horali geldi. Sonra da Ala Yusuf... Sonra da Güdükoğlu.

Durdu:

"O Zalanın oğlu nerede?" diye ikircikli sordu.

Horali:

"Geliyor," dedi. "Toprağa yapışmış, bir tek kurşun bile sıkmadı. Ha bire titriyordu."

Durdu:

"Acayip," dedi. "İçimizde en cesur onu bilirdim."

Tam bu sırada sürüne sürüne Zalanın oğlu da geldi. Elleri kan içinde kalmıştı.

Durdu, Horaliyle Cabbara:

"Haydiyin siz ateşi sürdürün," dedi. "Oyalayın onları. Bizim konuşacaklarımız var."

Bu, toplanmak için, bir anlık ateş kesilmesi, Asım Çavuşu iyice kuşkulandırmıştı. Deli Durduyla, bu ilk karşılaşması değildi. Ama onun ne yapacağı hiç kestirilemezdi. En delice hareket ettiği gibi, en akıllı da hareket edebilirdi. Bu, ormanın açıklığında çarpışmayı kabul eden, ya düpedüz ölmek istiyor, ya çok acemi, deli, serseri, ya da bir tuzağı var. Deli Durdu gibi iğnenin deliğinden geçen bir adam, hiç tongaya basar mı? Asım Çavuşa göre, mutlak bir tuzaktır bu! Ha çıktı, ha çıkacak! Buna karşı ne yapmalıydı? Bunu bilemiyordu işte. Çekse gitse saygınlığı beş paralık olurdu. Gitmese, mutlak bir tuzak vardı bunun içinde... Mahvolacaktı. Şapkasını alıp götüren, elini sıyıran kurşunlar da neydi ola? Bir uyarı mı? Memedin sözleri de iyice ürkütmüştü onu. Eğer isteseydi o kurşunları atan, onu çoktan öldürürdü. Çekip gitmek de elinden gelmiyordu. Hazır Deli Durduyu çembere almışken... Deli Durdu bir daha böyle çembere düşer miydi?

"Arkadaşlar," diye seslendi, "hiçbiriniz yerinizden ayrılmayın. Bakalım ne yapacak bu Deli. Çevrilmiş zaten. Avucumuzun içinde. Bu adam, kendi isteğiyle avucumuzun içine düştü. Yoksa, çoktan Mordağın kayalıklarını tutabilirdi..."

Onbaşı yalvarıyordu:

"Bu deli pezevengi ben bilirim. Delinin biridir. Canı istemiş burada kalıvermiştir. Hiçbir tuzak düşünmemiştir. Kendisine çok güvenir. Çemberi daraltalım, bak nasıl avucumuza düşecek."

Asım Çavuş:

"Yıllarca eşkıyalık yapmış, Deli Durdu gibi it oğlu it bir eşkıya kolay kolay burada çarpışma kabul etmez. Hiç olmazsa ormanın kuytuluğuna çekilir. Ormanın en ağaçsız yeri... Bunda mutlak bir iş var. Tetik duralım."

Onbaşı:

"Etme gediklim," dedi, "o çok güvenir kendine. Saralım şunu da bitirelim işini. Daraltalım çemberi. Bir kaşık suda boğarız."

Çavuş:

"Duralım durduğumuz yerde," diye Onbaşıya çıkıştı.

Horaliyle Cabbarın ateşi yeniden başlayınca, Çavuş bunu bir türlü anlayamadı. Ne oluyordu?

Durdu:

"Arkadaşlar," dedi, "biribirimizden ayrılmak yok. Hepimiz bir yerden ateş edeceğiz. Üstümüze gelip, tüfeği kafamıza sıksalar bile yerimizden kımıldamak yok. Söz mü?"

Hep bir ağızdan:

"Söz," dediler.

Durdu:

"Öyleyse iyi bir yer bulun. Siperlenecek iyi bir yer..."

Memed:

"Ben bulayım mı?"

"Sen bul."

Memed bu sırada:

"Yatın yatın," diye bağırdı. O hızla attı kendisini. Ötekiler de yattılar. Kulaklarının dibinden vınlayarak kurşunlar geçiyordu.

Durdu:

"Gördüler," dedi. "Rahat vermezler burada."

Uzun zaman yattıkları yerden kalkmadılar. Kurşunlar sağlı sollu pat pat diye yanlarına düşüyordu. Vızıldıyordu kurşunlar.

Zalanın oğlu daha titriyordu.

"Vay! Vay!" dedi. "Memed vurulmuş." Gözleri de fal taşı gibi açıldı.

Durdu:

"Gerçek mi?" dedi.

Memed, kendinden söz edildiğini sezinleyerek, onlara döndü, sordu:

"Ne var?"

Zalanın oğlu, dişleri dişlerine çarparak:

"Üstün başın kan içinde. Vurulmuşsun."

Memed:

"Hiçbir acı duymadım," dedi. Elini başına götürdü. Eline baktı. Eli kızıl kan içinde kaldı. Yüreği hızla çarpmaya başladı. Orasında burasında yarayı araştırdı bulamadı.

Durdu, sararmış yüzle Memedin yanına geldi. Yarayı aramaya başladı. Buldu:

"Başından," dedi, "azıcık çizmiş."

Memed:

"Aldırma," dedi gülümseyerek. "Siftah bir..."

Kalktı, ormana daldı. Kurşun altında hiçbir şey yokmuş gibi yürüyordu. Biraz sonra da:

"Buraya gelin," diyen sesi duyuldu.

Candarmalar göz açtırmıyorlardı. Gittiler.

Burası, yıkılmış ağaçların üst üste yığıldığı bir çukurdu.

Durdu:

"Tamam," dedi. "Ağaçları çıkaralım."

Birden üstlerinde bir kaynaşma oldu. Yapraklar dökülmeye, dallar çatırdamaya başladı. Ağaçları çıkaramadan çukura atlayıp, karşılık verdiler edilen ateşe. Yağmur gibi kurşun yağdırıyordu iki taraf da. Belki böyle yarım saat hiç durmadan karşılıklı ateş edildi. Sonra bir ara iki taraf da ateşi nedense kesiverdi. Durdu artık hiç korkmuyordu. Gelseler, şimdiye gelirlerdi. Çemberi daraltsalar bile akşama o kadar çok kalmamıştı. Dayanabilirdi o zamana kadar. Şu Çavuşun önünden kaçmak istemiyordu artık.

Sonra Horaliyle Cabbar da geldi çukura.

Cabbar:

"Hani Recep Çavuş?" deyince ortalık karıştı.

Memed:

"Biribirinize hiç kızmayın. Ben gider alır getiririm onu."

Ortalık yatıştı.

Emekliye sürüne çukurdan çıktı. Yorgundu. Yorgunluktan

167

soluk alacak halde değildi. Vardı bir kütüğün dibine uzandı. Bu sırada karşı tarafın ateşi yeniden başladı. Kütüğün altından bir türlü çıkamıyordu. Nereden geliyor, nereden atılıyorsa, kurşunlar o kütüğü boyuna dövüp duruyordu. Bir atlama yaptı. Bir tarafı müthiş acıdı. Kendi kendine, "Kurşun yedim," dedi. Kalktı. Sağını solunu yokladı. Ağrıyan yeri yokladı. Yara yoktu.

Recep Çavuşun yanına vardığında her bir yanı kana batmış, eli ayağı da parçalanmıştı.

Recep Çavuş onu görünce:

"Ulan," dedi, "bu ne hal? Kan içinde yüzüyorsun."

Memed gülümsedi. Yüzü gözü öylesine kan içindeydi ki, gülümsemesi belli olmadı.

"Haydi gidelim, Recep Çavuş. Senin için geldim."

Recep Çavuş:

"Gidin yavrum," dedi, "siz kendiniz kurtulun da ben kalayım. Herifler dört bir yanı kuşatmışlar. Bir deli itin yüzünden bu hallere düştük işte. Hiçbiriniz kurtulamayacaksınız bu çemberden. Nereye baksan oradan kurşun geliyor. Asım Çavuş akıllanmış gayri. Bırakın beni de ben kalayım burada. Bana bak, oğlum Memed, sen iyi bir çocuksun, eğer bu çemberden kurtulursan gezme bu deliyle. Benim şaştığım, vakit öğleyi geçti, bunlar daha neden çemberi daraltmıyorlar? Nemiz var, nemiz yok öğrendiler?"

Memed:

"Korkuyorlar," dedi.

Recep:

"Çok tuhaf."

Memed:

"Tek korktukları bizim onlara tuzak kurduğumuzdur. Öyle sanıyorlar. Bilmiyorlar ki Deli Durdu zıpırlığından kaldı ormanın açıklığında. Bunu hiç akılları almıyor. Bilmiyorlar ki Durdu, ateşinden vazgeçemedi. Haydi Çavuş kalk gidelim. Ölürsek de beraber, kalırsak da..."

Recep Çavuş:

"Memedim," dedi, "bundan bir kurtulabilsem..."

Memed:

"Yaran hafif Çavuş. Kurtulursun."

Çavuş yürüyecek halde değildi. Ağır, kocaman Çavuşu Memed sırtına aldı. Biraz götürdükten sonra, yere bırakıverdi.

Çavuş Memedin gücünün yetmediğini anladı:

"Yavrum, böyle olmayacak. Sırtına alma beni. Gel de sana dayanayım. Böyle daha iyi..."

Memed:

"Olur," dedi.

Geçtikleri yerlerde büyük büyük kan pıhtıları bırakıyorlardı. Kurşuna tutuldular bu ara da... Toprağa yapışırcasına yattılar. Herhal görülmüşlerdi. Kurşunlar hep sağlı sollu toprağa saplanıyordu.

Recep Çavuş:

"İşi azıttılar. Yenice akılları başlarına geldi tereslerin."

Binbir bela içinde çukura geldiklerinde, iki kişiyi daha vurulmuş gördüler. Zalanın oğluyla Horali yaralanmıştı. Zalanın oğlu hala durmadan titriyordu. Ağlıyor, bağırıyor, çağırıyor, tir tir titriyordu.

Kuşatmanın daraldığını fark ettiler. Karşı tarafın atışları da daha korkutucu olmaya başladı. Durdunun köylüsü Kara Mustan da bu sırada boyuna bağırıyordu:

"Deli Durdu," diyordu. "Aksöğüt köyü senin yiğitliğini biraz sonra görecek. Mustafa Dayını sen iyi bilirin... Mağrur olma oğlum..."

Deli Durdu kızıyordu. Kızıyor, karşılık vermiyordu. Uzun zaman ateşi böyle sürdürdü.

Kara Mustan:

"Oğlum Deli Durdu," diyordu, "dilin boğazına mı aktı?"

En sonunda Durdu dayanamadı, ayağa kalktı:

"Kara Mustan Dayı," dedi, "ben seni iyi bilirim. Sen de beni iyi bilirsin. Eğer karıyın donunu senin başına şapka yapmazsam bana da Deli Durdu demesinler. Bu Deli Durduluk bana haram olsun!.."

Tam bu sırada Memed, ayakta dikilmiş duran Durduyu kendine doğru hızla çekti. Durdu o hızla Memedin üstüne yuvarlandı. Bir an, saniyenin yarısı kadar bir an daha ayakta kalsaydı Durdu, beş tane kurşunu birden yemişti. Çünkü karşı ta-

169

raftan Kara Mustanla birlikte dört kişi ona nişan almıştı. Tüfeğin beşi de birden patladı ama, Durdu yerinde yoktu.

Recep Çavuş:

"Ulan Deli deyyus," dedi, "soytarılığı bir daha yaparsan ilk kurşunu benden yersin. Hep senin yüzünden zaten."

Deli Durdu Recep Çavuşun bu sözlerine güldü:

"Kurşun sıkacak halin var da neden başkalarına sıkmazsın?.."

Recep Çavuş Memedi göstererek:

"Şu bir karış çocuğa dua oku," dedi. "O olmasaydı halimiz dumandı."

Memed içinde müthiş bir acı duydu. Durduya şöyle bir baktı. Durdu da ona dostça baktı.

Memedin ellerinde, yüzünde, saçlarında kurumuş kanı görünce kendi kendine gülümsedi. Onun geldiği günü anımsadı. Nasıl da büzülmüştü Süleymanın arkasına... Süleymanın arkasına gizlenmiş, orada küçücük kalmıştı. Durdunun gözleri ışıklı bir sevgiyle doldu. "İnsanoğlu," dedi kendi kendine, "neleri yok ki... İşte bir avuç çocuk, dün eşkıya oldu, bugün elli yıllık eşkıyadan daha tecrübeli, daha usta..."

Önlerinden bir ses:

"Teslim olun," diye bağırdı.

Durdu:

"Al sana Kara Mustan," dedi. "Bu da senin olsun..."

Kara Mustan bir dana gibi böğürerek yere düştü.

Durdu, Recep Çavuşa:

"Bunda da mı haksızım, Çavuş?" diye sordu.

Recep Çavuş:

"Eline sağlık. Allahınızı severseniz, siz burada ölmeye karar mı verdiniz?"

Durdu:

"Verdik. Yemin de ettik. Bu çukurdan çıkmayacağız. Sen öyle söylemedin miydi?"

Recep Çavuş:

"Makinalıyla başladılar. Tarıyorlar. Artık kurtuluş umudu kalmadı. Ya ölüm, ya teslim."

Memed, hayretle, korkuyla sordu:

170

"Ya ölüm, ya teslim mi?"

Kafasında o pirinç parıltısı bir yalımlandı, yayıldı, geçti gitti.

Recep Çavuş:

"Başka bir yol biliyorsan sen söyle İnce Memed."

Memed:

"Sen bilmezsen Çavuş, ben ne bilirim."

Çavuş düşündü kaldı. Yarası sıcaklığını yitirmiş, acımaya başlamıştı. Düşünmeye bile fırsat vermiyordu. Çavuş başı önde, ha bire yüzünü buruşturup, dudaklarını geviyor. Ha bire geviyordu.

Sonra Çavuş başını kaldırdı. Herkesin üstünde teker teker başını gezdirdi. "Bir teklifim var," dedi. "Başarılırsa kurtuluruz. Diyeceğim yapılırsa, Asım Çavuş buralarda bir dakika durmaz, doğru yüzbaşının yanına gider."

"Neymiş o?" dediler.

Recep Çavuş:

"Üç tane bomba..." dedi. "İçinizde o makinalıya üç tane bomba savuracak yiğit var mı?"

Cabbar tüfeğini doldururken, arkasına dönüp ona karşılık verdi:

"Bunda hepimiz babayiğidiz. Nasıl olsa hepimizi temizleyecek Asım Çavuş. Öyle olmasın da böyle olsun..."

Memed:

"Hiç umut kalmadı mı?"

Çavuş:

"Tek umut söylediğimdir."

Memed:

"Ben varım."

Gözlerine o iğne ucu kadar küçük, çelik pırıltı geldi, yerleşti. Kafasından da gene o pirinç parıltısı şimşek gibi parladı geçti. İçi mutlulukla, acıyla bir an karmakarışık oldu.

Durdu:

"Bak hele babayiğide!.."

Çukurdan doğruldu.

"Bana iki bomba daha verin," dedi.

Cabbardan aldı. Atladı. Bütün gücüyle koşuyordu. Kulak-

171

larının dibinde kurşunlar vın vın ötüyordu. Kendisini bir taşın ardına attı. Arkadakiler buna şaştılar. Vuruldu sandılar. Bu hızla giden Deli Durdu nasıl olur da kendisini vurulmadan yere atar? Taşın altından sarı çiğdemler çıkmıştı. Sarı, taze. Taş, büyücek, yuvarlak bir taş. Taşı bir yokladı. Yuvarlak taş yerinden oynuyor. Taşı başına siper etti, yuvarlanmaya başladı. Beyaz taşa kurşunlar gelip değiyor. Bağrışmalar. Baktı ki taşla kurtuluş yok. Elli metre ötede bir ağacın çukuru. Oraya atlamak için ayağa kalktı. Kendini bir külçe gibi çukura fırlattı. Çukurun içi toprak, çürümüş yaprak kokuyor. Bir çiçek vardır mor, adını şimdi anımsamıyor. İşte o da kokuyor. Kayalıklarda vardır o çiçek. Her yerde bulunmaz. Bir dağın tepesinde bir bulut parçası dolanıp durur. Pırıltılar çökmüş kenarlarına. Sırmalamış.

Makinalının takırtısını yanı başında duyunca ayıktı. Önünde bir tümsek var. Tümseğin arkasında bir tümsek daha var. O tümsek berikinden az daha yüksekçe. Makinalıyı iki tümseğin arasına sıkıştırmış olsalar gerek. Öteden dolanıp, aradaki tümseğe çıkmak gerek. Tümsek, üstelik de sık ağaçlıklı.

Ayağa kalkıverdi, yürüdü. Kollarını sallaya sallaya, rahat, uzun bir yolda yürüyormuş gibi yürüdü. Görenler küçük dillerini yuttular.

Göz açıp kapayıncaya kadar bombaları ateşledi, makinalıya savurdu. Bir, bir daha. Bir daha... Büyük gürültülerle yer sarsıldı. Ortalık duman içinde kaldı.

Koşarak arkadaşlarının yanına geldi. Gün batıyordu.

Konuşmadı. Kimseye de bakmadı. Gözleri bir noktaya dikilmişti. Sert gözler. Yüzü kavrulmuştu. Kurşunlar seyrekleşti. Arada bir, tek tek düşüyor.

Ayağa kalktı gerildi:

"Asım Çavuş, Asım Çavuş, sağlıcakla kal, o dırdırını tamir et de geri gel. Burada beklerim."

O yandan ses sada çıkmadı.

Durdu Recep Çavuşa sordu:

"Sen bu yanları iyi bilirsin Çavuş. Köy möy yok mu bu yanlarda?"

Çavuş:

"Yok."

Durdu:

"Kayalığa kadar yürüyecek miyiz? Yürüyeceksek hal perişan."

Recep Çavuş:

"Durmak yok kayalıklara kadar. Ben bile bu yaram, bu ihtiyarlığımla yürüyorum da... Durmak yok."

Şafağa karşı kayalıklara vardıklarında hiçbirisinde insanlık hali kalmamıştı. Horali yol boyunca kime, neye olduğu belirsiz sövüp durmuştu. Daha da sövüp duruyor. Recep Çavuş dayanamamış, bütün gücüyle dişlerini sıkmasına karşın inlemeye başlamıştı.

Durdu çok durgun, yaralı, bitkin kayalıklara oturdu. Ağır ağır bir cigara sardı. Yaktı. Birkaç duman çektikten sonra Memede döndü:

"Dünyada ne isterdim biliyor musun kardaş?"

Memed:

"Yok," dedi.

Durdu:

"Şu vurduğum Kara Mustafa var ya, onun kellesini kesip bir sırığa geçirmeyi, götürüp bizim köyün orta yerine dikmeyi isterdim. Ne işi var bu adamın benim takibimde? Söylesene Memed kardaş, ne işi var?"

Cabbar:

"Siz ne yaparsanız yapın," diye seslendi uzaktan. "Ben acımdan öldüm."

Durdu:

"Bir çare bulsan bu işe... Sana babayiğitsin derim."

Cabbar:

"Susun da dinleyin," dedi. "Çok uzaklardan köpek sesleri geliyor. Buralarda köy falan yok. Bu köpek sesleri nedir dersiniz?"

Recep Çavuş inleye inleye:

"Ulan Cabbar," dedi, "ben çok eşek adam gördüm ya, senden daha eşeğini görmedim."

"O da nedenmiş Çavuş?"

Çavuş:

"Görmedim işte," dedi.

173

Cabbar:

"Ulan eşek, yani bilemedin mi bu köpek seslerinin nereden geldiğini?"

Cabbar:

"Ne bileyim bre Çavuş, onları ben doğurmadım ki..."

Çavuş:

"Ulan eşek," dedi, "o köpek sesleri yörük çadırlarından geliyor. Bu yakınlarda yörükler çadır kurmuşlar, köpekler de onların. Anladın mı şimdi?"

Cabbar:

"Anladım."

Recep Çavuş:

"İyi ki anladın."

Cabbar:

"Öyleyse ben İnce Memedle çadırlara gidip ekmek isteyeceğim. Gelir misin İnce?"

Durdu:

"Siz bilirsiniz," dedi. "Biz burada ateş yakar ısınırız, sizi bekleriz."

Memed:

"Gidelim Cabbar," dedi. "Gidelim ama, şu halimize baksana, bizi gören çingene sanır. Yahut da leş parçalamış köpek sanırlar..."

Cabbar:

"Aldırma bre kardaş. Yüzümüzü bir yıkadık mı olur biter."

Kayadan düze kadar, konuşmadan indiler. Biribirlerinin yüzüne nedense bakamıyorlardı. O da başını ona doğru döndürmeye korkuyordu, o da... Sanki bir suç işlemişlerdi. Kötü bir suç.

Cabbar en sonunda elini uzattı. Memedin sırça parmağını tuttu. Memed, ağır başını kaldırdı. Baktı. Cabbar da Memedin gözlerinin içine baktı. Bir zaman oldukları yerde durarak biribirlerinin gözlerinin içine baktılar.

Memed:

"Cabbar," dedi, "bu adam iyi bir adam değil, biz bunun peşine düşüyoruz ya."

Cabbar:

"Anca beraber, kanca beraber dedik bir kere. Gözümüz yanında açıldı."

Gün epeyi yükselmişti ki çadırlara yaklaştılar. Çadırlardan beş altı tane kocaman köpek üzerlerine doğru koştu.

Cabbar bağırdı:

"Köpekleri tutun!"

Çadırlardan birkaç tane çocuk çıkıp, geri geri içeri kaçtılar. Analarına:

"Eşkıyalar! Eşkıyalar geliyor," dediler.

Bunun üstüne dışarıya kadınlar, onların arkasından da erkekler çıktı.

Memed, büyücek bir çadırın önüne birikmiş yörüklere:

"Selamünaleyküm," diye selam verdi.

Yörükler, bu küçücük eşkıyaya şaşkınlıkla baktılar. Ona karşılık Cabbar iri, güçlü kuvvetli, gösterişli bir adamdı.

Sakallı bir yörük:

"Buyurun içeri Ağalar," dedi.

Çadırın içine, kapıdan başlarını eğerek girdiler. İçeri girer girmez Memed afalladı kaldı. Çadırın içinin güzelliği onu vurdu. Ömründe ilk olarak böyle bir çadır içi görüyordu. Yörüğün "merhaba"sını bile duymadı. Gözü çadırın içinde. Çadırın arka tarafında nakışlı çuvallar... Çuvallarda nakışlar, renkler uçuşuyor. Baş döndürücü bir hızla uçuşuyorlar... Renklerin cümbüşü veryansın ediyor. Nerden bu kadar çok ışık doluyor çadırın içine? Işıklar, renkler biribirine karışmış oynaşıyor. Memedin gözüne bir çuval takıldı. Uzun zaman gözünü çuvaldan alamadı. Çuvalın üstünde muhabbet kuşları vardı. Küçük küçük... Belki bin tane. Gaga gagaya vermiş kuşlar... Yeşil, mavi, kırmızı, mor kuşlar. Gözleri yaşla doldu. Kuşlar renk renk uçuşuyor.

Çadırın orta direği oyma... Direğe uçan geyikler oymuşlar. Tüyleri yıldır yıldır eden geyikler... Som sedeften.

Cabbar:

"Ne daldın bre uyansana?" diye Memedi dürttü.

Memed, gülümseyerek kendine geldi.

"Şimdiye kadar hiç böyle bir çadır içi görmediydim. Cennet gibi bir yer. Ne kadar da güzel!"

Cabbar:

"Bu çadır kimin?" diye sorunca, karşılarında oturan ak sakallı, yaşlı, kırmızı yüzlü, gülen, tatlı gözlü adam:

"Benim" dedi. "Bana Kerimoğlu derler."

Cabbar:

"Duyardım. Demek Kerimoğlu sensin?"

Kerimoğlu, kendine güvenmiş, alışkanlıkla:

"Benim," dedi.

Cabbar:

"Ağa, seni çok duyardım. İlk olaraktan görüyorum. Saçıkaralı aşiretinin ağası Kerimoğlu değil mi?"

Kerimoğlu:

"Öyle," dedi.

İçerisi taze, yeni kaynatılmış sıcak, buğulu süt kokuyordu.

Ağa, Cabbara baktı. Cabbar da Ağaya baktı. Ağa, karısına döndü:

"Bu delikanlılar şimdi açlar herhalde. Çabuk olsana karı!" diye onu uyardı.

Karı:

"Süt kaynıyor," dedi. "Kaynasın bitsin, hemen..."

Memed gülümsedi.

Cabbara:

"Burnum..." dedi.

Cabbar:

"Burnuna noldu?" diye sordu.

Memed:

"Burnum dışardaki süt kokusunu almıştı. Doğru çıktı."

Cabbar:

"Benim de," dedi. "Açken bütün burunlar bizimki gibidir."

Kerimoğlu, kırmızı yüzü biraz daha kızararak, mahcup mahcup:

"Oğullar, herhalde çarpışmadan geliyorsunuz?"

Cabbar:

"Asım Çavuş bizi kıstırmıştı. Kurtulduk çok şükür."

Memed:

"Korkak adammış. Yoksa hepimizi teker teker keklik gibi avlardı."

Cabbar:

"Sekitmezdi. Boşuna kurşun yaktı."

Kadın sofrayı getirdi ortaya attı. Kerimoğlu gülümseyerek açtı. Memed ilk kez kendisini bir yere, bir şeye yabancı sandı. Daha doğrusu kendisine, kendi içine bir yabancılıktı bu. Gözü tüfeğine gitti. Sonra kılık kıyafetini gözünün önüne getirdi. Bütün göğsü boydan boya çaprazlama fişeklik... Yan tarafında kocaman bir kama ve bombalar. Başında kirlenmiş, pörsümüş bir mor fes. Üstelik de Deli Durdunun eskisi... İçinden: "Demek eşkıya oldum ha?" geçti. "Bundan böyle ömrüm eşkıyalıkta geçecek ha!.."

Sofraya önce süt geldi. Buğulanıyordu. Mavi mavi. Üstü de usul usul kırışarak kaymak bağlıyordu. Arkasından pekmez, sonra da kavurma geldi. İkisinin de birden ağzı sulandı. Çocuklar gibi gülüşerek biribirlerine bakıştılar. Kerimoğlu işi çaktı. Onun da yaşlı yüzü güldü. Sütbeyaz dişleri de ışıldadı.

"Buyurun canım," dedi. "Buyurun hay yiğen. Ne teklif tekellüf bekliyorsunuz."

İkisi iki yerden kaşıkları kaptılar. Süte saldırdılar önce. İlk hücumda sofradaki cümle ekmekler bitti. Sofraya yeniden ekmekler geldi. Süt bitti, yeniden süt geldi.

Yemeği o hızla yiyip bitirdikten sonra:

"Ziyade olsun Ağa," dediler. Ağa, usul usul daha yemeğe devam ediyordu.

"Sağ olun yavrular," dedi. "Gençlik böyle işte hay yiğenler," dedi.

Sonra, Ağa da elinin tersiyle bıyıklarını silerek sofradan çekildi.

"Eee," dedi, "sizler cıgara içmez misiniz? Birer cıgara da yakalım."

Cabbar, "İkimiz de içmeyiz," karşılığını verdi.

Kerimoğlu, cıgarasını ağzına götürdü, çakmak çaktı. Ortaya hoş, bayıltıcı bir kav kokusu yayıldı. Somurarak cıgarayı yaktıktan sonra:

"Size bir şey deyim de gücünüze gitmesin," dedi. "Aklınıza da bir şey gelmesin."

Memed:

"Söyle Ağam" dedi. "Aklımıza ne gelecek."

Kerimoğlu kızardı, bozardı:

"Demem o ki," diye kekeledi, "bu dağlarda ananız yok, eviniz yok. Çarpışmadan da çıkmışsınız. Üstünüz başınız kan içinde. Belki yaranız da var. Çamaşırlarınızı soyunun. Hemen çocuklar yur. Siz de bu arada benim çamaşırları giyersiniz. Aklınıza Kerimoğlu bizi soyacak da yakalatacak gelmesin. Kerimoğlunun evinde kimseye kötülük gelmez. Kerimoğlu ölmeden misafirine kimse dokunamaz. Bunu da böylece bilesiniz."

Cabbar:

"Biz Kerimoğlunu biliriz, bre Ağa," dedi, "şu aklına gelen şeye bak!"

Memed:

"Şu aklına gelene..."

Kerimoğlu:

"Öyle deme hay yiğen. İnsanoğlu çiğ süt emmiştir. Her kötülüğü yapar, her iyiliği de yaptığı gibi. Öyle deme hay yiğen!"

Kara gözlü, sürmeli, al yanaklı bir gelin her birinin önüne sabun kokan bir kat çamaşır getirdi koydu.

Kerimoğlu:

"Ben dışarı çıkayım da siz soyunun," dedi. Dışarıya çıktı.

O çıktıktan sonra Memed:

"Bre Cabbar," dedi, "ne iyi insanlar var şu yeryüzünde."

Cabbar:

"Ne de zalim, ne de melun insanlar var şu yeryüzünde Memed."

Memed:

"Bak şu Kerimoğluna," dedi. "Bak şundaki misafirperverliğe..."

Kerimoğu dışardan seslendi:

"Soyundunuz mu uşaklar? Geleyim mi?"

Memed:

"Soyunduk," diye cevap verdi.

İçeri giren Kerimoğlu Memede:

"Sana bir bakayım, bakayım yaran nasıl?"

Memed:

"Bakmaya hacet yok," dedi. "Başımı kurşun sıyırdı. Küçücük bir sıyrık..."

178

Kerimoğlu Cabbara da sordu:

"Sende bir şey yok mu?"

Cabbar:

"Çok şükür yok," dedi.

Kerimoğlu dışarı gitti. Bir zaman sonra elinde bir çanak, birtakım bezlerle geldi. Yakıyı eliyle yapmıştı. Memedin yarasını sarmaya başladı:

"İki gün içinde hiçbir şeyin kalmaz. Gençliğimizde biz de yaralandık yavru," dedi. "Hepsi gelip geçiyor."

Başı, usta bir cerrahtan daha ustaca sardı.

Memed minnetle:

"Eline sağlık Ağa," dedi.

Kerimoğlu:

"Yaran hafif ya, havakmış. Şişmiş. Yakı hemen geçirir. Korkma!"

Kerimoğlunun tuhaf, çocuk gibi bir hali vardı. Bir şey, bir soru soracağı zaman yüzü kıpkırmızı kesiliyor, utanıyordu. Gülümsüyor, kızarıyor, bozarıyor, en sonunda ezilip büzülerek soruyordu. Gene öyle oldu. Memede:

"Yavru," dedi. "Sormak ayıp olmasın, sahiden sen eşkıya mısın? Sahiden... Yoksa..."

Cabbar güldü:

"Ağa," dedi, "bizim İnce Memed, eşkıyacılık oynuyor."

Memed de gülümsedi:

"Yakıştıramadın bana eşkıyalığı öyle mi Ağa?"

Kerimoğlu:

"Kusuruma kalma yavru, seni hor görmek için söylemedim. Çok gençsin. On altısında ancak görünüyorsun. Onun için sordum. Kusura kalma..."

Memed, gururla:

"On sekiz," dedi.

Kerimoğlu:

"Meraklandım bu işe. Allahaşkına alınma. Neden eşkıya çıktın bu yaşta?" diye sorunca, Cabbar:

"Ağasının eşeğini hırsızlayıp satmış, sonra ağası döver diye korkmuş, geldi bize karıştı. Ne yapalım, kabul ettik. İçimizde bir tane de eşek hırsızı bulunsun. Ne olur, ne olmaz..."

179

Ağa, Cabbarın alay ettiğini anladı, mahzunlaştı. Sorduğundan pişman olduğu yüzünden anlaşılıyordu. Susmuş konuşmuyordu.

Cabbar, Kerimoğlunun bu şakadan üzüldüğünü görünce:

"Ağa, sen Değirmenoluklu Abdi Ağa adında birini duyar mısın?"

Kerimoğlu:

"İyi bilirim onu," dedi. "Geçende duydum ki vurulmuş. Ama, ölmemiş. Yiğeni ölmüş."

Cabbar:

"İşte onu vuran bu!" dedi.

Kerimoğlu uzun uzun, tepeden tırnağa kadar Memedi süzdü:

"Acayip," dedi. "Hiç adam vuracak çocuğa benzemiyor bu İnce Memed. Acayip!"

Memed:

"Ağam," dedi Kerimoğluna, "bu yakıdan azıcık daha yapar mısın bize? Yaralı arkadaşlarımız var. Onlara da götüreyim..."

"Yapılmış merhem var," dedi Kerimoğlu. "Şifalı merhem. Ondan veririm sana. Yakı da yaparım şimdi."

Memed:

"Kötü gün görme."

Kerimoğlu, büyücek bir bezin içine merhem koydu. Biraz da yakı yaptı. Getirdi Memede verdi.

Onlar yola düşerken:

"Şaştım sana İnce Memed," dedi Kerimoğlu. "Sen hiç eşkıya olacak adama benzemiyorsun. Ama ne yaparsın. Zor gelmiştir herif... İnsanoğlu bu, kimin içinde ne var bilinmez."

İkisi birden:

"Sağlıcakla kal," dediler Kerimoğluna.

Kerimoğlu gülen sütbeyaz dişleriyle:

"Uğurola," dedi. "Bazı bazı gene uğrayın. Sohbet ederiz."

İkisinin de iki elinde kocaman ikişer torba vardı. Torbalar ağırdı. Kerimoğlu bu torbaları ekmek, peynir, tereyağıyla doldurmuştu.

Cabbar:

"Ne iyi adam."

Memed:

"Ne iyi..."

Memed birden anımsayınca yüzü değişti:

"Yahu Cabbar," dedi. "Çamaşırlarını geri vermedik adamın."

Cabbar:

"Aldırma," dedi. "Çalmadık ya, unuttuk..."

Memed:

"Olmaz," dedi. "Geriye dönüp verelim."

Cabbar gülerek:

"Kerimoğlunun hakkı var. Hiç eşkıyaya benzemiyorsun."

Memed:

"Ne yapayım," dedi. "Herkes eşkıya doğmaz ki..."

Cabbar:

"Öyleyse geri dönüp verelim çamaşırları."

"Dönelim," dedi Memed.

Koşa koşa geri döndüler. Kerimoğlu onları şaşkınlıkla çadırın kapısında karşıladı.

"Ne o?" dedi. "Neden geri döndünüz?"

Memed:

"Senin çamaşırlarını üstümüzde unuttuk gidiyorduk. Onları geriye getirdik!"

Kerimoğlu:

"Ben de bir şey var diye korktum," dedi. "Çamaşırlar benim size hediyem olsun. Çıkarmayın üstünüzden."

Memed:

"Olur mu ya?"

Kerimoğlu:

"Olur olur," dedi. "Çıkarırsanız gücenirim."

Kayalığa geldiklerinde karanlık kavuşuyordu. Uzakta, kayalığın yücesinde bir top ışık kıvılcımlanıyordu.

Cabbar:

"Memed kardaş," dedi. "Belki şu top ışıktadır bizimkiler..."

Memed: "Bizimkiler mi?" diye sordu.

Cabbar:

"Tabii bizimkiler. Kim yakar o kadar büyük ateşi. Durdu,

Asım Çavuşa inat olsun diye, mahsustan bu kadar büyük yaktırmıştır ateşi."

Memed:

"Benim kıpırdayacak halim kalmadı Cabbar," dedi. "Şu haber ıslığını çalsana!"

Cabbar iki parmağını ağzına sokup, güçlü, uzun bir ay ıslığı çekti.

Memed:

"Bre Cabbar," dedi, "senin de ıslığını bir günlük yoldan dinle. Alimallah duyulur."

Biraz sonra ateş tarafından bir tüfek sesi geldi. Bunu bir yaylım ateşi izledi.

Memed:

"Bir şey mi var?" diye sordu.

Cabbar:

"Deli Durdu Ağa bayram ediyor," dedi. "Keyfi yerinde olursa boyuna kurşun yakar."

Islıklarına karşıcı olarak kimse gelmedi. Memed de Cabbar da buna içerlediler.

Ateşin yanına vardıklarında kan ter içinde kaldıklarını, bittiklerini hissettiler. Onları bu sefer Durduyla birlikte bütün arkadaşları ayağa kalkarak karşıladılar. Durdu, onlara yaklaşınca tabancasını çekti:

"Şerefe" dedi, birkaç el boşalttı. Sonra: "Acımızdan ölüyorduk hepimiz de, az daha yetişmeseydiniz. Bakın Recep Çavuşa daha iniyor. Yaradan değil. Açlıktan. Alimallah açlıktan..."

Ateş bir harman yeri kadar büyüktü. Kocaman, insan boyu yalımlar biribirlerine sarılarak, eğilip bükülüyorlardı. Odunların çıtırtısı ortalığı tutuyordu. Odunlar, yanarlarken bir hoş koku çıkarırlar. Su yanarmış gibi bir hoş koku... Yaş odunun yanması bir beter iş. Yalımların ortasında odun döner durur. Uzun zaman böylece dayanır. Sonra, ortadan ikiye ayrılarak yalımların içinde yiter gider.

Memed, ilk iş olarak Recep Çavuşun başına varıp:

"Nasıl oldu Çavuş?" diye sordu.

Çavuş inleyerek:

"Yaram azdı," dedi. "Havaktı. Ben bu yaradan kurtula-
mam gayri. Ölürüm. Ben öldüm gayri..."

Memed, ondan sonra da Horalinin yanına vardı.

"Sen nasıl oldun Horali kardaş?" diye sordu.

Horali ağzını açar açmaz bir küfür sağnağıdır başladı yağ-
maya:

"Anasını avradını... Darıdan ufağını... Kurşununu, eşkıya-
sını... Köyünü, ağacını, taşını toprağını, kayasını, yarasını... Ab-
di Ağanın da avradını... Yaranın da avradını... Hişt duydun mu
sen Abdi Ağa ölmemiş be. Vay koca pezevenk vay! Üzülme be
o koca pezevengin işini görürüz. Aldırma. Yiğeninin de avradı-
nı. O ölmüş işte..."

Memed:

"Kardaş," dedi, "sizler için yakı getirdim. Merhem de ge-
tirdim. Kerimoğlu verdi. Kendi eliyle yapmış. Eski adam. İki
güne kalmaz iyi eder yaraları..."

Horali:

"Merhemin de avradını..." dedi.

Memed:

"Öyle deme Horali kardaş," dedi, "belki bir faydası olur."

Horali:

"İnşallah."

Recep Çavuş:

"Senin Kerimoğlu da çok atmış," dedi, doğrularak: "Bir ay-
da iyi etsin yaralarımı ben razıyım."

Memed ikisinin de yarasını açıp ilaçladıktan sonra ocağın
yanına oturdu.

"Ooof," dedi, "bir yorulmuşum ki..."

Durdu:

"Bak Memed," dedi, "Cabbar ne diyor senin için? Diyor ki,
Memed Kerimoğlunun çadırının içini görünce ağzı ayrık kal-
dı."

Memed:

"Öyle oldu," dedi. "Böyle bir çadır içi hiç görmemiştim.
Cennet köşkü gibi bir yer..."

Cabbar:

"O, Kerimoğludur o! Ona Kerimoğlu demişler. Adıyla sanıyla Kerimoğlu... Onun çadırının içi öyle olmayacak da, kimin çadırının içi olacak!"

Durdu:

"Sen onu bilir miydin eskiden?"

Cabbar:

"Duyardım," dedi. "Çok, çok paralı bir adammış. Gözümüzlen de gördük. Milyonların üstünde yatıyormuş."

Memed:

"Şu dünyada ne kadar iyi insan var," dedi. "Her şeyimizi düşündü. Yaramı sardı. Karnımızı doyurdu. Çamaşırlarımızı yıkattı. Birer kat da çamaşır hediye etti."

Cabbar:

"Çok büyük bir Ağadır o."

Durdu:

"Bu kadar ünlü, bu kadar zengin bir Ağa da biz niye duymadık şimdiyedek onun adını?"

Cabbar:

"Bu," dedi, "yörüklerin Ağası. Bunlar konar göçerler."

Memed:

"Konarlar mı, göçerler mi, ne ne yaparlarsa yapsınlar, adamlar iyi adamlar. Çadırının direği som sedef işlemeliydi."

Durdu şaşkınlıkla:

"Çadırının direği som sedef işleme miydi? Vay anasını! Demek zengin herifçioğlu? Vay anasını! Demek çadırının direği som sedef işleme?"

Memed:

"Ne dersin!" dedi. "O kadar büyük bir çadır ki, on mu, on beş mi direği var. Bir gelin bize yemek getirdi. Boynunda belki elli tane beşi biryerde vardı. Hem zengin, hem de iyi adam. Hoş adam. Yüzü de güleç."

Cabbar:

"Abdi Ağayı vuranın sen olduğunu öğrenince nasıl da afalladı. Gözlerini dikmiş, sana yiyecekmiş gibi bakıyordu. Değil mi Memed?"

Memed:

"Bakıyordu ya," dedi. "Amma da bakıyordu."

Durdu, gözlerini yalımlara dikmişti. Konuşmuyor, soru

sormuyordu artık. Derin düşüncelere dalmıştı. Yüzünü öylesine bir düşünce almıştı ki... Durdunun adetiydi. Durdu bir şeye karar vermeden önce, gözlerini nereye olursa olsun, bir insana, bir ağaca, bir buluta, çiçeğe, kuşa, tüfeğe, ateşe diker, saatlarca kımıldamadan öylece dururdu.

O susunca ötekiler de sustular.

Yanındakilere çok sert bir çıkış yaptı:

"Siz gidin yatın. Bu gece nöbeti Horali, ben, Recep Çavuş bekleyeceğiz."

Bu anında Durduya ses çıkarılamazdı. Çeker vururdu. Babası olsa vururdu. Onlar da hiç ses çıkarmadan gittiler, kayanın dibine kıvrıldılar.

Bazı insanlar vardır, sırf doğuştan hoşturlar. Recep Çavuş da onlardandır. Bunlar, yalnız insanlar kendilerini sevsinler diye doğmuşlardır. Sevilmelerine karşılık öteki insanlardan fazla bir yanları mı vardır? Hayır! Recep Çavuş konuşkan mıdır? Hayır. Çok neşeli mi? O da yok. Güler mi, oynar mı? Çok fazla iyilik mi yapar başkalarına? O da yok. Bu, bir sırdır: Üç yıldır Deli Durdu çetesinde. Ondan önce, iki aydan fazla bir çetede kalmamıştı. Millet şaşıyordu Recep Çavuşun Deli Durdu çetesinde üç yıl kalışına.

Recep Çavuş, Deli Durduya ilk rastladığında:

"Bana bak ulan Deli," demişti. "Sen de o akıllı pezevenklerden olsaydın, senin de çetende ancak iki ay kalırdım. Karışmazdım çetene. O allame heriflerin işleri güçleri tuzağa düşüp, kurşun yemek. Anladın mı?"

Durdu:

"Anladım," demişti.

Bundan sonra, o gün bu gündür Recep Çavuş, bu konu üstünde konuşmamıştı. Deli Durdu ne yapmışsa hiç karşı koymamıştı. Birkaç kere, hiç sebepsiz yere yaralanmış, Durduya gene bir laf söylememişti.

Yaşamı üstüne tam tamına hiç kimse bir şey bilmiyordu. Konuşması Antep yörelerinin konuşmasını andırıyordu. Ama pek açık değildi. Antepte uzun zaman kaldığı muhakkaktı. Antepten çok söz açardı.

Yaşamı üstüne türlü söylentiler vardı. Birisi şu: Recep Çavuş, bir gece uykudan uyanıp, "Karı," demiş, "ver benim şu tüfeğimi. Bir de azık hazırla. Ben, gidiyorum". Kadın, tüfeği getirmiş yanına koymuş. Azığı da hazırlamış. Çavuş tüfeği bir iyice yağlamış. Fişekleri takınmış. "Karı," demiş sonunda, "şu benim eski kalpağı da ver. Ben dağa çıkıyorum. Hakkını helal et". Karı buna çok şaşmış, "Delirdin mi sen, herif?" demiş. "Gece yarısı uyurken yatağından kalk da dağa çık! Görülmüş mü bu?" Recep Çavuş, "Canım öyle istiyor avrat," demiş. "Ben gidiyorum." Başka hiçbir şey söylememiş, evden çıkmış. Bir daha da dönmemiş.

Bazıları da der ki, Recep Çavuş damadına kızmış. Sebebi de, damadın kızına küfretmesiymiş. Bir gün damadın kapısından geçerken, damadın kızına: "Senin babayın..." dediğini duymuş. Ona kızmış, dağa çıkmış. Damadı öldürmeye kıyamamış.

Bazılarının da dediğine bakılırsa, Çavuş çok zenginmiş, ama, yol parası, vergi vermekten hiç hoşlanmazmış, köye tahsildar geldiğinde hasta olur, yataklara düşermiş. Yol parası vermemek için çıkmış. Kimi de kaynanasını öldürmüş de onun için çıkmış, diyor. Herkes uydurup uydurup bir şey söylüyor. Hangisi doğru, hangisi yalan belli değil.

Suçu var mı yok mu, o da belli değil. Ama, eskiden ne için çıkmışsa çıkmış olsun Recep Çavuş, şimdi yakayı ele verirse en azından bir otuz yılı var. Adı o kadar baskına, o kadar müsademeye, o kadar yol kesmeye, adam öldürmeye karışmıştır ki...

Gün doğdu. Gün kalktı kuşluk oldu. Durdu uyanmıyordu. Oysa üstüne gün ışığı düşürmek adeti değildi. Öğle oldu, gene uyanmadı. Cabbar sezinliyordu. İçinden de, "Bunda mutlak bir iş var. Bu deli hiçbir zaman bu vakitlere kadar yatmaz. Bir baskına gidilecek. Bazı zor baskınlardan önce kalkmamak adetidir. O da, yılda, iki yılda bir. Şimdi nereye gidecek ola?" diye geçiriyordu. Merakla bekliyordu.

Recep Çavuş, bugün çok neşeliydi. Türkü söylüyordu. Yaşlı, yanık sesiyle.

Bir ara:

"Bana bakın çocuklar, uyandırın şu Deliyi," dedi. "Uyandırın da ağzımıza bir lokma bir şey koyalım."

Memed:

186

"Ben, karışmam."

Cabbar:

"Ben de."

Güdükoğlu, vardı Durdunun başına dikildi:

"Durdu Paşam," dedi, "uyansana Durdu Paşam,"

Güdükoğlu Durduya her zaman, "Paşam" diye söylerdi. Bu da Durdunun çok hoşuna giderdi. Güdükoğlunun çetede birkaç ödevi vardı. Birisi soytarılıktı. Durduya soytarılık ederdi.

"Uyansana Paşam. Vakit öğleyi geçti Paşam."

Durdu, iri yumruklarıyla gözlerini ovuşturarak ağır ağır kalktı.

"Hemen yemek yiyelim. Sonra gideceğiz."

Cabbar:

"Yaralıları ne yapalım?" dedi. "Recep Çavuşun, Horalinin hali duman..."

Durdu, yaralılara sordu:

"Nasılsınız? Bizimle yürüyebilir misiniz?"

Recep Çavuş:

"Ben yürürüm. Ağrı o kadar kalmadı."

Horali:

"Ben de yürürüm," dedi. "Bu yaranın da anasını avradını..."

Büyük bir halka oldular, sofrayı ortaya aldılar.

Gölgeler kuzeyden doğuya dönerken, kayalıklardan aşağı indiler. Yörük çadırlarından köpek havlamaları geliyordu.

Memed:

"Şimdi nereye gidiyoruz böyle?" diye sorunca Durdu karşılık vermedi. Yalnız kızgın kızgın baktı.

Memed de üstelemedi.

Durdu, yönünü köpeklerin havladığı tarafa dönünce Memedle Cabbar işi çaktı.

Cabbar, Memedin kulağına:

"Durdunun gözü göz değil," diye fısıldadı.

Memed:

"Gözü göz değil."

Cabbar:

"Ya bir iş yaparsa Kerimoğluna. Ne yaparız?"

Memed:

"Ne yaparız?" diye tekrarladı.

Cabbar:

"Ne yaparız?"

Durdunun gidişinde bir kötülük vardı. Hem de kötülüğün dik alası. Durdunun yüzü, şimdiki gibi öyle kolay kolay kararmazdı. Şimdiyse öyle azgın bir yüz ki... Bir sinek konsa bin parça olur.

Durdu, adımlarını yavaşlatıp Cabbara sordu:

"Kaç çadır vardı, çadırının yanında Kerimoğlunun?"

Cabbar:

"Üç tane," dedi.

Çadırlara geldiklerinde, onları gene kocaman çoban köpekleri karşıladı. Köpeklerin arkasından çocuklar dışarıya fırladılar. Onlardan sonra da kadınlar. Sonra da erkekler... Kerimoğlu erkeklerin önlerinde duruyor, gelen eşkıya kalabalığına gülümsüyordu. Çadırların yanını yönünü sürülerle ak koyunlar sarmış, kara çadırlar bir sütbeyazlık ortasında kalmıştı. Koyunlar, kuzular meleşiyor. Kocaman çoban köpekleri pehlivan gibi dolanıyorlar, develer yatmışlar. Rahat. Ağızlarından köpükler dökülüyor.

Kerimoğlu:

"Hoş geldiniz misafirlerim. Safalar getirdiniz," diye muhabbetle teker teker her birinin elini sıktı.

Memed, gülerek:

"Hoş bulduk," dedi. Yüzünde gülümsemesi dondu kaldı sonra. İçini bir şüphe kurdu kemirip duruyordu. Deli Durdu ne yapacaktı acaba?

Sonra, Kerimoğluna Durduyu gösterdi:

"İşte çetebaşımız bu."

Kerimoğlu gün görmüş adamdır. Kaş altından Deli Durduya şöyle bir baktı. Ondan bir şey anlamadığını Memede belli etti. Durduysa yüzü asık, başı dimdik, etrafına bakmadan yürüyordu.

Kerimoğlu:

"Bunun adı ne?" dedi Memede.

"Deli Durdu."

Kerimoğlu hayret etti:

"O, bu mu?"

Memed:

"Odur işte."

Kerimoğlunun kırmızı yüzündeki gülüş dondu. Gözleri buğulandı.

"Donuna kadar soyarmış soyunca öyle mi?"

"Öyle."

Çadırın içine girince, Memed kadar değilse de, Durdu da şaşırdı. Duvarda nakışlı bir tüfek asılıydı. Durdu, Kerimoğluna kinli bir bakış attıktan sonra:

"Şu tüfeği getir de bir görelim Ağa," dedi. "Bir de Ağa tüfeği görelim."

Kerimoğlu, bu sözlerdeki kini fark etti. Yüreği sızladı. İçi, kendisine bir felaketin yaklaştığını söylüyordu. Bu adamın suratı surat, gözleri göz değildi.

Kerimoğlu, tüfeği getirip Durduya verirken:

"Yemeğiniz hemen mi gelsin?" diye sordu. "Yoksa akşama mı yersiniz?"

Durdunun gözleri kıvılcımlandı:

"Ben," dedi, "soymaya geldiğim adamın ne ekmeğini yer, ne de kahvesini içerim. Ekmeğini yer, kahvesini içersem soyamam."

Hışımla ayağa kalktı. Onun arkasından ötekiler de ayağa fırladılar.

Kerimoğlu:

"Yemeğini ye de, gene soy! Kerimoğlunun evine gelen yemek yemeden ayrılmaz," dedi. Ama sesi titriyordu. Yanaklarından da hafif bir kızıllık burnuna, alnına doğru yayılıyordu. Biraz sonra, alnında boncuk boncuk ter peydahlandı.

"Bana bak Durdu Ağa," dedi. "Bu dağlar eşkıya dolu. Şimdiye dek hiçbir eşkıya Kerimoğlunun evini soyamadı. Sen soyacaksan soy! İşte ev önünde."

Memedle Cabbar bu durum karşısında bitmiş, yok olmuşlardı. Tepelerinden kaynar sular dökülmüş gibi olmuşlardı.

Durdu:

"Önce paraları getir Ağa."

Recep Çavuşla Horali ayağa kalkanlarla kalkmışlar, sonra geri oturmuşlar, olanı biteni seyrediyorlar. Nedense Recep Çavuşun gözlerinin içi gülüyor.

Kerimoğlunun yerinden kıpırdamadığını gören Durdu, yavaş yavaş yaklaşıp, tüfeğinin dipçiğiyle omuzuna var gücüyle indirdi. Kerimoğlu yere düştü. Durdu elinden tuttu, kaldırdı.

Çadırın öteki bölmelerinde kadınlar, çocuklar gürültüyle ağlıyorlardı.

"Baksana bana Ağa, senin ağalığın Saçıkaralı obasınadır, bana değil. Bu dağlarda da Deli Durdunun ağalığı söker."

Güdükoğluna emir verdi:

"Ağayla git de ne kadar parası varsa al getir. Anladın mı? Kadınların altınlarını da topla getir. Anladın mı?"

Güdükoğlu:

"Anladım Paşam."

Güdükoğlunun çetede bir de bu işi vardı. Baskına gittiklerinde, işkence yaparak paraları çıkarttırırdı. Bu işin ustasıydı. O, hangi evi aramışsa, geride bir kuruş bile bırakmamıştır. Kurutmuştur.

Güdükoğluna gün doğdu. Ağanın kolundan tuttu, çekti:

"Geeel bakalım Kerimoğlu. Paraların yerini söyle. Yoksa, Güdüğün bir kurşunu taşlı köyü boylatır sana."

Durdu:

"Kerimoğlu," diye bağırdı, "ya canını vereceksin, ya da ne kadar paran varsa onu..."

Çadırın önüne, öteki çadırların çocukları, kadınları birikmişlerdi. Durdu, bunları böyle kapıya çokuşmuş görünce, dışarı çıktı bağırdı:

"Yallah evlerinize. Yakında size de sıra gelecek."

Kerimoğlu, gözleriyle Cabbarı, Memedi araştırdı. Onlar arkasında duruyorlardı. Arkasına dönünce, Memedle göz göze geldiler. Memed gözlerini indirdi. Kerimoğlu, sonra da Cabbara baktı. "Bana yapacağınız bu muydu?" der gibi kırgınlık vardı gözlerinde. Göz çukurlarında birer damla yaş birikmişti. Arkasına döndü. Güdüğün önüne düştü. Öteki bölmeye geçtiğinde, koyunlar gibi biribirlerine sokulmuş, ağlaşan kadınlardan birisine işaret etti:

190

"Aç sandığı. Ne kadar para varsa, çıkar da şu adama ver. Üzerinizde de ne kadar altın, bilezik, yüzük varsa çıkarın bana verin," dedi.

Kerimoğlu, Durdunun niyetini sezmişti. Bir metelik bile bırakmayacaktı kendisinde. Onun için ne var, ne yok eliyle vermeliydi.

Güdükoğlu bir tomar kağıt para, bir torba da altını getirdi. Durdunun eline verdi. Kerimoğlu da kadınların gerdanlık, yüzük, bilezik, başlık yaptıkları altınları toplayıp getirdi.

Durdu, Güdükoğluna:

"Tamam mı? Hiçbir şey kalmadı mı?" diye sordu.

Güdükoğlu:

"Kalmadı," diye kestirdi attı.

Oysa, bütün öteki baskınlarda Durdu, Güdükoğluna, "Kalmadı mı?" diye sorar, öteki, "Daha var Paşa," derdi. Sonra gider bir altın, bir kağıt lira getirirdi. Böyle böyle evi on kez, yirmi kez araştırır, kıyıda köşede ne kalmışsa teker teker çıkarırdı. En sonunda bir kalmadı işareti yapardı. Daha, bir yerlerde para kalmış mıdır, kalmamış mıdır, Güdükoğlu adamın yüzüne bakınca bilirdi. Hiç sapıtmaz, mutlak bilirdi.

Deli Durdu:

"Sen akıllı bir adamsın Kerimoğlu," dedi. "Ne var, ne yok hepsini kendi elinle verdin. Nasıl olsa senden zorla alacaktık. Senden akıllısına rastlamadım şimdiye kadar soyduğum insanlar arasında."

Kerimoğlu taş kesilmişti. Yüzü sapsarı, dudakları titriyordu.

Durdu yeniden, kesin, inatçı, buyurgan gürledi:

"Deli Durdunun bir adeti vardır. Bilir misin Kerimoğlu?" diye sordu. "Bunu başka eşkıyalar yapmaz. Zaten Kerimoğlunu da başka eşkıyalar soyamazlar. Ha, bilir misin?"

Kerimoğlu karşılık vermedi.

"Deli Durdunun adeti şudur ki, soyduğu adamları donuna kadar soyar. Çıkar giyitlerini Kerimoğlu," diye bağırdı.

Kerimoğlu kıpırdamadı.

"Sana diyorum. Çıkar giyitlerini."

Kerimoğlunda gene bir kıpırtı yok.

Durdu öfkelendi. Öfkesinden yerinde duramıyordu. Kerimoğlunun yöresinde fır dönüyordu. Birden, şiddetle kulağının dibine bir yumruk çaktı. Göğsüne de birkaç dipçik... Kerimoğlu sallandı. Düşecekken, Durdu kolundan tuttu. Bir, bir daha. Bir, bir daha:

"Çıkar!"

Kerimoğlu, acıyla konuştu:

"Etme bana bunu Durdu. Kerimoğlunun evini şimdiye kadar kimse basmadı. Yanına kalmaz bu!"

Bu sözler Durduyu çileden çıkardı. Kerimoğlunun kolunu bırakıp tekmelemeye başladı. Yere düşen Kerimoğlu:

"Etme," diyordu. "Etme. Yanına kalmaz."

Durdunun hiddeti daha arttı. Ayaklarının altında çiğnemeye başladı.

"Ben de biliyorum yanıma kalmayacağını. Onun için seni donuna kadar soyacağım. Hiç olmazsa, koskoca Kerimoğlunun bacağından donunu almış derler. Anladın mı?"

Öteki bölmede ağlamakta olan kadınlardan birkaçı gürültüyü duyunca, bu yana geçtiler. Bir kadın kendisini Kerimoğlunun üstüne attı. Kadının bağırtısı dört bir yanı tutuyordu. Güdükoğlu, bağıran kadını tuttu, Kerimoğlunun üstünden alıp bir tarafa fırlattı.

Durdu bağırıyordu:

"Çırılçıplak olmazsan, kendi elinle çırılçıplak olmazsan öldürürüm seni."

Kadınlar çığırışıyorlardı.

Kerimoğlu:

"Etme bunu bana. Etme, çoluğumun çocuğumun içinde," diye inliyordu.

Bir ara gözü, öyle durup kalmış, dudaklarını yiyen, zangır zangır titreyen Memede ilişti. Ona, yalvarırcasına baktı. Memedin içinden bir şey "cızz" etti. Yandı. Cabbara döndü. Bakıştılar. O iğne ucu parıltısı geldi Memedin gözlerine gene oturdu. Cabbar da hırsından avurtlarının içini yiyordu. Çok kızdığı zaman, kan çıkıncaya kadar avurtlarının etlerini dişleriyle çiğnerdi.

Kerimoğlu:

"Etme bunu bana Durdu Ağa," diye boyuna yineliyordu. "Etme!"

192

Durdu:

"Soyun!" diye bağırdı. "Yoksa..."

Tüfeğin namlusunu Kerimoğlunun ağzına dayadı:

"Soyun!"

Tam bu sırada Memed, kaşla göz arası çadırdan dışarıya fırladı:

"Kıpırdama Deli Durdu. Yakarım," diye bağırdı. "Kusura kalma ya, yakarım. Bu senin yaptığını..."

Onun arkasından da Cabbarın alaylı sesi duyuldu:

"Kıpırdama Durdu Ağa! Adamı koyver de git. Yakarım. Çok arkadaşlığımız var. Ölümün bizim elimizden olmasın."

Memed:

"Ölümün bizim elimizden olmasın."

Durdu, hiç böyle bir şey beklemiyordu. Şaşkına döndü.

"Demek böyle ha?"

Tüfeğine davrandı, dışarı iki el ateş etti.

Karanlık kavuşuyordu.

"Bak Durdu Ağa," dedi Memed, "öyle kurşun atılmaz."

Durdunun kulağının dibinden cıv cıv diye iki kurşun geçti.

"Bırak da adamı git. Yeter ettiğin. Zulüm derler buna düpedüz. Bırak da git!"

Durdu:

"Demek böyle İnce Memed? Demek?"

İnce Memed:

"Ölmek istemiyorsan eğer," dedi, "bırak da adamı çadırdan çık git."

Durdu, yerde yatan adama bir tekme daha attı.

"Haydi arkadaşlar gidelim," dedi.

Dışarda, bir çukura yatmış İnce Memedin karartısını gördü:

"Alacağın olsun İnce Memed. Alacağın olsun Cabbar," dedi.

Çadırdan en son Recep Çavuş çıktı:

"Yaptığınızı çok beğendim çocuklar," dedi. "Ben de sizinle kalayım mı?"

"Kal Çavuş, kal!" dediler.

Durdu:

"Demek Çavuş sen de?.." dedi.

Çavuş:

193

"Ben de Durdu Ağa," diye karşılık verdi.

Durdu:

"Senin de alacağın olsun Çavuş," dedi.

Durduyla arkadaşları elli metre açılmışlardı ki, Durdu yere yatıp:

"Davranın arkadaşlar," dedi. "Bugün ölüm kalım günümüzdür."

Altı el birden Memed ve Cabbarın üstüne kurşun yağdırmaya başladı. Memedle Cabbar, Durdunun bunu böyle yapacağını iyi biliyorlardı. O sebepten bulundukları çukurdan ayrılmamışlardı.

Memed:

"Durdu Ağa, var git yoluna," dedi. "Çocukluk etme!"

Durdu:

"Ya siz," dedi, "ya ben..."

Recep Çavuş:

"Git ulan yoluna. Musallat olma çocukların başına. Sen zaten Kerimoğluna çatmakla belanı buldun. Saçıkaralı obası şimdiye haberlendi. Biraz sonra dağları pire gibi tararlar," dedi. "Var git yoluna!"

Memed:

"Var git yoluna," dedi.

Cabbar:

"Ölümün bizim elimizden olmasın. Var git yoluna..."

Karşı yanın silah sesleri kesildi.

Cabbar:

"Gidiyorlar," dedi. "Gidiyorlar Allahın belaları. Kerimoğlunun parasını paylaşmaya gidiyorlar."

Recep Çavuş:

"Gitsinler," dedi. "Saçıkaralı obası burunlarından fitil fitil getirir. Az sonra dağ taş insana keser... Eğer bu adam Kerimoğluysa, Saçıkaralı aşireti Ağası Kerimoğluysa... Dolar Saçıkaralı obası yazıya yabana..."

Memed:

"Şimdi varıp Kerimoğluna ne diyelim? Adamın yüzüne nasıl bakarız?"

Cabbar:

"Adam bize iyilik, biz ona kötülük ettik," dedi. "Varıp da yanına ne diyelim? Beğendin mi sana yaptığımızı? Erkeklik dediğin böyle olur işte. Biz adamı böyle soydururuz mu diyelim. Vazgeç! Görünmeden ona, çeker gideriz şuna aşağı."

Memed:

"Ben ne deyim," dedi, "Ben ne deyim Kerimoğluna."

Yattıkları çukurdan doğruldu. Çadırlara doğru yöneldi. Kerimoğlunun çadırından bir gürültü, çığırtı, bir hayhuy geliyordu. Çadırın kapısını açtı. Bir iki kadın, Kerimoğlunun kanlı başını bir leğene eğmişler yıkıyorlardı. Hem yıkıyor, hem beddua ediyorlardı.

Memed:

"Kerimoğlu Ağa," diye seslendi, bütün başlar kapıya çevrildi. Memedin içinden, hiçbir şey söylemeden kaçmak geçti. Ama kaçamadı.

"Ağa," diye kekeledi. "Kusura kalma. Böyle olacağını bilmiyorduk."

Döndü, koşmaya başladı.

Arkasında, Kerimoğlu bağırıyordu:

"Akşam yemeğini yemeden gitmeyin oğlum. Gitmeyin..."

Cabbarın yanına geldi.

"Haydi kalkın," dedi. "Kalkın da gidelim. Burada daha fazla kalamayacağım. Şu adama bir yüreğim yanıyor ki... Parça parça oluyor..."

Cabbar ayağa kalktı:

"Ne gelir elden," dedi. "Oldu bir kere..."

Memed, içini çekti:

"Şu Deliyi öldürmeliydik," dedi.

Cabbar:

"Onu öldürmek kolay değil Memed," dedi. "Çok it adam. Yoksa ben... Ben onu öyle bırakır mıydım!.."

Memed:

"Kurşunu yedikten sonra ne yapabilirdi?"

Cabbar:

"Yemezdi ki kurşunu," dedi. "Onun gibi bir adamı hiç görmedim."

Recep Çavuş:

"Bu adamda bir şey var," dedi. "Bütün yaptıkları yanına kalıyor. Onun yaptıklarını başka bir eşkıya yapsaydı, bir günden fazla yaşayamazdı. Bir şey var bu adamda. Ayrıldığımız iyi oldu. Amma ne yürekli adam! Her dakika ölümü bekleyen bir hali var."

Memed:

"İşte o hali korkuttu beni. Onun için vuramadım onu. Yoksa..."

Cabbar:

"Her neyse... Bir hal var bu adamda..." dedi, kesti.

Ali:

"Şuracıkta, iki saat uyuyalım," dedi.

Hasan:

"Ne kaldı ki bre Ali," dedi. "Öğleye bizim köye varırız. Gece sen bizim evde kalırsın. Yarın sabah da kalkar yola düşersin. İkindine senin köyü buluruz."

Ali, çok uzun boylu, çiçek bozuğu, uzun yüzlü, incecik, üfürsen yıkılacakmış gibi bir adamdı.

"Bu gece yarısı," dedi, "bu gece yarısı in cin belli değil. Gel şuracıkta sabaha kadar uyuyalım. Sabaha bir iki saat ancak kaldı."

Hasan:

"Ben bir dakika bile duramam," dedi. "Dört yıldır evimin yüzünü görmedim."

Ali:

"Ben de görmedim ama."

Hasan:

"Eeee?" diye sordu.

"Yoruldum," dedi Ali.

Hasan:

"Bak," dedi, "bir su şırıltısı geliyor. Git yüzünü yu, geçer..."

Ali:

"Soğuk su yorgunluğa bire birdir," dedi.

Hasan:

"Bizim köyün suyu..." dedi. "Bizim köyün suyu gibi var mı? Buz gibidir. Süt gibi apak kaynar yerin altından... Eskiden,

196

tam üstünde bir ulu çınar vardı. Ben de gördüm gözümle... Bir gün bir yağmur yağıyordu. Kara, kapkara bir yağmur... Birden bir top yeşil ışık patladı gökyüzünde. Yeşil ışık çınarın üstüne ağdı. Vardık baktık, çınar yok yerinde... Çınar kül olmuş... Alimallah gözümle gördüm. Kül olmuş. Yurdu yuvası bellisiz şimdi çınarın..."

Ali:

"Tam üç yıl, üç koca yıl anam dinim ağladı Çukurovada," dedi. "Amma sonunda kazandım kardaş."

Ali yol boyunca, belki yüz kere, aynı cümle, aynı sözcüklerle Çukurovayı, Çukurovada binbir sıkıntı çekerek kazandığı parayı, kazandığı parayla ne yapacağını anlatmıştı. Yolda konuşacakları bitiyor, bir süre konuşmadan yürüyorlar, biraz önce anlattıklarını yeniden anlatmaya başlıyorlardı. Hasan da köyünü, çocuğunu, kül olan çınarı, Çukurovayı, Çukurovadaki ağasını durmadan durmadan yinelemişti.

Ali sözünü sürdürdü:

"Paranın iki yüzünü kayınbabaya verip kızı eve getireceğim. Ötekine de bir çift öküz alacağım. Anama da içi pamuklu bir hırka yaptıracağım. Üşür fıkaracık. Evin de üstünü açıp yeniden döşeyeceğim. Şu bizim ev yok mu, yağmurlar bir başlamaya görsün. Çok akar gavuroğlu gavur..."

"Evi, yap kardaş yap! Ev akması kötü bir şey. Dayanılmaz."

Ali:

"Öldüm Çukurovada. Yandım. Adamı kebap ediyor. Gavurun yurdu. Bir daha mı, tövbe! Sıtması karnımda. Bu kış işim iş!"

Hasan:

"Sıtma bende de var," dedi.

Ali:

"Çukurovanın kahrını, eve bir avratla, bir çift öküz sokayım, anama da bir kalın hırka alayım diye çektim. Yoksa dayanılır mı?"

Hasan:

"Dayanılmaz."

Sonra, lafı Alinin ağzından alıp:

"Kardaş," dedi, "yarın tam öğle vakti, eğer böyle yürüyecek olursak, bizim köyün çayırlığına yetişiriz."

Ali:

"Orada..." dedi.

Hasan:

"Orada, ötede, düzlüğün ortasında..."

Ali:

"Ulu..." dedi.

Hasan:

"Bir ağaç vardır, dalları gürler."

Ali:

"Ağacı geçince," dedi.

Hasan:

"Ağacı geçince sol yanda..."

Ali:

"Taşları biribirinin üstüne yatmış..."

Hasan:

"İçini de ot basmış bir mezarlık görünür."

Ali:

"Mezarlığın içindeki ağacı söylemedin," diye anımsattı.

Hasan:

"Ben köyden ayrıldığım gün, kim bilir kim, mezarlığın ortasına soluk dallı, bilek kalınlığında bir ağaç dikmişti."

"Fıkara yapayalnız bir ağaç..." dedi Ali.

Hasan:

"Öyle işte," dedi.

Ali:

"Kurumamışsa eğer..."

"Kocaman..." dedi, öteki. "Ben mezarlığın yanından geçerken beni birisi görür."

Ali düzeltti:

"Birisi değil," dedi, "Körcenin oğlu Bekir görür."

Hasan:

"Bekir görür," dedi. "Çünkü Bekir, her daim gelir çeşmenin taşına oturur. Gözlerini şarıl şarıl akan suya çevirir düşünür."

Ali:

"Adetidir değil mi?" diye sordu.

198

"Adetidir," dedi Hasan.

Ali:

"Bekir gider haber verir eve."

Hasan:

"Anam bükülmüş beliylen..."

Ali:

"Dizlerine çöke çöke..."

"Hasan:

"Düşer yola, gelir beni karşılamaya."

Ali:

"Ya çocuk?" dedi.

Hasan:

"Gel azıcık şuraya oturalım," diye önerdi.

Oturdular. Hasan, küçücük, zayıf, kuruyup kavrulmuş bir adamdı. Kocaman dişleri dudaklarının arasından gözüküyordu. Kirpikleri bir hoş, tozlanmış gibi aktı. Mavi, pamuklu bir kumaştan şalvar giymişti. Şalvar daha yepyeniydi. Fabrika kokuyordu. Kasketi de yeniydi. Başında eğreti duruyordu. Kırmızı çiçekli mintanı ona tam yakışmıştı. Bir de ökçeleri basık Adana ayakkabısı almıştı ya, yolda giymeye kıyamıyordu. Giydiği ham gönden çarıktı. Kalın, köyden götürüp de eskitemediği çorabın üstüne giymişti. Çorap nakışlıydı.

"Amma da yorulduk," dedi.

Ali:

"Yorulduk amma..." dedi.

Hasan:

"Kalk," dedi. "Bu kadar dinlenmek yeter yolcu adama... Atalar ne demiş..."

Ali:

"Yolcu yolunda gerek."

Hasan:

"Köye gireriz kardaş. Benim oğlan şimdi altısındadır. Ben köyden ayrılırken yaşı ikiydi. Şimdi..."

Ali:

"Şimdi altısındadır."

Hasan:

"Beni anamla birlikte çocuk da karşılar."

Ali:

"Çocuk sana baba der. Ondan sonra eve geliriz."

Hasan:

"Bütün köylü bizim eve, başıma birikir. Eeee söyle bakalım Hasan efendi, ne kazandın Çukurovada? Ben, hiç derim. Çukurovada ne kazanç olacak. Gittik geldik işte, derim..."

Ali:

"Ben de ikinci sabah erkenden kalkar anayın pişirdiği çorbayı içerim. Tarhana çorbasını... Yola düşerim..."

Hasan:

"Sen yola düştükten sonra, ben de çocuğu yanıma alırım, öteki köye, ay boynuzlu kocaman bir çift öküz almaya giderim. Sonra da yalıdaki taşlı tarlanın taşını birem birem ayıklarım..."

Ali:

"Sonra da iki üç kez üst üste sürersin tarlayı. Çukurova tarlaları gibi. Un gibi eylersin. Sonra da ekersin."

Hasan:

"Sonra bir ekin olur... Her göcek kaplan pençesi gibi toprağa yapışmış..."

Ali:

"Anamın hırkası," dedi. "Gider elimle Göksünde terziye yaptırırım."

Hasan, Alinin yüzüne doğru eğildi. Nefesini duydu.

"Sen," dedi, "köyden ayrılalı ne kadar oldu?"

Ali:

"Üç yıl."

Hasan:

"Varır varmaz nişanlını eve getirmek olsun, ilk işin."

Ali:

"Çok bekledi fıkaracık beni. Bu yılla altı yıl oluyor nişan takalı. Varır varmaz babasının eline saydığım gibi parayı... İkinci gün..."

Hasan:

"İşte bunu iyi yaparsın kardaş," dedi.

Ali:

"Çukurovada çektiğimi bir günde unuturum," dedi.

Yokuş yukarı çıktıkları için, konuşmayı kesmişlerdi. Yokuşu çıkıp tepeyi aşınca önlerinde upuzun bir düzlük salındığını gördüler.

Yolun kıyısında bir ses duyup durdular. Bir de mekanizma sesi geldi.

"Kıpırdamayın."

Hasan:

"Öldük," dedi.

Ali:

"Öldük."

Hasan:

"Kaçalım," dedi. "Vurursa vurur. Vurulmak soyulmaktan daha iyi. Vurulmazsak evimize yetişiriz."

Ali:

"Haydi," dedi.

Kaçmaya başladılar. Arkalarından kurşun, kaynadı. Bağırarak yere yattılar.

Kıpırdama diyen ses:

"Olduğunuz yerden kımıldamayın. Geliyoruz," diye bağırdı.

Aliyle Hasan oldukları yerden hiç kımıldamadılar. Korkudan kıpırdayacak halleri de kalmamıştı.

Memed, Cabbar, Recep Çavuş, üçü birden koşarak yatmakta olanların başuçlarına geldiler durdular.

Memed:

"Kalkın ayağa," dedi.

Ölü gibi, usul usul ayağa kalktılar.

Memed:

"Böyle nereden?" diye sordu.

Hasan:

"Çukurovadan kardaş," dedi.

Ali:

"Oradan işte," dedi.

Cabbar gülerek:

"Çok para kazandınız öyleyse. Sizler olmasanız, bizler acımızdan ölürüz. Çıkarın paraları."

Hasan:

"Beni öldürün," dedi. "Tam dört yıl..."

201

Cabbar:

"Çıkarın," dedi.

Hasan:

"Vur beni Ağam," dedi.

Ali:

"Benim nişanlım tam altı yıldır bekler. Nolursun beni vuruver."

Hasan:

"Tam altı yıl," dedi.

Cabbar, Hasanın koltuğunun altına elini soktu, bir çıkın çıkardı. Çıkın su gibi tere batmıştı. Çıkını açtı. Çıkının içinden balmumuyla yapılmış bir muşamba çıktı. Muşambanın içinde kağıt paralar vardı.

Cabbar:

"Bak hele, ne de çok para! Nasıl da saklamış!"

Hasan:

"Daya tüfeğini sık ağzıma. Vur beni. Çoluk çocuğuma böyle eli boş gidemem."

Ali:

"Tam altı yıldır," dedi. "Hiç mümkünü yok. Beni vuracaksınız. Gidemem."

Hasan:

"Tam dört yıl, Çukurovanın zehir gibi suyunu içtim. Sıtması karnımda."

Ali:

"Elinizi ayağınızı öpüyüm öldürün beni."

Hasan:

"Öldürün."

Memedin gözleri yaşla dolmuştu.

"Bana bakın," dedi sevgiyle. "Paranıza kimse dokunmaz sizin. Cabbar ver şunun parasını. Al paranı."

Hasan, inanmadı. Korktu. Titreyen elini uzattı. Aldı. Ne diyeceğini bilemedi. Ancak:

"Allah uzun ömür versin size," diyebildi. Sonra da ağlamaya başladı.

Ali:

"Uzun ömür," dedi.

Memed:

"Bakın size ne deyim. Çanaklının düzünden geçmeyeceksiniz. Orayı Deli Durdunun çetesi tutmuştur şimdi. Donunuza kadar soyar. Uğurlar ola. Sen de inşallah nişanlına kavuşursun kardaş," dedi. Sesi karıncalandı. Konuşacaktı daha. Konuşamadı.

Hasan, çocuklar gibi hıçkıra hıçkıra ağlıyordu. Ağlaması bir türlü dinmiyordu. Giderken:

"Sağ olun," dedi. "Sağ olun kardaşlar. Berhudar olun. Allah sizi bu dağlardan kurtarıp sevdiklerinize kavuştursun."

Gidiyor gidiyor geriye dönüp bir dua ediyor, yeniden gidiyordu.

Ali de:

"Kavuştursun," diyordu.

Kayboldular.

Hasanın ağlaması daha durmamıştı.

Ali:

"Yeter bre Hasan," dedi. "Ne bu ağıt?"

Hasan:

"Şu dünyada ne kadar da iyi insanlar var. Şu bir lokma eşkıya çocuğa baksana. O olmasaydı, paramızı alırdı, o dev gibi herif."

Ali:

"Yok," dedi. "Almazlardı."

"Çanaklının düzünden gitmezsek bizim köye ancak iki gün sonra varabiliriz."

Ali:

"Ne yapalım?" diye sordu.

Hasan:

"Çanaklının düzünü tüm bana verseler, yolumuz iki gün değil, iki ay uzasa gene oradan geçmem."

Ali:

"Gel öyleyse oturup bir iyice yornuk alalım. Bir daha da yoldan gitmeyelim. Kıyıdan kıyıdan."

Oturdular.

Memed, gidenlerin arkasından:

"Paralarını aldıktan sonra onları öldürseydik sevinirlerdi," dedi.

203

Cabbar:

"O uzun boylusu vurun diye nasıl yalvarıyordu!"

Memed:

"Kim bilir nasıl, ne umutlarla çalıştılar!"

Cabbar:

"Nişanlısı tam altı yıldır onu bekliyormuş."

Memed:

"Çanaklıdan gitselerdi, Deli Durdu onları mutlaka soyardı."

Cabbar:

"Bu Delinin yaşaması haram amma..." dedi.

Gidip eski yerlerine oturdular. Bu işe hiç karışmayan Çavuşun sarılı boynu bir tarafa eğrilmişti.

Çavuş, gerindi gerindi:

"Ben bir tuhaf oldum çocuklar," dedi. "Yüreğimde bir soğukluk, bir titreme var. Ölürsem..." dedi, sonra pişman olmuşçasına sustu.

Memed:

"Bu kadar yaradan insana bir şey olmaz," dedi.

Cabbar:

"Başını koy da azıcık uyu," diye salık verdi.

Çavuş, uyumak için gözlerini yumdu.

Aradan uzun bir zaman geçtikten sonra Memed, Cabbara büyük bir sır verirmiş gibi sokuldu:

"Seninle biz kardaşız gayrı Cabbar," dedi. "Öyle değil mi kardaş?"

Cabbar buna sevindi: "Ona ne şüphe kardaş," dedi.

Memed:

"Meraktan çatlayacağım. Yüreğim ateş almış yanıyor kardaş."

Cabbar:

"Söyle kardaş da çaresini birlikte arayalım."

Memed:

"Aylar oldu, ben bu işi işleyeli. Duyduk ki Abdi Ağayı yaralamışım. Ölmemiş. Hatçenin hali ne oldu? Ya anamın hali ne oldu? Çatlayacağım. Şu Delinin ardından soygundan soyguna, çarpışmadan çarpışmaya... Bir türlü bir yolunu bulup da öğrenemedim..."

Cabbar:

"Köye gider öğreniriz kardaş" dedi. "Ne merak ediyorsun bunu."

Memed:

"O gavur ölmemiş. Hatçeye mutlak bir kötülük etmiştir. İçimde bir şey var... anlaşılmaz... bir acı... bir yara... yüreğim, durma Memed git, diyor."

Cabbar:

"Şu Çavuşun yarası bir hal olsun, hemen gideriz..."

Memed:

"Yüreğim, durma! diyor, Cabbar kardaş," dedi. "Durma!"

13

İndirdiler Heletenin düzüne
Kellesi yokkine bakam yüzüne
Benden selam söylen Nukrak kızına
Neneyle neneyle Iraz neneyle
Çık dağlar başına bana eleyle.

Nukrağı dersen de Ofunun dağı
Derde derman derler kartalın yağı
Ayağına düştüm Besninin beyi
Neneyle neneyle Iraz neneyle
Çık dağın başına ordan eleyle.

Kucağında dokuz aylık yavrusuyla Iraz yirmisinde dul kaldı. Kocasını çok severdi.

Ölüsü başında:

"Hüseyinin üstüne," dedi, "erkek bana haram olsun."

Dediğini de tuttu. Evlenmedi.

Kocası öldükten birkaç gün sonra, çocuğunu bir akraba kadına emanet ederek, sabanın arkasına geçti. Kocasının bıraktığı yerden tarlayı sürmeye başladı. Bir ay içinde tarlayı sürdü, ekti bitirdi.

Yaz gelince de hasadını yaptı tek başına. Güçlü kuvvetli, gençti. Tınmadı.

Çocuğu kucağına alıyor, onunla oynaşa oynaşa köyü dolanıyordu:

"Benim bebek büyümez mi emmileri bakmayınca? Benim Rızam büyümez mi?" diyordu.

Amcalara nispet olsun.

Amcanın büyüğü Irazla evlenmek istiyordu.

Iraz:

"Evlenmem," diyordu. "Hüseyinimin yatağına başka erkek sokmam. Kıyametedek yaşasam gene evlenmem."

"Iraz," diyorlardı, "bu da onun kardaşı. Yabancısı sayılmaz. Çocuğunun emmisi. Ona babası gibi de bakar..."

Iraz Nuh diyordu da...

Bunun üstüne Iraza kin bağlayan amca, Hüseyinden kalan tarlayı onun elinden aldı. Oysa tarlada hiçbir hakkı yoktu. Babaları öldüğünde, üç kardeş kalan tarlaları eşit olarak paylaşmışlardı. Bu parça da Irazın kocası Hüseyine düşmüştü. Ne çare, Iraz genç kadın. Hükümet yolu, karakol kapısı bilmez. Ne yaparlarsa yanlarına kalır.

Iraz tarlasızdı ama, gene de dayandı:

"Benim bebek büyümez mi emmileri gavurluk yapınca? Benim Rızam büyümez mi? Büyümez mi tarlası olmayınca?"

Yazın ırgatlık, kışın zenginlerin evinde hizmetçilik etti. Gününü gün etti. Çocuğu nur topu gibiydi. Dilinde, bir ağıt, bir ninni, acı bir türkü gibi;

"Benim öksüz büyümez mi?"

Büyüdü.

Neden yoksulluk içindeler? Neden tarlasızlar? Bunun sebebini her gün anasından, köylülerden duya duya büyüdü. İçine yanık bir türkü yerleşti kaldı. Bir ananın acısını, gücünü, yürekliliğini döktüğü bir türkü... "Benim yavrum büyümez mi?"

Rıza yirmi birine bastı. Fidan gibi. Dal gibi. Sakarköyün içinde onun gibi ata binen, cirit oynayan, nişan atan, halay çeken yok. Ama, ana da, oğul da rahat değiller... Yüreklerinde onulmaz dertleri var. Kendi tarlan olsun da, sen git el kapılarında yanaşmalık et, yarıcılık et.

Sakarköyün toprakları çok verimli... Öteki köylere bakarak geniş de. Büyük bir düzlük. Bu düzlüğün tam orta yerinde bir nokta gibi, Adaca denilen kocaman kaya parçası var. Cümle düzlük ekilip yeşerince, tarlalar yeşile kesince, Adaca kayası bembeyaz, yeşilliğin ortasında parlar.

Adacanın dibindeki tarlalardan bir tanesi, en büyüklerinden birisi Rızanın babasının tarlasıdır. Yıllardır amcası sürer. İşte o tarla... Rıza bereketli, yağlı bir toprağı hayal eder. Hayal eder, yüreğindeki hınç büyür, taşar... Nereye gitse, nerede çift sürse, gözleri Adaca kayasının dibindedir. Adaca kayasının dibi bir aşk gibi.

Anası her zaman, her Allahın günü:

"Aaah oğul" der, "Adacanın tarlası... Baban bizi bu tarlayla gül gibi geçindirirdi. Gözleri kör olası..."

Rıza boynunu büker, dalar giderdi. Burnunda yağlı ışıl ışıl bir toprağın kokusu... Toprağın özlemi içini yakardı...

Anası:

"O senin gavur emmin," der, "o senin gavur emmin!.. Burnundan fitil fitil gelecek."

Son günlerde Rızaya bir hal oldu. Hiç böyle değildi. Sabahları çok erkenden uyanıyor, düşüyor yollara... Ver elini Adaca... Adacanın dibindeki tarlaya varıyor. Bir taşın üstüne oturuyor, dalıyor hayallere... Ekinler göcek olmuş. Toprakta böcekler. Gün doğarken toprak buğulanır. Buğulu toprağa özlem, özlemlerin en yamanıdır. Rıza elini yumuşacık toprağa daldırıyor. Toprak sıcacıktır. Parmaklarının arasından altın bir toprak akıyor yere. Rıza, "Bu toprak benim," diyor. Bütün etinde bir ürperme, bir tat... "Bu toprak benim ha," diyor. "Benim amma yirmi yıldır el ekiyor, el biçiyor..."

Kalkıyor. Yorgun, karar vermiş evine dönüyor. Anası soruyor:

"Şafaktan beri neredeydin?"

Karşılık vermiyor. Yüzü karanlık.

Bu böyle, tam tamına iki ay sürdü. Ekinler dize çıktı, sarı, yeşil, koyu, karanlık bir yeşile döndü.

Rıza bir gün:

"Ana," dedi, "bu tarla bizim."

Ana:

"Bizim ya yavru," dedi. "Kimin olacak?"

Rıza:

"Ben," dedi, "hükümete başvuracağım."

Ana:

"Ben de," dedi, "ben de bu günü bekliyordum."

Rıza:

"Yaşlılara sordum. Dedemden kalan tarlayı babam sağlığında amcalarımla paylaşmış. Paylaşmasa bile bizimki bizim. Dedemden bana kalacakmış."

Ana:

"Ya yavru," dedi, "bizimki bizim."

Bu bir miras davası olduğu için mahkeme o kadar uzun sürmedi. Adacanın dibindeki, yağlı, yumuşacık toprak Rızaya geçti. Yılların mihnetinin altında ezilmiş genç Rıza, bir sevgiliye, bir anaya babaya kavuşur gibi tarlasına kavuştu. Tarla kendisine teslim edildiğinde mevsim yazdı. Toprak sıcacık, kavruluyordu. Ekinler biçilmiş, firezler pırıl pırıl yanıyordu.

Rıza, yazyeri çıkarmak için bir çift öküz buldu. Pulluğu arkasına taktı öküzlerin. Toprak, pulluğun ağzında ufalanıyordu. Bütün derdi hemencecik tarlayı sürüp bitirmek, kendisinin olan tarlayı şöyle sürülmüş, tohumunu almaya, bire otuz, bire kırk vermeye hazır görmekti.

Yazyeri çıkarılırken çift iki kere koşulur. Biri şafaktan iki saat önce, öteki ikindin, garbi yeli çıktıktan sonra. Şafaktan önce koşulan çift gün kızıncaya kadar sürdürülür. Gün iyice kızdıktan sonra, artık çift sürülmez. Öküzler sineklenirler. Gitmezler. Bu arada ikindine kadar, bir ağaç gölgesinde dinlenilir. İkindiüstü, Akdenizin üstünde yelken bulutları yükselirken yeniden çift koşulur. Bu, ay ışığı varsa gece yarısına kadar devam eder. Yoksa, ortalık kararıncaya kadar sürer.

Ay ışığı vardı. Rıza, gün kızıncaya kadar, sonra ikindinden gece yarısına kadar durmadan sürüyordu. Sıcak demiyor, yorgunluk demiyordu. Bazan kendisini alamıyor, sabaha kadar sürüyordu. Sürülmüş yumuşak toprak, ay ışığında daha güzel görünüyordu. Gece... Sessizlik... Pulluğun toprağı yararken çıkardığı ses daha iyi duyuluyor.

Iraz, fidan gibi bir oğlan büyütmekten, hayırsız amcalardan tarlasını koparıp almaktan dolayı konurluydu. Köyün içinde, bu günler, bir sevinç kasırgası halinde dolanıyordu.

"Rıza..." dediler miydi:

"O, tarlasını sürüyor," diyordu.

Ayın on dördü. Ay, yusyuvarlak. Cümle tarlaları, daha çok Rızanın sürülmekte olan toprağını yaldızlıyor. Serince de bir yel esiyor. Rızanın öküzleri, ayakları toprağa gömülerek, ağır ağır arkalarındaki pulluğu çekiyorlar. Ay ışığına, kalaylanmış gibi parlayan toprağa rağmen, ağır bir uyku dört bir yandan bastırıyor.

Rıza yorgun. Öküzleri bırakıp, bir toprak tümseğini başına yastık yapıp uyuyor. Koca ovada sürülmüş, ovaya kara bir el işi kağıdı gibi yapışmışçasına duran tarlanın ortasında kıvrılmış bir leke gibi...

Sabahleyin, akraba çocuklarından on bir yaşındaki Durmuş çocuk, her günkü gibi Rızaya gene azığını getirir. Gün iyice kızarmıştır. Ortalık çatır çatır eder. Çocuk, ağaçların dibinde, her günkü gibi Rızayı araştırır. Rıza, onun geldiğini görünce, ayağa kalkıp gülerek ona doğru gelecektir. Azığı elinden almadan, iki koltuğu altından tutup havaya kaldıracaktır. Çocuk şaşkın. Ağaçların dibini bir bir tarar. Yok. Sonra, tarlanın ortasına kıvrılıp yatmış Rızayı görür. Öküzler de ortada yok. Kıvrılıp yatmış Rızanın yanına geldiğinde ürker. Elinden azık düşer. Çocuk döner, bağıra bağıra kaçmaya başlar.

Köye girdiğinde soluk soluğaydı, çocuk. Yıkılacak gibi. Bağırıyordu. Bağırıyordu ama, sesi bir ıslık gibi çıkıyordu. Geldi, evlerinin önünde kendini yere attı. Kadınlar başına biriktiler. Korkmuş diye dilini çektiler. Soğuk su içirdiler. Başına su döktüler. Çocuk azıcık kendine gelince:

"Rıza Ağam kan içinde yatıyordu. Yere birçok kan göllenmişti ki..." dedi. "Ağzından da kan gelmişti. Böyle görünce onu, koşa koşa geldim işte."

Kadınlar, işi anladılar. Başlarını önlerine eğip sustular. Bir anda bütün köy haberi işitti. Iraz da duydu. Iraz, saçlarını yolarak, çığrışarak önde, köylüler arkasında tarlaya geldiler. Rızanın başı tümsekten düşmüş, yana sarkmıştı.

Iraz:

"Öksüz yavrum, gün görmemişim," diye oğlunun üstüne atıldı.

Rıza, dizlerini göğsüne doğru çekmiş, kıvrılmıştı. Önünde-ki çukura kan göllenmiş. Kan donmuş. Kanın üstünde böcekler, sinekler... Ortalığa keskin, tüten, kan kokusu gibi köpüklenen bir güneş de çökmüştü. Güneş buğulanıyordu. Ölünün üstün-de bir sürü sinek, şimşek yeşili... Parlayıp kayıyorlar... Kan kö-pürmemiş, kerpiç gibi donmuştu. Ama, bu sıcakta köpürmüş gibi duruyordu. Yahut da öyle geliyordu insana.

"Öksüz yavrum! Gün görmemişim."

Kadınlar, çocuklar, erkekler ölünün yöresine halka olmuş-lardı. Kadınların çoğu ağlıyordu.

"Babayiğidim, sana kim kıydı?"

Iraz kendinden geçmiş. Dövünüyor, çırpınıyor. Yürek koy-muyor insanda.

İki kadın varıp Irazı ölünün üstünden almak istediler. Ya-pışmıştı. Ayıramadılar.

"Beni de diri diri," diyordu, "beni de Rızamla beraber gö-mün."

O gün, Iraz akşama kadar oğlunun ölüsü üstünde kaldı.

Olayı kasabaya haber verdiler. Candarmalar, savcı, doktor geldi. Candarmalar, gözleri kan çanağına dönmüş, ağlaya ağla-ya morarmış kadını sürükleyerek ölünün üstünden kaldırdılar. Kadın toprağa kapandı, ölü gibi kıpırtısız kaldı... Bir daha da uzun zaman sesi sadası çıkmadı.

Gerekince, toprakta yatan, toprağa yapışıp kalmış kadını Savcının karşısına getirdiler.

Savcı:

"Hatun senin oğlunu kim öldürdü acaba?" diye sordu. "Kimden şüphe ediyorsun?"

Kadının yüzü gerildi. Sonra boş gözlerle pel pel Savcının yüzüne baktı.

Savcı yineledi:

"Senin oğlunu kim öldürdü? Şüphen kime?"

Iraz:

"O gavurlar," dedi. "O gavurlar... O gavurlardan başka kim öldürecek? Emmisi oğlu öldürdü. Tarlanın yüzünden."

Savcı, tarla meselesini iyice araştırıp zapta geçti.

Kalabalık tarladan ayrıldı.

Üstünde yeşil sinekleriyle ölü, öküzleri kaçmış, bomboş öküz bekleyen boyunduruğuyla pulluk, ağlamaktan gözlerinde yaş kalmamış ana orada umarsız, ovanın mahzunluğunda kaldılar. Kara, yağlı toprak, sapsarı ovanın ortasına yapıştırılmış bir el işi gibi kara kara ışıldıyordu.

Katil olarak, amcasının oğlu Aliyi yakalayıp karakola götürdüler. Ali verdiği ifadede, o gün köyde olmadığını, Öküzlü köyünde düğünde bulunduğunu şahitleriyle ispat etti. Öküzlü köyü Sakarköye dört saattır. Iraz ve bütün köylüler biliyorlardı ki Rızayı vuran Alidir. Tarla yüzündendir.

Köylü de şaştı. Iraz da şaştı. İki gün sonra Ali elini kolunu sallaya sallaya köye geldi. Iraz, onu mutlak asacaklar diyordu. Öyle sanıp teselli buluyordu. Oğlunu vuranın köyde elini kolunu sallaya sallaya gezdiğini duyunca, kendinden geçti, deliye döndü. Evdeki baltayı alıp, doğru Alilerin evine koştu. Oğlunu vuranı mutlak vuracaktı. Aliler, Irazın baltalı, kendilerine doğru geldiğini görünce kapıları kapatıp, arkadan sürmelediler. Iraz, kapıyı kapalı bulunca, başladı kapıyı baltalamaya... Ali içerde değildi. İçerde olsa kapıyı kapamazdı. Ana, baba, iki kız ve bir küçük çocuk vardı içerde. Kapı kırıldı kırılacaktı. Kapıyı kırıp içerdekileri baltadan geçirmek için Iraz var kuvvetiyle kapıya sallıyordu baltayı. Köylüler gürültüye gelmişler, evin dört bir yanına yığılmışlardı. Iraza yaklaşamıyorlardı. Daha doğrusu, yaklaşmak içlerinden gelmiyordu. Oğlunun öcünü eliyle alsın...

Bazı bazı bir erkek:

"Etme anam, etme bacım, içerdekilerin ne suçu var? Ali yok evde," diyordu. "Vazgeç."

İçerden baba da:

"Ali yok içerde. Vazgeç Iraz," diye bağırıyordu.

Nasıl oldu, nasıl olmadı, Ali kalabalığın arasından fırlayıp arkasından Irazı yakaladı. Elindeki baltayı kaptı. Halsiz kadını var gücüyle bir tarafa fırlattı. Kadını çiğnemeye başladı. Köylüler vardılar Irazı onun ayağının altından aldılar.

Aynı günün gecesi, Iraz, Alilerin evine ateş verdi. Köylüler evi söndürmeye çalışırken Ali atına atladığı gibi karakolun yolunu tuttu. O gün sabahleyin olan biteni ve gece de Irazın evlerini yaktığını şikayet etti. Evin halen yanmakta olduğunu da ekledi sözlerine.

Candarmalarla birlikte Ali, köye girdiğinde sabah oluyordu. Bunu gören köylüler Alinin başına biriktiler:

"Etme Ali," dediler, "fıkaranın fidan gibi oğlu gitmiş, yüreği yangılı. Ne yaptığını bilmiyor fıkara. Bir de sen tuz biber ekme yarasına. Mahpuslarda çürütme fıkarayı. Evini köylü söndürdü..."

Ali dinlemedi. Candarmalar, Irazı önlerine kattılar, aldılar karakola götürdüler.

Iraz ifadesinde:

"Kapıları da kırdım. Her bir şeyi de yaptım," dedi. "Eğer içeri girebilseydim, teker teker hepsini baltadan geçirirdim. Olmadı. Oğlumu, biricik öksüzümü öldürenlerin hepsini öldürsem, çok mu? Evi de ben yaktım. Hepsi içerde çatır çatır yansınlar diye de gece verdim ateşi. Namussuz köylü durur mu? Haber verdiler. Evi söndürdüler. Rızama karşılık çok mu görüyorsunuz? Benim öksüzüm bir memleketi değerdi. Ben onu nasıl büyüttüm biliyor musunuz? Çok mu görüyorsunuz?"

Savcıda da, mahkemede de aynı ifadeyi verdi. Tutuklayıp hapisaneye götürdüler, o gene ifadesinden şaşmadı. Boyuna söyleniyordu:

"Benim oğlum bir köyü, bir memleketi değerdi. Çok mu? Benim oğlum... Çok mu?"

Hapisanenin tek odalı kadınlar koğuşuna getirdiler soktular. İşte bunu hiç beklemiyordu. Bir çınar gibi oğluna karşılık, bir ev yakmış. Bu haksızlık ona oğlunun ölümünden de ağır geldi. Başını kaldırıp da hiçbir yere bakmıyordu. Bastığı yeri görmüyordu. Gözleri hiçbir şeyi seçemiyordu. Kör gibi, el yordamıyla dolanır gibi geziyordu ortalıkta. Yalnız mıydı bu odada, başka birisi var mıydı, farkında değildi. Bir köşeye, "kuyu dibine düşmüş taş gibi" oturmuştu. Sessiz.

Sütbeyaz başörtü bağlardı. Yüzü yanık esmerdi. Ela gözleri kocamandı. Işıl ışıl yanardı. Çekik kaşları yüzüne başka bir güzellik verirdi. Çenesi incecik, yüzü genişti. Geniş alnına küçücük bir kara perçem düşer, kıvrılırdı. Şimdi perişan. Yüzü çekilip kapkara kesilmiş. Gözlerinin akı kandan görünmüyor. Göz-

213

leri ağlamaktan o derece kanlanmış. Çenesi kurumuş gibi. Dudakları kansız. Susuzluktan, yarılmış gibi. Yalnız, gene başörtüsü sütbeyaz. Lekesiz.

Durup durup:

"Benim dal gibi oğlum," diyor. "Bir ülkeyi değerdi. Çok mu? Bir köyü taşıyla toprağıyla yaksam, kül etsem çok mu?"

Hatçe, bu yeni gelen kadına bir şey soramıyor. Gelişine çok sevindi. Şu yapayalnız koğuşta bir can yoldaşı... İçten içe sevindi ama, sonra kadına acıdı. Kim bilir ne gelmiştir fıkaranın başına? Can yoldaşı man yoldaşı istemezdi. Burası felaket yeridir. Kimsenin gelişine sevinmemeli.

Bir şeyler sormak istiyor kadına, dili varıp da bir türlü soramıyor. Böyle durgun, böyle ölüm dirim kavgası yapan, can çekişen insanlara kolay kolay bir şey sorulamaz. İnsan ne soracağını şaşırır. Hatçe de soramadı. Kadına baktı kaldı.

Akşam oldu. Hatçe dışarda, maltızına bulgur çorbası vurdu pişirdi. Soğan, acı yağ kokan çorbayı içeri aldı.

Çorba hafif hafif buğulanıyordu. Çorba soğuduktan sonra, korka korka Iraza yanaştı:

"Teyze," dedi, "açsın herhalde. Azıcık çorba koydum. İç."

Irazın gözleri bomboştu. Kör gibi bakıyordu. Duymuyor gibiydi de.

"Teyze," diye gene korka korka yineledi. "Teyze, içsene şu çorbadan azıcık. Çok değil, azıcık. Çok açsın herhalde şimdi."

Iraz, oralı bile olmuyordu. Gözleri bomboştu. Taşlaşmış. Gözlerini kırpmıyor bile. Körlerden daha beter bir hali var. Kör gözlerde, gene bir görebilme telaşı, isteği, çabası sezilir. Bunda o da yok. Sağır kulaklarda bir çırpınma, bir gerilme, duymaya doğru bir koşma vardır. Bunda yok.

Hatçe, usuldan dürttü:

"Teyze!"

Kadının boşluktaki gözleri ağır ağır geldi, Hatçenin üstüne dikildi kaldı. Hatçe şaşırdı. Kıvrandı. Gözlerin altından kaçmaya çalıştı. Bir şeyler söylemek istedi. Dili diline dolaştı, beceremedi. Sahanı orada, kadının önünde bırakıp kendisini dışarı attı. Soluğu tutulmuştu.

Gardiyan gelip, kapıyı kapayıncaya kadar dışarda kaldı.

İçeri girmeye, Irazın haline bakmaya korkuyordu. Daha doğrusu yüreği götürmüyordu. Kapı üstüne kapanınca, hemencecik, titreye korka, Irazdan yana bakamayarak yatağını açtı girdi. Yatağında bir zaman büzüldü kaldı. Karanlık kavuştu. Kalkıp lambayı yakmadı. Her gün karanlık kavuşur kavuşmaz yakardı. Bugün bir türlü yakmaya eli varmıyordu. Yakınca o ölüm dirim kavgasında çırpınan yüzü görecekti. Karanlıktan da korkuyordu. Ama, karanlık ışıktan daha iyiydi. Karanlık, hiç olmazsa, aralarına bir duvar gibi geriliyordu.

O gece Hatçenin gözlerine hiç uyku girmedi. İlk ışık pencerenin tahta aralıklarından içeri sızarken kalktı. Iraz, olduğu köşede duvara hafif bir gölge gibi yapışmıştı. Kıpırdamıyordu. Yalnızca beyaz başörtüsü belli oluyor, kirli duvarda sütbeyaz bir pencere gibi kalıyordu.

Öğle oldu, Iraz gene aynı durumda. Akşam oldu gene öyle. O gece de Hatçe, birincisi gibi korkulu, yarı uyur, yarı uyanık bir gece geçirdi.

Sabahleyin gene ışıklar sızarken gözleri şiş şiş uyanırken Irazın yanına vardı. Her şeye karar vermiş bir hali vardı.

"Teyze!" dedi. "Kurban olayım teyze! Etme!"

Kadının ellerine sarıldı:

"Etme nolur!"

Kadın, kocaman kocaman açılmış gözlerini onun üstüne çevirdi. Gözler solmuş, bütün ışığını yitirmişti. Gözlerin hiç akı kalmamış, tüm karaya kesmişti.

Hatçe dayandı:

"Derdini bana söyle, teyze," dedi. "Kurbanların olurum teyze. Dertsiz insan buraya düşer mi? Dertsiz insanın burada ne işi var? Öyle mi teyze?"

"Ne diyorsun kızım?" diye inledi Iraz.

Hatçe, Irazın ağzını açıp bir laf etmesine sevindi. Üstünden büyük bir yük kalkmış gibiydi.

"Neden böylesin teyze?" dedi. "Geldin geleli ağzını açmadın. Bir lokma ekmek de yemedin."

Iraz:

"Benim oğlum memleketi değerdi. Köyün yakışığıydı benim oğlum. Çok mu?" dedi, sustu.

Hatçe:

"Seni görünce ben derdimi unuttum," dedi. "Derdin ne teyze? Söyle de açıl."

Iraz:

"Oğlumu öldürenlerin evini yaksam, kapılarını kırsam, çok mu? Hepsini birem birem öldürsem çok mu? Kıyık kıyık kıysam..."

Hatçe:

"Vay teyzeciğim vay!" dedi. "Gözleri kör olasıcalar."

Iraz:

"Köyün yakışığıydı," diye inledi. "Hepsini öldürsem çok muydu?"

Hatçe:

"Vay ana, vay!" dedi.

"Bir de beni getirdiler buraya attılar. Oğlumu vuran elini kolunu sallaya sallaya gezer köyde. Ben ölmeyim de kimler ölsün!"

Hatçe:

"Hatun teyzem," dedi, "sen acından öldün. Geldin geleli ağzına bir lokma koymadın. Ben gidip de bir çorba yapayım."

Bugün çorbaya bolca yağ da koymaya karar verdi. Geldiğinden bir ay sonra, bazı zengin mahpusların çamaşırlarını yıkamaya başlamıştı. O sebepten birikmiş birkaç kuruşu vardı. Çarşıdan, mahpuslara bir kız çocuğu, yiyecek öteberi alırdı. Kızı çağırdı, eline bir elli kuruşluk verdi. "Git yağ al gel, buna," dedi. Sevinçten uçuyordu. Ne olursa olsun kadın konuşmuştu. Konuşan insan, öyle kolay kolay dertten ölmez. Bir insan konuşmadı da içine gömüldü müydü, sonu felakettir. İşte buna seviniyordu.

Hatçe, ne kadar hoş türkü biliyorsa hepsi teker teker içinden geçiyordu. Maltıza kömür doldurdu, yellemeye başladı. Kömür çabucak kırmızı köze kesti. Bir taraftan yelliyor, bir taraftan üfürüyordu. Küçücük kalaylı tenceresine suyu doldurdu, maltıza vurdu. Çorba hemencecik pişti. Bu kadar çabuk pişmesine çorbanın, Hatçe de şaştı.

Hatçe çorba lafını edince, Iraz, içinde bir eziklik, bir açlık duymuştu. Yüreği kazınıyordu. Barsakları, midesi biribirine

216

yapışmış gibi... Oğlu vurulduğu günden beri ağzına bir lokma koymamıştı. Dışardan burnuna erimiş yağ, kızarmış soğan kokusu geldi. Kızgın yağın çorbaya dökülürken çıkardığı cızırtıyı işitti.

Hatçe çorba dolu sahanı getirdi, Irazın önüne koydu.

"Teyze," dedi, "nolursun?"

Eline de bir tahta kaşık tutuşturdu. Irazın kaşığı unutmuş bir hali vardı. Kaşık eline yakışmıyor gibiydi. Düşecekmiş gibi duruyordu elinde.

Hatçe, çorbayı içmeyeceğinden korkarak:

"Haydi teyze," dedi. "Haydi haydi nolursun!"

Iraz çorbayı içip bitirdikten sonra Hatçe:

"Teyze," dedi, "ibrikte su var. Yüzünü yu! Kendine gelirsin."

Iraz, Hatçenin dediğini yaptı. Gitti yüzünü yıkadı.

"Eksik olma güzel kızım," dedi. "İnşallah muradına erersin."

Hatçe:

"Keşki," dedi, "ah bre hatun teyzem, keşki. Ah keşki."

Başından geçenleri oturdu, Iraza bir bir anlattı:

"Yaa," diyordu, "hatun teyzem, işte böyle oldu. Dünyada hiçbir şey istemem Memedimden bir haber alsam. Tam dokuz ay oldu buraya düşeli. Ne gelen var, ne giden... Anam olacak anam, karnından düştüğüm anam bile bir kere geldi. Yaaa hatun teyzeciğim, ilk günler bu delikte aç açına yattım. Sonra mahpusların çamaşırlarını yudum da... Yaaa hatun teyzem... Bir haber alsam... Ölü mü diri mi, bir haber alsam. İsterlerse assınlar beni. Umurumda değil. Memedimden bir haber gelsin..."

Irazın durgunluğu, sersemliği gün geçtikçe azalıyordu. Sonraları mahkumlardan öğrendi ki, "Kapıyı ben baltayla kırdım. İçerdekilerin hepsini öldürecektim, o piç gelmeseydi. Evi de içerdekileri de yakmak için yaktım," dememeliydi mahkemede. On tane de oğul öldürülebilir, ispat edilmezse, yani gören, bilen olmazsa olayı, kanun katili tutamazdı. Iraz ilk günlerde bu haksızlığı bir türlü anlayamıyordu. Sonra gitgide kavradı. Bundan sonraki mahkemelerde verdiği bütün ifadelerde her şeyi inkar ediyordu.

"Aaaah!" diyordu, "dışarda olsaydım, oğlumu Alinin öldürdüğünü hükümete gösterirdim. Aaah!" diyordu.

Hatçe, onu teselli etmeye çalışıyordu.

"Çıkarsın inşallah Iraz hatun teyzem. Çıkarsın da oğlunu öldüreni hükümete teslim edersin. Ya benim halim! Ya şu genç yaşım! Çürüyeceğim. Üstüme ıspatçılık eden edene."

Aradan günler geçti... Irazla Hatçe, ana-kız gibi oldular. Belki de ana-kızdan daha ileri. İçtikleri su ayrı gitmiyordu. Şimdi ikisinin de derdi bir tek dert olmuştu. Hatçe, Rızanın boyunu bosunu, kara gözlerini, kalem gibi parmaklarını, halay çekişini, çocukluğunu, çocuklukta neler yaptığını, Irazın onu ne kahırlara katlanarak büyüttüğünü, tarla meselesini, son cinayeti en ince noktasına kadar, yaşamış, görmüş gibi biliyordu. Iraz da öyle. O da Memede ait ne varsa... Evcik yaptıkları günden beri hepsini biliyordu.

Son günlerde ikisinin derdi de, sevinci de birleşti. Bir tek düşünceleri vardı. O da Memed.

Irazla Hatçe, bütün gün, akşamlara, gece yarılarına dek çorap örüyorlar. Gözlerini kör edercesine. Ördükleri çoraplar kasabada şöhret yapmıştı. "Nişanlısını öldüren kızla, oğlu vurulan kadının çorabı..." Çoraplarda nakışların en acısı uçuşuyordu. Hatçeyle Iraz, örnek filan almıyorlar, nakış üstüne nakış yaratıyorlardı. Ağı gibi acı renkler, acı nakışlar. Kasaba, kasaba oldu olalı nakışın bu kadar etkileyenini, acısını, güzelini görmemiştir. Kasaba bunu böyle kabullenmiş. Böyle söylüyor.

Mahpusaneye ilk giren insan şaşırmıştır. Dünyadan apayrı düşmüş gibi olur. Sanki başka bir dünyadadır. Uçsuz bucaksız bir ormanda kaybolmuştur. Ondan da beter. Topraktan, evden barktan, dosttan, sevgiliden, her şeyden bütün bağlarını koparmışçasına uzaktır. Bir derin, ıpıssız boşlukta döner. Sonra başka bir hali daha vardır yeni mahpusun, taşı toprağı, duvarı, o azıcık görünen gökyüzünü, kapıyı, demir parmaklıklı pencereleri bile düşman sayar kendisine. Hele bir de parası yoksa, bir köşede boynu bükük kalakalır.

Hatçeyle Irazın böyle gece gündüz gözlerini kör edercesine çorap örmeleri boşuna değildir. Kazandıkları paranın kuruşuna bile dokunmuyorlardı. Yemiyorlardı. Birkaç aydır bütün yiyecekleri, hapisanenin verdiği tek tayındı.

Memed, er geç nasıl olsa gelecekti. Belki yarın, belki de bir ay sonra. Mutlak tutup getireceklerdi. Ona para gerekti. Bir köşede boynu bükük kalmasın diyedir, bu kadar göz nuru...

Iraz:

"Kızım," diyordu, "bizim gibi sıkıntı çekmeyecek Memedimiz. Burada biz varız."

Hatçe övünerek:

"Biz varız ya teyze," diyordu. "Biz varız."

Iraz:

"Memedimizin burada parası da var. Daha da kazanırız o gelinceye kadar. Geldiği gün paranın hepsini eline veririz. Ona buna mahcup düşmez. Eline bakmaz elalemin."

Geceleri yorgun, gözleri acıyarak yataklarına giriyorlar, uzun uzun konuşuyorlar, dertleşiyorlardı. Memed için türlü ihtimaller üstünde duruyorlardı. Akla hayale sığmaz. Neler icat etmiyorlardı! En sonunda Hatçe anasına kızıyor:

"Şu anam da," diye başlıyordu. "Şu benim anam da ana mı? Ben ondan en istedim sanki? Anam, dedim, kulun kölen olurum anam, Memedimden bir haber. Senden başka hiçbir şeycik istemem, dedim. Gitti de bir daha gelmedi."

Iraz:

"Kim bilir," dedi, "nolmuştur fıkara anana? Neler gelmiştir onun da başına?"

Iraz, anayı her zaman böyle savunurdu.

Her geceki gibi, gene gece yarısı yataklarına girdiler. Yatakları nemden ıslak ıslaktı. Gece böcekleri ötüyordu. Karanlığa çabucak alışsın diye de usul usul gözlerini ovuşturdular.

Hatçe:

"Iraz teyze," dedi.

Iraz:

"Ne?" diye sordu.

Her gece böyle başlarlardı.

Hatçe:

"Islak," dedi.

Iraz:

"Nedelim ya kızım?" diye karşılık verdi.

Hatçe:

"Benim anam da ana mı?" dedi.

Iraz:

"Kim bilir, neler gelmiştir fıkaranın başına?" diye gene her zamanki sözünü söyledi.

Hatçe, anasının üstünde durmadan başka konuya atladı.

"Çukurovada, Yüreğir toprağında bir gözcük evimiz olacaktı," dedi. "Memed yanaşmalık edecek, sonra da küçücük bir tarla alacaktık. Memed, böyle söylerdi, işte."

Iraz:

"Yaşınız genç. Gene olur," dedi.

Hatçe:

"Beni kebapçıya götürecekti kasabada."

Iraz:

"Gene götürür."

Konuşma bu minval üzere uzar, en sonunda Hatçe, dalar giderdi. Kendisinin hapiste, Memedin de kaçak olduğunu unuturdu. Iraz da unuturdu. Gene unuttular:

"Yüreğir toprağı," diye sayıkladı. "Yüreğir toprağı sıcaktır. Güneşlidir. Bir ekin olur, kaplan sökemez. Bizim tarlamız otuz dönüm."

Iraz:

"Yaaa kızım otuz dönüm."

Hatçe:

"Yarısına buğday, yarısına arpa ektik."

Iraz:

"Buğdayın ortasına da iki evlek soğan..."

Hatçe:

"Evimizin içini yeşil toprakla sıvadım."

Iraz:

"Yeşil toprak... Kırmızısı da var."

Hatçe:

"Bir ineğimiz var. Koca gözlü, kırmızı bir inek... Bir de buzağısı..."

Iraz burada susar, karşılık vermezdi. Gene sustu.

Hatçe sözünü sürdürdü:

"Benim evim senin evin. Memed senin oğlun, ben de kızınım."

"Kızımsın..."

Hatçe:

"Evimizin önündeki salkım söğüdün dalları sarkar. Yere ulaşır."

Iraz:

"Dört bir yanına çit çekeriz. Ortasına bahçe... Çiçeklik..."

Hatçe, derin bir uykudan silkinircesine kendine gelir:

"Memedi ne zaman tutup getirirler ola?" diye Iraza sorardı. Gene sordu:

"Hı? Ne diyorsun teyze?"

Iraz:

"Yarın değilse, bir ay sonra..."

Hatçe:

"Biz varız, değil mi teyze?" dedi.

Iraz:

"Biz varız," dedi konurlu. "Paramız da var."

Böylece uykuya dalarlardı. Gene daldılar.

Cuma günüydü. Cuma günü kasabanın pazarı kurulur. Hatçenin her Cuma günü gözleri yollarda kalırdı. Anası gelecekse Cuma günü gelirdi. Hatçe bugün de çok erkenden, daha gün doğmadan uyanmış, "Bari bugün gelse," demişti. Her Cuma böyle derdi.

Kuşluğa doğruydu ki, omuzu heybeli, uzun boylu bir kadın korka sine hapisaneye doğru geliyordu.

Hatçe:

"Iraz teyze," diye bir çığlık kopardı.

Iraz içerden:

"Ne var kızım?" diye heyecanla koştu.

Hatçe:

"Anam!" dedi.

Iraz yola doğru baktı. Yan yana durdular. Yorgun, ayakları yalın, kara yazmasının ucunu dişleri arasına almış, topallayarak gelen kadına baktılar. Kadının başı önündeydi. Mahpusanenin kapısına gelince durdu. İncecik, derisi, kemiğine yapışmış, sinirden tir tir titreyen gardiyan, kadına bağırarak sordu:

221

"Ne istiyorsun karı?"

Kadın:

"Kızım var içerde, onu görmeye geldim," dedi.

Hatçe:

"Ana," dedi.

Kadın usul usul başını kaldırdı, gardiyana baktı.

"Efendi kardaş işte kızım bu," dedi.

Gardiyan:

"Görüşebilirsiniz."

Heybesini duvarın dibine indirdi. Kendi de belini duvara verdi oturdu.

"Ooof," dedi, "kemiklerim sızlıyor."

Hatçe, öylecene durmuş anasına bakıyordu. Kadının ayakları parça parça yırtılmış, tırtıkları arasına toz dolmuştu. Saçları tozdan aklaşmış, boynundan aşağı bir çamurlu ter yürümüştü. Kaşları kirpikleri tozdan gözükmüyordu. Yırtık, kirli fistanı bacaklarına dolanmıştı. Bu hali görünce, Hatçenin anasına olan kızgınlığı geçti. İçine bir acıma doldu. Gözleri yaşardı. Boğazı gıcıklandı. Bir türlü anasının yanına varamıyordu.

Anası, öylesine durup, kendine yaş dolu gözlerle bakan kızını gördü. Onun da boğazı gıcıklandı. Ne diyeceklerini düşünüp de kendisini tutmasa boşanacaktı.

"Gelsene kadersizim, gelsene anayın yanına, gelsene gün görmemiş kızım," dedi.

Kendisini artık tutamayıp usul usul içine akıta akıta ağlamaya başladı. Hatçe vardı, onun elini öptü. Yanı başına da oturdu. Iraz da geldi bu sırada yanlarına:

"Hoş geldin bacı," dedi.

Hatçe, anasına Irazı tanıttı:

"İşte bu Iraz teyze," dedi. "Beraber yatarız."

Ana:

"Nolmuş bu bacıma da?" diye merakla sordu.

Hatçe:

"Rızasını vurmuşlar," dedi.

Ana:

"Vay!" dedi, "Vay! Gözleri kör olasıcalar. Vay bacım."

Bir sürecik üçü de sustu. Sonra, ana başını yerden kaldırıp konuştu:

"Kızım," dedi, "sırma saçlı da, kara gözlü kızım, kusuruna kalma anayın. O gavur Abdisi benim başıma neler getirmedi!.. Arzuhal vermişim diye hükümete, neler getirmedi başıma!.. Onun elinden çektiğimi bir ben bilirim. Benim bir daha kasabaya inmemi yasak etti. Yaa gül kızım... Yoksa gül kızımı dört duvar arasında, elin kasabasında yalnız başına kor muydum! İki güne bir gelirdim sırma saçlı kızımın yanına."

Nedense, konuşmayı birdenbire kirp dedi kesti. Geldiğinden beri de ilk kez yüzü ışıyordu. Kadınların başını kendine doğru çekip, usuldan usuldan konuşmaya başladı.

"Dur güzel kızım, az daha unutuyordum. Sana havadisim var. Memed, eşkıya olmuş! Eşkıya!"

Ana, Memed lafını edince, Hatçenin yüzü kül kesildi. Yüreği, göğsünün içine sığmayacakmış gibi, parçalanırcasına atmaya başladı.

"Memed, onları vurunca gitmiş Deli Durdunun çetesine karışmış. Elaleme etmediklerini koymuyorlarmış. Yoldan da kimseyi geçirmiyorlarmış. Bütün yolları bağlamışlar. Önlerine geleni öldürüyorlar, donlarına kadar, anadan doğma soyuyorlarmış..."

Hatçe kızgınlıkla:

"Memed, böyle işler yapmaz. Memed, adam öldürmez," dedi.

Ana:

"Ben ne bileyim kızım," dedi, "hep böyle söylüyorlar. Deli Durdudan sonra Memedin adı söyleniyor. Ünü sardı dört bir yanı. İnce Memed diyorlar da bir daha demiyorlar. Ben ne bileyim kızım? Ben de elin yalancısıyım. Abdi gavuru Memedi böyle duyunca, bir ay kadar evinin yöresine her gece dört beş tane nöbetçi koydu. Köylüler diyor ki, dışarda beş tane silahlı nöbetçi beklerden, içerde gene korkuyor, sabahlara dek gözlerine uyku girmiyormuş. Evin içinde dolanıp duruyormuş. Sonra, evine Asım Çavuş gelmiş, İnce Memedi takip ettiğini söylemiş. Bu dağlar, İnce Memed gibi bir eşkıya daha görmedi, demiş. O olmasaydı, ben Deli Durdu çetesini darmadağın ederdim, de-

223

miş. Bunun üstüne, Abdi Ağa başını aldı, köyden gitti. Kimi diyor ki kasabada oturuyor, kimi diyor ki aşağı Çukurova köylüklerine inmiş. Kimi de Ankaraya, büyük hükümete kaçmış diyor. Yani Abdi Ağa Memedden kendisini saklıyor. Ben de Abdi Ağa köyde yokken gül kızıma gideyim, dedim. Yaa gül kızım işte böyle..."

Bunları anlatırken yüzü rahat, gülümser gibiydi. Bitirince, yüzü yemyeşil, ölü yeşiline kesti. Boğulur gibi bir hal aldı.

Memedin eşkıya oluşuna Iraz da, Hatçe de sevinmişti. Göz göze geldiler. Gözleri konuştu.

Anasının yeşil, boğulacakmış gibi olan yüzünü görünce korktular.

Hatçe kekeleyerek:

"Ana, ana ne var?" diyebildi ancak.

Ana;

"Sorma kızım," dedi. "Sana kötü bir haber vereceğim. İnşallah yalan. Gelirken duydum. Dilim varmıyor demeye kızım. Dilim varmıyor. Sabahleyin kızım, sabahleyin duydum ki, dün sabahleyin kızım. Duydum ki, bir yörük ağası yüzünden Deli Durduyla Memed dövüşmüşler. Deli Durdu iki arkadaşıyla birlikte Memedi de vurmuş. Öyle duydum, kızım. Memed, yörük ağasını kayırmış. Deli Durdu da onu vurmuş. Bir atlı geçmiş köyün içinden, atlı bir yörükmüş. Üstü başı cephane doluymuş. İki tane tüfeği varmış. Yörük ağasına yardıma gittiğini söylemiş. Kan tere, köpüğe batmışmış altındaki at. Köylüler öyle söylediler. O söylemiş Memedin vurulduğunu..."

Hatçe, ilk önce dondu kaldı. Sonra Irazın ellerine yapışıp kendisini onun kucağına attı:

"Bu da mı geliciydi başıma teyze?" diye bastı çığlığı. Sonra birden sustu.

Ana:

"Ben gidiyorum," dedi. "Allahaısmarladık kızım. Sana doğru bir haber ulaştırırım yarın bir gün. Heybede yağ var. Yumurta, ekmek var. Gelecek Cuma gene gelirim. O gavur köye gene gelmemişse. Heybeye sahip ol. Yitmesin. Sağlıcakla kalın," dedi, yola düştü.

Yolda yürürken:

"Dememeliydim bunu ona. Dememeliydim," dedi kendi kendine.

Hatçe durup durup yeniden hıçkırmaya başlıyordu:

"Ah," diyordu, "gavur Deli Durdu nasıl kıydın Memedime? Adam arkadaşına kıyar mı hiç? Nasıl kıydın?.."

Iraz, teselli ediyordu:

"Eşkıya olan eşkıyanın her gün ölüm haberi gelir, inanma. Buna alışacaksın."

Hatçe dinlemiyordu onun söylediklerini:

"Ben yaşamam," diyordu, "Ben yaşamam Memedimin ardına."

Iraz kızdı:

"Bre kız," dedi, "ne biliyorsun öldürüldüğünü oğlanın. Diri adama ağlanmaz. Ben çocukluğumda, yok yok, gençliğimde olacak. Koca Ahmedin ölüm haberini belki yirmi kez duydum. Daha sağmış Koca Ahmet."

Hatçe:

"Aaah! Teyzem bu öyle değil ki," diyordu. "Bu yeni eşkıya daha. Ben yaşamam gayri. Ben ölürüm."

Iraz:

"Eşek kız" dedi "eşkıyalar bazı bazı öldü haberini, kendileri mahsustan çıkarırlar. Bak, onun eşkıya olduğunu duyunca keçi sakallı köyden kaçmış. Belki bu haberi keçi sakallı için çıkardı o. Kendisini öldü çıkaracak. Keçi sakallı köye gelince onu öldürecek. Belki bir düzen."

Hatçe:

"O böyle şeyler yapmaz teyzem" dedi. "Ben bundan sonra yaşamam. Ölürüm teyzem," dedi.

Sonra sıtmaya tutulmuş gibi titremeye, yanmaya başladı. Iraz onu kucağına aldı, getirdi yatağına yatırdı.

"Dur hele," diyordu, "dur hele akılsız kızım, gün doğmadan neler doğar! Dur hele! Böyle her şeye inanma..."

İkinci gün, yataktan ölü gibi kalktı Hatçe. Alnına kara bir yazmayı çeke çeke bağlamıştı. Yüzü mum rengini almıştı. Donuk, sapsarı.

Bu haberden sonra, Hatçe iflah olmadı. Gün günü daha sarardı, daha zayıfladı. Uyku uyuyamıyor, yatağın içinde sabahlara kadar, başını dizlerinin üstüne koyup oturuyordu.

Onunla beraber, Iraz da uyumuyordu.

Konuşmuyorlardı geceleri. Fakat Iraz, ikide birde:

"Göreceksin deli kızım," diyordu. "Göreceksin. Memedin yakında iyi haberi gelecek."

Hatçe oralı bile olmuyordu.

14

İki günden beri gündüzleri bir yere saklanıp, geceleri yol alıyorlardı. Çamlı kayalıkların başına gelmişler, orada mola vermişlerdi. Deli Durdunun bir tuzağa düşüreceğinden korkuyorlardı.

Cabbar:

"O bunu bir türlü kaldıramaz. Bize bir kötülük yapıncaya kadar gözüne uyku girmez. Onun yüreğinden ne geçerse bilirim. Dört yıl beraber gezdim. Çok yaşamaz. O bu günlerde yer kurşunu ya... Peşimizi de bırakmaz. Yoksa ölür. Bize bir şey yapamazsa çatlar ölür. Şimdi mutlak peşimizdedir. Keşki bunu yapmasaydık," dedi, "keşki..."

Memed:

"Korkuyor musun Cabbar?" diye sordu.

Cabbar:

"Yok amma," dedi.

Memed:

"Amması ne?"

Cabbar:

"Yani... Yani peşimizi bırakmaz da..."

Memed:

"Geleceği varsa..."

Cabbar:

"Öyle insanca gelmez ki," dedi. "Bir yerde, hiç umulmadık bir yerde pusu kurar. Pususuna düşeriz. Yoksa, erkekçesine karşı karşıya gelse... Allah ya ona verir, ya bize..."

Recep Çavuş dalmış, batan güne, güneşin bir tarafını kırmızılaştırdığı çam ağacının tepesine bakıyordu. Gün batıyordu. Başını usul usul indirdi. Yüzünü, boynundaki yaraya sarılı alacalı bezi, batan gün yaldızlıyordu.

"Ya bize verir," dedi.

Yeniden çam ağacının tepesine daldı.

Cabbar:

"Bana gücendin mi Memed kardaş?" diye sordu.

Memed:

"Yok," dedi, "neden güceneyim kardaş? Belki dediklerinde haklısın. Bana da öyle geliyor ki peşimizi bırakmaz."

Cabbar:

"Demek istedim ki tetik bulunalım. Nolur nolmaz..."

Memed:

"Haklısın," dedi, "Nolur nolmaz."

Recep Çavuş:

"Beni dinleyin çocuklar," dedi. "Ben, bu dağların nesini severim biliyor musunuz?"

Memed, gülümsedi:

"Yok," dedi.

Recep Çavuş:

"Gün batarken ağaçlarını. Gün batarken hani ağaçlara pare pare ışık düşer. İşte onu."

Memed:

"Anladım," dedi.

Gün battı. Karanlık kavuştu. Ay yarımdı. Çok kalmıyor, hemen batıyordu. Ay, ağaçların gölgesini usuldan yere düşürdü. Gölgeler biribirlerine karışıyordu. Seçilmiyorlardı.

Cabbar:

"Yürüyelim mi?" diye sordu.

Memed:

"Yürüyelim," dedi, ayağa kalktı.

Recep Çavuş:

"Durun hele çocuklar, azıcık beni bekleyin," diyerek bir kayanın dibine doğru gitti. Orada biraz eğlendikten sonra döndü geldi.

"Karanlık kavuşunca, kayanın dibinde bir hoş, bir yeşillik

228

gördüm. Yeşil bir kıvılcım... Yeşil yalım. Vardım baktım ki yosunmuş..."

Cabbar güldü. Memed de işin farkına vardı güldü:

"Bre Recep Çavuş, karanlıkta yosunu yeşil yalım gördün öyle mi?"

Recep Çavuş gayet ciddi:

"Şaştım bu işe. Bakın işte şurada."

Memed:

"Tamam mı yeşil yalıma baktığın?" diye sordu. "Öyleyse yürüyelim."

Recep Çavuş:

"Daha da bakmak isterdim ama, işimiz var."

"İşimiz var," dedi.

Kayalıklardan inmeye başladılar. İki gündür hep kayalıklarda yürüyorlardı. Yürüyorlar değil, sürünüyorlardı. Sabahtan beri de azıkları bitmişti. Acıkmışlardı. Ayaklarında ayakkabı kalmamış, zımpara taşı gibi kayalar, onları yemişti. Ayaklarında yalnız ayakkabılarının yüzü kalmıştı. Ellerinin içi soyulmuş, kızıl ete kesmişti. Kan da akıyordu.

Recep Çavuş:

"Gene başladık," dedi. "Gene başladık sürünmeye. Ne korkuyorsunuz böyle o deli namussuzdan? Ne korkuyorsunuz be? İnelim aşağı. Pusu mu kuracak, ne halt karıştıracaksa karıştırsın."

Memed:

"Geçer bre Çavuş," dedi. "Köye varırsak yakı yaptırırım ellerine."

Cabbar:

"Kocakarılardan beter oldun sen."

Recep Çavuş kızdı:

"Bir daha böyle konuşursan Cabbar," dedi. "Seni oraya çivilerim alimallah. Anladın mı?"

Memed:

"Cabbar sus!" diye gözdağı verdi.

Cabbar kahkahayla gülüyordu.

Recep Çavuş onun gülmesine de kızdı.

Dişlerini sıkarak:

"Herif adam değil ki," dedi, "orospu dölü."

Memed:

"Şimdi şimdi düze ineriz aslan Recep Çavuş," diye onu yatıştırmaya çalıştı.

Recep Çavuş:

"Şu orospu dölüne söyle de gülmesini kessin. Alimallah çivilerim."

Bunun üstüne Cabbar Recep Çavuşun yanına yaklaştı, elini hızla tuttu, öptü.

"Barıştık işte. Daha ne istiyorsun?" diye güldü.

Recep Çavuş yumuşamadı:

"Ben orospu dölleriyle barışmam," dedi.

Memed, lafı değiştirmek için:

"Çavuşum, tüfeğin dolu mu?" diye sordu.

Çavuş:

"Dolu!" diye sertçe karşılık verdi.

Memed:

"Çok iyi."

Recep Çavuş:

"Beşini de o Abdi gavurunun başına boşaltacağım. Parça parça, darmadağın olsun kafası... Zulmeder mi fakir fıkaraya?"

Memed:

"Beraber sıkacağız," dedi. "Benim yüreğim soğumaz elimlen öldürmezsem onu."

Müthiş kin duyarak düşünüyordu. Bir adam öldürmek!.. Bir adamı tamamen ortadan kaldırıp yok etmek... Bu, kendisinin elindeydi şimdi ha! Ormandaki attığı kurşunlar geliyordu gözünün önüne. Velinin can verişi geliyordu. Toprakta, çamurun içinde debelenişi... O, adam öldürmek demek değildi. Tabancayı ateşlerken dünyadan bir insanı ayırıyorum dememişti. Yakayı kurtarmak böyle daha kolay mümkün olmuştu. Şimdi bir adam öldürecek. Bir cana kıyacak... Öfkesi, aşkı, sevgisi olan bir şeyi ortadan kaldıracaktı. Buna, kendinde hak görmüyor gibi bir duyguya kapılmıştı. Düşünmeyi, hem de enine boyuna, derinliğine düşünmeyi öğrenmişti. Kasabadaki Hasan Çavuş... Belki de aşkı öğretmiştir düşünmeyi. Kim bilir! Abdiyi öldürmezse ne olurdu? Bir an, belli belirsiz, hayal meyal bu düşünceden korktu. Savmaya çalıştı. O savmak istedikçe, Allahın belası düşünce geliyor, sırnaşıyordu. "Hele köye bir varalım da..."

Recep Çavuş, var gücüyle bağırdı:

"Yetişin, düşüyorum."

Vardılar gördüler ki Çavuş, bir ayağını bulunduğu kayadan ötekine atmak istemiş, ayağı yetişemeyince, geriye de çekememiş... Elleriyle bir ağacın köküne yapışıp, orada asılıp kalmıştı. Çektiler.

Recep Çavuş bezgin bezgin:

"Allahaşkına söyle Memed, daha ne kadar var düzlüğe?"

Memed:

"Ha indik, ha ineceğiz."

Ay, tam karşı dağın ardına iniyordu ki, düzlüğe vardılar.

Recep Çavuş:

"Hah işte şöyle!" dedi. "Bir kayadan düşüp parçalanmadan geldik. Pusu mu kuracak, kursun deli deyyus. Şurada bir iyice dinlenelim. Avuçlarımın içi bir sızlıyor ki..."

Ötekilerin de avuçlarının içi, dizleri, ayakları sızlıyordu. Her parçaları bir kaya başında kalmış gibiydi.

Konuşmadılar. Memed, gene derin bir düşünceye dalmıştı. Diyordu ki, kendi kendine, "Abdi ölümü hak etmiştir". İneklerini çekip götürüşleri geliyordu gözünün önüne... Çakırdikenlikte, bıçak gibi ayazda, ayaklarını, bacaklarını dikenler yiye yiye çift sürüşü geliyordu. Ayazda, dikenlerin yırttığı yerler ateş düşmüş gibi cayır cayır yanar, adamın yüreğine işler. Zehir gibi acı, kahırlı çocukluğu toptan geliyordu aklına... "Abdi ölümü hak etmiştir. Hele varalım köye."

Cabbar dürttü:

"Heeeyyy Memed! Gene ne daldın?"

Memed:

"Hiç," dedi, utanarak.

Cabbar:

"Kalkın yola düşelim. Sabaha kalırsak hiçbir şey yapamayız."

Memed:

"Hakkın var," dedi.

Kalktılar. Bir çeyrek kadar yürüyünce çakırdikenliğe düştüler.

Recep Çavuş:

"Vay anam vay!" dedi. "Kayalığın gözünü seveyim. Bu dikenler adamın bacağını köpek gibi dalıyor."

Memed, sesi bozularak:

"Bu çakırdikenlik, o çakırdikenlik işte. Benim çift sürdüğüm yer."

Recep Çavuş durmadan:

"Vay anam vay!" diyordu: "Vay anam vay!"

Cabbar:

"Bre Memed," dedi, "bu kadar çakırdikenini saban sökemez ki... Dikenlik değil, ormanlık..."

"Vay anam vay!"

Memed:

"Ormanlık."

Cabbar:

"Kayalıklardan sonra da böyle bir diken ormanına düşerse insan... Talih dediğin de..."

"Vay anam vay! İnce Memedin de talihi böyle olur. Vay anam vay!"

Durup soluk alıyorlar, bacaklarından sızan kanı elleriyle yokluyorlardı.

Memed küfrediyordu. Çocukluğunda ettiği küfürleri yinelemekten tat duyuyordu. Bu küfürlerin çoğunu Dursundan öğrenmişti. Dursun şimdi nerelerdeydi acaba?

"Vay anam vay!"

Çakırdikenleri hışırdıyordu. Bastıkça, ağır, koygun bir ses çıkarıyorlardı. Gecenin ıssızlığında ses ta uzaklardan duyuluyordu.

"Vay anam vay!"

Cabbar:

"Diken neyse ne ya," dedi, "şu topraktaki ufacık taşlar da ayrı bir bela."

Memed:

"İşte çift sürdüğüm yerlere geldik. Tam buralar."

"Vay anam vay!"

Uzaktan, güneyden bir horoz sesi geldi. Horoz, uzun uzun, arkasını kesmeden ötüyordu. Sonra, bir dereye düştüler. Ayaklarının altından taş yuvarlanıyordu. Burdaki çakırdikeni daha beterdi.

"Vay anam vay!"

Dereyi çıkınca, karşılarına, karanlığa yapıştırılmış daha koyu bir karanlık gibi ulu çınarın karartısı çıktı. Çınara doğru yürüdüler. Çınarın arkasını dönünce, top gibi bir su gürültüsü patladı.

"Vay anam vay!"

Memed:

"Köye geldik," dedi. "Suya inip elimizi yüzümüzü yıkayalım. Ben size yarın birer tane çarık yaparım ki..."

Suya inip, ayakkabılarını çıkardılar. Ayaklarını suya soktular.

"Vay anam vay!"

Cabbar:

"Recep Çavuş," dedi, "yeter gayri baba! Çakırdikenlikten çıktık."

Recep Çavuş:

"Ben böyle dikenliğe hiçbir yerde rastlamadım. Vay anam vay!"

Memed:

"Buraya göz derler işte..."

Bir zamanlar Süleymanın evine kaçtığında, anasının gelip, haftalarca bu suyun gözüne baktığını, ölüsünün bu kayanın dibinden çıkmasını beklediğini anımsadı. Anası aklına düştü. Kendi kendine belki binbirinci kez sordu:

"Anamı nettiler ola?"

"Ha? Cabbar, anamı nettiler ola?"

Cabbar:

"Hiçbir şey yapamazlar," dedi.

Recep Çavuş:

"Vay anam vay!" diyordu. "Buralar neresi böyle?"

Memed:

"Buraya gözün gürültüsü derler. Aşağıda değirmen vardır. Kulaksız İsmailin değirmeni..."

"Bak kardaş! Köye girmeden oraya gidip, bir haber alalım. Daha iyi olur."

"Vay anam vay!"

Cabbar, Recep Çavuşa:

"Allah billah aşkına yeter Çavuş!" dedi.

Memed:

"Belki daha iyi olur. İsterseniz gidelim Kulaksızın değirmenine..."

Cabbar:

"Böyle daha iyi. Bence, hiçbir yere, hiçbir köye elini kolunu sallaya sallaya girmemeli."

Recep Çavuş:

"Bakın, bu doğru işte," diye söylendi. "Bu soytarı, köpoğlu Cabbarda iş var. Eşkıyalıkta, dağı taşı, kurdu karıncayı kendine her zaman düşman bileceksin. Her taşın ardında bir pusu var gibi davranacaksın. Sen daha yenisin ya, pişkinsin oğlum Memed. Düşünmek, tecrübenin yerini tutar. Sen, her şeyi inceden inceye düşün."

Ayağa kalktılar. Uzakta, bir kıvılcım gibi yanıp sönen bir ışık göründü.

Memed:

"Bir ışık dilimi görünüyor ya orada, işte Kulaksız İsmailin değirmeni o."

Değirmene yaklaşırlarken, ötede bir sürü köpeğin havlaması duyuldu.

Cabbar:

"Köy orası, köpeklerin ürdüğü yer olacak," dedi.

Memed:

"Orası..."

Değirmenin kapısına gelip durdular. Kulaksız İsmail ayak seslerini duyunca:

"Kim o?" diye dışarıya seslendi.

Memed:

"İnce Memed," dedi. "İbrahimin oğlu İnce Memed."

İçerden uzun zaman ses gelmedi. Sonra:

"Ne arıyormuş burada İnce Memed?" dedi. "Yalan. Onu Deli Durdu vurmuş diye duyduk. Daha dün duyduk."

Un kokusu geceye yayılıyordu. Öyle geliyordu ki onlara, bir un ambarının içine düşecekler biraz sonra.

Değirmenin abarasında akan suyun güçlü düşüşü patlıyor, gecenin karanlığına yayılıyordu.

Memed:

"Ölmedik. Benim, İsmail emmi," dedi. "Sesimden bilemedin mi?"

İsmail:

"Bildim, bildim. Geliyorum. Şimdi kapıyı açarım."

Geldi, gürültüyle kapıyı açtı. Kapı açılınca yüzlerine turuncu, sallanan bir yalımın ışığı vurdu. İsmail, Memede baktı baktı da:

"Bre İnce Memed," dedi, "öldüremedin şu gavur dinliyi de, kurtaramadın şu köyleri elinden."

İnce Memed gülümsedi.

İçeri girdiler. Ocakta yalımlar biribirlerine dolanıp, toprağa kadar yatıyorlardı. Un, içerde kara keskin koktu. İsmailin uzun kırış kırış boynu, sivri, uzun yüzü, sakalı, kulaklarına inen eski, yağlı şapkası safi una kesmişti.

Gelenlerin ellerini ayaklarını görünce korkuyla sordu:

"Nolmuş size böyle?"

Memed, gülümseyerek:

"Deli Durduyla çatıştık da, iki gün kayalıklarda yürüdük."

İsmail, sırtını yandaki duvara verip:

"Düneyin bir atlı geçmiş köyün içinden, Deli Durduyla çarpışmaya gidiyormuş. Deli Durdunun seni vurduğunu söylemiş. Bütün köy sana yandı Memedim. Bilirsin köylü seni çok sever."

Sonra Memedin arkasını tapıkladı. Kulaklarını okşadı.

"Bre Memed," dedi, "vallahi gözlerime inanamıyorum. Bu ne kadar cephane sende? Nasıl götürüyorsun bu kadar fişeği? Seni böyle fişekler içinde görmek tuhafıma gidiyor. Şimdi, hep aklıma Sarıcadüzde, çakırdikenliğin içinde düşe düşe çift sürüşün geliyor. Şimdiki gibi gözümün önünde. İnanamıyorum."

Memed:

"Oldu işte," dedi.

İsmail:

"Şimdi açsınız. Kalkayım da size gömme yapayım."

Ayağa kalktı, gözlerini ateşe dikti öyle durdu. Kendi kendine bir iki gülümsedi.

"Ateş de iyi yanıyor," dedi.

Beli bükülmüştü İsmailin. Memed, buna şaştı. İsmaili şimdikinden genç biliyordu. Kendi çocukluğundaki gibi.

Memed, korka korka:

"Anamdan," dedi, "Hatçeden ne haber? Abdi evde mi ola?"

İsmail olduğu yerde durdu kaldı. Ne gitti, ne bir karşılık verdi. Ne de oturdu. Bu soruyu zaten bekliyordu. Memed, ha sordu, ha soracaktı. Ödü kopuyordu. Olan oldu. Şaşkın şaşkın düşünür, dört bir yana bakınırken Memed soruyu yineledi:

"Anamdan...?"

İsmail, kekeleyerek:

"İyiler iyiler," dedi çabuk çabuk. "Durun geleyim de o gavur dinliyi anlatayım size. Unutturuyordunuz az daha. Ayaklarınıza, ellerinize tuzlu su yapalım da..."

Memedin içine kurt düşmüştü. Bu da böyle konuşunca... "İyiler iyiler," diye geçiştirmesi hayra alamet değildi.

Elinde büyücek bir leğen suyla gelen İsmail:

"Ellerinizi, ayaklarınızı içine sokun. Taş yemiş. Taş yeniği de beter ağrır. İyi gelir tuzlu su."

Memed:

"Yakında gördün mü anamı?" diye yeniden sordu.

İsmail:

"İyiler dedik ya, iyiler canım... Durun size gavur dinliyi anlatayım. Gavur dinli senin eşkıyalara karıştığını duyunca... eteklerini ateş aldı. Her gece evini beş altı, on nöbetçiye bekletiyordu. Sonra da ortalıktan yitti gitti. Yüzünü görseniz korkardınız. Korku adamı böyle edermiş zaar! Şimdi senin öldüğünü duymuş, belki köye gelmiştir. Diyorlar ki, onun milleti senin ölümünü duyunca bayram yapmış. Yaparlar ya Memedim. Onlar seni iyi tanırlar."

Memedin içine bir ateş düştü. Yerinde duramaz oldu. Bir an önce köye varmak için, içi kalaklıyordu.

"Haydi kalkın arkadaşlar, sabah olmadan köye girelim."

236

Cabbarla Recep Çavuş, Memedin ne demek istediğini anladılar.

Hiçbir şey söylemeden, ayakkabılarını giyip ayağa kalktılar.

İsmail:

"Gömmeniz ocakta kaldı. Biraz daha bekleyemez misiniz?" diye sordu mahzun mahzun. "O tuzlu su iyi gelir. Bir de gittiğiniz yerde yaptırın."

Memed önde, ötekiler arkada değirmenden çıktılar.

Beş on adım sonra, hemencecik, gene çakırdikenliğe düştüler.

Recep Çavuş gene bir, "vay anam vay!" çekti.

Gökte yıldızlar ıslak ıslak parlıyorlardı.

Recep Çavuş, doğuya dönüp işedikten sonra:

"Kuyrukyıldızı daha doğmamış," dedi. "Benim yıldız. Daha sabaha epey var."

Ötekiler susuyorlardı. Şimdi ayakları, elleri daha az acıyordu. Önlerinden bir tilki kaçtı. Köye yakın olmasalardı, Recep Çavuş onu oracığa deviriverirdi. Ne çare ki... Koca kuyruğunu dikenlerin üstünden sürükleyerek gitti. Yıldız ışığında tüyleri donuk donuktu.

Cabbar: "Memed kardaş?" dedi.

Memed:

"Köye biraz sonra gireceğiz. Köy, şu aşağıda işte..."

Köyün ilk evine yaklaşırlarken, birkaç kocaman köpek onları karşıladı. Memed, köpeklere yaklaşıp, "kuçu kuçu!" diye çağırdı. Köpekler Memedi tanıdılar. Ayaklarına yatıp, yaltaklanmaya başladılar.

Köyün ortasından geçip, doğru Memedlerin evine gittiler. Köy ıpıssızdı. Memed köyü, bu saatte böyle hiç görmemişti. Alışamadı. Gözleri ev aralarında insanları, tavukları, çifte gidenleri, ne olursa olsun canlı bir yaratık arıyordu.

Kapıyı usuldan tıkırdattı. Kulağını verdi. Ses sada yok. Birkaç kere daha tıkırdatıp bekledi. Gene ses yok. Edemedi, küçücük pencereye vardı. Usuldan, "ana, ana, ana!" diye seslendi. Gene ses soluk yok. Kulağını pencerenin tahtasına dayadı. Can kulağıyla dinledi. İçerden, ağaçları yiyen kurtların çıkardığı çıtırtılardan başka ses gelmiyordu. Şüphesi daha da büyüdü. Ama içindeki son umut ışığı da sönmemişti.

Arkasına döndü:

"Evde yok," dedi kahırlı kahırlı...

Düşündü. Köyde anası en çok kimi severdi? Durmuş Alileri severdi.

Durmuş Ali şimdi yetmiş beşinde vardır. Son zamanlarda azıcık beli büküldü. Büküldü ama, ellisinde gibi sapasağlamdır.

"İşte şurada, Durmuş Ali Emminin evi."

Durmuş Alilerin evi önünde kocaman bir köpek karartısı yatıyordu. Köpek, ayak seslerini duyunca başını kaldırdı. Sonra ağır ağır ön ayaklarının üstüne geri koydu.

Memed, yorgun yorgun omuzunu kapıya dayayıp:

"Durmuş Ali Emmi! Hey Durmuş Ali Emmi!" dedi.

İçerden telaşlı sesler gelmeye başladı.

Durmuş Alinin çok kalın, yaşlı sesi, sesler arasından seçiliyordu.

"Allalem bu Memed. Tıpatıp Memedin sesi. Allalem bu Memed!" diyordu.

Recep Çavuş Memedin kulağına eğilip:

"Sesini bildiler ha!" dedi. "Vay anam vay!"

Bu sırada kapı açıldı. Elinde bir çıralık tutarak, doncak, gömlekcek Durmuş Ali kapıda göründü. Sütbeyaz sakalı ta göbeğine iniyordu. Öylesine iri görünüyordu ki sanki eve sığmayacak, dışarı taşıverecekti.

Gülümseyerek:

"Bre Memed," dedi, "biz de evvelsi gün bir yörükten senin acı haberini aldıktı. Seni gördüğüme çok sevindim." İçeriye seslendi. "Kızlar Memed gelmiş. Kalkın da ateş yakın. Döşek serin."

Yere atılan döşeklerin çıkardığı ses duyuldu.

Durmuş Ali kocaman ak sakalıyla kapının önünden çekildi:

"İçeriye buyurun."

İçeri girdiler.

Cabbar somurtuyordu. Dokunsan ağlayacak. Durmuş Ali, elindeki çıralığı ocaklığın pervazına koydu, oturdu.

"Eee İnce Memedim, nasılsın bakalım? Daha daha nasılsın?

238

Bütün köy yas tuttu, senin vurulduğunu duyunca. Hatçe duymuşsa kahrından ölmüştür. Hatçeden hiçbir haber alıyor musun? Fıkara anan da... Ananı sen varmışsın gibi kaldırdım. Kendi elimlen koydum mezarına."

Başını kaldırdı Memedin yüzüne baktı. Memedin yüzü morarıyordu.

Durmuş Ali telaşlandı:

"Memedim," dedi, "ne oluyor sana? Duymadın mıydı bunları yoksa?"

Cabbarın gözleri dolu dolu oldu. Recep Çavuş yerinden kıpırdanıp, tüfeğindeki kurşunları çıkardı, geri doldurdu.

Memed kendini hiç bozmadan sordu:

"Hatçeye ne oldu?"

Durmuş Ali dövünüyor:

"Vay benim akılsız başım! Bunu sana nasıl söyledim. Duymadığını ne bilirdim bunca ay! Vay benim akılsız başım!"

Durmuş Alinin karısı, Memed geldi geleli ocaklığın başına büzülmüş, gözlerini de ateşe dikmiş hiç kıpırdamadan öylece duruyordu. Memede "hoş geldin!" bile dememişti. Hışımla konuştu:

"Her zaman böyle yaparsın zaten. Çocuk bir yemek yeseydi de öyle söyleseydin. Kıyamet mi kopardı?"

Durmuş Ali:

"Ben ne bilirdim ben!" dedi. "Bunca ay geçti üstünden. Duymadığını ne bilirdim!"

Sesi, ağlar gibi bir hal aldı:

"Kusuruma kalma yavrum, kocalık..."

Durmuş Alinin oğulları, torunları, gelinleri, evde kim varsa ocak başında oturanların etrafına halka olmuşlar, başı mor fesli, göğsü çaprazlama fişekli, kalçasının üstü hançerli, tabancalı, bombalı, göğsü dürbünlü Memede bakıyorlardı. Gözlerinde bir şaşkınlık, bir inanmazlık, azıcık da alay okunuyordu. Onlara Memed eşkıyacılık oynuyormuş gibi geliyordu, şu kocaman adamların yanında.

Memed: "Hatçeye noldu?" diye üsteledi.

Durmuş Ali karşılık vermedi. Boynunu bükmüş, gözlerini ocağın yalımlarına dikmişti.

Memed:

"Teyze," dedi, Durmuş Alinin avurdu avurduna geçmiş, başörtüsünün altından yarısı kınalı ak saçları görünen karısına. "Teyze, sen söyle. Hatçeye noldu?"

Kadın, acıyarak Memedin gözlerinin içine baktı:

"Ben ne deyim ki sana Memedim, yavrum!" dedi. "Ben ne deyim ki sana! Hatçeye mi?"

Yüzü bir kızarıyor, bir bozarıyor, sararıyordu.

Memed:

"Nasıl olsa birisi söyleyecek. Hatçeye noldu?"

Kadın, Durmuş Aliye doğru öldürecekmiş gibi başını çevirdi, bir bakış fırlattı:

"Aaaah ne deyim ki sana," dedi. "Aaah ne deyim ki... Kim bilir çocukcağız kaç gündür yol yürüyor. Bir yemek yeseydi de öyle verseydin haberi..."

Oturduğu yerden kalktı, Memedin yanına geldi, sertçe oturdu. Elini dizine vurdu:

"Bak kardaşım, sana hepiciğini bir bir anlatayım. Abdi yaralanmış. Keşki yağlı kurşun yüreciğine gireydi de çıkmayaydı. Ayıkınca toplamış yalancı şahitleri. Bir tek Topal Ali dinsizi, sizin izinizi süren kara dinli demiş ki, ben ıspatçılık edemem yalan yere. Topal böyle deyince keçi sakallı da onu köyden kovdu. O da çoluğunu çocuğunu almış, evini barkını yüklemiş, başını almış gitmiş başka yere."

Şahitlerin kimler olduğunu, Hatçenin kasabadaki mahpusanede tek başına bir odada yattığını uzun uzun, bir bir söyledi. Sonra, Hatçeyi yakında salacaklarını duyduğunu da ekledi.

Memedin gözlerinin içine o iğne ucu gibi parıltı geldi gene oturdu. Cabbar bu parıltıyı fark etmişti. Memedin gözlerine bu parıltı gelince yüzü değişiyor, yüz etleri geriliyor, avına atılmaya hazırlanmış bir kaplana benziyordu.

Ağır ağır ayağa kalktı:

"Gelin arkadaşlar," dedi. "Şu Abdi Ağayla hesabımızı görelim."

Durmuş Alinin karısına döndü. Elini tuttu:

"Söyle," dedi, "teyze, anamı da onlar öldürdü öyle mi?"

Kadının gözleri yaşla doldu. Konuşmadı.

Memed:

"Öyle mi?" diye yineledi.

Kadın sustu.

"Yürüyün arkadaşlar," dedi.

Memed önde, Cabbarla Recep Çavuş arkada karanlığa daldılar. Memed, tüfeğini yokladı. Kurşunları tamamladı.

"Tüfeklerinizi yoklayın. Kurşunları tamam değilse, doldurun. Bombaları da hazırlayın."

Recep Çavuş kadının anlattıklarına çok içerlemişti. Anlatırken, Memede bakıp bakıp başını bir o yana bir bu yana döndürüyordu.

Koşarcasına yürümekte olan Memedi kolundan tuttu, durdurdu:

"Bana bak," dedi, "çoluk çocuk, hiç kimseyi bırakmayacağız. Hepsini doğrayacağız."

Memed:

"Sen daha iyi bilirsin bu işleri Çavuş," dedi, kolunu elinden kurtardı, yürüdü.

Abdi Ağanın kapısına ne zaman, nasıl vardılar, kimse farkında olmadı.

Memed, Çavuşa:

"Sen çağır," dedi. "Misafir geldi de. Çok gerekli bir haber getirdi de."

Çavuş kapıyı üç defa hızlı hızlı çaldı. İçerden bir kadın sesi geldi:

"Kim o?"

Çavuş:

"Aç kapıyı bacı! Misafirim. Selamı var. Bir haber getirdim. Hemen geri döneceğim."

Kadın, söylene söylene geldi kapıyı açtı.

"Dur kardaş şurada da çıralığı yakayım."

Recep Çavuşu kapının iç kısmında bırakıp içeri girdi. Bir kibrit çaktı. İçerisi ışıdı. Bu sırada üçü birden ışığa doğru yürüdüler. Kadın ışıkta üç kişi görünce afalladı. Azıcık bakışlarını şaşkın şaşkın Memedin üstünde durdurdu. Sonra birden bir çığlık attı. Recep Çavuş kadını hemen tuttu. Eliyle ağzını kapadı.

Memed:

"Abdi Ağa evde mi?" diye hışımla sordu.

Kadın:

"Yok," dedi. "O gayri eve gelmiyor tırnağına kurban olduğum Memedim. Abdi Ağa olmaz olsun."

Bu sırada evdekilerin hepsi de uyanmış titreyerek eşkıyalara bakıyorlardı. Abdi Ağanın iki karısı, iki oğlu, misafir bulunan başka köyden kadınlar...

Memed, Çavuşa emir verdi:

"Önüne düşsünler de evi ara. Abdiyi gördüğün yerde kafasına sık!"

Çavuş:

"Beş kurşunun beşini de kafasına boşaltırım. Parça parça ederim."

Kadını tüfeğinin dipçiğiyle dürttü:

"Bir ışık yak da düş önüme."

Kadın, hiç ses çıkarmadan bir çıralık daha yaktı. Çavuşun önüne düştü.

Memed, ortada dimdik, bir hışım gibi duruyordu. Küçücük gövdesi büyümüş, dev kesilmişti. Korkunçlaşmıştı. Evdeki kadınlar ağlaşıyorlardı. İki çocuk rüzgardaki dal gibi titreşiyordu.

Ne kadar geçti belli değil. Çavuş geldi. Umutsuz umutsuz:

"Her köşe bucağı aradım, yok," dedi.

Kadın:

"Bir ay önce Çukurovaya gitti. Senin geleceğini biliyor, gözlerine uyku girmiyordu," dedi. "Başını aldı da gitti."

Memed:

"Çavuş," dedi.

Çavuş:

"Buyur," dedi.

Memed, çocukları gösterdi.

"Bunların ikisini de dışarı çıkarın. Gerekeni yapın."

İki kadın birden Memedin ayaklarına atıldı:

"Kurbanlar olduğum Memedim, benim sabilerimin ne günahı var? Yoluna öldüğüm Memedim. O gavur dinliyi bul da onu da öldür. Benim yavrularımın ne günahı var?"

242

Çavuş çocukları tutmuş sürüklüyordu. Çocuklar direniyorlar, çırpınıyorlardı. Cabbar, birini bileğinden tutup yere fırlatıverdi. Çocuk, var gücüyle bağırdı.

Kadının birinden hiç ses çıkmıyordu. Memedin ayaklarının dibine uzanmış, kurumuş kalmıştı.

Öteki kadın boyuna yalvarıyordu:

"Memedim, Memedim, benim çocuklarım mı etti sana? Ne suçu var onların?"

Çavuş elindeki çocuğu bütün gücüyle yere atıp ayağının altına aldı. Tüfeği çocuğun kafasına dayadı. Memede döndü:

"Yani dışarda olması şart mı? Söyle ne duruyorsun, çöküyüm mü?"

Yerde kuruyup kalmış kadın, bir şahin hızıyla çocuğun birini kapıya kadar sürüklemiş bulunan Cabbarın üstüne atıldı, ellerine sarıldı. Cabbar bir eliyle belindeki hançerini çıkardı, kadına sapladı. Kadın, "Yandım," diyerek yere düştü.

Çocuğa, Çavuşun tüfeği dayandığını gören kadın:

"Memedim, Memedim kıyma yavruma. Hakkın var ama Memedim yavrumun ne suçu var?"

Memedin yüzü saniyeden saniyeye değişiyordu. Gözlerindeki o iğne ucu gibi ışık söndü. Baktı ki, Çavuş tetiğe basıyor. Olan olacak. Söylemeye vakit yok. Çocuğun kafasına dayalı namlıya ayağıyla vurdu. Bir anda Çavuş tetiğe çökmüştü. Kurşun duvara saplandı.

Cabbara da:

"Koyver çocuğu," dedi.

Kadın, Memedin bir elini bırakıp birini, bir elini bırakıp öbürünü öpüyordu.

"Git Memedim. Git de o gavur dinliyi bul da öldür. Yerden göğe kadar hakkın var yavru. Arkasından bir damla gözyaşı dökersem bana da Zeynep demesinler. Bul da öldür. Hakkın var yavru."

Memed, hiç ağzını açmadı. Ağır ağır, her bir yanı çürümüş, ulmuş gibi dışarıya çıktı.

Recep Çavuş kızmıştı. Ana avrat küfrediyor. Memedi kolundan tuttu. Öyle sıkıyordu ki, kıracaktı sanki:

"Sen bu yürekle," dedi, "ne eşkıya olabilirsin, ne de inti-

243

kam alabilirsin. Abdi seni adamlarına bir derede sıkıştırttırır, öldürtür. Zaten şimdiden Deli Durdu gibi bir düşmanın var arkanda."

Cabbar:

"Bana bak Recep Çavuş," dedi, "gevezelenme. Deli Durdu gibi düşmanımız varsa, Saçıkaralı aşireti gibi de koca bir aşiret dostumuz var şimdiden. Abdi yerine bu sabi çocukları mı öldürmeliydik!"

Recep Çavuş sustu.

Bağırtıyı, çağırtıyı duyan komşular don gömlek Abdi Ağanın evine birikmişlerdi. Kulaktan kulağa, "Memed ölmemiş, Memed ölmemiş," sözü dolaşıyordu.

"Memed ölmemiş."

"Memed ölür mü hiç, Abdi dinsizini yemeden."

"Memed öldürmedi çocukları."

"Memedde deniz kadar merhamet var."

Kapıya birikmiş kalabalığı yararak avlunun dışına çıktılar. Koskocaman kalabalık öylesine sessizdi ki gecede, soluk alışları bile duyuluyordu.

Memed, ilk kez konuştu. Sesi kırgındı.

"Köylü haberlendi," dedi. "Rahat vermezler. Köyü dışarı çıkalım."

Cabbar:

"Çıkalım," dedi.

Recep Çavuş:

"Benim yaram azdı. Çok ağrıyor. Köyün dışına çıkalım da ne yapalım? Acımızdan da öldük."

Memed:

"Sonra geri geliriz."

Köyün dışına doğru yürüdüler. Arkalarında bir gürültü patırtı, hayhuy kaldı. Köyün içini köpek havlamaları doldurmuştu. Her bir taraftan telaşlı bir köpek sesi geliyor, uzun uzun havlıyordu.

Recep Çavuş, derin bir nefes alarak:

"Oturalım," dedi. "Ben yoruldum. Ben öldüm. Yaram da hiç durmuyor."

Cabbar:

"Sen de bre Çavuş," dedi, "sen de ne yaralanırsın, böyle hallerin var da."

Çavuş kızdı, ayağa kalktı:

"Ulan itin eniği," diye gürledi. "Ulan itin eniği. Bana bir daha ağzını açarsan kurşunu yersin. Sana bu kadar söylüyorum."

Cabbar kahkaha ile güldü.

Memed:

"Yapma Cabbar," dedi. "Başımıza bir iş açarsın."

Çavuş:

"Bu orospu dölünün yüzünden, elimden bir kaza çıkacak. Alimallah çıkacak."

Memed:

"Aldırma bre Recep Çavuş," dedi. "Şaka ediyor o."

Recep Çavuş:

"Etmesin. Ben can derdine düşmüşüm.

Memed:

"Cabbar gayri şaka etme," dedi.

Cabbar vardı, Recep Çavuşun ellerine sarıldı öptü.

"Kusura kalma. Bir daha şaka yok."

Recep Çavuş:

"Şeytan tüyü var bu pezevenkte," diye güldü.

Cabbar:

"Tövbeler olsun şaka yok."

Toprağa oturdular. Köyün içindeki gürültünün bitmesini, herkesin evlerine dağılmasını beklediler. Bu arada hiçbiri de konuşmadı. Üçü de ayrı ayrı şeyler düşünüyorlardı.

Gürültü gittikçe hafifliyor, köpek havlamaları yer yer kesiliyordu.

Cabbarın bu sessizlikten canı sıkılmıştı. Kendini tutamadı:

"Recep Çavuş..." diye başladı.

Recep Çavuş:

"Ne diyorsun?"

Cabbar:

"Recep Çavuş," dedi, "Memed önüne geçmese o sabi çocuğu öldürecek miydin?"

Çavuş:

"Öldürme değil, canını bile alacaktım. Ne var yani?"

Cabbar:

"Hiç, sordum da..."

Recep Çavuş dişlerini sıkarak:

"Cabbar," dedi, "sizin köyün orospusu mutlak senin anandı. Pezevengi de baban."

Memed:

"Cabbar sus artık," dedi.

Cabbar:

"Sustum işte."

Köydeki bütün sesler kesilmiş, köy gene o eski ıssızlığına, karanlığına gömülmüştü.

Memed:

"Kalkın," dedi, "sabah olmadan bizim Durmuş Ali Emminin evine varalım."

Recep Çavuş:

"Gözünü seveyim Memed," dedi. "Çabuk varalım."

Kalktılar.

Köy, gene o ilk girdikleri zamanki gibi ıpıssızdı.

Durmuş Ali, ayak seslerini uzaktan işitip kapıyı açmıştı. Kapıda bekliyordu.

"Ben de uyumadım," dedi. "Sizi epeydir bekliyorum."

Recep Çavuş:

"Geldik işte kardaş."

Durmuş Ali:

"Size tavuk kestirip pişirttim. Açsınız herhalde."

Recep Çavuş:

"Sorar mısın bre kardaş!"

Recep Çavuşun bütün fişeklikleri, kemerleri, tüfeğinin kayışı gümüş savatlıydı. Gümüşler usta kuyumcu elinden çıkmıştı. Recep Çavuşun sarkık bıyıkları kırmızıydı. Kınalardı bıyıklarını.

Oturur oturmaz, utangaç bir kız Memede gizli gizli gülerek sofrayı getirdi. Ortaya pilav geldi. Pilav sıcak sıcak tütüyordu. Bir sahanda da kızartılmış tavuk getirdiler.

"İşte bu pilav yaramın acısını alır. Bana böyle tüten, yağı burcu burcu kokan pilavlar gerek."

Cabbar:

"Bre Çavuş," dedi, "sen eşkıya değil, kalem efendisi olma-lıymışsın."

Çavuş bütün hiddetiyle:

"Kes!" diye bağırdı.

Memed Cabbara:

"Dokunma Çavuşa," dedi.

Cabbar:

"Bir şey demedim ki," diye karşılık verdi.

Durmuş Ali, çoktandır Memede bir şeyler söylemeye ha-zırlanıyor, söyleyemiyordu. Ya araya laf giriyor, ya da o vazge-çiyordu. Memed bunu sezdi:

"Durmuş Ali Emmi," dedi, "ne diyeceksen de bre! Sabah-tan beri ne yutkunup duruyorsun?"

Durmuş Ali:

"Ne yutkunayım bre oğlum," dedi. "Senin iyi bir adam olacağın daha çocukluğundan belliydi zaten. Şu sabi çocukları öldürmediğine iyi ettin."

Recep Çavuş Durmuş Alinin bu sözlerine delicesine öfke-lendi:

"Koca! Koca!" dedi, "Senin aklın ermez böyle işlere. İnsa-nın yüreğindeki öç alma duygusu nedir sen hiç bilir misin? Ba-şından geçti mi senin hiç?"

Durmuş Ali boynunu bükerek:

"Yok," dedi.

Recep Çavuş:

"Ben olsam o Memedin yerinde, onun evinde canlı yaratık koymam. Keserim. Evini de yerle bir ederim. Anladın mı ko-ca?"

Durmuş Ali Memede bakarak:

"Anladım," dedi.

Yemek boyunca, Memed, başını önüne eğmiş düşünceli düşünceli susmuştu.

"Durmuş Ali Emmi," dedi, "ziyade olsun. Yemeğini yedik."

Cabbar:

"Ziyade olsun."

Recep Çavuş: "Ziyade olsun. Canım yerine geldi."

Cabbar konuşmaya hazırlanıyordu. Memed suskundu:

"Durmuş Ali Emmi, sana bir soracağım var."

Durmuş Ali:

"Sor yavrum."

Memed:

"Topal Ali hangi köye taşındı ola? Biliyor musun?"

Durmuş Ali:

"Diyorlar ki Çağşak köyüne gitmiş. Çağşak buraya iki günlük yol."

Memed:

"Topalın orada olup olmadığını nasıl öğreniriz?"

Durmuş Ali:

"Kör Alinin bacısı orada, kocada. Daha iki gün önce geldi oradan. Gider ona sorarım."

Memed, Receple Cabbara döndü:

"Topal Aliyi mutlaka bulmalıyız. Eğer Çağşak köyünde ise, oraya kadar gideriz."

Cabbar:

"Olur," dedi.

Çavuş:

"Ya benim yaram?" diye sordu. "Azdıkça azıyor."

Memed:

"Sen gelme Çavuşum. İstersen burada kal. Burada sana Durmuş Ali Emmi bakar."

"Bakarım kardaş," dedi. "İyi de saklarım."

Çavuş, yıldırıma uğramış gibi irkildi:

"Ben mi? Ben sizden ayrılamam. Anladınız mı? Ölürüm gene ayrılamam. Ayrılamam ama, size de bir teklifim var. Adam gönderelim de o buraya gelsin."

Durmuş Alinin yaşlı karısı da ötelerde oturuyordu. Söze karıştı:

"O yezid değil mi?" dedi, "Memedimi izleyip de başına bunca işleri açan, o yezid değil mi? Adam gönderirseniz kaçar. Başını alır yitirir. Dağlara düşer. O gavur gelir mi hiç?"

Durmuş Ali:

"Sen Topalı mı istiyorsun oğul?" diye Memedin gözlerinin içine bakarak sordu.

Memed:

"Topalı," dedi.

Durmuş Ali:

"Siz iki gün şu bizim ahırlıkta yatar mısınız?"

Memed, hiç düşünmeden:

"Bir hafta da yatarız."

Durmuş Ali:

"Şimdi ben, Kör Aliyi bindiririm ata. Seni Durmuş Ali istiyor diye, onunla haber gönderirim. Bir iz var izleyecek der, Kör Ali. Diyorlar ki, Topal Ali iz sürmekten vazgeçmiş, yemin etmiş senin işten sonra. Benim için gelir Topal Ali. İzi sürmese de gelir. Sen ona bir kötülük etmezsin ya, Memed?"

Durmuş Alinin karısı gene atıldı:

"Etsin. Alsın hançerin altına Memedim onu, kıyık kıyık kıysın. Memedimin başına bu işleri hep o gavur çıkarmadı mı? Ormanın içinde, o olmasa kim bulabilirdi Memedimi? Memedim!" dedi, "Durmuş Ali adam göndersin getirsin onu. Sen şu kapının önünde parça parça et onu. Ben de köylüyü hep toplarım. Görsünler!"

Durmuş Ali:

"Deli deli söylenme avrat," dedi. "Topal Ali onu Memede kötülük olsun diye yapmadı. İz sürerken o hiçbir şeyi düşünmez. Gözü dünyayı görmez. İyilik mi, kötülük mü yapıyor, bilmez. İz dedin miydi, aklı başından gider. Ormandan geldikten sonra görmedin mi yüzünü? Tüm kanı çekilmişti. Ölü yüzü gibiydi yüzü. Herkes ıspatçılık etti de, köyden kovulmayı, yersiz yurtsuz kalmayı göze aldı da Hatçenin üstüne ıspatçılık etmedi. Yurdunu yuvasını koydu da gitti. Memedim Topal Aliye bir şey yapma! Topal Ali kötü bir adam değil."

Kadın:

"İyi adam olsun, kötü adam olsun Topal Ali. Senin başına bu işleri getirdi ya, öldür onu Memedim. Durmuş Ali adam gönderip getirtmezse onu, sen git, onu yılanın deliğindeyse de bul çıkar. Şu yanındaki koca hançeri var ya, sok karnına!"

Durmuş Ali kızdı.

"Bana bak avrat," dedi, "Allahını dinini seversen karışma bu işlere."

Kadın:

"Durmuş Ali! Aklını çelme oğlanın. Yapacağını yapsın."

Durmuş Ali:

"Yapsın," dedi. "yapacağını yapsın da, öldürsün fıkarayı. O, iz sürmek delisi. Memedin başına öyle işler geleceğini düşünmedi bile. Düşünseydi, gene iz sürerdi. İz sürme delisi. Öldürsün fıkarayı Memed de, yüreği soğusun."

Kadın:

"Bir yüreğim soğur ki," dedi, "buz gibi olur. Onun kanlı ölüsünü bir görsem!.."

Durmuş Ali:

"Bir şey yapmazsın öyle mi Memedim? Fıkaraya bir şey yapmazsın?"

Memed, ağır, tok bir sesle:

"Ben de ona iz sürdüreceğim," dedi.

Kadın:

"İzi sürdür. Sonra da hakla o gavuru. Seni bu hallere soktu. Hatçem de mahpuslarda, onun yüzünden çürür."

Durmuş Ali Memedin kulağına eğildi:

"Onun izini mi?" diye sordu.

Memed, gözleriyle "evet," yaptı.

Durmuş Ali:

"İşte buna sevindim Memedim. Çok sevindim. Kör Aliyi gider şimdi yataktan kaldırırım, yola düşürürüm. Topal Ali, dağ demez, tepe demez koşarak gelir. Şimdi, sizin yatağınızı bizim ahıra yapsınlar, iki gün orada yatacaksınız."

Sonra Durmuş Ali:

"Avrat!" diye seslendi, "Öyle deli deli, dipsiz laflar edeceğine, ahıra yatak yapın da misafirler uyusunlar. Ben Kör Aliye gidiyorum."

Kadın:

"Git," dedi, "Cehennemin zıbarasına."

Ufak tefek, saçları sütbeyaz olmuş, dişleri tüm düşmüş, ağzı bir torba gibi büzülmüş, koyu esmer, çakır gözlü bir kadındı. Memedin yanına yaklaştı. El ve kol işaretleriyle, çok önemli gizler söyleyecek bir tavır takınarak, "Gel! Gel! Yanıma yaklaş," dedi. Memedin kulağına eğildi:

250

"İnanma bu namussuzlara, güvenme bunlara. Durmuş Ali Emmine de güvenme. Bunlar hep o gavur Abdinin adamları. Belki şimdi, seni ahıra sokarlar, arkasından da gider candarmaya haber verirler. İnanma onlara. Durmuş Ali Emmine de güvenme. Onun için ben, gider, iki gün değirmenin orda beklerim. Candarmalar gelirken size haber ulaştırırım. Dışarı çıkar kaçarsınız. Yaa Memedim sana kötülük gelmesini bir ben istemem bu köyde. Sen Dönemin bana teberiğisin. Senin baban ne iyi adamdı! Sen onun bana teberiğisin. Yatağınızı yaptırayım ahıra! Hemen yatar mısınız?"

"Uykusuzluktan öldüm Hürü Ana," dedi Memed, "öldüm. Üç günden beri..."

Hürü:

"Vay," dedi. "Benim gözüm önüme aksın. Vay!" dedi.

Kadınlara bağırdı:

"Gavurun kızları, gavurun kızları! Çocuklar uykusuzluktan ölüyorlarmış da bizim haberimiz yokmuş. İneklerin eski ahırına yatak götürün. Samanların üstüne serin."

Recep Çavuş:

"Oyyy," dedi. "Oy anam!"

Memed:

"Ne oldu Çavuş?" diye sordu.

Çavuş:

"Baksana boynuma. Nasıl da şişti! Baksana! Omuzlarımın arası almıyor."

Memed:

"İlaç yaparız şimdi."

Hürü:

"Sana şimdi Hürü Anan bir ilaç yapar ki, hiçbir şeyciğin kalmaz."

Yataklar çabucak ahıra götürüldü. Misafirler de arkasından ahıra gittiler. Ahırın orta direğinde küçücük bir çıralık asılıydı. İpil ipil yanıyordu. Ahır yarısına kadar samanlarla doluydu. Saman kokusu insanın genzini yakıyordu. Saman kokusu bir hoş, tozlu bir kokudur. Bir tarafta da tezek yığılıydı. Tezekler de acı kokar. Ahırın tavanı örümcek ağlarıyla doluydu. Örümcek ağlarına saman çöpleri yapışmıştı, sarkıyorlardı. Binlerce saman çöpü... Kadınlar kapıyı kapayıp çıktılar. Küçücük pencereden alacakaranlığın ilk ışıkları sızıyordu. Şafak attı atacak.

Yataklar samanların üzerine yapılmıştı. Cabbar yatağın başında durmuş, gözleri kapalı esne babam esne ediyordu.

Recep Çavuş, kaldırdı kendisini yatağın üstüne attı:

"Ben yanıyorum çocuklar," dedi. "Hepimiz uyumayalım. Birimiz nöbet tutsun."

Memed:

"Siz uyuyun," dedi. "Ben nöbeti tutarım."

Memed kederinden ölüyordu.

Cabbar, yatağa girer girmez uyudu. Recep Çavuş inliyordu.

Memed, tüfeğini almış samanlığın üst başına çıkmış, başını dizleri üstüne koymuştu.

Öğleye doğru Hürü, misafirlere yemek getirdi. Çavuş daha inliyordu. Bunu gören Hürü:

"Tüh," dedi, "unuttum."

Memed:

"Neyi unuttun Hürü Ana?" diye sordu.

Hürü Recebi göstererek:

"Bu kardaşın yarasının ilacını..."

Hemen geri gitti.

Onlar, yemeği bitirmişlerdi ki, Hürü, elinde tüten bir kapla geldi.

"Bu ilacı babam yapardı. Vurulanları hemencecik iyi ederdi bu ilaç. Ben de kardaş için yaptım."

Recep Çavuşun yarasını çabuk çabuk çözmeye başladı. Elleri alışkın ellerdi. Sargılar yaraya yapışmıştı. Açmak kolay olmadı.

Hürü:

"Vay benim kardaşım," dedi, "yaran da azmış. Vay benim kardaşım!"

Recep Çavuş dişlerini sıkarak inliyordu. Hürü yarayı ilaçladı. Tertemiz sardı.

Recep Çavuş:

"Ellerine sağlık bacı. Güzel ellerine sağlık," dedi. "Rahatladım."

Cabbar Memede:

"Sen de yat kardaş," dedi. "Ben beklerim."

Hürü:

"Ben de değirmenin oraya gidiyorum. Bir gavurluk yapmasın bunlar. Candarmaları öteden görür görmez size haber ulaştırırım. Bu evde Memedime kimse kötülük edemez. Güzel Dönemin oğluna... Varır değirmenin oraya giderim. Bakarım candarmaların yoluna."

Memed yatağa girdi ama, bir türlü uyku tutmuyordu. Günlerdir uykusuz, günlerdir yorgundu ama, gene de uyku tutmuyordu. Anasının ölümü, Hatçenin mahpusluğu çok koymuştu ona. Memed, bunca felaketlerin altında bunalmış gibiydi. Boğulacak gibi oluyordu bazı bazı. Yüreği ateş aleve kesmişti. Kendisini bir düşünceye kaptırıyor, bir daha kurtaramıyordu. Neden olursa olsun, bazan kendisinden, insanlardan, arkadaşlarından, her şeyden ürküyordu. Ama içinden geçen hiçbir şeyi, hiç kimseye belli etmiyordu.

Gece yarısı olmuştu ki, Cabbar onu uyandırdı:

"Uykum geldi," dedi. "Nöbeti al."

Memed zaten uyumamıştı. Kalktı. Tüfeğini kucağına aldı. Yataktan çıktı. Samanın tepesine gitti oturdu. Dizlerini göğsüne doğru çekip, başını üstüne koydu. Düşüncelere daldı gitti.

Sabaha karşı biraz dalmıştı. Samanlığın kapısı açılır açılmaz tüfeğine davrandı.

Durmuş Ali:

"Ne o İnce Memed, beni mi vuracaksın?" diye gülümsedi.

Memed karşılık vermedi.

Durmuş Ali:

"Kör Ali, Topalı aldı getirdi. Evdeler. Uyandır arkadaşlarını da eve gel. Topal Aliye işi anlattım. Çok korkuyor. Korkusundan ölecek. Bizim avrat da Topala etmediğini koymadı. Herifin üstüne atılıp yüzüne tükürdü. Seni İnce Memed öldürmezse, ben öldürürüm, dedi. Topalda öd kalmadı bunun üstüne. Beni öldürtmek için mi getirdin, diyor, tir tir titriyordu. Korkusundan ölecek."

Memed, Topal Alinin geldiğini öğrenince, yüzünde inceden bir sevinç dolaştı. Cabbar da uyanmıştı. Çavuşu uyandır-

mayalım diye düşündüler. Kızacağını düşünerek uyandırdılar
sonra.

Cabbar:

"Kalk," dedi, "Recep Çavuş. Kalk! Ünlü izci Topal Ali gelmiş. Onunla konuşmamız gerek."

Recep Çavuş boynunu tutamayarak:

"Topal Ali mi?" diye hayretle sordu. "Topal Ali mi?"

Cabbar:

"İzci Topal Aliiiii..." diye uzattı. "Topal Aliiii..."

Recep Çavuş:

"Vay anasını," dedi. "Vay anasını! Demek geldi ha? Oy...
oy... oyyy. Boynum kırıldı."

Cabbar:

"Noluyor Recep Çavuş? Etme canım!"

Memed:

"Kalkın," dedi. "Varalım şunun yanına."

Recep Çavuş:

"Bekleyin," dedi. Giyitlerini çırpmaya başladı. Gümüş savatlı takımlarını yerli yerince düzeltti. Bıyıklarını uzun uzun burdu. Gümüş tarağını çıkarıp, saçlarını düzgünce taradı. Gönlü götürüp de ayaklarına bir türlü bakamıyordu. Ayakkaplarının tabanı tamamen gitmişti. Fesinin tozunu koluyla aldı.

Cabbar dayanamayarak:

"Haydi Çavuş," dedi, "ayakkaplarımız azıcık kötü ya, ne yapalım?"

Çavuş:

"Ne yapalım?" dedi.

Evden içeri girdiklerinde ocağın başında oturan Topal Ali ayağa kalkmaya uğraştı. Azıcık da kalkabildi. Sonra geri oturdu. Yüzü kül kesilmişti.

Kör Ali:

"Getirdim Ali kardaşı," dedi.

Memed:

"Sağ ol," dedi.

Recep Çavuş dişlerini sıkarak Topal Alinin gözlerinin içine baktı:

"O izci deyyusu sen misin? Ulan hiç Allahtan korkmadın mı? Kuldan haya etmedin mi?" diye bağırdı.

Topal Ali, önüne, ocağın küllerine gözünü dikmiş kıpırdamıyordu.

Memed:

"Çavuşum sus," dedi. "Ben konuşayım Ali Ağa ile."

Çavuş hiddetle:

"Konuş bakalım! Sen konuş bu deyyus, namussuz, vicdansızla."

Memed, Topal Alinin yanına geldi, diz dize oturdu.

"Ali Ağa!" dedi, "Sana işim düştü. Benimle azıcık dışarı çıkar mısın?"

Topal Ali olduğu yerde öylecene donmuş kalmış:

"Memedim, hiç böyle olacağı aklıma gelmediydi. Kıyma bana! Çoluk çocuğum var. Kıyma!" diye yalvardı.

Memed:

"Korkma! Dışarda sana gizli bir şey söyleyeceğim."

Topal Ali:

"Kıyma bana!" diye inledi. "Nolursun kıyma! Ben ettim, sen etme kardaş!"

Memed:

"Kalk ayağa da sana bir şey söyleyeceğim şu köşede."

Topal Alinin yüzünde bir damla kan kalmamıştı. Titriyordu:

"Nolursun," dedi, "kıyma bana! Öksüz koyma çocuklarımı. Tabanıyın altını öpeyim Memed kardaş. Ben ettim, sen etme!"

Recep Çavuş kızdı:

"Eeee," dedi, "Topal deyyus, kırdığın ceviz kırkı geçti. Kalkma bakalım."

Yan tarafında asılı hançeri çekti.

Memed:

"Çavuşum," dedi, "dokunma şu adama."

Çavuş:

"Dokunmayalım" diye başını salladı. "Dokunmayalım kardaş. Bize ne? Al da başına çiçek diye sok Topal Aliyi."

Hançeri isteksiz isteksiz geri yerine soktu.

Memed:

"Korkma Ali Ağa," dedi, "sana hiçbir şey yapacak değilim. Seni vuracak olsam, oturduğum yerde de vururdum. Kulağına gizli bir şey söyleyeceğim."

Topal Ali:

"Çoluk çocuğumun vebaline kalma," diye ayağa kalktı. Topal ayağını arkadan sürüye sürüye damın karanlık köşesine gitti durdu. Onun arkasından Memed de kalktı, yürüdü, yanına vardı:

"Bana bak," dedi, "Topal Ali, bunca felaketi sen açtın başıma. Neyse. Yiğitlik de yaptın. Onlar geçti gitti. Biz şimdiye bakalım. Sen bir iz süreceksin."

Topal Ali:

"Vallahi," dedi, "senin meseleden sonra ben iz sürmemeye yemin ettim. Öldür beni. Yemin ettim süremem. Elimi bir daha kana bulaştıramam."

Memed:

"Sürmezsen, seni o zaman öldürürüm işte."

Topal Ali, boynunu büktü:

"Bunu bana etme!" dedi. "Allah aşkına etme!"

Memed:

"Süreceksin," dedi, "hiç yalvarıp yakarma."

Topal Ali:

"Bu da ne izi?" diye usulca sordu.

Memed:

"Abdi Ağanın izi," dedi. "Onu bulacaksın. Yılanın deliğinde, kuşun kanadının altındaysa da bulacaksın. Onu bulmazsan... O zaman işte..."

Topal Ali:

"Oooooh bre kardaş!" dedi, "Bu muydu benden istediğin? İstediğin Abdi olsun. Cehennemde ise de bulur çıkarırım. Ya kasabada, ya Avşar köyünde, ya da Sarıbahçededir şimdi. Üç yerin birisinde... Gelin benimle Çukurovaya, elimle koymuş gibi bulayım onu. Bulayım da teslim edeyim o gavuru. O gavur benim evimi başıma yıktı. Yalancı şahitlik etmedim diye. Çoluk çocuk aç kaldık, Çağşak köyünde. Elin içinde garip garip kaldım kardaş. O gavuru parça parça et. Onu bulmak için elimden ne gelirse yaparım. Eşkıya da olurum. Eşkıya olur seninle dağlarda gezerim."

256

Memed:

"Tamam," dedi. "Hadi gidip ocağın başına oturalım. Gerisini sonra konuşuruz. Söyleme kimseye. Durmuş Ali de çaktı işi. Ama kimseye söylemez o."

Topal Ali:

"İsterse dünya duysun. Bana vız gelir. Şu adamın, köylüye, sana, Hatçeye, sonra da bana ettiği var ya yüreğime dağ gibi oturdu. Dünya duysun. Çok çok olmazsa alırım bir tüfek katılırım yanına. Vız gelir alimallah..."

Memed, ocağın başına geldi oturdu. Topal Alinin yüzü gülüyordu.

Durmuş Ali:

"Yüzün gülüyor Topal," dedi. "Yoksa yeni bir iz mi çıktı gene?"

Topal:

"Yok," dedi, "Memed kardaşın gönlünü aldım da ona seviniyorum."

Recep Çavuş, Cabbar, Topal Ali, Memed artık dört kişi olarak ahıra döndüler.

Samanlıktan çıkıp yola düştüklerinde daha gün doğmamıştı.

Memed:

"Sağlıcağlan kal Hürü Ana! Durmuş Ali Emmi, sağlıcağlan kalın cümleniz," dedi, yürüdü.

Köy yavaş yavaş uyanıyordu. Bir iki bacadan duman tütmeye başlamıştı.

Hürü hışımla:

"Memed! Memed!" dedi. "O gavur Topalı kıyma gibi kıymazsan, o yezidi kıymazsan sana hakkımı helal etmem. Dönenin kemikleri de mezarında sızlar. Duydun mu dediklerimi?"

Durmuş Ali:

"Yolun açık olsun yavrum" dedi. "Bakma bu delinin sözlerine."

Topal Aliye döndü:

"Ali sen de kusura kalma. Avratların yaşlılığı da cip beter oluyor."

Köyün dışına çıktıklarında Topal Ali:

"O gavurun ölümünü gözümle göreceğim ha!" dedi, dudaklarını yaladı. Hoşuna gidecek bir iş olursa, hep dudaklarını yalardı.

"Beni iyi dinle Memed kardaş," dedi. "Sana çok kötülük ettim. Sana çok iyilik etmek isterim bundan sonra da. Bu gavuru temizledikten sonra da, sana yardım yapmak isterim. Sen merhametli, sen iyi bir çocuksun. Senin yerinde başkası olsaydı, beni çoktan öldürürdü. Sen anladın ki bunda benim suçum yok. Bak, bile bile yalan söyleyerek Hatçenin üstüne şahitlik etseydim, o zaman suçum büyük olurdu."

Recep Çavuş çoktandır söze karışmıyordu. Topala:

"Demek sen iyi iz sürersin?" diye sordu.

Topal:

"Sürerdim," dedi. "Sonra yemin ettim. İnsan izi sürmemeye yemin ettim."

Recep Çavuş:

"Hayvanlardan ne istersin öyleyse?"

Topal:

"Ağam," dedi, "geyik meyik izi sürerim gayri. Ava gidenlerle. Onu da yapmazsam ölürüm. Ben iz sürmesem ölürüm."

Cabbar:

"Yaa!" dedi.

Recep Çavuş gene bir:

"Vay anam vay!" çekti.

Asılı kayanın düzlüğüne gelinceye kadar bir daha ağızlarını açmadılar.

Yollara çiy düşmüştü. Buradaki toprak kırmızıydı. Bir de koku geliyordu topraktan. Çukurova kokusu gibi bir şey.

Recep Çavuş:

"Vay vay!" dedi. "Vay vay vay anam! Dizlerim kırılıyor. Başımı tutamıyorum!"

Cabbar:

"Etme bre Recep Çavuş," dedi. "Ne oldu sana böyle?"

Recep Çavuş:

"Vay vay vay anam!" diye inliyordu boyuna.

Topal Ali:

"Yara çok şişmiş. Böyle olmaz. Gittikçe daha azar. Bir köye

inelim. Bu yakında Sarı Ümmetin evi var. İsterseniz oraya gidelim. İyi adamdır."

Recep Çavuş:

"Olmaz," dedi. "Bir yara için evlerde kalamam. O gavurun arkasını bırakamam." Sonra da kızdı. "Memed, Cabbar gelin buraya. Bu iz sürmede çetebaşılığı bana vereceksiniz. Ne dersem emrimden çıkmayacaksınız. Kabul mü?"

Memed:

"Kabul Çavuş," dedi.

Cabbar:

"Nolacaksa kabul," dedi. "Ne yapacaksın bakalım?"

Recep Çavuş:

"Emrime kim karşı koyarsa vururum," dedi. "Babam olsa vururum."

Cabbar:

"Peki," dedi, "ne yapacaksın? Kimse emrinden çıkmayacak. Yapacağını söyle."

Recep Çavuş:

"Karışma gerisine," dedi, Topal Aliye döndü:

"Topal Ali," dedi, "sen iyi iz sürersin. Bu Abdi gavurunun yerini bulmaya söz verdin."

Topal Ali:

"Söz verdim," dedi. "Söz vermesem bile onu ben öldürmek isterim. Çiğ çiğ yemek isterim ben onu."

Recep Çavuş:

"Şimdi gel karşıma. Söyle bakalım, sence nerededir Abdi şimdi?"

Topal:

"Şimdi yerini bilemem. Ya kasabada, ya Avşar köyündedir. Belki de ta Yüreğire inmiştir. Arayacağınızı biliyorsa, mutlak Yüreğir düzlüğüne inmiştir. Yüreğire eşkıya inemez. Düzlükte barınamaz."

Recep Çavuş:

"Peki, Yüreğire inmişse ne yapacağız?"

Topal Ali:

"Ben onu gözetlerim. Ne zaman Yüreğirden ayrılırsa, size haber veririm. Ben onun peşini bırakmam."

259

Recep Çavuş:

"Şimdi?" diye sordu.

Topal:

"Siz şimdi Sarı Ümmetin evinde kalırsınız. Ben Çukurovaya iner, yerini bulurum onun. Gelir size haber veririm. Haydi Sarı Ümmete gidelim. Bize uzaktan akraba gelir. O gavur dinliyi de hiç sevmez."

İkindine doğru Sarı Ümmetin ormanlık bir tepedeki tek başına, yapayalnız kalakalmış evine geldiler.

Topal Ali, Ümmete:

"İşte bizim İnce Memed bu," dedi, tanıttı.

Ümmet:

"Kardaş," dedi, "dağa çıktığını duydum da çok sevindim. Seni görmeyi çok arzuluyordum."

Topal Ali, onları öyle, evin avlusunda bırakıp gerisin geri döndü, yürüdü.

Sarı Ümmet arkasından:

"Bir kahve içip de öyle gideydin Ali kardaş," diye seslendi.

Topal Ali, dönmeden, kendi kendine söylenircesine:

"İşim var Ümmet kardaş," dedi. "Acele işim var."

Topal, ayağını ta arkadan sürüyerek hızlı hızlı, koşarcasına devrilip kalka kalka yürüyordu.

Gece, usuldan bir rüzgar esiyordu. Donuk bir ay vardı. Ağaçların arasından pare pare dökülüyordu.

"Kuşun kanadının altına saklanmışsa da bulurum onu," dedi kendi kendine.

Gözünün önüne, evinin yıkılışı geldi. Yıllar yılı çalışıp tertemiz yaptığı, donattığı evi bir saatın içinde Abdi Ağanın adamlarınca yıkılmış, viraneye çevrilmişti. Bunun üstüne dişlerini sıktı. Biraz daha hızlı yürüdü.

Kasabaya girdiğinde yeni yeni sabah oluyordu. Pazaryerine geldi. Süpürgeci Muhacır Murat pazaryerini toz kaldırarak süpürüyordu. Muratın üşümüş bir hali vardı. Murata bir selam vererek kahveci Tevfiğin kahvesine aynı hızla yürüdü. Kahve daha yenice açılmıştı. Bir çay istedi. Tüten bir çay getirdiler. Heyecandan içi içine sığmayarak dükkanlar açılıncaya kadar kahvede bekledi.

260

Günün ilk ışıkları kasabanın ak taşlı kaldırımlarına dökülürken, Mustafa Emminin dükkanına gitti. Mustafa Emmi Maraşlı, hoş, ak sakallı bir adamdı. Dükkanı daha açmamıştı. Ali dükkanın kapısına sırtını verdi oturdu. Bekledi. Önünden burnunu yere sürerek bir uyuz köpek geçti. Kör Hacının nal dövdüğü yer karşıdaydı. Az sonra Kör Hacı geldi, tezgahın başına geçti, türkü söyleyerek nal dövmeye başladı. Karşı duvarın dibindeki gübrelik buğulanıyordu. Gün iyice değince, buğu çekildi. Sonra da yukardan aşağı Mustafa Efendinin geldiği görüldü. Mustafa Efendi dükkanının kapısında Topal Aliyi görünce sabah sabah, güldü:

"Ne o Ali," dedi, "ne o? Hırsızın izini bizim dükkanın içine mi getirdin?"

Topal Ali gerinerek doğruldu:

"Öyle oldu," diye karşılık verdi.

Mustafa Efendi dükkanını açıp içeri girdikten sonra:

"Gel bakalım Ali, nerelerdeydin bre kardaşım? Hiç görünmedin."

Ali:

"Sorma," dedi. "Felaket üstüne felaket."

Mustafa Efendi:

"Duydum."

Topal Ali:

"Duyduğun gibi."

Mustafa Efendi:

"Abdi bunu iyi etmemiş," dedi. "Beş vakit namazında niyazında ama, iyi etmemiş. Sana yaptığı insanlığa yakışmaz."

Topal Ali:

"Abdi Ağa burada imiş duyduğuma göre," diye Mustafa Efendiyi yokladı. "Ne geziyor ola? O buralardaysa ben gezmeyim kasabada. Sonra başıma iş getirir."

Mustafa Efendi:

"Korkma Ali," dedi, "o canının derdine düşmüş. O çocuk var ya, eşkıya çıkmış. Gözü pek bir çocukmuş. Kasabada bile duramıyor. Dün geldi benden sigara, kibrit aldı heybesine yerleştirdi. Atı dörtnala kaldırdı. Aktozlu köyüne gitti. O köyden yer yurt alacakmış. Dinsizin hakkından imansız gelir. Sen tevekkel ol yeter ki... O sana etti. Bak, el kadar çocuğun önünden bucak bucak kaçıyor."

"Aktozlu köyünde kimin evinde durur ola?" Çaktırmadan bir daha yokladı.

Mustafa Efendi:

"Kimin evinde olacak," dedi. "Muhtar Hüseyinin evinde. O akraba gelir ona."

Topal Ali, Aktozluda olup olmadığını iyice sağlamlamak için:

"O," dedi. "Aktozlu köyünü hiç sevmez. Çukurovaya inince dayısının oğlunun evinde kalır Sarıbahçe köyünde."

Mustafa Efendi:

"Ne diyorsun bre Ali?" diye çıkıştı. "Adamcağız sapsarı kesilip kehribara dönmüş, tüm kanı çekilmiş. Dayısı oğlu gibi mazlum bir adama canını güvenir mi hiç? Ne hin oğlu hindir o Abdi! Duyduk ki, birkaç gün önce, o eşkıya çocuk Abdinin evini basmış. Çocuklarını öldürecekmiş, sonradan merhamete gelmiş, vazgeçmiş. Bir candarma müfrezesi gitti eşkıya çocuğun takibine. Adı İnce Memed miymiş ne. Bunu duyan Abdi çıkar mı Aktozlu köyünden? Muhtar Hüseyin yiğit adam. Ölmeden evinden misafir vermez. O, ne hin oğlu hin o! Hiç gider mi Sarıbahçe köyüne? Şimdi git, Hüseyinin ocağının başında bulursun onu. Elinle koymuş gibi."

Topal Ali:

"Eden bulur," dedi. "O, bana etti, Allah da ona... Daha çok sürüm sürüm sürünür inşallah el kapılarında. Daha çok ecel teri döker."

Mustafa Efendi:

"Sen tevekkel ol," diye söylendi. "Sen tevekkel ol. Eden bulur."

Abdi Ağanın yerini tam tamına öğrenmesine karşın gene içi götürmedi. İnceyi boş yere getiririm de, şu Çukurovanın düzünde başını belaya sokarım diye düşündü.

Mustafa Efendiden biraz helva, karşıki fırından da bir ekmek aldı. Aktozlu köyüne doğru yola düştü.

Kasabayı çıkınca bir saat sonra Akçasazın bataklığı başlar. Bükler, orman misalidir. Pırıl pırıl Savrun çayı büklerin arasından kirlenerek geçer, Akçasazın çamuruna karışır. Aktozlu köyü Akçasazın kıyısındadır. Sıtmaya yakalanmamış insanı yok gibidir.

Yalnızdutun kamışlığında yolunu şaşırır gibi oldu. Orada burada iz aradı. Bir çakal izini sürmeye başladı. İz, bataklığa bataklığa gidiyordu. İzi bulduğuna hem seviniyor, hem kızıyordu. İçinden, "çakal delirmiş," diyordu. Ama izi de bırakmıyordu. Çakala küfrede ede izisıra gitti. En sonunda iz onu kuraklığa çıkardı. "Bu köpoğlu çakalda iş var," dedi. "Bütün çakallar akıllı olur zaten..."

Uzun sözün kısası, ikinci gün kuşluk vakti, Aktozlu köyüne girdi. Köy, yirmi beş otuz evlik bir köydü. Köyün evleri tüm huğdu. Huğların üstünün otu yepyeniydi. Bütün bataklık köylerinin huğlarının üstü yeni olur. Bataklık yanlarındadır. Biçiverir sazları, bağlayıverirler evlerin üstüne. Bataklığa uzak köylerin huğlarının üstünün otları güneş yiye yiye seyrelmiş, gümüşlenmiştir.

Topal Ali Aktozlu köyünün ıssızlığına karıştı. Ortalıkta siniler sinek yoktu. Yalnız, çitleri bel vermiş küçücük bir huğun kapısından bir kadın başını uzatıp geri çekti.

Topal Ali:

"Bacı!" diye seslendi arkasından. "Hatun bacı, Hüseyin Ağanın evi nerede?"

Kadın, kapıya geri döndü. Köyün orta yerindeki yarısı ot yarısı çinkoyla örtülü uzun bir huğu gösterdi. Ali, topal bacağını sürükleyerek, nefesi tutulacak kadar heyecanla eve doğru yürümeye başladı. Evin büyük kapısı açıktı. Bir an kapının önünde durdu. İçerdeki uzun boylu adam kapının önüne gelerek:

"Ne istiyorsun kardaşım?" dedi.

Topal:

"Ben Abdi Ağanın köylüsü olurum. Ona bir haber getirdim," dedi.

"Gir içeri."

Uzun evi bir uçtan bir uca geçerek kilim döşeli, ocaklığı gürül gürül yanan bir odaya geldi. Ocaklığın başında, ateşe doğru eğilmiş, usul usul tespih çeken, uyuklarcasına sallanan

Abdi Ağayı gördü. Odanın kapısında bir zaman bekledi. Abdi Ağa, gene öyle uykulu uykulu sallanıp duruyordu. Arkadan yetişen uzun boylu adam:

"Ağa," dedi, "sizin köyden biri gelmiş."

Ağa, ağır ağır, oralı olmayarak başını kaldırdı. Gözlerini Alinin üstüne dikti. Ali, topal yanına devrilecekmiş gibi duruyordu. İlkin Ağa Aliyi tanıyamadı. Gözlerini kirpiştirerek baktı. Tanıyınca rengi attı. Bir şeyler söyleyecek oldu. Yarım kaldı. Ne dediği anlaşılmadı. Ali, onun yanına doğru yürüdü. Abdi Ağanın gözleri büyüdü. Elindeki tespih düştü:

"Gel bakalım yanıma oğlum Ali," diyebildi. "Köyden bir haber mi getirdin?"

Ali, yanına, ocağın yakınına oturdu.

Abdi Ağa:

"De bakalım, bir haber mi?" dedi.

Ali ayakta duran adama doğru bir iki göz attı. Abdi Ağa anladı. Adama:

"Gizli konuşacaklarımız var, Osman. Sen azıcık çık hele."

Uzun boylu adam çıktı, kapıyı kapadı.

Abdi Ağa, ona iyice sokularak:

"Ne haber Alim?" dedi, sonra yüzü değişti, korkunç bir hal aldı.

"Yoksa," dedi, "yoksa şimdi de benim izimi mi sürüyorsun?"

Topal Alinin yüzünde öyle acılı bir hal vardı ki, ha ağladı, ha ağlayacaktı. Kocaman adam şimdi boşanıverecek.

"Ağam," dedi, "şu benim başıma gelmeyen kalmadı, şu iz sürme yüzünden. Yurdumdan oldum. Evimden barkımdan oldum. Canımdan olacağım şimdi de. Geldi beni Çağşak köyünde yakaladı İnce Memed, aldı sizin Değirmenoluğa getirdi. Diyordu ki, "Abdi Ağayı da yakalayacak, ikinizi bir arada öldüreceğim." Bir gece sizin eve girdi. Kapıyı kırdı. Evden bağırtı, şamata geliyordu. Bu arada ben kaçtım. Hösüğün evine gittim. Hösük arkama bağlı ellerimi çözdü. Hösüğe dedim ki, "Git git bakalım Ağamın evinde ne olup bitiyor?" Hösük gitti, geri geldi. "Ağa evde yok. Memed içerden kapıyı kilitlemiş, içeri kimse giremiyor, içerde kadınlar, çocuklar çığırışıyor," dedi. İki eşkıya da düşmüşler köyün içine beni arıyorlarmış. Yaa Ağam. Ben oradan kaçtım. Köy bir kıyamet yerine dönmüştü, ben dışarı çıktıktan sonra. Çığırtılar ta aşağı dereden duyuluyordu. Bir çare bul buna diye, ben de sana geldim."

Abdi Ağanın yüzü soldu. Türlü türlü hal aldı.

Topal Ali bu arada ağlamaya başladı. Hıçkırarak ağlıyordu.

"Çoluk çocuğum Çağşak köyünde kaldı, Ağam. Benim bir taksiratım var mı? Ben nasıl giderim bir daha yukarılara? Bana bir akıl ver Ağam. Seni de düşünüyorum. Bu Çukurova köylüklerinde nolacak senin halin, Ağam! Biz neysek ne, senin halin öldürüyor beni. Koskocaman bir ağasın. Beş köyün ağasısın. Her yerde, bütün dağ köylüklerinde senin parmak kadar çocuktan kaçıp Çukurovaya saklandığın söyleniyor. Benim halim neyse ne Ağam. Senin haline ağlıyorum."

Abdi Ağanın yanakları, boynu kıpkırmızı kesildi, gözleri yaşardı:

"Ali yavrum," dedi, "sana kötülük ettim. Evini Çağşaktan getir köyüne. Sana bir kağıt vereyim, evden sana öküz, tohum versinler. Kusura kalma yavrum Ali. Var git evini getir köyüne."

Ali:

"Nasıl giderim yukarılara da, evimi köye getiririm? Öldürür o namussuz oğlu namussuz beni."

Abdi Ağa:

"Korkma ondan," dedi. "Çok yaşatmam onu dağda. Deli Durduyla arası açılmış. Deli Durduya haber gönderdim. Yakında Çiçeklinin çetesini de peşine takacağım. Korkma ondan. Onu keklik gibi avlatırım, canım sağiken. Hiç korkma."

Elini cebine soktu. Bir tomar kağıt para çıkardı. İçinden on kadar yeşil banknot çekti:

"Al oğlum Ali," dedi, "bunları da kendine harçlık et. Şimdi sana diyeceğim var. Sen doğru köye gideceksin. Eve söyleyeceksin. Koyun sürülerinden üçünü Çukurovaya çeksinler. Görünme o meluna. İstersen gece git. Kimse seni görmesin. Oradan yanaşmalardan birini kendi evine gönder. Çağşaktaki evini alsın getirsin köye. Sen de bana bizim çocuklardan bir haber getir. O melun ne yapmış bakalım çocuklara? Merak ediyorum! Bir yemek ye de düş yollara."

Topal Ali gene ağlamaya başladı:

"Etme Ağam," dedi. "Beni yukarı geri gönderme. Elinden bir kurtuldum o melunun. Beni öldürür."

Abdi Ağa kızdı:

"Hemen düş yola! Dediklerimi yap! Korkma. Belki candarmalar şimdi onu yakalamışlardır. O eşkıyalığı ne bilir!"

Ali:

"Varayım gideyim Ağam," dedi. "Doğrusun. O eşkıyalığı ne bilir!"

İçerden yemek getirdiler Aliye. Ali, yemeği çabuk çabuk yedi, yola düştü.

"Varır giderim köye. Ağama bir haber getiririm."

Uçarcasına yol yürüyordu. Ayağının topallığını bile duymuyordu. Durup dinlenmeksizin bir buçuk günde Sarı Ümmetin evine vardı. Vakit gece yarısıydı. Usuldan bir ıslık çaldı kapıda. Ümmet ıslığı tanıdı. Dışarı çıktı.

"Hoş geldin kardaş," dedi. "Usul konuş. İçeri candarmaylan dopdolu. Seninkinin takibine gelmişler. Oradan dönüyorlar. Uyuyorlar şimdi. Asım Çavuş deli oluyor. Seninkiler de samanlıkta keyfediyorlar. Onlara bir kuzu kestim. Senin şu İnce Memed de yaman, çelik gibi bir oğlana benziyor. Konuşmuyor. Hiçbir şeye karışmaz bir hali var ya, içi dolu olduğu belli. Gözlerinden belli. Yanıp yanıp sönüyor. Göreceksin, o bu dağların en namlı eşkıyası olacak. Gel seni oraya götürüyüm."

Samanlığa yürüdüler. Sarı Ümmet yerden iki taş aldı, üç kere çıt çıt ettirdi. Kapı hafifçe açıldı.

Topal Ali:

"Ben geldim," dedi.

Memed:

"Hoş geldin," dedi, içeri çekildi, girince kapıyı örttü. "Şu senin arkadaşın Ümmet yok mu Ali Ağa, çok yiğit bir adam. Çok iyi bir adam. Başkası olsa, çoktan bizleri ele verirdi. Candarmalarla çoktan aramızda bir hır çıkardı. İyi ki geldin."

Topal Ali:

"Kardaş," dedi, "buldum. Aktozlu köyünde Hüseyin Ağanın ocağının başında oturup durur."

Memed sevincinden ne yapacağını bilemedi. Cebinden bir kibrit çıkarıp çaktı. Bu büyük bir yanlıştı. Çıralık eşiğin yanına konmuştu, buldu, yaktı.

Cabbarla Recep Çavuş köşede, ikisi bir yatakta uyuyorlardı. Usuldan vardı, Cabbarı dürttü. Cabbar hemencecik sıçrarcasına gözlerini korkuyla açtı, yanındaki tüfeğini kaptı. Memed, tüfeği eliyle tutarak:

"Bir şey yok Cabbar," dedi, "benim."

Cabbar:

"Ne var?" diye sordu. "Bir şey mi oldu?"

Memed:

"Ali geldi," diye karşılık verdi.

Cabbar:

"Ali mi?" dedi.

Memed:

"Ali."

Cabbar:

"Bulmuş mu?"

Memed:

"Bulmuş."

Cabbar:

"İşimiz iş desene."

Memed:

"İşimiz iş."

Cabbar:

"Hemen yola. Öyle mi?"

Memed:

"Hemen yola."

Cabbar:

"Hemen yola ya, Recep Çavuşun hali kötü. Boynunu döndüremiyor. Öleceğim diye korkuyor."

Memed:

"Ne yapalım öyleyse?"

Cabbar:

"Burada bıraksak onu."

Memed:

"Kalmaz. Başımıza iş açar."

Cabbar:

"Çare yok, uyandıralım."

Memed:

"Uyandıralım."

Cabbar, Çavuşu dürttü. Çavuş uykulu uykulu solundan sağına döndü. Cabbar:

"Çavuş kalk," dedi.

Çavuş:

"Yahu ben ölüyorum," dedi. "Ölüyorum işte."

"Kalk Çavuş, kalk canım. Yola düşmeliyiz hemen."

Ellerinden tutup yataktan doğrulttu.

Çavuş mızırdanıyordu:

"Etme bunu bana. Ben ölüyorum diyorum size, ölüyorum."

Cabbar:

"Kalk gözünü sevdiğim aslan Çavuşum. Hani sen çetebaşıydın! Çetebaşılık böyle mi yapılır?"

Elini bırakınca Çavuş yeniden yatağa düştü. Uyumaya başladı.

Memed:

"Fıkara," dedi, "günlerdir ilk defa uyuyor. Çırpınıp duruyordu."

Cabbar:

"Ne yapalım öyleyse?" diye sordu. "Burada bırakalım mı?"

Memed:

"Olmaz," dedi. Çavuşu bileklerinden tuttu kaldırdı. Kulağına eğilip birkaç kez bağırdı:

"Çavuş! Çavuş! Abdi Ağa Aktozlu köyünde imiş. Aktozluda, Aktozluda, Aktozluda... Ali şimdi geldi. Topal Ali geldi. Topal Ali."

Recep Çavuş gözlerini açtı.

"Nee?" diye sordu.

Memed:

"Abdinin yerini bulduk, Aktozluda."

Recep Çavuş:

"Topal Ali mi bulmuş?" dedi.

Memed:

"Topal Ali."

Recep Çavuş:

"Bulmasa onu vurmaya karar verdiydim. Yakayı kurtardı," dedi, ayağa kalktı. Yüzünü ağı yemiş gibi buruşturdu. Boynunun ağrısını belli etmek istemiyordu.

"Çocuklar," dedi, "yola düşmeden şu yaramı bir daha ilaçlayın. Recep Çavuş ömründeki en iyi şeyi yapacak. Abdi gavurunu öldürecek. Şimdiye kadar ne günah işledimse Allah indinde affedilir."

Topal Ali:

"Durun," dedi, "yarayı ben ilaçlayım."

Recep Çavuşun dizinin dibine oturdu.

Recep Çavuş:

"Ulan Ali," dedi, "eğer bulmasaydın onu, işin dumandı. Vururdum seni."

Ali:

"Bulduk işte," dedi, "fakir fıkaranın düşmanını. Verin cezasını."

Recep Çavuş:

"Öyle bir veririm ki," dedi. "Görürsün!"

Bir kundura boyası kutusundan merhem çıkaran Ali, yarayı onunla iyice sıvadı. Sonra da sardı.

Recep Çavuş:

"Haydi kalkın," dedi. "Çabuk olun. Dinsizin bir dakika yaşaması bile ziyandan."

O hızla kapıya çıktılar. Ümmete "Allahaısmarladık" demeyi bile unuttular, yola düştüler.

Cabbar:

"Bugünü de..." dedi.

Memed:

"Çok şükür bugünü de," dedi.

Ne yapacağını bilmiyor, içi içine sığmıyor. Tabana kuvvet önde uçar gibi yürüyordu. Topal Ali de arkasında.

Topal:

"Bana on lira verdi," diye olanı biteni, kıvırdığı yalanı anlatıyor, onları güldürüyordu.

Yalnızdutun oraya geldiklerinde açlıktan bitmişlerdi. Sevinçlerinden hiçbir yerde durmamış, gündüzleri saklanıp geceleri bayırlardan, büklerden yürümüşlerdi.

Topal Ali:

"Korkmayın, size şimdi ekmek getiririm," dedi. "Bekleyin şu oyukta."

Yalnızdut köyüne girdi. Bir saat ötede, Anavarza kalesinin orada, Aktozlu köyü görünüyordu. Yarım saat sonra bir torba dolusu ekmek, bir torba da yoğurtla geldi.

"Yoğurdu çaldım," dedi. "Evin direğine asmışlar, bizim evden alıyormuşum gibi aldım."

Yemeklerini yediler, birer de sigara sardılar üstüne.

Recep Çavuşun yarasının durulmaz bir halde olduğu yüzünden belli oluyordu. Ha bire dişlerini sıkıp yüzünü buruşturuyordu. Durmadan da söyleniyordu:

"Çetebaşı benim. Eğer işime karışırsanız bunda, gerisini siz düşünün. Bunca kötülük işledim. Bir de iyilik edeyim. Her dediğimi yapacaksınız anladınız mı?"

Cabbara dönüyor:

"Anladın mı Cabbar?"

Memede:

"Anladın mı Memed?"

Cabbar:

"Anladım."

Memed:

"Anladım."

Recep Çavuş:

"Şimdi gece oluncaya kadar burada bekleyeceğiz. Gece olunca da köyün kıyısındaki bükün içine girip saklanacağız. Siz hiç karışmayın. Ben buraları karış karış, taş taş bilirim. Anladınız mı? Taş taş. Şu görünen yer Ceyhanın adası, Anavarzanın ardında Hacılar var. Hacılardan yukarı dağları tutarız, adamı öldürünce. En az bir bölük candarma gönderirler, vukuattan sonra. Kurtuluş zor olur. Ama benim gibi buraları bilen kimse yoktur. Delik delik bilirim. Zinhar dediğimden dışarı çıkmayasınız. Çolak birader dediğimi tutmadı da koca çeteyi mahvetti. Kendi de vuruldu. Çukurova demek, Recep Çavuş demektir. Bunu da aklınızdan çıkarmayasınız."

Bulundukları yer bir sel yatağıydı. Seller sütbeyaz çakıltaşlarını, çam kabuklarını, kamış, ağınağacı köklerini sürüklemiş buraya, hayıt çalılıklarının dibine yığmıştı. Bundan sonra gelen seller boyuna hayıt çalısına gelip durmuşlar, onu sökemeyip, ne getirdilerse dibine bırakarak, üstünden atlayıp geçmişler, sığmayınca da yandaki tarlanın dibini oymuşlardı. İşte bu oyuktaydılar.

Akşam oldu. Gün indi. Bir sini gibi düz ovanın yüzünü yaldızladı. Bulutların kenarları da ışıklandı. Ovanın öbür ucuna yapıştı kaldı.

Recep Çavuş:

"Çoktandır," dedi, "güneşin Çukurovada batışını görmedim. Toprağın üstünde bir zaman durur, kızarır orada, kıpkırmızı kan kesilir. Birden batıverir sonra da. Durun da seyredeyim. Ben öleceğim zaten. Durun, durun seyredeyim."

Cabbar güldü.

Çavuş:

"Neye gülüyorsun bre it südüğü?" diye kızdı.

Cabbar:

"Topal Aliye," dedi.

Çavuş sustu.

Derken gün battı. Karanlık kavuştu. Çavuş ellerini beline dayamış, güne karşı dikilmiş heykel gibi duruyordu.

"Öleceğim ölmeye. Çukurovada günün batışını bir daha gördüm ya..." dedi.

Yalnızdut düzünü geçtiler. Sonra bir bataklığa saplandılar. Bataklıktan kurtulunca, Aktozlu köyünün huğlarının ışıkları gözüktü. Ancak, o da birkaç evden ölgün ışıklar sızıyordu. Geri yanı tüm karanlığa gömülmüştü. Çok yorulmuşlardı. Sırtlarını bir çalıya dayayıp oturdular. Topal Ali bir cıgara yakacak oldu. hafif hafif inlemekte olan Çavuş gürledi:

"Topal deyyus," dedi, "şimdi yere sererim seni. Koy elindeki kibriti cebine!"

Topal hiçbir şey söylemeden kibriti cebine koydu. Recep Çavuş:

"Bir daha söylüyorum," diye keskin, sert söylendi. "Benim dediğimden dışarı her kim çıkarsa, babam olsa da vururum. Söylen çetebaşı ben miyim?"

"Sensin Çavuş," dediler.

Bunun üstüne Çavuş başını önüne eğdi bir yarım saat düşündü. Sonra başını kaldırdı. Memede döndü, sordu:

"Bu Topal Ali sonra da senin işine yarayacak mı?"

Memed:

"Yarayacak," diye karşılık verdi.

Recep Çavuş:

"Bir eşkıyaya Topal Ali gibi adam her zaman gerek," dedi, gene sustu. Uzun zaman sustu. Vakit geçiyordu. Cabbar dayanamadı:

"Ne o Çavuş," dedi, "uyudun mu?"

Çavuş buna çok içerledi:

"İtin eniği," diye dişlerini sıktı. "Bu ovanın yüzünde bir koca köyden adam alıp götürmek kolay mı? Uyumuyor, plan kuruyorum."

Gene daldı. Neden sonradır ki, uyanırcasına başını kaldırdı. Gözlerini teker teker herkesin karartısı üzerinde durdurdu. Yıldız ışığında hiçbirisinin yüzünü fark edemiyordu.

"Çocuklar," diye başladı. Sesi sıcak, bir ana şefkatindeydi. "Benim iş bitti bundan sonra. Bu yara beni iflah etmez, götürür. Bunu iyi biliyorum. Sizi düşünüyorum. Şu İnce Memedi düşünüyorum. Onun yüreğinde iyilik var. Yıllar yılı, beş köyün erkeğinin içinden zalime kafa tutan, bir tek bu çıktı. Bunda iş var. Sağ kalırsam, onu gözüm gibi korurum. Ama öleceğim." Topala döndü. "Sen," dedi, "Topal akıllı adamsın. Üstelik eşkıya da değilsin. Memede çok yardım yapabilirsin."

Topal:

"Memede elimden geleni yapacağım. Evimin yıkılışı, köyümden kovuluşum yüreğime değirmen taşı gibi oturdu."

Çavuş:

"Şimdi işe gelince, gece yarıya doğru Hüseyin Ağanın evine varırız. Kapıyı açtırırız. Abdiyi içerde vurur çıkarız. Yalnız Topal Ali bizimle gelmesin."

Memed:

"Zaten gece yarıyı buldu, Çavuş," dedi. "Hemen gidelim. Olur mu? Hemen."

Çavuş ayağa kalktı. Fişeklerini düzeltti. Tabancalarının ağzına kurşun verdi. Bombalarını yokladı. Ceplerini araştırdı.

"Topal kibritini bana ver," dedi. "Ver de buralarda durma. Düş yola, nereye gidersen git."

Topal, kibriti çıkardı, verdi:

"Gazanız mübarek olun," dedi, arkasını döndü, yürüdü.

Memed:

"Gene görüşürüz. Sağ ol Ali," dedi.

Ali:

"Görüşürüz."

O, gözden yitip karanlığa karışıp gittikten sonra, onlar da köyün içine doğru yürüdüler. Serin bir poyraz esiyordu. Poyraz, köyün ot evlerinin saçaklarında ıslıklar çalıyordu.

Yarısı çinkolu evin önüne gelince durdular.

Çavuş:

"Kapıyı tıkırdat Memed," dedi. "Sen de Cabbar hazır ol. Yat sipere. Tümseğin ardına yat. Bu eve doğru kim gelecek olursa vur. Bakma gözünün yaşına. Gördüğün karartıyı düşür."

Memed yerden bir taş alıp kapıyı dövmeye başladı. Evin çinkoları yıldız ışığında donuk donuktu. Kapının tıkırtıları köyün ıssızlığını bozuyordu. Çok sonra, evin içinden bir erkek sesi geldi:

"Kim o? Bu gece yarısı kim o?"

Recep Çavuş:

"Benim," dedi, "kardaş Abdi Ağanın köylüsüyüm. Aç kapıyı, haber getirdim."

İçerdeki ses:

"Git de sabahleyin gel."

Tam bu sırada köyün öteki ucunda bir köpek havladı.

Recep Çavuş:

"Çok acele işim var. Ağayı mutlak görmeliyim şimdi. Açıver kapıyı kardaş!"

Adamın kapıyı açmasıyla kapaması bir oldu. Kapadı, arkasından da sürgüledi.

Recep Çavuş:

"Ah şu yaram," dedi, "yoksa içeri girerdim. Ah yaram. Amma zarar yok. Şimdi ben onlara kapıyı açtırırım."

273

Bütün gücüyle içeri bağırdı:

"Ben eşkıyaların başı Recep Çavuşum," dedi. "Duymadınız-sa duyun. O gavur Abdiyi bana teslim edin. Etmezseniz siz bilir-siniz. Hüseyin Ağa filan tanımam. O gavur dinliyi teslim edin."

Memed de konuştu:

"Ben de İnce Memedim," dedi. "Anamın, nişanlımın inti-kamını almak için geldim," dedi. "Köylülerimin intikamını al-mak için. Fakir fıkaranın intikamını almak için. Onu çıkarın dı-şarı. O içerden çıkmadan biz buradan gitmeyeceğiz."

İçerdeki ses:

"Abdi Ağa yok bu evde," dedi. "Varın işinize gidin. Yok burada."

Çavuş:

"Bana Recep Çavuş derler. Eşkıyaların piri. Almadan git-mem Abdi dinsizini. Memed!" dedi sonra da, "çıkar bombayı, koy kapının eşiğine. Kapıyı atalım."

Adam içerden bağırdı:

"Çoluk çocuk var içerde. Abdi yok evde."

Recep Çavuş:

"Öyleyse aç kapıyı."

Adam:

"Açamam."

Recep Çavuş:

"Memed," diye bağırdı. "Ateşle bombayı, koy kapıya."

Memed:

"Hazır Çavuşum," dedi. "Koyayım mı?"

Çavuş:

"Ne duruyorsun ya?" diye bağırdı.

Bu sırada içerden bir silah sesi geldi.

Çavuş:

"Yat Memed yere," dedi. "Yat! O dinsiz sıkıyor."

İçerden dışarı kurşun yağıyordu.

Çavuş:

"Memed, bombayı at," dedi.

"Çoluk çocuğa kıymayın," diye bir ses geldi içerden. "Çıkı-yoruz biz. Siz ne yaparsanız yapın. Abdi Ağa, sen de sıkma. Biz çıkalım da siz ne yaparsanız yapın."

274

İçerdeki kurşun durdu. Kapı açıldı. Uykulu çocuklar, don gömlek titreyen kadınlar dışarı döküldüler. Çabucak evden uzaklaştılar. En sonunda evden çok yaşlı bir adamla, iki delikanlı çıktı.

Yaşlı adam:

"İşte içerde Abdi. Varın hesabınızı görün."

Bunu der demez içerden gene bir yaylım ateşi başladı. Abdi çok çabuk kurşun sıkıyordu.

Silah sesini duyan köylüler Hüseyin Ağanın evine doğru geliyorlardı. İçlerinden biri: "Eşkıyalar basmış," dedi. Bunu duyan köylüler evlerine doğru koşmaya başladılar. Bir dakika içinde ortalıkta kimse kalmadı.

Çavuş:

"Memed," dedi, "al kapıyı. Ver et kurşunu."

Memed:

"Ne faydası var?" dedi. "Herif içerde. Üçümüzü de vurur."

Çavuş:

"Demek vurur!" diye alay etti. "Ben ona şimdi gösteririm. Sen kurşunla kapıyı. Söze karışma. Ne diyorsam onu yap. Eksik etme kapıdan kurşunu."

Bütün sesini bir araya toplayarak, bağırdı:

"Demek Abdi, elime ayağıma düşmek dururken, kurşun atarsın bana? Saklanıp evin içine, kurşun atarsın. Ben sana gösteririm."

Evin poyrazdan yanına gitti.

Memed kapıdan kurşunu eksik etmiyordu. Çavuşun ne yapacağını da merak ediyordu.

Abdi Ağa da içerden onlara doğru kurşun sallıyordu. Cabbarsa yönünü köye dönmüş, kımıldamadan yatıyordu. Memed, kapının yanına saklanmasaydı, çoktan kurşunu yemişti.

Ortalıkta ne kadın, ne çocuk hiç kimse kalmamıştı. Köy girdikleri zamanki gibi gene ıssız.

Aradan epey zaman geçti. Memed, ha bire kapıya kurşun sıkıyor. Bunun sonu neye varacak? Çavuş gitti evin ardına, gelmedi. Bir ara Memed boş yere kurşun sıkmaktan bıktı, kesti. Evin arkasından Çavuş bağırdı:

"Kesme kurşunu ulan. Orospu çocuğu kesme kurşunu."

Memed gönülsüz gönülsüz yeniden başladı.

Bu sırada dut ağaçlarının ardından bir ses geldi.

"Sabaha kadar kurşun yakın bakalım. Abdiyi dışarı çıkarabilir misiniz?"

Memed sordu:

"Sen kimsin?"

Ses:

"Ben Hüseyin Ağayım. Kürt Reşitten sonra Çukurovaya hiçbir eşkıya inmedi. Kürt Reşidi bile Çukurova yedi. Sabah olunca bu ovanın yüzünde sizi armut gibi düşürürler. Bırakın gidin."

Recep Çavuşun karıncalanmış, bozuk sesi bütün hıncıyla evin arkasından geldi:

"Cabbar! Cabbar! Söyletme şu yezidi. Kapa ağzını."

Cabbar dut ağaçlarının altını kurşun çemberine aldı.

İşte tam bu sırada olan oldu. Evin üstünden, yanından yönünden bir kırmızı yalımdır birden patladı. Belki bir saniye içinde bütün ev ateş içinde kaldı.

Recep Çavuş:

"Hüseyin Ağa, Hüseyin Ağa, koca deyyus," diye seslendi. "Kürt Reşidi avlarlar ama, beni avlayamazlar. Ben Recep Çavuşum. Çukurovanın kurduyum. Ya Abdiyi öldürürüm bu gece, ya da bu köyü yakarım."

Dutun altındaki adam bir çığlık kopardı, sonra kadınlar, çocuklar bir köy toptan çığırışmaya başladı.

Recep Çavuş:

"Memed," dedi, "kes ateşi de, o gavur bunalsın da kapıdan çıksın."

Memed ateşi kesti.

Poyraz, kavak boyu kalkan yalımları sağa sola savuruyordu. Evin yanındaki bir ev de az sonra ateş aldı. Daha sonra ateş üstteki eve geçti. On beş yirmi dakika içinde on kadar ev ateş almış yanıyordu.

Cabbarla Memed tam siper yatmışlar bekliyorlardı. Recep Çavuş evin yöresinde fırıl fırıl dönüyor, bağırıyordu:

"Çık Abdi çık! Çatır çatır yanacaksın. Çık da Memedin eline ayağına düş. Belki canını bağışlar."

İçerden ses sada gelmiyordu. Arada Recep Çavuşun kulağının dibinden cıv diye bir kurşun geçiyordu. Yalımlar, kıvılcımlar saçarak ta gökyüzüne çıkıyordu. Eğilip bükülüp kıvrılıyor, parça parça karanlık gökte uçuyor. Gökyüzü ışığa kesmişti. Gündüz gibi. Ortalık aydınlanıvermişti. Anavarzanın mor kayalıklarından, Ceyhan ırmağı kenarındaki büklüğe kadar, beyaz bir ışık delmişti karanlığı.

Beyaz don gömlekle yataklarından dışarı uğramış insan kalabalığı oradan oraya koşuyor, yanan evlerdeki eşyaları taşıyorlardı. Bir ana baba günü köyün içi.

"Abdi çık dışarı. Kebap olursun sonra, çık dışarı," diye ha bire bağırıyor Çavuş.

Memede dönüyor:

"Evin kapıdan başka çıkılacak hiçbir yeri yok Memedim," diyor. "Sen hiç küşüm çekme. Şimdi dışarı çıkar o. Kapıda gebertiver."

Memed:

"Olur," diyor.

Yaşlı bir kadın dutların altından koşarak geldi. Yanan evin içine girdi. Recep Çavuş hiçbir şey söyleyemedi kadına. Kadın evin içinden kucağında bir döşekle çıktı. Döşeği koşa koşa dutların altına götürdü. Sonra bir ceviz sandık çıkardı. Tencereler, kilimler, sahanlar, yorganlar çıkarıyordu boyuna. En sonunda dürülü bir büyük yorgan çıkardı koltuğunun altında. Bundan sonra da yalımlar kapıyı sardı.

Memedle Cabbar oldukları yerde, Recep Çavuş da evin yöresinde bekle babam bekle ettiler. Ne Abdi çıktı, ne bir şey oldu. Evin üstü yandı, çöktü. Açık kapıdan Abdi gene çıkmadı. Beklediler. Duvarlar yandı, içeri doğru yattı, kimse yok.

Poyraz iyice hızlanmıştı. Yalımları huğdan huğa savuruyordu. Şimdi hemen hemen köyün bütün evleri tutuşmuştu. Ortalık gündüz gibi. Sanki Çukurovanın, o kırmızı köz misali güneşi çökmüş ovaya. İşte her bir yer böyle aydınlık. Dut, söğüt ağaçlarının uzun gölgeleri düşüyor ıslak toprağa. Toprakta insan gölgeleri kaynaşıyor.

Esen poyraz değil, tüm yalım. Bir yerlerden, uzak bir yerlerden ha bire yalım fışkırtıyorlar sanki.

Memed:

"Kaçırdık eyvah," dedi.

Cabbar:

"Kaçırdık."

Recep Çavuş:

"Çıkacak hiçbir delik yoktu," dedi. "Boyuna da evin dört bir yanını dolanıyordum. Bir yeri yarıp da kaçmasın diye. Çıkmadı. İçerde yanmıştır. Bizim elimize geçmektense yanmayı daha iyi bulmuştur."

Cabbar:

"Belki," dedi.

Memed:

"Belki ama, ölüsünü gözümle görmek isterdim," diye içini çekti. Sonra: "Yazık," dedi. "O melunun yüzünden kocaman bir köy yanıyor."

Cabbar:

"Yanıyor," dedi.

Recep Çavuş:

"Yansın," dedi. "Bütün Çukurova taşıyla, toprağıyla yansın."

Memed:

"Fakir fıkara nolacak ya?" diye acınarak sordu.

Recep Çavuş:

"Zaten bir şeyleri yoktu. Evleri de olmayıversin ne çıkar. Onların durumunu hiçbir şey değiştiremez. Her zaman oldukları gibidirler."

Memed:

"Eee Çavuşum," dedi, "böyle durup bekleyecek miyiz?"

Çavuş:

"Bekleyecek miyiz?"

Cabbar:

"Bekleyecek miyiz?"

Memed:

"Kasabaya çoktan haber gitmiştir. Kıyamet kopar yarın."

Recep Çavuş gürültüyle güldü:

"Bir köyü yaktılar diye Ankaraya tel çekerler. Kıyamet kopar. Şimdi Anavarzanın kayalıklarını tutmalıyız. Düzde bir yakalanırsak işimiz iş."

Yanan eve durup baktılar. Üçü üç yerden içlerini çektiler. Yanmakta olan köye arkalarını döndüler, yürüdüler.

Köyü çıkınca durdular, yönlerini köye döndüler. Bütün köy bir top ateşti, savrulan bir yalım dalgasıydı.

Memed:

"Vay," dedi, "bir tek ev bile kalmadı. Hep bu poyrazın yüzünden. Poyraz olmasaydı, bunlar olmazdı. Ölümümü isterdim de bunun böyle olmasını istemezdim."

Cabbar:

"Bir tek ev bile kalmadı," dedi. "Bütün köy ateşe kesti."

Memed:

"Biz köyden çıkarken çoluk çocuk, kadın erkek durmuşlar, öylecene taş kesilmişler gibi bize bakıyorlardı. Duydunuz mu? Hiç birisinin ağzından çıt çıktığını, duydunuz mu? Bize ne beddua ettiler, ne üstümüze taş attılar, ne sövdüler. Taş kesilerek öylecene baktılar kaldılar. Bunu görmeyeydim. Kendi ölümümü göreydim de bunu görmeyeydim."

Çavuş üsteledi:

"Oldu bir kere," dedi. "Oy oy boynum. Ben öleceğim artık. Oy oy boynum. Kesiyorlar, koparıyorlar boynumu. O oy boynum. Kesiyorlar, koparıyorlar boynumu. Oy oy boynum."

Yere oturdu. Yüzünü iki eli arasına aldı, öyle kaldı bir süre.

Memedle Cabbar ayakta, başında beklediler, sonra Çavuş birden yere serilerek kıvranmaya başladı. Cabbar onu kucağına almak istedi. Kocaman Çavuşu zaptedemedi. Çavuş yay gibi geriliyordu.

Köyün bu yanından bir çığrıltı koptu. Kalabalık bir çığrıltı.

Kuyrukyıldızı doğmuştu. Tam güneşin doğduğu yerin üstünde. Koca yıldız yalp yalp ediyor, döndürüyorlarmış gibi kıvılcımlanıyordu.

Çığrıltı onlara yaklaşıyordu.

Bir ses boyuna:

"Bu yana gittiler. Daha şimdi gittiler," diye durmadan konuşuyordu.

"Ne yana?" diye soran bir ses de duydular onun arkasından.

Memed Cabbara eğildi:

279

"Asım Çavuşun sesine benziyor," dedi.

Cabbar heyecanla:

"Odur o," dedi. "Kaçalım. Çavuş, Çavuş sarıldık. Kalk."

Kıvranmakta olan Çavuşu omuzuna aldı. Yürüdüler.

Koşuyorlardı. Ne tarafa gittiklerini bilmiyorlardı. Köyün ateşi de yavaş yavaş sönmeye yüz tutmuştu. Karanlığa doğru kaçıyorlardı.

Asım Çavuş:

"Bükün yolunu, Anavarzanın yolunu tutun," diye bağırdı.

Cabbar:

"Yandık," dedi.

Memed:

"Şu dinsizin öldüğünü bilsem, ölüm umurumda bile değil. Ah bir öldüğüne, orada çatır çatır yandığına yüreğim inansa..."

Cabbar:

"Çavuşun çırpınması durdu," dedi.

Memed:

"İndir hele. Belki bir şey olmuştur."

Cabbarın arkasından Çavuş inleyerek:

"Hiçbir şey olmadı," diye konuştu. "Geçti. İndir beni."

Cabbar, şaşkınlıklar içinde kalarak Çavuşu sırtından indirdi.

Çavuş:

"Nereye böyle?" diye sordu.

Cabbar:

"Asım Çavuş arkamızda," dedi.

Çavuş, Cabbara:

"Beni ayağa kaldır," diye mırıldandı.

Cabbar onu iki koltuğundan tutarak kaldırdı. Çavuş ayakta sallanarak birkaç kere sağa sola döndü, yanına yöresine bakındı.

"Bana bakın," dedi. "Şimdi biz bükün yakınındayız. Anavarzaya sığınsak yüzde yüz kurtulurduk. Ona imkan yok. Yolda yakalarlar bizi."

Kulak kabarttı:

"Yakınımızdalar. İşitiyor musunuz sesleri?"

Memed:

"Heyye," dedi.

Cabbar:

"Heyye," dedi.

Çavuş:

"Bükte zor kurtuluruz. Yarın bu yakınlarda ne kadar köy varsa bizi aramaya çıkarlar büke. Ama başka çare yok."

Memed:

"Çare yok."

Çavuş:

"Bükün arkası Ceyhan ırmağı. Kendimizi ona atarız. Akıntıya bırakırız kendimizi. Kurtulursak kurtuluruz."

Memed:

"Ne yapalım?" dedi.

Çavuş:

"O iki dinliyi çatır çatır yaktık ya..."

Memed:

"Yaktık," dedi.

Cabbar:

"Benim şüphem var," dedi. "Belki kaçmıştır."

Bunun üstüne Çavuş deliye döndü, bağırmaya başladı:

"Ulan," dedi, "ulan iki dinlinin biri de sensin. Kurtulursa sevinirsin. Nasıl kurtulmuş, de bakalım? Kapıda Memed, ben de evin her yanındaydım. Nasıl kurtulur? Evde tek bir tek pencere yok. De nasıl kurtulur?"

Memed:

"Çatır çatır yandı o," dedi. "Bundan sonra ölsem de gam değil."

Çavuş:

"Ha şöyle," dedi.

Cabbar sustu.

Hışır hışır bir sürü ayak sesi gecenin içinde. Başkaca ses sada yok. Çalılara, otlara, toprağa sürülen ayak sesleri. Geceye, kocaman bir deniz dalgası gibi yükleniyor.

Cabbar:

"Yakınımızdalar. Hiç konuşmuyorlar."

Memed:

"Öyle."

Çavuş:

"Büke," dedi. "Tutun elimden."

Elinden tutup büke doğru koşmaya başladılar. Arkalarındaki ayak sesleri hızlandı, keskinleşti, çoğaldı. Üstlerine doğru bir hışırtıdır akıyor. Gece hışırtıyla birlikte üstlerine yürüyor. Dağ, taş, çalı, ağaç üstlerine yürüyor. Öyle geliyor onlara.

Bu ova... Bir belalı ova. Ne kadar da çok düzlük!.. Vay anam vay! Gün doğunca, kalaylı bir siniye vurmuş gibi yalp yalp ediyor. Tepeler küçücük küçücük. Yığma. Anavarzanın kayalıkları... Bir ulaşılsa, can kurtaran. Ötesi Ceyhan ırmağı. Bir karanlık, bir hızla akan sudur. Bazı bazı da ölüleşir. Yanları kara topraktır. Dökülür. Kıyısına basmaya gelmez. Kıyıları sazlıktır. Uzun bacaklı toyların yatağı... Püreni burcu burcu kokar. Yalnız bir dut ağacı vardır ovanın ortasında. Yaprakları toz içinde.

Kaçıp saklanacak, bu bükler de olmasa, ovanın ortasında dimdik, çırılçıplak kalıvermek işten bile değil...

Büklüğün içinden bir bataklık kokusu yayılıyor dört bir yana... İçine girmeye korkulur büklerin. Çok yerlerine, bu bükler, bük oldu olalı insan ayağı değmemiştir. Girilmez.

Hışırtı çoğalıyor. Ovanın yüzünü bir rüzgar gibi yalıyor. Bir yalım gibi koşuyor.

Recep Çavuş soluk soluğa:

"Şu yana çocuklar," diye inledi. "Az kaldı."

Önlerinden birden bir yaylım patladı.

Recep Çavuş:

"Yatalım," dedi, kendisini yere attı. "Tutmuşlar bükü. Ses çıkarmayın. Karşılık vermeyin. Sürüne sürüne bükün içine. Tüfeklerin ağzındaki kurşunları alın çocuklar. Hişt hişt, kurşunları alın. Bir kurşun patlarsa öldük demektir. Her bir peliğimiz bir yerde kalır, şu gelen köylü bizi didik didik eder."

Karşı taraf onları bir kurşuna tutmuştu ki, deme gitsin. Gece çakmak çakmak aydınlanıyordu. Sonra birden ateş durdu.

Bir ses:

"Yoklar," dedi usuldan. "Olsalar karşılık verirlerdi."

Başka bir ses:

"Köylüler geliyorlar," dedi. "Onlar bilirler."

Köylüler yaklaşıyorlardı.

"Belki Anavarzaya."

"Mutlak Anavarzaya... Bir eşkıyanın Çukurovada büklüğe sığınması için deli olması gerek."

Kadınlı, erkekli, çocuklu köylü kalabalığı gelip candarmalara kavuştu. Bir hayhuy... Her kafadan bir ses çıkıyor. Geceyi büyük bir gürültü dolduruyor. Hınçlı, kinli insan kalabalığı yerinde duramıyor. Kaynaşıyor. Bükün sınırında, tarlaların içinde dönüp duruyor. Kalabalık oradan oraya çalkanıyor.

Az sonra Anavarzanın dibinden kurşun sesleri geliyor.

"Anavarzaya! Anavarzaya!" Haykırışmalar. Ovayı dolduran bir hışırtı, kalabalık Anavarzaya akıyor.

Recep Çavuş:

"Kıpırdamayın," diyor. "İşimize yaradı kalabalık. Kalabalık şaşırttı, deli etti candarmaları. Aman kıpırdamayın."

Recep Çavuşun soluğu ateş gibi. Memedin kulağını, boynunu yakıyor.

Yanlarında çok çok on beş metre ötelerinde telaşlı telaşlı candarmalar dolaşıyor. Çalı dibine sinmiş üç yürek birden, kütür kütür atıyor. Candarmalar durup dinleseler, belki de atan yüreklerin gürültüsünü duyacaklar. Anavarzanın dibindeki kayırtı azıcık olsun dinmiyor, durmuyor. Bu da işlerine yarıyor.

Dolaştılar dolaştılar, konuştular, gitmeye karar verdiler. Oradan ayrıldılar.

Recep Çavuş derinden bir:

"Ooooh!" çekti. "Oooh! Çok şükür. Bizi didik didik ederlerdi düşseydik o köylülerin eline. Şimdi içerlere, derinlere..."

Ayağa kalktılar. Recep Çavuş bir iki adım attı. Durdu.

Memed:

"Ne var Çavuş?" diye sordu.

"Oy oy," dedi, "oy oy."

Memed:

"Ne yapalım söyle Çavuşum?"

Çavuş:

"İçeri," dedi. "Oy oy... içeri. Kuytuluklara..."

Bir koluna Memed girmişti. Ötekine de Cabbar girdi. Çavuşun ayakları sürükleniyordu. Ölmüş insan ayakları gibi cansız. Şafağa kadar öyle yürüdüler. Şafakta, doğu tarafı, bütün büklüğün üstünü bir turuncu ışık sardı. Bükün koyu yeşili turuncu ışığın içinde eriyor, mavi mavi tütüyordu. Bütün büklükten, ovadan ağır ağır bir duman kalkıyordu göğe yukarı.

Bacaklarını böğürtlen dikenleri yemişti. Memed çakırdikenliği düşündü. Nedense kafasında birden sarı pirinç pırıltısı bir şimşek hızıyla parladı geçti.

Çavuşu sık bir çalının üstüne yatırdılar. Her bir tarafı şişmişti. Kafası, boynu. Boynu omuzlarından fark edilemiyordu... Çavuş birkaç kere ağzını açıp konuşacak oldu, sesi çıkmadı. Eliyle Anavarzayı gösterdi. Bir de toprağı. Toprağa ısrarla bakıyordu.

Sonra Çavuşun gözlerinden damla damla yaş sızmaya başladı. Sonra da gözlerini kapadı. Birden upuzun gerildi.

Azıcık da doğruldu, düşüverdi.

Memed:

"Vay Çavuş vay!" dedi.

Cabbar:

"Vay!"

Memed:

"Öleceği hiç aklımdan geçmiyordu."

Cabbar:

"Söylüyordu," dedi. "Zaten her zaman söylerdi."

Memed:

"Muradına erdi mi ola?" diye sordu.

Cabbar:

"Onun neci olduğu, ne yüzden eşkıya çıktığı, nereli olduğu bilinmezdi. Bilmem muradına erdi mi?"

Memed:

"Abdinin öldürülmesini bir istiyordu ki, benden çok. Ona neydi oysa. Düşman benim düşmanım. Sen Abdi yanmadı, kaçtı dediğinde seni parçalayacaktı az daha."

Cabbar:

"Çıkar hançerini de bir mezar kazalım garip Çavuşa."

Memed hançerini çıkardı, toprağa soktu, eşmeye başladı:

"Garip Çavuşa," dedi.

Bir saat içinde, bükün yaş toprağını kazdılar. Göğüs derin-

284

liğinde, geniş bir mezar yaptılar. Kalınca ağaçlardan saldırma da kestiler. Sonra dikensiz çalı biçtiler. Çavuşu mezara giyitleriyle uzattılar. Saldırmaları dayadılar, çalıyı üstüne attılar, toprakladılar.

Memed:

"Cabbar," dedi, "garip Çavuşun başucuna bir ağaç ister. Bir de ağaç dikelim."

Cabbar:

"Dikelim," dedi.

Bilek kalınlığında, araya araya, bir dut ağacı buldular büklükte. Getirip çavuşun başucuna diktiler.

Memed:

"Belki bu ilk mezardır büklükte."

Cabbar:

"İlk mezar," diye karşılık verdi. "Kim getirip de ölüsünü bükün karanlığına gömecek!"

Az sonra gün doğdu. Çavuşun mezarının taze toprağı buğulanarak ışıladı.

Gün ışır ışımaz, köyden bu yana, Anavarzaya, büklüğe doğru bir çığrıltı gelmeye başlamıştı.

Cabbar:

"Çavuş ne dedi?" diye sordu.

Memed:

"Anavarzanın kayalıklarını gösterdi," dedi.

Cabbar:

"Ceyhan suyuna doğru gitmeliyiz. Bu bükü yarıp da Anavarzayı bulamayız."

Memed:

"Çavuşun dediğini yerine getirmeliyiz. O buraları çok iyi biliyordu. Bu köyü yaktığından da ne kadar memnundu, değil mi Cabbar? Bütün Çukurovayı yaksa, kül etse daha çok memnun olacaktı. Bir hoş bir adamdı şu Çavuş. Belki de şu Çukurova ona çok kötülük etmişti. Kim bilir?"

Cabbar:

"Onu bildim bileli Çukurovaya söverdi. Yanında hiç kimse Çukurova lafı edemezdi. Bazı dalar, hani şu kardaş türküsü var ya onu söylerdi:

Çukurova yana yana ördolur
Her sineği bir alıcı kurdolur
Sen ölürsen yüreğime derdolur
Kalk kardaş gidelim sılaya doğru.

Söyleyip bitirdikten sonra da ağzını açıp kimseye bir laf etmezdi uzun bir süre. Birkaç gün böyle yalnız dertli gezer, sonra açılırdı. Kim bilir ne derdi vardı fıkaranın. Kimse ne olduğunu bilemedi. İşte sonu. Anavarzanın büklüğünde kaldı. Son zamanlarda ne Çukurovaya kızıyor, ne de o türküyü söylüyordu. Öteki eşkıyalardan duydum, onlar Çukurovaya indiklerinde, Çavuş inmez, onlar Çukurovadan dönünceye kadar, tek başına onları beklermiş. İşte akıbeti bu. Gene Çukurova toprağına gömüldü."

Memed:

"Bunu istiyordu belki," dedi.

Cabbar:

"Yürüyelim Memed," dedi. "Biraz sonra büklük insanla, köpekle dolar."

Memed, Çavuşun mezarına döndü:

"Güle güle kal Çavuşum, güle güle," dedi, yürüdü. Göz çukurlarında büyücek birer damla yaş birikmişti.

Cabbar:

"Güle güle," dedi.

Sık, kaplan yaramaz çalıların içinden güçlükle ilerleyebiliyorlardı. Çavuşun tüfeğini, gümüş işlemeli takımlarını Cabbar almıştı. Bütün bu yükler, yarılmaz duvar gibi çalılar, bitiriyordu onu. Memede gelince Memed her zamankinden daha dinç, daha çevik... Yaramadığı çalıları hançeriyle buduyor. Cabbar eğilerek arkadan geliyor. Memed büyük bir cebelleşme içinde.

Öğle sıcağı kızdırıyor. Ortalarda, çalıların çıtırtısından başka çıt yok. Geriye dönüp bakılacak olursa, Memedin çalıları keserek uzun bir tünel açtığı görülür.

Anavarzaya iki saatlık yolları kaldı. Yalnız gökyüzünü görüyorlar. Bir de Anavarza kayalığının tepesini.

Bükün yarısına geldiklerinde, gün Anavarzanın tepesinden aşıyordu:

Memed:

"Burada duralım, gece olsun da öyle çıkarız."

Cabbar:

"Ben yorgunluktan öldüm," dedi, uzandı. Sonra Memed de uzandı.

Kayalıklar yakınlarındaydı. Kayalıklardan inen yüzlerce, binlerce ayak sesi geliyordu.

Memed ayağa kalkıp, baktı:

"Göremedim," dedi. "Köylüler bizi arıyorlar. Geçti. Arasınlar aradıkları kadar. Kurtulduk demektir."

Cabbar uzandığı yerden doğruldu:

"Şimdi onlar bizi ne dağda, ne de bükte bulamayınca, Azaplı, Sumbas, kasaba kolunu tutacaklar, bizi pusuya düşürmek isteyeceklerdir."

Memed:

"Öyleyse birkaç gün bekleriz," dedi.

Cabbar:

"Kozan üstünden çıkarız biz de dağa," dedi.

Memed:

"Sen o yolu bilir misin?"diye sordu.

"O yolu bilmem amma, o dağları bilirim. Anavarzaya çıkınca her taraf görünür."

Memed:

"Haydi ortalık iyice kararmadan çıkalım."

Cabbar:

"Ayak sesleri kesildi."

Memed:

"Bükün kıyısında pusu kurmasınlar?"

Cabbar:

"Yok canım," dedi. "Nereden akıllarına gelecek."

Memed:

"Yürü öyleyse."

Karanlık kavuşuyordu ki, Anavarzanın başına çıktılar. Bazı yerlerde ipil ipil yanan ışıklarıyla gece içinde uzanıyordu. Ceyhan suyu kara bir şerit gibi kıvrım kıvrımdı. Aktozlu köyü büyük bir duman çökmüşçesine karanlık karanlık tütüyordu.

Memed gündoğu tarafını gösterip:

"Burası nere?" diye sordu.

Cabbar:

"Bozkuyu köyleri olacak," dedi.

Memed:

"Oradan gitsek mi," diye sordu. "Çok yakın."

Cabbar:

"Belki orayı da tutarlar. Ondan korkuyorum."

Memed:

"Oradan gidelim," dedi. "Gelecekleri varsa görecekleri de var."

Sonra Cabbara döndü. Cabbarın yüzü karanlıkta hayal meyal seçiliyordu. "Ne diyorsun Cabbar kardaş," dedi, "öldümola o melun?"

Cabbar:

"Sanmam," diye yanıtladı. "Eğer içerde olsaydı, kaçmasaydı, tutuşunca kendini dışarı atardı. Hiç olmazsa bağırırdı."

Memed:

"Belki birdenbire dumandan tıkanıp ölmüştür."

Cabbar:

"Son zamanlara kadar kurşun sıkıyordu içerden. Tıkanıp ölse onu yapamazdı."

Memed:

"Belki de birdenbire üstüne yanan bir duvar kepmiştir. Tavan çökmüştür."

Cabbar:

"Aaah keşki öyle olsaydı," dedi. "Aaah keşki... Bunca çektiklerimiz boşa gitmezdi."

Tepeden aşağı doğru inmeye başladılar. Adamakıllı da acıkmıştılar.

15

Eski Çukurovayı eskiler anlatırlardı. İnce Memedin eşkıyalığı zamanında doksanını geçkin bir Koca İsmail vardı. O söylerdi. Yemyeşil, çimen yeşili gözleri vardı Koca İsmailin. Çenesi bütün Türkmen çeneleri gibi ince, sakalı seyrekti. Geniş omuzları daha öyle, gençliğindeki gibi sağlam duruyordu. Gözleri, şahin gözleri gibi keskindi. Daha avcılığı bile bırakmamıştı. Beli iki büklüm, tüfeği omuzunda her zaman ava giderdi. Yanık Türkmen türküleri söyler, aşiret kavgalarını anlatırdı. Ve her hikaye sonunda da kavgada aldığı yarayı övünerek gösterirdi.

Bazı köye sığmaz olur, ev, köy ona dar gelirdi. Türkmenden kalan ne varsa saklamak, eski Türkmeni ömrünün her saatında yaşamak isterdi.

Bazı günlerde de tam coşardı. Sarhoşa dönerdi. Kendi eliyle bakıp büyüttüğü tor, al tayına biner, çamlı, kekik, yarpuz kokulu dağlara doludizgin sürerdi. Eski Türkmenden gelen bir rüzgar gibiydi. Göçü, sürgünü, Osmanlıyla büyük kavgayı söylerdi. Aynalı tüfek, derdi. Nakışlı dibek öter çadırlarda. Derim evleri al yeşil donanır. Al yeşil bir renk cümbüşüdür iner Çukurovanın düzüne...

"Bundan elli altmış yıl öncesine kadar," diye başlardı Koca İsmail. Başlar susmazdı. Bir aşk gibi, bir türkü gibi konuşurdu. "Çukurova salt bataklıktı, büklüktü. Yalnız tepe eteklerinde el kadarcık tarlalar... Çukurovada in yok, cin yok o zamanlar. Göç başlardı gürül gürül, Türkmen göçü... Çukurova bayramlığını giyerken. Yani soyunmuş ağaçlar, soyunmuş toprak, soyunmuş dünya donanırken... Al yeşil, göç kalkardı, gürül gürül. Alırdık göçü, aşardık dağları, konardık Binboğanın yaylasına. Kış basarken de inerdik Çukurovanın düzüne. Büklerini, kamışlıklarını kaplan yaramaz. Bataklık. Düzlüklerinde yılın on iki ayında otlar dizde. Top top olmuş cerenler gezerdi. Sürmeli gözlü, ürkek cerenler... Cereni yavuz atlarla avlardık. Atın yiğitliği ceren avında belli olur. Kamışları kavak boyu uzar giderdi Çukurovanın. Göl kıyılarında, berdilerin tozakları gün ışığı gibi ışık saçarak dökülürdü sulara. Bütün Çukurova tepeden tırnağa nergis açardı. Gece gündüz yelleri nergis kokardı Çukurovanın. Bir belalı işti Çukurova. Akçadeniz dalga vururdu. Akköpüklü.

"Aşiretler konardı oba oba. Dumanlar tüterdi oylum oylum. Osmaniye Toprakkale düzünü, yani Ceyhan ırmağının dağlara doğru düşen yukarı yörelerini, deniz geçesini Tecirli aşireti yurt tutardı. Onun alt yanını, Ceyhanbekirli, Mustafabeyli, Ceyhan kazasını Cerit aşireti, Anavarzayla Hemite kalesi arasını Bozdoğan aşireti, Anavarza Kozan arasını Lek Kürtleri, Sumbas suyu Toroslar arasını Sumbaslı aşireti, şimdiki Ekşiler köyüyle Kadirli arasını da Tatarlı aşireti yurt tutardı. Bazı bazı yerlerini değiştirdikleri de olurdu. Bozdoğan Ceritin yerine, Cerit Bozdoğanın yerine geçerdi. En zorlu aşiret Avşar aşiretiydi. O, Çukurovada canının istediği yere konabilirdi. Önüne geçen olamazdı.

"Benim şöyle böyle aklıma geliyor. Osmanlıyla bir kavga oldu. Kozanoğlu derler bir Bey vardı. Şimdiki Kozanda oturururdu. Başta o, bütün aşiretler Osmanlıyla dövüştü. Osmanlı yeğin geldi. Kozanoğlunu aldı götürdü. Avşarı da sürdü Bozoka. Darmadağın etti. Dadaloğlu türküsünü söyler aşiret bozgununun. Bir de Kozanoğlu üstüne yakılmış bir ağıt vardır."

Koca İsmail, burada susardı. Göz çukurlarına yaş dolardı. Dudakları titreyerek kalın gür sesiyle Kozanoğlu ağıdını söylerdi.

Çıktım Kozanın dağına
Karı dizleyi dizleyi
Yarelerim göz göz oldu
Cerrah gözleyi gözleyi

Olur mu böyle olur mu
Evlat babayı vurur mu
Padişahın askerleri
Bu dünya böyle kalır mı

Kara Çadır eğmeyinen
Ucu yere değmeyinen
Ne kaçarsın koç Kozanoğlum
Beş yüz atlı gelmeyinen.

"İşte bundan sonra aşiretleri zorlan Çukurovaya yerleştirdi Osmanlı. Tarla verdi, tapu çıkardı. Yaylaya çıkmayalım diye de dağ yollarına asker dikti. Kimse yaylaya çıkamadı. Aşiret Çukurovada dökülü dökülüverdi. Kimi sıtmadan kimi sıcaktan... Kıran girdi aşirete... Aşiretin Çukurovada yerleşip kalmaya hiç niyeti yoktu. Osmanlının verdiği bağ çubuklarının, ağaçların köklerini yakıp öyle dikiyorlardı. İşte bu yüzdendir ki, şimdi hiçbir köyde ağaç yoktur. Sonra baktı ki Osmanlı, aşiret tüm kırılacak. Yazın yaylaya çıkma izni verdi. Sonra sonra aşiret de Çukurovaya yerleşmeye, yurt yerlerini köy yapmaya, daha sonraları da ekin ekmeye başladı. Ondan sonradır ki aşiret bozuldu. Töreler kalktı. Devir döndü. İnsan miskinleşti. Osmanlının dediği oldu."

Koca İsmail, aşiret lafı açıldı mı günlerce anlatır, yorulmazdı. Özgür bir dünyanın özlemini çekerdi. Her sözünün başı, "Dadaloğlunu görmüş adamım ben," derdi. Bununla çok övünürdü.

Bin dokuz yüz on yedi, on sekiz, on dokuz, yirmi... Birinci Dünya Savaşı, Osmanlının yenilgisi. Bu sıralar Çukurova asker kaçakları, eşkıyalarla dolu. Toroslarda eşkıyadan geçilmiyor.

Fransız işgal kuvvetleri Çukurovaya gelmiştir. Eşkıya, asker kaçağı, yollusu yolsuzu, hırlısı hırsızı, kötü süt emmişi, iyisi kötüsü, genci kocası, cümle Çukurova halkı birleşip düşmanı Çukurovadan atma savaşına katılıyorlar. Düşman kovuluyor. Bütün yurttan da düşman kovuluyor. Yeni bir yönetim geliyor, yeni bir çağ açılıyor.

On dokuzuncu yüzyılın sonlarına doğru, iskandan yıllarca

sonra, şartlar yavaş yavaş halkı toprağa bağlanmaya mecbur kılar. Toprak yavaş yavaş değer kazanır. İskana bir türlü dövüş kavga yanaşmak istemeyen Türkmenler, yaylaları bırakıp toprağa sarılırlar.

Taze Çukurova toprağı bire kırk, bire elli verir. Bu görülmemiş bir şeydir. Bin dokuz yüzden sonraki yıllarda Çukurovaya şöyle bir bakacak olursak, bataklıkların az da olsa çekildiklerini, büklerin yakılıp tarla yapıldığını, bomboş Çukurova toprağının yarı yarıya değilse de, ona yakın ekilmiş olduğunu görürüz.

Yeni yönetim küçük derebeylerine, derebeyi artıklarına, onların sınırsız egemenliğine son vermeye çalışır. Zaten son yıllarda derebeylik kendiliğinden çökmektedir. Onların çokları toprağa, mümkün olduğu kadar bol toprağa sahip olmak için savaşırlar. Bunu başarırlar da. Fıkara halkın elinden tarlalarını almak için başvurmadıkları çare kalmaz. Kimisi kanun yoluyla, kimisi rüşvetle, kimisi de zora başvurarak. Halkla yeni zenginler arasında bir boğuşmadır başlar. Zenginlerin toprakları gittikçe büyür. İşte bu sıralarda, toprağı için canını dişine takıp vuruşan, hakkını arayan halka karşı dağlardaki eşkıyalar da bir zor silahı olarak kullanılır. Bunlar dağlarda beslenir, yönetime karşı da korunurlar. Bu gerekli umara başvurmadık hemen hemen hiçbir ağa kalmaz. Dağlarda kendisine arka eşkıya bulamayan ağalar da, yeni eşkıyalar çıkarırlar dağa. Bu yüzden Toroslar eşkıyayla dolup taşar. Ovadaki ağaların çıkarları bu sefer de dağlarda biribirleriyle çarpışmaya başlar. Dağlardaki çeteler biribirlerine düşüp ha bire biribirlerini, fıkara halkı öldürürler. Ağaların toprakları büyür.

Ali Safa Bey fıkara düşmüş bir ağanın oğludur. Ağa, yoksul düşmesine karşın oğlunu önce Adana Sultanisinde okutmuş, sonra da İstanbul Hukuk Mektebi Âlisine göndermiştir. Her ne sebeptense Ali Safa Bey, Hukuk Mektebi Âlisini yarıda bırakmış, gelip kasabada avukatlığa başlamıştır. Bir sürü işlere girip çıktıktan sonra, aklı başına gelmiş, sonra da dört elle toprağa sarılmıştır.

Önce allem eder, kallem eder, yoksulluk yüzünden, babasının elinden çıkmış toprakları köylülerden geri alır. Toprak elde etmek hilesini bulmuştur artık. Doymaz.

Köylüler de ilk iskandaki, yahut ondan sonraların köylüleri değildir artık. Toprağın altın olduğunu anlamışlar, topraklarına dört elle sarılmışlardır. Köylülerle Ali Safa Bey arasında yıllarca süren bir savaştır başlar. Ali Safa Beyin it oğlu it zekası kendisini bu savaşta gösterir. Türlü dolaplar çevirir, toprağı köylünün elinden almak için türlü çareler bulur. Önceleri, işe yarar usulü, iki köyü, üç köyü biribirine düşman etmek, onlar biribirine düşmüşken, bir yanı tutup, onun yardımıyla, öbür yanın tarlasına el koymaktır. Bu, en kolaydır, çok da işe yarar. Ama uzun sürmez. Biribirlerine düşmüş köylüler durumu anlayıp asıl düşmanlarının kim olduğunu bulurlar. Bulurlar ama iş işten geçmiş, topraklarının en az yarısı ellerinden çıkmıştır. Ali Safa Beyin çiftliği de iki üç köy arazisi kadar çoğalmıştır.

Yıllar yılı türlü usuller, türlü çareler bulur Ali Safa Bey. Her usul, her çare bir iki yıl içinde keşfedilir. Ama, her şeye karşın Ali Safa Bey karlı çıkar. Her yıl sonunda çiftliği biraz daha, biraz daha büyür.

Durum o kerteye gelir ki, sonunda Ali Safa Beyin bütün iplikleri pazara çıkar. Artık hiçbir köylü Ali Safa Beyin tuzağına düşmez. Bütün mümkünü, çareleri kesilmiştir. Ama Ali Safa Bey gene de bir umarını bulur.

Bu sıralar dağlarda eşkıyalar vardır. Asker kaçakları, soyguncular, kanlılar, başkaldıranlar... Ali Safa Bey bunlardan çıkar sağlamaya bakar bu sefer de. Dağdaki bir iki çetebaşıyla anlaşır. Bir iki adamını da dağa çıkarır. Eşkıyaları köylülerin başına musallat eder. Artık Ali Safa Beyin astığı astık, kestiği kestiktir. Yüreği varsa kımıldasın bir tek köylü bundan sonra!.. Bir gecede evi yıkılır, karısı kaçırılır, işkencelerle öldürülür. Bunları yaptıranın Ali Safa Bey olduğunu herkes bilir. Ali Safa Beyin bu yüzden kılına bile hile gelmez. Candarmalar eşkıyaların peşine takılıp vurulurlar.

Ali Safa Beyin bu usulünü, olağandır ki, öteki ağalar da uygularlar. Bundan sonradır ki, Çukurova toprakları kana bulanır. Önüne gelen, önüne geleni vurmaya başlar. Vuran vuranı... Dağlardaki eşkıyalar da ikiye, üçe, beşe, ona ayrılıp biribirlerine düşerler. Bir gecede birkaç çete birden ortadan kalkıp, birkaç çete birden türer.

Yalnız Gizik Duran, Kürt Reşit, Cötdelek gibi kendi başlarına buyruk eşkıyalar, ağaların kışkırtmalarına aldırmamışlar, eşkıyalara ve ağalara karşı fakir halkı ellerinden geldiği kadar korumaya çalışmışlardır. Toroslarda ünlenmiş nice kanlının adı sanı unutulduğu halde bunların türküleri, daha dilden dile dolaşır.

İnce Memedin dağa çıkışı bu zamana, ağaların çıkarları uğruna dağlarda eşkıyaların biribirlerini yedikleri, Çukurovada, toprağı zorla elinden alınmış köylülerin inim inim inledikleri zamana rastlar.

Ali Safa Beyin yirmi bin dönümlük toprağı ilk yıl otuz bin dönüme çıkar. Sonraki yıllarda ise durmadan artar. Otuz beş bin, kırk bin, kırk beş bin, elli bin... Elli bir bin... Topraksız kalan köylüler de, toptan, Ali Safa Beyin yarıcısı olurlar. Irgadı olurlar, kendi toprakları üstünde.

Ali Safa Bey uzun boylu, boyuna parlak çizmeler giyen, kalın kara kaşlı, is rengine çalan bir tuhaf esmer yüzlü bir adamdır. Elindeki gümüşlü kırbacıyla her zaman parlak çizmelerini döver.

Bugün günlerden salı. Kalaycı çetesinin cephanesi kalmadı diye haber gelmiş. Cephanenin Suriyeden gelmesine daha bir hafta var. Ali Safa Bey şaşkın, telaşlı. Büyük konağının içinde sinirli sinirli durmadan dolanıyor. Düşünüyor. Ama durmadan, zincirleme düşünüyor. Birkaç yıl daha sabretmeli. Vayvay köyünün de topraklarını elde edinceye kadar. Sabretmeli. Sonra Ankaraya tel üstüne tel, kasaba halkı hükümete isyan etti, dağları eşkıyalar aldı, hükümet yok mu? diye feryatlar... Hele bir iki yıl daha sabretmeli. Bre Kalaycı çetesi!..

Karısı sedirde oturmuş, kocasının geliş gidişlerine, gümüşlü kırbacını parlak çizmelerine vuruşuna hayran bakıyordu. Kızdığı zaman, içinde tutamadığı gizli sırlarını, planlarını karısına söyler, boşalırdı. Her zamanki gibi, gene yineledi:

"Hanım," dedi, "ne yapacağım biliyor musun?"

Hanım:

"Söyle."

Her zaman böyle başlardı.

"Ne yapacağım, biliyor musun? Usandım vallahi... Usandım. Canımdan bezdim. Bunların elinden. Her Allahın günü cephane. Her Allahın günü karakol... Usandım. Köylüler birleşmişler, dün, Kaymakama çıkmışlar, usandık eşkıyalardan, malımız, canımız, ırzımız yerde bizim, demişler. Tel çekecek olmuşlar Ankaraya... Ben gittim önlerine geçtim. Kasabamızı lekelemeyin dedim, büyüklere karşı. Daha iki yıl sabretmeli, yoksa ben memnun muyum onlardan? Vayvay köyünü de geçireyim bir ele. Ne yapacağım, biliyor musun avrat?"

Kadın başını "evet" makamında salladı.

"Toplayacağım köylüleri başıma, tel üstüne tel Ankaraya. İsyan çıktı diyeceğim. Dağları eşkıya aldı. Küçük bir eşkıya hükümeti kuruldu. O zaman hükümet bir alay, yahut bir dağ fırkası gönderecek buraya, seninkiler tamam. Yakalayacaklar hepsini. Koca Kürt isyanını bastırdı bu hükümet, iki çarık çürük eşkıyaya hele hele... Telgrafçıya tembih ettim, eşkıyalar hakkında, kasabayı lekeleyecek hiçbir telgrafı çekmeyecek Ankaraya... Hiçbirisini... Amma iki yıl sonra Vayvay toprakları geçince elime... Ben bilirim o eşkıyalara yapacağımı..."

Sustu, daldı. Bir zaman dalgın, başı yukarda, evin içinde dolaştı durdu.

Kapı açılınca, Ali Safa Bey dalgınlığından ayıktı. Kapıyı açan hizmetçi, hemen geri kapatıp koşa koşa yukarı çıktı:

"Başı gözü sarılı bir adam," dedi. "Seni görmek istiyor. Sakalları uzun."

Ali Safa:

"Gelsin," dedi.

Başı gözü sarılı bir adam ofluyarak, kendisini getirdi sedirin üstüne attı:

"Selamünaleyküm Ali Safa Beyefendi biraderim," dedi.

Ali Safa:

"Aleykümselam."

Adam:

"Ali Safa Bey," dedi, "senin baban, benim en iyi arkadaşımdı. Senin ocağına düştüm," dedi. "Abdi senin ocağına düştü. Kurtar beni bu beladan. Bir koca köyü yaktı, gözümün önünde. Ocağına düştü babanın arkadaşı Abdi senin. Ocağına düştüm. Ali Safa Bey dedim de geldim. Kurtar beni bu beladan. Ayakla-

rını öpeyim, kurtar beni. Kurtar bu beladan. Babanla hukuku-
muz ileriydi, kardeş gibiydik, kardeşten de ileriydik. Tabanları-
nı öpeyim, kurtar beni."

Ali Safa gülümsedi:

"Bu telaşın ne?" dedi. "Hele azıcık yornuğunu al. Konuşu-
ruz sonra."

Abdi Ağa:

"Daha telaşın ne, diye soruyorsun. Ben telaş etmeyim de
kimler telaş etsin, Ali Safa Bey? Herif başımın üstünde Azrailin
kılıncı gibi dolanıyor. Benim yüzümden bir kocaman köyü yak-
tı. Koskocaman Aktozlu köyünü. Ben telaş... Tabanlarını öpe-
yim Ali Safa Bey kurtar beni. Kurtar bunun elinden. Kurtar Ali
Safa Bey. Abdi Emmin sana kurban olsun. Uyku dünek yok ba-
na. Herif Azrailin kılıncı gibi başımın ucunda. Yok bana. Uyku
dünek yok."

Ali Safa Bey:

"Abdi Ağa," diye yarı alay, yarı ciddi sordu. "Duydum ki
bu senin İnce Memed, el kadar bir çocukmuş."

Abdi Ağa:

"Yalan yalan," diye ayağa kalktı. "Yalan, kavak kadar uza-
mış şimdi. Evi yakarken gözümlen gördüm. İkimiz kadar, ko-
caman. Yalan yalan! Çocukluğundaydı. Şimdi ikimiz kadar var.
El kadar adam bu işleri yapabilir mi hiç? Dev kadar, kocaman o
melun."

Ali Safa Bey:

"Sen merak etme Ağa," diye onu yüreklendirdi. "Bir çare-
sini buluruz. Kahveni iç hele!"

Abdi Ağa hizmetçinin getirdiği kahveyi eli titreyerek aldı.
Ortalığa tatlı bir kahve kokusu yayıldı. Höpürdeterek içmeye
başladı.

Ali Safa Beyin karısı gelip, Abdi Ağanın yanındaki sedire
oturdu:

"Geçmiş olsun Ağa," dedi. "Duyduk da sana yüreğimiz
yandı. Neler de gelmiş başına! Vay Abdi Ağa! Ali Safa Bey o ga-
vurun hakkından gelir inşallah. Sen hiç küşüm çekme."

Köy yandı yanalı, Abdi Ağa bir hoş olmuştu. Boyuna ko-
nuşuyor, olayı, yangını anlatıyordu. Ama önüne kim gelirse.

Dinlesin, dinlemesin ha bire anlatıyordu. Dinleyenler Abdi Ağaya acıyorlar, İnce Memedi lanetliyorlardı. Kaymakamı, karakol komutanı, candarması, katibi, memuru, kasabalısı, köylüsü, herkes Abdi Ağayla hemdert... Abdi Ağa başından geçeni öyle ağlayarak anlatıyordu ki, acımamak elde değildi.

Kadını karşısında, kendini dinlemeye hazır görünce, içinden ılık ılık, sevince benzer, neşeye benzer bir rahatlık geçti. Abdi Ağanın yüzü, geceyi anlatmadan önce öyle bir hale, öyle bir perişan, öyle bir acıklı hale geliyordu ki, konuşmasına bile gerek kalmadan, olanı biteni insan onun yüzünden okuyuveriyordu.

Kadın:

"Hepiciğimizin yüreği yandı. Kaymakamın hanımı dün bize geldiydi. Dedi ki, Kaymakam küplere binmiş... Ateş saçıyormuş. Onu, demiş, mutlak yakalamak gerek. Bir koca köy yakılır mı? Kaymakam Beyin hanımı seni görmeyi de arzuluyordu. Yangından kaçıp kurtulan adam nasıl adam acaba diyordu. Hepiciğimizin yüreği yandı. Ali Safa Beyin şu Vayvay köyü işi bitsin, onlara gösterecek. Bir tek eşkıya koymayacak dağlarda. Hepiciğimizin yüreği yandı Abdi Ağam sana."

Ali Safa Bey, evin o duvarından o duvarına, gümüşlü kırbacını parlak çizmelerine vura vura gidip geliyordu.

Abdi Ağanın yüzü gerildi, dudakları titredi:

"Aaah," diye başladı. "Aaah! Benim hatun kızım, şu benim başıma gelenler. Şu benim başıma gelenler kul olanın başına gelmemiştir. Aaah! Benim hatun kızım. Güzel kızım. Veli benim yiğenimdi. Fidan gibi, dal boyluydu Velim. Hatçe onun nişanlısıydı. Hatçeyi kaçırmış bu kafir. Varsın kaçırsın. Bize ne. İki gönül bir olunca samanlık seyran olur. Benim Velime kız mı yok? Elini sallasa ellisi. Ben beş köyün ağasıyım. Babam, dedem de ağası. Yiğenimin nişanlısını kaçırdı ama, gelsin gene köyde otursun, dedim. Kalmasın el aralıklarında. Benim köylümün hepsi benim oğlum demektir. Besle kargayı da gözünü oysun derlerdi. İnanmazdım. Merhametten maraz gelir, derlerdi, inanmazdım. Nene gerek senin. Akılsızlık bende. Kalsın kaçtığı yerde. Sürüm sürüm sürünsün el içinde. Aldım yılanı, can düşmanımı getirdim köye. Yiğenimin nişanlısını kaçıranı affettim de köye getirdim. Sonra yiğenimi öldürdüler. Beni de yaraladılar. Az daha ölüyordum. Şu benim yaptığım iyiliğe bakın. Onun kötülüğüne..."

Kadın:

"Vay Abdi Ağa, vay," dedi. "Bu insanlara iyilik yapılmaz. Bizim Safa Bey hiç mi hiç kimseye iyilik yapmaz."

Abdi Ağa:

"Yapmamalı, iyilik yapmamalı imişiz ama geçti. Beni vurduktan sonra o nankör, o ekmek bilmez, o yediği sofraya bıçak sokan, kaçtı eşkıyalara karıştı. Varsın gitsin dedim Allah belasını versin. Eşkıya mı olur, kaçak mı, ne olursa olsun. Bir gün bir haber geldi ki beni öldürmeye ahdetmiş. Köye doğru çetesiyle geliyor. Yaa hatun kızım, çetesiyle geliyormuş. Benim için diyormuş ki, onun kanını şerbet gibi içeceğim diyormuş. Bak benim ettiğim insaniyetliğe, bak onun yaptığı melunluğu! Ne ister bilmem ki benim gibi ihtiyardan? Zaten ayağımın biri çukurda. Namazımda, ibadetimdeyim. Ben ne karışırım dünya işlerine. Baktım ki köye gelecek, o melun, beni öldürecek. O melundan her şey umulur. Kaçtım köyden. Evimi, yurdumu yuvamı bıraktım, kaçtım oradan. Aktozlu köyünden Hüseyin Ağa, bizim akraba olur, geldim onun evine sığındım. Keşki sığınmasaymışım. Yüzümden koca bir köy yandı kül oldu."

Kadın:

"Keşki," dedi, "keşki bizim eve geleymişsin. Bu işler olmazdı."

"Ne bilirim kızım. Böyle yapacağı o melunun aklımdan bile geçmezdi. Aklımın köşeciğinden. Keşkiii... Kızıma deyim, koca köy yandı kül oldu. Fakir fıkara çırılçıplak açıklarda kaldı. O sersefil çocuklara adamın yüreği parça parça olur. Yiyecek ekmekleri yok. Giyecekleri yok. Aç kalacaklar bu kış. Öküzleri, hayvanları da yandı çoğunun. Benim yüreğim, hiç kimseye değil de sabi çocuklara yanıyor. Yanıyor işte. O çocukları, o fıkara köylüleri gördüm de kendi durumumu unuttum. Topal Aliyi köye gönderdim. Bu fıkaralara yiyecek buğday getirsin, diye. Bir yanıyor ki yüreğim, bu fıkaralara. Benim yüreğim hep fıkaralara yanar. Yanar işte! O gavur bizim köyü de yakar diye korkuyorum. Alıştı bir sefer. Yakar mı yakar. Yakar da kül bile eder. Kül bile... Kızıma deyim, yerimi haber almış benim o canavar, almış çetesini, baktım gece yarısı bir ses geldi. Beni istedi. O olduğunu hemen anladım. Zaten bir gece evvel rüyasını görmüştüm. Bana ayan olmuştu. Yüreğime tıp etti. Hüseyin Ağa, beni vermedi dışarı. Verir mi? Bunun üstüne, o melun kapıyı ele aldı, ver etti kurşunu. Hüseyin Ağaya, "Çoluk çocuğunu al dışarı çıkar," dedi. Hüseyin Ağa alıp çocuklarını dışarı çıktı, gece yarısı. Ne yapsın fıkara! Benim teslim olmamı söyledi. Olmadım. İçerden kendimi korudum. Bu sefer eve ateş verdi. Koca ev gür gür yanıyor. Kapıyı üç kişi ele almış, kurşunluyorlar. Kapıdan çıkamam. Başka çıkacak delik de yok. Dumanın, ateşin içinde dört dönüyorum. Bir kere niyetlendim, kendimi dışarı atayım, yok dedim sonra, onun elinden gitmedense cayır cayır yanayım. Üstüme yalımlar düşüyor. Kırmızı yalımlar. Duman sardı. Dört yanımı... Kapıyı da göremiyorum gayri. Karanlık bir duman içinde kaldım. Boğuluyordum. Dört yanımı bir cayırtı aldı. Kendimi oradan oraya atıyorum, oradan oraya. Kurtuluş umudum kesildi. Başıma yalım, ateş parçaları yağıyor da yağıyor. Ölüm, dedim, ölüm. Çocuklarım dedim, köylülerim dedim. Ben olmasam beş köyün beşindeki köylüler de acından ölürler. Fıkara köylülerim dedim. Sonracığıma, kızıma deyim, bir tarafım tutuştu. Başım yandı. Can havliyle kendimi attım yere... Ben böyle can telaşında dört dönerken ateşin içinde, kulağıma, "Abdi Ağa, Abdi Ağa!" diye bir ses geldi. Hüseyin Ağanın büyük karısının sesi bu. Yangında beni arıyor. "Buradayım bacı," dedim. "Gel," dedi, "şu çinkolu yere. Sarayım seni şu yorgana." Beni yorgana iyice sardı. Yorgan kocaman bir yorgan. Ben de ne kadarım zaten? Aldı koltuğunun altına çıkardı dışarı. O gavur da beni şimdi çatır çatır yandı biliyor. Hüseyin Ağanın büyük karısı olmasaydı çatır çatır yanardım. Cayır cayır... Görselerdi vururlardı zaten beni. Akıl etmediler."

Kadının gözleri yaş ile dolmuştu:

"İyi ki akıl etmemişler Ağa," dedi, "yoksa seni öldürürlermiş o gavurlar."

Abdi Ağanın da göz çukurlarına yaş dolmuştu. Ha boşandı, ha boşanacak.

"Sonra da," dedi, "Hüseyin Ağanın evi yanıncaya kadar

beklediler. Ev yandı kül oldu. Bu sefer de köyde ne kadar ev varsa teker teker dolaşıp ateş verdiler. Hüseyin Ağanın evi neyse ne. Onu benim için yaktınız. Bir de Hüseyin Ağa zengin. Evinin yerine birkaç gün içinde bir ev dikiverir. Ya melunlar, ya dinsiz imansızlar öteki evlerden, fakir fıkaranın evlerinden ne istersiniz? Bu kış önü, çırılçıplak, evsiz barksız korsunuz fıkaraları? Yaktınız Hüseyin Ağanın evini, savuşun gidin bre Allahsızlar. Fıkara köylü size ne yaptı? Hiç kimseye değil de şu fakir fıkaraya yanıyor yüreğim."

Kadın:

"Bu kış," dedi, "fıkaralar tiril tiril titreyecekler. Evsiz barksız. Yiyeceksiz de... Şu Vayvay köyü işi bitsin, Ali Safa Bey bir tek eşkıya koymayacak dağlarda. Tel üstüne tel çekecek Ankaraya... İsmet Paşaya... Tel üstüne tel... Kara asker gelecek. Böyle candarma değil... Hepsini birem birem toplayıp asacaklar. Köy yakarlar mı? Bizim halimizi hiç sorma Abdi Ağa. Yıllar yılı onları biz besleriz. Ali Safa Beyin kazandığının hepsi eşkıyaların. Cephanelerine gider. Şu Vayvay işi de bitsin!"

Ali Safa Bey dalgın dalgın daha gidip geliyordu. Karısının, "Şu Vayvay işi de bitsin," dediğini duydu. Birden ayıktı. Geldi kadının kolundan tuttu:

"Ne diyordun Ağaya?" dedi. "Ne diyordun?"

Abdi Ağa:

"Zarar yok Ali Safa Bey, biz yabancı değiliz," dedi. "Zarar yok. Senin baban benim kardeşimden de ileriydi."

Kadın:

"Ya," diye suçlu suçlu söylendi, "yabancı saysaydım Abdi Ağayı, söyler miydim öyle şeyleri hiç?"

Ali Safa Bey, pot kırdın, büyük bir hata işledin dercesine kadının gözlerinin içine baktı:

"Sen yürü odaya git," diye çıkıştı. "Bizim Ağayla gizli konuşacaklarımız var."

Kadın suçlu suçlu, pişman, kalktı başka bir odaya gitti.

Ali Safa Bey gülümseyerek, Abdi Ağanın yanına oturdu. Elini dizine koydu:

"Çok düşündüm Ağa," dedi. "Çok düşündüm. Bu İnce Memed, öyle yenir yutulur gibi değil. Korkmakta hakkın var.

Hükümetten, köylüden korkmadan, bir koca köyü yakan adamdan korkulur. Bir haftadır, bütün dağlar candarmaya, adama kesti. Yok. Bulunmuyor. Aktozlu köyünden tam elli kişi peşinde. On beş tane köyden seçilmiş iyi silah kullanan adam var peşinde. Bulamıyorlar. Bu adamdan korkulur. Bu adamı ortadan kaldırmak zor."

Abdi Ağa renkten renge giriyor, bir kızarıyor, bir bozarıyordu. Ali Safa Beyin eline sarıldı:

"Ne yaparsan yap da, bunun elinden beni kurtar. Yarın gelir Çukurovada ne kadar köy varsa yakar. Ne yaparsan yap."

Ali Safa Bey:

"Zor olacak Abdi Ağa, zor olacak, ama ne yapalım!"

Abdi Ağa:

"Ne yaparsan yap!"

Ali Safa Bey:

"Bu adamın çaresine bakmaya çalışırım. Ama senden bir isteğim olacak..."

Abdi Ağa:

"İsteğin başım üstüne. Canımı iste Ali Safa Bey. Canımı iste kardeşliğimin oğlu. Senin için vereyim," diye heyecanla ayağa kalktı.

Ali Safa Bey elinden tutup geri oturttu.

"Sağ ol Ağa," dedi. "Bilirdim beni sevdiğini. Sakın aklına bu iş için senden karşılık istiyorum gelmesin. Sakın ha! Gelecekse hiç söylemem. Ben İnce Memedin icabına bakacağım. Sakın aklına bunun karşılığı olarak gelmesin."

Abdi Ağa gene aynı taşkınlık, aynı heyecanla:

"Gelmez, gelmez," dedi. "Vallahi gelmez. Benim sevgili kardeşliğimin oğlu, Ali Safa Bey."

Ali Safa Bey bir zaman susup düşündükten sonra, başını kaldırdı, Abdi Ağanın gözlerinin içine baktı:

"Biliyorsun ki Ağam benim de başımda türlü türlü işler var. Çok şükür son yıllarda gailem azaldı. Azaldı azaldı ama, şu Vayvay köyü arazisi davası bana uyku uyutmuyor."

Abdi Ağa aynı heyecanla:

"Ben bilirim," dedi. "Vayvay köyünün cümle arazisi senin babanındı. Baban eker biçerdi. O öldüğünde, sen mektepteydin. Vayvay köylüleri geldiler yerleştiler. Senin elindeki tapu, daha evvel ben sana söylemedim mi, Vayvay köyünün arazisini tüm içine alır. Bunu ben de, bizim beş köyün halkı da, Aktozlu köyü de, herkes bilir. Sen onun için hiç küşümlenme. Abdi Emmin o işin üstesinden gelir. Tarla işlerini sen bana bırak. Altı ayda Vayvay tarlaları senin olacak."

Ali Safa Bey:

"Ağa," dedi, "sakın ha, aklına karşılık olarak istediğim gelmesin."

Abdi Ağa:

"Yok, yok," diye başını salladı. "Yok, yok."

Ali Safa:

"Tümünü sürgün ettim köyden, korkularından köye basamıyorlar. Hepsi Yüreğir toprağına kaçtı. Gene de vazgeçmiyorlar."

Abdi Ağa:

"Sen onu Abdi Ağa Emmine bırak. Böyle işler, benim işim. Bak nasıl gelirim üstesinden!"

Ali Safa Bey:

"Bir hafta sonra cephane geliyor Suriyeden."

Abdi Ağa:

"Gelince?"

Ali Safa Bey:

"Kalaycı çetesine havale edeceğim onu."

Abdi Ağa:

"Abdi senin gözlerine kurban oğul," dedi, kalktı.

Ali Safa Bey misafir kalmasını istedi. Fakat Abdi Ağa bu sıralar onda misafir kalmayı matluba muvafık görmedi. Hatta:

"Bugünlerde el içinde biribirimizle konuşmayalım bile," dedi. "Ne olur, ne olmaz."

16

O gece sabaha kadar, durmadan, koşarcasına yürüdüler. Tanyeri ışırken soluk soluğa Akçaçamın kayalıklarını tuttular. Yol boyunca hiç konuşmamışlardı. Bir tek sözcük bile. Akçaçamın kayalıklarına çıktıklarında, bir taşın üstüne oturup, doğan güne karşı bir duman içinde kalmış Çukurovanın düzüne baktılar. Duman usul usul açılarak, köyler, yollar, tepeler, parlayan kıvrım kıvrım ırmak, çaylar göründü.

Kuşluğa doğru, ovada azıcık bir sis, bir buğu kalmadı. Ova pırıl pırıl, her ağacı, her taşıyla önlerine serildi. Tarlalar, ekilmiş ekilmemiş, renk renk, kara, kırmızı, boz topraklar yanlarındaymış gibi açıldı.

Cabbar:

"Baksana Memed," diye sessizliği ilk olarak bozdu. "Dün akşam işte oradaydık."

Memed, başını ona doğru döndürmeden:

"Oradaydık."

Cabbar, Memedin bu durgunluğuna ne diyeceğini şaşırdı. Sustu. Ama, nedense hep konuşmak istiyordu. İçinden bir şeyler dürtüyordu onu.

"Anavarzanın dibine bak! Ahacık şurası, şu kapkara görünen yer, bük. Şurası, üstünde bir şeyler uçuşuyor gibi duran yer de, Akçasazın bataklığı... Aktozlu köyünün daha dumanı tütüyor. Oylum oylum tütüyor. Ta göğe yükseliyor. Gördün mü?"

Memed, boynunu büktü:

"Görüyorum," diye bezgin bezgin karşılık verdi.

Cabbar çabuk çabuk heyecanla sordu:

"Ne düşünüyorsun Memed?" dedi. "Çok efkarlısın."

Memed:

"Yandı mola o gavur? O azılı? Onu düşünüyorum. Bir de Aktozlu köyünün fıkarasına kadirlik oldu. Ne yapayım, diye düşünüyorum."

Cabbar:

"Düşünme," dedi. "Olan oldu bir kere."

Memed:

"Olan oldu:"

Cabbar:

"Sarı Ümmete kadar gidelim. Bu gece orada kalalım. Yarın dağlara çekiliriz."

Memed, gözleri parlayarak:

"Bir de ne düşündüm biliyor musun Cabbar?"

Cabbar:

"Yok."

Memed:

"Varacağım Dikenlidüzüne. Beş köyün yaşlılarını toplayacağım başıma. Diyeceğim ki, Abdi Ağa yok artık. Elinizdeki öküzler sizindir. Ortakçılık, mortakçılık yok. Tarlalar da sizindir. Ekin ekebildiğiniz kadar. Ben dağda oldukça, bu böyle sürüp gidecek. Vurulursam başınızın çaresine bakarsınız. Sonra köylüyü başıma toplayıp, çakırdikenliği yaktıracağım. Çakırdikenliği yakmadan kimse çift koşmayacak."

Cabbar, gözleri yaşararak:

"İşte bu iyi," dedi. "Ağasız köy! Herkesin kazandığı, herkesin olacak."

Memed:

"Herkesin kazandığı..." diye gülümsedi.

Cabbar:

"Elimizde silah, toprakları bekleriz."

Memed:

"Bir şey daha yapmalıyız."

Cabbar:

"Ne yapmalıyız?" diye merakla, heyecanla sordu. "Ne yapmalıyız?"

304

Memed:

"Bilmiyorum kardaş ya," dedi. "Mutlaka bir şey yapmalıyız."

Cabbar:

"Ne yapmalıyız?"

Memed:

"Şu Aktozlu köyünün fakir fıkarasına kadirlik oldu. Mutlak bir şeyler yapmalıyız. Bizim yüzümüzden evleri yandı."

Cabbar:

"Kadirlik oldu ama, ne yapmalıyız?"

Memed:

"Ne yapmalıyız?"

Cabbar, gerinerek ayağa kalktı. Uzun bacakları, geniş omuzları çelik tel gibi gerildi. Memed de gerinerek kalktı. Yüzü iyice yanmıştı. Derisi kemiklerine yapışmış denecek kadar zayıflamıştı. Yüzünde hiçbir yorgunluk izi gözükmüyordu. Yürüyüşünde, konuşmasında, her hareketinde bir sağlamlık, bir temkin, bir atiklik belli oluyordu. Eşkıya olduğundan beri çok değişmişti.

Ayağa kalkınca, kafasında, o sarı parıltı güneşten şavkıdı, çoğaldı, büyüdü.

"Cabbar," dedi, dudaklarını tatlı tatlı yaladı. "Herkesin kazancı kendinin olacak. Bekçisi de biz. Herkesin toprağı olacak."

Cabbar:

"Bekçisi de biz. Herkesin toprağı olacak!"

Kayanın doğu yanına inip, Memed önde, Cabbar arkada keçi yoluna düzüldüler.

Cabbar:

"Belki de candarmalar ardımızdadır."

Memed:

"Ardımızdadırlar. Onun için ormanlığa gireceğiz."

Cabbar:

"İyi olur."

Memed:

"Şu tarla meselesi aklıma geldi geleli, hiç ölmek istemiyorum."

Cabbar:

"Ölmek mi?" diye sordu. Sesinde bir ürperti vardı.

Memed:

"Ölmek," dedi. Recep Çavuş gözünün önüne geldi. "Şu Recep Çavuş," diye sözünü sürdürdü. "Onun ne türlü bir adam olduğunu bir türlü anlamadım gitti. Ölürken bile bize iyilik yapmak istedi. Köyün yandığına da seviniyordu. Bu adama bir türlü aklım ermedi. Hem herkesi seviyordu. Hem de herkese düşmandı. Köy yandı, sevindi. Köye iyilik yapsak gene sevinirdi gibime geliyor."

Cabbarın burnu havadaydı. Havayı kokluyordu. Çam ağaçlarını kokluyordu. Ağzında bir çam çöpü vardı. Geveleyip duruyordu.

"Bana da öyle geliyor," dedi.

Memed:

"Yüreğim yerinden kopacak gibi. Bir hoşum. Başım dönüyor. Sevineyim mi, ağlayayım mı bilemiyorum. Arada kaldım. Şu toprak meselesi... Köylü buna ne der, kim bilir!"

Cabbar:

"Kim bilir!" dedi.

Usuldan esen yel, pınar kokuları, yarpuz kokuları getiriyordu.

Ümmetin evinin üst başına, ormandan, kayalıklardan yürüyerek geldiklerinde gün aşıyordu.

Memed:

"Gün batsın da öyle gidelim Sarı Ümmete."

Cabbar:

"Öyle gidelim."

Oturdular. Derin derin soluk aldılar. Tere batmışlardı.

Gün battı, ortalık karardı. Duman içinde kalmış Çukurovanın üstüne kara bir perde indi. Gökyüzü yıldızlarla örtülüydü. Yıldızlar döşenmiş gibi üst üsteydiler. Doğudaki bir yıldız kümesi kıvılcımlanır gibiydi. Arada bir, bir yıldız akıyordu. Yıldızlar akıp, karşı dağın ardına gidiyorlardı çoğunluk...

Kalktılar, Sarı Ümmetin evine geldiler.

Memed, usul bir sesle:

"Ümmet kardaş, hişt! Ümmet kardaş."

İçerden uzun süre ses gelmedi. Sonra kapı açılıp Ümmet

dışarı çıktı. Karanlıktakilerin Memedle Cabbar olduğunu anlayınca şaşırdı, korktu. Bir şey söyleyemedi. Ağzında uzun zaman bir şeyler geveleyip durdu.

Memed:

"Merhaba Ümmet kardaş, ne var ne yok?" diye hatır sordu.

Ümmet:

"Susss!" dedi.

Memed işi anladı.

Ümmet kulağına eğildi.

"Düşün arkama," dedi. "Düşün arkama da sizi dağa götüreyim. Burası dolu."

Cabbar:

"Acımızdan öldük Ümmet," dedi.

Ümmet:

"Az durun öyleyse," dedi. İçeriye girdi. Bir on dakika kaldıktan sonra geri çıktı:

"Haydi yürüyün, gidelim."

Ümmetin arkasından yürüdüler. Dağın doruğuna doğru kayalıklardan sekerek, ormanın ağaçlarını yordamlayarak, bir, bir buçuk saat yürüdüler.

Ümmet bir ağaçlıkta soluk soluğa durdu:

"Bre ocağınız bata," diye başladı. "Bu olacak iş mi hiç? Koca bir Çukurova köyünü yakmışsınız! Böyle iş olur mu hiç? Buna Gizik Duran bile cesaret edemezdi. Nasıl yaptınız?"

Cabbar:

"Ne var ne yok, sen onu söyle hele Ümmet?"

Ümmet bir açıklıkta soluk soluğa durdu.

"Hiç! Ne olsun," dedi. "Dokuz on köyün silahlısı, belki bin kişi var. Bir bölük de candarma, iki günden beri dağı taşı sarmışlar, sıçanın deliğine bile bakıyorlar sizi bulmak için. Bir ele geçerseniz bugünlerde bir parçanız bile bulunmaz. Sizi un gibi ufalarlar. Bir koskoca Çukurova köyü!.. Görülmüş iş mi bu? Haydi diyelim köyü yaktınız yakmaya..."

Ümmet burada sustu.

Memed:

"Yaktık yakmaya?.." diye sesi boğularak sordu.

Ümmet gene sustu.

Memed, gene sordu:

"Yaktık yakmaya?.."

Ümmet:

"Hiiiç, dedi. "Yaktınız yakmaya..."

Memed:

"Yaktık yakmaya?.."

Ümmet işin özünü kesin öğrenemediği için, lafı değiştirmeyi daha uygun buldu:

"Yaktınız yakmaya..." dedi, durdu. Bir yalan uyduramıyordu. Birden kafasında şimşek gibi çaktı: "Bari o dinsizi öldürebildiniz mi?"

Cabbar:

"Hüseyin Ağanın eviyle birlikte, o cayır cayır yandı."

Ümmet:

"Şurada mağara gibi bir kovuk var. Buraya kimse gelmez. Takipçiler çekilinceye kadar kalacaksınız. Buradan kıpırdamayın. Topal Aliyi sorarsanız, o Değirmenolukta. Yarın size yemek getiririm. Buradan çıkayım demeyin."

Çukurun başına geldi:

"İşte burası," dedi. "Girin içeri. Eğer takipçiler sizi bulurlarsa, aşağı yana, yani Çukurovadan yana kaçayım demeyin. Öldüğünüz gündür. Doruğa doğru çekilin. Doruğu aşınca, etekte Keşiş Çayına yetişirsiniz. Allahaısmarladık."

Ümmet gittikten sonra onlar da, kovuğun ağzına oturup, yemeklerini çabuk çabuk yediler.

Cabbar:

"Ben kovuğa girip uyuyacağım," dedi. "Eğer dayanamayacak kadar uykun gelirse, beni uyandır."

Memed karşılık vermedi.

Memedin kafasında sarı ışıltı akıyor babam akıyordu. Sarı pırıltı, yalp yalp eden ışıltılı kıvrım kıvrım bir ırmak gibi Memedin kafasında mutlu bir çağıltıyla dolanıyordu.

Herkesin toprağı herkesindir. Abdi Ağa ölse de ölmese de herkesindir. Çakırdikenliği bir ateş almıştır. Ateşler, çakırdikenlikte son hızla koşuyorlardı. Ateşler, yüksek yerden akan suyun hızıyla, çakırdikenliğin düzüne akıyor... Kasırga, bir top ateşi önüne katmış, gecenin karanlığında, düzlüğü dolanıyor. Dikenlidüzünde on, on beş gün, bir ay, bu ateş kümesi ha bire dolanır. Sonra bir gün, bakıyorsun ki, ateş sönmüş, bütün Dikenlidüzü kömür karasına kesmiştir.

Dikenlidüzünden türküler geliyor. Her bucaktan bir oynak türkü geliyor. Çiftçiler çiftleri koşmuşlar, bacaklarını ne çakırdikeni dalıyor, ne bir şey... Rahat...

Mutlak Değirmenoluk köyünde düğün olacaktır. Büyük bir bayram. Durmuş Ali, o töm töm haliyle, bir bacağını ta başının üstüne kadar kaldırıp tek ayağıyla bir acayip oyun oynayacaktır, alem gülecektir. Recep Çavuş duysaydı bu işi sevinirdi. Ne çare ki, şimdi Anavarzanın bükünde yatıyor.

Derken Memedin içine korkuya benzer bir şeyler girdi. Binden fazla köylü! Bu inanılmaz bir iştir. Binden fazla silahlı köylünün ne işi var bu dağlarda? Bu görülmüş iş değil. Bir köy yanmış. Yanmışsa onların neyine gerek? Bir bölük de candarma! Aldırma. Olursa olsun. Yüreğindeki korku silindi, geçti gitti. Şimdi öyle hissediyor ki, bin beş yüz olsun, iki bin olsun. Olsun oğlu olsun. Korku yok. Üzerinde de üç yüzden fazla kurşun var. Hiçbirisini boşa salmayacağından, yaşamakta olduğundan emin olduğu kadar emin.

Sabaha kadar az çok bunları düşündü. Hatçe de hiç aklından çıkmıyordu. Onu da düşündü. Mahpusaneyi düşündü. Yüreği burkuldu. Bu kadar felaketin bir arada, bir insanın başına nasıl gelebileceğine şaştı. Çok az küfrederdi. Hışımla küfretti.

Cabbar uyandığında gün kuşluktu. Gözleri güneşte kamaşarak:

"Beni neden uyandırmadın Memed?" diye sordu.

"Uykum gelmedi."

Cabbar:

"Bir lokma ekmek yiyelim. Sen de uyu."

Memed:

"Olur."

Cabbar çıkını getirdi açtı. Peynirle taze soğan vardı. Peynirle taze soğanı yufkaya sarıp, dürüm yaptılar. Ağır ağır yemeye başladılar. Yemeklerini yedikten sonra, karşıki kayanın altından bir su akıyordu, ona varıp, ağzı aşağı, yere serilircesine yatıp içtiler.

Memed:

"Şuraya, güneşe yatayım," dedi.

Cabbar:

"Yat."

Memed, başını kor komaz gitti. Bir çocuk gibi. Yüzü bir çocuk masumiyetiyle rahattı. Gün gelip tepeye dikilince uyandı. Terlemişti. Gerindi. Kayanın dibinden kaynayan suda yüzünü yıkadı. Açıldı.

Cabbar:

"Bu Ümmet, bize bir iş etmesin?"

Memed:

"Bir iş etmesin?"

Cabbar:

"Kim bilir?"

Memed:

"Edemez, edemez ama, biz buradan gidelim. Değirmenoluğu tutalım."

Cabbar:

"Pusuya düşersek?.."

Memed:

"Eşkıya pusuya düşmez. Eşkıya pusuya düşürür."

Cabbar:

"Ümmeti bekleyelim."

Memed:

"Bekleyelim. Haber vermeden olmaz."

Bir saat sonraydı ki aşağıda, çalılıkların arasından bir çıtırtı duydular. Kendilerini kayaların ardına attılar. Ses gittikçe büyüyordu. Çıtırtı yaklaştı. Çamın arkasından Ümmet çıktı. Onları tam siper görünce gülümsedi. Memed de gülümsedi.

Ümmet:

"Umudu kestiler," dedi. "Dönüyorlar! Ben de onlara, dün Anavarzanın düzünde vukuat çıkaran eşkıya, bugün Akarcanın dağını tutamaz dedim."

Cabbar:

"İyi söylemişsin Ümmet kardaş," dedi.

Ümmet İnce Memedin elinden tuttu:

"Seni," dedi, "canım kadar sevdim kardaş. İyi yaptın. Senin yoluna çoluğum çocuğum, karım, hepsi kurban."

Cabbar:

"Yaktık. Cayır cayır yaktık," diye övündü.

Ümmet buna karşılık, hiçbir şey söylemedi.

Memed:

"Ümmet kardaş, herkesin ektiği toprak, herkesin olursa nasıl olur?" diye sordu.

Ümmet:

"Çok iyi olur," dedi.

Memed:

"Herkesin çift sürdüğü öküz, kendisinin olursa nasıl olur?"

Ümmet:

"Ondan iyi şey dünyada bulunmaz."

Memed:

"Çakırdikenliği iyice yaktıktan sonra çift koşulursa nasıl olur Ümmet kardaş?"

Ümmet:

"Çok iyi..."

Ümmetin getirdiği ekmek çıkınını Cabbar elinden aldı, beline bağladı.

"Sağlıcakla kal Ümmet," dediler.

Ümmet:

"Başınız daralırsa bana gelin. Sizi kardaşım gibi korurum. Seni çok sevdim Memed," dedi.

Memed:

"Sağ ol."

Önde yürüyen Memed durdu. Cabbar da onun yanına gelince durdu. Memed, sol eliyle Cabbarın silahı tutan elini sıktı. Göz göze geldi. Durup, öylecene bakıştılar.

Memed:

"Kardaş," dedi, "bir seviniyorum, bir seviniyorum ki şu işe..."

Cabbar:

"Ben de..."

311

17

Karadut köyü Ceyhan ırmağının kıyısına düşer. Ceyhan ırmağı Karadut köyünün önünde ovaya yayılır, genişler, bir göl gibi büyür, durgun görünür. Buralarda, Ceyhan ırmağı on yılda, on beş yılda yatak değiştirir, sağa sola yalpa vurur. Gittiği yerlerde bolca mil bırakır. O yüzdendir ki buralar, Çukurovanın öteki yerlerinden daha verimlidir. Toprağına paha biçilmez.

Ali Safa Beyin son ele geçirdiği çiftlik, Karadutla sınır sınıradır. Çiftliğin topraklarının yarıdan çoğu Ermenilerden kalmadır. Gerisi de Karadut köylülerinden zorla, hileyle alınmadır. Karadut köylüleriyle Ali Safa Bey arasındaki anlaşmazlık yıllardır sürer gider. Biribirlerinin izlerine kurşun sıkarlar. Ali Safa Beyin verimli Karadut topraklarına musallat oluşu, hileyle epey toprağı da ele geçirişi uzun bir hikaye, daha doğrusu bir maceradır. Bu iş, Ali Safa Beyin hilekarlığının, ihtirasının ölçüsüz, engel tanımaz olduğunu gösterir. Bir avuç toprak için Ali Safa Beyin nelere kadir olduğunu da anlamış oluruz.

Sarı Bekir Karadut köyündendi. Köyün tek okuryazar adamıydı da. Kasaba mektebinde okuduğu sıralar, zekasıyla ün salmıştı. Yürekliydi, ataktı, doğruydu. Ağzından yalan namına yalan çıkmamıştı. Uzun boylu, sırım gibiydi. Güleç yüzlü, çocuk gibi saf, temizdi. Bekir, Ali Safa Beyin karşısına dikilen bir engeldi. O olmamış olsaydı Ali Safa Bey Karadut köyünün tarlasının tümünü çiftliğine katabilirdi. Önüne dağ gibi dikildi. Kendi tarlasını, köylüsünün tarlasını savundu. Öteki köylülere hiç benzemiyordu. Köylüler onu çok seviyorlar, dediğinden çıkmıyorlardı. Uzun yıllar, Ali Safa Bey ona hiçbir kötülükte bulunamadı. Köylülerle arasındaki davalar sürüp gidiyordu. Köylü bir türlü alt olmuyordu. Vakta ki... Evet vakta ki...

Çetebaşı Kalaycı Osman, onun amcası oğlu olurdu. İşe yaramazın, serserinin biriydi. Üstelik de Ali Safa Beyin itiydi. Köyde ne olur, ne biterse Ali Safa Beye ulaştırıyordu. Köylü onu hiç sevmiyordu. Zaten çok çok da köyde kalmıyordu Kalaycı. Kalaycılığı da terk eylemiş, Ali Safa Beyin çiftliğine yanaşmıştı. Köylünün hayvanlarını çalıyor, ekinlerine ateş veriyor, her türlü namussuzluğu yapıyordu. Köylünün burasına gelmişti ama, ne yapsınlar, bir yanda Bekir Efendinin hatırı, bir yanda Ali Safa Beyin korkusu... Bir yanda da "ite bulaşma" sakıncası vardı.

Bekir Efendinin düğünü oluyordu. Davullar, zurnalar veryansın ediyordu. Köy dönüyordu. Bütün köy halay çekiyor, türkü söylüyordu. Köydeki her ev, bir düğün eviydi. Bekir Efendisi evleniyordu köyün.

Düğünün son gecesiydi. Düğün evinin önünde üç el silah atıldı. Ortalık karıştı. Bekir Efendi vurulmuştu. Kalaycı vurmuştu. Gelini, eli kınalı kaldı. Kalaycı da karanlığa karışıp soluğu dağlarda aldı.

Kalaycının Sarı Bekir Efendiyi vurmasının türlü sebepleri üstünde duruldu. Ne olursa olsun, durup dururken, Kalaycının Bekir Efendiyi tam düğün gecesi vurması şaşılacak bir işti. Bunu hiç kimse beklemiyordu. Köylüler hep bir ağızdan: "Kör olası, Bekir Efendi gibi adama kıyılır mı?" diyorlardı. "Kör olası..."

Türlü sebepler sayıp döküyorlardı. Kimisi, "Ali Safa Bey teşvik etti, para verdi, vurdurdu Bekir Efendiyi," diyordu. Kimisi, "Kızı seviyordu. Bekir Efendiyle evlenmesini götüremedi de ondan," diyordu. Kimisi, "Serserinin biridir, aklı öyle esmiştir, çekmiştir silahını vuruvermiştir, sırf Kalaycı, Bekir Efendiyi vurdu desinler diye," diyordu. Kimisi de, bunlar Kalaycı Osmanı yakından tanıyanlar, "Çocukluklarından beri Kalaycı Osman, Bekir Efendiyi çekemiyordu. Kalaycının Ali Safa Beye yardım etmesi bile Bekir Efendinin köylüyü tutması yüzündendi... Bekiri bir türlü çekememişti. Evlenmesi, köylünün de Bekiri bu kadar sevmesi, bu işi ona yaptırdı," diyorlardı. Her neyse, gerçekten Kalaycının Bekir Efendiyi vurması için hiçbir sebep yoktu. Yukardaki düşüncelerin hepsi birden Kalaycı için doğru olabilirdi. Kalaycının tıynetinde sayılanların hepsi de vardı.

Bundan sonradır ki Kalaycı, Ali Safa Beyin elinde bir korku, yıldırma silahı kesildi. Dağda ne kadar ipten kazıktan kurtulmuş varsa başına topladı. Bir bela, bir afet gibi, Çukurovadaki Ali Safa Beye karşı gelen fıkaraların başına çullandı. Ali Safa Beyin hasımlarının iflahını kuruttu.

Her şeye karşın, Ali Safa, Bekir Efendi vurulduktan sonra bile Karadut köyünden bir karış toprak alamadı. Kalaycı köye gelemiyordu. Eşkıya değil, her yanı ateş olsa, Karadut köylüsü adam yerine koymuyordu Kalaycıyı. Çekinmiyordu ondan.

Günlerden beri Çukurova çalkalanıyordu. İnce Memed adı, dilden dile dolaşıyordu. Köy yakan, ocaklar söndüren İnce Memed! İnce Memed, Aktozlu köyü yandıktan sonra dillere destan olmuştu. Aktozlu köyünü görmeye gelenin hesabı yoktu. Aktozlunun kadınları, çocukları biribirlerine, onları görmeye gelen yöre köylülerine İnce Memedi anlatıyorlardı: "Dev gibi bir adamdı. Bir kocaman çam kütüğünü ateşleyip eline almış evden eve yakarak dolaşıyordu. Köyün içinde yel gibi dolanıyordu. Yaktığı evlerden birisi sönecek olsa, yetişip ateşi basıyordu. Bir görseydiniz İnce Memedi! Gecenin karanlığında gözlerinden ışıklar saçıyordu. Boyu, bir kavak gibi uzuyor, bir kısalıyordu. Kurşun da geçmiyordu ona. Önüne gelen kurşun sıkıyor, kar ettiremiyordu."

Başka başka köylerde, başka başka biçimlerde, başka başka yorumlarla İnce Memed üstüne hikayeler anlatılıyor babam anlatılıyordu.

Ali Safa Bey, Muallimin Bağında, her zamanki buluştukları mağarada buluşup, Kalaycıya, İnce Memedi ortadan kaldırma önerisini yapınca, Kalaycı buna çok sevindi. Ama sevincini belli etmedi:

"Bu iş zor iş Ali Safa Bey," dedi. "Zor iş. Böyle bir adamla başa çıkılmaz."

Ali Safa Bey:

"Çukurovada İnce Memed adı dillere destan. Vuracaksan

314

böylesini vur da namın dünyayı alsın. Fırsat bu fırsat! İnce Memedi de ortadan kaldırırsan gayri Çukurova bizim demektir."

Kalaycı:

"Zor," dedi.

Ali Safa:

"Korkma," diye omuzuna vurdu. "Epey de ötekinden çıkacak."

Kalaycı:

"Zor ama, bir bakalım. Belki bir yolunu buluruz."

Ali Safa Bey:

"Bulmalısın mutlak. O ne kadar cesur olsa da daha yenidir. Dağların huyunu bilmez. Bir tuzağa düşürürsün, tamam."

Kalaycı:

"Bakalım," dedi.

Ali Safa Beyden ayrılıp arkadaşlarına gelince:

"İş çıktı," dedi. "Epey de yolu var. Kolay da..."

Arkadaşları Kalaycının gözlerine baktılar.

Kalaycı:

"İnce Memed derler biri türedi ya, hani Aktozlu köyünü yakan. Onu ortadan kaldıracağız. Yolu açık. Ne kadar istersen o kadar."

İnce Memedi vurmak Kalaycı çetesi için ekmek yemek, su içmek kadar kolaydı.

Dağa çıktı çıkalı Kalaycının ortadan kaldırdığı çete üçü buluyordu. Sarı Bekir Efendi de içinde, vurduğu adamların sayısının kırkı geçtiği söyleniyordu.

Kalaycı Osman kısa boylu, yeşil, yılan yeşili gibi, yahut da çakıra çalan, bir tuhaf soğuk, ölüm gibi donuk gözlü birisiydi. Seyrek sakalları kirpi oku gibi dik dik, sarı yüzüne çakılmıştı. Geniş omuzlarına bakarak, boynu inceydi. Bir de bütün boynu ateşte kızartılmış gibi kıpkırmızıydı. Cepleri sırma işlemeli mavi şalvar giyiyordu. Sağlı sollu bütün bedeni fişeklerle donatılmıştı. Bacaklarında bile fişeklik bağlıydı. Fişeklikler de işlemeliydi. Ta uzaktan par par ediyordu. Sağlı sollu bir sürü sapı sedef tabancalar, kamalar, hançerler... Göğsünde de bir dürbünü vardı. Aynalı dürbün. Başındaki mor fesinin altında sarı kakülleri iki kaşın arasına dökülüyordu.

Atılgan değildi, cesur da değildi. Hilekardı. Çarpıştığı, takip ettiği hiçbir insanla yüz yüze çarpışmamış, her zaman arkadan vurmuştu. Onun yaptığı hilekarlık, kurduğu tuzak akla hayale gelmezdi. Ali Safa Beyin aleti gibi görünüyordu. Gerçekten aletiydi. Bir bakıma da Ali Safa Bey ona aletlik ediyordu. Şimdiye kadar candarmayla ancak bir iki kere karşılaşmıştı. Candarma, onun takibine çıktı mıydı, Ali Safa Beyin kurduğu haberci ağı derhal Kalaycıya yetişiyordu. Kalaycı kışları da Ali Safa Beyin evinde, kendisi için yaptırdığı özel odada mükellef bir hayat sürüyordu. Yalnız odada sıkıldığı zamanlar, dağa çıkıyor, çetesinin başına geçiyordu. Çete de çok rahattı. Kar bastırdığı zaman sarp bir dağ köyüne yerleşiyorlar, gelsin kuzu, gitsin kuzu keyif sürüyorlardı. Bunca serbestlik, bunca rahat hep Ali Safa Beyin sayesindeydi. Bu yüzdendir ki Ali Safa Bey, öl desin ölürlerdi.

Kalaycı sordu:

"İçinizde İnce Memedi tanıyan var mı?"

Horali belini bir ağaca dayayıp gözlerini yummuştu. Doğruldu:

"Ben iyi tanırım, Ağa," dedi. "Deli Durdu çetesinde beraberdik."

Kalaycı:

"Yanıma gel öyleyse Horali!" diye çağırdı.

Horali kalktı geldi. Kalaycı onu iki omuzundan tutup salladı:

"De bakalım, nasıl adamdır, bu İnce Memed?"

Horali yutkundu, dudaklarını siler gibi yaptı:

"Şöyle bakarsan hiçbir şeye benzetemezsin. Kısacık, incecik, koca kafalı, büyük gözlü, yirmi yaşında gösteren, hep düşünceli duran bir çocuktur. Onun kurşun attığını görmeyen, bir çatışmada yanında bulunmayan kim olduğunu anlayamaz. Bir nişan atar ki, meteliği vurur. Çeteye geldiği gün –Deli Durduyu bilirsin, ne kadar iyi kurşun attığını da bilirsin– İnce Memed, ondan iyi attıydı. Şimdi artık iğnenin deliğinden geçiriyordur. Çok atiktir. Yörük çadırı kavgasında istese Deli Durduyu, hepimizi vururdu. Vurmadı. O böyle adam olmasaydı, Deli Durdu onun hakaretinin altında kalır mıydı? Deli Durdu korkuyordu ondan..."

Kalaycı:

"Amma da övdün Horali, övdün ha övdün. Seni övücü başı mı tuttu İnce Memed?"

Horali:

"Yok," dedi. "Anlat, dedin İnce Memedi, ben de bildiğimi gördüğümü anlattım. İşte böyle bir adam İnce Memed."

Kalaycı toprağa oturdu. Başını iki eli arasına aldı, düşünmeye başladı.

Bir saat mı, iki saat mı ne geçti, Horaliyi yeniden çağırdı.

"Beni iyi dinle Horali," dedi. "İnce Memed sana güvenir mi?"

Horali:

"Güvenmez."

Kalaycı:

"Niye?"

"Deli Durduya karşı koyduğunda, ben Deli Durdudan taraf çıktım."

"Bundan ne çıkar?"

"Güvenmez. Zaten o hiç kimseye, babasına bile güvenmez. Yanındaki Cabbara bile güvenmez."

Kalaycı:

"De sende," dedi, "dünkü eşkıyayı başımıza Gizik Duran ettin."

Horali:

"Bilirim onu."

Kalaycı:

"Bilmez ol," diye çıkıştı.

Sinirlendiği zaman burnunu karıştırır, burnundaki kılları çekerdi. Gene öyle yapıyordu.

"Sen demek istiyorsun ki, İnce Memed ne tuzağa düşer, ne vurulur?"

Horali:

"Öyle demek istemedim. Tuzağa düşmez adam olmaz. Ne de olsa İnce Memed, daha acemidir. Tuzağın biçimine bakar."

Kalaycı:

"Sana güvenirim Horali," dedi. "Sen her işin üstesinden gelirsin. Senin gibi de tecrübeli eşkıya kalmadı dağlarda. Bunu sana havale edeceğim."

Horali:

"Et ama Ağa, onlar iki kişi."

Kalaycı:

"Öteki kim?" diye sordu.

"Uzun Cabbar."

Kalaycı:

"Allah için Uzun Cabbar, temiz çocuk. Babayiğit çocuk."

Horali:

"Ne gelir elden? O da onunla gidecek."

Kalaycı:

"Gitsin," dedi.

Sonra birden:

"Bana bak Horali kardaş," dedi, "onun bulunduğu yeri buluruz. Sen gidersin onu bizim çeteye davet edersin. Bu olmazsa başka bir çaresine bakarız."

Horali:

"Belki davete gelir de bu işi kolayca hallederiz. Belki gelir. Tuzağı muzağı akıl etmez o."

Kalaycı:

"Tamam mı?"

Horali:

"Tamam."

Kalaycı:

"Yerini çabuk bulabilir miyiz ola? Belli bir yeri var mı?"

Horali:

"Daha yeni fıkaracık," diye gülümsedi. "Nereden yeri olsun! Ama bulması kolay. Ben onu bulurum."

18

Günlerdir kaça saklana, aç yol yürümüşlerdi. Ormanlıklı, kayalıklı dağlar aşmışlardı. Yorgunluktan ölüyorlardı. İkisi de sırtlarındaki cephane yükünün altında iki büklümdü. Elleri de titriyordu. Üşümüş gibi.

Karanlık, kapkara çökmüştü. Yıldızlar seyrekti. İpileşiyordu. Yıldızlar sabaha karşı üşürler. Sabah yaklaşıyordu.

Gürültü birdenbire patlayınca Cabbar irkildi:

"Ne o?" diye şaşkınlıkla sordu.

Memed:

"Suyun gözü," dedi. "Hani ilk geldiğimizde..."

Cabbar:

"Bildim," diye karşılık verdi. "Öyleyse azıcık oturalım başında."

Memed:

"Olmaz."

Bütün yorulmasına, bitmesine bakmayarak birazıcık olsun bir yerde durmuyor, ha bire yol alıyordu.

Soluk soluğa:

"Ne var yani Cabbar kardaş," dedi, "işte geldik." Bir nefes alıyor, duruyor, sonra başlıyordu. "Ne var yani. Köye gidince dinleniriz. Köye şafak atmadan girmek gerek. Yaaa Cabbar kardaş. Bu kadar yol yürüdük de... Şimdicik varırız köye. Öyle değil mi Cabbar kardaş?"

Cabbar:

"Aldırma," dedi.

Bunun üstüne Memed de bir daha konuşmadı. Köye yaklaştıkça daha hızlı yürüyordu. Cabbar da arkasından yetişmek için var gücünü harcıyordu.

Şafağın yerinde iğne iğne ışıklar belirirken, köye girdiler. Birkaç köpek gürültüyle onları karşıladı. Memed, oralı bile olmadı. Bütün hızıyla dimdik yürüyordu. Durmuş Alinin evine geldi:

"Durmuş Ali Emmi! Durmuş Ali Emmi."

Durmuş Ali hemen karşılık verdi:

"Sen misin İnce Memedim?"

"Benim."

"Geliyorum İnce Memedim. Hoş geldin yavrum. O gavuru niceyledin? Duyduk ki Aktozlu köyünü yakmışsın. O gavur da içinde çatır çatır yanmış."

Kapı açılınca Memed heyecanla sordu:

"Kim getirdi bu haberi size? Köylü hep duydu mu?"

Durmuş Ali:

"Hepiciğimiz duyduk yavru. Eline sağlık. Hepiciğimiz sevindik. Ölüme sevinilmez ya, hak etti. Avradı bile sevindi. Ettiğini buldu, dedi. Bir damla yaş bile dökmedi. Gelin içeri yavrularım."

Birden, kendine geldi. Merakla sordu:

"Öteki arkadaşınızı, hani ihtiyarı nettiniz?"

Memed, içini çekerek:

"Sorma!.."

Durmuş Ali:

"Allah rahmet eylesin. Ben size şimdi ocağı yakarım. Açsınız herhalde."

Memed, sorusunu unutmamıştı:

"Durmuş Ali Emmi," dedi, "kim getirdi size bu haberi?"

Durmuş Ali:

"Duydun mu yavru?" diye sordu. "Duydun mu olan işleri, Topal Ali o gavurun adamı olmuş. İşte o söyledi. Köy yanarken, o da buraya geliyormuş. Durmuş köyün dışında yangını seyretmiş. Köy yanınca içine girmiş. Bir içerden Abdinin kemiklerini çıkarmışlar. Kemiklerinin bile çoğu yanmış."

Memed:

"Demek Topal Ali onun adamı olmuş?"

Durmuş Ali, ocaktaki közlerin üstündeki külü açarken:

"Öyle yavrum," diye kahırla söylendi. "İnsanoğlu bu. Çiğ süt emmiş."

Memed güldü.

Durmuş Ali:

"İnanmadın mı?" diye gözlerinin içine baktı.

Memed:

"Emmi," dedi, "sen de ne çabuk unutuyorsun."

Durmuş Ali:

"İhtiyarlık çökünce başa..." dedi.

Memed:

"Aldırma. Mesele değil," diye omuzlarını okşadı onun. Ocağın başına da oturdu. Cabbar da oturdu arkasından.

Durmuş Ali, üfüre üfüre ocaktaki ateşi parlattı.

"Eee?" dedi gülerek. "Daha ne var ne yok?"

Memed:

"Hiç," dedi.

Az sonra sabahın ışıkları pencereden sızmaya, yavaş yavaş ortalık ağarmaya başladı.

Durmuşun yaşlı karısı Memedin yöresinde dört dönüyor:

"Çatır çatır mı?" diye soruyordu. "De bakalım Memedim, çatır çatır mı? Ne iyi ettin şunu! Çatır çatır öyle mi?"

Ocaktaki çorbayı indiriyor, yağı kızdırıp cızırtıyla üstüne döküyor. Evin içini bir yağ kokusudur alıyor.

"Çatır çatır ha? Kemikleri de yanmış diyorlar. Yansın. Aktozlu köyü kül olmuş, diyorlar. Kül olsun."

Sofrayı getirdi ortaya attı, çorbayı da büyük bir sahana doldurdu, sofranın ortasına koydu. Ama ağzı hiç durmuyor, ha bire söyleniyordu:

"Çatır çatır ha? Çatır çatır?"

Bir zaman, Memedin elinde kaşık kalakaldı. Ne çorbaya daldırabiliyor, ne de yere koyuyordu. Öylecene, tutup duruyordu. Cabbar bunu az sonra fark etti. Cabbarla göz göze geldiler. Ortalıkta derin bir sessizlik oldu.

Durmuş Ali de durdu, bunların hallerine merakla bakmaya başladı. Neden sonradır ki, Memed hızla kaşığını çorbaya daldırıp, çabuk çabuk içmeye başladı. Gözlerine iğne ucu pırıltısı geldi oturdu. Keskin. Mest olmuştu. Başı dönüyordu. Sarı pırıltılar içinde şavkıyor, dönüyor. Çakırdikenlikte dağ gibi ateş yuvarlanıyor ha yuvarlanıyor. Yuvarlanıyordu...

Başını kaldırdı, dimdik durdu. Esmer yüzü, gözleri ışığa batmıştı:

"Sana bir şey söyleyeceğim Durmuş Ali Emmi," dedi.

Durmuş Ali, onun bu tavrına bir anlam veremedi, bomboş gözlerle bakarak sordu:

"Ne söyleyeceksin oğul?" dedi. "Sor!"

Memed, sesi titreyerek:

"O gavur öldü gayri," dedi sustu.

Sofrayı ortadan kaldırdılar. Ateşi ölçerdiler, yaktılar. Durmuş Ali iki kere dışarı çıktı, geri geldi. Evin çocukları ötede durmuşlar, kocaman kocaman açılmış gözlerle Memede bakıyorlardı.

Durmuş Ali, daha öldü gayrinin sonunu bekliyordu. Memed, "öldü gayri," derken öyle bir hal takınmıştı ki, çok önemli bir şeyler söyleyeceği apaçık gürünüyordu.

Durmuş Ali dayanamadı:

"Öldü gayri?" diye sordu.

Memed ağır ağır:

"Bir fikrim var," diye başladı. "Bilmem sen ne dersin bu işe?" Gene sustu. Sonra çabuk çabuk konuştu:

"Bu köyün, öteki dört köyün, tarlasını, tarlasının hepsini. Kim ne kadar... Ne kadar ekiyorsa. Hepsini... Ektiği kadar... Gerisini siz bilirsiniz. İşte böyle. Silahım elimde beklerim. Çakırdikenliğe de ateş..."

Durmuş Ali:

"Bre Memed," diye sözünü kesti. "Gözünü sevdiğim oğlum, yavaş konuş azıcık. Bir şey anlamadım."

Memed, heyecanını dizginledi:

"Demem odur ki Emmi, bu topraklar o gavurun babasının malı değil."

Durmuş Ali düşündü. Alnını kaşıdı.

Memed:

"Bu topraklar herkesindir... Toprağı o gavur yaratmadı. Beş

322

köy köle gibi ona çalışır. Çukurovada Ağa da yok, bir şey de yok. Hasan Onbaşıyı bir dinleseydin!.."

Durmuş Ali:

"Bu topraklar da herkesindi eskiden. Bu gavurun babası çıkmadan. Allem etti kallem etti, toprakları elimizden aldı. Ondan evvel herkes canının istediği yeri canının istediği gibi ekerdi."

Memed:

"İşte," diye parladı. "İşte gene öyle olacak. Tam öyle olacak."

Durmuş Ali, gene başını önüne eğdi, düşüncelere daldı.

"Gene öyle olacak. Tam öyle. Ne düşündün Emmi?

Durmuş Ali:

"Keşki öyle olsa," diye mırıldandı. Gözlerine yaş dolmuştu.

Memed:

"Olacak. Senden bir isteğim var. Beş köyün aklı yetenine haber gönderecek, buraya çağıracaksın. Konuşup, tarlaları dağıtacağım. Kölelikten kulluktan kurtulacaklar. Herkesin ektiği herkesin. Ellerindeki öküzler de kendilerinin olacak..."

Durmuş Ali:

"Keşkiii!.." diye bağırdı. "Keşki."

Memed:

"Sen haber gönder, gelsinler..."

Durmuş Alinin karısı, belini damın orta direğine dayamış, olanı biteni seyrederek ip eğiriyordu. Elinden kirmen düştü. Elleri yanlarına sarktı. Kendisini toparlayıp Memedin üstüne atıldı.

İs tutmuş duvara bir örümcek ağını germişti. Geziniyordu.

"Kurban olduğum yavrum bu doğru mu? Bunu yapacak mısın?" diye ellerini öpmeye başladı. "Yarısını, üçte ikisini kimseye vermeyeceğiz ha?"

Memed:

"Kulluk bitti," diye berkiştirdi. "Ölünceye kadar bu toprakları bekleyeceğim. Elimde silah. Ondan sonrasına da..."

Kadın:

"Öküzler?"

Memed:

"Onlar da..."

Kadın, Memedin ellerini bırakıp, duvarın karanlıkça yerine çekildi. Hıçkıra hıçkıra ağlamaya başladı. Ağladıkça ağlıyordu.

Durmuş Ali dışarı çıktı. Yüreği ikircikliydi. Geri girdi. Memede baktı. Yüzü, ona kaya gibi sert geldi:

"Kimleri çağırmalıyım oğul?" diye sordu.

Memed, başını kaldırmadan:

"Kimin aklı yeter olduğunu sanıyorsan..."

Durmuş Ali:

"Olur..."

Pancar Hösüğün evine gitti. Meseleyi ona açtı. Pancar, Durmuş Aliye hiçbir şey söylemedi. O da ikirciklendi. Sonra köyde ne kadar adam varsa teker teker dolaşıp, meseleyi anlattılar. Kimi sevindi birdenbire, sonra düşündü. Bütün köy ikircikliydi. Köylülerin bu olmaz işe inanası gelmiyordu.

Evlerin önünde çocuklu, kadınlı erkekli insanlar birikiyordu. İnsanlar, birikiyorlar, konuşmuyorlardı. Yalnız, korka korka biribirlerinin gözlerinin içine bakıyorlardı. Telaşlı insan kalabalığı, büyük bir sessizlik içinde, o evden o eve umutla taşınıyordu.

Kalabalık bir zaman, sessiz sessiz köyün içinde çalkandı durdu. Sonra Durmuş Alilerin kapısına geldi dayandı. Kıpırdamadan beklediler. Süt çocukları bile seslerini kesmişlerdi.

Memed, dışardan bir sürü ayak sesi duydu. Durmuş Alinin karısına sordu:

"Dışarda ne oluyor ana?"

Kadın gözyaşlarını silerek:

"Köylü hep toplanmış, kapıya gözlerini dikmişler. Bilmem."

Sonra dışarı çıktı. Bütün gözler onun üstüne dikildi. Bakışların altında ezildi. Kıvrandı. Sinirlendi:

"Ne istiyorsunuz?" diye bağırdı. "Ne toplandınız böyle?"

Kalabalıktan ses çıkmadı.

"Ne susuyorsunuz?"

En ufak bir kıpırtı bile olmadı.

"İnce Memedi görmek istiyorsanız, içerde."

Gene hiç kimse istifini bozmadı.

"Kör olasıcalar, ne duruyorsunuz böyle? Ha ne duruyorsunuz? Her evden bir ölü çıkmış gibi yaslı. Kör olasıcalar. Şunlara bakın! Şunlar da erkek!" Kadınlara döndü: "Siz de bunları erkek diye koynunuza alıp yatıyorsunuz ha! Vay vay sizin avratlığınıza. Bu sümsükleri ha! Ne duruyorsunuz böyle taş kesilmiş? Oynayın, gülün, düğün yapın."

Kalabalık taş gibi donmuştu.

"Allah belanızı versin. Duymadınız mı? İnce Memed Abdi Ağayı çatır çatır..."

Kalabalık usuldan bir dalgalandı.

"Çatır çatır... Aktozlu köyünü de baştan ayağa çatır çatır... Duymadınız mı? Dün de geldi bize. Şimdi içerde. Duymadınız mı? Gayri çalışıp çalışıp Abdi Ağaya vermek yok. Tarlalar da bizim. Cayır cayır... Öküzler de bizim... Cayır cayır. Aktozlu köyü de çatır çatır."

Kalabalık dalgalandı. Önce mırıltı halinde bir ses, kalabalığı baştan aşağı dolaştı. Mırıltı yükseldi, her ağızdan bir ses çıkmaya başladı. Köyü inanılmaz bir gürültüdür doldurdu. Köpekler havlıyor, horozlar ötüşüyorlar, tavuklar bütün telaşlarıyla oradan oraya kaçışıyorlardı. Çocuklar ağlaşıyorlardı. Ahırda eşekler anırıyor, atlar kişniyordu. Değirmenoluk köyü, Değirmenoluk oldu olalı böyle gürültüyü hiçbir zaman duymamıştır.

Az sonra köy, toz dumana karıştı. Köyün üstünü büyük bir toz bulutu kapladı.

Sonra birden köyün ortasından sevinç çığlıkları gelmeye başladı.

Davul zurna başladı. Türküler başladı.

"Bizim İnce Memedimiz."

"Bizim İnce Memedimiz."

"Onun böyle bir adam olacağı çocukluğundan belliydi zaten."

"Belliydi."

"Öküzler de bizim."

"Herkes ektiği tarlayı, istediği gibi ekecek. Üçte ikisini vermek yok gayri."

"Aç kalmak yok gayri, kış ortasında."

"İt gibi yalvarmak yok."

"Bizim İnce Memedimiz."

"İnekleri satmak yok."

"Zulüm yok."

"Herkes istediği yere gider."

"Herkes evine misafir bile alır."

"Dilediği..."

"Herkes kendi başına buyruk."

"Bizim İnce Memedimiz."

"Çatır da çatır."

"Çukurova korkusundan tir tir titriyor."

"Bizim İnce Memedimiz."

"Çatır da çatır."

"Hatçe hapisten çıkacak."

"Beş köy bir düğün kuracak."

"Bizim İnce Memedimiz."

"Memedin düğününü beş köy yapacak."

İki gün, iki gece davullar zurnalar durmadan çaldı. Öteki dört köy şenlik içindeydi. Koygun koygun davul sesleri geliyordu oralardan da. Geceleri bütün Dikenlidüzü ışık içinde kalıyordu. Çılgın bir neşe taşa toprağa, suya, ağaca işliyordu.

Beş köyün ileri gelenleri Durmuş Alinin evinde, Memedin yanındaydı. Bazan şüpheyle, bazan korkuyla, bazan minnetle, bazan da sevgiyle Memede bakıyorlardı.

İkinci günün akşamı Memed onlara bir öneride bulundu:

"Ağalar," dedi, "emmiler, kiminiz çift koştu şimdi, kiminiz de koştu koşacak. Sizden bir dileğim var."

Hep bir ağızdan:

"Dileğin baş üstüne İnce Memedimiz," dediler.

Memed, sözünü sürdürdü:

"Tarlayı sürmeden önce çakırdikenini yakmayı neden akıl etmediniz?"

Birkaç kişi:

"Düşünmedik."

"Yaktıktan sonra sürmek daha iyi olmaz mı?"

"Olur," diye karşılık verdiler.

Memed, ağır ağır ayağa kalktı. Bütün başlar da onunla birlikte yukarı kalktı.

"Çakırdikenliğe ateş vereceğiz. Ondan sonradır ki çift koşulacak."

Tüfeğini, fişeklerini tekmil kuşanıp dışarıya çıktı. Arkasından köylüler de çıktılar.

Kel Mıstık:

"Çakırdikenliğe," diye bağırdı. "Davul zurna çakırdikenliğe..."

Durmuş Ali:

"Öküzlerin ayaklarını, çiftçilerin ayaklarını çakırdikeni kapmayacak gayri."

Memed, ağır, temkinli, köyün dışına doğru yürüyordu. Başı dimdik, gözleri yarı kapalıydı. Arkasından Cabbar, onun arkasından da köylüler geliyordu. Kadınlar, çocuklar onu görmeye damların başına çıkmışlardı. Davul zurna da susmuştu. Ortalıkta çık yoktu.

Köyü çıktılar. Çakırdikenliğin içine daldılar. Güz yelleri efil efil dağlardan Dikenlidüzüne iniyordu. İnce Memed, ortada durdu. Öylece durdu kaldı. Köylüler onun küçük bir kımıldanışını bekliyorlardı. Memed başını arkaya çevirdi. Arkasındaki köylüler bir şey bekliyorlardı. Ondan bir kıpırtı.

Önünde, sütbeyaz olmuş çakırdikenlik uzanıyordu. Dikenlidüzüne kar yağmış gibi, sütbeyaz. Çıtırtılar geliyordu. Dikenlerin bedenlerine yapışmış, o küçücük sümüklüböcekler, dikenlerin dallarını, bedenlerini toprağa doğru eğiyorlardı.

"Cabbar!" diye çok hafif seslendi.

Cabbar çakırdikenleri yararak yanına geldi:

"Söyle kardaş."

Memed:

"Ben çift sürerken de, çakırdikenliğe ateş verip, öyle çift koşsalardı, ne olurdu yani?"

Cabbar gülümsedi.

Bu sırada, arkadaki kalabalık karıştı. Birkaç kişi çakırdikenleri biçip ortaya yığmaya başladı. Buna ötekiler de katıldılar. Az sonra, çakırdikeninden büyük bir öbek meydana geldi.

Küçük bir tepe kadar. Öbek gittikçe büyüyordu. Ortaya atılan Durmuş Ali:

"Yeterin," diye heyecanla bağırdı. Cebinden bir parça çıra çıkardı yaktı. Kurumuş çakırdikeni öbeğine soktu. Öbek yavaştan tutuştu. Sonra, bütün öbek yalımlar arasında kaldı. Yalımlar esen yelle savruluyordu. Köylüler yalımları savrulan öbeğin uzağına çekildiler, yarım halka oldular. Bakmaya başladılar. Ateş öbekten düzlüğe atladı. Türküler, bağrışmalar, coşkun bir sevinç düzlüğe yayıldı. Ateşle birlikte dolanmaya başladı. Halaylar çekiliyor, oyunlar oynanıyordu. Cabbar havaya ateş ediyordu.

Memed, gün batıncaya kadar susup çakırdikenliğin içinde bekledi.

Rüzgar büyük bir yığın halindeki ateşi önüne katmış dolu-dizgin, ovada ha babam döndürüyordu. Ateş yığınının geçtiği yerler kapkara kömüre kesiyordu. Ateş güneşle birlikte günbatıya doğru uçuyordu. Yanan çakırdikeninden çığlıklar geliyordu. Ateşin önünde kuş gibi ötüyordu dikenlik.

Gene aynı ağırlıkla Memed, köye doğru yürüdü. Yeşilli, kırmızılı, mavili, renk renk giyinmiş kadınlar, çocuklar, çakırdikenliğe toplanmış eğleniyorlardı. Onlar da Memedin arkasından köye yürüdüler.

O gece sabaha kadar, bütün gece ateş Dikenlidüzünde Kınalıtepeden Yıldıztepesine, suyun gözünden Kabaağaca, öteki köylere, ta aşağılara, Çürükçınara kadar dolandı durdu. Koca bir aydınlık düzlüğü yalıyordu. Sonra Alidağın tepesinde bir top ateş gözüktü. Kocaman bir top ateş. Kuyrukyıldızı gibi dönen, kıvılcımlar saçan bir top ateş... Alidağın tepesi gün vurmuş gibi ağarıverdi. Apaydınlık. Köylüler bu işe şaştılar. Memed de şaştı. Orada, Alidağın tepesinde ilk olarak bir ateş görüyorlardı.

Bu sırada, Hatçenin üstüne tanıklık edenlerin yedisi de gelip Memedin karşısında durdular. Konuşmadılar.

Memed:

"Söylen," dedi.

"Biz ettik..." dediler.

Memed anladı:

"Oldu."

"Zorlan İnce Memedimiz."

Memed:

"Biliyorum."

Gözleri yaşarmış yedi kişi boyunları bükük, önünden sessizce çekildiler.

Gene sabaha kadar sevinçten, heyecandan, kederden, Memedin gözüne uyku girmedi. Keder Hatçenin kederiydi.

Değirmenoluk köyünün üstüne geniş, apaydınlık, taze, tertemiz, tüy gibi yeyni, ak bir gün açıldı. Değirmenoluk, pırıl pırıl bir düşün içindeydi. Ağaçlar, bir aydınlık içinde dönüyorlardı. Çakırdikeni daha yanıyordu. Ak ova, baştan ayağa karaya kesmişti.

"Yoldan Topal Ali geliyor," diye bir haber geldi. Memed, merakla bekledi. Topal Ali, topal ayağını yorgun yorgun sürükleyerek geldi, dikildi.

Memed gülümseyerek:

"Gel Ali Ağa, gel!" diye yanına yaklaştı, elini tuttu. Sevgiyle elinin üstünü okşadı.

Terlemişti. Kesik kesik soluyordu. Konuşmadı. Öyle yan yana kaldılar. Teri soğudu. Yüzü soluk, sapsarı, kırış kırıştı. Birkaç gün içinde belki on beş yıllık yaşlanmıştı.

Memed dayanamadı:

"Neden böylesin bre Ali Ağa?" diye sordu. "Çok durgunsun."

Topal Ali bitkin:

"Hiç sorma."

Memed, bu "hiç sorma"nın altında bir şeyler olduğunu sezdi. Öyle bezgin, öyle dertli, öyle içten içe bir öfkeyle söyledi ki...

Memedin kocaman gözleri biraz daha kocamanlaşarak:

"Bir kötü haber, bir şey mi var?" diye sordu.

Ali, biraz daha solarak, elleri titreyerek:

"Hiç sorma," dedi. "Hiç sorma."

Beni korkutma Ali Ağa!"

Ali:

"Olan oldu. Benim yüreğime iniyordu," diye inledi.

Memed, ona doğru uzanarak:

"Söyle!"

Ali:

"Gavur dinli..." dedi. "O..."

Memed:

"Eeee?"

Ali:

"Kurtulmuş!"

Memed:

"Neee!"

Yıldırım çarpmış gibi oldu. Sallandı. Gözleri karardı. Sonra kaskatı kesilip kaldı.

Ali:

"Ben onunla konuştum. Şimdi kasabada ev tuttu. Oraya yerleşecek. Beni de gönderdi."

Cabbar, Memedin bu halini görünce korktu:

"Aldırma Memed kardaş," diye onu teselliye çalıştı. "Elimizden kurtuluş yok. Kurtulamaz. Bugün değilse yarın..."

Durmuş Alinin karısı bir çığlık attı. Damın karanlığına gitti. Dövünmeye başladı:

"Vay dertli başım vay! Bu da mı geliciydi başıma! Vay vay! Vay vay vay!"

Cabbar:

"Ne dövünüp duruyorsun bre teyze? Nasıl olsa, o bir daha bu köye ayak basamayacak. Tarlalar sizin, öküzler de. Biz sağ oldukça..."

"Vay vay! Vay vay vay!"

Az sonra işi bütün köy duydu. Bunun üstüne köyün sokaklarında hiçbir insan kalmadı. Evlere çekildiler. Gürültü birdenbire durdu. Köy ıpıssız oldu. Köpekler havlamayı, horozlar ötmeyi kestiler. Sanki köyde bir tek canlı bile yoktu. Biraz önceki büyük gürültü, büyük sevinçle birlikte sanki bütün köy, bütün canlısıyla başını almış başka bir diyara göç etmişti. Siniler sinek kalmamıştı.

Bu sessizlik aynı minval üzere, ta ikindine kadar sürdü. Durmuş Ali çökmüş, başını ihtiyar omuzları arasına gömmüştü. Kadının da avurdu avurduna geçmiş, bir köşeciğe büzülmüştü. Memed başını tüfeğine dayayıp oturmuştu. Düşünüyordu. Alnı kırışık içinde kalmıştı.

İkindine doğru köyde hafif bir canlılık görüldü. Önce bir horoz gübreliğin üstüne çıktı, kanatlarını çırparak öttü. Horozun yeşil, kırmızı, mor tüyleri yağlı yağlı ışıldıyordu. Sonra köpekler havlamaya başladı. Arkasından insanlar da evlerinden çıktılar. Oraya buraya birikişmeye başladılar. Bir homurtu boydan boya köyü dolandı:

"Adam olmuş da..."

"Adam olmuş da dağın İnce Memedi."

"Sefil İbrahimin oğlu."

"Adam olmuş da Abdi Ağamızın tarlasını dağıtıyor."

"Boyuna bak, boyuna şunun."

"Gören yedi yaşında çocuk sanır."

"Sümsük."

"Tüfeği bile götüremiyor."

"Eşkıya olmuş da..."

"Eşkıya olmuş da köy yakıyor."

"Eşkıya olmuş da babasının malı gibi..."

"Babasının malı gibi bizim Ağamızın tarlasını, öküzlerini dağıtıveriyor."

"Adam olmuş da..."

"Ağamızın kapısında yallanırdı it gibi."

"Daha düne kadar."

"Sefil İbrahimin savsak oğlu..."

"Çalımından da yanından geçilmez."

"Savsak domuz."

"Elin kızı da onun yüzünden çürür."

"Çürür mahpusanelerde..."

"Hatçe çürür."

"Bak hele bak!"

"Çakırdikenliği de yaktırdı! Çift sürenlerin ayaklarını diken yemesin!"

"İncinmesinler!"

"Bak hele bak!"

"Gelmiş köye, Abdiyi öldürdüm deyi kabarır."

"Ağamızı..."

"Ağamız onun gibi yüz tane iti bir kurşuna dizer."

"Bizim Ağamız."

Sonra büyük bir kalabalık halinde köylü, Abdi ağanın avlusuna doldu. Abdi Ağanın karılarını, çocuklarını kutladılar.

Homurtu, gece yarısına kadar sürdü. Köyün yarısından çoğu Memedi tutuyordu. Abdi Ağanın ölmemesine yanıyorlardı. Onlar, evlerinden dışarı çıkmamışlardı. Durmuş Ali ölü gibiydi. Durmuş Alinin karısı hastalanmış, yatağa düşmüştü. Ağzını bıçaklar açmıyordu. Memedin de ağzını bıçaklar açmıyordu. Yalnız Cabbar ortaya düşmüş, ha bire konuşuyordu, köylüleri kandırmaya çalışıyordu.

"Abdi Ağa bu köye bir daha ayak basamaz. Onun için korkmayın. Yakında nasıl olsa ölecek. Mutlak ölecek. Vallahi de ölecek, billahi de ölecek. Ölecek. Böyle olmayın. Ölecek dedim, ölecek."

Kimse dinlemiyordu.

Daha gün doğmadan Durmuş Alinin evinden çıktılar. Memed başını yerden kaldıramıyordu. Başı göğsüne, cansızcasına sarkmıştı. Düşecekmiş gibi. Cabbar da yanında aynı sessizlikle ağır ağır yürüyordu. Köyü çıkarken bir iki köpek onlara ürdü. Memed duymadı bile. Cabbar köpekleri taşladı.

Çakırdikenlik yanıp bitmişti. Yarılmış toprak kapkara küllerle örtülüydü. Memed, ovanın ortasında dikildi kaldı. Cabbar da ona bir şey söylemeye cesaret edemedi. Bekledi bekledi. Memed yürümedi. O da vardı bir taşın üstüne, tüfeğini kucağına alıp oturdu. Gün doğdu. Memed, daha dimdikti. Kıpırdamıyordu. Gölgesi köyün üstüne doğru uzamıştı. Gün kuşluk oldu, Memed gene kıpırdamadı. Cabbar artık dayanamadı, vardı Memedi dürttü:

"Ne oldun bre Memed kardaş," diye sordu. Memed birden ayıktı. Gözlerini uykudan uyanırcasına kırpıştırdı.

Cabbar:

"Aldırma Memed kardaşım," dedi. "İnsanoğlu çiğ süt emmiştir. Onu da nasıl olsa..."

Memed, dişlerini sıkarak:

"Nasıl olsa..." diye bıçak gibi keskin söyledi.

Sonra, uçsuz bucaksız yanmış ovanın ötelerine baktı.

19

Mersinlerin koyu yeşilleri, insana koyu, sarhoş edici, ama delicesine sarhoş edici bir içkiyi anımsatır. Sülemiş tepesi sırtları yerde göceklenmiş, pençe pençe toprağa yapışmış mersinlerle doludur. Keçi yollarından geçenler keskin, ağır bir koku duyarlar. Koku ağırlık, tembellik verir.

Sülemiş tepesinin alt yanı düzlüktür. Bir tane ufacık taş bile bulunmaz. Kum gibi ince, yumuşak toprağı vardır. Buraya bir uçtan bir uca nar ekilmiştir. Kimse bilmez ne zaman ekilmiştir. Al çiçekler açarlar. Buraya Narlı Bahçe derler. Al çiçeklerden bir örtüyle örtünür. Çiçeklere arılar çokuşur.

Narlı bahçenin alt yanından Savrun çayı akar. Savrun çayı yukarılarda, yani Toroslarda, oluktan akarcasına fışkırır. Ufacıktır. Burada durgundur. Ovaya bir göl gibi yayılmıştır. Ayak bileklerine kadar bile çıkmaz. Cipil cipil... Yayılan su, ortasında birçok irili ufaklı adacıklar bırakmıştır. Milli, kumlu adacıklar... Bu adacıkların çoğu büklüktür... Bükler sıktır. Duvar gibi... Adacıkların bir kısmı da yarı çıplaktır. Üzerlerinde ılık ılık kokan hayıt, bir de iğneyapraklı, mor gövdeli ılgın bulunur. Yalnız yalnız salınır dururlar. Su kıyılarında ağın ağaçları da kocaman, pembe çiçeklerini açarlar.

Yıllardan beridir, en büyük adalardan biri olan Bostancık adasına kavun karpuz ekilir. Burayı Kürt Memo büyük tarlaları olan bir ağadan kiraya almıştır. Çukurovanın en iri kavunları, karpuzları Memonun Bostancığında yetişir.

Bostanın bekçisi Horalidir. Yıllardır Bostancık adasının kavunlarını, karpuzlarını bekler. Çardağın dört bir yanı karpuz kabuklarıyla dolar. Kabukların üstü arı oğul verir gibidir. O kadar çoktur ki arılar, kabuklar, üzerine konan arıdan gözükmez olur. Arılar da türlü türlüdür, balarıları, kara arılar, boncuklu arılar. Arıların rengi, parlayıp, güneşte yeşile döner. Çardağın yöresinin böyle kabuklarla dolu olması, Horalinin cömert gönüllü olduğunu gösterir. Çok cömert bir adamdı. Bostancığa kim gelse kavun, karpuz ikram ederdi. Bostancığa uğrayan kavun karpuz yemeden geri dönemezdi.

Bu Horali nereden gelmişti, belli değildi. Bostancığa yakışıyordu. Ilgınlar nasıl yadırgamadan Bostancıkta duruyorsa, Horali de öyle duruyordu.

Horali Bostancığı sever miydi sevmez miydi belli değildi. Hiç de belli etmezdi. Bostancıkta biten ılgın sever mi sevmez mi yerini, belli değildir. Horali de öyle.

Bostancıktan geçimini iyiden iyiye sağlardı. Geçimden gayri, hoş tarafları da vardı Bostancığın. Yaz geceleri sıcaktan terlerken, onun çadırının altından küçük çığıltılarla Savrun çayı akardı. Ay ışığında çakıltaşları parlardı.

Bir bahar günü de bostan dikmeye geldiler Bostancığa. Ne görsünler! Bostancık yerinde yok. Yerinden su akıyor. Seller almış götürmüş Bostancığı. Bundan sonra Horali bir iki yıl ortadan kayboldu... O zamanlar eşkıyalık moda gibi bir şeydi. Önüne gelen, karısına kızan, bir tüfek bulup dağa çıkıyordu. Sonra birdenbire duyuldu ki, Horali eşkıyalara karışmış! Duyanın parmağı ağzında kaldı.

İşte bu Horali, o Horalidir.

Horali, İnce Memedi tuzağa düşürmek için fellik fellik arıyordu. Ama bir şeyden rahatsız. Yüreğinin gizlisinde bir sızı var. Sebebini bilmiyor.

Önce Değirmenoluklulardan sordu. "Mekanı Alidağı," dediler. Horali birkaç gün Alidağında dolandı durdu. Bulamadı. Deliye döndü. Dikenliğin düzünden yukarılara, Mazılığın düzüne çıktı. Gene bulamadı. Kime, hangi köylüye sorduysa, önce alık alık yüzüne bakıyorlar, sonra:

"İnce Memed mi?" diye soruyorlardı. "İnce Memed mi? Biz onu ne gördük, ne de biliriz."

İnce Memedin adını duymadık, ona sevgi bağlamadık insan kalmamıştı dağ köylüklerinde. O sebepten yerini bilseler bile, kimse haber vermiyordu. Vermezler de. Bu, ta eskiden beri gelenekti. Sevilen eşkıyanın yerini hiçbir kimse kolay kolay bulamazdı.

Ama Horali umudunu kesmedi. O dağ senin, bu dağ benim. Ara babam ara! Sonraları bir de usul bulmuştu. Önüne gelene:

"Ben İnce Memedin çetesindenim," diyordu. "İnce Memedin... Köy yandıktan sonra yitirdim onları..."

Bu usul yavaş yavaş söktü. Horali Memedin asıl yerini öğrendi. Memed Savrun köyündeydi. Orayı yurt edinmişti.

Bazı bazı köyde kalıyor, orada geceliyordu. Bazı da Savrun gözünün çamlıklarında...

Savrun gözü küçük küçük eşkıyalar, soyguncularla doluydu. Onlara hiç karışmıyordu. Karışmadığı gibi, hiçbiriyle de konuşmuyordu. Böyle davranması, ona karşı eşkıyaların kinini, hasedini çoğaltıyordu. Gene bu yüzdendir ki, ondan korkuyorlardı. Savrun gözünde İnce Memed karanlık bir korku gibi dolanıyordu.

Köyde yatmadığı geceler, büyük çamlardan birinin dalını yatak etmişti. Orada yatardı. Cabbar aşağıda nöbet beklerdi. Nöbet sırası ona gelince, gene yerinden inmeden tüfeğini kucağına alır orada otururdu. Cabbarsa, bir türlü ağacın başına çıkmazdı. Memed, orasını ev gibi düzenler, içini yumuşacık yapardı. Cabbara, "gel gör," derdi. Cabbar gitmezdi. Gitmezdi ama, yukarısını da merak ederdi.

Horaliyi ulu çamın dibine, Memede yataklık eden bir köylü getirdi.

Cabbar onu görünce sevindi. Boynuna sarıldı:

"O yaradan kurtulduğuna bir sevindim ki Horali," dedi. "Bir sevindim ki... Şimdi neredesin?"

Memed de çamdan, alelacele aşağıya indi:

"Hoş geldin Horali kardaş," dedi, "seni çok merak ettik."

Bu kadar sevgi karşısında Horali afallayıp kalmıştı.

"Hiç," dedi, ne dediğini bilmeyerek. "Hiç!" Sonradan kendini toparlayabildi.

"Kalaycı çetesindeyim şimdi. Deli Durdu öldürüldükten sonra, oraya geçtim. Gezip duruyoruz işte. Nolacak. Öyle işte. Böyle yazmış yazan. Yazgı..."

Cabbar gülerek:

"Ne o bre Horali? Çok dertli görünüyorsun. Bu ne hal?"

Horali içini çekerek:

"Hiç sorma," dedi.

Ağaçlara bellerini verdiler, oturdular. Horali:

"Recep Çavuş nerde?" diye, gözleriyle dört bir yanı araştırarak sordu.

Cabbar:

"Sizlere ömür. Gitti," diye karşılık verdi. "O yara götürdü onu."

Horali:

"Vaaaay Recep Çavuş," diye acındı. "İşte bu dünya böyle!"

Cabbar:

"Yalan dünya," dedi, kızdı. "Yalan dünya. Sonun kara toprak."

Memed dalgındı. Ayıktı:

"Deli Durdu işini duyduk ama, bir de sen anlatsana. Sen içindeydin."

Horali:

"Hiç sorma Memed kardaş. Onu hiç sorma," diye inledi. "Yazık oldu fidan gibi delikanlılara. Çok yazık."

Cabbar:

"De anlat şunu Horali," dedi. "Sabırsızlandırma adamı."

Horali:

"Sizden ayrıldıktan sonra, Deli Durdu işi azıttıkça azıttı. Bu sefer köylerden kadın da kaçırmaya başladık. Kaçırıp dağlarda oynatıyorduk."

Cabbar:

"Bir eşkıya ne zaman bunu yapmışsa boku yemiştir. Kurtuluş yok."

Horali:

"Bir bu olsa, al da çiçek diye başına sok. Bir bu olsa..."

Cabbar:

"Daha da ne?"

Cabbarın hayreti gittikçe artıyordu.

Horali:

"Köyleri vergiye bağladı. Her köyden, her ev az çok ona bir vergi verecek. Zenginliğine, fakirliğine göre..."

Cabbar:

"Daha da ne!"

Horali:

"Daha var," dedi.

Cabbar:

"Ne var?" diye gözleri kocaman kocaman açılarak sordu.

Horali:

"Deveboynunun geçidinin üst yanına oturudu, oradan ne kadar canlı geçerse hayvanların sağ ön bacağını, insanların sağ kollarını vururdu."

Cabbar:

"Tam çıldırmış..."

Horali:

"Sağ kolundan vurup da çolak koyduğu insan sayısı yüzü geçti. Bir kısmı da öldü."

Cabbar:

"Çok kötü. Sonra?"

"Sonrası... kardaşıma söyleyim. Bir gün Aksöğüt köyüne girdik. Evlerden karıları çıkarttık. Getirttik meydanlığa. Hepsini. Kocakarıları bile. Kardaşıma söyleyim. Oynattık. Fıkaracıklar, koyun gibi biribirlerine sokulmuşlar, titreşiyorlardı. Korkularından bazıları bir iki göbek atıp, sonra kalabalığa kaçıp yumuluyordu. Ondan sonra da Deli Durdu köylünün anasına avradına sövüyordu. Boyuna sövüyordu. Erkekler evlerine kapanmışlar dışarı bile çıkamıyorlardı. Bir baktık, nasıl oldu nasıl olmadı, şimdi bile toparlayamıyorum. Ortalığı bir toz duman örttü. Toz duman içinde kaldık. Deli Durdu da yitti gitti. Ben bir damın üstünde buldum kendimi... Tüfeğim de yoktu yanımda. Bir yarım saat, ortalık toz duman içinde kaldı. Sonra açıldı. Kalabalık kaynaşıyordu ortada. Yorgun, ölü gibi bir kalabalık... Ben damdan indim. Korkumdan tir tir titriyordum. Neden damdan indim? Ben de farkında değildim. Daha da farkında değilim. Neden indim ola? Orada durdum, seyrettim kalabalığı. Kalabalık yavaş yavaş dağıldı. Kimse beni görmedi. Belki gördüler de aldırmadılar. Mecalleri kalmamıştı. Meydana baktım, meydanda hiç kimse yoktu. Ölü mölü yoktu. Un ufak etmişlerdi Deli Durduyu, öteki eşkıyaları. Tozun içinde birkaç tüfek kundağı gördüm. Bir de Deli Durdunun çizmesinin tekini... Başka hiçbir şey görmedim... İşte böyle... Aklım başıma gelince kaçtım oradan."

Cabbar:

"Demek böyle ha?" dedi. "Demek?.. Hiç böyle anlatmamışlardı."

Memed:

"Olacağı buydu. O da bunu bekliyordu zaten. Biliyordu onu. Öyle olacağını, başına böyle bir işin geleceğini biliyordu. Kendisini o yüzden kapıp koyuvermişti."

Cabbar:

"Senin Kalaycı da onun bir başka türlüsü... O da..."

Horali:

"O Deli Durdu gibi değil," dedi. "Korkak, puşt, iki yüzlü bir adam. O kolay kolay yakayı ele vermez."

Cabbar:

"Sana kardaş öğüdü benden, o da eninde sonunda gidecek. Onun da akıbeti akıbet değil... Sen ondan ırak ol arkadaş. Çok beladan geri kalırsın. Sana yanarım."

Memed, hiç söze karışmıyor gibiydi. Onları dinlemiyor gibiydi de. Döndü:

"Horali! Sana yanarım," dedi.

Sonra Horalinin elini tuttu:

"Peki, neden? Ne için arayıp buldun bizi? Bir şey mi, bir haber mi var?"

"Sizi Kalaycı davet etti. Görüşmek istiyor. Çok merak etmiş İnce Memedi. Görmek istiyor. Benden sordu. Tanırım, dedim. Arkadaşımdır, dedim. Seni övdüm. Kardaşımdır, dedim. Giderim bulurum, alır gelirim, dedim. Sizi çok aradım."

Memedle Cabbar, "bunun altında bir şeyler var," der gibisine biribirlerini süzdüler.

"Yaa?" dedi Memed. "Demek böyle?"

Horali:

"Böyle," dedi kekeleyerek.

Cabbar:

"Demek bizi çok aradın?"

Horali:

"Çoook."

Cabbar:

"Kalaycı bizi ne yapacakmış?"

Horali:

"Ben Memed kardaşı çok övdüm de... Git de bul getir, dedi. Madem bu kadar övdün."

Memed:

"Çok iyi ettin Horali kardaş," dedi. "Sağ ol."

Cabbar ona kızgın kızgın baktı.

Memed:

"Gidelim," dedi. "Ben de görmek istiyordum zaten onu. Hemen gidelim. Nerede bekleyecek bizi?"

Horali:

"Konurdağda..."

Memed:

"Olur. Onun davetini kabul etmeyeyim de kiminkini edeyim?"

Cabbar iyice şaşırdı.

Memed:

"Kalaycı davet eder de..."

Horali:

"Çok övdüm."

Cabbar, Horaliyi getiren adamı bir yana çekip sordu:

"Seni nasıl buldu, bu eşkıya?"

Adam:

"Önüne gelene soruyormuş. Bana getirdiler. Ben, dedi, İnce Memedin çetesindenim. Beni götür oraya. Ayrıldık, dedi. Bir daha da buluşamadık. Beni götür. Ben de aldım getirdim. Çok yalvardı."

Cabbar:

"Anlaşıldı," dedi. "Sen git gayri."

Konurdağı bulundukları yere çok uzaktı. Bir günlük yoldan bile fazla.

Adam giderken, geri dönüp dönüp bakıyordu.

Memed:

"Hüseyin kardaş," diye arkasından bağırdı. "Birkaç güne kadar geri döneriz. Sağlıcakla kal. Arkadaşı getirdiğin için sağ ol."

Adam:

"Güle güle," dedi.

Öğleye doğru Sıyrıngacı buldular. Karanlık kavuşurken de Keşiş suyunu tuttular. Orada bir köyden ekmek alıp yediler. Bir iki saat dinlendikten sonra, gene yola düştüler. Gün ışırken Akkaledeydiler. Yosunlu bir pınardan su içtiler. Her zaman Memed önde, Horali ortada, Cabbar arkada yürüyordu. Akkalenin üstündeki ak topraklı tepeye çıktılar. Orada uyuyacaklardı. Nedense tepeyi çıkarlarken Horali çok gerilerde kalmıştı. Cabbar bundan faydalandı:

"Memed," dedi, "Memed kardaş biliyor musun?"

Memed:

"Biliyorum," diyerek gülümsedi.

Cabbar kabına sığamayarak:

"Neden gidiyoruz öyleyse?"

Memed:

"Anlamadın mı, kardaş?" diye sordu. "Beni tuzağa düşürmek için arkamsıra adam çıkarmış. Beni tanıyan birini... Beni davet ediyor. Gitmesem olur mu? Korktu da gelemedi der. Aklınca bana tuzak kurmuş..."

Cabbar:

"Tuzağa bile bile düşüyoruz öyleyse. Onlar on kişi kadar varlar."

Memed:

"Yüz kişi olsalar da başka çare yok."

Cabbar:

"Horaliyi öldürelim öyleyse..."

Memed:

"Olmaz. Kalaycıyı görmeliyim. Ne çeşit bir adammış görmeliyim."

Cabbar:

"Görelim ama... Görelim haydi nolacaksa..."

Memed:

"Baksana Horalinin yüzüne. Dakkadan dakkaya değişiyor. Yüz, pişman bir adam yüzü... Ettiğinden pişman... Bana öyle geliyor ki birden boşanıverip her şeyi söyleyiverecek. Baksana, bir kerecik olsun, gözümüzün içine bakabiliyor mu? Kalaycının yanına gitmememiz için belki de yüreğinden boyuna dualar ediyordur. Gelsin de bak gözlerine..."

Bu sırada Horali yetişti. Onlar da sözü yarıda bıraktılar.

Memed:

"Eeee Horali," diye omuzunu okşadı. "Demek böyle?"

Horali dudakları titreyerek:

"Yaa, böyle," diye karşılık verdi.

Tepenin üstünde ulu birkaç ceviz ağacı vardı. Onların duldasına geldiler.

Cabbar:

"Siz yatın uyuyun," dedi. "Nöbeti ben beklerim."

Yattılar, uyudular.

Nöbetleşe uyudular, uyandılar. Uyandıklarında vakit akşama yaklaşıyordu. Akkaleden, Andırının doğusuna saptılar. Kayalıktı. Sonra çamlık bir yere düştüler. Çamları kaplan yaramazdı. Ortalık çam, yaban nanesi, yarpuz kokuyordu. Su çağıltıları ortalığı dolduruyordu. Yusufcuk kuşu durup durup ötüyordu.

Cabbar:

"Şahinin kayasına geliyoruz herhalde," dedi.

Horali:

"Öyle," diye konuştu. "Yarın sabah Kalaycının ordayız. Konurdağında, Göğcepınarın başında bekleyecekler bizi."

Memed, dişlerini sıkarak:

"Yaa?" dedi. Sonra kendisini tuttu.

Bir türlü, Kalaycının kendisine tuzak kuruşunun sebebini bulamıyordu. Kafası karmakarışıktı. Abdi Ağa geliyordu aklına. Abdi Ağayla da Kalaycıyı bir araya getiremiyordu.

Kayranlının tepesinde bir ala gün açıldı. Sisler topraktan, ağaçlardan yavaş yavaş kalkıyordu ki Konurdağına geldiler.

Horali:

"Siz dinlenin. Ben önden gideyim de haber vereyim."

"Sen git," dediler, bir ağaca bellerini verip oturdular.

Memed:

"Çete bize yaylım ateşi mi açacak dersin Cabbar?"

Cabbar:

"Yok canım," dedi. "Bize kuzular yedirtmeden öldürmezler."

Memed:

"Doğrusun. Cesaret edemez Kalaycı bizimle bir müsademeye. Duyduğumuz, bildiğimiz Kalaycıysa o, tüfeğimizi alıp, bizi sofra başında öldürmek ister. Kolay. Ama bizi neden öldürmek istediğini anlamıyorum."

Cabbar:

"Kolay," dedi. "O Ali Safa Beyin adamıdır."

Memed:

"Eeeee?"

Cabbar:

"Ali Safa Bey de..."

Memed:

"Yok canım," dedi.

Cabbar:

"Senin de aklına şaşayım Memed," dedi. "Onlar biribirlerinin itidir. Anladın mı?"

Memed:

"Anladım. Demek Abdi, ha?"

Cabbar:

"Başka türlü olamaz."

Öğleden az önceydi ki vakit, Horali döndü geldi.

Kalktılar. Göğcepınara doğru yürüdüler.

Göğcepınarın alt yanına vardıklarında, uzaktan Kalaycı göründü. Yaklaştı. Kendini kolladığı belliydi.

Memed, kendini yere attı. Yere atar atmaz da Kalaycıya doğru kurşunu döşendi.

Arkadan, "vay anam," diye bir ses geldi. Memed, bir ara döndü, baktı ki Cabbar Horaliyi vurmuş, Horali tepinip durur, kanlar içinde belenir.

Cabbar:

"Eyi ettim," diye bağırdı. "Sonuna kadar bekledim. Söylesin de tatlı canını kurtarsın, diye."

Memed:

"Kalaycı yitti," diye hayıflandı. "Acele sıktım. Vuramadım gibime geliyor."

Sonra sesinin var gücüyle bağırdı:

"Kalaycı! Puştluk etme! Sende zerre kadar erkeklik varsa çık karşıma. Korkma. Ali Safanın iti. Kasap! Puşt kasap! Çık karşıma."

Cabbar da bağırıyordu:

"Kaçar mı sandın bizi? Çıksana erkeksen."

O taraftan hiç ses sada gelmiyordu.

Az sonra, dört yandan gelen bir kurşun yaylımı içinde kaldılar.

Memed gülerek:

"Yüreklendi Kalaycı," dedi. "Gösteririm ona."

Çarpışma, gece yarısına kadar sürdü.

20

Abdi Ağayla Ali Safa Beyin isteği üzerine Kalaycının İnce Memede kancıkçasına pusu kurduğu, İnce Memedin bu pusudan burnu kanamadan kurtulduğu, üstelik de Kalaycıyı yaralayarak, iki arkadaşını vurduğu, Kadirliden Kozana, Ceyhandan Adanaya, Osmaniyeye kadar bütün Çukurovada duyuldu.

Çokurovada, Toroslarda İnce Memedin macerası büyütülerek dilden dile dolaşıyordu. Herkes İnce Memedden yanaydı. Dağlar halkı, yayılan macerasından dolayı İnce Memedi bütün düşmanlarına karşı, her tehlikeyi göze alarak koruyabilirdi. Ama ne pahasına olursa olsun.

"İnce Memed mi?" diyordu. "İnce Memed dedikleri de bir sabi çocuk. Ama tepeden tırnağa yürek... Anasının kanını Abdi Ağada koymayacak. Ali Safa Beyde de Vayvay köyünün ahını koymayacak."

İnce Memedle Kalaycı kavgası daha çok etkisini Vayvay köyünde gösterdi. Haberin köye geldiği gün vakit akşamdı. Herkes işini gücünü bırakıp meydanlığa toplandı. Köylü seviniyordu. Köylü, bir arka bulmuştu artık. İnce Memed gibi bir arka... Köylü coşmuştu. Herkes İnce Memed üstüne bir şeyler uyduruyordu. Az zaman içinde İnce Memed destanlaşıverdi. Öyle çok kahramanlıklar, öyle çok olaylar uydurdular ki İnce Memed için, on insan ömrü bunları yapmaya yetmezdi. Ama, köylü bunları düşünecek halde değildi. Düşmanlarının, Kalaycının karşısında İnce Memed! İki yıldan beri Kalaycının korkusundan köylerinden çıkamıyorlardı. Ali Safa Bey tarlalarını ha bire ellerinden alıyordu. Kasabaya gidip haklarını koruyamıyorlardı. Altı ay daha geçse bütün tarlaları Ali Safa Beyin olacaktı. Köle olacaklardı.

Koca Osman, alanın ortasındaki mermer taşın üstüne oturmuş:

"İnce Memed, şahinim. İnce Memed, şahinim," diyor boyuna. Başka hiçbir laf etmiyor. Durup durup, "İnce Memed, şahinim!" diyor.

Koca Osman incecik, kısa boylu, köse sakallı, çenesinde ancak on beş kadar ağarmış sakalı olan, yeşil, çekik gözlü, seksen yaşında bir aksakaldı. On tane yetişkin oğlu vardı.

Oğulları, köylüler dört bir yanını almıştı. Ne söyleyeceğini bekliyorlardı. Koca Osman, son bir kez daha, "İnce Memed, şahinim!" dedikten sonra ayağa kalktı:

"Şahinim soygunculuk da yapmazmış, öyle mi?" diye sordu.

"İnce Memed soygunculuk yapar mı hiç?" diye konuştu köylüler.

Koca Osman:

"Atımı çekin oğullarım. Köylüler, siz de aranızdan para toplayın. Ben, şahinime gideceğim. Şahinime dağlarda para gerek olur. Herkes ne kadar verebilirse, o kadar versin."

Gün ışır, Çukurova toprağından çiyler kalkar, buğulanırken, Koca Osman atını mavi dumana batmış Torosa doğru doldurdu.

"İnce Memed, şahinim!"

Değirmenoluk köyüne üç günde ancak gelebildi. Köyde attan indiğinde bayılacak kadar yorulmuştu. Atının başını çekerek, topal topal köyün içine yürüdü. Sonra, köyün orta yerinde kan tere batmış atıyla durdu.

Derin derin soluk aldı. Şaşkın bir hali vardı.

Köyün çocukları oyunlarını bırakıp, orta yerde kalakalmış, boyuna soluyan yaşlı adama şaşkınlıkla baktılar. Koca Osman başını kaldırdı:

"Çocuklar," dedi, "gelir misiniz buraya?"

Çocuklar koşuştular.

Yaşlı adamın boynu köpük içinde kalmış atı, sağ ayağını karnına doğru çekmişti. Geri indirdi.

"Gül Alinin evi nerede?"

345

Çocukların en dikçesi atıldı:

"O çoktan ölmüş. Ben yokmuşum daha..."

"Ya İnce Memedin?"

Dikçe çocuk:

"Ohhooo bre emmi sen de!.."

Koca Osman kızıp gürledi:

"Noolmuş, bre oğlum, bana?"

Çocuk:

"İnce Memed eşkıya oldu. Duymadın mı?"

Koca Osman:

"Ben, ne bileyim yavru! Ben Çukurovalıyım. İnce Memedin hiç akrabası, anası babası yok mu?"

Çocuk bir "cık" yaptı.

Koca Osman:

"Kime misafir iner köye indiğinde?"

Çocuk:

"Durmuş Ali Emmime."

Koca Osman:

"Demek eşkıya oldu İnce Memed?"

Çocuk:

"Eşkıya oldu ya. Ağamızı öldürdüm diye, geldi köye, babasının malını dağıtırmış gibi de Ağamızın tarlasını köylüye dağıttı. Yaa emmi! Çakırdikenliği de yaktırdı. Ağamız onu öldürtecek. Onu hiç kimse sevmez bu köyde. Bir Durmuş Ali Emminin avradı sever. Ağamız, onu da köyden kovacak."

"Durmuş Alinin evi nerede oğul?"

Çocuk başıyla işaret etti:

"İşte o!"

Koca Osman atının başını çekti, Durmuş Alinin evinin önüne gelince:

"Tanrı misafiri," diye bağırdı.

Don gömlek, yaka bağır açık Durmuş Ali, beli iki büklüm, dışarı çıktı. Sütbeyaz sakalı dizlerine değer gibiydi:

"Tanrı misafiri hoş geldi," dedi. "Başım üstünde yeri var."

Atının başını tuttu, ahıra çekti.

İçerde büyük bir ateş yanıyordu. İçerisi saman, hamur, tezek kokuyordu.

Durmuş Ali geldi, karşısına oturdu.

"Merhaba bakalım," diyerek kocaman, paslı tabakasını Koca Osmanın önüne attı.

Koca Osman eğilerek:

"Beri gel! Beri gel hele. Kulağını bana ver," diye Durmuş Aliye doğru uzandı. "İnce Memedden haberin var mı? Nerelerde olur o?" diye yavaşça korkarak sordu.

Durmuş Ali gürültüyle güldü:

"Ne diye korkarak sorarsın İnce Memedi? Yok bir şey."

Koca Osman:

"İnce Memed," dedi, "benim şahinim. Ben ne bileyim. Ben onu aramaya geldim."

Sonra, onu niçin aradığını, ne istediğini uzun uzun anlattı. Bu arada konuşmaya Durmuş Alinin karısı da kulak misafiri oluyordu.

Koca Osman sözünü:

"İnce Memed, şahinim," diye bitirdi gene. Diline pelesenk etmişti bunu.

Kadın:

"İnce Memed, şahinimiz," dedi. "Görürsünüz, yakında o kel Abdiyi öldürür. Gelir tarlasını da dağıtır. Bu namussuz köylü ne etti yavruma? Neler etti İnce Memedime kardaş! O günler gelsin, çıkacağım meydan yerine, ağzımı açıp, yumacağım gözümü. O namussuz köylüye, o yavrumu tedirgin eden eyilik bilmezlere ben bilirim söyleyeceğimi. Ben bilirim o zaman. Sen de git kardaş, git söyle İnce Memedime. Benden de selam söyle. Öldürsün o Ali Safa Beyi de. Öldürsün o gavuru da. Kalaycının da kellesini kessin, göndersin Çukurovaya. Teyzen böyle böyle söyledi de. Duydun mu kardaş?"

Durmuş Ali:

"Allasen avrat," dedi. "Dur azıcık, nolursun. Şu kardaşın işini görelim."

Kadın sertçe:

"Sen de!.." dedi.

Durmuş Ali:

"Ne sen de?.." diye sordu.

Kadın:

"Topal Ali zaten Memedin yanına gidecek. Çiçekli deresindeymiş Memed. Kardaşı da yanına katarız."

Koca Osman:

"Uzak mı ora?" diye korkuyla sordu.

Kadın:

"Uzakça," dedi.

Koca Osman:

"Ben öyleyse, bu gece burada kalayım da, öyle gideyim."

Kadın:

"Bu gece kal kardaş," dedi. "Ben de Topalı bulduruyum. O, Abdinin kahyası oldu ya... Topal gene bizim. Olsun varsın."

Durmuş Ali, gözlerini belerterek karısına baktı. Kadın sustu.

Bir de baktılar ki, Koca Osman sırtını duvara iyice dayanmış, başı da bir yana sarkmış uyuyup durur.

Durmuş Ali gülümsedi. Kadın da gülümsedi:

"Fıkara ne kadar da yaşlı," dedi kadın. "Kim bilir kaç gündür at üstünde!"

Durmuş Ali:

"Kim bilir!" dedi.

21

Çiçeklideresinin tepesine doğru incecik bir çiğirden çıkıyorlardı. Sabahtan beridir ki Koca Osman boyuna Topal Aliye soruyordu:

"Şahinim nasıl bir adam?"

Her soruşunda da Topal Ali anlatıyordu:

"Kocaman ala gözleri var. Saçları diken diken. Yüzü acı. Çenesi ince, rengi yanık, boyu orta, kurşunu iğnenin deliğinden geçirir, atik, yiğit. Korkmaz. Öleceğini bile bile yürür."

Koca Osman:

"Yaa?" diyor, sonra da düşüncelere dalıyordu.

"Peki," dedi, Koca Osman, "şahinim bu dağın tepesinde mi saklanır her zaman?"

Topal Ali:

"Yok," dedi. "Bu yıl burada kalacak herhalde. Kasabaya yakındır Çiçeklideresi..."

Koca Osman:

"Yaaa?"

Topal Ali:

"Hani Hatçe hapiste. Şahitler döndüler ya, hükümet gene bırakmadı Hatçeyi."

Koca Osman:

"Vay şahinim!"

Topal Ali:

"Öyle oldu işte."

Sonra yemyeşil bir alana geldiler. Alanı kırpılmış gibi kısacık otlar sarmıştı. Gökte güz bulutları kaynıyordu. Aklı karalı bulutlar.

Koca Osman:

"Şahinime daha ne kadar var?"

Topal Ali, bir yamacı gösterdi. Yamaç kayalık, ormanlıktı.

"İşte orada."

Koca Osman:

"Dünya gözüyle şahinimi görüyüm de..."

Topal Ali:

"Gör," dedi.

Akşama doğruydu ki, ormanı yararak, bir yer damına geldiler. Topal Ali ay ıslığını çaldı. Cabbar, damın üstünde göründü.

Topal Ali:

"Cabbar!" diye bağırdı.

Cabbar içeriye seslendi:

"Memed kardaş, bak kim geliyor!"

Memed de damın üstüne çıktı.

"Ohhooo!.. Ali Ağa! Hoş geldin!"

Kucaklaştılar.

Ali:

"Kusuruma kalma Memedim," dedi. "Seni çok aradım. Verecek haberlerim vardı. Yetiştiremedim. Kalaycının pususundan iyi ki kurtuldunuz. Demek o kahpe dölü Horali!.. Hiç ummazdım ondan. Onu bostan bekçiliğinden bilirdim."

Bunlar böyle konuşurlarken Koca Osman arkada öyle dikilmiş, yüzünde bir gülümseme, duruyordu. Atı arkasındaydı. Her zamanki gibi sağ ayağını karnına çekmişti. Atın tüyleri domur domur olmuştu. Islanmıştı.

Memed usuldan Topala sordu:

"Bu da kim?"

Topal:

"Ta aşağıdan, Vayvay köyünden olurmuş... Sana şahinim deyip durur."

İnce Memed, ona doğru ağır ağır yürüdü, yanına vardı, elini uzattı:

"Hoş geldin emmi!"

Koca Osman:

"Hoş bulduk yavru. Yoksa şahinim sen misin?"

"Kim?"

"İnce Memed."

Memed hafiften utanarak gülümsedi:

"Benim."

Koca Osman hızla, kendinden beklenilmeyecek bir çeviklikle Memedin boynuna sarılıp öpmeye başladı.

"İnce Memed, şahinim!"

Hem öpüyor, hem ağlıyordu.

Cabbar geldi, ihtiyarı Memedden ayırdı. İhtiyar oracığa bir taşın üstüne oturdu, yüzünü elleri arasına aldı. "İnce Memed, benim şahinim!" Cabbar yeniden geldi, onu oradan kaldırdı, içeri götürdü. İçeriye boydan boya ayı postları serilmişti. Duvarlarda fişeklikler, bombalar, mavzerler asılıydı.

Oturduktan sonra yaşlı kişi duruyor duruyor:

"İnanamıyorum yavrum. Gözlerime inanamıyorum. Gerçekten şahinim sen misin?"

Memed her söyleyişinde kızarıyor, bozarıyordu.

"Gerçekten sen misin?"

Memed.

"Kusura bakma emmi. Dağbaşı. Kahve yok," dedi.

Koca Osman:

"Şahinimin canı sağ olsun."

Memed, biraz dolmuş, yanaklarına hafif bir kızıllık gelmişti. Kara bıyıkları uzamıştı. İncecikti. Yüzü daha sertleşmiş, her dakika dövüşe hazır, atıldı atılacak bir hal almıştı. Daha yanmış, kararmış, kavrulmuştu. Boyu da eskisinden daha uzun görünüyordu.

Topal Ali:

"Ben görmeyeli..." dedi.

Cabbar:

"Allah Çiçeklideresi köyünün yokluğunu vermesin. Besleyip duruyorlar bizi. Memed, Çiçeklideresinin hem ağası, hem hakimi, hem hükümeti. Çiçekliderelier hükümete gitmiyorlar gayri. Her işi Memed görüyor. Memed de bir adil ki... Sen görmeyeli işler böyle işte."

351

Topal gülümsedi:

"İyi ki Kalaycıdan kurtuldunuz. Ben her şeyi öğrendim: Abdinin Ali Safa Beye gidip ayağına düştüğünü, Ali Safa Beyin seni öldürtmek için Kalaycıyı kasabaya çağırışını, her şeyi öğrendim. Sana geldim ki, sen ortalarda yoksun. Vay, dedim, kendi kendime, vaaay dedim, Kalaycı yedi Memedimi. Düştüm yollara. Akkalede duydum ki, Kalaycıyla karşılaşmışsın, sen Kalaycıyı yaralamışsın. Daha iki kişilerini de vurmuşsun. Şapkamı havaya atıp döndüm geldim köye. Bekle babam bekle! Bir ay sonra Çiçeklideresinden aldım haberini. Göde Duran söyledi onu da..."

Koca Osman:

"Şahinim," dedi, "ben Vayvay köylülerinin elçisiyim. Kalaycı, Ali Safanın iti. Bizde adam koymadı vurmadık. Ali Safa tarlalarımızı alır. Biz hakkımızı ararsak Kalaycıya vurdurur. Duyduk ki..."

Memed, Topal Aliye:

"Demek, bunlar hep Abdi Ağanın başının altından çıkıyor? Öyle ha? Bilmiştim böyle olduğunu zaten."

Koca Osman sabırsız:

"Duyduk ki şahinim, sen o gavuru yaralamışsın. Keşki vuraydın, öldüreydin kafiri. Ah keşki..."

Memed, son derece durgun, telaşsız:

"Dün bir haber geldi. Aldığı yaradan iflah olmamış, birkaç gün önce cehennemi boylamış."

Koca Osman yerinden kalkıp, Memedin üstüne atıldı, ellerini öpmeye başladı:

"Doğru mu bu? Doğru mu, şahinim! Tarlalarımız bizim olacak gayri. Tarlalar bizim... Doğru mu, şahinim?"

Memed:

"Doğru," dedi. "Ben de nasıl oldu da Kalaycıyı öldürmedi o kurşun diyordum. Nişan alıp da sıkmıştım."

Koca Osman:

"Allah ne muradın varsa versin. Amin..." dedi.

Sonra gitti, heybesini açtı. İçinden büyücek bir çıkın çıkardı. Memede verdi:

"Bunu köylü gönderdi, şahinim. Çok şükür yarabbi! Bana

müsaade. Ben yola düşeyim. Müjde vereyim köylüye... Düğün bayram yapsınlar."

O hızla çıktı, ağaçta bağlı atını çözdü. Üstüne bindi. Kapıya geldi.

"Sağlıcakla kal, şahinim. Şu haberi bir an önce yetiştireyim de... Seni arar Osman Emmin sonra. Eyvallah, şahinim!"

Atı üzengiledi.

Memed, azıcık şaşırdı Koca Osmana.

"Acayip," dedi.

Cabbar:

"Acayip."

Topal:

"Bre çocuklar, merak ettim. Nerden buldunuz bu Çiçekli-deresini Allahaşkına?"

Memed gülümsedi:

"Buluruz."

Cabbar:

"Buluruz."

Topal:

"Bizim köy nere? Burası nere?"

Cabbar:

"Burası bura," dedi.

Topal:

"Söyleyin, nasıl düştünüz buraya?"

Memed duvarı gösterdi. Gösterdiği yerde bir saz asılıydı.

Topal:

"Eeee?" dedi, "bundan ne çıkar?"

Cabbar:

"Türlü türlü ses çıkar."

Topal:

"Adama öykünme Cabbar!" diye çıkıştı.

Memed:

"Ali Ağa," dedi. "Bu sazın sahibi Sefil Alidir. Aşık Sefil Ali. Mazgaçta karşılaştık. Bir kayanın üstüne oturmuş saz çalıyordu. Tüfeğini de bir yanına yatırmış. Bize karıştı. Çoktan beri eşkıyaymış."

Topal:

"Elde de neler var!"

Cabbar:

"Sefil Ali iyi aşık amma! Herifte bir ses var. Deme gitsin."

Topal:

"Anladık. Sefil Ali eşkıya... İyi de aşık... Burası neden?"

Memed:

"Burası da Sefil Alinin köyü. Sefil Alinin dayıları da bu köyün en yiğit adamları. Anladın mı?"

Topal:

"Anladım," dedi.

Cabbar:

"Neredeyse gelir Sefil Ali. Şimdi tepenin sivrisindedir. Türkü yakıyor. Kim bilir ne üstüne? Dağdan gelir gelmez, soluk soluğa sazı çeker kucağına yumulur üstüne. İşte böyle bizimkisi. Düğün şenlik."

Memede döndü:

"Bre Memed," dedi, "şu aksakalın getirdiği çıkını aç da, ne kadar para göndermiş bize Vayvaylar görelim."

Memed:

"Görelim."

Ağır ağır çıkını açtı. Paralar deste desteydi.

Cabbar:

"Hepsi para mı?"

Memed:

"Hepsi..."

Cabbar:

"Zengin olduk," dedi.

Memed:

"Öyle."

Cabbar:

"Yaşa bre ihtiyar!"

Topal:

"Bununla kalsa iyi," dedi. "Bak göreceksin. O ihtiyar sizin yakanızı bırakmaz. İki aya bir, köylüden toplar toplar getirir size. Yaman bir adam o."

Memed:

"Bağrı yanmış adamın. Kim bilir ne kadar zulmetti onlara Ali Safa, Kalaycı."

Topal:

"Siz paradan yana korkmayın. Arkanızda dağ gibi bir Vayvay köyü var."

Cabbar:

"Dağ gibi," dedi.

Topal:

"Sen Koca Osmanın hoşuna gittin. Kalaycı o kadar zulüm bile yapmasaydı, gene getirirdi parayı... Bunlar böyledir. Sana şahinim dedi bir kere. Git evine çocuğunu al, kes, öldür gözünün önünde, sana hiçbir şey söylemez. Bunlar böyledir."

Cabbar:

"Bu gidişle kıyamete dek eşkıyalık yap. Burnun kanamaz."

Topal:

"Öyle deme Cabbar," dedi. "Ali Safa Bey boş durur mu? Kalaycı onun canıydı. Siz canını elinden aldınız. Bunu size koymaz."

Memed:

"Koymamaya çalışır."

Cabbar:

"Elinden gelirse..."

Memed:

"Siktir et bre Cabbar kardaş," dedi. "Sefil Alinin dediği gibi... Hangi günü gördük akşam olmamış."

Bu sırada tüfeğini çaprazlama boynuna takmış, sallanarak Sefil Ali içeri girdi. Doğru saza gitti. Duvardan aldı. Olduğu yere oturup saza düzen vermeye başladı. Birden bir türkü tutturdu. Kalın gür bir sesi vardı. Ses, Sefil Aliden çıkmıyor gibiydi. Türkü bin yıl öteden geliyor... Uzaktan dağlardan, Çukurovadan, denizden geliyor. Denizin tuzu, çamın sakızı, yarpuzun kokusu bulaşmış. Öyle bir türkü. "Gel benim derdime," diyor, "bir derman eyle. Alemler derdine derman olansın."

Bir an duruyor, bu sefer saz büyüyor. Saz tekrar ediyor: "Derman olansın." Sonra gene başlıyor Sefil Ali:

Her nere baktıysam yarimi gördüm.

Elleri duruyor. Sazın üstüne yumulmuştur. Uyumuş kalmış gibi. Birden başını kaldırıyor. Eli sazın üstünde uçuyor.

Dağlar taşlar uçan kuşlar.

Bir fırtına gibi çalıyor, söylüyor.

Adımı dersen de Sefil Aliyim
Bir gün akıllıysam yüz gün deliyim
Üstü köpüklenmiş bahar seliyim
Başı pare karlı dağdan gelirim

diyor, susuyor.

Sefil Ali olduğu yerde küçülmüş, tükenmiştir. Olduğu yerde, öylecene bir taş gibi kalakalmıştır. Donmuştur.

Sazını usuldan, bir yana koydu.

Memed de donmuş kalmıştı. Bir ara gözüne o çelik pırıltı gene geldi kondu. Sonra da kafasında bir top sarı ışık gene söndü, kıvılcımlandı. Bol ışıklı Çukurova düzü dalgalandı. Topal Aliye usuldan sokuldu:

"Ali ağam!.." dedi.

Ali:

"Ne?" diye sordu.

Memed ona "dışarı çık" diye bir işaret yaptı. Topal ayağa kalkıp kapıya yürüdü. Arkasından Memed de kalktı. Onlar dışarı çıktıktan sonra, Cabbar Sefil Aliye yaklaştı, dürttü. Sefil Ali kendine geldi:

"Bak, Ali," dedi Cabbar. "Bana bak..."

Ali:

"Noldu?"

Cabbar:

"Topalı dışarı götürdü Memed. Anladın mı?"

Ali güldü:

"Anladım."

Cabbar.

356

"Bu adam delirmiş. Aklı başından gitmiş bunun. Şimdi Topala ne söylüyordur biliyor musun? Ondan kasabaya gitmelerini istiyordur."

"Başka ne olacak? Her önüne gelene söylüyor. Bütün Çiçeklideresi köyüne yayılmış. Köylünün ağzında: Memed Hatçemi dünya gözüyle bir daha görüyüm diyormuş. Allah o zaman canımı alsın, gidip mahpusanede göreceğim, kasaba ateş olsa gene içine gireceğim, diyormuş. Köylünün dilinde hep bu!"

Cabbar:

"Bu adam kanına susamış. Ben önüne geçmeye çalışıyorum, bana da kötü kötü, sanki düşmanıymışım gibi bakıyor."

Sefil Ali:

"Bırak sarhoşu yıkılana kadar gitsin."

Cabbar:

"Bırak sarhoşu ama, Memed yiğit adam, iyi adam. Bu dağlar Memed gibisini görmemiştir. Bir daha göremez de. Nur parçası adam. Evliya..."

Poyraz savuruyordu dışarda. Deli Poyraz... Neredeyse kar yağacak. Dağların üstünden bir turna katarı geçti az önce. Kış geldi demektir. Havada kış kokusu...

Çamın dalları poyrazda dökülüyordu. Memed, Topalı çamın yanında tutup dibine doğru çekti.

"Otur şuraya."

Topal, Memedin yüzüne bakınca hayretler içinde kaldı. Dudakları titriyordu. Merakla bekledi.

Memed geldi yanına çöktü.

"Ali Ağam," diye başladı, "sen akıllı bir adamsın. Bütün bu başıma gelenler senin yüzünden. Sen de biliyorsun bunları. Ama anladım ki bunda senin suçun yok. Sen iyi adamsın."

Topal Ali:

"Aman Memedim..." dedi.

Memed:

"Amanı mamanı yok Ali Ağa."

Topal Ali:

"De bakalım öyleyse..."

Memed, bir an durdu düşündü. Yüzü gerildi. Büyük bir acı içinde kıvranır gibiydi:

"Ben," dedi. "Hatçeyi görmeye gideceğim yarın."

Topal şaşkına döndü:

"Nasıl, nasıl?" diye söylendi.

Memed, tok, sert bir sesle:

"Ben yarın Hatçeyi görmeye gideceğim."

Topal:

"Eeee?"

Memed:

"Eeeesi mesi yok. Gideceğim."

Topal elini çenesine verip duraksadı. Epeyi düşündükten sonradır ki:

"Zor," dedi içini çekerek. "Çok zor. Düpedüz ölüm demektir."

"Ölümü alnıma aldım," dedi Memed, yüzü kırışarak, yüzü büyük bir acıyla gerilerek. "Ölümü alnıma aldım! Şurada tam yüreğimin ortasında bir yangın var. Oyuyorlar gibi yüreğimi. Gitmeliyim. Dayanamam gayri. Yarın şafaktan kalkıp yollara düşeceğim. Ben kasabaya..."

Topal sözünü kesti:

"Ya seni yakalarlarsa? Bütün umudum, bir köyün umudu sende."

Memed, köy lafını duyunca kapkara kesildi.

"Bir köyün bütün umudu mu? Bir köyün... Hangi köyün?"

Toprağa hışımla kocaman bir tükrük attı.

Topal Ali çok dingin:

"Celallenme kardaşım. İçi beni, dışı eli yakar. Sen köylüye gücenme. Korkularından ağayı tutar görünüyorlar. Yoksa yürekleri seninle bile... Bütün köyün, beş köyün umudu sende..."

Memed:

"Ben gideceğim," dedi, kestirdi attı. Topalın yanından kalktı. Dağa yukarı sarhoş gibi sallanarak yürüdü. Poyraz kokuyordu, kuru çam kokuyordu dağlar.

Topal, serseme dönmüş yerinden kalktı ve içeriye geldi.

Cabbar merakla, heyecanla Topala sordu:

"Ne dedi sana Memed? Söyle Ali kardaş!"

Ali:

"Yarın şafaktan önce kasabaya gidiyor."

Cabbar:

"Bu adam delirmiş," diye bağırdı. "Bağlamalı onu. Tutacaklar öldürecekler onu. Bağlamalı. Şimdi nereye gitti o?"

Topal Ali:

"Dağa doğru yürüdü gitti. Sallanıyordu..."

Cabbar arkasından dağa doğru koştu. Poyraz, ormanın ağaçlarının dallarını kırıyordu. Kar yağacak gibi bir koku vardı havada. Bulutlar kararmış, kaynaşıyordu gökte. Birden ortalık karardı. İri taneli, sıcak damlalar düşmeye başladı.

Memedi ulu dalları yolunmuş bir çamın altında, çürümüş bir kütüğe oturmuş buldu. Yanına sokuldu. Dalgındı. Onun yanına geldiğinin farkında bile olmadı.

Usuldan yanına oturdu:

"Kardaş," dedi, "etme! Herkese de söyledin. Çiçeklideresi köyünde duymayan kalmamış. Kasabada da duyulmuştur. Yakalarlar seni. Etme bunu!"

Memed başını kaldırdı, dik dik yüzüne baktı:

"Doğrusun. Haklısın Cabbar. Ama gel bana sor. İçerime sor. Yüreğimi iki el tutmuş sık babam sık ediyor. Edemem. Hatçeyi görmeden edemem. Görmezsem ölürüm. Öyle öleceğime, böyle ölüyüm... Sen bana son bir kardaşlık yapar mısın?"

Cabbar:

"Senin için yapmayacağım iş yok Memed! Biribirimize kardaş dedik. Can dedik."

"Öyleyse bana eski püskü bir elbise... Senden istediğim bu."

Cabbar sustu, başı önüne düştü.

22

Koca Osman bir kuşluk vakti kasabaya doludizgin girdi. Atının kantarması köpük içindeydi. Çarşının ortasında attan indi. Atının dizginini koluna doladı. Çarşının bir başından öteki başına kadar çekti. Önüne kim gelirse gülümseyerek, "Merhaba!" diyordu yüksek sesle. "Merhaba!"

Kasaba Kalaycının ölümünü duymuştu. Koca Osmanın böyle kubara kubara dolaşmasının sebebini anlıyorlardı.

Sonra çarşıyı bir uçtan öteki uca birkaç sefer gitti geldi. Gözleri birini arıyordu. Bulamadı. Çarşıyı bırakıp aşağı çaya doğru döndü. Tevfiğin kahvesi önüne geldi. Atının önünde kızarmış yüzüyle, titreyen elleriyle öylecene, bir heykel gibi dimdik durdu. Sonra kahvenin camlarına alnını dayayıp içeri uzun uzun baktı. Köşede gözüne Abdi Ağa ilişti. Buna sevindi. Atı meydandaki akasya ağacına bağladı içeri girdi. Vardı Abdi Ağanın başında durdu. Abdi Ağa başını kaldırınca Osmanı, kızarmış yüzüyle, titreyen elleriyle gördü. Göz göze gelince Koca Osman gülümsedi. Abdi Ağanın rengi attı. Koca Osman yüksek sesle bir, "Merhaba," dedi.

Abdi Ağa merhaba demeye kalmadan, arkasını döndü yürüdü. Abdi Ağa ağzı açık arkasından bakakaldı.

Koca Osman, atını akasyadan çözdü, üstüne atladı. Vayvay köyüne doğru doludizgin sürdü. Vayvay köyü kasabaya iki saat çekerdi.

Koca Osman kahveden çıkınca, Abdi Ağayı bir telaştır aldı. Korkuyordu. Korkusundan hiçbir yerde duramıyordu. Beyaz saplı nagant tabancası, sağ yanında kuşağının içine sokuluydu. Sağ eli her zaman üstünde dururdu. Tavla oynar, para sayar, yemek yerken her zaman üstünde. Görünmez bir düşmanla her an karşılaşmak üzereydi. Öyle sayıyordu.

O hızla kalktı, doğru arzuhalci Siyasetçi Ahmede gitti. Siyasetçi Ahmet bir tuhaf adamdı. Bir hoş, sanki ağzına bir çuval cevizi doldurmuşlar da çalkalıyorlar gibi konuşuyordu. Siyasetçi, Deli Fahrinin can düşmanıydı. Ali Safa Beyin de has adamıydı. O da kasabada Kalaycının yüzü suyu hürmetine icrai sanat ediyordu. Kalaycı namına türlü türlü dolaplar çeviriyordu. Habere, o da çok yanmıştı.

Abdi Ağa o hızla dükkana girdi:

"Yaz," dedi, "Ahmet Efendi. Eğer hükümet hükümetse, hükümetliğini göstersin. Tam böyle yaz. Dağları belleri eşkıya almış. Her çalının dibi bir hükümet. İşte böyle yaz. On beş yaşında çocuklar bile dağda. Böyle yaz! Yaz! Köyleri yakıyorlar. Kasabayı bile basıyorlar. Malımızdan canımızdan emin değiliz. Böyle yaz! Karılar bile silahlandı. İsyan var. Kasaba hükümetliğini ilan etti. Kanun kağıtlarda kaldı. Böyle yaz. İşte böyle yaz! Gelsin de kara asker, köklerini kazısın bunların."

Siyasetçi Ahmet Efendinin karanlık yüzü bir daha karanlıklaştı. Başındaki siyah tüylü fötrünü çıkarıp masanın üstüne koydu. Cebinden çıkardığı mendiliyle alnını kurulamaya başladı.

"Bu dediklerini mi yazacağım?" diye sordu.

Abdi Ağa:

"Tamı tamına, harfi harfine yaz dediklerimi. Bu candarmalar baş edemezler bunlarla. Baş edemezler. Anladın mı? Baş edemezler. Bu candarmaların bir alayı İnce Memedle başa çıkamaz. Ya gerisi!.. Yaz. Yaz da kara asker göndersin hükümet. Yaz ki isyan var. Bir eşkıya, yirmisinde bir çocuk. Benim kapımın yanaşması... İnce Memed adında... İşte böyle, söylediğim gibi yaz... İnce Memed tarlalarımı köylüye dağıtır. Beni köyden kovar, tarlalarımı köylüye, benim yanaşmalarıma dağıtır. Beş köyümü... Ben korkumdan kasabada bile gezemem. Candarma dairesinin önünde ev tuttum. Pencerelerine kum torbaları koydum. Kurşundan dolayı. Bacasını ördürdüm. Bombadan dolayı. Beni candarma dairesinin önündeki evimin içinde vurmaya gelmiş geçen gün. Haberlenmeseydik, nöbetçi olmasaydı, evi dinamitle uçuruyormuş. Kasabayı, diyormuş İnce Memed, tüm dinamitleyeceğim. Tüm. İşte, böyle tam yaz!"

Siyasetçi:

"Ben," dedi ağlar gibi, "ben nasıl yazarım bunları? Elini keserler adamın. Haydi yazdık diyelim, şerefi var kasabanın. Gül adını pis etmeyelim kasabanın. Sonra da Kalaycı gittiyse, canı sağ olsun Ali Safa Beyin. Bir çete daha kurar. Ali Safa Bey, hükümete böyle yazdığına razı gelmez."

Abdi Ağa köpürdü:

"Sen dediğimi yaz," dedi.

Siyasetçi:

"Yazamam."

"Sana yaz diyorum kardaş, yaz!"

"Yazamam."

Hışımla ayağa kalktı:

"Ben de Fahri Efendiye yazdırırım," dedi.

Siyasetçi:

"Nereye istersen yazdır ya, hakkında hayırlı olmaz.."

Abdi Ağa doğru Deli Fahriye gitti. Deli Fahri onun ayak sesini çok uzaktan duydu, masadan başını ağır ağır kaldırdı.

23

Çiçeklideresinin beri yanı Şahinin kayası... Şahinin kayası sarp, yüce, dümdüz, göğe ağmış yosunlu bir kayadır. Şahinin kayası efsanelere karışmıştır. Destanlarda söylenir. Kayanın yüzünden aşağılara doğru bir pınar kaynar. Şahinkaya pınarı... Dört bir yanını yeşil, küçük ağaçlar, kokulu yarpuzlar sarmıştır. Üç kavak boyu yukardan, sarptan kokular gelir. Köpüklü su iner, kayanın duvar dibi yüzünden.

Şahin meraklısı bir genç varmış eskiden. Kayanın yüzündeki delikler, şahin yuvası. Şahinlerin civciv çıkarma zamanı bir şahin yavrusu almak ister. Şahin yuvası duvar gibi düz kayalığın orta yerinde. Ne alttan çıkılır, ne üstten inilir. Delikanlı uzun, kalın bir ip bulur, tepedeki en kalın ağaca bağlar. Şahin yuvasına doğru sarkar. Yavruyu alır koynuna koyar. Bu sırada ana şahin işten haberdar olur. Hışımla gelir, kanadıyla ipe çarpar, ipi kılıç gibi keser. Delikanlı, koynunda şahin yavrusu, aşağı düşer, parça parça olur.

Kaya bu yüzden Şahinin kayası olmuştur.

Geceden yola çıkan Memed, Şahinin kayasının dibinde durup dinlenirken, arkasından bir çıtırtı duyup baktı ki, ne baksın, Cabbar, kendisine bakıp durur. Göğsünün kılları arasından oluk misali ter sızıyor.

Uzun zaman Cabbar olduğu yerde durdu. Memed de önüne, toprağa baktı kaldı.

Sonra Cabbar geldi Memedin yanına oturdu. Elini usul usul uzatıp elini tuttu. Birkaç kere sıktı. Memed aldırmadı. Önüne bakmayı sürdürdü.

Cabbar, sesi karıncalanarak, titreyerek:

"Kardaş!" dedi.

Öyle candan, öyle dostça söyledi ki Memed başını ondan yana döndürmek zorunda kaldı.

Cabbar, ellerini elleri arasına aldı:

"Kardaş etme!"

"Sen de anlamazsan dedimi Cabbar kardaş," dedi, "ben ölsem daha iyi."

Cabbar:

"Memedim," diye inledi. "Ben senin derdini anlıyorum. Ama sırası değil bu işin. Dert ikimizin."

Memed:

"Öyleyse Cabbar kardaş, durma yoluna. Ben Hatçeye gideyim. Yakalanırsam kadere. Yakalanmazsam..."

Kızdı. Yüzü başkalaştı:

"Kimse beni yakalayamaz," dedi.

Cabbar:

"Bu senin yaptığın düpedüz ellerini kelepçeye uzatmaktır. Ya seni biri görür de tanırsa? Ya Abdi Ağa? Kasabanın içinde ne yaparsın?"

Memed:

"Kadere," dedi. Gözlerindeki pırıltı büyüdü. "Yakalanmam."

Cabbar:

"Var git git kardaş. Yolun açık olsun öyleyse."

Memed:

"Sağ ol."

Cabbar:

"Seni burada üç gün beklerim. Kürt Temirin evinde. Üç gün içinde dönmezsen bilelim ki yakalandın."

Memed:

"Bilin ki yakalandım."

Kalktı yürüdü.

Cabbar arkasından, kendi kendine, gözden kayboluncaya kadar "Seni de yitirdik İnce Memed, seni de," dedi. "Bu dağlar bir İnce Memed daha göremez. Vay!"

İnce Memed Çiçeklideresi köyünden yırtık bir çarık, bir de

on beş yaşında bir çocuk elbisesi buldurmuştu. Elbise el dokumasıydı. Pamuktan, tırtıklı. Ceketi nar kabuğuna boyanmıştı. Şalvar beyazdı, kirliydi. Yırtıktı da. Elbise çok dar geliyordu. Olduğundan bir misli küçülmüştü. Eline de kalın bir çoban değneği almıştı. Başına siperliği yırtılmış, yağlı bir kasket geçirmişti. Tabancasını, tabancasının fişeklerini, içerden bacağına bağlamış, ipleri beline sarmıştı.

Yolda uçarcasına yürüyordu. Yanını yönünü gözleri görmüyordu. Başı dönüyordu. Sanki bir boşlukta yuvarlanıyordu. Dünya silinmişti.

Gece yarısına doğru kasabanın kıyısına vardı. Kenar mahallelerde köpekler ürüşüyorlardı. Ne yapmalıydı? Bu vakitte kasabaya gitse, kasabada han bulamazdı. Belki yakalarlardı da. Aşağıdan bir değirmenin şıkırtısı geliyordu. Döndü, değirmene doğru yürüdü. Değirmenin gürültüsü adamın kulaklarını sağır edecek kadar çoktu. Çok ötelerden sıcak un kokusunu aldı.

Yarın Cumaydı. Hapisanenin ziyaret günüydü. Büyük bir bela vardı: Hatçenin anası... Abdi Ağa kasabaya yerleşti yerleşeli, her Cuma Hatçeyi ziyarete geliyor, güya Memedden haberler getiriyordu. Memed hakkında akla hayale gelmez hikayeler uyduruyordu ona. Bu sefer Memedin kötülüğüne değil, iyiliğine. Tarla dağıtma, çakırdikenliği yakma işini de bire beş katarak anlatmıştı. "Memed," diyordu, "bir büyümüş, bir uzamış kalınlaşmış. Aynen minare gibi olmuş." Hatçe sevinçten uçuyordu. Hapisane hapisane değildi artık. Cennete dönmüştü. Saatte bir Irazın boynuna sarılıp öpüyordu. Irazda da aynı sevinç!

Çiçeklideresine yerleşti yerleşeli de Memedden iki güne bir haber, para geliyordu.

Tozlu un çuvalları sıra sıraydı. Dört ağır taş, bir yanlarına unları fışkırtarak dönüyorlardı. Serpilen suyun, serpilircesine sesi geliyordu. Değirmenci kırçıl sakallı, gözü bozlu birisiydi. Tepeden tırnağa una batmıştı. On beş kadar köylü değirmenin orta yerine bir ateş yakmışlar, yöresine halka olmuşlardı. Memed vardı, bir "selamünaleyküm" çaktı, ötekiler yer açtılar. Halkaya girdi. Sonra gene konuşmalarına daldılar. Bir zaman sonra Memedin farkında bile olmadılar. Tarladan, üründen, yokluktan, ölümden konuştular. Deve boynunda bir tüccarın soyulduğundan söz açtılar. Birkaç tanesi bunu İnce Memedin yaptığını söyledi. İnce Memed lafı geçince, arkasından toprak dağıtma meselesi akla geliyordu. Burada da öyle oldu. Yaşlıca bir köylü, "Toprağı dağıtmış dağıtmaya ya, çakırdikenliği ne diye yaktırmış köylüye, bu deli köppoğlusu?" diye merakla sordu. Ötekiler çakırdikenliğin yakılması üstüne akla hayale gelmedik laflar ettiler. Memed hırsından kudurdu. İçinden küfretti. Esas meseleyi, sebebi hiçbirisi de söylemedi. Akıllarına gelmedi. Siniri geçince içinden güldü. Çukurova köylüsü çakırdikenliği ne bilsin? Ne mene bir beladır, ne bilsin!

Sonra adamlar oldukları yere kıvrılıverdiler. Memed de kıvrıldı. Uyandığı zaman gün kuşluktu. Bir köylü başucuna durmuş, "Bre çocuk," diyordu, "gün kuşluk oldu. Yekin gayri. Atların, eşeklerin ayakları altında kaldın. Kalk gayri."

Şaşkın şaşkın uyanan Memed hızla kalktı, kasabaya doğru koşarcasına yola düştü. O hızla kasabaya girdi. Çarşının ortasından geçti. Çarşı eski gördüğü gibiydi. Sarı güğümlü şerbetçi ortada dolanıyordu. Kör Hacı nal dövüyordu aşkla şevkle. Nala Kozanoğlu türküsü söyletiyordu Memed yanından geçerken. Kebap dumanları dükkanlardan dışarı fırlıyordu. Kara şalvarlı köylü kadınlar dükkandan dükkana girip çıkıyorlardı.

Memed korkarak, büzülerek, belediye bahçesinin yanında, yukarı doğru giden bir köylüyü durdurdu:

"Hapisaneye nereden gidilir?" diye sordu.

Köylü:

"Şu sokağı doğru çık, şu karşıdaki taş kapıdan içeri gir," dedi, yürüdü.

Memed kapıdan girdi. Bir bölük candarma dizilmiş, hazırol durumunda çavuşu bekliyordu. Bir hoş oldu bu kadar candarmayı bir arada görünce. Dönüp dağlara doğru kaçmak geçti içinden. Hiçbir zaman, hiçbir yerde bu kadar sıkılmamış, yüreği daralmamıştı. Candarmaların ilerisinde, sağında basık, penceresiz bir dam gözüküyordu. Damın duvarları yosun bağlamıştı. Önünde, iki üç köylü kadın bekleşip duruyorlardı.

Memed, belini iyice kamburlaştırdı. Büzüldü. Küçücük kaldı. Damın hapisane olduğunu, üstünde dolaşan nöbetçiden anladı. Çok hapisane hikayesi dinlemişti. Bu da tıpıtıpına benziyordu. Ağır ağır dama doğru yürüdü.

O sinirli, Allahın belası gardiyan karşısına dikildi, sertçe sordu:

"Ne istiyorsun çocuk?"

Memed ağlamsı ağlamsı:

"Benim bacım burada mapus da..."

Gardiyan:

"Kim? Hatçe mi?" diye sertçe sordu.

Memed boynunu bükerek:

"Heye..."

Gardiyan içeri bağırdı:

"Hatçe! Hatçe, kardeşin gelmiş."

Kardeş lafını duyunca Hatçe şaşırdı. Şaşkın şaşkın dışarı çıktı. Memede doğdu geldi. Memedin yüzü bembeyaz olmuştu. Duvarın da dibine çökmüştü.

Gardiyan:

"İşte burada!"

Hatçe Memedi görür görmez, olduğu yerde kalakaldı. Dondu kaldı. Ağzından çıt çıkmadı. Sendeleyerek geldi, duvara sırtını dayayıp oturdu. Bitmişti. Uzun zaman böyle yan yana kaldılar. Dilsizmişler gibi. Öylecene biribirlerinin gözlerine baktılar. Iraz da geldi. Hatçenin bitkinliğine şaştı. Konuşmadıklarına da bir anlam veremedi. Memede yaklaştı:

"Hoş geldin oğul."

Memed belli belirsiz ağzında bir şeyler geveledi. Iraz bundan hiçbir şey anlamıyordu.

Öğleye doğru gardiyan geldi:

"Yeter artık. Haydin yerlerinize," diye bağırdı.

Memed yine öyle ağır ağır büzülerek ayağa kalktı, cebinden para çıkının çıkardı. Hatçenin kucağına attı. Arkasını döndü yürüdü. Büyük taş kapıyı çıkıncaya kadar Hatçe de durdu orada, arkasından baktı.

Iraz:

"Bu ne kız?" dedi. "Bu da kim?"

Hatçe:

"Gel içeri Iraz teyze," diye inledi. "Gel de içeri..."

İçeri girdiler, Hatçe kendini yatağın üstüne halsiz attı.

Iraz meraklandı:

"Noldu sana?"

Hatçe:

"İnce Memed," dedi.

Iraz:

"Ne?" diye hayretle bağırdı.

Hatçe:

"İşte o çocuk İnce Memeddi."

Iraz:

"Vay gözlerim kör olsun," diye dövündü. "Vay gözlerim... İyice bakmadım da aslanımın yüzüne. Vaay gözlerim önüme aksın."

Sustular. Sonra iki kadın gözleri yaşararak, birden biribirlerine sarılıp, sallanmaya başladılar.

"Bizim İnce Memedimiz."

Sonra yatağın üstüne yan yana oturdular. Biribirlerine gülümseyip duruyorlardı.

Hatçe:

"Yüreğir ovası..." dedi.

Iraz:

"Evimiz."

"Kınalı toprak çalacağım duvarlarına. Otuz dönüm de... Iraz teyzemin elini ılıktan soğuğa vurdurmayacağım."

Iraz karşı koydu:

"Ev, hepimizin evi. Hepimiz dört elle çalışacağız."

Şimdi yeni bir umut kapısı açılmıştı. Günlerden beri hapisanede af konuşuluyordu. Bilmem hangi mebus gelmiş de Ankaradan, af çıkacağını söylemiş. Bu aylarda çıkacakmış. Hapisanede türküler çıkarılmıştı af üstüne. Gece gündüz hapisane af türküleri ile inliyordu. İçerde bir yaşlı Mustafa Ağa vardı. Herkese akıl verirdi. Akıllı, bilgili adamdı. Hatçe her Allahın günü ona:

"Mustafa Emmi, hapisaneler boşalınca, Memed de affa uğrar mı?" diye soruyordu.

"Değil Memed, dağdaki kurt kuş bile affa uğrar."

Hatçe buna seviniyor, sevinci bütün gün, bütün gece sürüp gidiyordu.

Yüreğir ovasının toprağı sıcak, verimlidir.

Hatçe içerdeki Yüreğiri bilenlerden köy köy, bucak bucak öğrenmişti. "Biz," diyordu, "Karataşa yerleşiriz. Değil mi Iraz teyze?" Iraz: "Yaa oraya," diyordu. "Karataşa..."

Dışarı çıktı, erkekler hapisanesinin kapısına vardı bağırdı:

"Mustafa Emmi!"

Mustafa Ağa okşar gibi:

"Ne diyorsun deli kız?" diye kapıya doğru yürüdü. Hatçenin ne diyeceğini bildiği halde, gene de sorardı.

"Memed de?" dedi.

"Dağların kurdu kuşu bile... Af çıkarsa, öyle çıkar. Çıkacak da... Hükümetin şerefine çıkacak."

Hatçe:

"Ellerini öperim Mustafa Emmi."

Mustafa Ağa, her zaman:

"Deli kız," der gülümser, koğuşuna çekilirdi. Öyle yaptı.

Iraz:

"Çıkacak," dedi. "Bizi de Çarşamba günü Kozana götürecekler. Burası bize ceza kesemezmiş. Öyle karar vermiş mahkeme. Keşki af çıksa da Kozana hiç gitmesek. Bir canım sıkılıyor ki."

Hatçe buna çok üzüldü:

"Keşki..." dedi. "Memed de gelemez Kozana. Keşki konuşsaydım Memedlen. Nutkum tutuldu da konuşamadım."

Iraz:

"Ben bilseydim Memed olduğunu onun..."

Hatçe:

"Af yakında."

Iraz:

"Mustafa Ağa akıllı adam. O bilir. Ankarada adamı var."

Hatçe:

"Bugün Cuma. Çarşambaya ne eder?" Parmaklarını saymaya başladı. "Cumartesi, Pazar... Çarşambaya kadar beş gün var. Gideceğimizi Memede söyleseydim. Keşki... Keşki söyleseydim."

Iraz:

"Ben onun İnce Memedimiz olduğunu bilseydim, hemen söylerdim."

369

Hatçe:

"Af çıkacak mı teyze?"

Iraz:

"Mustafa Ağa akıllı adam. Ankarada da adamı var. Çıkacak. O bilmezse kimse bilmez."

Hatçe:

"Evimizin önündeki salkım söğüdün dalları toprağa değer."

Iraz:

"Değer."

Hatçe:

"Buzağılarımız olur, mor mor."

Hapisaneden ayrıldığında Memed uçar gibiydi. Başı dönüyordu. Yere düşecekmiş gibi gözleri kararıyordu. Pazaryerine geldi. Kendisini ortadaki beyaz taşın üstüne zor attı. Az sonra kendine geldi. Pazaryerinde portakallar öbek öbekti. Lahanalar ortaya yığılmıştı. Küçücük tepeler gibi. Taştan kalktı, pazaryerinin ortasına doğru yürüdü. Bir sürü adam gördü Tevfiğin kahvesinin orada. Adamların üstlerinde aba, omuzlarında bel vardı. Kısa boylu, boğazı ipek ipli bir adam onlara boyuna küfrediyordu. Buna şaştı. İçinden "burda da Abdi Ağa var" geçti. Orada bekledi. Kısa boylu sövdü sövdü. Adamlardan hiç ses çıkmadı. Başlarını yere dikmişler, kıpırdamıyorlardı. Sonra, küfreden adam birden yumuşadı, "Kardeşler" demeye başladı. "Sizler benim canımdan azizsiniz." Buna haddinden ziyade şaşırdı. Bir anlam çıkaramadı. Omuzu belli adamlar, başları yerde, ağır ağır kımıldadılar, çaya aşağı yürüdüler. Birkaç kişi, "Çeltik tarlalarına gidiyorlar," dedi. Memed buna daha çok şaşırdı. Oradan çarşının ortasına vurdu. İlk geldiğinde kebap yediği dükkanın kapısından dumanlar fışkırıyordu dışarı. İçeri girdi. Kebap kokusu içini bayılttı. "Yelle!"

Memed:

"Çabuk kardaş!" dedi garsona.

"Yelle!" dedi öteki, kebapçıya.

Arkasına dönünce gözlerine inanamadı. Korktu. Gözlerini kırpıştırdı. Gördüğü, tam arkasında oturan Topal Aliydi. Hayal değil. Topal Ali ona hain hain gülümsedi. Memed hiçbir şey söylemedi. Bir anda kafasından yüzlerce kötü ihtimal geçti. Topal Ali durmuş, konuşmuyor, boyuna gülümsüyordu. Sonra yerinden kalktı, geldi Memedin yanındaki boş sandalyaya oturdu. Kulağına eğildi:

"Merak etme kardaş, hiçbir şey yok. Konuşuruz."

Kebaplar geldi. Yediler, dükkandan çıktılar. Sarı güğümlü şerbetçi bir uçtan bir uca çarşıyı dolanıyordu.

Memed:

"Şerbetçi, bir şerbet," dedi.

Şerbetçi doldururken, o güğüme elini dokundurdu.

Şerbetçi buna güldü:

"Altından yapılmıştır oğul, altından," dedi.

Topal Ali:

"Senin kasabaya indiğini Cabbar söyledi. Bindim ata, sürdüm. Başına bir iş gelmesin diye... Seni hapisane kapısında çok bekledim. Hatçe nasıl, eyi mi? Ulan deli, adam atsız hiç kasabaya iner mi? Başına bir iş gelecek olsa, kaçmak zorunda kalsan seni yakalayıverirler. Onun için, at elimde peşinde dolaşıyorum. Bir tanıyan olur. Bir şey olur. Binersin ata, sürersin dağlara..."

Memedin gözleri yaş ile doldu:

"Sağ ol Ali Ağa," dedi. "Sağ ol!"

Ali:

"Sen İnce Memedsin. Sen sağ ol kardaş!"

Memed:

"Sana bir şey söyleyeyim mi Ali Ağa?"

Ali:

"Söyle."

"Hatçeyle karşı karşıya oturduk. İkimizin de nutku tutuldu. Bir laf bile edemedik. Onu orada görmeyi hiç içim götürmüyor. Ben bir daha gidemem. Gitsem de nutkum tutulur gene... Sen varıver yanına... Ne diyor Hatçe, sor."

Ali:

"Olur," dedi. "Sen beni pazaryerindeki kahvede bekle. At pazaryerinin öte ucundaki dutun altında bağlı. Bir şey olursa... Atlarsın üstüne."

Memed:

371

"Atlarım."

Bir tuhaf, bir anlaşılmaz, bir ürperti vardı içinde. Sırtında soğuk soğuk bir şeyler dolaşıyordu. Rahat değildi. Bir yerlere sığmıyor gibi bir hali vardı. Kaçmak, bir şeyler kırmak, parçalamak istiyordu. Kedere, korkuya benzer bir duygu içinde. Bir çırpınma.

Atın yanına kadar hızla yürüyerek geldi. Görenler, sersem sersem yürüyen köylü çocuğuna acayip acayip bakıyorlardı. Atın burnuna samanlar yapışmıştı. Yerden yeşil ot kopardı, atın burnunu sildi. At demirkır bir attı. Lekeleri maviye çalan büyücek lekelerdi. Sağrıya doğru kınalanıyordu. Atın başını okşadı, kahveye geldi. Bir çay söyledi. Çayı getirdiler. Hatçe geldi gözünün önüne. Hatçe çok değişmiş, yüzü sapsarı olmuştu. Gözlerinin altı çürümüştü. Yüzü şişmanlamıştı ama, halsizliği, bitkinliği belliydi. Yüreği parça parça oldu. Gözlerinden masanın üstüne damlalar düşmeye başladı. Eğreti oturuyordu zaten. Çekinerek. Çayını içti, bitirdi. Merakla Aliyi beklemeye başladı. Gözleri Alinin geleceği yola dikildi.

Sokağın ucundan Ali göründü. Yüzü asılmıştı.

Memed onu karşıladı. Atın olduğu yana döndüler.

"Ne söyledi?"

"Sorma."

"Kötü mü?"

"İyi de değil."

Memed yüreği taşarak:

"Söyle söyle! Biliyordum zaten. İçimde bir dert vardı. Durdurmuyordu beni. Söyle!"

"Hatçeyi Kozan mahpusanesine götürüyorlar bu Çarşamba. Hatçe hakkını helal etsin, dedi. Ağır cezalıymış Hatçe. Bura mahkemesi kararı öyle vermiş. Irazı da götürüyorlar beraber."

Bunu duyunca, ilkin yıldırımla vurulmuşa döndü. Az zaman sonra kendisine geldi. Aliyi unutmuştu. Kendi kendine gülümsedi. Bütün Çukurova, ağacıyla, otuyla, taşıyla, toprağıyla kasabasıyla sarı pırıltılara kesti. O, gülmesini sürdürüyordu. Sonra birden ata atladı. Bir an içinde değişip, bambaşka bir İnce Memed olmuştu.

"Düş önüme Ali Ağa. Oldu."

Ali atın önüne düştü. Kasabayı hızla çıktılar. Binboğayı geçtiler. Dikirlinin üst başında şimdi Karacalı Osmanın portakal bahçesi bulunan yere geldiler.

Ali atın başını tutup durdu. Memedin gözlerinin içine bakarak:

"Ne var? Ne oldu? Bana da söyle!"

Memed attan indi. Gülümseyerek Alinin elini tuttu:

"Yolu bekleyeceğim. Hatçeyi candarmaların elinden alacağım."

Ali:

"Sen deli misin?" diye kızdı. "Çukurovanın ortasında, gündüz gözüne candarmaların elinden kız almak!.. Sen deli misin?"

24

Kapıdan içeri bir top sevinç halinde girdi. Cabbar Memedi tanıdı tanıyalı hiç böyle görmemişti. Sefil Ali de görmemişti. Memedi böyle sevinçten kanatlanmış görmek bir hoşlarına gitti. Memed oynak türküler söylüyordu damın içinde dolaşarak:

Armut dalda beşimiş
Tan yerleri ışımış
Anası yorgan vermemiş de
Ak memeler üşümüş.

Böyle bir türküyü Memedin ağzından duyacaklarını az önce birisi söyleseydi, imkanı yok inanmazlardı.

"Sefil Ali," diye gürledi. Her zaman çok durgun, ölçülü konuşurdu. "Al sazı da oynak havalardan çal!"

Sefil Ali hiçbir şey söylemeden vardı, duvardan sazı indirdi, çok oynak bir hava çalmaya başladı. Hem çalıyor, hem söylüyordu. "Vardım baktım demir kapı sürgülü– Siyah saçlar sırmayılan örgülü..."

Memed de karışıyordu Sefil Aliye.

Bir ara kapıda durakalmış Topal Aliyi gördü, koluna girdi. Sefil Aliye de, "Bir halay havası çal," dedi. Sefil başladı çalmaya, ötekiler başladılar ortada dönmeye. Sonra Memed soluk soluğa, halayı bıraktı, arkasını duvara verip oturdu. Duramaz bir hali vardı. Parmakları oynayıp duruyordu.

"Cabbar!" dedi.

Cabbar:

"Buyur Ağa,"

"Gün bugündür, kardaş."

"Nen var? Bir şey mi oldu?"

"Gün bugündür. Yiğitlik gösterecek gün..."

"Şaşırtma adamı, allasen."

Memed ayağa kalktı. Üstündeki çocuk giyitlerini çıkardı, damın bir köşesine attı, kendininkileri giydi.

Ayağındaki ayakkabının yüzü kalın Maraş derisindendi. Kırışık, koyu kırmızıydı. Tabanı da otomobil lastiğindendi. Şalvarı şayaktı. Kahverengi. Soydukları bir tüccardan almışlardı. Memedle Cabbar Kalaycı dövüşünden dönerlerken birkaç hafta Maraş yolunu beklemişler, adam soymuşlardı. Paraları, giyitleri, cephaneleri ondandı. Soygunculuklarından çok memnundular. Maraş yolunu tutmaya gene gideceklerdi. Kemerleri, tüfeğin kayışları gümüş işlemeliydi. Çok güzel işlenmişti. Başından fesi atmış, yerine mavi bir ipek yağlık sarmıştı. Şayak şalvarı benek benek karaydı. Tabancasını kabıyla birlikte, o yörük beyi göndermişti. Son derece güzel, kılaptan işlemeydi.

Fişeklikleri göğsüne, çaprazlama, çift sıra üstüne bağlardı. Onlar da kılaptan işlemeydi. Yörük beyinin hediyesiydi.

Cabbar merakla sordu:

"Ne var Memed? Söylesene!"

Memed:

"Gün bugündür."

Topal Ali kapının ağzında, belini duvara dayamış gülümseyerek duruyordu.

Cabbar:

"Topal, sen söyle!" dedi.

Topal:

"Çarşamba günü kasabadan Kozana götürüyorlar Hatçeyi. Candarmaların elinden alacak oluyor yolda. Ona seviniyor işte."

Cabbarın ağzından çıt çıkmadı. Yüzü asıldı. Sefil Ali de konuşmadı. Zaten karışmazdı bu işlere.

Memed işi çaktı. Oralı olmadı. Cabbarın yüzü asılırsa asılsın. O kimseden yardım beklemiyordu. Ya herro, ya merro demişti.

İlk tanıştıkları günlerde, Sefil Ali bir Köroğlu hikayesi söylemişti. Köroğlunun zuhuru. Günlerdir, Memedin kafasında o Köroğlu dönüyordu.

Şöyle rivayet ederlerkim:

Vaktiyle Bolu şehrinde... der başlardı.

Sokakta bir küçücük köpek görmüş Köroğlu. Köpek küçücük, el kadar. Dört beş kocaman kocaman köpek, araya almışlar küçük köpeği. Saldırırlar. Küçük köpek kaçmaz, kendini savunur. Savunduğu gibi, onları yener de... Her birini bir yana dağıtır, yoluna gider. İşte Köroğlu bunu görür. Bu dövüşü seyreder.

Demek, der Köroğlu, bir küçük köpek!.. Yürekli olunca... Ondan sonradır ki Köroğlu, Köroğlu olur. Korkmaz. Babasının başına da o iş gelince çıkar dağa.

Köroğlu, duydu duyalı, Memedi çok çekiyordu. Köroğlunu dinledikten sonra, bir daha yemin etmişti Ağayı öldüreceğine.

"Ne yüzünü ekşitiyorsun Cabbar kardaş?"

Cabbar:

"Hiç!"

Memed:

"Korkma, sana işim düşmeyecek."

Cabbar:

"Hiç!"

Memed:

"Ne hiçi?"

Cabbar:

"Hiç!"

Memed:

"Yaaa!"

Cabbar:

"Yanarım sana."

Memed:

"Bre Cabbar," diye öfkelendi. "Bana hep yanarsın sen zaten."

Cabbar:

"Babayiğitsin. Yanarım."

Memed:

"Neden ola?"

Cabbar:

"Yanarım işte."

"Sebebini söyle!"

Cabbar bu sefer iyice öfkelendi, bağırmaya başladı:

"Çukurovanın ortasında, düzlüğünde, gündüz gözüne, o kadar köyün arasından candarmaların elinden insan alacaksın, öyle mi? Çukurova kapan demektir. Eşkıya kapanı. Kim düşmüşse Çukurovaya çıkamamıştır dışarı. Yanarım sana. Üstelik sen Çukurovanın yolunu da bilmezsin. Yanında Recep Çavuş gibi biri olsa gene neysen ne! El yordamıyla Çukurovaya inilir mi?"

Memed kasıldı. Dimdik, bir kaya parçası gibi durdu:

"Sen şimdi benimle gitmeyecek misin? Onu söyle."

Cabbar:

"Ben gidip de kendi elimle kapana giremem."

"Açık söyle, kapanı mapanı bırak da. Gidecek misin, gitmeyecek misin?"

Cabbar:

"Gidemem."

Memed:

"İyi. Sen söyle Sefil Ali, benimle gelecek misin?"

Sefil Ali:

"Ben Çukurovayı bilmem ki kardaş, ben Çukurovadan korkarım. Benim sana bir faydam olmaz ki... Zararım olur. İstersen gelirim de. Arkadaş için değil mi?"

Cabbar Sefil Aliye öldürürcesine bir bakış fırlattı.

Memed:

"Demek böyle!" dedi sustu.

O gece birlikte yemek yemediler. Her biri bir yana çekildi somurttu.

İçlerinde, en sevinçlisi Topal Aliydi.

Uyku zamanı Cabbar:

"Siz uyuyun. Ben nöbetçi kalırım," dedi.

Ötekiler, Memed uyudu.

Gece yarısı, Cabbar Memede yaklaştı, dürttü. Memed öfkeyle kalktı oturdu. Uyumuyordu. Sert sert:

"Ne istiyorsun benden Cabbar? Arkadaşlığını yaptın işte! Daha ne istiyorsun benden?"

Cabbar:

"Kardaş!" dedi.

Memedin elini iki eli arasına aldı:

"Kardaş!"

"Yaptın arkadaşlığını," diye güldü öteki. "Vazgeç bu işten. Hatçeyi nasıl olsa bırakacaklar. Şahitler hep ifadelerinden dönmediler mi? Hep Hatçenin tarafını tutmuyorlar mı? Hakime, Veliyi Memed vurdu demiyorlar mı? Bırakacaklar."

Memed:

"Döndüler ya, para etmiyor. Para etse Ağır Mahkemeye gönderirler mi Hatçeyi? Ağıra gönderiyorlar, Kozana. Anladın mı? Benim yüzümden sürüm sürüm sürünüyor mahpuslarda. Ya ölürüm, ya kurtarırım. Sana gel, demem. Gelmesen daha iyi olur. Bu, yüzde doksan ölüm demektir. Aklı başında bir adam kendini ölüme atmaz."

Cabbar:

"Senin için her şeyi yaparım Memed ama, bu düpedüz delilik. Göre göre kendini ateşe atmak demek. Yazık bize. Yazık sana. Senin için kardaş... Gel sözümü tut. Kırma beni. Nolursun Memed, kırma beni. Sen böyle bok yoluna gidersen yüreğime dert olur. Gel, etme bunu kardaş!"

Memed:

"Hiç söyleme Cabbar kardaş. Nefesine yazık değil mi? Söyleme. Yüzde yüz öleceğimi bilsem, gene gideceğim. Ben böyle yaşayıp da nolacak yani! Hiç söyleyip de nefesini tüketme."

Cabbar:

"Sen bilirsin," dedi. "Kendi düşen ağlamaz."

Elini bıraktı, köşeye çekildi.

Cumartesi, Pazar, Pazartesi Memedle Cabbar biribirlerinin yüzlerine bakamadılar. Biribirlerinden kaçıyorlardı. Memed, çok erkenden kalkıp dağa çekiliyor, karanlık kavuştuktan sonra dama geliyordu.

Salı sabahı, daha gün doğmadan, Memed kalktı Topal Aliyi uyandırdı:

"Ben gidiyorum Ali Ağa."

Ali yataktan sıçradı:

378

"Bu iş yalnız olmaz," dedi. "Üstelik sen Çukurovayı bilmezsin. Ben de seninle geleceğim." Güldü. "Kurşun sıkacak sanma beni ha! Sen sıkarsın, ben uzaktan seyrederim. Saklanırım bir yere, seyrederim. Sana iyi bir at bulacağım. Çiçeklideresi köyünden. Ben de bineceğim bir ata. Sana haber ulaştıracağım. Dağa yakın bir yerde pusu kuracaksın candarmalara... Sıtırın kamışlığında. Sen dur, ben Çiçeklideresine gideyim. Olur mu?"

Memedin sevinçten gözleri parladı. Topal Alinin boynuna sarıldı, öptü:

"Senin," dedi, "bu iyilikleriyin altından nasıl kalkarım Ali Ağa?"

Ali:

"Ne iyiliği bre kardaş," diye kederli kederli başını salladı. "Kırdığımı bitiştirmeye çalışıyorum ben."

Hızla yürüdü gitti.

Bir iki saat sonra, gün değerken, damın kapısında bir patırtı oldu. Bir atın hızla, gürültüyle soluk alışı duyuldu. Memed dışarı çıktı:

"Ali Ağa," dedi gülerek, "yaşasın."

Ali:

"Düğün atı bu at. Süsledim."

Atın boynuna mavi boncuklar, renk renk kordelalar asılmıştı. Eyeri, dizgini sırma işlemeliydi.

"Düğün atı."

Topal Ali:

"Bir de yamçı getirdim. Büyük yağmur var. Hem yağmur için, daha çok da..."

Cabbar:

"Eeee?"

"Silahını kimse görmez. Çekersin üstüne, yalnız başın görünür. Haydi vakit geçirmeyelim."

Memed ata atladı. Topal Ali de arkasından...

Cabbar kapının eşikliğinde durmuş, onlara kıpırdamadan bakıyordu. Sefil Ali de öyle. Cabbarın yüzü, ölü yüzü gibi sararmıştı. Orada bir Hitit heykeli gibi donmuştu.

Memed atı kapıya sürdü. Cabbarın yüzüne bakmadan:

"Hakkını helal eyle Cabbar kardaş," dedi sesi bozularak, "Sen de hakkını helal eyle Sefil Ali!"

Cabbar hiç durumunu bozmadı. Gerçekten bir Hitit heykeli gibi, orada öylece kıpırdamadan kaldı.

Sefil Ali:

"Helal olsun kardaş," dedi.

Atları, bayırdan aşağı hızla sürdüler.

Cabbar uzun zaman olduğu yerde kıpırdamadan öyle kaldı.

25

Yağmur çiseliyordu. Güneşli bir yağmur. Bir zaman açıyor, sonra gene usul usul çiseliyordu. Kamışlar ıslanmışlardı. Üstlerinden sular süzülüyordu. Sular yapraklarda kabarcıklanıyor, güneşte parlıyordu.

O zamanlar Sıtırın alt yanında büyük bir kamışlık vardı. Yol kamışlığın üst başından, mersinle örtülü dağın eteklerinden geçerdi.

Kamışlığa Küçük Çınar köyü üstünden indiler. Gün batarken yağmur da dindi.

Topal Ali:

"Yamçıyı aldığıma iyi etmemiş miyim?" diye sordu.

Memed:

"İyi," dedi.

"Yağmur da durdu."

"Gene başlar."

"Çukurovada pusu kurmak için bu kamışlıktan iyi yer yok."

Memed:

"Bre Ali Ağa," dedi, "sen bu kadar çok şeyi nasıl belledin? Çukurovayı taş taş biliyorsun."

Topal Ali:

"Gençliğimde Çukurovadan at çalar, dağlara götürürdüm. Anladın mı şimdi Çukurovayı neden iyi bildiğimi?"

"Anladım. Bu yoldan geçecekleri muhakkak mı?"

Topal:

"Kozana iki yoldan gidilir. Biri Çukurköprünün yolu, biri de burası. Yağmur yağdığı iyi oldu. Çukurköprü yolundan çamurdan çıkamazlar, gömülürler. Bu yüzden, muhakkak buradan gelirler. Burası çok iyi. Buradan daha iyi pusu yeri bulunmaz. Yapacağını yapar, hemen atarsın kendini dağa. Cabbar böyle olduğunu bileydi gelirdi."

Cabbar lafını duyunca Memedin yüzü gerildi.

Topal Ali:

"Vallahi de gelirdi," dedi. "O korktu. Dal gündüz, ovanın ortasında sarılacağımızdan korktu."

Memed gene sustu.

"Korktu," dedi. "Bir korktu ki... O ne hin oğlu hin o! Ne kadar eşkıya ovaya inmiş, ovada gezmişse, hepsinin öldürüldüğünü, bir tekinin bile dağa dönmediğini bilir."

Memed merakla sordu:

"Bir teki bile dönmedi mi?"

Topal:

"Bir teki bile."

Azık çıkınını açıp, yemek yemeye başladılar. Ağır ağır çiğneyerek yemeklerini yediler.

Topal:

"Ben gideyim de kasaba yoluna, onların arkasınca geleyim. Sen dağa çekil de uyu. Şafaklayın kamışlığa gir. Atı orta bir yere bağla. Görünmesin. Sen de yolun ağzına gel! Ben gidiyorum. Yarın ikindiüstü onlar buradalar."

Topal ata bindi, doludizgin kasabaya sürdü.

Topal gözden yiter yitmez, Memed de ata bindi, dağa çekildi. Bir taşocağına indi. Taşocağına sular toplanmıştı ama, taşocağı siperliydi. Yağmur yağsa bile insanın üstüne düşmezdi, mağara gibiydi. Ocağın çukuru su doluydu. Çukura taş yığmaya başladı. Atı tam üstteki büyük meşe ağacına bağladı. Yamçıya sarılıp, yığdığı taşların üstüne yumuldu. Bir zaman kendinden geçiyor, sonra hop diye ayıkıyordu. Şafağı böyle etti.

Şafaklayın ata atlayıp, kamışlığa geldi, atı, ta kamışlığın ortalarına sürdü, bir kamış köküne iyice bağladı.

Akşamdan beri bir hoştu. Bedeninin her yeri sızlıyordu. Büyük bir kamış kümesine sırtını dayadı, oturdu. Kamış kümesine sarıca arılar petek üstüne petek yapmışlardı. Örümcekler kamışlardan kamışlara ağlarını germişlerdi. Kamışlar pürçüklenmişti. Pürçükler tozakıyordu. Kamışların pürçüklerine gün vurdu derken.

Beklemek kadar zor bir şey yok. Bekledi. Ne zaman?.. Öğle oldu. Bir ıslak sıcaklık çöktü ovaya. İkindi oldu. Karşı dağların gölgeleri doğuya doğru uzadı. Bu sırada Memed, bir kamış köküne dayalı tüfeğini aldı, yol kıyısına yakın büyük bir kamış kökünün yanındaki çukura gitti. İkide birde yolun ortasına çıkıp kasabadan yana bakıyordu. Görünürlerde kimsecikler yoktu. Dişi dişini yiyordu. Döşen kurşunu yazıya yabana... Nereye olursa olsun. Döşen! Kamışlığa, yola... Hırsından tepiniyordu. Her dakika bir yıl oluyordu artık.

Sonra hançerini çıkardı, çukuru kazmaya başladı. Bütün gücüyle kazıyor, toprağı avuçlarıyla dışarı taşıyordu. Soluk soluğa yola koştu, bir şey yok. Elleri yanlarına düştü. Öyle kalakaldı. Ne gelen var, ne giden. Umudu kesti. Gitti çukurdan tüfeğini aldı, geldi yolun ortasına dikildi. Gün neredeyse batacaktı. Ta yolun ötesinden kımıldanan bir top karartı göründü. Karartı gittikçe yaklaşıyordu. Yüreği hop etti. Buna karşın kamışlığa gene girmedi. Az daha yaklaşınca karartı, dört candarmanın önünde iki kadın olduğunu fark etti. Ağır ağır kamışlığa çekildi. Karşı dağın üstündeki güneşin yarısı kalmıştı. Candarmalardan en arkadaki uzun boylusunun bacağını nişan alıp tetiği çekti. Candarma bağırarak döndü, yere kapaklandı. Memed makinalı gibi tarıyordu, sağı solu. Candarmalar afallamışlardı.

Memed:

"Ulan karşınızda İnce Memed var. Bırakın o kadınları gidin."

Bir candarma daha düştü çığlık atarak. Öteki iki candarma da yolun kıyısındaki su dolu hendeğe attılar kendilerini. Memede karşılık vermeye çalıştılar. Karanlık kavuştu, yağmur da yeniden ufak ufak sepelemeye başladı. Kadınlar ortada öylece kalmışlardı. İkisini de korkunç bir titremedir almıştı. Yolun ortasına, çamurların içine oturuverdiler sonra da.

"Ulan candarmalar varın işinize gidin. Uğraşmayın bizimlen. Bir tabur bile olsanız vız gelirsiniz."

Vurulanların bağırtısı, iniltisi göğü tutuyordu.

"Alın da arkadaşlarınızı gidin. Alın da..."

Candarmalar bir ara ateşi kestiler. Kadınların da azıcık akılları başlarına geldi.

"Gözü kör olası haydi," dedi, "yavaş yavaş Memede gidelim."

Hatçe:

"Bu da mı gelecekti garip başıma?" diye inledi. "Gidelim." Yol boyunca sessiz sessiz süründüler.

Hatçe:

"Memed!" dedi.

Memed:

"Geldiniz mi?"

Göz gözü görmüyordu karanlıktan. Memed çukurdan yola atladı, karanlıkta gölge gibi sallanan kadınlara doğru geldi. Ellerinden tuttu, kamışlığa, atın yanına çekti. Candarmalar oraya buraya daha kurşun sıkıyorlardı. At ayak seslerini işitince uzun uzun bir kişnedi. Memed atı çözdü:

"Binin," dedi. "Binin de arkamdan sürün."

Kamışlığı çıktıklarında, candarmalar kurşunu kesmişlerdi. Yaralı arkadaşlarıyla konuşuyorlardı.

Eteğe doğru, nalları kıvılcımlanan bir atlı, taşları biribirine katarak, son hızla önlerinden geçti gitti. Biraz sonra da geri döndü. Topal Ali olsa gerek diye Memedin içinden geçti.

Bir ses geldi usuldan:

"İnce Memed! İnce Memed!"

"Buradayız Ali, gel!" diye bağırdı Memed.

Ali geldi yanlarında soluk soluğa durdu. Attan aşağı indi:

"Memed kardaş, al atı, bin. Sonra Çiçeklideresine teslim et. Bu eteklerde durma. Akçadağa çekil. Asım Çavuş ne kadar candarma varsa çeker üstüne yarın. Yakayı ele verme. Ben sana ulaşırım. Bu gece ne yap yap Çiçeklideresini tut. Oradan da Akçadağı... Durma, doluduzgin. Allah selamet versin."

Arkasını döndü karanlığa karıştı.

Memed:

"Bu iyiliğini unutmayacağım Ali Ağa."

Topal Alinin bıraktığı ata atladı.

"Hatçe öteki attan indi, geldi terkisine bindi.

Karanlıkta, dağlara yukarı, doludizgin atı doldurdu.

Birkaç kere yolu şaşırdı. Sonra buldu. Gün doğmadan Çiçeklideresine yetiştiler. Doğru köyün içine sürdüler. Ortadaki herhangi bir evin önünde durdular.

Memed bağırdı:

"Dışarı çıkın hele!"

On sekiz yaşında gösteren bir delikanlı açtı kapıyı. Onları görünce gülümsedi, sevindi. Geldi atların başını tuttu. Ahıra çekti. Atlar köpük içinde kalmıştı.

Hatçeyle Iraz iki büklümdü. Titrer gibi bir halleri vardı. Yüzleri alacakaranlıkta kararsız, karmakarışık, şaşkın görünüyordu.

İçeri girdiler. Evin kadınları ocağı yakmışlar, ocağın başına da döşekler sermişlerdi. Döşeklere yorgun oturdular.

Memed:

"Ev sahipleri," diye konuştu, "ben iki günlük acım."

"Şimdi, şimdi İnce Memedimiz," dediler.

26

Abdi çökmüştü. Zayıflamıştı. Avurdu avurduna geçmişti. Kahvede akşamlara dek kulağının dibinde İnce Memed lafı ediliyordu. Buna ifrit oluyordu ama, ne gelirdi elden. Elin ağzı torba değil ki çeke bağlayasın.

Öfkesinden çarşıya sığmıyor, Maraşlı Mustafa Efendinin dükkanından Tevfiğin kahvesine, Tevfiğin kahvesinden Horoz Remzinin manav dükkanına, oradan arzuhalci Siyasetçi Ahmede mekik dokuyordu. Her oturduğu yerde kimsenin ağzını açtırmadan saatlarca konuşuyordu.

"Görün işte! Görün işte malınızı. Çocuk diyordunuz. Ben bilmez miyim onu? O ne yezid oğlu yezid. Şurayı iyi belleyin. Abdi demedi demeyin. O dağlarda hükümetini kuracak. Mutlak kuracak. Benim tarlalarımı, babamdan kalma tapulu tarlalarımı köylüye, düğün şenlik dağıtan adam, hükümet değil de nedir ya?.. Hükümetlik ilan edecek. Tel çektim Ankaraya belki bin tane. Ne cevap veren var, ne hal soran... Bir acayip iştir kardaşlar, bu hükümet işi. Bu kadar vatandaşını Torosun dağında bir eşkıyanın eline bırakmış. Gönder bir alay asker, kessin kökünü şunların. Haşa, sümme haşa! Hükümetimize dil uzatmıyorum. Uzatamam efendim. Amma neden kul eder bizleri birkaç eşkıyaya? Yazık değil mi? Günah değil mi?"

İkinci günü sabahleyin, yaralı candarmalar getirildi kasabaya... Mesele dilden dile dolaşıyordu. Herkes Memedden yanaydı.

Abdi Ağa da çarşının ortasına düşmüş, dört dönüyordu. Etekleri tutuşmuş. Konuşmuyordu. Yalnız önüne gelene:

"Ben size demedim mi?" diyordu.

Kimi görse, tanıdık, tanımadık:

"Demedim mi?" diyor, geçiyordu.

Sonra vardı Tevfiğin kahvesine, başını bir masanın üstüne koydu, orada hareketsiz, öylece kaldı. Öğle yemeğini unutmuştu. O öyle uyuklarken bir yanaşma geldi.

"Ağam seni istiyor," dedi.

Abdi Ağa ağır ağır başını kaldırdı.

"Nee?" diye bezgin bezgin sordu.

"Ağam, bize buyursun, diyor."

Kalktı. Başı çatlayacakmış gibi ağrıyordu.

Ali Safa Bey onu kapıda karşıladı, koluna girdi:

"Gel Ağam, gel bakalım. Bizi unuttun gitti."

Başını kaldırdı. Gözleri kan çanağına dönmüştü. Uzun uzun Ali Safa Beyin gözlerinin içine baktı, sonunda:

"Demedim mi?" dedi.

Ali Safa Bey gülümsedi:

"Gir hele içeri gir! Konuşuruz."

"Demedim miydi?"

Merdivenleri dura dura, soluk ala ala çıktılar. Abdi Ağa "of, off!" çekerek, bitmişçesine kendisini sedire attı.

"Demedim mi?"

Kahve geldi. Fincan elinden düşüp kırılacakmış gibiydi. Kahve dudaklarından dökülür gibi...

Ali Safa Bey geldi yanına oturdu. Sakalını okşadı:

"Aman Abdi Ağam sen bu kasabayı yaktıracaksın. O arzuhaller ne öyle? Hükümet bir ordu gönderecek. Günah değil mi bizim kasabamıza? Yazık değil mi? İki sütsüz dağa çıkmış diye adı kötüye mi çıksın?"

Abdi Ağa derinden derinden içini çekerek inledi, başını salladı:

"Abdi ne yaptığını biliyor mu Ali Safa Bey oğlum? Ne yaptığını biliyor mu? O beni öldürecek. Yaşatmaz beni o! Ne yapacağımı şaşırdım. Elim ayağım tutmuyor. Zoruma giden ölümüm değil. Zoruma giden, bir el kadar çocuğa kocaman hükümetin gücü yetmiyor. Zoruma giden bu da değil. Sorma derdimi Ali Safa Bey! Sorma halimi. Zoruma giden bunların hiçbirisi değil. Gitmiş köye, tarlalarımı köylüye dağıtmış. Öldürdüm Abdiyi, yaktım Abdi Ağayı diye. İşte bu kahrediyor beni, bu öldürüyor. Bu korkutuyor. Ölümüme yanmıyorum Ali Safa Bey. Bir ayağım çukurda. Bugün değilse yarın. Dünyaya direk kakacak değilim. Yarın bir tane daha çıkar, o da senin tarlanı dağıtır. Öbür gün bir tane daha... Daha da daha... Daha!.. Ben bundan korkuyorum işte..."

Ali Safa Bey omuzuna vurdu:

"Yok, Abdi Ağa, yok. Müsterih ol sen. Onlar belalarını bulacaklar. Müsterih ol."

Abdi Ağanın gözleri parlayıp, sakalı gerildi. Yüzüne kan geldi:

"Bugün banaysa, yarın sana. Beni bu korkutuyor işte. Dağda eşkıya mı var, istediği kadar olsun. Eşkıya da nedir ki... Ama bu! Bu korkutuyor beni. Toprak meselesi... Bir aklına düşerse köylünün, önüne geçilmez. Öldürüleceğimden değil, bundan korkuyorum. Siz bilirsiniz Ali Safa Bey. Bana kalırsa, hemen, gün geçirilmeden ölmeli bu oğlan. Bu oğlan eşeğin aklına karpuz kabuğu düşürdü. Gün geçirip fırsat verme zamana. Aman oğlum. Karpuz meselesini aklından çıkarma. Vayvaylılar bile ona sığınıyorlar."

Ali Safa Bey aldırmıyor, gülüyordu:

"Anlıyorum Ağam," dedi. "Anlıyorum ama, korkma. Bugün değilse yarın, onun kellesini getirip senin kapının önüne atarlar. Korkma! Bir bölük candarmayla Asım Çavuş, elli gönüllüyle de Kara İbrahim onun takibine gönderildi. Candarmalar neyse ne ya, Kara İbrahim eski eşkıyadır. Eşkıyalığın yolunu yordamını, o dağları çok iyi bilir. Onlara dedim ki, kesin kellesini İnce Memedin, takın bir sırığa, getirin Abdi Ağanın evinin önüne dikin. Öyle yapacaklar."

Abdi Ağa:

"O bir gün daha yaşamamalı. Bir gün daha. İnşallah öyle olur. Dediğin çıkar."

Ali Safa Bey:

"İnşallahı da var mı? Mutlak öyle olacak. Sen Kara İbrahimi bilir misin?"

"Bilirim."

"İşte o!"

Abdi Ağa az kendine geldi. Umut kapıları açılıyordu.

"Kara İbrahim onun hakkından gelir," dedi. "Güveniyorum ona. Sen Vayvay işini..."

Ali Safa Bey sözünü yarıda bıraktı:

"Kalaycı öldü öleli işler kötü. Korkmuyorlar. Böyle giderse..."

Abdi Ağa:

"Şu ortadan kalksın bir kere hele..."

"Kalkacak."

27

Köylüler candarmaların elinden zar ağlıyorlardı. Memedin takibine çıkan candarmalar kesin emir almışlardı. "İnce Memedi diri, ölü mutlak getireceksiniz. Yoksa!.." Yoksası da vardı. Böyle emir alanlar hangi dağ köyüne girmişlerse, orasını bir anababa gününe döndürüyorlardı. Sopadan geçirmedikleri kimse kalmıyordu. Çoluk çocuk, tüm dağ köylüklerinden ah vah geliyordu. Amansız. Kimse İnce Memedin yerini bilmiyordu. Kimse onu aramaya çıkmıyordu. Yol gösterenler de yanlış yol gösteriyorlardı. Memedin suçsuz kızı hapisten kurtarışı dağ köylüklerinde, Değirmenolukta destan üstüne destan olmuştu. Herkes işini gücünü bırakmış, her yerde İnce Memed lafı... Hatçenin candarmaların elinden alınışı üstüne, bir günde belki on tane türkü çıkarılmıştı.

Kamışlık olayından iki gün sonraydı ki Değirmenoluğa candarmalar girdiler. Yüzlerine konan sinek kırk parça oluyordu. Öylesine asıktı yüzleri. Doğru Durmuş Alinin evine gittiler. İhtiyarı kapının önünde yakalayıp sigaya çektiler. Ağzından bir laf alamadılar. Sordular soruşturdular, gözdağı verdiler, olmadı. Dipçiklerle dövmeye başladılar. Karısı Hürü dövülen ihtiyarın başında kuş gibi çığrışarak dönüyor, ağzına geleni söylüyordu. Bir candarma dipçiği onu da susturuverdi.

İki ihtiyarı damın avlusunda, ala kan içinde bıraktılar, başka evlere gittiler. Akşama kadar bir sürü insana sıra dayağı attılar. Gece Abdi Ağanın evinde misafir kaldılar. Sabahleyin erkenden kalkıp gene dayağa başlayacaklardı. Dayak atmaktan bıkmış usanmışlardı. Hiçbirinde hal kalmamıştı. Her şeyin çaresi bulunur, köylüleri biribirine dövdürüyorlardı.

Böyle böyle, İnce Memed yüzünden dağ köylüklerinin üstünden bir işkence, bir candarma silindiri geçiyor, doruklara doğru yükseliyordu.

İnce Memed Alidağına çekilmişti. Alidağı korkunç sarp kayalıklıydı. Uzun boynuzlu, mor geyiklerin yatağıydı. Kayaları bıçak gibi sivriydi. Üstünde gezilmezdi, keserdi. Çakmaktaşından bir dağ derler ya, işte öyle bir dağdı. Doruklara doğru ağaç azalıyor, doruğun çok aşağısında bitiyordu. Doruk çırılçıplak kayalıklardı. Yılın dört mevsimi, kar eksilmezdi. "Ala karlı Alidağın yücesi – Soğuk oldu yatılmıyor gecesi."

Memed bu Alidağını, geyik avladığı zamanlardan taş taş, kaya kaya, mağara mağara bilirdi.

Tam dorukta bir mağara vardı. Ama mağaraya yol yoktu. Beş yüz metre bir kayanın yüzüne tırmanarak, yapışarak yürümek gerekti.

Çiçeklideresinden çıktıktan sonra sıkıştılar. Dört bir yandan candarma kuşatıyordu. Kara İbrahimin takip ettiği haberini de getirdiler. Çobanı, çiftçisi, ağaççısı, herkes haber ulaştırıyordu Memede. Memed günü gününe olan biteni öğreniyordu. Irazla Hatçe çok yorulmuşlardı. Ayakları şişmişti. Bu yüzden Çiçeklideresi dağında kalmışlardı. Kara İbrahim ve candarmalar Çiçeklideresi dağını tarayarak yukarılara doğru geliyorlardı. Sefil Alinin dayısının çobanı Memede, "Tam sarıldınız, kaçın, yoksa öldürülürsünüz," diye haber getirdi. Kaçamadılar. Bir şafak vakti çarpışma başladı. Dört bir yandan saldırıyorlardı. Memed kurşunlarını çok ölçülü kullanıyordu. Ancak, ilerlemeye çalışanları nişan alıp sıkıyordu. Asım Çavuş boyuna, "Teslim ol!" diye bağırıyordu. Memed, "Olur," diyor, arkasından da kurşunu yapıştırıyordu.

Dağın yamacına kum gibi candarma yapışmıştı. Yerlerinden kıpırdayamıyorlardı. Memedin tüfeği ateşe kesti ve ağzında kurşun kaldı. Tüfeği açılsın diye toprağa soktular. Tabancayla ateşi sürdürdü. Hatçe korkusundan tir tir titriyordu. Memed gülüyordu buna. Kapkara kesilmiş, kan tere batmıştı. Terler koltuklarından, kulunçlarından fışkırmış köpürmüştü. Beyaz bir tuz bırakmıştı sırtında, kuruyan yerlerde.

Iraz Memede yardım ediyordu. Az zaman içinde tüfeğini soğutup, içindeki kurşunu çıkardı. Memed tüfeğini yeniden eline alınca sevindi. Akşama doğru nedense, ötekiler ateşi kestiler. Bu, Kara İbrahimin bir taktiğiydi. Onlar çekildi olacaklar, çarpışmadan vazgeçmiş gibi yapacaklar, sarılan da yerini terk edip kaçmaya çalışacak, onlar arkasından yükleneceklerdi. Memed bunu çaktı.

Onlar çekiliyorlardı. Sürünerek aşağı aktıkları belli oluyordu. Bozguna uğratmak gerekti onları. Çekilirken yüklenmek, karşı tarafın bozguna uğraması için birebirdi. Memed bağırarak olduğu yerden fırladı aralarına doğru. Hatçe arkasından feryadı bastı. Aldırmadı. Memedin arkasından geldiğini, kurşun yağdırdığını görenler tam bozguna uğradılar. Aşağı kaçışmaya başladılar. Gün batıncaya kadar Memed arkalarından gitti. Geri döndüğünde gece yarıyı buluyordu. Memed gelir gelmez, Hatçe ağlayarak boynuna sarıldı. Ha bire ağlıyor, durmuyordu.

Iraz onu tuttu hızla çekti:

"Ne derdin, kör olası? Kıyamet mi koptu? Ne var? Eşkıyalık bu! Eşkıya karısı her şeye katlanacak. Kes sesini. Kör olası seni. Çocuk kurtardı da seni başına bela mı aldı?"

Memed soluk soluğaydı:

"Size bir şey diyeceğim," dedi, dura dura.

Iraz:

"De!"

Memed:

"Burada kalırsak işimiz duman. Kaçmalı, izimizi yitirmeliyiz. Canınızı dişinize takın. Alidağına kadar yüreyeceğiz. Dört bir yanımız candarma dolu. Çare yok. Bir haftalık yiyeceğimiz var. İki günde Alidağını tutarız. Bir evimiz olur. Ben bir yer biliyorum. Kimse de bilmez orayı. Geyik avlarken bir yaralı geyik düşmüştü de, ben de oradan biliyorum. Orada yaşarız. Ömrümüzün sonuna kadar yaşarız."

Hatçe:

"Ömrümüzün sonuna kadar değil, affa kadar. Af çıkacakmış önümüzdeki yıl. Hükümetimizin kurulduğu gün. Affa kadar."

Memed:

"Af mı?" dedi. "Yüreğir toprağı... Amma o işi görmeden olmaz ki..."

Durdu. Gecede çıt yoktu:

"O işi görürüm affa kadar."

Hatçe:

"Görürsün. Görmeden olmaz. Sıçanın deliğine girse de..."

"Olmaz," dedi Memed. "Kalkın yola düşelim."

Yola düştüler. Soğuktan üşüyorlardı. Gökyüzü aydınlıktı. Gökyüzü, yıldızlar buz tutmuş, cilalanmış gibiydi. Ormanın dalları ıslaktı. Süründükçe ıslanıyorlardı. Hatçe bir kere "of" dedi, sonra kendine geldi vazgeçti. Bir eşkıyanın karısı dişini sıkmalıydı. Ağır ağır, çıtırtı çıkarmadan, yere sakınarak basıyorlardı. Dallar yüzlerini yırtıyordu. Memed önde, onun arkasında Iraz, arkada da Hatçe... Çiçeklidağını indiler. Gün doğuyordu. Memedin yüzü yarı aydınlık, yarı karanlıktı. Hatçeyle göz göze geldiler. Iraz onları oldukları yerde bıraktı, hızla aşağı doğru uzaklaştı, kayaların arkasında yitti.

28

Alidağının doruğuna çıkmak zor oldu. Zımpara taşı gibi kayalar, ellerini ayaklarını yedi bitirdi. Başları dönüyordu. Aşağılar, Dikenlidüzü bulutlar arasında, küçücük el kadar kalıyordu. Dikenlidüzündeki beş köy küçücük birer nokta gibi kalmıştı.

Mağaraya varacakları uçurumun dibindelerdi. Memed on defa bile gidip gelebilirdi. Ama bu kadınlar, nasıl gideceklerdi? Zor.

Memed:

"Siz burada dinlenin. Ben sırtımızdaki öteberileri götürüp mağaraya yerleştireyim, sonra da gelir sizi alırım."

Gitti. Duvar gibi düz kayanın yüzünden yürüyüşüne hayran kaldılar onun.

Yarım saat kadar sonra geri geldi. Gözleri gülüyordu:

"Bir evden daha iyi. Daha sağlam. Yanında da kartalların yuvaları var. Kartallarla komşuyuz."

Hatçenin elinden tuttu kaldırdı:

"Sen gel, Iraz teyze beni burada beklesin. Seni kartallara yem diye götürüyorum."

Hatçe:

"Bu duvarı mı çıkacağım?" diye korkuyla sordu.

Memed:

"Sen duvardan değil, benden tutarsın. Yürü!"

Tırmandılar. Hatçe, gözleri kararıp bir iki kere çığlık attı. Memed tersledi. Çıktılar.

Iraz da Memedi beklemeden kalktı, kayaya tırmandı. Korktu. Elleri düşecekmiş kadar yoruldu ama Memed geri döndüğünde onu kayanın başında buldu.

"Sen ezelden eşkıyaymışsın Iraz teyze!"

"Ezelden."

Mağaranın ağzı büyük değildi o kadar. Üç insan gövdesi girecek büyüklükteydi. Mağara derindi. Uzundu. Tabanı un gibi yumuşak, kömür tozu gibi kara bir topraktı. Toprağın üstü kuş gübreleriyle doluydu. Duvarlar, damar damar ak çizgilerle örtülüydü.

Memed:

"Buraya insan ayağı basmamıştır," dedi.

Iraz:

"Daha iyi."

Hatçe:

"Bizim köyümüz."

Iraz:

"Bizim evimiz."

Hatçenin sevinçten, gözleri ıslak ıslaktı:

"Haydi evimizi temizleyelim."

Iraz:

"Ya," dedi.

Memed:

"Ben köye gidiyorum. Alın şu tabancayı! Evinize ne gerek?"

Hatçe:

"Bir ayna," dedi.

Iraz güldü:

"Hey gidi gençlik hey!"

"İki minder, iki yorgan. Bir çam bardak, bir tencere, bir sac, un, başka da can sağlığı, gerisini sen düşün."

Memed:

"Sağlıcakla kalın."

Gece yarısı Durmuş Alinin evine geldi. Kapıyı kadın açtı. Memed olduğunu anlayınca:

"Susss! dedi. "Susss!"

Memed içeri girdi usuldan.

"Ne var Hürü Ana? Noldu?"

Hürü:

"Susss!"

Memed bir daha ağzını açmadı.

Kadın çıralığı yaktı, pencereleri sıkı sıkıya kapadı, dışarıya çıktı. Damın arkasını dolandı. Kimsecikleri göremedi.

"Yavrum," dedi, "sen nasıl oldu da geldin? Köyün içi candarma dolu. Durmuş Ali Emmini döve döve bir hal ettiler. Sakalından tuttular da sürüm sürüm sürüdüler fıkarayı. Köylüyü de hep değnekten geçirdiler. Bunu hep o keçi sakallı ediyor. Öldürmedin gitti. Durmuş Ali Emmine senin yerini sordular. Bilmem deyince, fıkarayı bir ettiler, bir ettiler ki, daha yatıyor. O günden beri yataktan çıkamadı. Beni de dövdüler. Her yerlerim kara kara. Öldürsene şu gavuru."

Memed:

"Topal Aliden ne haber?"

Kadın kızdı. Sesini yükseltti:

"Sen yok musun sen! Ah! Sana ne deyim? Seni kör bıçakla boğazlamalı. Eline düştüğünde, onu öldür demedim mi sana? Onu öldür. Şimdi Ağanın adamı oldu. Sizin damı da Abdi Ağa ona vermiş. Ya, sözümü tutsaydın da gebertseydin onu. Aaah! Seni. Şimdi candarmaların önüne düşmüş dolaştırıyor. Senin izini sürüyor. Abdi Ağanın alacaklarını o topluyor. Köylüyü dövdür babam dövdür ediyor candarmalara. Çok suçun var Memed, çok!"

"Şimdi nerede yatıyor, o Topal?"

Kadın gürledi:

"Nerede yatacak? Sizin evde. Dün evini getirdi yerleştirdi. Benim güzel Dönemin evine pis Topalın pasaklı karısı yerleşti. Ben de oturdum seyreyledim. Yüreğimden kan gitti. Öldüm. Kurudum kaldım."

Memed:

"Ben oraya gidiyorum."

Kalktı.

Kadın:

"Orası candarma dolu. Şöyle usturuplu var, öldür kafiri kaç."

396

Memed dışarı çıktı. Kendi evlerine vardı. Burnuna koyu bir süt, buzağı kokusu geldi. Bahar otları kokusu geldi. Avucunun orta yeriyle yumuşacık yumuşacık bir şeyler okşadı.

"Ali Ağa, Ali Ağa!"

Sesi duyunca Ali yataktan hopladı. "Bu adam delirmiş," dedi, içinden. "Mutlaka delirmiş." Telaşla dışarı çıktı. Eliyle ağzını kapadı. Yüksek sesle:

"İyi ki geldin. Sağ ol. İyi ettin kardaş. İnce Memed mi? Akçadağa mı gitmiş? İyi ki geldin. Biz Akkaleye kadar yorulacaktık. Yaşasın."

Kulağına eğildi:

"Sen git Durmuş Ali Emminin evine. Ben şimdi gelirim."

İçeri girdi, candarmalara:

"Arkadaşlar, herif almış başını Akçadağa çekmiş. Orada onu keklik gibi avlarsınız. Şimdi bir adamım geldi. İşler kolaylaştı. İzini doğrulttuk İnce Memedin. O melunun. Onu Akçadağda kıskıvrak sararsınız. Oldu bitti. Ben şimdi gidip de haberi Abdi Ağanın karısına müjdeleyeceğim."

Çıktı. Gece karanlıktı. Memedin yürekliliğine hayran kaldı.

Topal içeri girince Hürü şaşırdı. Memede ters ters baktı. Sende iş yokmuş dercesine baktı.

Memed:

"Hürü Ana konuşacaklarımız var," dedi.

Hürü:

"Konuşun," dedi. "Zaten o Topal domuzun pis yüzüne hasret değilim. Konuşun."

Topal güldü:

"Bu Hürü Hatun da nedense bana düşman. Ben ne yaptım ona?"

Hürü başını salladı. Dişlerini sıktı:

"Ben bilirim senin ne yaptığını. Ben bilirim senin... Topal domuz. Şimdi de candarmalarla bir oldun. Öyle mi? Şu Memedim olmasaydı burada... Ben seni sokar mıydım bu eve. Senin o topal kafanı parça parça ederdim. Bir taş alır, parça parça..."

Çekildi.

Topal:

"Yahu Memed," dedi, "nasıl geldin bu kıyamette. Öyle mi?"

Memed:

"Geldik işte."

"Takibinde eşkıya Kara İbrahim var. Abdi gönderdi onu da. Abdi, Ali Safa Bey... Kara İbrahim gelir onun hakkından diyorlar. Çok güveniyorlar Kara İbrahime. Çok da para vermişler. Ama Kara İbrahim, eski Kara İbrahim değil! Tömtömüleşmiş! Bunamış. Bir yol tutmuş, başındaki adamlarla birlikte, İnce Memed geçecek de, tang diye vuracaklar. Sakın ha, o yoldan geçme! Kara İbrahim vurur seni. Sonra kardaşıma deyim, ben Abdi Ağanın gözdesiyim. Varsa da Topal Ali, yoksa da Topal Ali. Her şeyi benden soruyor. Ölmedi melun. Keşki o kadını sokmasaydınız içeri, ev yanarken."

Memed:

"Ne bilirdik! Telaş. Keşki..." diye hayıflandı.

"Senin kelleni getirip, Abdi Ağanın kasabadaki evinin önüne dikeceklermiş. Ali Safa Bey ona söz vermiş. Evi candarma kumandanlığıyla yan yana..."

Memed:

"Aldırma. Şimdi bana iki minder, iki yorgan, bir ayna, bir çam bardak, bir külek un gerek. Bunları bir ata yükle, ver elime. Tuz, biber, yağ..."

Ali:

"Kolay," dedi. "Ağamın canı sağ olsun. Evi emrimde. Ne istersen buluruz."

29

Asım Çavuşun emrindeki bir bölük candarma, Kara İbrahim ve avenesi, bir güz, bir kış dağlarda kaldılar. Dağ köylüleri ellerinden zar ağladı. Her köylü bir yer haber veriyordu. Akçadağ, Göğsün dağları, Beritdağ, Binboğalar, Aladağ, Kayranlıdağ, Konurdağ, Meryemçil beli ara ha ara ettiler. Ne üstlerinde üst ne başlarında baş kaldı. Sıçanın deliğine bile baktılar. İnce Memed yok oğlu yok. Kayıplara karışmış. Kışın yarısını Değirmenolukta geçirdiler. Alidağında, aramadık delik bırakmadılar. Alidağına geyik avına gittiler. Mağaranın yanı başına kadar çıktılar. Olmadı.

Topal Ali candarmaların önüne düşüyor, "Onu mutlak bulacağız," diye savuruyordu. Alıp Binboğalara götürüyordu... Güya iz sürüyordu. "Hani? Nerde kaldı senin meşhur izciliğin Ali?" diye soruyorlar, Ali, "İhtiyarlık, artık seçemiyorum," diye içini çekerek karşılık veriyordu. "İhtiyarladık artık. Geçti."

Topal Ali kocamamış, gençleşmişti. Rüzgar gibiydi. İçinde bir umut ateşi yanıyordu.

Bütün güz, bütün kış ayları dağlarda perperişan İnce Memedin ardında ora senin, bura benim dolaştıktan sonra, yorgun, bitkin kasabaya döndüler. Dağlarda iki tane büyük çeteyi de, bu arada, ortadan kaldırmışlardı ama, İnce Memed yoktu. Kasaba yas içindeydi.

Kara İbrahim on yaş daha ihtiyarlamıştı. "Ben böylesini görmedim," diyordu. "Bu adamda bir sır, bir hikmet var.

Kayboldu gitti. Ben böylesine rastlamadım. Ama onu bulacağım. Onunla karşı karşıya geleceğim. Buna çare yok. Onunla bir hesabım var. Göreceğim. Çiçeklideresinde tutuştuğumuzda, kafasıdır dedim, belki yüz kurşun sıktım. Bir şey olmadı ona. Ona kurşun geçmiyor. Yoksa onu bir kurşunda haklardım. Neyse!"

Bir an içinde, bütün kasabada, "İnce Memede kurşun geçmiyormuş," lafı yayıldı. Dillere düştü. Abdi Ağanın kulağına kadar geldi. Abdi Ağa eriyordu zaten. Bir deri bir kemik kalmıştı. İnce Memedin ölüm haberini bekleye bekleye bir hal olmuştu. İkide bir Ali Safa Beye gidiyordu, "Hani oğlum Ali? Gözleye gözleye gözüm dört oldu," diyordu. "Dört de oldu, sekiz de. Hani, noldu?" Ali Safa Beyse, "Sabreyle emmi," diyordu, "sabreyle. Sabırla koruk helva olmuş. Sabreyle. Ben sana söz verdim. Onun kellesini getirip senin evinin avlusuna diktireceğim. Sabreyle."

Kurşun geçmez haberini de duyunca Abdi Ağa çılgına döndü. Bir koşu, soluğu Siyasetçinin dükkanında aldı. Meseleyi söyledi. Hemen, Ankaraya bir tel yazmasını istedi. Siyasetçinin aptal yüzü biraz daha aptallaştı, biraz daha dili ağzında büyüdü. Konuşamaz oldu.

Abdi Ağa:

"Yaz," dedi. "Yaz hükümete ki, bir şaki türedi dağlarda, kan içen... Çocukları öldürüyor. Genç taze kızları dağa kaldırıyor, ırzlarına geçiyor. Dağlarda hükümet kurmuş. Gittikçe nüfuzu büyüyor. Toprak dağıtıyor. Toprak dağıtmayı köylünün aklına düşürüyor. İşte bunu iyi yaz. Kafalarına iyi çak! Altına da bir çizgi çek buranın. Kaçırdığı kızların ırzına geçtiği gibi parça parça ediyor, ağaçlara asıyor her parçasını. Maraş-Adana yolunu çeteleri tutmuş, kimseyi geçirmiyorlar. Yaz! Siyasetçi Efendi, yaz kardaşım. Ne kadar kudretin varsa, hepsini dök ortaya. Ankarada okuyanın parmağı ağzında kalsın. Ordu göndersin. Ben pul almaya gidiyorum," dedi çıktı.

Kasaba, biribirine girmişti. "Bir İnce Memed ha! Parmak kadar çocuk ha! Bu işleri yapsın da... Ele geçmesin!"

Abdi Ağanın önüne gelene yanıp yakılmaları, Ali Safa Be-

yin entrikaları da buna eklenince iş büyüyordu. Ağlayan ço-
cukları, "İnce Memed geliyor!" diye avutuyorlardı.

Bunun üstüne candarma bölüğü kasabaya geldiğinin hafta-
sında, takviyeli olarak, gene Asım Çavuş kumandasında İnce
Memedin takibine çıkmak zorunda kaldı. Kara İbrahim de ave-
nesiyle bunca, İnce Memedi yakalayacağına dair, Abdi Ağaya
yemin üstüne yemin ederek dağa çıktı.

30

Sarı çiğdem çiçeklerinin sapları, yok denecek kadar kısacıktır. Toprağa yapışmıştır. Kayaların aralarına, sapsarı bir halı serilmiş gibi olur. Güneş rengi. Mor sümbüller diz boyudur. Menekşeler ıslak, göz gözdür. Parıldar. Kırmızı çiçekler açar. Kırmızıları hiçbir kırmızıya benzemez. Billur kırmızısı... Tatlı, sıcak.

Yerden fışkırırcasına bir yeşil türer. Bir hoştur. Alidağından aşağılara bakınca yeşilin yağmur gibi yağdığı sanılır. Bulanık. Kayalar, benek benek, türlü renkle nakışlanmıştır. Hava burcu burcu çiçek kokar.

Eteklere doğru Alidağının kayalıkları kırmızılaşır, mora çalar. Ak bulutlar değip geçer, Alidağı nennilenir.

Yamaçta, Binboğalara bakan yönden, seyrek çamların içinde bir pınar kaynar. Yeşil. Memed sularını oradan getirir.

Ortalık günlük güneşlik. Dikenlidüzü ışığa boğulmuş. Her şey, ağaçlar, çakırdikenler, taşlar, kayalar ışığa kesmiş. Erimişler. Bazı çiçekler de...

Hatçe mağaranın kapısında başını Irazın dizlerine koymuş. Iraz da başının bitlerini kırıyor. Bitler fazla.

Bütün kışı mağarada geçirdiler. Mağarayı ev gibi donattılar. Evleri zengin bir köylü ağasının evinden daha da hoştu. Tabana peryavşan döşemişler, üstüne nakışlı yörük kilimleri sermişlerdi. Bahar gibi tüten kilimler. Kilimleri de Saçıkaralı aşireti ağası Kerimoğlu çeyiz olarak vermişti. Mağaranın duvarları geyik postlarıyla kaplanmıştı. İri boynuzlu geyikler. Boynuzlar cilalanmış gibi. Duvarlardan sarkıyorlar. Tüyleri altın yaldız gibi. Işıltılı.

Kış zor olmuştu. Alidağın tepesinde boran savururken, tipi göz açtırmazken, mağarada sabaha kadar akeş yakmalarına karşın her gece donma tehlikesi atlatmışlardı. Memed, bir buçuk ay kadar çalışarak üstten kayayı delmiş, mağaraya bir duman deliği açmıştı ama, para etmiyordu. Duman içeriyi dolduruyor, karda boranda, tipide mağaranın kapısını açıp dışarıya çıkıp soluk almak zorunda kalıyorlardı. Üşüyorlardı. Donuyorlar, elleri ayakları düşecekmiş gibi oluyor, kendilerini dumana, mağaranın içine yeniden atıyorlardı.

Üstlerine ne kadar geyik postu, yorgan, kilim varsa hepsini örtüyorlar, biribirlerine sarılıyorlardı. Sıkı sıkıya, biribirlerine yapışıyorlardı. Gün doğunca biribirlerinden ayrılıyorlar, Memed geyik avına gidiyor, kadınlar ekmek pişiriyorlar, çorap örüyorlardı. Duvardaki postlar Memedin vurduğu geyiklerin postuydu. Etlerini yiyor, derilerini kurutuyorlardı. Bütün kış, bir gün bile etsiz kalmamışlardı.

Unlarını, yağlarını, tuzlarını Topal Ali getirip, etekte bir mağaraya koyuyor, Memed oradan yukarıya taşıyordu. Yerlerini Topal Ali bile bilmiyordu. Karda iz kalmasın diye de, mağaradan her çıktıklarında arkalarından büyük bir top kara çalı sürüklüyorlardı. Kara çalı, karda iz kalmasın diye başvurulan en iyi çaredir. İz ne kadar derin olursa olsun, kara çalı, üstünden bir silindir gibi geçer, izi yitirir. Kendi izi de yarım saat içinde yiter. Ne kadar arandıysa Alidağı, bu yüzden onların burnu kanamadı. Candarmalar nasıl şüphelensinler? Her bir yan lekesiz, dümdüz, el değmemiş kar...

Irazın dizindeki Hatçe:

"Hani ya teyze?" diye sordu. "Af çıkacaktı, Mustafa Ağa yalancı çıktı."

Iraz:

"Çıkacak," diye karşılık verdi. "Sabreyle kızım, sabreyle. Her tepeden bir gün doğar."

Zayıflamışlar, kapkara kesilmişlerdi. Derileri kemiklerine yapışmıştı. Gözleri büyümüş, bir gözün iki misli olmuştu. Gözleri sağlam, ışıltılıydı.

Hatçe:

"Güzel teyzem," dedi, "bir tepeden bir gün doğsun yeter. Bir tek gün doğsun... Başka istediğim yok."

Iraz:

"Sabreyle."

Hatçe:

"Dağbaşı," dedi. "Şu bizim de başımıza gelenler... Düş içinde dolanıyorum. Düş içinde. Bir türlü benim, ben olduğuma inanamıyorum. Memedin de Memed olduğuna..."

Boş kaldıkları günlerde, Memed bütün gün onlara nişan talimi yaptırmıştı. Irazın eli yatmış, iyice bir nişancı olmuştu. Hatçeyse bir türlü beceremiyordu. Tüfekten, kurşundan nefret ediyordu. Tüfeklere bakınca kusacağı geliyordu.

"Şundan bir kurtulsak..."

Iraz:

"Yeşil ekinler dizboyudur şimdi Çukurovada. Başaklar çıktı çıkacak. Karıncalar yuvalarından dışarılara, yollara dökülmüşlerdir şimdi. Güneşin altına serilmişlerdir."

Çukurova toprağı bu mevsim boydan boya güneş kokar. Irazın gözleri yaşardı.

"Adacanın toprağı..." dedi. "Şu af çıkmadan Memed öldürsün oğlumu öldüreni. Onu ben kendim elimlen öldürmeliyim... Sonra gider Çukurovanın toprağına yerleşiriz. Adacadaki toprağımızı eker biçeriz. Rızanın babası o toprakla bizi gül gibi geçindirirdi."

Hatçe:

"Adacadaki toprak..." dedi. Gözlerini yumdu. "Adacada kayalıkların arasında top top nergis biter, öyle mi?"

Iraz:

"Öyle."

"Adacadaki toprak bire kırk verir... Bir yılda, ev kurar insan. İnersek zaten ev kuracak paramız da var."

Iraz:

"Tapusunu da Memedimizin üstüne çıkarırız. Adacanın toprağı Memedimizin olur. Af çıkacak. Çıkmazsa da, biz başımızı alıp, bilinmeyen bir yere gideriz. Şu Abdiden bir vazgeçirebilsek Memedi. Şimdi gideriz. Adımızı değiştiririz. Bir gün

gelir Memed, Aliyi öldürüp kaçar. Yok yok, Aliyi ben elimle öl-
dürmeliyim. Kurşun sıkmasını onun için belledim."

Hatçe:

"Bu işler," dedi, "ne de karışık!"

Iraz:

"Çok karışık. Bazı oluyor rahatlıyorum. Rızanın yerine Me-
med gibi bir oğul buldum, diyorum, vazgeçiyorum her şeyden.
Bazı da oluyor ki kızım! Deli divane oluyorum. Rızanın süt em-
diği memelerim sızlıyor. Gönül diyor ki, kap tüfeğini, in köye,
öldür Aliyi, o zaman ne yaparlarsa yapsınlar. Dur hele kızım! O
Aliyi kıyma gibi... Kör olası Ali! Fidanıma nasıl kıydın?"

Hatçe:

Her tepeden bir gün doğar, sabreyle teyze, sabreyle... Ben
korkuyorum şimdi. Doğar ama..."

Iraz:

"Gene mi?" diye çıkıştı. Gözlerini belertti. "Gene mi? Sen
oğlanı sağ sağ yiyeceksin. Sağ sağ öldüreceksin."

Hatçe boynunu büktü.

"Gideli tam bir hafta oldu. O üç günden çok hiçbir yerde
kalmazdı. Tam bir hafta... Ah şu eşkıyalık... Ah bu dağlar... Bir
korku... Korkuyorum, teyzeciğim. Korkuyorum. Korkuyorum
işte. Yüreğim daralıyor. Üç günden fazla kaldı mı dışarıda? Bir
iş var başında Memedin. Ben varayım da köye gideyim. Yollara
düşeyim. Yollara bakayım. Başında bir iş olmasa Memedin,
çoktan gelirdi."

Hüngür hüngür ağlıyordu.

"Ben gideyim teyzeciğim."

Iraz kaşlarını çattı:

"Otur oturduğun yerde orospu," diye bağırdı. "Buradan
bir adım atarsan seni vururum. Kımıldama. Başına bela olma
oğlanın. Senin yüzünden vurulacak oğlan. Ona hiçbir şey ol-
maz."

Hatçe kalktı, koşa koşa mağaranın içine girdi, kendini ağzı
aşağı yere attı. Sırtı inip inip kalkıyordu. Uzun zaman böyle ağ-
ladı. Az duruyor, sonra sırtı gene inip kalkıyordu.

Iraz vardı başucuna oturdu.

"Kızım kızım, güzel Hatçe kızım, neden kendini böyle yiyip bitiriyorsun? Kendini harap ediyorsun. Yazık sana. Memede hiçbir şey olmaz. Memed, yüz adamlan baş eder. Sen neden böyle ediyorsun?"

Hatçe gözyaşlarını kurularken:

"Ah teyze, keşki dediğin gibi olsa..."

Aşağıda Dikenlidüzün sisi kalkıyordu. Gökyüzünde bir parça kara bulut dönüyordu ki, Memed, eli yüzü kan içinde kalmış, terlemiş, soluyarak kendisini mağaranın içine attı. Bunu gören Hatçe Memedin boynuna atıldı, tekrar ağlamaya başladı. Ağlıyor, ağlıyor durmuyordu.

Memed:

"Dur hele Hatçe," diyordu. "Dur hele, sana neler anlatacağım! Dur hele azıcık..."

Saçlarını okşuyordu.

Iraz kızdı. Kolundan tuttu, hızla çekti:

"Hiç mi görmedik," diye bağırdı. "Senin gibisini de... Oğlanın başını yiyeceksin sen bu gidişle..."

Memed:

"Durun hele," diye gülümsedi. "Neler geldi başıma. Kerimoğlundan gelirken beni Sarıcadüzde pusuya düşürdü Kara İbrahim. Yaman adam şu Kara İbrahim. Hem yürekli, hem bilgili. Beni dağın tepesine kadar kovaladılar. Belki burayı da bulurlar. Tam üç gündür saklambaç oynuyorduk. Kaçıyor, kaçıyor önlerinden geri dönüyordum. Kovalıyordum Sarıcadüze kadar, geri dönüyordum. Bu sefer de onlar benim peşime düşüyorlardı. Bir oyun oynadık sormayın. Derdim, onlar Alidağını öğrenmesinler. Sonra Cabbarın yardımıyla şaşırttım etekte onları. Geldim. Bir hafta buradan çıkmayacağız. Yaramı sarın."

İki kadın el ele verip Memedi soydular. Omuzundan yaralanmıştı. Kurşunu yaradan çıkarırlarken, Memedi bir ateş bastı. Dizlerini karnına dayayarak titremeye başladı. Hatçenin aklı başından gitti. Divaneye döndü. Ne yaptığını bilmiyordu.

Memed, böyle ateş içinde bir hafta yandı. Yarası azmış, şişmiş, bir insan bedeni kadar büyümüştü. Ancak bir hafta sonradır ki, kendisine gelebildi. Olayı bütünüyle anlatmaya başladı.

"Sarıcadüze varmadan candarmalarla karşılaştık. Candarma on kadardı. Başlarında da Asım Çavuş vardı. Çarpışmaya tutuştuk. Allah bilir ya, bu Asım Çavuşun ölümü benim elimden olacak. Öyle apaçık üstüme üstüme geliyordu. Asım Çavuş, dedim, bu ne? Sen canından mı vazgeçtin? Tüfeği doğrulttum. Beni yanı başında böyle görünce, bağırarak kendini yere attı. Korkma Asım Çavuş dedim. Senin bir suçun yok. Ben, isteseydim eğer, seni on defa vururdum. Var git yoluna, dedim. Hemen yattığı yerden kalktı, bana gülümsedi, candarmalarını aldı gitti. Bir tek laf etmedi. Sonra, Sarıcadüzde biri bana cephane verecekti. Kararlaştırdığımız yere vardığımda bir ateşle karşılaştım ki! Sormayın. Kara İbrahim yağmur gibi yağdırıyordu. İlk elde yaralandım. Dağa kadar iki gün, peşimden geldiler. Cabbarın sesine benzer bir ses duydum bir ara... Sonra anladım ki, nereden gelmişse gelmiş, beni kurtarmak için Cabbar onlara hücum ediyor. Onları geri sürdük. Geri ardımdan geldiler. Sonunda Cabbar üstüne çekti onları. Ben kurtuldum. Cabbarın ne yüzünü gördüm, ne bir şey... Cabbar gelir onların hakkından. Her neyse, biz buradan gitmeliyiz. Çok üstümüze düştüler. Şu Ali Safa Bey yok mu. Bu işler hep onun başının altından çıkıyor."

Bir hafta daha yattı. Dağın eteklerinden, iki güne bir, bir çarpışma sesi geliyordu.

Memedin yarası yavaş yavaş iyileşiyordu.

31

Güz geldi. Dikenlidüzünün insanları aşkla şevkle çalışıyordu. Bu toprağın verimi de iyi. Başaklar dolu dolu, ağır.

Hürü Ana bir rüzgar gibi Dikenlidüzünü dolanıyor. Bir dilim yalım gibi. Ha bire konuşuyor, küfrediyor. Söylüyor. Candarmaların dayağından sonra sağ kaburgaları incinmiş. Kırık gibi. Sakız vurmuş kaburgalarının üstüne. Soluk alırken yüzü buruşuyor, acılaşıyor.

"Gözleri çıkasıcalar, ne istersiniz benim gibi bir kocakarıdan?"

Bundan sonra bütün acılığıyla başlıyor:

"Ey köylüler, Abdi Ağa köye gelmiyor. Gelemediğine göre de siz malın üçte ikisini ona vermeyeceksiniz. Verirseniz eşeklik etmiş olursunuz. Eşekliğin büyüğünü... Bu yıl ekin iyi olmadı dersiniz. Öyle değil mi? Olmadı. Hiç olmadı. Biz acımızdan ölecek değiliz. Olmadı. Yok. Canımızı mı alacaksın? Yok işte. Yok canım. Ekinler yandı. Kavruldu işte."

Değirmenoluktan öteki köye, oradan ötekine gidip geliyordu. Yolda kendi kendine söyleniyordu. Bir döven süren, bir ekin biçen görmesin, alıyordu karşısına:

"Dua edin İnce Memedime. Yatın kalkın dua edin. Anladınız mı? Dua edin işte. O olmasaydı Abdi Ağa tepenizde karakuş gibi dönerdi. Çok şükür köyde yok. Bir tane bile vermeyeceksiniz Abdi Ağaya. Vermeyeceksiniz. Taş attı da kolu mu yoruldu? Yan gelip yatıyor kasabada."

Adamlar düşünüyorlar, başlarını sallıyorlar, kasketlerini çıkarıp başlarını kaşıyorlar.

"Sonu neye varacak bunun bakalım?" diyorlar. "Sonu neye varacak bakalım?"

Hasat bitti, ürün evlere çekildi. Abdi Ağaya kimse bir tane buğday bile vermedi. Topal Aliyle Ağanın öteki kahyaları köyün içinde dört dönüyorlardı. Hangi köylüye gittilerse: "Ağamıza canımız kurban. Ağamız gibi yok. Biz onu elin kasabasında öyle sersefil kor muyuz? Ama velakin... Bir tek tohum bile kaldıramadık topraktan. Yok. Yoktan ne çıkar? Gelecek yıl, inşallah... Allah bize verir, biz de Ağamıza... Ağamız gibi var mı bizim! O gavur İnce Memed, tedirgin etti gül Ağamızı köyden, Ağamız ona kor mu bunu? İnşallah gelecek yıl bir ekin olur, o zaman hepsi de Ağamızın olsun. Biz aç kalalım. Ağamızın olsun. Dikenlidüzünde beş köy var. Ağamıza kurban olsun beşi de..."

"Dikenlidüzü, Dikenlidüzü oldu olalı böyle ekin olmadı onda. Ne yalan söylersiniz? Düpedüz, biz hak mak tanımayız densene. Biz Ağaya zırnık bile veremeyiz densene."

Köylüler:

"Aaah!" diyorlar, "bizim gözümüz çıksın. Ağamız elin kasabalarında öyle sürünsün de biz ona hakkını vermeyelim, olur mu bu! Ağamıza can kurban. İnce Memed gebersin."

Hürü sevinçten uçuyordu. Bütün yaz yeldiği, çene çaldığı boşa gitmemişti. Hiçbir köylü Abdi Ağaya bir zırnık vermemişti. Vermiyordu.

Hürü ak saçlarını kınalamıştı. Başından yazmasını atmış, yerine genç kızların düğünde bayramda bağladığı al yeşil ipekliler bağlamıştı. Fistanı da ipektendi. Boğazına üç tane altın da takmıştı. Genç kızlığında taktığı boncukları da çıkardı sandığından. Taktı. Beline ipekli Trabulus kuşak bağladı. Yüzü hep gülüyordu. Evden eve türküler söylüyordu. "Hürü toy oldu," dediler. Açık saçık türküler... Türküleri duyan her genç kız kızarıyordu.

Köylülerin hakkını vermediğini duyan Abdi küplere bindi. Siyasetçiye gitti. Çok dokunaklı bir tel daha yazdırdı Ankaraya. Ağlaya ağlaya söyledi derdini. Ondan sonra düştü kasabanın içine... Kimi gördüyse olanı biteni anlattı. Kaymakama gitti. Candarma kumandanına gitti. Ağladı sızladı. Kaymakam, candarma kumandanı köylülerin bu hareketlerine çok kızdılar. Değirmenoluğa candarma üstüne candarma gönderdiler. Candarmalar köylüleri sıkıştırdılar. Hürü Anayı bir dama hapsettiler. Hürü Anayla köylülerin ağzından bir sözcük bile çıkmıyordu. Dayak yediler, küfür işittiler, koyunlar gibi top top oradan oraya sürüklendiler, ağızlarından çıt çıkmadı. Beş koca köy çoluk çocuk dilsiz kesilmişti.

İş o kerteye geldi ki bucak müdürü Dikenlidüzüne gelmek zorunda kaldı. Ne yaptı, ne söylediyse kimse konuşmadı. Boş gözlerle aval aval yüzüne baktılar durdular.

İlk olarak Topal Ali konuştu. Topal Alinin böyle konuşmasına cümle alem şaştı:

"Bizim Ağamıza canımız feda. O eşkıya, bir karış boylu İnce Memed de kim oluyormuş! Kim oluyormuş da biz onun dediğini yapacağız. Topraktan bir tane bile kaldırsaydık Ağamıza verirdik. O İnce Memed iti de kim oluyormuş. Bu yıl kıtlık gitti. Biz hepimiz acımızdan ölmesek çok iyi... Beni sorarsanız, ben Ağanın kahyasıyım. Ben de aç kalacağım. Bir tek tohum bile alsaydık topraktan, onu da Ağamıza verirdik."

Topal durdu, gözlerini koyun sürüsü gibi biribirlerine sokulmuş kalabalığın üstünde gezdirdi.

"Söyleyin," dedi, "topraktan bir tek tane bile kaldırsaydık, gül Ağamıza vermez miydik?"

Kalabalık usuldan kımıldandı, dili çözüldü:

"Verirdik."

Topal:

"Canımızı istese..."

Kalabalık:

"Verirdik."

Topal:

"İnce Memed köye gelirse..."

"Gelemez."

"Gelirse..."

"Öldürürdük..."

Bucak Müdürü buna inanmadı, köyü ev ev araştırmaya başladı. Hiçbir evde bir tek buğday tanesi bile bulamadı. Köylüler o kadar ürünü nereye saklamışlar, ne yapmışlardı? Şaşılacak işti.

Kasabada Dikenlidüzünün olayları günü gününe duyuluyordu. Dikenlidüzü kapısını dünyaya açmıştı artık.

Abdi Ağa divaneye dönmüştü. Saçını başını yoluyordu.

Bütün bu işlerin İnce Memedin başının altından çıktığı besbelliydi. O mutlak ölmeliydi. Bir de tam bu günlerde Aktozludan Hüseyin Ağanın gece, yatağında vuruluşu, işlerin üstüne tuz biber ekti. Hüseyin Ağayı kim öldürmüş olabilirdi? İnce Memed.

Asım Çavuş yiğit adam, iyi adam, dağların kurdu ama, bütün yürekliliği İnce Memedi yakalamaya yetmiyor.

Kumandandan azar üstüne azar işitiyordu. Asım Çavuş o hale gelmişti ki başını kaldırıp da çarşının içinden yürüyemiyordu. Utanıyordu. Aleyhinde, öyle çok dedikodu oluyordu ki, bunların çoğunu kulaklarıyla duyuyordu.

"İnce Memed dedikleri de," diyorlardı, "el kadar çocuk. Parmağına takmış koca Asım Çavuşu, oyum oyum oynatıyor."

Asım Çavuş hırsından patlıyordu.

32

Kayası, ağacı, otu, çiçeği, toprağıyla bütün Alidağını kar örtmüştü. Gökyüzü bile, alabildiğine sütbeyazdı. Sonsuz bir beyazlık. Alidağından Dikenlidüzüne, oradan Akçadağa, Çiçekliceresine, Çukurovaya kadar uzanıyordu. Bu arada bir leke, bir nokta bile yoktu beyazlığı bozan.

Uçsuz bucaksız beyazlığa gün vuruyordu. Bazan bir bulut gölgesi bu sonsuz, bu bozulmamış beyazlığı gölgeleyip geçiyordu. Beyazlığa güneş vurunca milyonlarca ipilti göğe doğru sıçrayıp insanın gözünü alıyordu.

Mağaranın durumu kötüydü. Ne un, ne odun, ne yiyecek kalmıştı.

Memedin saçı sakalına karışmıştı. Iraz süzülmüş, kararmıştı. Hatçeyse, karnı burnunda: Gebe. Nerdeyse doğuracak. Iraz, bugün değilse yarın, diyor. Hatçe sararmış, boynu incelmişti. Kara, ışıltılı saçları ot gibi karışık, soluk...

Asım Çavuş göz açtırmıyor, güzden beri Değirmenoluk köyünün yörelerinde, Alidağının eteklerinde dönüp duruyor.

Iraz Memedi dışarı çekti.

"Tipi yok bugün oğul," dedi. "Ne yapacaksan yapalım. Bu kız doğurdu doğuracak. Bir köye mi ineceğiz, yok burada tedarikini mi yapacağız, ne yapacaksak yapalım."

Memed küçücük kalmış, sakala gömülmüş yüzünü buruşturarak:

"Bir köye götüremeyiz. Ev ev geziyorlar. Ne yapacaksak burada yapacağız."

Iraz:

"Hemen," dedi. "Çocuk geldi gelecek. Ne yapacaksak yapalım."

Memed bazı bazı dağdan köye iniyordu. Ama arkasından da kocaman, bir top kara çalı sürüklüyordu.

İçeri girdiler. Hatçe oturmuş, sırtını mağaranın duvarına vermiş, gözlerini ilerde bir yere dikmiş, kırpmadan bakıyordu. Gözleri donmuş gibi.

Memed:

"Hatçe, biz Iraz Hatunla köye iniyoruz. Sen tüfeğe kurşunu ver, bekle. Biz geceye geliriz."

Hatçe:

"Ben yalnız kalamam," dedi.

Memed:

"Ne yapalım öyleyse Hatçe?"

"Ben de gelirim."

Memed:

"Etme eyleme Hatçe!"

Hatçe:

"Öldüm burada."

Memed:

"Iraz Hatun da kalsın."

Hatçe:

"Olmaz."

Memed:

"Bu ne aksilik?"

"İşte böyle."

Iraz:

"Kal kızım."

"Kalamam."

Iraz:

"Sen dağa çıktın çıkalı aksileştin."

Hatçe:

"Öyle."

Memed:

"Allah belanı versin."

Sustular. Memed vardı mağaranın taşına oturdu. Yüzünü

413

iki avucu içine alıp kötü kötü düşünmeye başladı. Üstlerinde bir kartal dönüyordu. Kanatlarını germiş...

Memed öfkeliydi:

"Siz kalın," dedi, mağaradan aşağı inmeye başladı. Deli gibi, koşarak iniyordu.

Iraz Hatçeye çıkışıyordu:

"Kör olası," diyordu, "ne istiyorsun oğlandan? Oğlan zaten başı kayısı olmuş. Bir de senin derdin. Candarmalar aman vermez. Bir de senin derdin..."

Hatçe ağzını açmıyordu.

Öğle sonu Iraz dışarı çıktı. Çıktı ki, ne görsün! Memedin bir top kara çalısı dışarda durup durur. Delicesine aşağılara, karlı ovaya, avazı çıktığı kadar bağırdı. Memed çoktan gitmişti. Bağırdı bağırdı, Iraz içeri girdi, kendisini yere attı.

"Bir felaket," dedi, "bir felaket geliyor. Korkuyorum ki bir felaket geliyor. Çalıyı unutmuş. Tipi de yok ki izini örtsün. Hava dupduru. Tipi de yok. Gideyim desem, izini kapatayım desem, ben onun geçtiği yerlerden geçemem ki..."

İkinci günün gecesi Memed geri geldi. Renk menk kalmamıştı. Getirdiği yükün altında ezilmişti.

"Çok korktum," dedi. "Çalıyı unutmuşum, bir aşağı indim ki... Geri dönüp izin üstünden çalı çeksem, karanlık kavuştu kavuşacak... Sizi merak ettim, hemen döndüm. Topal Alinin yakasını candarmalar bir türlü bırakmıyorlar, iz sürdürüyorlarmış, benim izimi. Bundan korkuyorum. Bir iz görürse dayanamaz. Alır getirir. Bana, aman kardaş çalı çek, dedi. Anladım ki dayanamayacak. Korkuyorum. Hele şu zamanda... İş kötü."

Iraz:

"Bu gavurluğu yapmaz gayri Topal Ali. Korkma canım. Topal senin için canını verir."

Memed:

"Biliyorum verir ama, gene de iz görürse dayanamaz. Bu Topalı daha ilk günden vurmalıymışım ama..."

33

Asım Çavuş canından usanmıştı. "Şu İnce Memed yezidi de başıma bela kesildi. Savuşsa gitse de başka yerlere, elinden kurtulsam," diyordu. "Şunun elinden bir kurtulsam..."

Candarmalar da yorulmuş bitmişlerdi. "Kış kıyamet her Allahın günü Torosun yamacında dolaş dolaş ne olacak böyle?" Nerde insan izine benzer bir iz görseler, nerde karı bozulmuş görseler, peşinden günlerce gidiyorlardı. İnce Memed yüzünden başka birkaç çete daha yakalamışlardı.

Bir aydır da Alidağının yöresinde dört dönüyorlardı. Çünkü dağda yakalayıp dayak attıkları bir çoban çocuk, İnce Memedi Alidağında gördüğünü ağzından kaçırmıştı.

Alidağı dört bir yanına nöbetçi konmuş gibiydi.

Bu kış kıyamette İnce Memedin Alidağında yaşayacağını Asım Çavuşun aklı bir türlü almıyordu ama, çobanın ağzından alınan laftan sonra da Alidağından vazgeçemiyordu.

Dikenlidüzünden karı yara yara gelen atlı candarma soluk soluğaydı:

"Çavuşum gördük," dedi. "İzinin üstüne çalı çekiyordu. Dağa yukarı çekiyordu. Bizi görünce kaçtı. Hiç kurşun sıkmadı. Ama izi yitmez. Çalı çekse de yitmez. Karın yüzünü buz bağlamıştır. Çalı çekmek para etmez. İze baktık, iz eski iz."

Asım Çavuş sevindi. Memede ilk kez doğru dürüst rasgeliyorlardı.

Topal Aliyi çağırmak için Abdi Ağanın evine candarma gönderdi.

Topal geldi:

"Buyur Çavuşum."

Çavuş:

"İz var."

Topal:

"Karda gözüm almaz. Bana toprak gerek."

Oradaki köylüler hep bir ağızdan:

"Topalın karda gözü almaz. Karda iz süremez," dediler. "Sizi yanlış yere götürür," dediler.

Asım Çavuş gene de Topalın yakasını bırakmadı:

"Süremese de bizimle gelmeli," dedi.

Topal bunu duyunca yaprak gibi titremeye başladı.

"Tabanlarını öpeyim Çavuşum, beni götürme bu soğukta."

Çavuş:

"Olmaz," dedi, kesti attı.

Topal boynu bükülü, sırtını bir duvara dayadı, öylece kaldı.

Çavuş başındaki candarmasını Alidağına doğru çekti.

Bir anda bütün köy çalkalandı: "İnce Memedin izi bulunmuş. İzi bulunmuş!"

Bütün köy, kadın erkek, çoluk çocuk, Alidağın eteğine kadar candarmaların arkasınca yürüdüler. Orada, etekte, izin başında yığılıştılar. Gözlerini ize dikip, baktılar kaldılar.

Topal Ali izi görünce yüreği parça parça oldu. Şaşırdı. Konuştu. Konuştu ama ne konuştuğunu kendisi de bilmiyor. "Neden çalı çekmemiş bu it oğlu?" diyordu usuldan. "Neden ola? Bulurlar. Apaşikar iz."

Asım Çavuş Topalı kolundan tuttu, izin başına götürdü:

"Ne ağzın kıpır kıpır ediyor öyle? Ne kıpır kıpır? Söyle, bu iz o mu?"

Topal:

"Yok," dedi. "Çoban izi bu. Üstelik de bir aylık."

Asım Çavuş kızdı, Topalı kolundan tutup, şiddetle karın içine fırlattı:

"Teres," diye bağırdı. "Topal teres. Hem Ağanın kahyalığını yapar, ekmeğini yersin, hem de İnce Memedi iltizam edersin. Sizin hepiniz birer İnce Memedsiniz. Allah size fırsat vermesin."

Candarmalara emir verdi:

"İzi takip edin."

Karda donarak, elleri düşerek, iki günde izi süre süre doruğa çıkardılar. Doruğu sardılar.

Köy yas içindeydi.

Topal boynunu büküp ağlamsı ağlamsı, "Buldular," diyordu. "Buldular İnce Memedimizi." Bütün ihtiyatı elden bırakmıştı.

Hürü Ana kükrüyordu:

"Bulsunlar," diyordu. "Bulsunlar da, görsünler göreceklerini... İsterse bin candarma olsun. Deler geçer İnce Memedim."

Akşama doğru ilk çatışma oldu. Candarmalar mağaraya giden yolu bulmuşlar, mağaranın ağzını da görmüşlerdi. Ha bire bomba sallıyorlardı yukardan, mağaranın ağzına. Memed onları mağaranın ağzına yaklaştırmamak için ilk karşılığı verdi. Asım Çavuşu bir ateş çemberine aldı.

Kaçıp kurtulabilirlerdi. Kaçamadılar. Hatçe sancılanmış, doğuruyordu. Dışarda tüfek seslerini duyunca ağlamaya başladı.

Iraz:

"Demedim mi ben size?" dedi. "Çalının yüzünden."

"Çalının yüzünden ama, gene bulamazlardı. Topal dayanamadı bence, gene izi sürdü. Onu öldürmeliydim. Bir tipi çıksa, bunlar burada bir dakika kalamazlar, gidince de bir haftada zor geri dönerler. Ah! Topal."

Asım Çavuş tatlılıkla söylüyordu:

"Oğlum Memed," diyordu, "teslim ol! Kapandasın bugüne bugün. Dört bir yan sarılı. Çıkamazsın. Yakında af çıkacak. Gel teslim ol! Senin ölmeni istemem."

Memed hiç karşılık vermedi. Bir kurşun Asım Çavuşun önündeki taşı parçaladı.

Bundan sonra çarpışma kızıştı. Her iki yan da kurşun yağdırıyordu.

Asım Çavuş:

"Bir hafta, bir ay burada bekleyeceğim. Nasıl olsa kurşunun bitecek."

Memed, dişini sıkarak, karşılık verdi en sonunda:

"Biliyorum Çavuş, biliyorum," diye bağırdı. "Öyle olacak sonu. O zamana kadar da sizden bir kişi bile bırakmam. Hepinizi vururum. Biliyorum Çavuş. Ben teslim olmam. En sonunda benim ölümü çıkarırsınız bu mağaradan. Anladın mı çavuş?"

"Yazık sana. Yazık senin gibi bir adama. Hepimizi vursan bile yeniden candarma yetişir. Ne kazanırsın? Af çıkacak bu yıl. Gel teslim ol, İnce Memed!"

Memed:

"Söyleme Çavuş," diye bağırdı. "Bunca seni vuracağım. Şimdiye kadar vurmadım. Bunca vuracağım. Bırakmadın peşimi."

Kurşun o kadar çoğaldı ki sesler konuşmalar duyulmaz oldu. Sustular.

Memedin yanı mermi kabuklarıyla dolmuştu. İki torba mermisi daha vardı ama, korkuyordu. Çok çabuk yakmak zorunda kalıyordu.

Iraz Hatçeyle uğraşıyordu. Hatçe durup durup çığlıklar atıyordu.

Iraz da:

"Ne kötü günde, ne kötü günde," diyordu. Hatçeyi bir an bırakıp, tüfeği kapıyor, Memede yardıma koşuyordu. Hatçe çığlık atıncaya kadar sıkıyordu. Sonra Hatçenin yanına varıyordu.

Hatçenin alnından damla damla terler süzülüyordu. Hatçe kıvranıyordu yerde. "Ah anam," diyordu. "Ah anam, beni doğurmaz olaydın anam."

Memedle Iraz da kapkara kesilmişlerdi. Mağaranın içi ekşi ter kokuyordu. Islak ıslak.

Bir an Memed:

"Yandım anam," dedi, sonra pişman oldu. Dudaklarını kanatıncaya kadar ısırdı.

Bu "yandım" üstüne yerde kıvranmakta olan Hatçe ok gibi yerinden fırladı, Memedin yanında yeniden yere düştü.

"Memedim," diyordu. "Vuruldun mu? Ben öldürürüm kendimi."

Iraz vardı Memedi açtı:

"Omuzundan yaralanmışsın," dedi. Sarmaya başladı yarayı.

Memed yaralı yaralı durmadan sıkıyordu.

Asım Çavuş bir adamda bu kadar çok kurşun olmasına şaşıyordu. Arkadaşlarından birkaç tanesi kurşunu yemişti. Yavaş yavaş umudunu kesiyordu.

Hatçe bir uzun çığlık daha attı. Iraz onu tuttu, yerden doğrulttu:

"Sık kendini sık!" dedi.

Hatçenin yüzü kırışıktan acıdandı.

Birden bir çocuk viyaklaması duyuldu. Memed arkasına döndü. Kan içinde bir bebek gördü. Hatçenin yüzü kağıt gibi olmuştu. Başını geri çevirdi.

Memedin elleri titriyordu. Elleri tutmadı. Tüfek elinden düştü. Iraz vardı tüfeği yerden aldı sıkmaya başladı. Hatçe ölü gibi yatıyordu. Memed az sonra kendisine geldi. Hafif bir sesle:

"Ver teyze," dedi, elini tüfeğe uzattı. Iraz verdi.

Iraz vardı, çocuğu sildi tuzladı.

"Oğlan," dedi.

Memedin yüzünde zehir gibi acı bir gülümseme dolaştı.

"Oğlan."

İkindiye kadar çarpışma sürdü. Memed tek elle idare ediyordu artık. Iraz dolduruyor, o bir taşı destek olarak alıyor, tek eliyle sıkıyordu.

İkindiüstü Iraz boynunu bükerek, bitkin:

"Kalmadı," dedi.

Memed kurşunu unutmuştu. Boğazlıyorlarmış gibi boğazından bir hırıltı çıktı. Tüfeğin üstüne düşüverdi. Geri kalktı sonra da. Gözleri yuvalarından fırlamıştı. Orada öyle şaşkın, kendinden geçmiş, durdu. Sağa sola sallanıyordu. Sonra sallana sallana çocuğa vardı. Yüzünü açtı. Şaşkınlıkla uzun uzun baktı. Mağaranın kapısına geri döndü. Gülümsüyordu.

Yerden tüfeği aldı. Cebinden mendilini çıkardı, bayrak gibi ucuna astı.

Iraza döndü. Iraz, büyük, sarkan bir kayanın altına oturmuş, için için ağlıyordu. Kurumuş kalmıştı.

"Iraz teyze," dedi.

Iraz başını kaldırdı, Memede baktı:

"Hatçe!" dedi. Hatçe kendinde değildi.

"Beni dinleyin. Bunlar beni sağ komazlar. Oğlumun adını Memed koyun."

Dışarı çıktı. Tüfeği havaya kaldırdı:

"Teslim," diye bağırdı. "Teslim oldum, Asım Çavuş!"

Asım Çavuş, iri yarı, palabıyıklı, büyük gözlü, babacan tavırlı, kalın dudaklı, yakışıklı bir adamdı.

Memedin teslim deyişine şaştı. İnanmadı.

"Teslim mi İnce Memed?" diye bağırdı.

Öteki ölü bir sesle:

"Teslim, teslim Çavuş," dedi. "Muradına erdin."

Çavuş candarmalara döndü:

"Siperlerinizden çıkmayın. Ben gideyim. Belki yalandır."

Az sonra, Çavuş mağaranın kapısındaydı.

Vardı Memedi elinden tuttu. Gülerek:

"Geçmiş olsun İnce Memed!" dedi.

İnce Memed:

"Sağ ol."

Iraz köşede büzülmüş, küçülmüştü.

"Hala inanmıyorum senin teslim oluşuna İnce Memed!"

Memed sustu. Kelepçeye ellerini uzattı.

Iraz yerinden ok gibi fırladı.

"Çavuş, Çavuş," dedi. "Sen de İnce Memedi teslim mi aldım diyorsun?"

Köşeye gitti. Bebeğin üstündeki kilimi çekti. Bebek ortaya çıktı. Gözleri yumuktu.

"İşte bu teslim aldı İnce Memedi. Siz de erkeğim diye övünüyorsunuz."

Asım Çavuş bunu beklemiyordu. Bir Hatçeye, bir Iraza, bir Memede baktı. Gülümsemesi dudaklarında dondu kaldı. Elini Memede uzattı, kelepçeyi aldı.

"İnce Memed!" dedi, sustu.

Göz göze, öylece sustular kaldılar.

"İnce Memed, ben de bu durumda seni teslim alacak adam değilim."

Belinden beş tarak fişek çıkarıp yere attı:

"Ben gidiyorum. Arkamdan ateş et," dedi.

Kendisini, bağırarak dışarı attı.

Memed arkasından ateş ediyordu.

Arkadaşlarının yanına gelen Asım Çavuş:

"O namussuz teslim olur mu hiç? Beni vurmak için yapmış o oyunu. Kendimi yere atmasam kurşunu yiyordum. İyi ki ihtiyatlı yürüyordum. Fırtına geliyor. Aşağı inelim. Hepimiz donar ölürüz."

Candarmalar, yorgun bitkin, Memedin mağarasına dönüp baka baka aşağıya inmeye başladılar.

Kara bulutlar Alidağının tepesinde kayıyordu. Tipi neredeyse başlayacak. İlk kar sepelemeye başladı. Sonra çoğaldı. Sonra da delice bir rüzgar savurmaya başladı.

Akşama doğru Alidağında kıyametler kopuyordu. Korkunç bir tipi kayadan kayaya savuruyordu.

Alidağı, Alidağının yöreleri ve gökyüzü sütbeyaz olmuştu. Bir beyazlık içinde dönüyordu.

34

Haber köye, köyden kasabaya bir anda yayıldı. "İnce Memed vurulmuş. Alidağında tipi dinince ölüsü aşağı indirilecek."

Değirmenolukluların gözü Alidağının boranlı doruğuna dikilmişti. Alidağı dağların dağı... Alidağı gayetle heybetli. Alidağı yedi İnce Memedi.

Herkes evine kapanmıştı. Abdi Ağayı bekliyorlardı. Haber aldıysa nerdeyse gelecekti.

Vayvay köylüleri Ali Safa Beyden tarlalarını parça parça geri alıyorlardı. Koca Osman on beş yaşında gibi gencelmişti. Ali Safaya meydan okuyordu.

"İnce Memed, şahinim."

Vurulma haberi Vayvaya da geldi. Koca Osman haberi duyunca yerinden kalkamadı. Kurudu kaldı. Ağzını bıçaklar açmadı bir zaman. Gözlerinden iplik iplik yaşlar süzülüyordu.

Sonra konuştu:

"Vay şahinim vay! Ne de babayiğitti şahinim. Bir gözleri vardı, kocaman. Kaşlar dersen... Kalem parmaklar... Boy dersen öyle... Selvi gibi. Vay şahinim vay! Bana diyordu ki, Osman Emmi, bir gün senin evine geleceğim, misafir kalacağım diyordu. Olmadı. Vay şahinim vay! Karısı da yanındaydı. Ne yapar ola fıkaracık şimdi? Bana bakın köylüler, şahinim bizi kurtardı bu gavurların elinden, karısını köye getirip tarla verelim, besleyelim. Hapise düşerse orada da besleyelim. Olur mu?"

Köylüler:

"Münasip," dediler.

Ali Safa korkusu geldi gene yüreklerine oturdu.

Abdi Ağa önce Ali Safa Beye koştu. Safa Beyi evde bulamadı. Safa Beyin karısı:

"Gördün mü Abdi Ağam, eden bulur. Gözlerin aydın."

Abdi Ağa:

"Aydınlık içinde kal kızım," dedi yürüdü.

Kaymakama gitti ve etek öptü.

"Allah hükümetin devletin zevalini vermesin Kaymakam Bey. Asım Çavuş bir kahraman adam. Yiğit adam. Can kurban öylesine."

Kaymakam:

"Gözlerin aydın Abdi Ağa. Hükümetten bu kadar şikayet ediyordun. Ali Safa Bey olmasa kasabanın adını rezil edecektin. Bereket Ali Safa Bey telgraflarını çektirmemiş."

Abdi Ağanın gözleri faltaşı gibi açıldı, yuvalarından fırladı.

Kaymakam güldü:

"Yaaa, göndermemiş."

"Hiç mi? Bir tane bile gitmemiş mi?"

Kaymakam:

"Yaaa, gitmemiş. Gitseydi o telgraflar seni de asarlardı, beni de... Sen delirdin mi? Ankaraya telgraf çekilir mi?"

Abdi Ağa düşündü. Sonra kahkahayla gülmeye başladı:

"İyi ki gitmemiş Kaymakam Bey. Asabiyet. Kasabamızın gül adı beş paralık olurdu. İyi ki... İnsanın gözü kızınca her şeyi unutuyor. Zoruma gidiyordu, koca bir hükümetin kel, parmak kadar bir çocukla başa çıkamaması... İnan, çok ağrıma gidiyordu. Ne etmişim de öyle telgraflar çekmişim. Delilik. Kusura kalma Kaymakam Bey. Afedersin."

Kaymakamdan, Candarma Kumandanına gitti. Ona da sevincini anlattı, teşekkürlerini bildirdi. Asım Çavuşa bir hediye yapıp yapamayacağını sordu. İnce Memedin başının buradaki evin değil de, köydeki evin kapısına dikilmesini rica etti. Kumandan da kabul eyledi.

Kasabaya haberi Topal Ali getirmişti.

Abdi ağaya gelmiş:

"Düşmanının ömrü bu kadar, Ağa," demişti. "Tamam.

423

Dağdan çoban indi. Ölüsünü gözüyle görmüş. Asım Çavuş kellesini kesiyormuş. Ağama haberi çabuk getireyim diye, bekleyemedim koştum."

Abdi Ağa önce inanamamış, sonra sevincinden deliye dönmüştü. Topal Aliden sonra, üç gün içinde dağlardan kim indiyse haberi doğrulamıştı.

Kumandandan sonra eve gelen Abdi Ağa, Topal Aliyi karşısına aldı:

"Asım Çavuş sana biraz kötülük ettiyse de aldırma canım. O kahraman, o yiğit bir adamdır. Bak, düşmanımızı temizledi."

Sonra coştu:

"O köylü," dedi hınçla, "o köylü. O ekmeksiz, o nankör köylü. Ben bir yıl başlarından eksik olunca bana bir tek tane bile vermediler. Yarın bir gün varacağım köye, ulan namussuz, ekmeksiz, geçen yıl kıtlık mı oldu? Söyleyin kıtlık mı oldu da benim hakkımı vermediniz? İnce Memede güvendiniz öyle mi? Alın İnce Memedinizi. Alın da ne yaparsanız yapın başını. Gördünüz ya İnce Memedinizi! Şimdi ben size gösteririm kıtlık nasıl olur! Gösteririm."

Topalı elinden tuttu:

"Ali!"

"Buyur Ağam."

"Bu yıl ekin her yılkinden daha iyi olduydu, öyle mi?"

Topal Ali:

"Her yılkinden iki misli!"

"Ali!"

"Buyur Ağam."

"Ben bu köylüye ne ceza vereyim?"

"Ağa canın bilir."

Abdi en yeni giyitlerini giydi. Tespihine koku sürdü. Gitti berbere, tıraş oldu. İçi içine sığmıyordu. Maraşlı Mustafa Efendiye gitti. Gülerek dükkana girdi.

Maraşlı Mustafa:

"Düşman dahi olsa ölüme sevinilmez Abdi Ağa," dedi. "Ne olup ne olmayacağı belli olmaz."

Bütün çarşıyı dükkan dükkan dolaşıp sevincini gösterip, onlardan birer "gözün aydın" aldıktan sonra ata binmiş köye geliyordu ki olan oldu. Kötü haber geldi. "İnce Memed, yaralı yaralı Asım Çavuşun elinden kaçmış kurtulmuş."

"Kim dedi?"

"Asım Çavuş dedi."

"Asım Çavuş nerde?"

"Geliyor. Şabaplının orada gördüm."

Abdi Ağa atın başını gerisin geriye çevirdi.

Asım Çavuş candarmalarıyla yorgun bitkin, kasabaya girdi.

Abdi, evinin avlusunda düşercesine attan indi. Cansız gibi yürüyerek doğru arzuhalci Deli Fahriye gitti.

"Yaz kardaş," dedi. "Doğrudan doğruya İsmet Paşaya yaz. Kaymakam, telgrafçı, Ali Safa Bey, Candarma Kumandanı, İnce Memed eşkıyası hep birlik olmuşlar. Yaz, Paşam sana ne kadar tel çektimse hiçbirini ulaştırmadılar de, yaz!"

35

Koca Osman:

"Şahinim, belini büktü ağaların. Ali Safa Bey daha dağa adam çıkarmaya çalışıyor. Çıkarsın çıkarabildiği kadar, şahinim hepsini yer."

Köyün orta yerindeki büyük dut ağacının altında toplanmışlardı. Güz yaprakları sararmış gibi. Nerdeyse dökülecek.

"Tarlalarımızın hepsini hak ettik. Tamam mı?"

"Tamam," dediler.

"Bu kimin yüzünden."

"İnce Memedin."

Koca Osman ayağa kalktı:

"Ankaradan Ali Saip Bey geldi," dedi.

Köylüler kulak kesildiler.

"İsmet Paşaylan konuşmuş. Bu güz bayramda... Yani hükümet bayramında büyük af çıkacakmış. Yani on beş gün, bir ay sonra... İnce Memed de affa uğrayacak. Çocuğu da olmuş. Ona tarla verelim. Bizim köye yerleşsin. Ne dersiniz?"

Köylüler hep bir ağızdan:

"Yerleşsin," dediler. "Başımız üstünde yeri var. Tarlamız da onun, canımız da... Öylesine yiğide!.."

Koca Osman köyün en verimli tarlalarından yüz dönümünü İnce Memede ayırdı. Bu yüz dönüm dul Eşenindi. Aralarında para topladılar. Eşeden tarlayı satın aldılar. Köylü hep birden, çift koşup bu yüz dönümlük tarlaya buğday ekti.

Koca Osman sürülmüş yumuşak toprağı karıştırdı. Parmaklarından su gibi topraklar süzüldü:

"Ölürsem gözüm açık gitmez," dedi. "Ali Saip Bey yalan söylemez. Dediği mutlaka çıkacak. İsmet Paşanın has adamı."

İşte bu sıralar kasabada gene kıyametler kopuyordu. Ali Safa Bey, İnce Memedin yakalanmamasından dolayı Kaymakama, Candarma Kumandanına yapmadığını bırakmıyordu. Onları, eşkıyaları himayeyle itham ediyordu. Ankaraya tel üstüne tel yağdırıyordu. Ankara, Kaymakama eşkıyaları yakalaması için şiddetli emirler veriyordu.

Yüzbaşı bizzat candarmaların başındaydı. Toros köylüklerine gına gelmişti artık. Eşkıyadan değil candarmadan.

İnce Memed hiçbir köyde barınamıyor, günlerce aç susuz, bir de çocukla dağlarda kalıyordu. Birkaç kere Yüzbaşı Farukun pususuna düşmüşler kurtulmuşlardı. Bugünlerde eğer Kerimoğlu olmamış olsaydı, İnce Memedin hali dumandı. Nerede olursa olsun mermi, ekmek, para yetiştiriyordu. Vayvay köyünden gelen paralar da Kerimoğlu yoluyla ulaşıyordu.

Bayramı Koca Osman kadar Kerimoğlu da dört gözle bekliyordu. Şunun şurasında ne kaldı.

Değirmenoluk, cümle Dikenlidüzü köylüleri af haberinden memnun değildiler. Memed dağdan inince Abdi Ağa köye geri gelecekti. Ödleri kopuyordu.

"Af dediğin de neymiş yani. Eşkıya eşkıyaysa dağda gezer. Memedin yerinde olsam inmem. Bizim gibi köylü olup da ne sürünecek. Alem ondan korkuyor."

36

Topal Ali:

"Duydun mu İnce Memed," dedi.

Memed gözleri apaydınlık güldü.

"Yoook."

"Ne yok? Sen de..."

"Vallahi yok."

Ali:

"Dur öyleyse..."

"Söyle."

"Demedim miydi sana Çiçeklideresinde Koca Osmanı? Ali Saip Bey Ankaradan gelmiş, büyük bayramda af çıkacakmış. Bunun üstüne Koca Osman köylüyü toplamış başına, böyle böyle demiş. İnce Memed bizim şahinimiz. Gelsin köye yerleşsin. Köylüler, başımız üstünde yeri var demişler. Sana yüz dönümlük bir tarla satın almışlar. Koca Osman kendisi seçmiş. Bir de ev yapıyorlar. Koca Osman dedi ki Ali Saip Bey yalan söylemez. Aman kendisini iyi korusun. Böyle söyle dedi. Af haberini ben ulaştıracağım şahinime dedi. Eeee, işler nasıl?"

Memed:

"Şu yüzbaşıdan dur durak yok. Öteki eşkıyaları bırakmış, kanlı katilleri, hep benim peşimde. Belki on kezdir çarpışıyoruz. Ne olursa olsun bir daha karşılaşırsam vuracağım."

Topal:

"Af var, boş ver," dedi.

Memed:

"Çok geliyor üstüme. Vuracağım."

"Etme. Bekle az daha. Oyala."

Topal gitti.

Affı duydu duyalı Hatçenin gözüne uyku girmiyordu, sevinçten.

Alayarın kan gibi kırmızı toprağı vardır. Hani çok kırmızı bir karpuzu ortadan yarar, güneşe korsun. İşte öyle kırmızı.

Üç günden beri Alayarın kırmızı topraklarına sığınmışlardı. Yüzbaşı Faruk başlarında alıcı kuş gibi dönüyordu ya, gene de mutluydular.

Hatçe, Iraz türküler söylüyorlardı. Oğullarının adı Memed kalmıştı. Memed tombul tombul büyümüştü. Bugünlerde de en güzel ninniyi dinledi. Hatçe Memedini havaya atıp atıp tutuyordu.

"Iraz teyze," diyordu, "bak hele şu Allahın işine. Biz otuz dönüm diyorduk. Allah bize yüz dönüm verdi. Bir de ev üstelik."

Öyle şakalar, öyle çocukluklar, öyle aptallıklar yapıyordu ki, on iki yaşında kız çocuğu yapmaz.

Memede ikide birde:

"Aman Memed," diyordu, "af çıkıyor. Evimiz, tarlamız var. Neden yüzün gülmüyor? Gülsene azıcık."

Memed buna acı acı gülümsüyordu.

Gün doğmadan Alayarda Yüzbaşı Faruk tarafından sarıldılar.

Yüzbaşı:

"İnce Memed, ben Asım Çavuş değilim. Hizaya gel," diye bağırıyordu. Memed karşılık vermiyordu. Candarmanın elinden nasıl kurtulunur, öğrenmişti. Aldırmıyordu bu yüzden.

Oyalama kurşunları sıkıyordu. Gece olsun, aralarından süzülüp çıkacaklardı. Iraz en namlı eşkıyadan daha atik, daha nişancı, daha yürekliydi. Tek başına üç gün bu candarmaları oyalayabilirdi. Yüzbaşı Faruk deli divane oluyordu. Bir tek adam, bir tek kadın! Üstelik de çocuk!

"İnce Memed, kurtulamazsın elimden."

İnce Memed niyeti arıtmıştı. Yüzbaşıyı öldürmeye sıkıyordu. Onun için ta içlerine sokulmuştu. Böyle bir ihtiyatsızlığı ilk kez yapıyordu.

Arkadan:

"Yandım," diye Hatçenin sesi geldi. Memed olduğu yerde donakaldı, ama geri dönmedi. Yüzbaşının bulunduğu yeri ateş çemberine aldı. Bunu da içi götürmedi, oraya bomba üstüne bomba attı. Hışımla geriye döndü, geldi Hatçenin yanına. Hatçe upuzun uzanmış cansızdı. Çocuk da yanındaydı. Hatçe güler gibi yatıyordu.

Memed deliye dönmüştü, makinalı gibi taratıyor, ha bire el bombalarını savuruyordu. Iraz da bir taraftan.

Yüzbaşı yara içinde kaldı. Candarmalar dayanamadılar.

Iraz Hatçenin ölüsüne kapanmış ağlıyordu. Yüzü hapisaneye ilk geldiği günkü gibi olmuştu.

Memed tüfeğini kucağına çekip oturmuş, başını eğmiş ağlıyordu.

Iraz ölüden başını kaldırdı. Göğe baktı. Ta yücelerden bir katar turna geçiyordu.

Hatçenin kanı, Alayarın kırmızı toprağına karışmıştı.

Sonra çocuk bir ağlama tutturdu. Memed, çocuğu kucağına aldı. Bağrına bastırdı. Avutmak için dolanarak ninni söylemeye başladı.

"Şu köye haber verelim de," dedi Iraz, "gömsünler Hatçeyi."

Iraz haber vermeye gitti. Memed, kucağında çocuk, yüz etleri korkunçlaşmış, gerilmiş, ölüye gözlerini dikmiş, taş gibi kıpırtısız kaldı.

Haberi alan köylüler, kadın erkek, çoluk çocuk ölünün yanına geldiler.

"Vaaay," dediler, "vaaay İnce Memedin talihsiz Hatçesi."

Memed muhtarı çağırdı. Eline para verdi:

"Şanlı şöhretli defnedin Hatçemi," dedi. Hatçeye uzun uzun baktı. Hatçe gülümsüyordu. Çocuğu kucağına aldı.

"Yürü Iraz teyze," dedi.

Iraz arkada, o önde dağa yukarı çıktılar.

Dorukta bir mağara buldular. Kapısının taşına oturdular. Yandaki ağaçlardan yapraklar dökülüyordu. Bir kuş ötüyordu. Karşıki kayadan bir top ak güvercin kalktı. Bir kertenkele bir kütüğün üstüne çıktı. Bu sırada Memedin kucağında uyumuş kalmış çocuk uyandı. Sonra da bastı çığlığı...

Iraz geldi. Memedin sırça parmağından tuttu, gözlerinin içine baktı:

"Kardaş!" dedi. "Kardaş! Sana bir şey diyeceğim İnce Memedim."

Memed kımıldamadan bekliyordu.

"Kardaş, şu çocuğu ver bana da başımı alıp Antep köylüklerine gideyim. Ölecek bu dağlarda. Açlıktan ölecek... Rızamın kanından vazgeçtim. Rızamın yerine işte bu! Ver de gideyim. Büyütüyüm sabiyi."

Memed kucağındaki çocuğu ağır ağır uzattı. Iraz aldı, bağrında sıktı.

"Rızam!" dedi. "Benim Rızam."

Bir eliyle de üstündeki fişeklikleri soyuyordu. Soydu. Hepsini bir yere yığdı.

"Sağlıcakla kal İnce Memed," dedi.

Memed vardı Irazı kolundan tuttu. Çocuk ağlamasını kesmişti. Uzun uzun çocuğun yüzüne gözlerini dikti baktı:

"Uğurola."

37

Sağrısı toparlak değil, uzun olacak. Yumurta gibi. Kulakları kalem, alnı akıtma sakar, bacakları belinin uzunluğuna bakarak kısa, rengi ne al, ne doru, ne kula, ne de kır olacak, rengi pare pare benekli demirkır olacak.

At, Koca Osmanın evinin önünde bekliyordu. Kişniyor, eşiniyordu. Beli incecikti. Gözleri kız gözleri gibiydi. Işıltılı, kederli. Kuyruğu topuklarına kadar sarkıyordu. Süzülüyordu. Yalısı sağa yatmıştı. Koştuğu zaman dürülür, kaval gibi olurdu.

Büyük bayramla birlikte af da çıkmıştı. Dağdaki eşkıyaların çoğu, birkaçı hariç, hemen hepsi inip tüfeklerini teslim etmişlerdi. Candarma dairesinin avlusunda türlü türlü eşkıya... Bekleşip duruyorlardı.

Koca Osman atın yalısını okşayıp:

"İnce Memedime, şahinime de layık," dedi. "Oğluma da layık bu at."

Köylüler:

"Layık," dediler.

Koca Osman atın sırtına atladı:

"Ben şahinimle iki güne kalmaz gelirim. Gidin Endelin köy yerinden davulcuları çağırın. Çifte davullar dövülsün. Kasabada, Vayvay köyü İnce Memedi böyle karşılamalı. Herkesin eşkıyaları yaya gelir, bizim İnce Memedimiz Arap atlan..."

Koca Osman atın dizginlerine asıldı, doldurdu. Toroslar tüm maviye batmıştı. Morarıyordu.

Af haberini İnce Memede Cabbar getirdi. İki eski arkadaş uzun uzun kucaklaşıp konuşmadan yan yana oturdular.

Cabbar ayrılırken:

"Ben gidip teslim oluyorum," dedi.

Memed ağzını açmadı.

Değirmenoluğa bir öğleüstü girdi. Yüzü kararmış, gözleri çukura kaçmış, alnı kırış kırış olmuştu. Bir kaya parçası gibiydi. Küçücük kalmış gözleri bir inatçı pırıltıydı. Böyle dalgündüz ilk kezdir ki köye giriyordu. Sarhoşlar gibi yalpa vuruyordu. Kendinden geçmiş gibiydi. Kapılardan kadınlar başlarını uzatmışlar şaşkınlıkla, korkuyla bakıyorlardı. Çocuklar, arkasında, uzağından sessiz, korka korka onunla birlikte yürüyorlardı.

İnce Memedin köye girdiğini Hürüye haber verdiler. Hürü koşa koşa geldi onu alanda karşıladı.

Hışımla yakasından tuttu:

"Memed! Memed!" diye bağırdı bütün sesiyle. "Hatçeyi yedirdin onlara da şimdi teslim olmaya mı gidiyorsun? Abdi Ağa gelecek gene köyde paşa gibi oturacak. Sen teslim olmaya mı gidiyorsun? Avrat yürekli. Dikenlidüzü bir bu yıl aç kalmadı. Bir bu yıl, bol bolamadı ekmek yedi. Gene Abdi Ağayı başımıza bela mı edeceksin? Nereye avrat yürekli İnce Memed? Teslim olmaya mı gideceksin?"

Bu sırada bütün köy halkı alana toplanmış, ölü gibi, sessiz, kımıldamadan öylecene duruyorlardı.

"Avrat yürekli Memed! Bak şu kadar köylü, bak şu kadar insan senin gözüyün içine bakıyor. Teslim mi olacaksın? Abdiyi gene başımıza mı getirteceksin? Güzel Dönemin kemikleri sızlar mezarda. Güzel Hatçemin kemikleri..."

Memed sapsarı olmuş titriyor, toprağa bakıyordu.

Hürü yakasını hızla bıraktı:

"Git de teslim ol avrat yürekli herif," dedi. "Af çıkmış."

Bu sırada, Koca Osman doludizgin kalabalığa girdi.

"İnce Memed, şahinim," dedi. Kalabalığı yararak, Memedin yanına geldi boynuna atıldı:

"Şahinim," dedi. "Evin yapıldı bitti. Tarlanı da ektirdim. Bu atı da köylü senin için aldı. Öteki eşkıyalar gibi değil. Vayvay köyü şahinimi davul zurnayla karşılayacak. Çatlasın Ali Safa, Abdi Ağa... Bin ata, yürü!"

Alandaki kalabalık tepeden tırnağa homurdandı. Ortalık homurtuya kesti:

"Kör olası ihtiyar. Kör olası... Kör olası..."

Memed Koca Osmanın elinden atın dizginini aldı. Üstüne atladı. Kalabalığın öteki ucunda Topal Ali duruyordu, ona doğru sürdü. Bütün başlar o tarafa doğru çevrildi. Memed Topala başıyla, "düş önüme," diye bir işaret yaptı. Topal yürüdü. Memed atı doldurdu, bir top toz içinde köyden çıktı. Homurtulu kalabalık arkasından bakakaldı. Donup kaldı. Tutup kesseydiniz, hiçbirisinden bir damla kan akmazdı.

Atın başını Şahininkayasında çekti. Attan indi. Atı götürdü bir çınara bağladı. Çınar yaprağını dökmüş, yarı beline kadar altın sarısı, kırmızı damarlı yaprak içinde kalmıştı.

Şahininkayası pınarının dört bir yanı yemyeşil olmuştu. Billur yeşili... Bir taşın üstüne oturdu. Başını da elleri arasına aldı.

Neden sonradır ki Topal Ali gelebildi. Soluk soluğaydı. Telaşlıydı. Yanına oturdu. Alnının terini şahadet parmağıyla aldı, silkti:

"Ah kardaş yorgunluktan öldüm. Soluğum çıkmıyor."

Soluğunu toplamak için bir süre sustu.

Memed başını ağır ağır kaldırdı. Gözleri gene öyle ışığa kesmişti. Kafasından sarı parıltı aktı, kaynadı.

"Ali kardaş! Gece yarısı evinde olur mola? Bulabilir miyim?"

"Bulursun. Elinle koymuş gibi. Korkusundan dışarı bir adım atamaz gece."

"Evi bir daha, iyice söyle hele."

"Hapisane var ya, var. Sen orayı bilirsin. Haa, işte onun sağında Candarma Dayırası var. Candarma Dayırasını az geçince, sokağın öteki ucunda çivit boyalı bir tek ev var. Sen gece gideceğine göre, boyası gözükmez. Yalnız, bir tek ev. Uzun, minare gibi bir bacası var. Oradan doğrultursun. Belli olur. Gözüne hemen çarpar. Uzun. İki katlı. Oradaki evler hep bir katlı. Abdi Ağa günbatıdaki odada yatar, tek başına. Alttaki büyük kapı arkadan sürgülüdür. Bir yarık vardır. O yarıktan hançerini sokar, yukarı kaldırırsın. Açılır."

Memed, hiçbir şey söylemeden kalktı, ata doğru gitti çözdü, atladı. Doludizgin... Rüzgar gibi süzülüyordu at. Yalısı kaval gibi dürülüyordu.

Kulağına aşağıdaki değirmenin şakırtısı gelince kendine geldi. Atın başını çekti. Azıcık bir süre durdu. Kulak verdi. Sonra, atı ağır ağır sürdü. Tüfeğinin ağzına kurşun verdi. Tabancasına da... Tekereklerin evinin orada at ürker gibi yaptı. Burada atı mahmuzladı. Çarşının ortasından geçti. Kahvelerin lüks lambaları daha yanıyordu. Birkaç adam ona tuhaf tuhaf baktı. Bugünlerde silahlı adamlara o kadar şaşmıyorlardı. Olağandı. Boş verdiler. O, adamları görmedi bile. Caminin yanındaki sokaktan yukarı sürdü. Uzun bacalı ev sola düşüyordu. Evin önünde attan indi. Atı avludaki büyük, karanlık dut ağacının yatık bir dalına bağladı. Hançerini soktu, evin kapısını açtı. Yukarda ışık yanıyordu. Merdivenleri üçer üçer çıktı. Kadınlar, çocuklar Memedi görünce bir kıyamettir kopardılar. Doğru günbatıdaki odaya gitti. Abdi Ağa, uykulu uykulu kollarını açmış geriniyordu. "Ne var? Noluyor?" diye soruyor, geriniyordu. Vardı, kolundan tuttu, salladı:

"Ağa Ağa! Ben geldim Ağa!" dedi.

Abdi Ağa gözlerini açtı. Önce inanamadı. Sonra gözleri açık öyle kalakaldı. Gözlerinin karası bile apak kesildi.

Dışarda bir kıyamettir kopuyordu.

Memed elindeki tüfeği doğrulttu. Abdi Ağanın göğsüne üç el ateş etti. Kurşunların rüzgarından odadaki lamba söndü.

Yıldırım gibi merdivenlerden aşağı indi, ata bindi. Bu sırada candarmaların haberi olmuş, evi boyuna kurşunluyorlardı. Atı doludizgin Torosa sürdü. Arkasından kum gibi kurşun kaynıyordu. O hızla kasabayı çıktı.

Gün doğuyordu ki köye girdi. Orta yerde atın başını çekti. At terden kapkara olmuş, göğsü körük gibi inip inip kalkıyordu. Boynu, sağrısı köpüğe batmıştı. Memed de çok terlemişti. Ter, kulunçlarından fışkırmıştı. Yüzü, perçemi ıpıslaktı.

Gün bir adam boyu yekindi. Gölgeler uçsuz bucaksız batıya doğru uzadı. Islak at tepeden tırnağa ışığa boğuldu. Her yanı pırıl pırıl. Öyle dimdik.

Köylüler, onu öyle orta yerde, at üstünde dimdik, kaya gibi gördüler. Yavaş yavaş, sessizce, çoluk çocuk, genç yaşlı dört bir yanını aldılar. Kocaman bir halka oldular. Ortalıkta çıt yoktu. Soluk alışları bile duyuluyordu. Gözlerini ona dikmişlerdi. Yüzlerce göz üstündeydi. Susmakta inat ediyorlardı.

Orta yerdeki dimdik, kaya kesilmiş atlı azıcık kımıldadı. At bir iki adım attı sonra durdu. Atlı başını kaldırdı. Gözlerini kalabalığın üstünde gezdirdi. Hürü Ana sapsarı kesilmiş, kurumuş, kanı çekilmiş, gözlerini kocaman kocaman açıp üstüne dikmiş ondan bir söz, bir devinme bekliyordu.

Sonra at gene kımıldadı. Memed atı Hürü Anaya doğru sürdü. Önüne gelince atın başını çekti.

"Hürü Ana! Hürü Ana!" dedi. "Oldu. Hakkınızı helal edin."

Alidağı tarafına doğruldu. Bir kara bulut gibi köyün içinden süzüldü, çıktı. Gözden yitti.

Çift koşma zamanıydı. Dikenlidüzünün beş köyü bir araya geldi. Genç kızlar en güzel giyitlerini giydiler. Yaşlı kadınlar sütbeyaz, sakız gibi beyaz başörtü bağladılar. Davullar çalındı... Büyük bir toy düğün oldu. Durmuş Ali bile hasta haline bakmadan oyun oynadı. Sonra bir sabah erkenden toptan çakırdikenliğe gidip ateş verdiler.

İnce Memedden bir daha haber alınmadı. İmi timi bellisiz oldu.

O gün bu gündür, Dikenlidüzü köylüleri her yıl çift koşmazdan önce, çakırdikenliğe büyük bir toy düğünle ateş verirler. Ateş, üç gün üç gece düzde, doludizgin yuvarlanır. Çakırdikenliği delicesine yalar. Yanan dikenlikten çığlıklar gelir. Bu ateşle birlikte de Alidağın doruğunda bir top ışık patlar. Dağın başı üç gece ağarır, gündüz gibi olur.